클로드와 포피
This Is How It Always Is

알마 인코그니타 Alma Incognita
알마 인코그니타는 문학을 매개로,
미지의 세계를 향해 특별한 모험을 떠납니다.

클로드와 포피
This Is How It Always Is

로리 프랭클
Laurie Frankel

김희정 옮김

독자들에게

《클로드와 포피》는 다섯 아들을 가진 가족에 관한 이야기이고, 그 다섯 중 막내가 소녀가 되는 이야기입니다. 이 소설은 믿음을 품은 채 눈을 감고 뛰어들듯 용기를 내야만 쓸 수 있었습니다. 왜 그래야 했는지 설명해야겠지요.

제게는 아이가 하나 있습니다. 똑똑하고, 재미있고, 현재 앞니가 다 빠진 2학년 아이입니다. 예전에는 소년이었다가 이제 소녀가 된 트랜스걸입니다. 책에 등장하는 가족의 막내처럼요. 그 아이가 바로 이 소설, 허구에 불과한 이야기이지만 이 소설을 쓰는데 용기가 필요했던 이유입니다. 또 제가 이 소설을 쓴 이유이기도 합니다.

우리 아이 같은 아이들은 정말 많고, 우리 가족 같은 가족들도 정말 많고, 우리 가족과는 또 다른 가족, '정상'이라고 간주되는 형태에서 벗어난 가족들도 정말 많습니다. 이 책이 그들에게 닿아서 모든 좋은 책이 해내는 일, 즉 소속감을 주고, 이해

받는다는 느낌을 주고, 혼자라는 느낌을 덜어주는 바로 그 일을 해내기를 희망합니다.《클로드와 포피》의 이야기가 전개되는 과정에서 등장인물들은 자기의 이야기를 하고 비밀을 털어놓는 것이 겁나는 일이고 가끔은 위험하기도 하지만, 그럼에도 불구하고 그렇게 해야 모든 이의 삶이 더 나아지기 때문에 그 일을 해야 한다는 것을 깨닫지요. 그리고 이 책을 쓰는 과정에서 저 또한 같은 깨달음을 얻었습니다.

그래서 용기를 내서 (그리고 약간의 두려움을 무릅쓰고) 겸허한 마음으로《클로드와 포피》를 세상으로 내보냅니다. 이 책이 한 가족을 그린 설득력 있고 도발적이며 진심에서 우러나온 이야기로 받아들여지길, 가족의 일원으로 하루라도 살아본 경험이 있는 모든 독자들에게 이 책이 호소력을 갖기를 기원합니다. 저는 이야기를 쓰고 읽고 함께 나누는 것이야말로 우리가 이 세상을 더 나은 곳으로 만들 수 있는 길임을 머리끝에서 발끝까지 온몸으로 믿습니다. 독자들도 그리 생각하시리라 믿습니다. 이 이야기를 여러분과 함께 나눌 기회를 주신 것에 감사하고 또 감사합니다.

따뜻한 소망을 담아서,
로리 프랭클 드림

왜, 둘 다면 안 될까요?

똑똑한 사람이라면 답을 알 텐데….

모든 게 더 작거나 더 많아야 하고,

시시하기 아니면 어마어마하기, 둘 중의 하나여야 하나요?

왜, 늘 이것 아니면 저것이어야 하나요?

왜, 이것과 저것 둘 다면 안 되나요?

바로 그래서 말이 있는 거잖아요.

숲속에서 길을 찾아 나가기 위해서.

—〈숲속으로〉, 스티븐 손드하임

내가 모순이라고요?

좋아요, 내가 모순이라고 해두죠.

(난 마음이 깊고 넓어요, 많은 걸 담을 수 있거든요.)

—〈나 자신의 노래〉, 월트 휘트먼

차례

Part 1

옛날 옛적에, 클로드가 태어났다

하지만 먼저 루가 태어났다. 루스벨트 월시-애덤스. 다 아는 이유로, 그리고 다 아는 이유에도 불구하고 월시와 애덤스를 하이픈으로 연결한 긴 이름을 준 것은 무엇보다도 부부의 첫아이가 할아버지의 이름을 물려받으면서도 대통령 같은 인상을 조금이라도 덜 주게 하고 싶었기 때문이다. 위대한 대통령은 이제막 태어난 이 조그마한 2.75킬로그램짜리가 넘기에는 너무나 힘든 산이라는 생각이 들었다. 그렇게 루가 태어났다. 불그죽죽하고 끈적거리고 요란하고 기적과도 같은 탄생이었다. 그리고 벤이 태어났다. 부부는 토론과 숙고 끝에 딱 한 명만 더 낳자는 결정을 내렸고, 따라서 쌍둥이가 태어났다. 리겔과 오리온이었다.* 아이들이 네 살만 지나도 그 이름에 엄청난 불만을 갖게 될 것이

★ 별자리 오리온Orion은 그리스 신화에 나오는 거인 사냥꾼의 이름. 리겔Rigel은 오리온자리에서 두 번째로 밝은 별로, 오리온성좌의 왼쪽 다리에 위치하고 있다. '오리온의 왼발'이라고 불린다.

분명했다. 특히 리겔은 자기 이름이 별자리의 발가락 이름을 따서 지어졌다는 것을 알았을 때 엄청나게 화를 내겠지만, 당장은 아이들이 작고 너무 시끄러워서 거기까지 신경 쓸 여유가 없었다. 두 명에서 네 명으로의 도약은 천문학적으로 느껴졌기 때문에 부부는 하늘로 눈을 돌리지 않을 수가 없었던 것이다.

상당히 과학적이고, 논리와 이성을 따른다고 자부하며, 우뇌에 굳건히 의존하는 여성임에도 불구하고, 게다가 그 정도 상식은 가지고 있음 직한 의사인데도 불구하고 로지 월시가 클로드 만들기 게임 킥오프 직전 15분 내내 벽에 붙어 있던 자기 침대를 끌어다가 방 한가운데 놓느라 낑낑거린 것은 모두 이유가 있었다. 침대가 남북이 아니라 동서로 놓여야 했기 때문이었다. 로지의 어머니는 《탈무드》에 북쪽으로 향한 침대에서 잔 남자에게서 아들이 태어난다는 내용이 있다고 말한 적이 있었다. 《탈무드》에 나오는 대부분의 말과 마찬가지로 이 부분에 대해서도 그다지 믿음이 가지 않았지만 로지는 이 중차대한 일을 운에 맡긴 채 아무 일도 안 하고 기다리기만 할 수는 없었다. 거기에 더해 말없이 남편 점심 메뉴에 연어를 끼워 넣었고, 다 큰 어른들임에도 초코칩 쿠키를 먹었다. 독일 민간요법에 붉은 살코기와 짭짤한 간식을 먹으면 아들을, 단것을 오후에 먹으면 딸을 낳는다는 말이 있기 때문이었다. 그 민간요법이 나온 웹 사이트에는 또 나무 숟가락을 침대 밑에 넣어두면 딸을 임신한다고 나와 있었다. 로지는 그 충고도 따랐지만 결국 숟가락을 다시 꺼내 화장대 쪽에 집어 던져버렸다. 하지만 숟가락이 거기 있는 것을 본 펜이 틀림없이 자기를 놀릴 것이라는 데 생각이 미치자 다시 집어다가 제일 가까운 곳, 그러니까 침대 밑에 숨겼다. 뭐, 손해 볼 것은 없으니까.

보면 볼수록 점점 더 수상쩍고 의심스러운 정보가 많았지만 정상 체위가 좋다는 이야기를 듣고는 아무 이의 없이 그에 따르기로 했다. 로지에게 정상 체위는 바닐라 아이스크림과도 같았다. 열정도 상상력도 없는 지친 사람들에게나 어울리는 재미없는 선택이라고 알려져 있지만 실은 제일 좋다는 면에서 말이다. 펜의 얼굴이 너무 가까이 있어서 갈라져 보일 때 모더니스트 회화*를 연상시키는 것이 좋았다. 그의 몸 전체가 자기 몸 전체에 와 닿는 것도 좋았다. 위아래를 바꿔서 하기, 뒤에서 하기 등등을 할 필요를 느끼는 사람들은 설탕에 졸인 베이컨이나 훈제 바닷소금 혹은 쿠키 반죽 조각을 아이스크림에 넣어서 먹는 사람들처럼 애초에 열등한 제품의 약점을 보충하기 위해서 그렇게 하는 것이라는 생각이 들었다.

수상쩍기 짝이 없는 또 다른 정보는 여성이 오르가슴에 도달하지 않도록 참기를 권고했다. 하지만 그런 건 완전히 마음대로 할 수 있는 일은 아니었다.

옛날 옛적에는 닥터 로잘린드 윌시와 그의 남편도 즉흥적이고 제어할 수 없는 섹스, 그 자체가 목적인 섹스, 수없이 많은 이유를 댈 수도 있지만 하지 않을 도리가 없어서 하는 섹스를 할 때가 있었다. 이제 아들 넷에 직장 두 개를 가진 부부에게 섹

★　　Modernist Painting. 1960년대 형식주의 미술가로 영향력을 크게 떨쳤던 그린버그에 의해 발전된 회화 개념으로 모더니즘에 바탕을 둔 회화. 회화만의 독자적인 평면성을 강조한다.

스는 즐거운 것이었지만 피할 수 없이 절박할 정도는 아니었다. 피하기가 더 쉽다고 해야 하나? 어찌 됐든 이제는 살짝 계획도 하고 대화를 나눈 후에 하는 섹스였지, 더 이상 서로의 옷을 급하게 벗기고 벽에 밀어붙이고 하지는 않았다. 그 주에 로지는 병원에서 야간 근무를 하게 되어 있었다. 펜은 원래 집에서 일했다. 함께 점심을 먹은 후, 로지가 운동을 하는 동안 펜은 쓰고 있는 책에 필요한 자료를 조사했다. 그런 다음 로지는 나무 수저를 찾았고, 침대를 방 한가운데로 옮긴 다음 옷을 모두 벗었다.

펜은 돋보기안경을 쓴 채로 침대 가장자리에 앉았다. 한 손에는 형광펜을, 다른 한 손에는 2차 대전 중 식량 부족에 관한 논문을 든 채였다. "지금 이 순간 절대 하고 싶지 않은 일이 하나 있다면 당신을 말리는 일이야." 그는 들고 있던 논문을 내려놓고, 안경을 벗고 옷도 벗은 다음 로지 옆에 누웠다. "하지만 지금 우리 꼴이 이렇게 된 것도 모두 이 짓으로 시작됐다는 건 알고 있지?"

"딸 낳자고 벌인 일 말이야." 사실이었다. 벤을 낳은 다음에 계속 아이를 낳은 이유는 모두 "이번에는 정말로 딸일 거야"라며 서로를 설득하는 데 성공했기 때문이었다.

"백주 대낮에 벌거벗고 말이야." 펜이 말했다.

"우리 꼴이 어때서?" 로지가 미소를 지었다.

"요번 주 들어서 놀이방 들여다본 적 있어?"

"난 절대 놀이방에 안 들어가."

"어질러졌다는 단어로는 부족해. 어질러졌다는 말은 재난의 정도를 말할 뿐이지 위험의 정도를 나타내지는 못하잖아. 놀

16

이방이 공항이라면 보안 등급은 적색일 거야."

"항상 그렇지." 로지는 남편의 입술과 목, 다시 입술에 키스했다.

"항상 그렇지." 펜도 혀가 로지의 혀와 얽힌 채 그렇게 동의했다.

짧은 시간, 하지만 너무 짧지는 않은 시간이 흐른 후 클로드라는 사건이 일어났다. 당사자 세 사람은 당시에는 전혀 몰랐지만, 보통 이런 일이 일어나는 식으로 그 일도 일어났다. 정자가 난자에 진입하는 순간을 여성이 알아차릴 수 있다면 인간 진화에 상당히 도움이 될 것이라는 생각을 로지는 늘 하곤 했다. 그걸 알면 술을 끊고 생선회와 맛있는 치즈를 먹는 것도 중단하는 일을 한 달 이상 더 빨리 시작할 수 있을 것이다. 잉태라는 것이 삶에서 그토록 중요한 사건임에도 불구하고 우리는 그 사실을 전혀 모르고 지나가고 만다. 옛날 옛적에는 섹스를 한 다음 흥분이 온몸에서 아직 사라지지 않은 채로 다리가 엉킨 채 서로 포개져 낮잠을 자거나, 늦은 밤까지 심오한 철학적 토론을 벌이거나, 때로 섹스를 더 하는 사태로 이어지는 적도 있었다. 이제 펜은 세계 식량난에 관한 논문을 다시 집어 들고 벌거벗은 상태로 침대 머리맡에 기대어 앉아 7분 정도 더 읽은 다음, 35분 동안 저녁 준비를 하고, 리겔과 오리온을 데리러 어린이집으로 차를 몰고 갔다. 로지는 옷을 입고 출근 준비를 한 다음 버스 정류장에 가서 루와 벤을 맞았다. 그동안 내내 클로드는 조용히 존재를 갖춰가고 있었다. 처음에는 난자와 정자가 만났고, 그 후 며칠, 몇 주, 몇 달에 걸쳐 클로드의 세포들은 분할하고, 분할하

고, 분할하는 일을 거듭했다.

　사람들은 로지에게 말하곤 했다. "아, 천주교 신자이신가 봐요?" 하지만 정말 몰라서 질문할 때처럼 말꼬리를 올리지는 않았다. 혹은 "이런 상황을 방지하는 방법이 여럿 있는 건 아시죠?" 하고 농담을 가장한 뼈 있는 말을 하기도 했다. 아니면 "내가 아니라 당신이라 다행이에요" 하는 사람도 있는데, 솔직히 그건 말할 것도 없이 사실이라 굳이 하지 않아도 되는 말이었다. 심지어 "모두 친자식이에요?"라는 질문도 받았다. 모두 친자식들이었다. 1년 전에는 학부모회의에서 만난 어떤 엄마가 로지를 불러내서 콘돔을 침대 옆 게시판에 압정으로 꽂아두는 건 아무리 편리해도 그다지 좋은 아이디어가 아니라고 조언했다. 그 엄마는 교실 한쪽 편에서 손가락에 묻은 풀을 빨아먹고 있는 1학년 아이 쪽으로 고개를 까닥여 보이며, 자기도 같은 실수를 해서 그 대가를 톡톡히 치르고 있다고 고백했다. 로지는 아이를 낳고 가정을 꾸리는 문제가 아이를 만드는 과정만큼이나 사적이라 느꼈고, 그 문제에 대해 비판하는 것은 물론이고 거론하는 것도 예의에 어긋나는 일이라 생각했다. 그러나 그런 일은 일주일에도 몇 번씩 벌어지곤 했다. 그리고 그날 그녀의 몸속에서 클로드의 절반이 다른 절반을 향해 미친 듯이 질주하고, 버스 정류장에서 루와 벤을 기다리는 동안에도 그런 일이 벌어졌다.

　"어떻게 해내시는 거예요?" 이웃집에 사는 해더였다. 칭찬을 가장한 비판, 이것도 사람들이 많이들 하는 짓이었다.

　로지는 웃었다. 웃는 척했다. "잘 아시잖아요."

　"내 말은, 아니, 진심으로요." 하지만 해더는 진심이 아니었다. "내 말은… 하긴 펜이 직장이 없기는 하죠. 하지만 로지 당신은 일을 하잖아요."

"펜은 집에서 일하는 사람이에요." 로지가 말했다. 벌써 몇 번째인지 모른다. 이런 대화를 한 것이 이번이 처음이 아니었다. 버스가 늦을 때마다 나오는 말이었다. 버스는 눈이 올 때마다 늦었다. 그리고 눈은 몇 달 내내 거의 날마다 왔다. 로지는 위스콘신주 매디슨시의 공립학교들은 스쿨버스 기사들에게 눈 속에서 운전하는 특별 훈련을 시켜야 한다고 생각했다. 상식적으로 맞는 말이 아닌가? 하지만 그런 생각을 하는 건 로지뿐인 듯했다. 그날은 9월이었고, 더웠고, 오후 늦게 천둥 번개라도 칠 것 같은 냄새가 공기 중에 맴도는 날이었으니 버스가 왜 늦는지 알 길이 없었다.

"내 말은, 펜이 일하는 건 나도 알아요." 해더는 거의 모든 문장을 '내 말은'으로 시작했다. 로지는 그게 '하지만 그건 직장이 아니잖아요'처럼 들렸다.

"글 쓰는 일도 직업이에요." 펜은 빌어먹을 소설Damn Novel을 줄여 'DN'이라고 불렀다. 아직 먹고살 만큼 돈을 벌지는 못하지만, 그는 날마다 부지런히 글을 썼다. "9시에 출근해서 5시에 퇴근하는 직업이 아닐 뿐이죠."

"그런 일도 직업이라고 칠 수 있나요?"

"저도 9시부터 5시까지 일하지 않아요." 그녀는 그렇게 말하면서 손목시계를 봤다. 사실 한 시간 내로 병원에 도착해야 했다. 야간 근무는 혹독할 정도로 힘들었지만 다른 일을 계획하기에는 좋았다. 가끔은 조퇴, 방학, 휴가, 교사 훈련, 학부모회 등등을 위해 애 봐줄 사람을 구하는 것보다 그냥 잠을 줄이는 편이 덜 고통스러웠다. 솔직히 응급실에서 지내는 밤이 가족과 지내는 밤보다 더 평화로울 때도 많았다. 응급실에 있는 쪽이 피를 덜 볼 때도 있었다.

"그래요, 하지만 내 말은, 그쪽은 의사잖아요." 해더가 계속 말을 하고 있었다.

"그래서요?"

"그러니까 의사는 제대로 된 직업이고요."

"작가도 제대로 된 직업이에요."

"정말 어떻게 해내는지 모르겠어요." 해더가 고개를 저으며 다시 말했다. 그리고 쿡쿡 웃으며 덧붙였다. "아니, 왜 견디는지 모르겠어요."

사실 '어떻게'는 '왜'보다 더 쉬운 질문이다. 아무리 불가능해 보여도 우리가 어차피 해내는 모든 일에 대해 '어떻게'라고 물으면 이렇게 대답하면 된다. 한 번에 하루씩 충실하게. 한 번에 한 발짝씩 묵묵히. 일인은 만인을 위해, 만인은 일인을 위해 등등의 대답 말이다. '하나'라는 의미의 단어가 들어가는 상투적인 답을 하면 대충 통했다. 사실 이 부분이 아이러니한 것은 로지가 '하나'였던 때가 상당히 오래전 일이기 때문이다. 그는 주차해놓은 곳으로 아이들을 (자기 아이들만) 몰고 갔다. 해더와 이런 대화를 날마다 해야 한다면 그냥 학교에서 직접 아이들을 데려오는 편이 나을 듯했다. 버스 정류장까지 차로 왕복하는 것도 사실 우스꽝스러운 일이었다. 스쿨버스라는 게 원래 집에서 학교까지 버스를 타고 간다는 의미 아닌가? 로지는 지금 살고 있는 제멋대로 지은 듯한 널찍하고 오래된 농가와 15에이커짜리 마당이 정말 좋았다. 마당에서는 각종 식물들이 자유롭게 자라면서 끊임없이 꽃을 피우고 열매를 맺었다. 한때 헛간이었음 직한 흔적이 남은 폐허가 하나 있었고, 마당을 가로지르는 시내는 적당히 재미있게 놀 수는 있을 정도로 물이 흐르고 신비스러웠지만, 걱정할 정도로 깊거나 물살이 세지는 않았다. 집은 동트기 전부터 일어나 소젖을 짜고 가축 여물을 주는 등 수많은 자녀들이 부지런히 일하며 돕고 사는 농부의 가족에게 안성맞춤이었다. 로지와 펜은 젖을 짤 소나 염소도, 강아지(쌍둥이의 4세 생일 선물로 들인 주피터) 말고는 밥을 줄 동물도 없었지만 아이들은 동트기 전부터 일어나 있는 날이 그렇지 않은 날보다 많았다. 로지와 펜 가족은 침실이 많이 필요했는데 집에는 방이 많았고, 거기에 더해 부부 침실 바로 옆에 아기 방으로 쓰기에 딱 좋은 방까지 딸려 있었다. 항상 땀띠분 냄새가 나는 그 방은 언제라도 태어날 아기가 여자아이일 경우에 대비해 노란색으로 칠해 있었다. 바닥은 평평하지 않았고, 벽도 방음이 잘되지 않는 데다, 물이 데워지려면 한참 걸렸다. 하지만 로지는 이렇게 거칠고 당당하며 푸짐한 느낌의 이 집이 좋았다. 거칠고 당당하며 푸짐한 로지네 가족의 분위기와 딱 맞았기 때문이다. 벽에 둘러친 몰딩에 자국을 내도(그런 일은 많이 일어났다) 아무도 신경 쓰지 않았다. 하지만 무심코 스쿨버스가 서는 평범한 교외 주택가의 막다른 골목에 있는 제일 마지막 집이 더 편안해 보일 때가 가끔은 있었다. 어떨 때는 로지도 힘에 부쳤다. 그날 그녀는 지친 느낌이 들었다. 이유를 알 수 없었다. 하지만 그런 느낌은 얼른 떨쳐내야 했다. 아직 일은 시작하지도 않은 시간 아닌가.

집에 도착한 로지는 하루하루 충실하게, 한 발자국씩 묵묵히, 일인은 만인을 위해…를 실천에 옮겼다. 펜은 들어서는 아이들에게 어서 오라고 입을 맞추고, 로지에게 굿바이 키스를 한 다음 리겔과 오리온을 데리러 나갔다. 로지는 저녁 준비를 이어받아 펜이 다져놓은 채소를 볶고, 펜이 지어놓은 밥에 양념을 하고, 펜이 재워놓은 새우를 그릴에 집어넣었다. (그녀는 여전히 서로를 향해 질주하는 클로드의 반쪽들이 붉은 살코기를 피하면 딸이 된다는 사실과 전혀 무관하게 움직이고 있다는 사실을 알지 못했다.) 콩깍지를 데치는 사이 로지는 도시락 통을 씻고, 숙제와 통신문을 확인했다. 소스가 졸여지는 사이 전날 먹은 저녁 설거지도 끝냈다. 그릇을 행주로 닦는 동안 그녀는 루와 벤이 거실에서 벌이는 롤러스케이트 경주를 세 번이나 말렸다. (세 번에 그친 것은 루와 벤을 그만두게 하는 데 성공해서가 아니라, 못하게 하는 것을 포기했기 때문이다.)

그러다가 루가 상을 차렸다. 그런 다음 벤이 잔에 물을 따랐고, 그때 펜, 리겔, 오리온이 돌아왔다. 셋 다 흠뻑 젖고 감정이 북받친 상태였다. 펜은 천둥까지 치는 폭우 때문에 길이 너무 막혀서 화가 났고, 리겔과 오리온은 모래판 때문에 속이 상했다고 하는데 로지로서는 무슨 말인지 알아들을 수가 없었지만 그냥 공감하는 듯한 소리를 내며 들어줬다. 길이 막힌다면 출근하기 위해 집에서 나서는 시간을 앞당겨야 할 것이다. 일찍 출발하려면 당장 나서야 했다. 펜이 그릴에서 새우를 꺼내고 솥에서 밥을 퍼서 채소를 볶던 팬에 넣은 다음 소스와 콩깍지를 섞었다. 그

22

러고는 커다란 도시락 통에 음식을 퍼 담고 수저를 싼 다음, 절대로 잊지 않고 챙겨 가야 할 물건이 몇 개나 가방에 들어 있는지 확인하고 있는 로지의 손에 들려줬다. 필요한 물건들 중 다행히 몇 개는 가방에 있었다. 로지는 재빨리 모두에게 입을 맞춘 다음 차로 향했다. 펜이 말한 것만큼 교통이 혼잡하다면 병원에 가는 차 안에서 저녁을 다 먹을 수 있을 것이다.

바로 이렇게 해내는 것이다. 한 번에 하루씩 충실하게. 한 번에 한 발짝씩 묵묵히. 만인은 일인을 위해. 로지와 펜도 처음부터 신선의 경지에 다다른 듯 평등한 결혼 생활을 하려 했거나 완벽하게 균형을 맞춰 자녀들을 돌보기로 계획한 것은 아니다. 두 사람이 감당하기에는 할 일이 너무 많았지만, 두 사람 모두 깨어 있는 시간을 꼭꼭 채워서 뭔가를 해치운 덕분에 필요한 일 중 일부는 해결이 되면서 하루하루가 꾸려졌다.

한 번 잘해냈으니 다음번도 잘될 것이다. 둘이서 머리를 짜내는 것이 혼자보다 낫다.

'왜'는 어려운 질문이었다. 로지는 병원에 가는 내내 그 질문에 대해 생각했다. 그날이 아니라 257일 후, 클로드가 태어난 날 병원에 가는 길이었다. 산통은 아침부터 시작해서 오후 내내 계속됐는데 저녁 식사 중에 본격적으로 진통이 느껴졌다. 진통이 시작되기 직전에 독특한 감각으로 발이 간질거렸다. 오랜 경험을 쌓은 그녀는 그 느낌이 들면 아기가 그다음 날, 혹은 다음 다음 날쯤 태어날 것이라는 것을 알았다. 그래서 진통 간격이 점점 줄어들고 더 세졌지만 저녁 준비를 했다. 하지만 샐러드 그릇이 돌고 파스타를 채 다 먹기 전에 진통 간격이 7분으로 3분으

로 줄었다. "자, 이제 디저트 먹을까?" 하고 묻는 펜에게 로지가
말했다. "디저트보다 병원이 급해."

집에 어떻게 올지는 아무도 몰랐지만, 당장은 온 식구가 한
차에 탈 수 있었다. 로지는 앞자리에 탔다. 침착함을 유지했지만
그러는 데는 상당히 많은 노력이 들어갔다. 펜이 가방을 들고 왔
다. 가방에는 로지의 물건이 거의 없었다. 그녀는 필요한 것이 없
는 사람이었다. 분만실에서 들을 사운드트랙이나 노래 모음 혹
은 특별한 베개 등을 준비하는 것은 로지의 성향이 아니었다.
그리고 몇 번 경험해본 끝에 전에는 챙겼던 몇 가지 물건도 필요
없다는 것을 깨달았다. 가방은 아이들을 위한 것이었다. 네 명
의 흥분한 어린 남자아이들과 몇 시간, 최악의 경우 며칠 동안
대기실에서 버티는 데 필요한 준비물이었다. 책, 장난감 기차, 레
고, 딱풀, 소포장 주스, 그래놀라바, 봉제 인형, 애착 담요, 그리
고 각자 원하는 베개 등등. 로지는 병원에 갈 때 특별한 베개가
필요하지 않았다. 그것이 로지와 아이들의 다른 점이었다.

같은 물건도 한 아이에게는 쓰레기, 다른 아이에게는 보물
이 될 수 있다. 이제 다시 처음부터 시작해야 할 것이다.

병원에 가는 내내 아이들은 카시트와 부스터 시트에 앉아
〈피터팬〉을 목청껏 불렀다. (그들의 베이비시터인 고등학생 아이가
학교 뮤지컬 공연의 주연을 맡은 것이 큰 원인이었다.) 펜은 아내의 손
을 꼭 쥐고, 교통표지에 나온 제한 속도를 지키면서 태연한 척
하려 했지만 전혀 성공하지 못했고, 로지는 "빌어먹을, 좀 서둘
러!" 하고 외치고 싶은 것을 애써 참았다. 그는 단어 하나를 반
복해서 되뇌고 있었다. '포피'… 아기가 딸이라면. 이번에는, '이

24

번에는' 딸이어야만 했다. 생선이랑 쿠키를 먹었고, 동쪽으로 놓인 침대에서 오후에 섹스했고, 나무 수저도 놓으라는 곳에 놓지 않았는가. 게다가 이제는 로지에게도 딸이 생길 때도 되었다. 포피, 아기가 딸이라면 포피라고 부를 것이다.

부부는 첫 임신 때 이 이름을 골랐다. 로지는 그보다 더 오랫동안 그 이름을 마음에 품고 있었다. 엄마, 아빠가 카페테리아에 가서 잠깐 쉬는 사이, 여동생의 병원 침대에 앉아 있었던 그 어둡고 슬펐던 날부터 품고 다니던 이름이었다. 로지가 포피의 가발을 땋아주고, 포피는 자기 인형의 머리를 땋고 있었다. "나는 머리를 땋아줄 딸을 갖지 못하겠네." 포피는 난데없이 쉰 목소리로 그렇게 말했다. 이제는 로지도 화학 요법 때문에 목소리가 그랬다는 걸 알지만, 그때는 어린 동생의 몸속에서 뭔가가 나오기 위해 싸우느라, 그리고 그것이 싸움에서 이기고 있어서 그런 목소리가 난다는 느낌이 들었다. 도깨비나 마녀 혹은 악마 같은 것이 여기저기에서 세력을 키우는 것 같았다. 쉰 목소리, 빨갛게 충혈된 눈동자, 파도처럼 넘실거리면서 연약한 동생의 피부를 뚫고 천천히 나타나 점점 넓게 퍼져가는 보라색 멍. 그런 생각을 하면서 로지는 겁이 나기보다는 위안을 받았다. 동생의 몸을 뚫고 나오려는 그 악마가 오히려 반가웠다. 포피는 입에 올릴 수도 없고 생각조차 하기 싫은 이 끔찍한 병을 이겨내지 못하리라는 사실이 점점 더 명백해져갔지만, 어쩌면 그 악마는 살아남을 수도 있다는 생각이 들었기 때문이다. 악마 포피는 훨씬 더 강할 것이다. 악마 포피는 더 투지가 있을 것이다.

"나 대신 클로버를 돌봐줄 수 있어?" 포피가 쉰 목소리로 말했다. 월시 성을 가진 모든 아이들처럼 포피의 인형도 꽃 이름을 가지고 있었다.

로지는 고개를 끄덕였다. 그렇게 하는 데도 온 힘을 쏟았다. 하지만 바로 그때 포피의 진짜 목소리가 돌아왔다. "어디로 놀러 갈까?"

"언제?"

"내가 여기서 나가면."

"몰라." 그때까지 유일하게 놀러 가본 곳은 할머니, 할아버지 댁뿐이었고, 그 집에서는 지하실 같은 냄새가 났다. "어디 가고 싶어?"

"시암."* 포피가 주저하지 않고 대답했다.

"시암?"

"뮤지컬 〈왕과 나〉처럼." 병원 도서실의 몇 개 없는 비디오테이프들 중 〈왕과 나〉는 제일 인기 있는 뮤지컬이었고, 포피는 누워서 지내는 시간이 정말 많았다.

"어디든 가자." 로지가 약속했다. "너 퇴원하자마자. 아, 그런데 4년은 기다려야 내가 운전면허를 딸 수 있을 텐데. '시암'은 운전해서 갈 수 있는 곳이야?"

"몰라. 아마도 그렇겠지." 포피가 행복한 미소를 지었다. "언니는 머리를 정말 잘 땋아." 암에 걸린 후 딱 한 가지 좋은 점이 있다면 가발이 포피의 진짜 머리보다 훨씬 더 길고 덜 엉킨다는 점이었다. "언니 딸이 될 아이는 정말 운이 좋아."

★ Siam. 태국의 옛 명칭.

바로 그 순간, 12세의 로잘린드 월시는 두 가지 결심을 했다. 장차 낳을 딸은 머리를 길게, 정말정말 길게, 엉덩이로 깔고 앉을 정도로 기를 것이며, 포피라 부를 것이라는 결심. 나중에 로지는 시암을 이제는 태국이라고 부른다는 사실을 알게 됐다. 하지만 태국에 간 것은 오랜 시간이 흐른 후였고, 그마저 놀러 간 것이 아니었다. 그날이 동생과 둘이서만 지낸 마지막 날이었다.

병원에 가는 내내 펜은 "숨을 천천히 쉬어, 천천히" 하고 중얼거렸고, 루는 "환호를 올려" 하고 노래했고, 벤과 리겔과 오리온은 목청 높여 "워-어-어-어어" 하고 화답했다. 로지는 "포피, 포피, 포피, 포피" 하고 속삭였다.

병원 입구에 차가 도착하고 20분 후, 아기는 세상에 나올 준비가 끝났다.

"힘을 줘요." 의사가 말했다.

"숨을 쉬어." 펜이 말했다.

"포피." 로지가 말했다. "포피, 포피, 포피."

그게 바로 '왜'였을까? 로지는 동생의 오랜 꿈, 열 살배기 소녀의 꿈을 이루기 위해 그렇게 끊임없이 딸을 낳으려고 했던 것일까? 그는 그 딸이 자라서 열 살이 되면 잃어버린 그 어린 소녀 포피가 되어, 포피가 중단했던 모든 것을 이어받아, 무참하게 끊어지고 만 그 어린 생명이 이루지 못한 모든 것을 이룰 수 있을 것이라 믿은 걸까? 자궁을 계속 채우다 보면 언젠가는 포피가, 포피의 한 버전(숨을 죽이고 주시하며 떠돌아다니던 악마 포피)이 흩어져 있던 포피의 원소들을 모두 모아 다시 돌아올 수 있다고 믿었던 걸까? 죽은 동생이 자기 자궁에 들어오는 걸 상상하는 게 으스스한 일일까? 같은 일을 반복하고 또 반복하면서 다른 결과가 나오길 기대하는 건 정신이 이상한 증거라고 하지 않았나?

카드 한 장이 모자라는 데크, 와플 하나가 부족한 아침 식사. 말 한 마리가 부족한… 말 떼.

아니면 언제 하나쯤 잃을지 모르니 자식은 많을수록 좋다는 오래되고 뿌리 깊은 확신 때문이었을까? 포피가 죽은 후 모두 너무나 큰 상처를 받았다. 로지도, 엄마도, 아빠도. 하나로는 충분치 않았다. 하나로는 늘 균형이 맞질 않았다. 이제 더 이상 2 대 2가 아니었다. 더 이상 함께 놀 사람도, 뛰어가서 만날 사람도, 구해줘야 할 사람도 없었다. 로지는 알고 있었다. 엄마가 자기를 볼 때면 늘 두 사람을 본다는 사실을. 로지의 그림자에서, 로지가 학예회에서 공연하는 연극과 무용에서, 졸업식에서 엄마는 항상 포피도 봤다. 펜과 결혼하는 로지 바로 뒤에 포피가 서 있었고, 아기를 낳는 로지 옆에서 포피도 조용히 함께 숨을 헐떡였다. 루가 세상에 나오기 직전에 로지의 아빠가 세상을 떠났을 때도, 엄마는 부른 배를 하고 묘지에 선 로지 옆에서 아빠뿐 아니라 사라져버린 모든 것을 슬퍼하며 흐느끼는 포피의 희미한 그림자를 봤다. 적어도 그 이후로는 1 대 1이 되었고, 균형이 다시 돌아왔다.

하나라는 숫자는 이 세상에서 가장 외로운 숫자다. 바구니 하나에 가진 계란을 모두 담아서는 안 된다.

어쩌면 그래서인지도 몰랐다. 아니면 로지와 펜이 그냥 아기들을 좋아해서였는지도 모른다. 아기들이 가져오는 가능성과 혼란과 번잡함, 시작은 똑같지만 곧 완전히 다른 모습으로 자라가는 모습, 그런 모든 것을 좋아해서였는지도 모른다. 로지는 제멋대로 뻗어나가는 대가족이 빚어내는 시끄럽고, 복작거리고, 아수라장 같은 사랑이 커다란 농가이자 클럽하우스를 채우는 것이, 자기만 알아들을 수 있는 불협화음이 너무도 좋았다. 활짝 웃으며 함께 빙글빙글 도는 자신과 펜을 중심으로 소용돌이치는 태풍과 같은 소란을 사랑했다.

"힘주세요." 의사가 말했다.

"숨 쉬어." 펜이 말했다.

"포피." 로지가 말했다.

그리고 얼마 가지 않아서 "아들이에요! 건강하고 아름답고 완벽하고 조급한 아들입니다"라고 의사가 말했다. "빠르기도 하지. 차가 안 막혀서 천만다행이에요."

한 방에 끝났군. 로지는 생각했다.

뭐 눈엔 뭐만 보인다고, 남동생이니 적어도 아이들은 어떻게 동생을 돌볼지 알겠군.

한 번의 데이트

펜은 외아들이었다. 첫 데이트 때 로지가 "형제자매는 있어요?" 하고 묻자 펜이 말했다. "아니요, 독자예요." 로지는 "아, 안 됐네요" 하고 대답했다. 마치 펜이 3개월 시한부 선고를 받았거나 유명한 델리 2층에서 살면서 비건으로 자라기라도 한 것 같은 말투로.

"고마워요. 근데 괜찮아요." 펜은 그렇게 말했지만 바로 다음 순간 그 반응이 완전히 잘못되었다는 걸 알아차렸다. 집중할 수가 없었다. 보통 때보다 피가 두 배는 빠르고 세차게 온몸을 휩쓸고 있었고, 그건 모두 엄청나게 빨리 뛰는 심장을 진정시킬 수가 없었기 때문이었는데, 심장은 차를 몰고 로지를 데리러 가기 몇 시간 전부터 이미 법석을 떨고 있었다. 그런 상태에 빠져보기 전까지 그는 다른 사람들이 그러는 이유를 이해하지 못했다. 로지는 친구의 친구의 친구였고, 어느 날 밤 열린 파티에서 펜은 알지도 못하는 누군가가 술에 취해 흥알거리는 상태에서

두 사람을 만나게 해주자는 계획을 세워서 시작된 일이었다. 당시 문학 석사과정을 밟고 있었던 그는 날마다 아침에 일어나 왜 문학 석사학위를 받으려고 하는지 스스로에게 묻곤 했다. 중세 문학 수업을 같이 듣던 어떤 여자(소설을 쓰는데 중세 문학이 무슨 상관이 있는지는 생각하고 싶지도 않았다)가 한 번도 본 적이 없는 여자를 끌고 그의 앞을 막아섰다. 그 여자는 한동안 펜을 물끄러미 쳐다보다가 마침내 물었다. "그러니까, 의사랑 데이트 한번 해볼래요?"

"뭐라고요?"

"시인을 좋아하는 의사면서 싱글인 여자 친구가 있거든요."

"난 시인이 아니에요."

"무슨 말인지 알잖아요."

"모르겠는데요."

"진짜 매력 있어요. 둘이 잘 어울릴 것 같은데."

"내 이름도 모르면서."

"내 친구는 이름 같은 거 관심 없어요."

"내 말은 그게 아니잖아요."

"그래도."

그런 논리를 가진 사람과 논쟁은 불가능했다. 그래도, 그래도라는 말에 반응할 수 있는 말은 없었다. 그는 어깨를 으쓱해 보였다. 그즈음 그는 새롭고 특별한 경험을 할 가능성이 있는 일은 절대 거절하지 말자고 결심하고 실천에 옮기고 있었다. 그런 경험이 나중에 글의 재료가 될 수도 있었기 때문이다.

그게 다였다. 글의 소재. 글감을 얻고, 삶의 리듬도 좀 바꿔

보겠다는 생각에 더해 남의 제안을 거절하지 않는다는 새로운 인생관. 싫지는 않았지만, 그렇다고 기대하지도 않았다. 우유를 사기 위해 동네 마트에 잠깐 가듯 이 데이트에 대해 무덤덤했다. 하지만 샤워를 하고 옷을 갈아입기 한 시간 전, 자신의 원룸 소파에 앉아 단테의 《신곡》 중 〈지옥편〉을 읽다가 갑자기 심장이 빨리 뛰기 시작했다. 뺨이 붉어지고, 입술이 마르고, 손바닥에 땀이 났다. 셔츠 몇 벌을 입었다 벗었다 하면서 제일 잘 어울리는 걸 고르고 싶은 말도 안 되는 충동이 엄습했고 갑자기 긴장이 되고 떨렸지만, 아무리 생각해도 도대체 왜 그런 느낌이 드는지 알 수가 없었다. 어쩌면 독감에 걸렸는지도 모르겠다는 생각이 들었다. 그래서 옮길까 봐 두려워 전화를 해서 약속을 취소할까도 생각했지만, 병원에서 일하는 여성이니 뭔가 균을 피하는 방법을 알고 있겠지 싶었다.

펜은 데이트 상대가 사는 아파트 건물 앞에 차를 멈춘 후 그대로 앉아 숨을 고르고 무릎이 떨리는 것이 멈추기를 기다렸지만, 전혀 그럴 기미가 보이지 않자 그냥 포기하고 벨을 눌렀다. 문을 연 로지를 보고 펜은 놀랐다. "오."

그건 로지가 너무 예뻐서가 아니었다. 사실 로지가 예쁘지 않은 것은 아니었지만, 그보다는 로지가 아름답다는 생각이 들어서, 그러니까 그녀가 아름답다는 느낌이 들어서였다. 로지 뒤로 후광이 빛나는 것처럼 보였다. 로지가 밝은 태양을 등지고 선 바람에 눈이 적응할 수가 없어서 제대로 볼 수 없는 것 같았다. 아니, 마치 기절할 것 같은 느낌이라고 해야 할까, 종이접기를 하는 것처럼 시야가 차곡차곡 접혀서 점점 줄어드는 듯했다.

아니, 그 어느 것도 아니었다. 얼어붙은 도로에서 차가 미끄러져 빙글빙글 도는데, 모든 감각이 극도로 예민해져서 시간이 느리게 가고 주변에서 벌어지는 모든 일을 다 감지하면서, 계속 도는 차에 앉은 채 자기가 죽을지 아닐지 보기 위해 기다리는, 그런 느낌이었다. 그는 로지를 바라볼 수가 없었다. 모든 감각과 모든 순간의 일각일초와 몸속의 모든 원자가 그녀와 사랑에 빠지고 있었기 때문이었다. 이상한 일이었다.

펜이 대학원에서 문학을 공부하고 있는 것은 사실이었지만 그는 소설가이지 시인이 아니었고, 첫눈에 빠지는 사랑을 믿는 사람도 아니었다. 그는 이 순간 전까지는 늘 자기가 여자의 외모가 아니라 정신과 사랑에 빠진다는 사실을 자랑스러워했다. 이 여성은 아직 한마디도 그에게 건네지 않았고(의사라고 하니 상당히 똑똑할 게 틀림없지만), 그녀가 어떻게 생겼는지도 제대로 볼 수 없었지만 아무튼 그녀를 사랑하게 된 것은 틀림없었다. 그녀는 모자와 스카프, 두께가 10센티미터는 되어 보이는 발목까지 덮는 오리털 파카를 입고 있었다. 1월의 위스콘신에서 여자의 몸매를 보고 사랑에 빠지는 것은 불가능한 일이었다. 하지만 그는 로지네 집 문앞에 멍하니 서서 자기가 첫눈에 반한 것이 아니라고 스스로에게 상기시키고 있었다. 사랑에 빠진 것은 그보다 전에 벌어진 일인 것 같았다. 한 시간 반쯤 전, 소파에 앉아 단테의 《신곡》〈지옥편〉의 제5곡을 한참 읽고 있었을 때, 그러니까 로지를 보기 전의 일이었다. 어떻게 그의 몸이 이 사실을 알고 있는지, 아니, 이 사실을 미리 알았는지 알 길은 없었지만, 그건 틀림없는 사실이었다. 그래서 그는 그 이유에 대해 생각하는 것을 곧바로 멈췄다.

함께 간 식당에서 최상의 컨디션을 유지하지 못한 건 그 때문이었다. 첫째, 집중할 수 없었다. 둘째, 그는 알았다. 이미 마음의 결정이 끝난 상태, 이미 발을 완전히 들여놓은 상태였다. 그러니 예의상 나누는 한담 같은 것은 필요 없었다. 그래서 로지, 빛나고 반짝거리는 로지가 겹쳐 입은 옷들을 한 꺼풀씩 벗고 그 안에 숨어 있던 사랑스러움을 드러내면서 그를 향해 수줍게 미소 지으며 외아들이라 안됐다고 말하자, 처음 그의 입에서 나온 말이 "괜찮아요"였던 것이다. 그리고 몇 초가 지난 후, 그의 뇌가 겨우 상황을 따라잡고 나서야 이렇게 덧붙였다. "잠깐, 아니, 뭐라고요? 내가 외아들인 것이 왜 안된 일이죠?"

로지가 볼을 붉혔다. 펜도 볼을 붉혔겠지만 이미 피의 흐름이 최고점에 있었기 때문에 더 이상의 변화를 가져오는 건 불가능했다. "미안해요." 로지가 입을 열었다. "난 항상 내 여동생… 생각이…, 음… 외롭지 않았어요?"

"별로요."

"부모님하고 많이 가까워서?"

"별로 그렇지도 않았어요."

"작가라서 그런 걸까요? 어두운 데 혼자 앉아 우울한 생각에 잠기는 걸 좋아해서?"

"아니요!" 그는 웃음을 터뜨렸다. "흠, 그럴지도요. 모르겠어요. 어두운 데 혼자 앉아 우울한 생각에 잠겨 있었던 것 같지 않은데. 하지만 외롭지도 않았어요. 당신은요? 형제자매가 있다는 거죠?"

빛나던 로지의 얼굴에 구름이 끼었고, 펜은 그 즉시 미안한 마음이 온몸을 관통해 발가락까지 뻗쳤다. "여동생이 하나 있었어요. 내가 열두 살, 그 애가 열 살 때 죽었어요."

"아, 로지, 정말 안됐군요." 펜은 이번에는 자기가 적절한 말을 했다는 것을 알았다.

로지는 테이블에 놓인 빵을 향해 고개를 끄덕였다. "암이었어요. 끔찍한 병이죠."

펜은 거기에 보탤 말을 생각해보려 애썼지만 아무 생각도 나지 않았고, 대신 손을 뻗어 그녀의 손을 잡았다. 그녀는 마치 높은 곳에서 떨어지는 사람처럼 그의 손을 꼭 움켜잡았다. 그는 갑작스러운 통증에 숨을 헉 들이마셨지만 무안해진 그녀가 손을 놓으려 하자 더 꼭 힘을 줘서 맞잡았다. "이름이 뭐였어요?" 그가 부드럽게 물었다.

"포피." 그러더니 약간 창피한 듯 웃었다. "로지, 포피. 알 만하죠? 부모님이 정원 가꾸기에 심취해 있었거든요. 글라디올러스라고 부르지 않아서 다행이죠. 글라디올러스라고 부를까도 고려했었대요, 진짜."

"그래서 외동이 슬프다고 생각하는 건가요?" 그는 그녀가 다시 웃는 게 기뻤지만, 지금까지 만난 누구도 그에게 형제자매가 없다는 사실을 비극으로 생각하는 사람이 없었다. "당신이 혼자 자란 게 슬퍼서?"

"아마 그렇겠죠." 그녀가 어깨를 으쓱해 보였다. "어쩌면 그래서 당신이 벌써 좋은 건지도 모르겠어요. 우리 둘 다 외동이라서."

그는 그녀가 하는 말에 집중하려고 애를 썼지만 '당신이 벌써 좋다'는 말로 귀가 꽉 차버렸다.

나중에, 아주 많이 나중에 로지는 자기도 똑같았다고, 자기도 펜을 보기도 전에 사랑에 빠져버렸다고, 그날의 데이트가 인생 마지막 첫 데이트가 될 것이라는 확신으로 아침 내내, 그리고 오후 내내 서성거렸다고 말했다. 하지만 그 사실은 펜을 엄청나게 떨리게 만든 반면, 로지는 더 침착하게 만들었다. 펜은 한담을 나누는 시간이 아깝다고 느낀 반면, 로지는 서두를 일이 하나도 없다고 느꼈다. 세상이 그들에게 시간을 보장해줬다고 생각했다. 그러나 세상은 그렇지 않았다.

나중에, 조금 나중에, 펜은 어둠 속에서 자기 침대에 누워 천장을 향해 활짝 웃고 있었다. 웃음을 멈추고 싶었다, 정말 그랬다. 그리고 그렇게 히죽거리는 자신을 우습다고 여겼지만 웃음을 멈출 수가 없었다. 확실한 지식과도 같고, 불활성 기체처럼 안정적이며, 황금처럼 반짝이는 그 작은 비밀의 씨앗을 숨길 수도, 멀리할 수도, 막을 수도 없었다. 포피, 내 딸은 포피라는 이름을 가질 것이다. 그것은 결정도 아니고, 깨달음도 아니었다. 그저 오랫동안 진실로 존재했던 사실이었다. 로지가 열두 살 때부터, 그의 인생이 절반도 채 흐르기 전부터 존재했지만 단지 그가 지금까지는 알지 못했을 뿐인 진실.

전공의

펜은 시인과 데이트하고 싶어 하는 의사를 알았던 친구의 친구 이름을 기억하지 못했다. 어쩌면 처음부터 몰랐을 수도 있다. 자기 친구를 소개한 그 친구도 누구였는지 기억나지 않았다. 큰 빚을 진 게 확실한데도 말이다. 알고 보니 로지는 의사 중에서도 병아리 의사였다. 응급의학과 전공의 과정 1년차였기 때문이다. 남자 친구를 사귈 만한 시간을 낼 수 있는 처지가 아니었다. 남자 친구를 사귈 만큼 뇌에 여유가 없었다. 펜은 남자 친구를 사귀는 일이 두뇌 공간을 많이 차지한다는 사실은 알지 못했지만, 외워야 할 지식, 용어, 약, 치료법, 절차, 환자 사례 등이 엄청나게 많고, 그중 어느 것도 들어본 적이 없으나 모두 생사를 가를 정도로 중요하다는 것은 잘 알았다. 스트레스가 많이 쌓이는 일이라는 것도 짐작할 수 있었다.

"그러면 왜 시인하고 데이트하고 싶어 했어요?" 그는 자기가 싫어서가 아니라 남자 친구를 사귈 시간이 없다고 설명하는 로지에게 그렇게 물었다. 그녀는 자기가 남자 친구를 사귄다면 그 상대는 펜이겠지만, 지금은 사귈 수가 없다고 말하고 있었다.

"시인하고 데이트하고 싶다고 말하지 않았어요. 우리 모두 시인하고 데이트를 '해야 한다'고 말했지. 이론적으로 말이죠. 이론적인 시인하고. 우리 프로그램 사람들은 모두 같은 프로그램 사람들하고만 맺어져요. 카페인 과다, 업무 과다, 피로 과다에 절어 살다가 하루 겨우 쉬는 날이 오면 처박혀서 공부만 하는 자기중심주의자하고 데이트를 하는 거죠. 내가 하려고 했던 말은, 우리 모두 잠도 자고, 생각도 좀 천천히 깊게 하고, 플래시 카드로 암기해야 하는 단어 말고 다른 단어로 대화하는 사람하고 데이트해야 한다는 거였어요. 시인 같은 사람들. 하지만 내가 데이트를 하고 싶다는 건 아니었어요. 그럴 에너지도, 시간도 없거든요. 전공의들이 맨날 다른 전공의들하고 자는 게 다 그래서예요. 스케줄을 맞출 수 있는 유일한 사람들이니까."

"그러면 왜 데이트에 나오겠다고 승낙한 거예요?" 펜이 물었다.

"통화할 때 좋은 사람처럼 느껴져서요." 로지가 어깨를 으쓱해 보이며 말했다. "그리고 환자들 차트 정리하는 게 너무 지루했거든요."

그녀의 대답에 짜증을 내려던 펜은 자신도 글 쓸 재료를 얻기 위해 데이트에 나왔다는 것을 떠올렸다. 게다가 이렇게 되면 결국 그녀의 사랑을 얻기 위한 구애 과정이 필요하다는 뜻이었다. 펜은 무척 기뻤다. 그는 서사의 중요함을 믿는 사람이었는데, 연인은 구애가 필요하고, 관계는 쟁취해야 하며, 너무 쉽게 얻는 것은 금세 잃거나 얻을 가치가 없는 것이라 여겼다. 그는 그녀가 얻을 가치가 있는 사람이라는 예감이 들었다. 도전을 받아들일 준비가 되어 있었다. 좋은 글감이 될 것이 분명했다. 처음부터 맞는 생각이었다. 그녀가 인간의 심장을 공부하는 사람이라면, 펜도 마찬가지였다.

글만 많이 쓰면 문예 창작으로 학위를 딸 수 있을 줄 알았지만 그게 아니었다. 공부의 대부분은 읽는 일과, 읽고 싶은 것을 읽지 않고, 쓰고 싶은 것을 읽지 않는 일이었다. 거의 대부분 난해하고, 전문 용어가 난무하고, 하고 싶은 일과는 전혀 관련이 없는 문학 이론을 공부했다. 화학이나 해부학이나 인체생리학처럼 어렵지는 않았지만, 그보다 더한 시간 낭비였다. 그리고 시간이 정말 많이 들었다. 한 가지 다행스러운 점은 그 일이 어디에서나 할 수 있다는 점이었다. 펜은 로지가 일하는 응급실의 대기실에서 시간을 낭비했다.

고등학교 2학년 여름방학 때, 다른 애들은 모두 아르바이트 혹은 인턴으로 일하거나 캠프를 가장한 과외 수업을 하는 동안, 펜은 아침마다 잠에서 깨면 통근 열차를 타고 뉴어크Newark 국제 공항으로 갔다. 그때만 해도 누구든 금속탐지기를 지나 게이트 주변에서 어슬렁거릴 수 있었고, 탑승권이 없어도 괜찮았다. 그리고 짐도, 비행기표도, 어딜 가겠다는 생각도 없이 날마다 검은 후드티 차림으로 혼자 와서 공책에 뭔가를 끊임없이 끄적거려도 아무도 신경 쓰지 않았다. 그는 출발 게이트 하나를 선택하고 그 앞에 앉아서 한동안 보고 들으면서 여행객들을 소재로 한 이야기를 만들어내곤 했다. 서류 가방을 든 채 코에 걸친 안경을 계속 밀어 올리는 배불뚝이 비즈니스맨, 흉한 신발을 신고 선물을 양손 가득 든 노인, 혹은 그의 이야기에 밀회를 즐기기 위해 떠나는 것으로 단골 출연하는 혼자 여행하는 사람 등 모두가 펜에게는 글의 재료였다. 출발 게이트가 지루해지면 그는 수하물 찾는 곳으로 가서 눈물 어린 상봉과 마치 서로의 몸속으로 들어가 합체라도 하고 싶은 것처럼 꼭 껴안는 사람들을 구경했다. 그도 아니면 공항 출입문 바로 안쪽에 앉아 다른 종류의 눈물과 출발과 이별을 목격하고, 연인과 살을 에는 이별을 한 후 기다란 줄에 서서 탑승권을 받고 짐을 부치기 위해 기다리며 훌쩍이는 사람들을 바라봤다. 열다섯 살 난 펜에게 그들의 변화는 심오하게 느껴졌다. 방금 전까지도 남자 친구의 품에서 한순간이라도 더 머물고 싶어 안달하고 흐느끼던 사람이, 다음 순간 확 변해서 줄에 서서 조바심을 치며 손목시계를 거듭 확인하고 발을 동동 구르면서 맨 앞에 서서 시간을 끌고 있는 나이 든 커플을 향해 인상을 찌푸리는 것이 신기했다.

〈공항 스케치〉는 펜의 첫 작품이었다. 그는 원고를 저장한 디스크를 들고 가 복사집에서 인쇄한 다음 검은 플라스틱 스프링으로 제본했다. 하지만 그의 진학 상담 선생님은 공항에서 어슬렁거리면서 이야기나 만들어낸 경험을 제대로 된 인턴 과정으로 인정해주지 않았다. 그래도 그는 다음 해 여름 〈락어웨이 가제트〉 잡지사에서 광고 문안을 교정했던 인턴 과정보다 여름 공항에서 훨씬 많은 것을 배웠다. 그리고 글도 훨씬 많이 쓸 수 있었다.

그런 이유로 로지의 병원 대기실에서 책을 읽고 글을 쓰는 일은 그가 많이 해본 일이라고 할 수 있었다. 우는 사람도 많았고, 애처로운 광경도 많았고, 비극과 안도의 절정도 수없이 목격할 수 있었다. 사실 안도의 절정은 비극의 절정과 굉장히 비슷한 점이 많았고, 기다림의 중심이 되는 수많은 역설, 뉴어크 국제공항에서 볼 수 있었던 것과 같은 역설을 목격할 수 있었다. 기다리는 것이 인생 최고의 소식이 될지, 최악의 소식이 될지는 모르지만, 그렇게 큰 의미와 여파를 지닌 무언가를 기다리는 와중에도 사람들은 늘 떼쓰는 어린아이가 되어 참지 못하고, 인상을 쓰고, 엉뚱한 물건을 뱉어낸 자판기 때문에 화가 나서 얼굴이 붉으락푸르락해지면서 할 말을 하지 못한 아이처럼 행동하곤 했다. 병원 대기실에서 기다리는 사람들이라면 함께 싸운 군인들이나 공허하고 고통스러운 세상을 함께 경험한 동료 시민들처럼 비슷한 관심사를 가진 사람들 사이에 생기는 동료애를 발휘할 것 같지만, 실상은 그렇지 않았다. 대부분은 서로 눈을 피하면서 누군가가 감히 간호사의 주의를 먼저 끌려고 시도하면 크게 한숨을 내쉬면서 조용한 적대감을 드러냈다.

펜은 구애하고 공부하고 관찰하고 귀 기울이고 이야기에 쓸 내용들을 메모했다. 그는 글을 읽고, 글을 썼다. 로지는 몇 시간에 한 번씩 모습을 드러냈다. 어떨 때는 피가 가득 튀고, 어떨 때는 구토물 벼락을 맞고, 어떨 때는 신경이 곤두선 모습이었다. 하지만 기진맥진하고 눈이 충혈된 상태인 것은 똑같았다. 이름처럼 항상 장밋빛이었고, 불평하면서도 그가 보이면 반가워했다. 그리고 이런 말들을 수없이 되풀이했다. 불편하지 않아요? 의자는 더럽기 짝이 없고 음식도 형편없어요. 병원 대기실에 균이 얼마나 득실거리는지 알기나 해요? 이런 데서 문학 이론서를 읽고 있는 게 얼마나 이상한지 아세요? 남자 친구를 사귈 시간이 없다고 이미 말하지 않았나요? 집에 가서 편히 자고 싶지 않아요? 우리 둘 중 하나라도 자야죠. 집 거실이 더 편하지 않겠어요? 총상을 입은 환자가 올 위험은 정말 낮아요.

처음에 펜은 아픈 아이들과 부모들, 암에 걸리고 심장병이 있고 사고를 당하고 가정 폭력을 경험한 아이들, 아픈 아이들을 돌보는 부모들에 관해 글을 쓸 생각은 없었다. 아픈 아이들은 그가 아는 어떤 서사 이론으로도 이야기할 수가 없었다. 죽어가는 아이의 이야기에는 구원의 메시지를 담을 길이 없었다. 총에 맞거나 구타당한 어린이의 이야기에서 우리가 그나마 뭐라도 배워서 총에 맞거나 구타당한 아이가 보람을 느끼게 하는 것은 불가능했다. 그런 이유에서 펜은《로미오와 줄리엣》이야기에 항상 열받아 했다. 싸우던 두 가문이 오랜 분쟁을 내려놓고 화해하는 진부한 결말이 마치 10대 아이 둘을 잃은 것을 정당화하기라도 하는 듯 받아들여지는 것이 짜증났다. 부모들 간에 사이가 좋아진다면 로미오와 줄리엣이 기꺼이 죽을 의사라도 있었던 것처럼 말이다.

새벽 2시에 대기실로 나온 로지가 펜이 그 시간까지 거기 있다는 사실에 고마워하기는커녕 놀라지도 못할 정도로 지친 나머지 그가 앉은 옆 의자에 털썩 주저앉자, 펜은 그녀의 손을 살며시 쥐고 말했다. "로미오와 줄리엣은 부모들이 사이가 좋아지든 말든 그런 데는 아무 관심도 없었어요."

"그랬겠죠." 눈은 여전히 감긴 채였다. 아마 듣지도 않았는지 모른다.

"사실 로미오와 줄리엣은 부모들이 서로 미워하는 게 멋지다고 생각했을 거예요."

"누군들 안 그러겠어요?"

"싸우는 걸 멈추게 하려고 죽을 생각은 전혀 없었어요. 살기 위해 뭐든 할 준비가 되어 있었죠. 그 사람들이 살게 하기 위해 줄리엣이 죽었죠. 그 사람들이 살게 하기 위해 로미오도 죽임을 당했고요."

로지가 고개를 끄덕였다. "하려는 말이 뭐예요?"

"아이가 아파서 좋을 게 하나도 없다는 말이에요."

"맞아요."

"아이가 아픈 건 아무리 어떻게 봐도 공평한 일이 아니고, 보람을 찾을 수도 없어요."

"맞아요."

"불가능한 서사죠." 펜이 설명했다.

"병원에는 서사의 이론이 너무 없다는 게 참 이상하죠." 로지가 말했다. "당신이 낸 이론이 아마 전부일 거예요."

"그럼 내가 여기 있는 게 다행이네요." 펜이 대꾸했다.

하지만 대기실의 이야기들은 살아남지 못했다. 며칠 후, 로지가 근무 시간에 맞춰 출근해보니 펜은 이미 대기실에 앉아 있었다. 노트북 컴퓨터 자판을 열심히 두드리느라 회진하러 가는 로지가 옆을 지나치는데도 고개를 들지도 않았다.

"새로운 서사의 이론을 찾았어요?" 지나가던 로지가 물었다.

"새 장르를 찾았어요." 그가 올려다보지도 않은 채로 대답했다. "동화예요."

"좋죠." 로지가 말했다. "동화에서는 아이들에게 나쁜 일이 절대 일어나지 않으니까."

그녀의 근무 시간은 28시간씩 계속됐다. 펜은 내도록 대기실에 앉아 글을 썼다. 두 사람은 동이 틀 무렵 커피 타임과 아침 식사를 함께 했다. 펜은 자판기에서 파는 옥수수칩을 종류 별로 모두 맛봤다. 다음 날 밤, 마침내 근무 시간이 끝난 로지가 일상복 차림이지만 이마에 딱 붙어서 떨어지지 않을 만큼 떡진 앞머리를 한 채 나타났다. 펜은 이미 노트북 컴퓨터를 닫고 《천로역정》*의 여백에 그동안 있었던 '집필 역정'에 대해 적고 있었다.

"어서 가요." 로지가 말했다.

펜이 고개를 들었지만 눈이 약간 침침했다. 이야기하다가 단어와 단어 사이에 잠깐씩 졸았을 수도 있다.

"어디로요?"

"저녁 먹으러." 로지가 말했다. "그다음엔 침대."

펜은 잠이 완전히 달아나버렸다.

둘은 '에그스와 드렉스'로 저녁을 먹으러 갔다. 커피는 별 맛이 없었지만 거기서 늦은 밤에 먹는 와플은 최고였다. 로지는 환자들에 관해 이야기했다. 그녀는 자기가 밟고 있는 과정, 동료 전공의들, 전문의들, 간호사들에 관해 이야기했다. 그녀는 의대에서 배운 것과 환자를 직접 치료하는 것의 차이, 의사가 되면

★   영국의 작가 존 번연이 쓴 종교 우화 소설(1678). 신의 노여움을 두려워하는 한 기독교인이 갖은 고난을 겪고 천국에 이르는 과정을 그린 작품.

44

어떨지 상상했던 것과 실제로 의사로 일하는 것의 차이, 해부학 책에서 배운 것과 실제로 해부할 때의 차이를 이야기했다.

"오늘 뭐 했어요?" 그녀가 물었다.

"같은 일이요." 펜은 되도록 적게 말하려고 애썼다. 그녀가 말하는 것을 듣는 것이 좋았다. 그리고 대화를 하기에는 너무 피곤했다.

"같은 일이요?" 로지는 되도록 많이 말하려고 애썼다. 앉은 채로 잠들지 않기 위해서였다. "요즘 들어 병원에서 시간을 엄청나게 많이 보냈다는 것은 알지만, 그렇다고 환자를 치료할 자격까지 갖출 정도는 아닐 텐데요."

"환자를 치료했다는 것이 아니라 학교에서 배운 것과 실제 그 일을 하는 것, 책과 삶 사이의 차이에 대해 생각하는 것 말이에요. 장차 어떻게 될 것이라 상상하는 것과 현실 사이의 차이 같은 것도."

"당신한테는 모든 게 메타포인가요?"

"가능한 한 많이 그렇게 보고 싶어요." 펜이 인정했다. "이제 뭐 하죠?"

"침대."

표정을 중립적으로 유지하는 것이 중요했다. 그는 눈을 고정시키고 눈썹과 입술과 입과 볼도 모두 고정시켰다. 혼수상태에 빠진 것처럼 보이기 위해 최선을 다했다.

"너무 흥분한 것처럼 보이잖아." 그녀가 말했다. "너무 피곤해서 자는 것 말고는 아무것도 못하겠어요. 당신도 마찬가지고."

"왜 그렇게 생각해요?"

"벌써 37시간 동안 깨어 있었잖아요. 눈이 흐리멍덩하고 충혈되어 있어요. 우리가 말하는 지금 이 순간에도 뇌세포가 죽어가고 있어요. 증상이 다 보여요. 내가 이래봬도 의사잖아요."

"병아리 의사죠."

"주문한 계란을 기다리는 동안 졸았잖아요. 피곤할 때 보이는 대표적인 증상이에요. 의대 1학년 때 배웠죠."

"난 할 수 있어요. 다시 기운 차릴 수 있어요."

"당신은 지금 잠이 필요해요." 로지가 고집했다. "일단 먼저 잠을 자고, 그다음에 생각해보도록 하죠."

펜은 생각해보자는 말이 좋은 징조라 여겼다. 그는 로지가 내건 조건에 동의했다. 구애하는 여성의 침대에 잠을 자기 위해 누운 적이 있는지 기억나지 않았지만, 한번 시도해볼 의향은 있었다. 바셋 하운드*가 그려진 그녀의 침대 시트는 원단이 좋아서가 아니라 반복해서 빨고 또 빨아서 부드러웠다. 사랑을 많이 받은 시트였다. 바셋 하운드에 둘러 싸여 막 눈을 감으려는데 그녀가 말했다. "당신 이야기를 해줘요."

"무슨 이야기요?"

"대기실 이야기."

"당신도 아는 이야기잖아요."

"나는 대기실에서 기다린 사람이 아니니까." 그녀가 말했

★   다리가 짧고 몸통과 귀가 기다란 개. 프랑스에서 사냥감을 쫓기 위해 키웠던 수렵견이었다.

다. "난 대기실 문 건너편에 있던 사람이니까."

그는 눈을 계속 뜨고 있을 수가 없었지만 뜨고 있을 필요가 없다고 생각했다. "잠자리 동화는 어때요?"

"옛날이야기라면 완전 찬성이에요." 그녀가 말했다.

"옛날 옛적에…."

"아주 기발한 시작은 아니네."

"왕자님이 살았어요."

"공주님으로 시작해야 하는 거 아니었던가?"

"왕자님 이름은 그룸왈드였어요."

"그룸왈드?"

"왕자님은 멀고 먼 나라에 살았는데 왕자로 사는 것이, 흠, 별로 만족스럽지가 않았어요, 재미있지도 않았고. 왕자로 선출된 것이 아니었고, 착하게 행동하거나 빨리 생각하거나, 영리하게 문제를 풀거나 열심히 일해서 왕자가 될 자격을 갖춘 것이 아니었지요. 모든 왕자들이 왕자가 되는 똑같은 이유로 왕자가 됐어요. 왕을 아버지로, 왕비를 어머니로 둬서 왕자가 된 거예요. 그리고 그룸왈드 왕자도 썩은 이빨처럼 웃기게 생긴 지붕을 가진 성의 한쪽 전체를 차지하고 살았어요."

"총안구."*

"맞아요, 그리고 가운과, 왕관과, 꼭대기에 공 같은 게 달린 막대기도 있었어요."

"맙소사, 펜. 언어는 당신 분야잖아요."

★　밖을 관측할 수 있게 뚫어놓은 구멍.

"피곤해서 그래요."

"아무튼 그런 건 무슨 소용이에요?"

"그룸왈드도 똑같은 질문을 했어요. 이런 게 다 무슨 소용이람? 침실 바로 앞 복도에 진짜 갑옷이 서 있기는 했어요. 하지만 그것만 빼면 그룸왈드는 상당히 평범한 사람이었어요. 자기 화장실은 직접 청소하는 보통 사람. 왕자는 꼭대기에 공이 달린 막대를 어디다 써야 할지 알 수 없었고, 왕관은 머리만 아프게 했어요."

"계속적인 피부신경 자극으로 인한 뇌신경통."

"그리고 친구들이… 평범한 삶을 살아가고, 여름에는 아르바이트를 하고, 지붕이 평평하거나 적어도 지붕 모양인 집에 사는 친구들이 자기보다 훨씬 행복해 보였지요."

"평범한 삶과 평범한 지붕을 가진 친구들을 왕자님은 어떻게 만났을까요?"

"고등학교에서요." 펜이 말했다.

"공립학교에 다녔다고요? 부모님이…."

"왕과 왕비. 부모님은 진보적인 사람들이라 돈이나 계층이나 왕족 같은 신분과 상관없이 어느 아이나 좋은 교육을 받을 자격이 있다고 믿는 사람이었어요. 모든 어린이들이 지식과 교양과 문제 해결력, 비판적 사고 능력을 갖추고, 재정적, 정신적으로 든든한 기반이 되는 좋은 직업을 가질 기회를 누릴 수 있다면 더 나은 세상이 될 것이라는 사실을 알고 있었지요."

"깨인 사람들이군요."

"맞아요. 하지만 그룸왈드에게는 쉽지 않았죠. 직업을 가지기 위한 준비를 할 수도 없었고, 대학에 갈 수도 없었고, 아무리 개방적인 부모라도 농부 처녀와 데이트하는 걸 반길 것 같지는 않았기 때문이에요. 농부 처녀의 능력과는 상관없이 말이죠. 스포츠를 하는 것은 허락됐지만 실제로는 할 수가 없었어요. 아무도 왕자님을 상대로 몸 쪽으로 휘는 커브 공을 던지거나, 아웃시키거나, 공을 막고 싶어 하지 않았으니까요. 친구들은 잘 차려입고 리무진을 대절하고 비싼 식사를 할 드문 기회라서 학교 무도회를 너무 좋아했지만, 불쌍한 왕자님에게는 매주 화요일마다 있는 평범한 일상일 뿐이었지요. 졸업식은 아예 참석하지도 않았어요. 거창한 의식을 빼면 아무것도 남지 않는 생활을 하는 왕자님은 그런 거창한 의식을 더 이상은 견딜 수 없었으니까요. 왕자님의 세상은 아름다웠고, 보라색 안개에 감싸여 있고, 왕자님만을 위해 빛나는 듯한 따뜻한 햇살이 있고, 숲의 향기와 모험과 마술과도 같은 일들로 넘쳐났지만, 그 모든 것에도 불구하고 그 세상은 작기 짝이 없었어요. 교육을 통해 그 세상 바깥에 무엇이 있는지 알게는 됐지만 그곳으로 실제로 나갈 수 있는 가능성이 없다는 사실을 더 확실히 깨달았지요."

"하지만 새들은 친구였겠죠?" 로지는 혹시나 하며 졸린 목소리로 물었다. "쥐들이 절친이어서 한밤중에 길고도 깊은 대화를 나눴겠죠?"

"이건 동화예요, 로지. 진짜 동화, 디즈니 동화가 아니라. 쥐들은 말을 못해요. 새들은 자유를 만끽하며 왕자님을 놀리는 것 같았어요. 학교에서 사귄 친구들이 물론 있기는 했지요. 학생회 회장이었으니까. 그런 식으로 아이들을 많이 만났죠. 거기

49

더해 수학 경시대회에 참가해서도 사람들을 만났어요. 하지만 왕자님을 정말 이해하는 친구는 아무도 없었죠. 그러던 어느 날 갑옷 안을 들여다보게 됐어요."

"무슨 갑옷이요?"

"방문 밖 복도에 서 있는 그 갑옷 말이에요."

"그 이야기를 했다고요?"

"했어요. 집중해서 들어요."

"집중해서 듣고 있었단 말이에요. 잠자리 동화라고 해서 서서히 잠들고 있었다고요. 숨겨진 정보가 있는 동화라는 걸 알았으면 눈을 더 부릅뜨려고 애썼을 텐데."

"숨겨진 정보가 아니에요. 말했잖아요. 썩은 이빨처럼 생긴 지붕, 꼭대기에 공 같은 게 달린 막대기, 복도에 서 있는 갑옷, 자기 화장실을 직접 청소하는 사람. 그게 이야기의 전부예요. 그것만 알면 돼요."

"갑옷 안에 뭐가 있었어요?" 그녀는 카드에 그려진 어린 소녀처럼 두 손을 모아 볼 아래 대고 졸린 표정으로 그에게 미소를 지으며 눈을 감지 않으려고 노력했지만 계속 실패하고 있었다.

펜은 손을 뻗어 그녀의 머리와 이마를 쓰다듬었다. "나머지 이야기는 아침에 해줄게요."

"날 못 가게 하려는 계책이에요?"

"여기가 당신 집이에요."

"셰에라자드*처럼?"

★　《아라비안나이트》에 나오는 술탄의 왕비. 밤마다 재미있는 이야기를 술탄에게 들려주어 목숨을 보전하였다고 한다.

"여기가 셰에라자드 집이라고요?"

"어디까지 이야기했는지 잊어먹지 말아요." 로지는 마침내 잠에 빠져들면서 말했다. "잠에서 깨면 바로 그 뒤 이야기부터 듣고 싶어요."

그러나 나중에 잠에서 깬 두 사람은 다른 이야기부터 했다.

"이 문제를 마지막으로 토론했을 때 말이죠." 펜이 아주 친절하게 일깨워줬다. "당신이 생각해보자고 했던 거 기억나요?"

"흠, 그럼 그 생각이란 걸 해봅시다." 그녀가 말했다.

두 사람의 관계에서 지속적인 역설 중 하나는 로지의 전공의 근무 스케줄이 펜에게 안성맞춤이었다는 사실이었다. 이미 그녀의 사랑을 얻은 후에도 펜은 대기실에 진을 치고 앉아 읽고, 쓰고, 환자들을 보는 사이사이 휴식 시간에 들른 로지에게 조금씩 이야기를 해주는 것을 멈추지 않았다. 그는 그녀가 잘 때 자기도 자고, 그녀가 깨어 있어야 할 때 자기도 깨어 있는 일을 기꺼이 했다. 로지는 30시간을 내리 일할 때면, 여덟 시간을 잘 수만 있다면 뭐라도 바치고 싶은 지경이었다. 전공의 과정, 커리어 전망, 눈알, 심지어 펜까지도 포기할 수 있을 것만 같았다. 그리고 진짜 속마음을 고백하자면 두 사람의 역할이 바뀌어서 펜이 비인간적인 스케줄에 따라 밤낮으로 일하더라도 자기는 집에 있는 침대에 누워 편안히 잤을 게 틀림없다고 생각했다.

그 시기는 부모 노릇을 하는 데 좋은 훈련이 되었다. 물론 몇 년 후까지도 그런 일은 생각조차 하지 못했지만 말이다. 루가 태어난 후 한 달여를 잠도 안 자고 스타카토로 울어대던 시기에, 어느 날 그녀는 펜이 대기실에서 살다시피 한 것이 정말 효과적인 테스트였다는 사실을 깨달았다. 남편이 밤새 두 시간 만에 한 번씩 깨어나 아기를 봐주리라는 믿음이 있었다. 펜은 전날 밤 셋째, 넷째 아이들 때문에 자정이 넘을 때까지 자지 못했던 것과 상관없이 동이 트기 전에 일어나 첫째, 둘째 아이와 아침 식사를 할 수 있는 배우자였다. 그것 때문에 그녀가 그를 선택한 것은 아니었지만, 나쁜 이유도 아니었다.

세월이 많이 흐른 지금은 새벽 시간에 병원에 혼자 있는 로지에게 이야기를 해줄 사람이 아무도 없다. 전공의 훈련을 마친 것은 수년 전 일이다. (촌스러운 카펫과 불편한 가구는 그 후로도 몇 번이나 바뀌었다.) 그러나 로지는 문을 열어젖히고 대기실로 들어갈 때마다 펜이 그곳에 기다려주지 않을까 순간적으로나마 기대하곤 했다. 전공의 훈련을 받은 병원에 남아 계속 근무한 덕분에 경험하는 이상한 것들 중 하나였다. 수십 년 동안 쭉 근무한 사람들은 현재의 직함이나 성취와 상관없이 그녀를 아직도 전공의처럼 취급했다. 한결같이 똑같은 것은 늘 순환하고 교대하고 변화하는 것보다 무게가 있다. 그리고 대기실 구석 의자에 펜이 없다는 사실은, 그가 집, 가족, 침대, 삶에서 얼마나 큰 존재감을 가지고 있는지와 상관없이 항상 로지의 발걸음을 잠시 멈추게 했다.

같은 병원에 남은 것도 일종의 구애를 받은 끝에 내린 결정이었다. '애리조나 여자' 로지는 2월의 위스콘신에 대해 전혀 준비되어 있지 않았다. 두 번째 학기에 차가 얼어 시동이 걸리지 않자, 그녀는 그것이 인간이라면 실내에 머물러야만 한다는 계시라 여겼고, 그 결과 내분비학 강의를 너무 많이 빠져서 낙제할 뻔하기도 했다. 수업 자체를 듣기 싫어서가 아니라 도저히 문 밖으로 나설 수 없어서였다. 로지는 시각적으로 학습하는 타입이라 눈을 감고 신경 분포와 뼈대, 근육 패턴 등을 떠올리곤 했다. 어느 날 아침, 주차장에 차를 두고 시험을 보러 걸어가는 동안 조금 오래 감고 있어서 눈이 감긴 채로 얼어붙어버린 적도 있다. 그녀는 졸업을 하자마자 위스콘신에서 탈출하리라 맹세했다.

그러나 대학병원의 프로그램이 너무 훌륭했다. 그녀에게 남으라고 권유하는 교수들, 그녀와 함께 일하고 싶다고 하는 교수들의 청은 거절하기에는 너무나 큰 영광이었다. 그리고 펜이 그 병원의 대기실을 좋아했다. 그녀는 남으라는 구애를 받았고, 그래서 남았다. 펠로로 일하는 동안만이라고 스스로 다짐했다. 주치의로 경험을 쌓는 동안만. 그 후에는 구애해도 소용이 없을 것이다. 경험을 넓히기 위해 어딘가 딴 곳으로, 동상과 발가락 절단과 낚싯대에 손이 얼어붙어서 오는 바보들을 치료하는 것 말고 다른 전문 분야를 개발할 수 있는 곳으로 가야만 할 것이다.

그러나 루의 뒤를 이어 생긴 벤, 그리고 벤의 뒤를 이어 생긴 리겔과 오리온 덕분에 그 계획도 무산되고 말았다. 자녀는 계획에는 가장 큰 훼방꾼이고, 그들을 제외한 모든 새로운 것의 적이다. 위스콘신 대학 병원은 그녀가 얼마나 열심히 일하는지, 얼마나 많은 성취를 이뤘는지 잘 알고 있었다. 또다시 출산 휴가를 내야 하고, 출산 직전에는 환자들의 병상 옆 좁은 공간에는 들어가지도 못했고, 그 전의 몇 달 동안은 환자들을 들어 올리지 못하는 건 물론이고 거의 아무것도 할 수 없었다. 그 전에는 입덧으로 아침마다 일을 하지 못했고, 유일하게 병원보다 더 균이 많은 곳인 초등학교에 다니는 아이들 덕분에 병이 나서 수없이 많은 야간 근무에 병가를 내야 했던 건 상관없었다. 그러고도 그녀는 병원에 남을 만한 사람이었다. 그러나 위스콘신 대학병원이 아니면 어느 곳도 그 사실을 알지 못했다. 그래서 그녀는 거기 남았다.

로지는 정말 그럴 만한 가치가 있는 의사였다. 클로드가 존재하기 시작한 그날 밤, 그녀는 허리 통증을 가장한 폐색전*을 잡아냈고, 과민성대장증후군 혹은 격렬한 현실 부인과 극도의 망상을 가장한 10대 임신, '아마 아무것도 아니겠지만 혀가 느낌이 좀 이상해요'를 가장한 뇌졸중도 적발해냈으며, 박학한 외과의로 가장한 1년차 전공의의 덜미도 잡았다. 그것은 그녀가 아들들을 키우며 기른 능력이었다. 잡아내고 적발하고 덜미를 잡는 일. 로지는 그날 밤 파자마 파티를 하다가 계단에서 떨어져 응급실에 온 어린 소녀의 옆도 지켰다. 소녀는 다리도 아프고 팔도 아팠지만 그 때문에 운 것만은 아니라는 사실을 로지는 알고 있었다. 아이는 혼자였고, 무서워서 울고 있었다. 아이가 친구 집에 간 틈에 짧은 여행을 간 부모가 병원에 도착하기까지는 한두 시간이 걸렸고, 아이를 병원으로 데려온 파티 주인공의 부모는 집에 여섯 살짜리 소녀들이 한가득 있어서 얼른 돌아가야만 했다. 울고 있는 어린 소녀는 금세 괜찮아질 것이 확실했

★   정맥에서 형성된 혈전이 혈관을 따라 이동하다 폐동맥을 막아 폐순환이 좁아지거나 막힌 상태. 굵은 동맥에 생기면 심한 가슴 통증이 일어나고 쇼크 상태에 빠진다.

고 부모가 지금 오고 있었지만, 그와 상관없이 다른 환자들하고는 다른 방식으로 로지의 마음에 타격을 줬다. 말기 환자들, 의사가 제어할 수 없는 통증에 시달리는 환자들, 현대 의학으로 치료가 불가능한 병을 앓는 환자들, 마음속에서 보내야 했던 환자들은 많았지만, 그로 인한 아픔은 어린 소녀들을 볼 때 느끼는 아픔과는 완전히 달랐다. 환자 이송팀을 부른 지 한 시간이 지나도 오지 않자, 로지는 소녀를 직접 엑스레이실로 데리고 갔다. 방사선 촬영 기사는 그녀가 환자와 같이 있게 해줬다. 손목이 삐었고 정강이뼈에 약목 골절을 입었을 뿐이지만 소녀가 누군가의 손을 붙잡고 있을 수 있도록 해주기 위해서였다. 어디가 삐었는지, 어디에 골절을 입었는지 알고 나자 로지는 소녀를 위해 무엇을 해줄 수 있을지 알았고, 진통제와 오트밀 쿠키 세 개를 주고 아이를 웃게 만들었다. 클로드가 존재하기 시작한 날 밤 로지는 그런 사람으로 살고 있었다. 엄마, 아내, 응급실 의사, 수수께끼를 밝혀내는 사람, 어린 소녀를 달래주는 사람. 그리고 방사선 촬영 기사까지.

그녀는 그게 이유가 아니라는 걸 알고 있었다. 그래도 항상 그것이 이유가 아닐까 생각하곤 했다.

잠자리 동화

클로드가 존재하기 시작한 날 밤, 클로드와 로지가 방사선을 쬐고 있을 때 펜은 집에서 아이들을 재우고 있었다. 취침 시간은 카오스 이론을 실제로 경험할 수 있는 현장이었다. 루는 따뜻한 물에 몸을 푹 담그고 있는 걸 좋아하지만, 오리온은 목욕의 '목' 자만 들어도 짜증을 내면서 벤의 봉제 인형들이 욕조에서 잠수하고 싶어 할 것이라 생각했다. 벤은 따뜻한 우유를 마시면 진정했지만, 루가 수건 한 장만 (그것도 어깨에) 걸치고 "페니스 매애앤! 높은 건물 위로 잘도 뛰어다니지… 피뢰침을 피해서 훌쩍훌쩍 높이높이"라고 노래를 부르며 부엌을 가로질러 뛰어가는 걸 본 리겔은 코로 우유를 내뿜었다.

펜은 눈을 지그시 감고 숨을 깊이 들이쉰 다음, 콧물과 우유로 범벅이 된 리겔의 파자마를 벗기고, 일어나기를 거부하고 욕조에 앉아 있는 오리온을 그대로 둔 채 욕조 물을 빼고, 잡동사니 서랍에서 빨래집게를 찾아 벤의 봉제 인형들을 '성능 시험장'에 넣어 말렸다. ('성능 시험장'은 다용도실이지만 늘 뭔가의 성능을 시험하는 용도로 쓰이니 그 용도에 맞는 이름으로 불러야 한다고 로지는 주장했다.) 아이들 넷 중 셋이 발가벗은 상태였고, 사실 그 정도면 잠옷을 입는 데 한걸음 가까이 다가간 것이지만, 침대에 눕기까지는 한참 남은 단계다. 벤은 잠옷을 입고 있긴 하지만, 장화와 판초, 비닐 모자 차림에 우산을 들고 널어놓은 봉제 인형들에서 떨어지는 폭우 밑에 서서 진 켈리를 흉내 내며 노래를 부르고 있었다.

너무 지루해지지 않도록(!) 펜은 키 순서로 줄을 세우고, 불이 났을 때 물이 든 양동이를 건네듯 잠옷 윗도리, 아랫도리, 애착 담요, 빨대컵 등을 차례차례 전달해서 모든 물품이 제 주인을 찾도록 했다. 사실은 오리온이 루의 잠옷 윗도리를 입고, 루는 웃통을 벗은 채였고, 그것을 본 리겔이 잠옷 아랫도리를 입는 것을 거부한 다음 팬티가 외롭지 않게 양말을 신기는 했다. 그리고 또 루가 벤의 애착 담요를 가로채서 망토처럼 두르고 세 번이나 계단을 뛰어 내려가면서 "페니스 매애앤! 난간을 타고 내려갈 수도 있지만 모든 것을 고려해서 오늘은 참지"라고 노래를 부른 것도 사실이다. 그러나 펜은 이 정도면 성공적인 취침 시간으로 간주하고 오늘도 승리한 것으로 결론 내렸다.

"오늘 밤은 어느 방?"

"상어 동굴!" 아이들 넷이 합창했다. 클로드가 존재하기 시작한 날 밤, 여덟 살이던 루는 직접 자기 방의 이름을 지었다. 네 살 반인 리겔과 오리온은 바로 옆방을 썼는데 모두 그 방을 POH라고 불렀다. 그런데 그게 '지옥 구덩이Pit of Hell'를 뜻한다는 것을 아는 사람은 로지와 펜뿐이었다. 이것도 로지가 지은 이름이었다. 일곱 살배기 벤은 '벤의 방'에 살았다. 벤은 자구적 해석이 가능한 이름을 짓는 걸 좋아했다.

아이들 한 명, 한 명에게 잠들기 전에 동화를 따로 들려주는 것은 상상할 수도 없는 일이었다. 저녁 근무가 없어서 로지가 함께 집에 있을 때도, 심지어 로지가 아이들을 출산한 후 한두 달씩 집에 머물며 도움을 주던 로지의 엄마까지 있어도 불가능한 일이었다. 잠들기 전에 동화를 듣는 것은 단체 활동이었다. 그리고 돌아가면서 모두 그림책을 보려면 몸을 비틀고, 밀치고, 꼬집고, 찌르는 일과 "저리 비켜, 얘가 나한테 대고 방귀 뀌었어요, 나보다 네가 더 오래 봤잖아" 하며 실랑이를 벌이는 일을 수없이 반복해야 하기 때문에, 펜은 책을 읽어주기보다는 그냥 이야기를 해주는 쪽을 택했다. 펜은 자기가 가진 마술 책을 읽어줬다. 그냥 아무것도 쓰이지 않은 빈 공책이었다. 빈 공책이라는 것을 아이들에게 보여주고, 그러니 서로 밀치면서 보려고 하지 않아도 된다고 말해줬다. 그리고 그 마술 책을 읽기 시작했다. 마술처럼.

로지에게 해줬던 잠자리 동화에서 왕자의 방문 앞에 서 있던 갑옷 안에는 장미가 가득 들어 있었다. 왕자는 갑옷에 꽃이 한가득 있는 것을 보고 깜짝 놀랐지만, 펜은 남자 친구를 사귈 시간이 없다고 말하는 로지라는 이름의 응급의학과 전공의와 한 침대에 누운 채 잠에서 깼을 때, 갑옷 안에 장미가 가득한 것은 필연적이라는 것을 깨달았다. 꽃은 한 번만 들어 있었던 것이 아니었다. 왕자가 갑옷 헬멧의 얼굴 가리개를 통해 속을 들여다볼 때마다 빨강, 분홍, 노랑 장미 꽃잎들이 쏟아져 나와 복도가 장미 향기로 가득해졌다. 그러나 아이들의 이야기에 나오는 갑옷 안에는 장미보다 더 좋은 것이 들어 있었다.

"그래서 왕자님은 헬멧의 얼굴 가리개를 들어 올리고 안을 들여다보았어. 그 안에는… 아무것도 들어 있지 않았어."

"아무것도요?" 루가 비명을 지르듯 물었다.

"응, 아무것도." 펜이 정색하고 대답했다.

"불공평해." 리겔이 말했다.

"'불공평해.' 그룸왈드가 물었지. '평생 내 방문 앞에 이 바보 같은 쇳덩어리가 서 있었다는 것을 이제야 알아차렸는데, 그러면 그 안에 멋진 기사나 미라가 있든지, 적어도 마술 생쥐라도 있어야 하는 거 아냐?'"

"아니면 말하는 거미라든지." 벤은 《샬롯의 거미줄》을 읽고 있었다.

"'아니면 말하는 거미라든지.' 그룸왈드가 말했어. '아니면 장미라든지.'"

"장미요?" 루가 물었다. "갑옷에 왜 장미가 들어 있겠어요?"

"맞아요." 리겔이 말했다.

"맞아요." 오리온이 말했다.

"너희도 몇 년 지나면 이해하게 될 거야. 어쨌든 갑옷 안에는 아무것도 없었어. 그런데 그룸왈드가 헬멧의 얼굴 가리개를 닫고 딛고 올라섰던 의자에서 내려오려고 하는데 무슨 소리가 들리는 게 아니겠어?"

"유령일까?" 벤이 말했다.

"좀비?" 루가 말했다.

"누군가의 목소리였어." 펜이 말했다. "그 목소리가 이렇게 말했지…."

"부!" 리겔이 소리쳤다.

"루!" 루가 소리쳤다.

"옛날 옛적에." 펜이 말했다.

"옛날 옛적에, 라고요?" 벤이 말했다.

"갑옷은 텅 비어 있는 게 아니었어. 갑옷은 꽉 차 있었지. 갑옷 안에 들어 있던 것은 이야기였단다. 밖으로 나오고 싶어 하는 이야기."

"왜 이야기가 밖으로 나오고 싶어 했어요?"

"이야기들은 다 그래. 밖으로 나와서 사람들이 이야기를 하고, 들어주길 바라는 거야. 그렇지 않으면 이야기가 무슨 소용이 있겠어? 이야기들은 작은 아이들이 잠드는 것을 도와주고 싶어 하거든. 고집 센 엄마가 아빠와 사랑에 빠지는 걸 도와주고 싶어 하기도 하고. 사람들에게 무언가를 가르쳐주고, 사람들을 웃기고 울리고 싶어 해."

"이야기가 사람들을 왜 울리고 싶어 해요?" 벤은 다른 형제들보다 훨씬 더 진지했다.

"네가 우는 것과 같은 이유에서." 펜이 말했다. "울고 나면 기분이 좋아지잖아. 다친 곳도 울고 나면 안 따끔거리고, 속도 덜 상하고. 슬프거나 무섭다는 느낌이 들 때 슬프거나 무서운 이야기를 듣고 나면 덜 슬프고 덜 무서워지잖아."

"말이 안 되는 것 같아." 벤이 말했다.

"그래도 그런 거야." 펜이 설명했다.

"이야기가 말한 게 그게 다예요?" 오리온이 다시 잠자리 동화로 화제를 돌렸다. "'옛날 옛적에'라고만 한 거예요?"

"아니지, 그 이야기는 마술 이야기였어. 끝이 없었지. 끝이 없는 거야. 무한대. 뭔가 결론이 날 것 같거나, 교훈이 나오거나, 대단원에 도달한 것처럼 보일 때마다, 방향을 틀어서 다시 시작하곤 했지."

"마지막 페이지에 뭐라고 나와 있어요?" 어떨 때는 벤의 현실주의가 펜의 창의력을 시험할 때가 있었다. "끝이라고 쓰여 있어야 하는 곳에 뭐라고 쓰여 있냐고요."

"마지막 페이지가 없어. 마술 이야기거든." 그는 아무것도 쓰여 있지 않은 스프링 공책을 다시 들어 올리고 페이지를 계속 계속 넘겨도 늘 다음 페이지가 있다는 것을 보여줬다.

"동그라미처럼?" 벤이 말했다.

"맞아, 동그라미처럼."

"이야기는 동그라미가 아냐." 루가 말했다.

"이야기는 모두 동그라미야." 펜이 말했다.

"무슨 말인지 모르겠어요, 아빠." 리겔과 오리온이 합창을 했다.

"아무도 몰라." 펜이 말했다. "이야기는 항상 수수께끼 같거든. 그게 이야기들이 하고 싶었던 말이기도 해. 직접 자기 이야기를 하고 싶은 것, 그리고 수수께끼처럼 보이는 것."

"그다음에 어떻게 됐어요?" 루가 말했다. "이야기?"

"어떤 이야기?"

61

"어떤 이야기라뇨? "

"그룸왈드 이야기? 아니면 갑옷에서 나온 이야기?"

"둘 다요."

"많은 일이 일어났어. 아주 많이. 두 이야기 모두."

"이야기해주세요! 이야기해주세요!"

펜은 자기 이야기를 듣기 위해 이렇게 모두 마음을 모아 합창하게끔 만든 스스로가 꽤 대견하게 느껴졌다. "내일. 내일 더 해줄게. 오늘은 자자."

아이들이 잠들 준비를 마치는 베드타임이 끝나기까지 그로부터 45분이 더 걸렸고, 아래층 목욕탕 천장에서 치약을 긁어내고, 복도에 흩어진 각종 빨래를 집어 모으고, 레고로 만들어놓은 정글 공룡 성을 실수로 무너뜨려서 다음 날 아침 톡톡히 대가를 치를 각오를 해야 했다. 하지만 전반적으로 성공적인 베드타임이었고, 세금 신고에서 특히 어려운 부분을 끝내는 것에 맞먹는 성과였다. 폐색전을 찾아내서 진단하는 일은 아니지만 꽤 인상적인 성취였고, 그 일을 펜이 해낸 덕분에 폐색전 진단이 가능했다. 불행하게도 애들을 재운 뒤로는 청소를 하거나, 설거지를 하거나, 도시락을 싸거나, 운동을 하거나 등등, 해야 하는 일을 할 수가 없었다. 애들을 재우고 나면 텔레비전을 보는 일밖에 할 수가 없다. 아니면 술을 마시거나. 클로드가 존재하기 시작한 날 밤(그 성취 덕분에 앞으로 베드타임이 더 힘들어질 수밖에 없겠지만), 펜은 두 가지 모두 다 하는 게 좋겠다고 생각하고 최선을 다했지만, 두 가지 다 제대로 하지 못하고 소파에 앉은 채 잠들어버렸다.

그들이 의사에게 한 이야기

클로드가 생후 9개월 1주 3일밖에 되지 않았을 때 처음으로 한 말은 '볼로냐'*였다. 못 알아들을 수 없는 분명한 발음으로 그 단어를 말했다. '음마 압빠 바바'같이 옹알이 소리가 단어였을 수도 있고 아닐 수도 있고, 욕조에 앉아 철벅거리며 와-와-와 하며 내던 소리가 말이었을 수도 있고 우연이었을 수도 있지만, 클로드 입에서 나온 '볼로냐'라는 단어는 아나운서만큼이나 발음이 정확했다. 클로드가 말을 하기 시작한 시점에 대한 질문은 수많은 서류를 작성할 때마다 계속 반복되었는데, 그게 의료진들이 단서가 될 것이라고 추정하는 무작위적인 정보들 중 하나였기 때문이다. 클로드가 9개월부터 말을 하기 시작했다고 로지가 이야기하면 의사들은 항상 업신여기는 표정을 짓곤했다. 그런 다음 로지는 다음과 같은 설교를 들었다.

★ 　고기에 지방을 첨가하여 훈제하거나 끓여서 만든 대형 소시지.

"어머니, 아기들이 6개월 내지 그 전부터 옹알이를 하긴 하죠." 의사들은 그렇게 말하곤 했다. 펜을 아버지라고 부르는 의사는 몇 명밖에 되지 않았지만 로지는 항상 어머니라는 호칭으로 불렸다. 소아과 의사들은 전문의 자격증을 딴 후, 펠로 과정을 거칠 때 이런 훈련을 받는 게 분명했다. 로지는 수련의를 하는 동안 한 번도 환자의 부모를 '어머니'라고 부르라고 들은 적이 없기 때문이다. 만일 그때 그런 말을 들었다면 그녀는 그 밑에 깔린 의미(나는 훈련을 받은 전문가이기 때문에 당신 아이에 대해 내가 더 많이 알고, 거기에 더해 여자인 당신은 살짝 히스테릭한 반응을 보일 것이기 때문에)가 기분 나쁘고, 사실이 아니며, 솔직히 말해서 의사로서도 창피한 일이라고 지적했을 것이다.

의사들은 이렇게 말을 이어가곤 했다. "물론 옹알이도 중요한 첫 단계이긴 하지만 '말을 한다'고 할 때는 '음마'나 '압빠' 같은 소리를 의미하는 게 아니에요."

"볼로냐." 로지가 말했다.

"미안하지만 사실이에요." 의사들이 말했다.

클로드가 언어 능력을 형성해가던 그 몇 주 동안, 집에서는 커다란 분쟁의 원천으로 고기가 등장했다. 리겔은 고기가 들어 있지 않은 음식은 입에도 대지 않으려 했다. 아침, 점심으로 볼로냐를 달라고 했고, 저녁과 디저트로 로스트비프*, 간식으로 살라미**를 원했다. 유치원에서 하원할 때는 콘비프*** 무지개

---

* 큰 덩어리째 오븐에 구운 소고기.
** 이탈리아식 소시지.
*** 소금, 향신료 등을 섞어 절여서 열기로 살균해서 병이나 통조림으로 장기 보존한 소고기.

를 그려 왔다. 그림에 등장하는 덤프트럭과 우주선은 햄을 배달했다. 균형을 맞추기 위해 오리온은 당근이나 당근 모양의 음식이 아니고는 아무것도 먹지 않았다. 그의 부모는 채식 핫도그나 끝이 뾰족하게 만들어진 당근 모양 그래놀라바 등 영양 균형이 어느 정도는 갖춰진 음식들이 나와 있다는 사실에 감사했지만, 영원히 그런 것만 먹일 수는 없었다. 펜은 그 모든 소동의 긍정적인 결과는 9개월짜리 아기가 '볼로냐'라는 단어를 말할 수 있게 된 것이지만, 너무 상황이 힘들어지면 훌륭한 성취에도 충분히 주의를 기울이지 못할 수 있다고 의사들에게 설명하곤 했다. 로지가 하고 싶은 말은 이것이었다. 아이들의 일상은 전혀 일상적이지 않고, 바로 그 점 때문에 일탈과 같은 일이 벌어져도 바로 알아차리기가 힘들다는 사실 말이다.

클로드는 9개월에 '볼로냐'라고 한 것을 시작해서 첫돌이 되기 전 완벽한 문장으로 말했다.

"형이나 누나가 있나요?" 의사들은 물었다.

"물론이죠." 펜이 말했다.

의사들은 그 대답에 만족했다.

그러나 클로드는 다른 면에서도 조숙했다. 그는 6개월부터 기기 시작해서 9개월에 걸었다. 세 살에는 강아지와 판다가 힘을 합쳐 범죄를 해결하는 이야기 시리즈를 쓰고 삽화까지 그렸다. 오븐을 다룰 때를 빼고는 다른 어떤 도움도 받지 않고 리겔과 오리온의 생일 케이크(그것도 3단 케이크!)를 만들었다. 그는 커서 셰프가 되고 싶다고 말했다. 그는 커서 고양이가 되고 싶다고도 했다. 그리고 커서 셰프, 고양이, 수의사, 공룡, 기차, 농부,

피리 연주자, 과학자, 아이스크림콘, 1루수, 혹은 초코아이스크림 맛이 나지만 엄마가 아침으로 먹어도 좋다고 허락할 정도로 영양가 높은 새로운 음식을 만들어내는 발명가가 되고 싶다고도 했다. 거기에 더해 그는 커서 여자가 되고 싶다고 말했다.

"오케이." 처음에 펜은 그가 되고 싶다고 하는 모든 것, 아이스크림콘을 포함한 모든 것과 마찬가지로 "좋아" 하고 대답했다.

그리고 로지는 말했다. "아가야, 넌 커서 되고 싶은 건 뭐든 다 될 수 있어. 뭐든."

물론 격려하기 위해 한 말이었다. 어린 아들에 대한 신뢰를 보이고, 그에게는 무한한 잠재력을 가진 미래가 기다리고 있다는 것을 알려주고 싶어서였다. 다시 말해 영리하고 재능 있고 사려 깊고 노력을 아끼지 않는 그는 원하는 건 뭐든 할 수 있을 것이라는 이야기였다. 일단 다 크고 나면 더 이상 고양이나 기차나 아이스크림콘이 되고 싶어 하지는 않을 것이기 때문에 이런 목표를 이루지 못해도 속상해하지 않을 것이라 생각했다. 그런 뜻에서 한 말이었다.

엄청나게 훌륭한 어린이였지만 클로드는 아직 세 살배기 아기에 불과했다.

"마마?"

"응, 우리 아가?"

"내가 커서 여자가 되면 다시 시작해야 되는 거예요?"

"뭘 다시 시작해야 해?"

"아기부터 다시요."

"무슨 말이니?"

"여자 갓난아기부터 다시 시작해서 다시 커야 하는 거예요? 아니면 내가 다 커서 여자가 되면 그 나이 그대로 여자 어른이 되는 거예요?"

"무슨 말인지 엄마는 모르겠어." 로지가 말했다.

"난 커서 여자아이가 되고 싶은데, 다 크고 나면 난 더 이상 아이가 아니잖아요."

"아하, 알겠다." 로지는 알지 못했다. "다 크고 나면 더 이상 여자아이가 되고 싶지 않을 것 같아. 그때가 되면 기차나 고양이나 아이스크림콘도 되고 싶지 않을걸."

"그건 바보 같은 일이니까." 클로드가 말했다.

"대신 아마 직장을 가지고 싶을 거야. 농부나 과학자? 아니면 지금은 생각도 못하는 직업을 가지게 될 수도 있지. 그래도 괜찮아. 아직 시간이 많이 남아 있으니까."

"여자 농부나 여자 과학자도 있어요?" 클로드가 말했다.

"물론이지." 로지가 말했다. "엄마가 여자 과학자잖아."

"그럼 그게 되고 싶어요." 클로드가 결심했다는 듯 말했다. "여자 과학자. 아이스바 먹어도 돼요?"

"그럼." 로지가 말했다.

나중에 한밤중에 눈을 뜬 로지는 침대 옆에 서 있는 클로드를 발견했다. 그 나중이라는 것이 같은 날이었던가, 아니면 그 주였던가, 그 달이었던가? 클로드가 몇 년에 걸쳐 얼마나 꾸준히, 얼마나 일관성 있게, 얼마나 확신 있는 태도를 보였는지에 대한 질문을 받고, 받고, 또 받으면서도 펜과 로지 두 사람 모두 그게 언제였는지 확실히 기억하지 못했다.

"안녕, 엄마."

"클로드, 엄마 깜짝 놀랐잖아."

"여자 과학자가 되면 치마 입고 직장에 가도 돼요?"

로지는 애써 눈의 초점을 맞춰 시간을 확인하고는 아예 보지 않는 편이 나았겠다고 생각했다. "3시 4분이야, 클로드."

"맞아요."

"새벽."

"당연히 새벽이죠."

"실험실 가운을 입어야겠지."

"내 비옷 같은 거요?"

"응, 근데 보통 하얀색이지. 방수도 안 되고, 모자도 없어."

"알았어요. 굿나잇."

"굿나잇."

로지는 늦잠을 잤다. 아침을 먹으러 아래층으로 내려간 그녀에게 펜은 "클로드가 여자 과학자가 되면 실험실 가운 밑에 치마를 입어도 되는지 알고 싶어 해"라고 보고했다.

"나는 상관없지." 모닝커피를 마시기 전, 아직 눈도 제대로 뜨지 못한 로지는 자기가 깨어 있다는 사실을 아직 받아들이지 못하고 있었다.

"내가 물었지, 왜 그냥 과학자가 아니라 여자 과학자가 되고 싶어 하는지."

"그랬더니 뭐래?"

"실험실 가운 아래 치마를 입고 싶어서래."

11월에 벤의 생일이 돌아왔다. 나중에 펜과 로지는 그들이 가까스로, 아슬아슬하게, 온 신경을 곤두세워서 절벽에 매달리듯 살아온 날들을 더 명확하고 구체적으로 서술하라는 주문을 의사들에게서 받았을 때, 생일이나 휴가처럼 무슨 일이 언제 일어났는지를 기억할 계기가 있음에 감사했다. 클로드는 벤의 생일에 케이크를 또 만들고 싶어 했지만, 벤은 추수감사절 즈음에 식료품점마다 진열되어 있는 피컨 호박 파이를 원했고, 클로드의 베이킹 기술은 아직 파이를 만들 정도의 수준에는 이르지 못했다. 대신 클로드는 형들을 배역으로 한 뮤지컬을 작곡했다. 상세한 구성은 살짝 뒤죽박죽이었지만(펜과 로지는 절대 이해할 수 없는 이유에서 막힌 변기를 뚫는 뚜러펑을 든 구름 두 조각이 등장했지만 공주와 농부도 등장했다) 사랑스럽고 귀여운 작품이었는데, 피리를 위한 멜로디는 꽤 감동적이었다.

"클로드는 공주 의상을 직접 만들었어요." 로지가 말했다. "아이들 분장 놀이용으로 모아놓은 옷더미에 제가 입던 헌 원피스가 있었는데 거기에 리본이랑 스팽글을 달고 어깨에 망토를 달아서 만들었죠."

"아들밖에 없잖아요." 펜이 덧붙였다. "누군가는 치마를 입고 여자 역할을 해야 했어요. 별일 아니라 생각했지요."

"다음 날 아침까지는요." 로지가 말했다. "클로드는 자기가 만든 드레스를 주말 내내 입고 다니면서 연극 준비를 했어요. 리허설 중이라고 말했죠. 그런데 뮤지컬 공연이 끝난 뒤에도 드레스를 벗지 않았어요. 하지만 오리온도 구름 의상을 벗지 않았어요. 분장 놀이는 재미있으니까요. 클로드는 잘 때도 드레스를 입고 잤어요. 그다음 날 어린이집에 가야 하니까 드레스를 벗으라고 하는데 벗고 싶지 않아 했죠."

로지는 그 부분의 심각성을 실제보다 줄여서 말하고 있었다. 클로드는 그냥 드레스를 벗고 싶지 않은 수준에 그치지 않았다. 그날 아침, 유일하게 예측 가능한 것은 그것뿐이었다. 시간이 정확히 맞아떨어져야 모든 일이 돌아가도록 되어 있었고, 당연히 모든 일은 그렇게 돌아가지 않았다. 로지가 6시에 일어나보니 클로드는 이미 잠에서 깨 시리얼을 먹으면서 구겨진 드레스 차림으로 〈세서미 스트리트〉*를 보고 있었다. "어린이집 갈 옷으로 갈아입어." 그녀는 아이의 머리에 입을 맞추고 말했다. 펜이 아침을 만들었다. 그녀는 점심 도시락을 준비했다. "클로드!" 로지가 미니 프레첼을 넣은 다섯 번째 봉투를 닫으면서 소파 쪽을 향해 말했다. "어린이집 갈 옷으로 갈아입어라." 펜이 구세주처럼 커피를 만들었고, 로지는 식기세척기를 비웠다. "우리 클로드, 착하지." 그녀는 잼 병들을 보관하는 선반에 닿기 위해 접이식 발판을 펴면서 말했다. "어린이집 갈 옷." 그리고 나머지 식구들을 깨우기 위해 2층으로 올라갔다. 루가 샤워를 했고, 벤이 샤워를 했다. 리겔과 오리온은 샤워하기 싫다며 엄청나게 생떼를 부렸다. 로지는 결국 씻지 않은 아이들은 꾀죄죄한 차림으로 학교에 가도록 하고, 남은 뜨거운 물로 자기가 샤워해야겠다고 결정했다. "클로드, 지금." 그녀가 말했다. 펜이 빨래 건조기에서 옷들을 꺼냈다. 로지는 아이들이 학교에서 돌아온 후에

★   Sesame Street. 다양한 캐릭터 인형들을 주인공으로 하는 미국의 어린이 TV프로그램.

쓸 물건들을 꺼내두고 다시 2층으로 올라가 샤워하고 옷을 갈아입었다. 그리고 아래층을 향해 소리쳤다. "클로드, 엄마가 내려가자마자 문을 나설 거야." 7시 59분, 그녀는 옷을 입고 출근 준비를 다 마친 자신을 대견해하며 아래층으로 내려왔다. 루를 데려다주는 길에 오리온을 버스 정류장에 데려다주고, 클로드를 어린이집에 내려주고도 8시 29분이 되기 전에 출근할 수 있는 시간이었다.

클로드는 여전히 드레스 차림으로 소파에 앉아 있었다.

"클로드!" 그녀가 소리쳤다. "왜 어린이집 갈 옷을 입지 않았어?"

"어린이집 갈 옷 입었잖아요."

"아직도 드레스 차림이잖아!"

"이 옷 입고 어린이집에 갈 거예요."

"클로드, 이럴 시간 없어. 형들 버스 놓치겠어. 어서 옷 갈아입어."

"싫어요."

"갈아입으라고 엄마가 말했잖아."

"클로드." 펜이 말했다. "엄마가 어린이집 갈 준비 하라고 말씀하셨지."

"몇 번을 말했는지 몰라." 로지가 말했다.

"엄마한테 싫어요, 하면 안 돼."

"싫어요." 클로드가 말했다.

"클로드, 이번이 마지막이야. 가서 그 드레스 벗고, 어린이집. 갈. 옷. 입어."

클로드가 소파에서 일어서더니 주먹을 꼭 쥔 손을 앞으로 내밀어 부스터 로켓처럼 만들고는 그 작은 몸에서 낼 수 있는 가장 큰 소리로 목청껏 외쳤다. "어린이집 갈 준비 됐다고요!" 그러고는 카펫 바닥에 몸을 던지고 울었다.

로지와 펜은 눈으로 짧은 대화를 마쳤다. 펜이 2층으로 올라가 옷을 갈아입고 내려와 나머지 아이들을 버스 정류장까지 차로 데려다주러 나갔다. 로지는 흐느끼는 클로드 옆 바닥에 앉아 아이의 등을 쓰다듬었다.

"클로드, 우리 아가, 이제 어린이집 갈 시간이야. 괜찮니? 다니엘 선생님이랑 테레스 선생님 보고 싶지 않아? 조시랑 타야랑 피아랑 앤리랑도 놀아야지."

"드레스 입고 가야 한단 말이에요."

"우리 귀염둥이, 그 드레스를 입고는 어린이집에 갈 수 없어."

"왜요? 조시는 드레스 입고 어린이집 오는데. 타야랑 피아랑 앤리도 드레스 입고 오잖아요."

"그래서 드레스를 입고 싶은 거야? 네 친구들이 모두 드레스를 입어서?"

"그런 것 같아요." 클로드가 추측했다. "그리고 타이즈도."

"흠, 남자아이들은 보통 어린이집 갈 때 드레스를 입지 않아." 로지가 조심스럽게 말했다. "타이즈도."

"나도 보통은 그렇게 안 해요." 클로드가 말했다. 로지는 그 말이 사실이라고 생각했다.

"엄마 생각에는 이 드레스가 어린이집에 입고 가기에는 좀

긴 것 같아." 로지는 전략을 바꿔 말했다. "티렝스*는 학교에 입고 가기엔 너무 포멀해. 격식을 너무 갖췄다는 뜻이지."

"티렝스가 뭐예요?"

"치마 길이가 발목까지 온다는 뜻이야. 그렇게 치마가 길면 운동장에서 뛰어다니기 힘들잖아. 친구들이 입는 치마는 짧아서 놀기에 안 불편하지?"

"하지만 난 이 드레스 하나뿐이잖아요." 클로드가 속삭였다. "이 옷이 포멀한 것인지 몰랐어요."

"그리고 주말 내내 입고 있어서 더러워졌어."

"더럽지 않아." 클로드는 아직도 훌쩍거리며 바닥만 노려보고 있었다.

"숙녀는 더럽고 구겨진 드레스는 입지 않아."

"그래요?"

"숙녀는 다림질이 잘된 깨끗한 드레스를 입지."

"모든 숙녀가 다 그래요?"

"흠, 진짜 숙녀는 그렇단다." 로지가 말했다. 힘든 일과를 시작하기도 전에 아침부터 지쳐버려서 건성으로 장난 삼아 한 말이었지만, 이 말은 나중에도 계속 그녀의 뇌리를 떠나지 않고 괴롭히는 기억이 되었다.

"아! 알았어요." 클로드가 말했다. 그리고 일어나 자기 방으로 아장아장 걸어가서 스웨트셔츠와 바지로 갈아입었다.

하지만 클로드는 차의 뒷좌석에 타서는 큰 소리로 물었다. "엄

★ Tea Length. 정강이 정도로 내려오는 스커트의 길이.

마?"

"응, 우리 아가."

"다른 원피스가 필요해요. 더 짧고 포멀하지 않은 걸로. 어
린이집에 입고 가게요."

"알았어. 집에 온 다음에 이야기하자."

"고마워요, 엄마."

"괜찮아, 아가."

"그리고 엄마?"

"응?"

"세탁기랑 건조기 쓰는 거랑 다림질 하는 법 가르쳐줄래요?"

"그건 아빠 일인데." 로지가 말했다.

"아니요, 내 일이에요." 클로드가 말했다. "새로 산 원피스
를 빨고 말려서 다림질해야 하니까. 진짜 숙녀들은 깨끗하게 다
림질된 옷을 입잖아요."

나중에 의사들이 물었다. 그때 몰랐어요? 아이가 무슨 말
을 하고 있는지 듣지 않았나요?

바보들

그날 밤 취침 시간에 클로드는 걱정했다. "아빠, 이 옷이 입고 자기에 너무 포멀해요?"

펜은 오리온에게 이 안쪽까지 닦으라고 구슬리다가 고개를 들었다. 클로드는 밑단에 레이스가 달린 로지의 라벤더색 셔츠 잠옷을 입고 있었다. 로지가 입으면 속옷 바로 밑까지 내려오기 때문에 손을 뻗거나 너무 빨리 움직이거나 침대에서 돌아눕거나 하면 잠옷이 올라가 속옷이 보여서 펜을 기쁘게 하는 옷이었다. 클로드가 입으니 발목 바로 위까지 내려왔다.

"티렉스라서." 클로드가 걱정스러운 표정으로 덧붙였다.

"잠자리에서는 드레스코드 같은 걸 신경 안 써도 돼. 걱정마." 펜이 말했다. "오리온, 어금니도 이야, 이 친구야." 오리온은 한 사이즈 작은 초록색 일체형 잠옷에서 양말 부분을 잘라낸 걸 입어서 최대한 헐크처럼 보이고 싶어 했다. 리겔은 목욕

75

탕 밖에서 발가벗은 채 뛰어다니고 있었다.

"애들아, 월요일이니까 루 방으로." 펜이 외쳤다. 그러자 집 안 구석구석에서, 아니, 느낌으로는 세상 구석구석에서 나온 듯한 전라, 반라, 그리고 괴상한 옷을 입은 남자아이들이 꾸역꾸역 루의 침대 위로 모여들어 벽에 등을 대고, 어깨를 맞대고, 무릎과 팔꿈치가 있어서는 안 될 것 같은 자리에 무릎과 팔꿈치를 대고 라자냐처럼 겹겹이 자리를 잡았다.

"내 베개에서 더러운 알궁둥이 당장 떼." 루가 리겔에게 소리 질렀다.

"더럽진 않아, 루."

"하지만 궁둥이를 내 베개에 대고 있잖아요. 내 머리를 대는 곳인데." 루가 말했다.

"리겔, 더러운 알궁둥이는 베개에 대지 말아라." 펜이 말했다. 리겔은 주피터가 카펫에 엉덩이를 문지를 때처럼 미끄럼을 타듯 베개에서 내려왔다. 사실 리겔이 한 짓이 주피터가 한 짓보다 더러워 보였지만 루는 진정했다.

"네 머리에서 바나나 냄새가 나." 벤이 클로드에게 불평했다.

"눈물 안 나는 샴푸야." 클로드가 설명했다.

"눈을 감으면 돼. 그러면 남자 어른 샴푸를 쓸 수 있고, 그러면 바나나 냄새도 안 나." 벤이 말했다.

"난 남자 어른이 되기 싫어." 클로드가 말했다.

"난 이야기 들을 때 바나나 냄새 맡기 싫어." 벤이 말했다.

"바나나 보이 헐크 공격!" 가운데 앉아 있던 오리온이 벌떡 일어나 루의 베개를 휘둘러 아이들의 얼굴을 무차별로 가격했다.

"웨액, 더러운 리겔 궁둥이 냄새." 루가 말했다.

"내 궁둥이가 어때서." 리겔이 말했다.

"서로 욕하지 마." 펜이 말했다.

"바나나 궁둥이 헐크 공격!" 오리온이 말했다.

"이제 그만!" 펜이 소리 질렀다. 그것은 말을 그만하고 입으로는 엄지나 빨고, 다른 사람 엉덩이 밑에 깔려 있던 애착 담요를 잡아 빼고 조용히 앉아 이야기를 기다려야 한다는 신호였다. 펜은 밤이면 밤마다, 해가 바뀌어도 아이들이 계속 이야기를 듣고 싶어 한다는 사실이 놀라웠다. 열한 살 벤과 열두 살 루는 이제 사춘기에 접어들 나이였고 모두들 스스로 책을 읽을 줄 알게 됐는데도, 여전히 자기들이 읽던 책을 내려놓고 계속 이어지는 (정말로 끝없이 계속 이어지는) 그룸왈드의 모험과 지칠 줄 모르고 그에게 이야기를 해주는 번쩍이는 갑옷을 입은 이야기꾼의 이야기에 귀를 기울였다. 그냥 만족스러운 정도가 아니라 기대에 차서. 바로 그것이 이야기를 하고 이야기를 듣는 맛이라고 펜은 생각했다. "어디까지 했더라?"

"그룸왈드가 고사리 이파리로 밤마다 자기 창문으로 오는 밤의 요정들을 잡으려는 데까지…."

"요정들이 초록, 파랑, 분홍의 네온 불빛처럼 반짝이는 데까지요. 리겔이 토했던 피자집 앞에 켜진 네온사인처럼."

"형광색 밤의 요정 머리카락이 있어야 마녀가 묘약을 만들 수 있어서…."

"마녀가 그랬잖아요. '그룸왈드! 밤의 요정들의 머리카락이 필요해! 그걸 가져오지 않으면 너한테 주문을 걸 거야!'라고요."

"그런데 고사리 이파리가 자꾸 찢어져서 밤의 요정들이 도 망을 갔어. 해치지 않고 머리카락만 조금 잘라주면 된다고 하는 데도요."

"그렇게 해줘도 되는데. 어차피 머리도 잘 안 빗고 다니는 요정들이면서…. 그런데 그룸왈드가 무슨 말을 하는지 듣지도 않고…."

"그리고 그룸왈드는 요정을 진정시킬 것이 걱정돼서…."

"그리고 '요정'이랑 운율이 맞는 다른 단어가 생각이 나질 않아서도 걱정했어요."

"맞아, 다른 걱정도."

아들들이 이구동성으로 합창하며 이야기를 기다렸다. 펜 은 하루 중 이 시간이 제일 좋았다. 그런데….

"오늘은 여자아이 이야기를 해주면 안 돼요?" 클로드가 끼 어들었다.

"밤의 요정들 대신?" 펜이 물었다.

"그룸왈드 대신." 클로드가 말했다. "왕자 이야기는 지루해. 이제 공주 이야기를 해주세요."

"그룸왈디아로 할까?" 펜이 말했다.

"네! 그룸왈디아!" 클로드가 답했다.

"그룸왈디아라니까 버몬트에 있는 호수처럼 들려." 루는 버몬트에 있는 호수에는 한 번도 가본 적이 없지만 맞는 말이긴 했다.

"공주 이야기는 재미없어." 리겔이 칭얼거렸다.

"옛날이야기에 나오는 여자아이들은 바보들이야." 루가 말했다.

"아니야." 클로드가 말했다.

"맞아. 진짜 바보는 아니지만. 동화에 나오는 여자아이들은 항상 뭘 잃어버리잖아."

"아냐, 아냐." 클로드가 말했다.

"맞아, 맞아. 숲에 들어가서 길을 잃어버리고, 계단에서 신발을 잃어버리고. 머리카락도 잃어버리고. 문도 없는 작은 탑에 살면서 머리에 붙어 있는 머리카락을 잃어버리다니."

"목소리를 잃어버리기도 하잖아." 벤이 거들었다. "자유나 가족이나 이름을 잃기도 하고. 정체성도. 언어가 더 이상 아니게 됐으니까."

"깨어 있는 걸 잃기도 해. 그러고는 자고, 자고, 또 자고, 또 자고, 또 자기만 하고. 재미없어." 루가 말했다.

클로드가 울기 시작했다. "공주도 멋진 일을 할 수 있단 말이야. 공주가 그룸왈드보다 나을 수 있어. 그 공주는 잠만 자거나 신발을 잃어버리지 않을 거야."

아이들은 한편으로는 막냇동생을 울게 만들었다고 혼날까 봐 걱정스러웠던 데다 다른 한편으로는 아직 이야기를 시작도 안 했는데 시간이 얼마나 흘러버렸는지, 얼마나 남았는지 몰라 안달이 난 듯했다. 사실 혼날까 봐 걱정하는 것과 무언가에 안달하는 것은 아이들의 주된 감정이었다. 어쩌면 걱정된다기보다는 이미 혼날 짓을 하고야 만 것에 대한 원통함과 혼날 짓을 더 하게 될까 봐 안달이 난 상태라고 하는 편이 더 정확한지도

79

모르겠다.

"불공평해. 공주 이야기는 한 번도 안 해주고." 클로드가 우는소리를 했다.

"불공평해. 밤의 요정들이 어떻게 됐는지 절대 들을 수가 없을 거야." 리겔과 오리온도 우는소리를 했다.

"불공평해." 클로드가 덧붙였다. "항상 쌍둥이 형들이 원하는 대로 되잖아요. 둘이나 되니까."

"그만! 둘 다 할 수 있어." 펜이 말했다.

"할 수 있어요?" 벤이 믿을 수 없다는 듯 물었다.

"물론. 그룸왈드를 시켜서 마녀가 잡으려고 했던 밤의 요정들 있지? 그 밤의 요정들에게는 그룸왈디아 공주라는 요정들의 우두머리가 있었거든."

"스테파니요." 클로드가 정정했다.

"그룸왈디아 스테파니 공주." 펜도 정정했다.

"무슨 옷을 입고 있었어요?" 클로드가 말했다.

"라벤더색 가운인데 치렁치렁한 게 아니라 짧은 가운을 입고 있었어. 빨리 날아다니려면 다리를 잘 움직일 수 있어야 하기 때문이지. 그리고 공주는 그룸왈드가 덩치만 컸지, 아기나 마찬가지라 생각했지. 그 작은 왕국 좀 다스리면서 어려운 고등 대수학 공부도 해야 한다고 너무 툴툴거리니까. 사실 그룸왈드는 학생회 일로도 훨씬 바빠졌어. 회계가 동창회에 함께 갈 파트너로 사회부장을 초대했는데, 그걸 안 총무가 삐져서 그만뒀거든. 스테파니 공주는 밤의 요정이어서 물론 고등학교는 안 다녔지만, 다스려야 하는 왕국이 그룸왈드 나라보다 훨씬, 훨씬 컸지. 그룸왈드네 나라는 북쪽에서 숲이 갈라지는 곳에서부터 동쪽 바다 수평선까지였어. 그렇지만 스테파니는 밤하늘을 모두 다스려야만 했지."

"전부 다요?" 클로드가 인상적이라는 듯이 말했다

"완전히 전부는 아니고⋯."

"그럼 그렇지." 리겔과 오리온이 그룸왈드를 거들고 나섰다. "별만."

"우와." 클로드가 펜에게 몸을 부드럽게 기대었다. 고마움의 표현이었다.

"스테파니 공주는 밤의 요정들을 돌보는 일을 했고, 밤의 요정들은 별들을 돌보는 일을 했어."

"리얼리티 쇼처럼 들리기 시작하는데." 루가 말했다.

"하늘이 그냥 알아서 잘 돌아갈 거라 생각하지는 않았겠지? 밤의 요정들이 불쌍한 그룸왈드를 평생 놀리기만 하며 살거라고 생각하지는 않았지? 별이 제시간에 나오고, 적당히 반짝거리고, 보름달이 됐을 때 달이 기분 나쁘지 않게 별들을 조금 어둡게 만들고, 소원을 빌고 싶어 하는 사람들이 보고 있으면 별똥별이 떨어지게 하는 게 모두 밤의 요정들이 해야 하는 일이야. 그건 굉장히 스트레스 쌓이는 일이었어. 학생회 회장이나 심지어 왕자님 노릇보다도 훨씬 더. 별이 엄청나게 많기 때문이었고, 게다가 스테파니는 별들이 할 일을 제대로 해내도록 감독하는 것 말고도 별들이 행복한지도 살펴야 했거든."

"별들을 어떻게 행복하게 해요?" 클로드가 속삭이듯 물었다.

"그러게나 말야." 펜이 말했다. "엄청나게 크고 중요한 일이었지. 엄청나게, 엄청나게. 스테파니랑 밤의 요정들은 매일 저녁 해가 질 무렵 일을 시작했는데, 동이 틀 무렵까지도 일해야 모든 게 겨우 제대로 돌아갈 때가 많았어. '어이, 거기 천랑성, 정신 좀 차려봐요. 켄타우로스, 빛 좀 더 보내주시고. 로사 248, 괜찮아요? 우리가 어떻게 도와야 좀 더 편안해질까요?' 그래서 동이 틀 무렵이 되면 그룹왈디아 스테파니 공주는 완전히 지쳐서 얼른 가서 자고 싶어졌지. 너희들처럼 말이야."

벤과 루는 숙제를 끝내러 각자 방으로 갔지만, 더 어린 아이들은 잘 준비가 되었고 클로드는 이미 거의 잠들었다. 펜이 안아서 방으로 옮기는 동안 잠깐 눈을 뜨고는 "나도 동이 틀 때까지 깨어 있어도 돼요, 아빠? 별들 돌보는 거 돕게요."

"물론이지, 애야." 야간 조명등을 켜느라 펜이 더듬거리는 몇 초 사이에 클로드는 이미 곤히 잠들었고, 라벤더색 잠옷이 허리까지 올라가서 더 이상 티렝스가 아니었다.

늘 입던 셔츠 잠옷이 없어서 로지는 그날 밤 펜의 셔츠를 잠옷으로 입었기 때문에 빨리 날아다닐 수 있는 스테파니 공주처럼 다리가 자유로웠다. 그리고 아들들 5분의 2와 마찬가지로 그 아래 아무것도 입지 않았다.

그해 겨울부터 봄까지 내내 클로드는 날마다 어린이집이 끝나서 집에 오면 바로 옷을 벗고 공주 드레스를 입었다. 그리고 처음에는, 적어도 하루 이틀 지난 후에는 아무도(클로드도, 그의 형들도, 그의 부모도) 클로드의 드레스에 대해 별 신경을 쓰지 않았다. 클로드는 언제나 여전히 클로드였고, 그것이 루가 아래층 목욕탕에서 혼령과의 접선을 시도하는 것이나, 리겔이 집에 있는 모든 책의 등을 핥은 다음, 픽션과 논픽션의 맛이 다르다고 주장하는 것보다 더 이상하거나 그와 다르지 않다고 생각했다. 전혀 다르지 않았다.

그러다가 여름이 왔고, 아이들의 할머니가 오셨고, 모든 것이 더 나아졌다. 믿을 수 없겠지만 로지 엄마의 이름은 카르멜로였다.

"캐러멜 상표 이름하고 같은 거예요?" 처음 그 이름을 들은 펜은 그렇게 물었다.

"카르메요가 아니라 카르멜로예요." 로지는 카르메요는 너무나 말도 안 되는 황당한 이름이지만 카르멜로는 앤이나 바버라처럼 아주 평범한 이름이라도 되는 것처럼 대답했다.

루는 첫째로 태어난 덕분에 이 문제에 개입해서 할머니에게 좀 더 평범한 이름을 줄 기회를 누렸다. 그는 카르멜로와 할머니를 뜻하는 그래미를 더해서 카르미라는 이름을 만들어냈고, 모두들 카르미가 정말 초코릿으로 뒤덮인 달달한 과자 같다고 생각했다. 하지만 그녀는 초콜릿 코팅 과자 같은 할머니가 아니었다. 그녀는 과자를 굽지 않았다. 상습적으로 과자를 나눠주지도 않았다. 하지만 다른 식으로 사랑을 표현했고, 그게 치아 건강에도 훨씬 좋았다. 그녀는 로지와 아이들이 사는 곳 근처로 이사해야겠다고 위협하곤 했지만, 위스콘신은 명백하게, 자명하게, 타협할 수 없을 정도로 너무 추웠다. 그래서 피닉스에 머물면서 날씨를 핑계로 이사 오라는 유혹을 거절하곤 했다.

하지만 그런 카르미도 여름이 되면 로지네 집을 방문했다.

위스콘신도 6월부터 9월까지는 피닉스 날씨를 그리워하지 않을 정도는 됐다. 해마다 그녀는 로지의 동료가 소유한 낡은 호숫가 집을 렌트했다. 수리가 되어 있지 않아 여행객에게는 빌려주지도 못하는 집이었다. 그리고 매일 아침 집 앞의 현관에 서서 호수 위로 해가 떠오르는 것을 지켜보면서 캐멀 담배를 피웠다. 그녀는 아이들과 애들 친구들이 아는 할머니 중 유일하게 한번에 아이들 예닐곱 명을 집에 딸린, 그러나 집보다 더 오래됐을 초록색 보트에 태울 능력이 있을 뿐 아니라 그럴 의사가 있는 할머니였다. 그리고 얼마 전까지도 그 자체가 빙하였을 것 같은 호수 한가운데 있는 빙하에 깎인 바위를 목표로 헤엄쳐서 간 다음, 그 커다란 바위 위에 올라앉아 얼린 뼈를 햇빛에 녹이고 나서 다시 헤엄쳐 돌아왔다. 카르미 할머니는 아이들이 평생 본 사람 중에서 가장 화려하고 멋진 사람이었다.

그해에도 열흘 만에 눈 오는 날씨에서 사우나 같은 찜통으로 변한 후로는 내내 뜨겁고 축축하고 벌레가 득실거리는 날씨가 계속되는, 위스콘신의 전형적인 여름이었다. 호수, 스프링클러, 쓰레기 봉지로 루가 할머니 앞마당에 만든 의외로 튼튼한 워터 슬라이드 덕분에 아이들 몸에 물이 마를 틈이 없었다. 카르멜로는 리겔에게 뜨개질을 가르쳤다. 처음에는 뜨개바늘이 닌자가 가지고 있을 법한 물건처럼 보여서 리겔이 관심을 보였다고 생각했고, 어쩌면 그게 사실인지도 모르지만, 아이는 선크림을 바른 피부에 모래가 달라붙듯 뜨개질에 홀딱 반해서 여름 내내 연습용 목도리를 가는 곳마다 끌고 다녔고, 이야기가 솔솔 풀려나오듯 빼먹은 코에서 실을 솔솔 풀어내곤 했다. 벤은 리겔이 연습 삼아 만든 장식용 술을 책갈피로 썼고, 주피터는 도중에 포기한 작품들을 물어다 침구로 이용했다. 오리온은 리겔의 창작물들을 머릿수건, 땀 밴드, 두건, 튜브톱, 허리띠, 토가*로 사용해서, 느지막이 아침을 먹으러 내려올 때마다 브루스 스프링스틴**과 율리우스 시저(오리온이 생각하기로는 모두 비슷하게 옛날 사람), 50센트, 프레드 아스테어*** 등으로 변장한 모습이었다. 그러나 클로드는 리겔의 뜨개 작품을 기다란 머리카락으로 사용해서 등 뒤로 폭포처럼 늘어뜨린 헤어스타일을 하거나, 머리띠에 붙이고 고무줄로 묶어서 포니테일을 하기도 했다. 그해 여름에 루는 연습에 연습을 거쳐 장차 예술의 경지에 이르는 기술을 연마하기 시작했다. 그것은 바로 형제들 중 누구와도 피가 통하지 않은 것처럼 행동하는 기술이었다.

카르미 할머니는 클로드가 자기 원피스를 입어보고, 장신구를 달아보고, 구두를 신어보도록 허락했다. 클로드가 티렝스 드레스와 어울리는 차를 만들면, 카르미는 치즈를 곁들인 크래커나 쿠키를 차린 다음 티셔츠, 반바지 차림에서 좀 더 우아한 옷으로 갈아입고 클로드의 친구가 되어주었다.

처음에 딱 한 번, 클로드가 질문한 적이 있었다.

"카르미 할머니?"

"응?"

"제가 계속 드레스를 입어도 절 사랑하실 거예요?"

★   헐렁하고 긴 겉옷.

★★ Bruce Springsteen. 미국 대중문화를 상징하는 전설적인 음악가.

★★★ Fred Astaire. 미국의 배우이자 손꼽히는 춤꾼.

"네가 강아지들로 만든 옷을 입는다 해도 할머니는 널 사랑할 거야." 카르멜로가 그의 목에 코를 비비자, 클로드는 쿡쿡 하고 웃음을 터뜨렸다. "꼬랑내나는 치즈로 만든 모자를 써도 할머니는 널 사랑할 거야."

클로드가 코를 찡그렸다. "정말요?"

"물론이지."

"왜요?"

"내가 네 할머니이기 때문이지. 할머니들은 그러라고 있는 거야."

"뭘 입는지 상관없이 사랑하는 거요?"

"무조건 사랑하는 거."

클로드는 그 정의에 관해 잠시 생각해봤다. "그래서 오리온을 여전히 사랑하시는 거예요?" 그 순간, 오리온은 올이 풀어지고 있는 암갈색 냄비 장갑만 허리에 두른 채 부엌을 어슬렁거리고 있었다.

카르멜로는 눈을 질끈 감았다. "무조건."

클로드를 데리고 나가서 어린이집 졸업 선물로 수영복을 사준 사람도 카르멜로였다. 클로드가 원하는 걸 고를 수 있도록 했고, 그래서 어느 날 퇴근한 로지가 막내아들이 하얗고 노란 데이지 꽃이 그려진 분홍색 비키니를 입고 스프링클러 물살을 헤치며 뛰어다니고 있는 광경을 목격한 것이다.

"이 비키니는 어디서 난 거야?" 그녀는 물에 젖지 않으려고 클로드에게서 떨어져 선 채 허리를 굽혀 입을 맞췄다.

"너무 멋지지 않아요?" 클로드는 온몸에서 빛을 발하고 있었다. 처음에는 햇볕에 그을려서 그렇게 보이는 줄 알았는데, 실은 얼굴에서 환한 빛이 뿜어져 나오고 있었다. "카르미 할머니가 졸업 선물로 사주셨어요."

"졸업?"

"내년부터는 유치원에 들어가니까요."

"그렇구나."

"직접 골랐어요."

"그런 것 같네."

"아름답지 않아요?"

적어도 비키니를 입은 클로드가 아름답긴 했다. 루가 플루트로 악기를 바꾼 후로는 한 번도 조율하지 않아 음정이 전혀 맞지 않는 피아노만큼이나 작은 생채기와 멍이 가득한 걸 보니 다섯 살이 다 된 아이의 삶을 잘 살아가고 있는 듯했다.

"미안하다." 카르멜로는 클로드가 다른 쪽으로 뛰어가버리고 난 후 로지에게 어깨를 으쓱해 보였다. "이제 수영복을 직접 고를 만큼 컸다고 말한 다음인데, 안 된다고 할 수는 없잖니."

"아이들에게 자율권을 주는 거, 큰 실수예요, 항상." 로지는 한숨을 쉬었다.

"걱정되니?" 딸이 그렇게 보여서 물은 걸까, 아니면 딸이 걱정해야 할 것 같아서 물은 걸까?

"아니야?" 그건 질문처럼 들리는 말이었다. 저녁시간이 다 되었지만 아직 찌는 듯한 더위가 계속되고 있었고, 구름 한 조각도, 바람 한 점도 없었다. 로지는 늦은 오후의 태양이 스프링클러에서 낮게 솟아오르는 물방울에 반짝이는 광경을 눈을 가늘게 뜨고 쳐다봤다. 걱정해야 할 때가 온 걸까? 드레스는 드레스고 비키니는 그냥 비키니일 뿐일까? 각다귀들이 눈앞에서 이리저리 춤을 추고 있었지만, 갑자기 피곤이 몰려와서 그것들을 쫓을 기운도 없었다. "좀 걱정이 되는 것 같긴 해요." 그녀는 엄마에게 그렇게 인정했다.

"피들스닉스.*" 카르멜로가 담배를 힘껏 빨아들이는 것을 보면서 로지는 담배 연기에 각다귀들이 저쪽으로 가기를 바랐다.

"피들'스닉스'요?"

"포피록."

"엄마가 찾는 단어는 '포피콕'**인 것 같은데."

"맞아, 피들스틱스든 포피콕이든 뭐든 허튼소리라는 거야." 카르멜로는 단어의 발음 같은 하찮은 것에 구애받는 여성이 아니었다. "클로드는 괜찮아. 좀 봐라! 너무 좋아하잖니. 정말 행복한 애야."

"지금은요."

카르멜로는 딸을 쳐다봤다. "얘, 지금 이 순간이 제일 중요한 거야."

"손주라면 눈에 콩깍지가 씐 할머니다운 말이로군요." 로지가 말했다. 그러나 마음속 깊은 곳에서는 그게 아니라는 것을 알고 있었다. 그것은 아기가 커서 성인이 되는 걸 보지 못한 사

★   말도 안 된다는 의미의 '피들스틱스Fiddlesticks'라는 말을 잘못 발음한 것.
★★ Poppycock. 터무니없는 소리.

람이 할 수 있는 말이었다.

"아이가 행복해하잖니." 카르멜로는 그걸로 모든 게 해결됐다는 듯, 마치 모든 일이 그렇게 단순할 수 있다는 듯 선언했다. "행복하고 건강하고 놀라운 아이잖니. 뭘 더 바랄 수 있겠니?"

"다른 아이들이 놀릴 거예요."

"무슨 아이들?" 카르멜로가 말했다.

"몰라요. 그냥 아이들이요."

"아이들은 더 이상 저런 거에 신경 안 써."

"신경 안 써요?"

"응, 안 써. 그리고 너도 왜 신경을 쓰니?"

"엄마." 로지가 엄마를 바라보며 말했다. "그거 아세요? 이런 문제에 대해 제가 엄마를 설득하고 진정시켜야 하는 거 아니에요? 반대가 아니라. 제가 엄마한테 신경 쓰지 말라고, 괜찮다고 하고, 엄마는 패닉 상태에 빠져 애를 데리고 교회 같은 데 끌고 다녀야 하는 거라고요, 원래는."

"요즘은 교회에 유대인들이 정말 없어." 카르멜로가 말했다.

"엄마는 이렇게 개방적이고 관대하기엔 너무 나이가 들었어요." 로지가 대꾸했다.

"그러지 않기엔 너무 나이가 들었어." 그녀는 멋지게 담배를 한 번 더 빨아들인 다음 자기 말을 강조하기 위해 담배를 든 손을 로지를 향해 흔들었다. 담배를 수사적 도구로 사용할 수 있다는 면에서 로지가 흡연가들을 부러워한 것은 이번이 처음이 아니었다. "난 살 만큼 살았어. 이제는 뭐가 중요한지 알지. 볼 꼴 못 볼 꼴 다 봤고. 비키니 입은 남자아이를 본 게 클로드가 처음인 줄 아니? 물론 아니지. 남다른 아이들을 너희 세대가 발명한 게 아니거든."

"남다른 것에도 정도가 있어요." 로지는 엄지손톱 가장자리를 물어뜯었다.

"허튼소리." 그녀의 엄마가 말했다.

그해 여름에 부부를 가장 많이 걱정시킨 것은 클로드가 아니었다. (어떤 면에서 클로드의 마지막 여름이었지만.) 그보다 더 큰 걱정은 벤이었다. 벤은 늘 조용한 아이였지만 그해에는 평소보다 더 말이 없어졌고, 항상 책을 좋아했지만 열한 살이던 그해 여름 내내 다른 형제들이 수영하는 동안 셰익스피어를 읽었다. 부부는 벤이 6학년에 다니지 않고 바로 7학년으로 월반하는 것이 좋겠다고 결정했다. 7학년이 되면 동급생보다 1~2년 빠르겠지만, 6학년이면 동급생들보다는 지나치게 진도가 빨라서 학교를 다니는 게 소용없었다. 펜은 중학교라는 지옥 같은 곳은 짧게 머물수록 좋다고 생각했다. 로지는 벤이 루와 같은 교실에 있으면 사회적으로 미숙한 데가 있어도 조금은 도움이 되리라고 생각했다. 부부는 그 소식을 첫째와 둘째에게 조심스럽게 전하면서 루가 자기 세상이 무너지고 침입당한다고 생각할까 봐, 벤이 다른 아이들보다 2, 3년 앞서는 것보다 4, 5년 앞서는 게 낫다고 생각할까 봐 걱정했다. 하지만 루는 기뻐서 펄쩍 뛰면서 그 즉시 몰래 벤과 자리를 바꿔서 벤이 대신 시험을 보게 할 궁리를 하기 시작했다. 마치 벤이 7학년으로 월반하면 갑자기 자기랑 일란성 쌍둥이라도 되는 것처럼 말이다. 그러나 벤은 입을 꼭 다물어버렸고, 로지나 펜이 전혀 알 수 없는 것에 관해, 태양과 여름과 심지어 셰익스피어로도 해결할 수 없는 것에 대해 걱정했다.

개학하기 전 일요일 오후, 수영장 옆에서 야외 파티를 했다. 도기냄비에 익힌 핫도그랑 미국식 치즈 슬라이스, 물컹거리는 피클, 그리고 대대로 과일과 원수 진 게 분명한 사람이 화풀이하듯 자른 것으로 보이는 수박 조각이 메뉴였다. 여름 내내 호숫가에서 지냈기 때문에 그해 여름 처음이자 마지막으로 공용 수영장에 간 것이었다. 오리온은 주황색 물갈퀴에 무지개색 스노클 그리고 가짜 지느러미를 착용했다. 벤은 수영할 생각이 전혀 없다는 것을 강조하기라도 하듯 카키색 반바지와 셔츠를 입었다. 클로드는 비키니를 입었다. 펜은 아들에게 "그 비키니가 집에서는 잘 어울리지만 공공장소에서는 아니야" 하고 차마 말할 수 없었고, 로지는 "집에서는 네가 자랑스러워도 공용 수영장에서는 네가 창피해" 하고 차마 말할 수 없었기 때문이었다.

월시-애덤스 가족은 잔디밭 한쪽에 있는 의자와 테이블을 차지하고 수건과 물안경과 슬리퍼를 쌓아뒀다. 평평한 표면은 모두 녹은 아이스크림이 묻어 끈적거리는 것처럼 느껴졌다. 늦여름의 벌들은 쫓아도 도망가지도 않고 선크림에 코를 들이밀었다. 수영장 가장자리에서 짙은 색이 칠해진 부분은 맨발로 채 몇 걸음도 걷지 못할 만큼 뜨거웠다. 온 세상이 수영장 소독약과 설탕 냄새로 가득했다. 아이 몇이 클로드를 빤히 쳐다보려고 손차양을 만들었다. 몇 명은 손가락으로 가리키며 웃음을 터뜨렸다. 서너 명(서너 명보다 더 많은 숫자였을 수도 있다)의 어른들이 손으로 입을 가리고 옆 사람과 속삭이는 것을 보고, 펜은 그 사람들이 자기 가족을 빤히 쳐다보면서 그렇게 하면 가린 손 뒤로 무슨 이야기를 하는지 아무도 모른다고 생각하는 것인지 궁금했다. 리겔과 오리온의 같은 반 친구가 그들에게 뛰어왔다.

"멋진 지느러미야." 그가 오리온에게 말했다.

"고마워."

"네 남동생은 왜 비키니를 입고 있어?"

"몰라." 리겔이 대답했다. 정말 몰랐으니 달리 할 말도 없었다.

"이상해."

"응."

"너희 둘보다 내가 다이빙하면서 물을 더 많이 튕길 수 있어."

"못 해."

"할 수 있어."

그러고는 서로 자기가 맞다는 걸 증명하기 위해 뛰어갔다.

어른들은 아이들처럼 주의가 산만하지는 않지만, 그들이 보인 반응은 아이들과 별반 다르지 않았다. 사실 그에 대해 더 할 말이 뭐가 있겠는가? 로지의 버스 정류장 적수인 해더가 쫓아와서 다른 인사도 없이 캐물었다. "저런 수영복은 도대체 어디서 난 거예요? 그 집에는 남자아이들밖에 없잖아요."

"할머니가 사주셨어요." 로지는 사실대로 말한 다음, 역시 사실대로 덧붙였다. "저 아이는 여자아이예요."

아빠들 몇 명이 펜에게 다가와 마치 펜이 그 수영복을 입고 있기라도 한 듯 "비키니 멋진데" 같은 발언을 했고, 고맙다고 답하는 펜에게 더 이상 무슨 말을 할지 몰라서 머뭇거리다가 물러

갔다. 인명구조팀 매니저는 "야아, 아드님 복장 한번 끝내주네요" 하고 말을 걸어왔다.

"맞아요." 펜이 동의했다. "오리온한테 가짜 지느러미는 바다에서나 웃기는 거라고 말을 했지만, 위스콘신에 바다가 어디 있나요?"

누군가가 플라스틱 컵이랑 금붕어 한 떼를 수영장에 던져 넣었고, 아이들은 단체로 파도처럼 뛰어들어 컵으로 금붕어를 잡아서 집에 가져가려고 소동을 벌였다. 근처 20마일 내에 사는 모든 아이들이 수영장에 들어가서 금붕어처럼 수영하고, 금붕어를 쫓아 헤어치는 듯한 느낌이었다. 아직 물속에 머리를 넣는 법을 배우지 못한 클로드마저도 개헤엄을 치면서 금붕어를 쫓고 있었다. 하지만 벤은 일광욕 의자를 펼쳐 엎어서 천막처럼 만들고 그 안에 생긴 조그만 삼각형 공간에 웅크리고 들어가 있었다. 펜은 최대한으로 몸을 웅크렸지만 털이 부숭부숭한 발은 몸 안으로 다 집어넣지 못해서 밖으로 삐죽 내민 쥐며느리 같은 자세로 벤 옆으로 기어들어갔다.

"괜찮니, 귀염둥이?"

"괜찮아요."

"왜 수영 안 하니?"

"하고 싶지 않아요."

"학교가 걱정돼서 그래?"

벤은 어깨를 으쓱해 보였다. 그리고 아무 말도 하지 않았다.

"중학교에 가는 게 걱정이야? 한 학년을 건너뛰어서? 애들을 다 몰라서? 아니면 다른 애들보다 어린 게 걱정이야? 루랑 같은 반이 되는 게?"

무반응.

"아빠 몸이 너무 뜨겁니?"

"네."

"아빠 몸이 뜨겁다고?"

"네, 그게 걱정이에요."

"어떤 거?"

"다요. 그리고 다른 것도 다."

"다른 것도 다?"

"중학교에 가는 것도, 한 학년을 건너뛰는 것도, 애들을 다 모르는 것도, 너무 어린 것도, 루보다 훨씬 똑똑해서 우리 둘이 형제라고 하면 선생님들이 안 믿을 것도 걱정이에요. 내가 너무 똑똑하다고 여긴다고 친구들이 생각할까 봐도 걱정이에요. 내가 더 똑똑하긴 하지만 그렇게 생각하지 않으니까. 체육 시간이 끝나고 다른 애들이랑 샤워할 것도 걱정이에요. 미술 시간도 걱정이에요. 미술을 해야 하는데 난 잘 못하니까. 클로드도 걱정돼요. 다른 아이들이 클로드를 놀리고 못되게 굴고 때릴지도 모르는데, 쟤는 신경도 안 쓰잖아요. 그리고 아빠랑 엄마는 신경도 안 쓰고."

"엄마랑 아빠도 신경 쓰고 있어." 펜이 작은 소리로 부드럽게 말했다.

"왜 저런 수영복을 입게 내버려둬요?"

"클로드가 좋아하니까."

"우리끼리 카르미 할머니 집에서 놀 때는 괜찮아요. 하지만

94

여기는… 다들 클로드 때문에 수군거리잖아요. 다들 쳐다보고. 이상하단 말이에요."

"정작 본인은 눈치도 못 챈 것 같아." 펜은 풀 저쪽에서 구조한 금붕어가 든 컵을 아기처럼 팔에 안고 노래를 불러주고 있는 클로드를 바라봤다. "애초에 아무도 수군거리지 않는 것보다 수군거리는 걸 눈치도 못 채는 편이 낫지 않니? 유치원에 가도 그게 더 낫고."

"모르겠어요." 벤이 말했다.

"아빠도 잘 모르겠구나." 펜도 인정했다. 그리고 물었다. "그게 다야?"

"뭐가 다예요?"

"걱정되는 게 그게 다냐고."

"저 물고기들도 걱정돼요." 벤은 늦여름 오후의 햇빛에 눈을 가늘게 뜨고 사냥개 같은 이웃 아이들에게 몰려 여우처럼 도망 다니는 금붕어들이 든 수영장을 바라봤다. "금붕어들이 저 많은 염소와 스트레스를 감당할 수 없을 것 같아요."

"너도 마찬가지야." 펜이 말했다.

"염소와 스트레스요?"

"앞의 건 샤워로 씻어버릴 수 있지만, 넌 뒤의 걸 너무 많이 받는 것 같아."

"저도 어쩔 수가 없어요." 벤이 말했다.

"하나만 골라봐."

"뭘 하나 고르라고요?"

"걱정거리 중 하나. 다른 모든 걱정을 그 하나에 다 몰아넣고 필요한 만큼 실컷 걱정하는 거야. 하지만 그것 하나만 걱정해야 해. 다른 걱정이 머리에 조금이라도 떠오르면 그걸 지금 하고 있는 단 하나의 걱정으로 보내야 해."

"그렇게 하면 걱정의 양은 똑같잖아요. 그냥 범위만 줄어든 거지."

"통합은 좋은 거야." 벤의 아빠는 그렇게 장담했다. "모든 걱정을 하나에 다 몰아넣으면 얼마 가지 않아서 너무 걱정을 많이 한다는 생각이 들어서 덜하기 시작할 거야. 게다가 그 한 가지 걱정은 언제라도 바로 생각해낼 수가 있으니까 컨트롤을 훨씬 잘할 수 있는 느낌이 들고, 그렇게 해서 걱정을 덜 수도 있거든. 자, 어떤 거 하나를 선택할래? 아주 많긴 하더라. 그중에서 제일 걱정되는 게 어떤 거야?" 펜은 벤이 샤워하는 일이나 학교에서 루가 이상하게 구는 것, 혹은 자기가 제일 똑똑하고, 제일 어리고, 제일 작은 아이로 학교에 다닐 것을 고르리라 예상했다.

하지만 벤은 조금도 주저하지 않고 말했다. "클로드예요, 제일 큰 걱정은. 올해 클로드가 유치원에 가면 어떻게 될지 진짜 걱정이에요."

펜도 점점 스멀스멀 걱정이 커져가긴 했지만 자기가 벤에게 한 충고를 실천하고 있었다. 클로드를 쳐다보는 아이들, 수군거리는 부모들, 놀리는 급우들, 흉보는 이웃들, 상관할 일이 전혀 아닌데 뻔뻔하게 참견하는 지인들, 흘겨보는 낯선 사람들, 동생 걱정에 조바심치는 형들에 대한 걱정을 모두 농축하고 농축해서 조그만 잼 병에 담아 냉장고 뒤쪽에 넣어두고 잊어버리는 쪽을, 적어도 당장은 묻어두는 쪽을 선택했다. 여름이 물러가고 학교가 다시 시작돼서 모든 것이 다시 새 것이 되면 묵은 걱정은 부서지고 말라서 낙엽처럼 날아가버릴 것이라 믿는 게 어렵지 않았다. 믿기는 쉽지만, 딱히 보장은 되지 않은 문제였다.

　다음 날 아침, 클로드는 유치원 첫날에 등원할 준비를 마치고 아래층으로 내려왔다. 그는 티렌스 드레스를 입고 있었고(깨끗하고, 다림질되어 있는 그 옷이 그런 특별한 날에 적합하다는 사실은 엄마도 부인할 수가 없었다), 뒤집어진 채 둥둥 떠서 꼼짝하지 않는 금붕어가 있는 플라스틱 컵을 든 채 울고 있었다.

기류와 여러 바람

로지가 어떻게 아이를 설득해서 드레스를 벗게 할까 궁리하는 사이, 클로드는 너무 슬퍼하던 나머지 죽은 물고기가 든 컵을 실수로 옷에 엎질렀다. 결국 그는 마를 줄 모르는 눈물과 콧물과 실망감을 쏟아내며 어쩔 수 없이 드레스를 벗는 대신 카르멜로의 오래된 빨강 가죽 핸드백을 들고 가겠다는 협상안을 제시했고, 로지는 다른 사람들이 다소 안 어울리는 도시락 가방으로 생각해주기를 바라며 승낙했다. 그녀는 땅콩버터와 잼을 바른 샌드위치와 바나나, 프레첼, 그리고 첫날이니 특별히 초코칩 쿠키를 (쪽지까지 더해서) 넣어서 그 핸드백에 도시락 가방의 분위기를 더했다. 클로드는 유치원 종일반이어서 여섯 시간 동안 조용히 앉아 규칙을 따라야 했고, 그 말은 누군가, 아니, 가족 모두가 너무도 그를 사랑하는 집이 아닌 다른 곳에서 그 시간을 보내야 한다는 의미였다. 벤과 루는 중학교로 처음 등교했다. 오리온은 눈썹 가운데 눈알 스티커를 붙이고 내려와서, 로지가 그게 뭐냐고 물으려 하자 눈 세 개 중 하나로 윙크했다. 그래서 클로드의 빨강 가죽 핸드백 도시락 가방은 그날 아침 로지가 신경 써야 할 일의 목록 중 예닐곱째에 불과했다.

그러나 로지가 일과를 마치고 아이들을 데리러 갔을 때 클로드는 보이지 않고, 오리온과 리겔이 "클로드~는 큰일 났대요, 클로드~는 큰일 났대요" 하며 뛰어나왔다. 그때 유치원 문이 열리면서 어린아이들이 쏟아져 나와 목이 빠지게 기다리던 부모들의 품에 뛰어가 안겼다. 모두. 클로드만 빼고. 클로드는 새 선생님과 나란히 서 있었고, 선생님은 아이의 머리에 단호한 태도로 손을 올리고 서 있었다.

"애덤스 부인?" 유치원 교사의 이름은 베키 애플튼이었다. 학부모 안내 행사 때 베키라고 불러달라고 했지만 로지는 그럴 수 없었다. 무엇보다도 베키는 아이 이름이지 어린 아들을 돌보고 교육시키는 책임을 맡길 성인의 이름이 아니었고, 사실 선생님이 열네 살 정도로 어려 보이긴 했지만 로지는 이제 베키라는 애칭이 아니라 레베카라는 정식 이름을 쓸 나이는 됐다고 생각했다. 무엇보다도 로지는 유치원 교실에 들어서면 다섯 아이의 엄마가 아니라 자신이 다시 아이가 된 느낌이 들곤 했다. 시간이 그렇게 많이 흘렀으니 이제는 흐릿해질 만도 하지만, 그녀는 여전히 아이를 처음 유치원에 보낸 날을 또렷이 기억했다. 벌써 네 번이나 경험했는데도 항상 느끼는 그 이상한 느낌은 전혀 줄어들지 않았다. 조그만 책상과 의자, 아직 아무도 쓰지 않아 끝이 뾰족하게 다듬어진 크레용과 연필이 담긴 연필통을 둘러보고 새 지우개 냄새를 맡다 보면 선생님과 허물없이 이름을 부르는 학부모가 아니라, 거기 앉아서 알파벳을 새로 배우는 아이가 되고 싶었다. "애덤스 부인 맞으시죠? 클로드 엄마 되시는?"

"월시예요, 실은." 로지는 실은 부인이 아니라 미즈, 미즈가 아니라 닥터라고 불러야 한다는 부분은 일단 언급하지 않고 넘어가기로 했다.

"클로드는 유치원 첫날을 참 잘 보냈어요, 월시 부인." 베키는 명랑하게 말했지만 클로드의 표정을 보니 그렇지 않다는 게 명백했다. "하지만 점심때 좀 문제가 있었어요. 유치원 정책상 땅콩버터를 허용하지 않기 때문에 클로드는 교실 책상에서 혼자 점심을 먹어야 했어요."

"유치원에서 보내주신 자료를 처음부터 끝까지 샅샅이 읽었는데 땅콩버터를 싸주면 안 된다는 내용은 없었어요." 로지가 말했다.

"아, 저희는 그냥 다들 아시는 줄 알았죠. 땅콩 알레르기가 요즘 아이들한테 얼마나 많은지 모든 사람이 아는 건 아니라는 걸 잊어버리곤 해요. 땅콩 잘못은 아니지만요."

"클로드 위로 형 넷이 모두 이 유치원에 다녔고 클로드가 다섯째예요. 지금까지 땅콩버터와 잼 샌드위치를 800~900번쯤 도시락으로 싸 보냈을 거예요. 새로운 규칙인가요?"

"아이들 샌드위치를 일일이 확인하지는 않습니다." 애플턴 선생이 설명했다. "신뢰와 배려의 문제죠. 남을 생각하는 태도. 황금률이에요."

"그러니까 양심적 땅콩 금지 규칙인가요?"

"바로 그겁니다. 클로드가 금지된 샌드위치를 싸 왔는지도 모를 뻔했는데, 아이가 새 친구들한테 상류 사회의 숙녀들은 보통 오이를 넣은 핑거 샌드위치를 먹지만 오이 샌드위치는 바로 먹지 않으면 눅눅해지니까 자기는 대신 땅콩버터 샌드위치를 먹는다고 자랑하는 바람에 알게 됐어요."

"그건 사실이에요." 로지는 그때만 해도 막연하게, 나중에는 더 분명하게, 진짜 문제가 땅콩버터인지, 아니면 그 샌드위치가 나온 빨강 가죽 핸드백인지 궁금했다. 혹은 상류 사회 숙녀들의 습관에 대한 말 때문이었을까?

"클로드 학급에 땅콩 알레르기를 가진 아이가 있나요?"

"그냥 예방 차원의 조치예요."

"아이가 교실에서 혼자 점심을 먹는 게 카페테리아에서 먹는 것보다 땅콩 알레르기 예방에 더 도움이 되나요?"

"사실은⋯." 애플턴 선생은 다음 말을 잇기 전에 조금 머뭇거리는 척했다. "클로드를 혼자 둘 수 없어서 제 휴식 시간을 반납하고 교실에서 지켜봐야 했어요. 클로드가 아무것도 만지지 못하도록 했지요."

"우리 아가, 집에 가자." 로지가 클로드에게 말했다.

"안녕, 클로드." 애플턴 선생이 말했다. "오늘 만나서 반가웠어. 앞으로 1년 동안 함께할 생각을 하니 너무 기뻐."

클로드는 푹 숙인 고개를 들지 않았다.

"아, 한 가지 더요, 애덤스, 아니, 월시 부인. 학교에 장신구를 착용하고 오는 걸 자제해줄 것을 권고하는 게 학교 방침이에요. 특히 이 나이에는요."

"장신구라뇨?"

"액세서리, 머리 장식, 반짝이는 셔츠, 핸드백 등등요."

"반짝이는 셔츠요?"

"주의를 끄는 건 뭐든 좋지 않아요. 학생들이 수업 시간에 집중할 수 있는 환경을 마련해주고 싶거든요."

"물론이죠, 하지만…."

"그런 걸 만지작거리면 뭘 배우기가 힘들어져요."

"클로드가 뭘 만지작거렸나요?"

"아니요, 그렇지 않았어요. 하지만 다른 아이들이 클로드가 가져온 가방에 주의를 빼앗겨서요."

"클로드가 그 가방을 가지고 다른 아이들의 주의를 산만하게 만들 만한 짓을 했나요?"

"가방이 거기 있다는 것 자체가 주의를 산만하게 했습니다."

"땅콩처럼요?"

"무슨 말씀이세요?"

"예방을 하시겠다는 거잖아요. 미리 막고, 방어하고, 예상해서."

"아, 그렇죠."

"그 말은, 아직까지 한 번도 문제를 일으키지 않았지만 땅콩과 핸드백이 혹시라도 문제를 일으킬지 모르기 때문에 금지한다는 뜻이네요. 그렇게 하는 것이 민주사회 시민이기도 한 학생들의 권리와 복지를 여러 면에서 침해하는데도 말이죠."

"음…, 음…, 그러니까 일단 도시락으로 딴 걸 싸주실 거라 생각해도 되나요? 그리고 남자아이들, 어, 그러니까 어린이들에게 핸드백이 필요하다고 생각지 않아요. 학교에서는."

"핸드백이 아니에요." 클로드가 말을 막았다. 로지는 클로드가 목소리를 낸다는 사실에 안도했다. "도시락 가방이에요."

"자, 자, 얘야. 고단한 하루였잖아. 어서 집에 가자." 로지가 말했다.

리겔과 오리온은 운동장에서 기다리고 있었다. 오리온은 작은 아이용 철봉에 거꾸로 매달려 머리카락으로 땅을 쓸면서 (눈 세 개짜리) 얼굴은 딸기처럼 빨개져 있었고, 리겔은 미끄럼틀의 미끄럼판으로 올라가 계단 쪽으로 엉덩이를 텅텅거리며 내려오고 있었다. 루와 벤은 중학교에서 좀 더 나은 하루를 보냈는지 보기 위해 모두 차에 타고 집으로 향했다. 열 살배기 오리온이 동생의 어깨를 팔로 감싸고 말했다. "얘야, 유치원은 힘들어. 그래도 우린 여전히 널 사랑해."

"맞아, 우린 널 사랑해." 리겔도 반복했다. "그리고 네 핸드백도."

"이건 도시락 가방이야."

"그리고 네 도시락 가방도."

다음 날, 로지는 치즈 샌드위치로 모두의 점심을 준비했다. 펜이 그 샌드위치를 각종 봉투, 도시락, 가죽 핸드백 등에 담고 있는데, 클로드가 아래층으로 내려와 아무 말 없이 자기 자리에 앉았다. 그렇지 않아도 짧은 머리를 무지개색 작은 집게핀 네 개로 집어 올렸고, 자기 셔츠(하늘색 바탕에 유니콘이 핫도그를 먹으면서 자전거를 타는 그림이 그려진) 아래에 펜의 긴 셔츠를 입어서 허리 바로 아래까지 오는 길이의 플레어스커트처럼 보이는 복장이었다.

"녀석, 치마 멋지네." 루의 입이 시리얼로 가득 차 있었기 때문에 어투를 짐작할 수가 없었다.

리겔은 뜨개질하던 물갈퀴에서 고개를 들었다. "그거 입고 유치원에 갈 생각은 아니지?" 로지는 숨을 죽이고 대답을 기다렸다.

"이 중 일부는 입고 갈 거야." 클로드가 말했다.

"그렇게 입고 가면 궁둥짝 좀 걷어차일 거야." 리겔이 말했다.

"궁둥짝, 궁둥짝, 궁둥짝." 오리온이 낄낄거리며 이미 완성된 쪽 물갈퀴에 발가락을 욱여넣으려고 애썼다.

"그 복장이 나빠서가 아니야." 벤이 상냥한 목소리를 유지하려 애쓰며 말했다. "그냥 남자답지가 않잖아, 그렇지?"

"클로드는 남자가 아니야. 이제 다섯 살이잖아. 소년이지." 펜이 말했다.

"소년이 아닐 수도 있죠." 루가 말했다.

"루!" 로지의 목소리가 경고처럼 들렸다. 루의 말이 부당하다고 생각해서였을까? 사실이 아니어서? 배려가 없어서? 그녀는 알 수가 없었다. 당연히 클로드는 소년이었다. 소년이 아니라면 무엇이란 말인가? 너무도 단순한 질문 같았지만, 엄마로서 한 번도 받아보지 않은 질문이었다. 아이들의 엄마로 살면서 받아보지 않은 질문이라는 것만으로도 의미하는 바가 컸다. 너무도 단순한 질문 같았지만 어찌 된 일인지 매우 두려웠다. 로지는 그날 아침 걱정거리 중 네 번째에 해당하는 '소년이 아니면 도대체 무엇이란 말인가?'에 대해 생각하는 것은 뒤로 미루기로 결정했다. "아무도 클로드의 어디를 차지 않을 거야. 누가 클로드 궁둥짝을 차려고 하면 내가 그 사람 궁둥짝을 차주겠어."

펜도 마음속 깊은 곳에서는 클로드가 원하는 존재로 살 수 있어야 한다는 것을 알았다. 하지만 클로드의 옷이나 클로드의 샌드위치 혹은 그 샌드위치가 나온 가방이 누구의 주의도 끌지 않으면 아이가 더 행복하리라는 것 또한 알았다. 세상사가 생각보다 복잡하다는 것을 마음속 깊은 곳에서 알고 있었기 때문이다. 지난 5년 동안 오리온이 온갖 이상한 복장으로 학교에 나났지만, 아무도 세 번째 눈썹을 치켜뜨고 쳐다보지 않았다. "오리온은 정말 상상력이 풍부해요." 선생님들은 그렇게 말하곤 했다. "오리온 덕분에 모두들 하루가 조금 더 즐거워져요." 눈 스티커를 이마에 붙이는 것이 창의력을 발휘한 자기표현이라면, 클로드도 당연히 원하는 옷을 입고 유치원에 갈 수 있어야 했다. 물갈퀴는 괜찮고 치마는 안 되고. 원하는 존재로 살 수 있어야 한다고 하면서도 거기에 맞는 옷은 입으면 안 된다는 것은 무슨 논리인가? 모든 사람들이 무엇을 입고 어떻게 보이는지에만 집중하는 현실에서 중요한 것은 내면이라는 것을 이 작은 아이에게 어떻게 가르칠 수 있을까?

그것은 펜의 머릿속에 있던 29가지 걱정 중 두 번째였다. 갈비뼈 안쪽에서 벌이 윙윙거리는 느낌이었다. 그러나 펜이 아빠 노릇을 시도하기도 전에 클로드가 조용히 의자에서 일어나 타박타박 위층으로 올라가더니, 아무 말도 하지 않고 치마도 벗고 집게핀도 뺀 다음 자기 티셔츠와 감색 반바지 차림으로 다시 나타났다. 클로드는 땅콩이 들지 않은 핸드백을 멨고, 모두 학교로 출발했다. 전날보다 훨씬 순조롭게 유치원 생활을 마치고 집에 돌아온 클로드는 곧바로 자기 방으로 가서 셔츠 밑에 펜의 셔츠를 치마처럼 입고 집게핀도 다시 하고, 거기에 더해 카르멜로의 클립형 귀걸이를 하고 내려와서 다른 아이들과 함께 식탁에 앉아 숙제를 했다. 펜은 아랫입술을 깨물었다. 옷 자체는 별로 걱정할 게 아니었다. 아마도 걱정거리 순위 30위 정도일 것이다. 하지만 그 옷차림이 지속된다는 사실 때문에 10위 정도로 스멀스멀 올라가고 있었다. 그는 생각을 멈추고 숙제로 주의를 돌렸다.

펜은 숙제를 책임지고 있었고, 그에 따라 몇 가지 규칙을 정해뒀다. 숙제, 심지어 숙제에 대한 불평도 간식을 먹기 전까지는 절대 시작하지 않는다. 간식도 제대로 된 간식이어야 한다. 말도 안 되는 듯하지만 셀러리에 땅콩버터를 찍어먹는 것은 꽤 좋은 간식 메뉴였다. 블루베리 팬케이크, 녹인 초콜릿에 찍어 먹는 바나나, 애호박에 치즈를 얹은 미니 피자 등은 모두 좋은 간식 후보였다. 간식을 치우고 깨끗이 닦은 식탁은 숙제 책상으로 변신한다. 펜을 포함한 모두가 앉아 조용히 숙제를 하면서 다른 사람이 집중할 수 있도록 차분하게 모르는 걸 묻기도 하고 도움도 받는다. 단체로 하면 숙제도 재미있게 할 수 있었다. 펜은 어릴 때 방에 혼자 앉아 힘겹게 수학 문제를 풀고, 과학 실험 보고서를 쓰고, 프랑스어 단어를 암기하던 기억을 떠올렸다. 위층에서 펜 혼자 외롭고 지루함으로 고통받거나 프랑스어의 완료 시제를 공부하면서 뭔가 놓치고 있다는 불안감에 짓눌리고 있는 동안, 아래층에서는 엄마, 아빠가 텔레비전을 보면서 그날 있었던 일을 이야기하며 웃음을 터뜨리곤 했다. 그러나 소년 부대가 둘러앉은 그의 식탁에서는 저녁 식사와 마찬가지로 숙제도 능숙하게 진행됐다. 새로운 시도와 성공을 함께 나누고 각자 능력껏 서로 도울 수 있었다. 루가 "'사회'라는 단어 말고 다른 표현 없을까?" 하고 묻거나, 벤이 "스페인어로 '수플레'라는 단어가 있나?" 하고 물을 수도 있고, 리겔과 오리온이 힘을 합쳐 로켓을 만드는 경우도 있다. 물론 아빠는 그 프로젝트가 그냥 뭔가를 터뜨리고 싶어서가 아니라 진짜 숙제이기를 바라지만 말이다.

세월이 흐르면서 유치원 숙제가 점점 더 많아졌다…. 로지는 '치열하다'고 말했고, 펜은 '터무니없다'고 말했다. 루가 유치원에 다닐 때만 해도 하루 종일 레고 블록으로 뭘 만들거나 모래 장난을 했다. 그리고 어쩌다 조용히 앉아 이야기를 듣는 것이 학습의 전부였다. 이제 클로드는 유치원에서 숙제까지 받아온다. 개학 이틀째의 숙제는 자기 자신을, 그리고 올해 무엇을 배우고 싶은지에 관한 문장 하나를 쓰는 것이었다. 클로드의 문장은 "나는 별이랑 위스콘신에 사는 개구리의 종류랑 바닷물이 짠 이유, 기류를 비롯한 각종 바람, 그리고 왜 학교에 땅콩버터를 가져가면 안 되는지를 포함한 과학을 배우고 싶다"는 것이었다. 펜은 막내아들에게 다시 한번 감탄했다. 형제가 많은 집에서 자라는 동생들은 훨씬 더 빨리 성숙해지는 것 같았다. 잘 알려지지 않은 아인슈타인의 물리학 법칙이라도 되는 것처럼 말이다. 클로드는 온 가족을 그렸고, 펜은 자기 자신을 그리라는 숙제를 받은 클로드가 온 가족을 그린 것이 잘한 일인지, 걱정해야 할 일인지, 마음을 정할 수가 없었다. 펜과 로지와 카르멜로는 껑충한 팔을 서로의 껑충한 어깨에 올린 채 머리는 바로 위에 있는 구름에 닿아 있었고, 하늘의 푸른색이 얼굴 안쪽으로도 번져 들어와서 볼에도 하늘색이 번져 있었다. 그 앞에는 다섯 형제가 책상다리를 하고 줄 맞춰 풀밭에 앉아 있었다. 루의 곱슬머리는 몸보다 더 넓게 퍼져 있었고, 벤의 안경 아래로 짙은 갈색 눈이 커다랗게 그려졌고, 리겔과 오리온은 각진 머리를 나란히 하고 귀가 직각으로 튀어나와 있었다. 그리고 클로드 자신은 한구석에 조그맣게(공간이 부족해서였을까? 너무 많은 가족들 사이에서 길을 잃은 느낌일까? 광대한 우주를 생각하다가 자신의 하찮것없음을 느꼈기 때문일까?), 티렌스 드레스를 입고 빨강 구두를 신은 차림에 땅에 닿을 정도로 길고 굽슬굽슬한 갈색 머리를 집게핀 열두어 개와 오색 리본으로 장식한 모습으로 그렸다. 클로드의 머리카락은 폭포처럼 흘러내려 형들과 엄마, 아빠를 덮고 구름과 나무와 풀과 하늘을 덮고 있었다. 기류와 각종 바람과 자기가 세상에서 어떤 위치에 있는지를 궁금해하는 작은 아이, 자기만의 폭풍에 휩쓸린 어리고 작은 아이가 바람에 휩쓸린 모습을 보면서 펜은 그 아이의 위치가 바로 거기, 가족과 떨어진 한쪽 구석이라는 사실, 자기마저도 그런 곳을 상상했다는 사실을 갑자기 깨달았다. 그림에 관한 펜의 걱정은 열 몇 번째로 올라갔다.

그 그림에 대해 애플턴 선생은 그다지 설득력이 없어 보이지만 '잘했어요!'라는 코멘트를 주저하듯 달고 웃는 얼굴이 그려진 체크 표시 스티커(펜은 직접 체크 표시를 하는 건 너무 힘들어서 스티커를 쓰는 것인지 궁금했다)를 붙여주는 정도로 그치고, 그다지 크게 문제 삼지 않고 넘겼다. 클로드는 클로드대로 하루에 네 번 옷을 갈아입는 데 그쳤다. 일어나면 잠옷에서 드레스로, 아침 식사 후에는 학교 가는 복장으로, 하원 후에는 드레스와 힐, 장신구로, 자기 전에 다시 잠옷으로 갈아입는 것이 일과가 됐다.

어느 날 밤 잘 자라는 인사를 하고 클로드의 이마를 덮은 머리카락을 넘겨주고는 졸린 음성으로 그날 있었던 일을 엄마, 아빠한테 이야기하는 아이의 다정한 목소리를 들으면서, 로지는 힘을 얻기 위해 펜의 손을 꼭 쥐면서 크게 숨을 들이켰다. "옷을 그렇게 자주 갈아입으면 힘들지 않아?" 그녀는 부드럽게 물었다.

클로드가 이마에 주름을 지었다. 그리고 작은 어깨를 으쓱해 보였다. "괜찮아요."

"있잖아." 펜이 조심스럽게, 정말 조심스럽게 말했다. "원피스나 치마를 입고 학교에 가도 돼, 네가 원하면. 괜찮을 거야."

"괜찮지 않을 거예요." 클로드가 말했다.

로지는 클로드가 이렇게 주어진 기회를 덥석 잡지 않아서 안도의 눈물이 눈에 맺히는 것을 느꼈다. 그래도 그녀는 다시 한번 말했다. "정말 괜찮을 거야."

"다른 애들이 놀릴 거예요." 클로드의 눈에도 눈물이 그렁그렁했다.

"그게 사실이긴 해." 펜이 인정했다. "놀리긴 할 거야. 그래도 그것도 괜찮을 거야. 진심으로 놀리는 건 아니니까. 하루 이

틀 놀리다가 널 잊어버리고 다른 사람을 놀리기 시작할 거야."

"절대 안 잊어버릴 거예요. 날 날마다 영원히 놀릴 거예요."

"우리가 도와줄게." 로지가 말했다. "놀리는 애들한테 대꾸할 말도 함께 생각해주고, 그런 애들을 무시할 방법도 함께 생각해줄 수 있어."

"그럴 수 없어요."

"엄마, 아빠가 애플턴 선생님하고 이야기를 할 수도 있고."

"애플턴 선생님은 날 좋아하지 않아요."

"선생님은 물론 널 좋아하시지!"

"아니에요. 선생님은 내가 이상한 애라고 생각해요. 내가 드레스를 입고 학교에 가면 그때는 나를 정말로, 정말로 이상한 애라고 생각할 거예요."

"넌 이상한 애가 아니야. 넌 드레스를 입어도 너야. 드레스를 입은 똑똑하고, 상냥하고, 친절하고, 재미있는 클로드. 괜찮을 거야."

"아니요." 클로드가 말했다. "지금이 괜찮아요. 진짜 옷은 집에서 입고, 학교에 갈 때는 학교 옷을 입고. 그냥 갈아입으면 돼요."

그 '진짜'라는 단어가 펜의 머릿속에서 메아리치며 점점 커져서 거의 귀가 먹을 지경이었다. "물론 그것도 괜찮지. 하지만 넌 네 자신으로 살고, 네가 원하는 옷을 입을 수 있어야 해. 다른 아이들이나 선생님, 친구들 모두 괜찮을 거야. 모두들 진짜 너를 좋아하니까."

"엄마, 아빠만 빼고 아무도 안 그래요." 클로드가 말했다.

"우리 빼고 아무도. 우리 가족만 달라요."

우리 가족만 달라요. 그 말은 로지의 머리에서 떠나지 않고 그녀를 계속 따라다녔다. 그리고 다른 걱정거리들을 뛰어넘어 서너 번째 걱정거리로 급상승했다. 로지는 클로드가 집에서는 든든한 지지를 받고 있다고 느낀다는 사실이 기쁘고 고마웠다. 로지는 클로드가 집 바깥에서 그토록 불안정하고 위태롭게 느낀다는 사실에 몸서리가 쳐졌다. 그러나 동시에 로지는 모순되는 이 감정에 익숙해 있었다. 그녀는 엄마였고, 엄마로서 세상 어느 누구도 자기 아이들을 그녀만큼 사랑하고 귀히 여기고 돌볼 수 없다는 사실, 그럼에도 불구하고 아이들을 그런 세상으로 내보내야 한다는 사실을 한순간도 잊어본 적이 없기 때문이다.

로지의 1순위 걱정, 클로드를 행복하게 만들 수 있는 것은 무엇일까?

펜의 1순위 걱정, 클로드를 행복하게 만들 수 있는 것은 무엇일까?

그러나 행복은 말로는 해결할 수 없는 문제다.

핼러윈

그래서 클로드는 옷을 갈아입었고, 그의 부모는 걱정했고, 많은 양의 빨래를 해댔고, 한두 달은 큰 문제 없이 유치원 생활이 흘러갔다. 다섯 아이가 모두 유치원과 학교에 다니기 시작하면서 로지는 병원에서 낮 근무를 더 하고 밤 근무를 줄였다. 펜이 쓰고 있는 빌어먹을 소설에 더 많은 단어가 보태졌다. 항상 좋은 단어들은 아니지만 일단 머리 밖으로 꺼내놓았고, 그것만으로도 의미가 있는 일이었다. 날씨가 추워졌다. 공기에서는 눈 냄새가 났고, 집에서는 벽난로에서 타오르는 장작과 스토브에서 끓는 수프 냄새가 났다. 모든 것이 얼어붙었고, 그대로 얼어 있는 동안 모든 것이 멈춰 섰다.

핼러윈에 루는 해적이 되고 싶어 했고, 그건 쉬운 일이었다. 벤은 루가 되고 싶어 했고, 그건 더 쉬운 일이었다. 리겔과 오리온은 접착 쌍둥이가 되고 싶어 했고, 어차피 둘은 거의 그런 상태였기 때문에 쉬웠다. 클로드가 공주나 인어나 미스 피기가 되고 싶다는 말을 하길 기다렸다. 그러나 클로드는 무엇이 되고 싶은지 정하지 못했다. 그것은 쌀쌀한 날씨가 계속된 몇 주 동안 아침 식탁에 꾸준히 오르는 화젯거리였다.

"유치원에서는 모두 호박 분장을 했었지." 로지가 슬쩍 아이디어를 냈다. 몇 년 동안 분장 의상을 물려 입을 수 있었다. 아니, 핼러윈 날이 저물 무렵이 되면 옷이 살아남지 못한 경우가 많았기 때문에 '분장 아이디어'를 다음 동생에게 물려줬다고 하는 편이 더 정확할 것이다. "넌 호박 중에서도 제일 귀여운 호박이 되겠다."

"뜨개질로 줄기를 떠줄 수 있어." 리겔이 제안했다. "아니면 이파리나. 하지만 단풍이 든 부분을 뜨려면 엄청나게 오래 걸릴 거야."

"내가 경찰관 아저씨로 만들어줄까?" 오리온이 말했다. "아니면 소방관 아저씨나 어부 아저씨로 만들어줄 수도 있어. 옷이랑 재료가 다 있거든."

"경찰관, 소방관, 어부 모두 여자도 할 수 있는 일이야." 로지가 오리온의 말을 고쳐줬다.

"여자들은 물고기 잡는 일 안 해요." 루가 말했다.

"여자들도 물고기를 잡고말고." 아빠가 말했다.

"직업으로는 안 해요." 루가 말했다. "그리고 클로드는 남자잖아요. 경찰이 되면 경찰관 아저씨가 되겠죠."

"클로드는 소년이지 아저씨가 아니야."

"경찰관 소년." 오리온이 말했다. "소방관 소년, 어부 소년!"

"클로드가 그냥 여자아이로 변장하면 어때요?" 루가 말했다. 마치 동생이 식탁에 함께 앉아 있지 않은 것처럼. "쉽잖아요. 어차피 날마다 하는 일인데."

"핼러윈에 여자아이가 되어볼래, 클로드?" 중립적인 목소리를 유지하려고 애쓰면서 로지가 말했다. 드레스를 입고 학교에 가고 싶어 하는 클로드에게 핼러윈이야말로 절호의 기회였다. 어쩌면 루가 괜찮은 아이디어를 낸 것일 수도 있었다. 그렇게 바라는 걸 이루고 나면 미련이 없어질 수도 있었다.

"여자아이가 되는 건 변장이 아니에요." 사실 맞는 말이었다. 그리고 클로드는 덧붙였다. "그룸왈드가 되고 싶어요."

"그룸왈드?" 펜이 말했다.

"네, 그룸왈드요."

"그룸왈드는 안 될 것 같은데."

"왜 안 돼요?"

"그룸왈드가 어떻게 생겼는지 아무도 모르거든. 우리가 만들어낸 이야기일 뿐이니까. 물리적으로 존재하는 사람이 아니야."

"물…, 무슨 적이요?" 클로드가 나이보다 성숙하긴 하지만, 결국 다섯 살배기였다.

"그룸왈드는 우리 머리 안에서만 사는 사람이야." 펜은 쉽게 설명했다.

"잘됐네요. 의상 만들기 쉽겠다." 오리온이 말했다.

"도와주지 않아도 돼. 내가 혼자 만들 거야. 아빠 머릿속에 있는 그룸왈드는 어떻게 생겼어요?" 클로드가 말했다.

"너처럼 생겼어." 펜이 말했다.

"왜 클로드처럼 생겼어요?" 루가 말했다.

"흠, 그룸왈드는 너처럼 생기기도 했지." 펜이 루에게 말했다. "그룸왈드는 너희들처럼 생겼어. 진짜, 너희 모두처럼."

핼러윈 날 아침, 클로드는 몇 달 만에 처음으로 드레스가 아닌 옷을 입고 아래층에 내려왔다. 청바지와 회색 티셔츠 차림에 빨강 도화지를 잘라서 만든 왕관을 쓰고 있었다. 로지는 찰 나이긴 했어도 클로드를 알아보지 못했다. 막내아들이 막내아들다운 모습으로 아침을 먹으러 내려온 것이 너무나 오랜만이었기 때문이었다.

"아아악, 그건 분장이 아니야." 루가 한쪽 눈에 붙이고 있던 안대를 위로 올리고 막냇동생을 쳐다봤다. 리겔이 멍석뜨기로 짜준 안대였다.

"분장 맞아."

"넌 너로 변장한 거잖아."

"여자 옷을 안 입은 클로드로." 벤이 말했다.

"클로드가 여자아이가 아니라 클로드로 변장한 건 분장 의상을 입은 게 아니지." 루가 말했다.

"그룸왈드가 나처럼 생겼다고 아빠가 그러셨어." 클로드가 말했다.

"의상을 안 입으면 사탕을 주는 사람이 없을 거야." 리겔이 말했다. 펜은 딱히 그런 규칙이 있을 것 같지는 않다고 생각하면서도 한편으로 (걱정거리 순위 17위 정도로) 분장한 아이들 사이에서 클로드가 소외감을 느끼지 않을까, 걱정이 되기는 했다.

"이게 다가 아니야." 클로드가 말했다.

"나머지는 어디 있는데?" 오리온이 말했다.

"그건 서프라이즈야."

"지금 가져와!" 모두가 말했다.

클로드는 씩 웃어 보이고는 쿵쾅거리며 위층으로 올라갔다가 쿵쾅거리며 다시 내려왔다. 그의 손에 들려 있는 것은 사람 모양으로 자른 마분지였다. 자기보다 30센티미터 정도 더 큰, 아니, 그보다 더 큰 그것은 서툰 솜씨이기는 했지만 확실히 사람 모양을 하고 있었다. 동그란 머리가 목 없이 바로 어깨 위에 붙어 있고, 어깨선을 따라 내려가다 보면 너무 길고 양쪽 길이가 다른 팔과 작은 손이 있었다. 자기 몸을 마분지에 대고 그린 윤곽선을 따라 자른 것처럼 보이는 그 마분지 몸통에는 두꺼운 다리와 서로 반대 방향을 향해 직각으로 꺾인 발, 그리고 위에서 내려다본 것처럼 그린 발가락이 발끝에 세로로 붙어 있었다. 클로드는 그 사람 모양을 머리끝에서 발끝까지 알루미늄 호일로 덮은 다음 입 위치에 구멍을 뚫고 그 밑에 풍선을 테이프로 붙여놓았다. 풍선에는 카탈로그에서 자른 것이 틀림없는 단어들이 잔뜩 붙어 있었다. 'S, M, L, XL 사이즈 있습니다', '12월 21일까지 주문하시면 크리스마스에 받으실 수 있어요!', '허니 라벤더색, 메도우 세이지색, 펌프킨 오렌지색, 헤더 데님 색 중 선택 가능', '누수 방지 기술 적용!' 등의 글이 보였다.

"도대체 저놈의 것이 뭐야?" 루가 말했다.

"루!" 로지와 펜이 동시에 외쳤다. 하지만 루가 못 할 질문을 한 것은 아니었다.

클로드는 마분지 사람을 부엌 벽에 기대어 세우고 까치발을 한 채 풍선 위쪽의 입속을 들여다봤고, 그 순간 펜은 갑자기 솟아오른 해를 보는 것처럼 모든 것을 깨달았다. 그룸왈드 왕자가 침실 밖에 서 있는 갑옷을 들여다보고 무한한 이야기, 끝이 없는 말, 쇼핑 카탈로그의 끊임없는 서사를 세상 밖으로 꺼내는 장면이었다. 순식간에 눈에 눈물이 가득 차올랐다. 지금까지 본 것 중 가장 완벽한 핼러윈 의상이었다.

"바보 같아." 루가 말했다.

"루!"

"으스스해." 리겔과 오리온이 동시에 말했다.

"핼러윈이잖아." 클로드가 어깨를 으쓱해 보였다.

"그건 그래." 모두 고개를 끄덕였다.

"그걸 손에 들고 사탕 바구니는 어떻게 들고 다닐래?" 루가 물었다.

클로드는 씩 웃으며 플라스틱으로 만든 호박 모양 바구니를 알루미늄 호일로 싸서 기사의 오른손에 테이프로 붙인 것을 보여줬다.

"네가 뭘로 변장했는지 아무도 모를 거야." 벤이 경고했다.

"어차피 누가 뭔지 아는 사람은 거의 없어." 클로드가 대답했다.

학교에서는 아침에 파티를 한 다음 동네를 가로지르는 퍼레이드를 벌였는데, 엄마, 아빠, 할머니, 할아버지 들이 길가에 늘어서서 무서워하는 표정을 지어가며 사진을 찍었다. 그러고 나서 초등학생 버전의 댄스파티가 열려서 모두 운동장 구석, 아스팔트 포장된 쪽에 모여 서서 조금씩 몸을 흔들어대며 데운 사과주스를 마시고 박쥐 모양 브라우니와 호박 모양 쿠키를 먹으면서 '몬스터 매시' 춤을 췄다. 펜은 아직도 〈몬스터 매시〉 노래가 살아남았다는 것이 믿어지지가 않았다. 루와 벤이 다니는 중학교에서도 댄스파티가 벌어졌다. 어른들의 댄스파티와 너무나 비슷해서 놀랄 정도였고, 펜은 갑자기 중학교가 한없이 멀게 느껴졌다. 펜은 아빠로서 무슨 조언을 해줘야 좋을까 궁리하다가, 결국 아이들에게 가장 도움이 되는 것은 그게 별로 큰일이 아닌 듯 행동하는 것이라는 결론을 내렸다. 그럼에도 불구하고 루와 벤의 댄스파티를 보지 않아도 돼서 다행이라 생각하며, 초등학교 학부모들과 함께 서서 아이들을 지켜보며 잡담을 했다. XXL 사이즈 티셔츠를 같이 입고, 나란히 붙인 머리에 주황색과 검은색 실로 특별히 짠 머리띠를 함께 두른 리겔과 오리온은 사과주스를 둘 다 더 먹기를 원했는지, 한 사람만 더 먹기를 원했는지를 두고 싸우고 있었다. 클로드는 농구대 밑에 혼자 서서 알루미늄 호일 기사와 껴안고 느릿느릿 춤을 추고 있었다. 카탈로그에서 자른 문장이 붙은 풍선이 아이의 머리에 가볍게 통통 부딪히고 있었다.

"아직 계시는군요." 펜의 어깨 뒤에서 목소리가 들렸다. 드와이트 하먼 교장이었다.

"그러게나 말입니다."

"로지는 근무 중이고요?"

"핼러윈이잖아요. 응급실이 아주 바빠지는."

"그럴 것 같아요. 아이들은 잘 있지요?"

"어느 아이 말씀이신가요?"

"루하고 벤 말이에요. 중학교에 잘 적응해서 다니나요?"

"아직까지는⋯." 펜은 말끝을 맺지 못했다. 잘 있다고 말하고 싶었지만 자신이 없었다. 펜과 드와이트는 알고 지낸 지 아주 오래됐다. 드와이트의 학교를 다닌 아이가 벌써 다섯 번째 아닌가. 다 속여도 드와이트 교장은 속일 수 없다는 걸 펜도 잘 알고 있었다.

"오늘 중요한 댄스파티 날이죠?"

펜이 고개를 끄덕였다.

"보호자 역할을 면한 건가요?"

"여기 있어야 하잖아요." 펜이 말했다.

드와이트가 씩 웃어 보였다. "그래서 애를 계속 낳는군요. 그래야 중학생의 댄스파티 보호자 노릇을 안 해도 되니까. 운도 좋아."

"남 말 하시는군요." 펜이 미소를 지으며 말했다. 교육청에서는 드와이트에게 중학교 교장으로 승진할 것을 제안했지만 그는 그냥 이 자리에 남아 있겠다고 했다.

"댄스파티 이야기가 나왔으니 말인데, 너무 귀엽지 않아요?" 교장은 클로드와 모험을 찾아 나선 기사를 향해 고개를 끄덕이며 말했다. "그 댁 막내는 로봇이랑 사이가 좋군요."

"첫사랑이죠. 가슴이 아파요, 첫사랑은 늘."

"무슨 의상을 입은 거죠? 엔지니어? 발명가?"

"솔직한 답을 원하세요?" 펜이 말했다. "클로드는 의상을 입지 않았어요." 그 청명한 가을 오후였다. 너무 춥지 않고, 아직 햇살이 밝고, 공기 중에는 쿠키와 사과주스의 달콤한 냄새가 퍼

119

져 있고, 낙엽이 지던 그 가을 오후는 클로드가 아무 의상도 입지 않은 마지막 날이었다.

"클로드는 괜찮아요? 행복해하나요?" 교장이 물었다.

펜이 가장 걱정하는 문제이기도 했다. 그는 클로드를 보고 있던 눈을 억지로 돌려 교장을 바라봤다. "그렇다고 생각하는데요?"

"난 잘 모르겠어요." 드와이트가 부드럽게 말했다.

"아이가… 튀는 행동을 하나요? 아니면 뒤처지거나?"

"아니, 아니에요. 그런 문제가 아니에요. 클로드는 아주 영리하고 똑똑한 아이예요. 행동거지도 바르고. 아주 모범생이죠."

"그렇지만…?"

"그렇지만 다섯 살배기 아이치고 너무 조용해요."

"예민해서 그럴 수도 있지 않을까요?"

"네, 어쩌면 그럴지도. 하지만 친구가 별로 없어 보여요."

"수줍음을 많이 타서 그럴까요?"

"네, 어쩌면 그럴지도. 하지만 그림이 마음에 걸려요. 저렇게 명석한 아이가 그릴 만한 그림이 아니에요."

"예술적 재능이 부족한가요?"

"네, 어쩌면 그럴지도. 하지만 저걸 보세요. 마분지랑 호일이랑 풍선으로 자기보다 더 큰 로봇을 만들어냈잖아요."

"기사예요." 펜이 말했다. "정말 잘 만들었다고 생각하긴 하지만, 예술적 재능을 필요로 하는 작업은 아니죠. 어쩌면 그림을 잘 못 그려서일 수도 있어요."

"어쩌면 그럴지도 모르죠. 하지만 장담컨대 그건 아닐 거예요."

"그럼 이유가 뭐라 생각하세요?"

"그걸 말해줄 사람은 당신이에요, 펜. 당신하고 로지가 그게 뭔지 알아내면 언제라도, 클로드가 그게 뭔지 알아내면 언제라도 내게 알려주세요. 아이가 뭘 필요로 하는지 내게 말만 해주세요. 어쩌면 아무 문제도 없는지도 모르죠. 정말로요. 하지만, 음…, 경고 신호가 조금 있긴 있어요. 일찍부터 염두에 두는 게 좋죠."

핼러윈에 만나는 각종 무서운 것들 중에서도 그 대화는 펜이 경험한 것 중 가장 무서웠다.

핼러윈이라 숙제도 없었고, 박쥐 브라우니와 호박 모양 쿠키를 엄청나게 먹었으니 간식도 필요 없었다. 먹는 둥 마는 둥 식사를 마치고, 본격적으로 동네를 돌며 사탕을 모으는 '사탕 아님 골탕' 놀이가 시작됐다. 단것을 엄청나게 먹고 흥분한 덕에 잘 준비를 마치기까지 평소보다 훨씬 오래 걸렸다. 로지가 마침내 젖은 솜처럼 지쳐 집에 돌아왔다. 펜은 입에 묻은 땅콩버터 초콜릿 자국을 닦으면서 서류철 하나를 로지에게 건넸다.

"이게 뭐야?"

"지난 1년간 클로드가 그린 그림이야."

"유치원에서 이걸 줬어?"

"유치원에서 준 것도 있고, 클로드 방에서 찾은 것도 있어. 몇 개는 집 여기저기에 널려 있던 거고. 지금까지는 한꺼번에 여러 장을 살펴본 적이 없었다는 생각이 들어서."

그녀는 서류철을 받아 든 채 펜과 마주친 눈을 거두지 않았고, 두 사람 모두 아무 말도 하지 않았다. 로지는 남편의 눈에서 뭔가 답을 찾고 싶었다('상황이 아주 나빠', 혹은 '진짜 문제가 심각해', 아니면 '괜찮을 거야' 중 어느 하나라도). 하지만 답을 찾을 수 없자 좋은 소식일 수도 있다는 쪽으로 마음을 굳혔다. "저녁부터 먹어도 될까?"

펜은 과자가 잔뜩 든 알루미늄 포일이 씌워진 호박을 로지에게 건네고 남은 음식을 데우러 갔다. 그녀는 짜증날 정도로 작은 M&M 봉지를 신경질적으로 뜯은 다음 서류철을 열었다.

그리고 그 안에 든 것들을 보며 미소를 지었다. 그림 수십 장이 들어 있었다. 크레용, 수성 마커로 그린 그림도 많았고, 초록색 색연필 하나로만 그린 것도 몇 장 있었다. 코는 없고 눈이 커다란 사람들이 활짝 웃고 있었다. 키보다 머리가 더 긴 사람들. 이빨을 다 드러내고 활짝 웃는 개들. 종이 맨 위쪽 2~3센티미터만 차지한 파란 하늘. 펜이 얇게 썬 소시지와 버터를 올린 파스타를 데워서 들고 들어왔다. 딱 로지가 지금 먹고 싶은 음식이었다.

그녀는 남편에게 미소를 지어 보였다. "너무 좋은데."

"그림들 말이야?"

"이제야 마음이 좀 놓여. 처음에 서류철 줄 땐… 우리 아들이 천재 화가가 아닐지는 모르지만 다른 재능이 있으니까. 게다가 이제 다섯 살이잖아. 기발한 생각을 하는 게 좋아. 세상을 보는 눈도 재미있고."

"자기를 보는 눈에 대해서는 어떻게 생각해?"

"무슨 말이야?"

펜은 그림이 쌓여 있는 쪽을 턱으로 가리켰다. "한번 봐봐."

다시 살펴보니 그림마다 클로드가 들어 있었다. 항상 드레스를 입고 있었다. 무도회 드레스와 10센티미터가 넘는 하이힐을 신은 모습이었다. 긴 갈색 머리나 긴 금발 머리, 긴 보라색 머리 혹은 긴 무지개색 머리를 하고 있었다. 어떨 때는 인어처럼 꼬리가 있었고, 어떨 때는 엄마처럼 은색 목걸이를 걸고 있었다. 하지만 펜이 걱정하는 것은 그게 아니었다. 그는 로지가 변화 과정을 볼 수 있도록 조심스럽게 순서를 맞춰서 그림을 정리해뒀다. 클로드는 갈수록 크기가 줄어들고 있었다. 가족 수가 많으니 모두를 종이 한 장에 다 집어넣기가 힘든 게 사실이고 클로드가 가장 작은 사람인 것도 사실이었지만, 클로드는 점점 작아지고 있었다. 그는 미소 짓는 개보다도 작았다. 그는 줄기가 없는 꽃보다도 작았다. 클로드가 날개를 달고 하늘을 나는 그림에서는 구름보다도 작았다. 마당에 누워 있는 클로드가 달팽이보다 작은 그림도 있었다. 어떤 그림에서는 클로드를 찾을 수도 없었다. 《월리를 찾아라》처럼 한참을 살핀 다음에야 0.5센티미터 크기의 클로드가 집의 굴뚝 뒤나 동물원의 침팬지 우리 뒤에 숨어 있는 것을 겨우 찾을 수 있는 그림도 있었다. 어떤 그림은 모든 가족이(주피터와 나비들과 집까지 포함해서) 활짝 웃고 있는데 클로드만 인상을 찌푸리고 있어서 아래로 처진 슬픈 입이 얼굴 밖까지 삐져나와 커다란 콧수염처럼 보이기도 했다. 그리고 어떤 그림에서는 다른 사람은 모두 총천연색으로 그리고 자기만 회색으로 그리거나, 심지어 흰 도화지에 흰색으로 그려 넣기도 했다. 혹은 모두가 모자, 목도리, 스웨터, 분장 의상, 수영복, 파티 드레스 등을 입고 있는데 클로드만 아무것도 안 입은 모습, 그렇다고 발가벗은 건 아니고 그냥 막대 인간, 윤곽선으로만 스케치처럼 그려진 그림도 있었다. 그러다가 어느덧 클로드가 보이지 않는 그림들이 이어졌다. 로지는 15분이나 《월리를 찾아라》처럼 클로드를 찾고 또 찾았지만, 끝내 찾지 못했다.

어쩌면

"그러니까 성별 불쾌감이로군요." 통고 씨는 그렇게 운을 뗐다. "두 분 모두 축하드려요! 마젤 토프! 신나는 일이에요!" 통고 씨는 로지가 늦은 시간에 환자에게 해줄 수 있는 일이 더 이상 생각나지 않을 때 찾는 병원의 만능 해결사였다. 그는 물론 해결사가 아니었지만, 그렇다고 의사도 아니었다. 정확하게 말하자면 통고 씨는 학위를 여러 개 소지한 치료 전문가 겸 마술사였다. 그가 기적 같은 진단을 내리거나 마술 같은 치료법을 가진 것은 아니었다. 비밀스러운 연줄이 있거나 복잡한 행정 절차를 건너뛰게 해주는 능력이 있는 것도 아니었다. 그의 초능력은 어떤 현상을 완전히 다른 방법으로 볼 줄 아는 것이었다.

그리고 어떤 현상을 완전히 다른 관점으로 보는 것이 필요한 시점이었다. 로지는 클로드가 육체적으로 잘못되었다고 생각하지 않았다. 그녀는 클로드가 정서적으로나 심리적으로 잘못되었다고 생각하지도 않았다. 아이는 이미 선생님이나 유치

125

원 친구들이 자기를 이상하게 여길까 봐 걱정하고 있었다. 부모도 그렇게 생각할까 봐 걱정하도록 만드는 것은 로지가 절대 하고 싶지 않은 일들 중에 세 번째 순위 정도에 자리 잡고 있었다. 두 번째는 클로드가 입는 옷이나 자신이 누구인지에 대해 지나치게 의식하는 것이었다. 하지만 절대 하고 싶지 않은 일들 목록의 맨 위를 차지하는 것은 사랑하는 클로드가 품 안에서 미끄러지듯 빠져나가 사라져버릴 때까지 아이에게 제대로 된 관심을 기울이지 않는 일이었다.

통고 씨의 사무실에서 세 사람은 필라테스 교실이라도 되는 것처럼 색이 화려하고 커다란 짐볼 위에 앉아 있었고, 통고 씨는 감자튀김으로 저녁을 먹고 디저트로 아이스크림까지 먹어도 된다는 약속을 받은 아이처럼 손을 비비면서 몸을 짐볼 위에서 튕겼다. 펜은 치마 입은 남자를 욕하는 사람들로부터 클로드를 방어하고 변호할 준비가 되어 있었다. 자기 아들을 혐오스럽고 일탈적인 존재라고 여기는 사람들로부터 클로드를 방어하고 변호할 준비가 되어 있었다. 클로드가 가진 수많은 멋진 모습을 모두 자기 것으로 느끼고 표현하면서 자기 자신으로 살 수 있는 권리를 방어하고 변호할 준비도 되어 있었다. 하지만 축하를 받을 준비는 되어 있지 않았다. "음…, 고맙다고 해야 하나요?"

"그럼요! 그럼요! 두 분 모두 정말 자랑스러워하셔야 합니다."

"그래야 하나요?" 펜은 로지의 눈치를 살폈지만 그녀는 추호의 의심도 없는 얼굴로 미소를 지으며 통고 씨를 바라보고 있었다.

"물론이죠. 정말 흥미로운 아이를 키우고 계시는군요. 성별 불쾌감이, 이게 성별 불쾌감으로 판명이 난다면 말이지만, 부모가 잘 키우고 못 키우고의 문제가 아니에요. 하지만 아이가 부끄러워하며 숨기지 않고, 이게 숨길 일도 아니긴 하지만, 부모에게 와서 '엄마, 아빠, 난 드레스를 입어야겠어요' 하고 이야기한다는 것 자체가 부모 노릇을 정말 잘하고 있다는 증거죠. 그리고 두 분은 거기에 '물론이지'라고 했고요. 드레스랑 하이힐이랑 분홍색 비키니 모두, 얼마나 재미있어요? 정말 기쁜 일이에요."

로지는 펜의 팔에 손을 올렸지만, 눈은 짐볼 위에서 몸을 튕기고 있는 사회복지사에게서 떼지 않은 채였다. "고맙습니다, 통고 씨." 펜은 로지가 이 사람과 서로의 이름을 친숙하게 부르는 관계가 아닌 이유를 상상할 수가 없었다. "저희도 기뻐요. 하지만 아이가 그린 그림을 봐도 걱정이고, 친구가 없다는 것도 걱정이고, 아이가 걱정을 한다는 사실도 걱정이고, 계속 옷을 갈아입고, 자기 자신으로 살지 못하는 것도 모두 걱정이 돼요. 물론 저희가 제일 신경 쓰는 건 아이의 행복이죠. 하지만 오늘만 행복하면 되는 건 아니잖아요." 그게 그렇게 단순한 문제가 아니기 때문이었다. 그렇지 않은가? 아이를 기른다는 것은 경기 중에서도 가장 긴 레이스였다. 앞으로 한 달 동안 삼시 세끼를 텔레비전을 보면서 핼러윈 사탕만 먹게 해주고 추수감사절까지 씻지 않아도 된다고 하면 아이들은 미친 듯 행복해할 것이다. 하지만 나중에는 학교도 그리워할 것이고 빠져버린 이도 그리워할 것이며 온몸에서 발 고린내 같은 악취가 풍기지 않던 시절도 그리워하게 될 것이다. "우린 아이가 다음 주에도, 내년에도, 그

127

후로도 계속 행복하길 바라니까요. 그렇게 할 수 있는 길이 무엇인지 판단하기도 힘들지만, 그 길이 어디로 향하는지를 판단하기는 더 힘들어요. 물론 아이가 행복하고 편안하기를 바라지만, 어떻게 해줘야 그렇게 될지 잘 모르겠어요."

로지가 말을 하는 동안 펜은 통고 씨가 어떤 사람인지 가늠해보려 했지만 도움이 될 만한 단서를 찾아내기가 힘들었다. 빌어먹을 소설에 통고 씨를 등장시키는 상상을 해봐도 그를 어떻게 묘사해야 할지 감이 잡히질 않았다. 통고 씨는 헤어스타일에 신경 쓰고 피부가 좋은 65세일 수도 있고, 새치가 많고 머리카락이 사방으로 제멋대로 뻗친 35세일 수도 있었다. 그의 말투도 그렇다. 어느 지역의 것인지 알기 힘든 방언이 말투에 살짝 남아 있는 것일 수도 있고, 오래전에 극복한 언어 장애의 흔적일 수도 있지만, 어쩌면 마음을 끄는 동시에 사람을 당황시키는 느낌을 주는 그 말투는 매사에 흥미로워하고 심사숙고하는 그의 태도를 반영한 것일 수도 있었다. 어느 인종, 어느 국적을 가져다 대도 대충 맞을 것 같은 느낌이었다. 그는 수술복을 입고 있었는데, 환자들이 구토하거나 피를 흘릴 경우에 대비해서일 것이라 펜은 짐작했다. 그가 앉은 자리 뒤쪽 벽에 '잊지 말아요, 난 당신의 친구예요. 하지만 난 의사가 아니에요'라고 쓴 팻말을 든 곰이 역시 수술복을 입고 있는 그림이 걸려 있었다.

그는 책상 위에 놓인 돋보기를 들고 만지작거리고 있었다. "아시다시피 성별 불쾌감은 환자의 지정 성별, 다시 말해 타고난 성기와 신체적 조건이 본인이 느끼는 성별 정체성과 불일치하는 상태를 말하죠. 어떤 사람은 그 성별 정체성을 선호 정체성, 확정 정체성 혹은 진정한 정체성이라고 하기도 해요." 그는 한쪽 눈을 감고 다른 쪽 눈에 돋보기를 가져다 댔다. "정체성과 성기가 불일치하는 사건이라고 할 수 있죠." 통고 씨가 상황의 심각성을 제대로 다루기에는 너무 별나다는 결론을 펜이 내리려는 순간, 그가 짐볼을 튕기고 탐정 흉내나 내면서 무작정 축하만 하는 태도를 싹 바꿨다. "자, 누가 알겠어요? 어쩌면 크면서 달라질 수도 있고, 계속 같은 고민을 할 수도 있어요. 어쩌면 클로드가 트랜스젠더가 될 수도 있고, 여자가 될 수도 있겠죠. 그리고 어쩌면 아직까지 우리가 생각지 못했던 것이 될 수도 있어요. 지금으로선 무슨 딱지를 붙일까 정할 필요도, 정할 수도 없어요. 중요한 건 바로 이겁니다. 사춘기 이전의 어린이들이 성별 불쾌감으로 인해 받는 고통은 집과 학교, 지역 공동체가 보이는 태도나 기대와 정비례한다는 사실이죠. 아이가 하는 행동이나 아이가 느끼는 정체성에 대해 부모가 부정적인 태도를 보이면, 심지어 무언의 신호라도 보내면 어린아이에게는 굉장히 강력한 영향을 줄 수 있어요. 편견으로 가득하고 냉혹한 사회로부터 아이를 보호하기 위해 아이를 지정 성별의 틀에 맞출 수 있도록 도우려는 의도에서 하는 행동이라도 아이에게는 '이렇게 행동해, 저렇게 하는 척해, 네 자신을 거부해, 그렇지 않으면 더 이상 널 사랑하지 않을 거야'라는 의도치 않은 메시지가 될 수 있습니다."

"하지만 지금까지 한 번도 드레스가 됐든 집게핀이 됐든 전혀 문제 삼지 않았어요." 펜이 말했다. "아들들이 입는 이상한 것들을 한 번도 문제 삼은 적이 없거든요. 언급조차 하지 않고 넘어갈 때가 많았어요."

"마음이 넓고 깨어 있는 부모 노릇을 하셨군요." 통고 씨는 손을 사방으로 휘저으며 말을 이었다. "훌륭합니다. 멋지고요! 하지만 불행하게도 나머지 세상은 그렇지가 않아요. 아이가 드레스를 입어도 부모님은 괜찮다고 생각하실지 모르지만, 학교의 다른 아이들은 부모님처럼 생각하지 않아요. 그 아이들의 부모들도 그렇고요. 아이가 귀걸이를 하고 하이힐을 신어도 부모님은 괜찮다고 하실지 모르지만, 캠프나 축구장이나 공원에서는 괜찮지 않을 때가 많지요. 이 아이를 사회에서 격리해서 키우는 건 아니잖아요. 부모는 늘 괜찮다고 해왔지만 유치원에서는 어려움을 겪지 않았나요?"

"지금까지 유치원에서는 그런 행동을 하지 않았어요." 로지가 말했다.

"유치원에서는 입고 싶은 옷을 입지 않았다는 말씀이시죠." 통고 씨가 로지의 말을 고쳐줬다. "하지만 놀이 시간에 다른 남자아이들이 트럭을 가지고 노는 동안 클로드는 인형을 가지고 놀았을 수도 있죠. 점심시간에 남자아이들이 아니라 여자아이들과 함께 앉았을 수도 있고요. 어쩌면 선생님이 남자는 오른쪽, 여자는 왼쪽으로 줄을 서라고 했을 때 클로드는 혼란스러운 표정으로 중간에 서 있었을 수도 있어요. 사라지고 싶은 욕구, 혹은 자기가 사라지고 있다는 느낌은 부모님 때문이 아니라 아이의 세상에 있는 다른 모든 사람이 여자아이처럼 행동하지 말라고 말하고 있기 때문일 수도 있어요."

펜은 팔을 무릎에 괴고 손으로 머리를 받치고 있었다. 그리고 고개를 들지 않고 물었다. "무슨 뜻입니까? 여자아이처럼 행동하는 거 말이에요."

"아아, 좋은 질문입니다. 거기에는 아주 여러 의미가 있을 수 있겠죠. 그쵸? 문화적 기대나 금기 사항은 삶의 거의 모든 부분에 영향을 주지만 개인에 따라 다르죠. 사회적 결정 요소는 말할 것도 없고요. 가령…."

"그건 알겠어요." 펜은 통고 씨의 말을 가로막았다. "하지만 그런 것들이 문화적으로 결정되고 개인적으로 경험이 되는 것이라면 '불쾌감'은 무슨 의미인가요? 우리는 한 번도 인형을 가지고 놀지 말라고 하거나, 쿠키를 굽고 드레스를 입는 건 여자아이들이나 하는 짓이니 안 된다고 한 적이 없거든요. 사회적 영향을 전혀 받지 않는 상태라면 어느 다섯 살배기 아이든 발톱 색깔 발톱과 무지개 색깔 발톱 중에서 무지개 색깔 발톱을 고르는 게 당연하죠. 그게 정상이고요. 그건 불쾌감을 주는 일이 아니에요. 그런 행동은 여자아이만 하는 게 아니죠. 아이라면 누구나 할 수 있는 행동이니까요."

"동감이에요, 동감!" 통고 씨는 다시 짐볼 위에서 몸을 구르기 시작했다. "브라보!"

"그게 우리 모두가 노력하는 일 아닌가요?" 로지가 덧붙였다. "적어도 노력해야 하는 일이죠? 사회적으로 정상적이고 받아들여지는 것들의 범위를 넓히고 아이들이 편하게 느끼는 옷을 입고 하고 싶은 놀이를 할 수 있도록 해주는 거요."

"그렇죠, 정말 그렇습니다!" 통고 씨는 환호했다.

"그러면 지금 벌어지는 일은 뭐죠?" 펜의 갈비뼈 안쪽에서 윙윙거리던 벌들이 다시 돌아왔다. "뭣 때문에 이 아이가 그렇게… 길을 잃은 것처럼 보일까요?"

"클로드는 여름 내내 분홍색 비키니를 신이 나서 입었어요. 하지만 이제는 갑자기…." 로지도 거들었다.

"다른 사람들이 많은 곳에서요?" 통고 씨가 끼어들었다. "아니면 집에서 가족들하고만 있을 때 입었나요?"

"대부분 집에서였어요." 로지가 인정했다. "하지만 여름 방학이 끝날 때 동네 수영장에서 열렸던 파티에도 입고 갔었어요. 동네 사람 모두 왔죠. 사람들이 손가락질하고 웃고 수군거렸지만 아이는 신경도 쓰지 않는 것처럼 보였어요. 너무나 자랑스러워했죠. 뭐가 변한 걸까요?"

"뭐가 변한 걸까요…?" 통고 씨가 조용히 물었다.

"유치원." 로지와 펜이 동시에 내뱉었다.

통고 씨가 고개를 끄덕였다. "어린이들은 유치원에서 정말 훌륭한 것들을 많이 배워요. 점심을 먹기 위해 줄을 선다든지, 실내에서는 크지 않은 목소리로 이야기를 한다든지, 다른 사람을 밀쳐서는 안 된다든지 하는 것들요. 살아가는 데 꼭 필요한 기술들이죠. 저도 날마다 사용하는 기술들이에요. 하지만 유치원에서는 다른 것도 배우죠. 사회적 규범에 맞게 행동하지 않으면 사람들이 싫어할 수도 있다는 사실이라든지, 다른 사람과 다른 건 좋지 않은 느낌이니 똑같아져야 한다든지 하는 것들요. 클로드는 집에서는 무조건 사랑을 받지만, 학교에서는 그 반대로 느껴지는 때가 가끔 있을 거예요. 무조건 사랑받지 못할 수도 있다는 것."

"그렇다면 홈스쿨링을 해야겠군요." 로지는 이미 머릿속에서 근무 일정을 조절하고 있었다. 펜이 읽기와 쓰기를 가르칠 수 있을 것이다. 자기는 생물학과 해부학을 가르칠 수 있었다. 그런 것도 유치원 커리큘럼에 분명히 포함되어 있겠지? 어쩌면 외할머니가….

"당연히 안 되죠." 통고 씨가 웃음을 터뜨렸다. "모두 클로드가 이해해서 나쁠 게 없는 것들이에요. 해결하기 위해 우리 모두 함께 노력해야 할 일이기도 하고요. 다섯 살짜리 아이는 배워야 할 게 정말 많죠. 사람들이 짜증나게 할 때 확 밀쳐버리면 기분이 좋겠지만 그렇게 하면 안 된다는 것, 소리를 지르고 싶지만 다른 사람들이 조용히 집중하면 방해하면 안 된다는 것, 항상 제일 먼저 하고 싶지만 가끔은 다른 사람에게 양보해야 한다는 것, 그리고 다른 사람들이 기대하지 않는 방식으로 행동하면 결과가 따른다는 것 등등."

"그런 걸 어떻게 아이에게 가르치죠?" 펜의 갈비뼈 안쪽에서 윙윙거리던 벌들이 그렇게 물었다.

"부모가 가르치는 게 아니죠!" 통고 씨는 기쁜 표정으로 손뼉을 쳤다. "클로드는 그런 걸 이미 다 배운 상태예요. 부모님은 그걸 잊어버리도록 돕는 역할을 해야 합니다. 세상에서 자신이 사라져버리고 있다고 느낄 정도로 거기에 끼워 맞출 필요가 없다는 것, 그건 너무 큰 희생이라는 걸 스스로 깨달을 수 있도록 도와야 합니다. '누군가를 밀치고 싶어도 그래서는 안 된다'는 것과 '드레스를 입고 싶어도 그래서는 안 된다'가 왜 다른지 클로드가 이해할 수 있어야 하지요. 다른 사람도 모두 그런 걸 배워나가야 해요. 클로드도 마찬가지지요. 자라는 과정의 일부일 뿐입니다."

로지는 고개를 끄덕이며 그 말을 믿으려고 애를 쓰다가 용기를 내서 물었다. 어차피 통고 씨가 먼저 들먹인 화제니 물어도 될 듯했다. "클로드는 뭐가 될까요? 자라서 말이에요."

"누가 알겠어요?" 통고 씨가 미소를 지었다. 로지도 그것이 정답이고, 정직한 대답이며, 유일한 대답이라는 사실은 인정했지만, 한밤중에 잠에서 깨어나면 그 질문이 온통 머리를 채우기 시작하는 것을 막을 수도 없었다.

"기다려봐야죠." 통고 씨는 어깨를 으쓱해 보였지만 유감스럽다는 태도는 전혀 아니었다. "신나는 일이에요! 하지만 앞으로 어떻게 되든 성별 불쾌감에 관련해서 정말 다행인 게 하나 있어요. 자, 들을 준비 됐나요? 바로 클로드가 아픈 게 아니라는 사실이에요! 정말 좋은 일 아닌가요!"

"네, 하지만….."

"아이가 커서 어떤 사람이 될지 아직은 걱정할 필요가 없어요. 아직 다섯 살밖에 안 됐잖아요! 하지만 다섯 살밖에 안 됐기 때문에 문화적으로 받는 압력과 혼자 싸워나갈 수 없어요. 그걸 누가 해줘야 하는지 아세요?"

"누군가요?" 펜은 답을 이미 알면서도 반문했다.

"부모님이 아이가 세상에서 나아갈 길을 닦아주셔야 합니다. 애석하게도 그게 굉장히 힘든 일이죠."

"힘든 일이 아니라 부모 노릇을 하는 거죠."

"힘든 일이지만 부모 노릇은 모두 힘들다고 말할 수도 있겠죠."

통고 씨가 이어서 말했다. "그리고 두 분은 대부분의 사람들보다 그 부모 노릇에 경험이 많으시고요." 두 사람은 처음보다 기분이 더 어두워졌지만 통고 씨는 기쁨에 넘쳐 보였다. "그러니 두 분이야말로 이 일을 해내기에 완벽한 사람들이십니다. 기록하기부터 시작해볼까요. 야아, 앞으로 정말 재미있겠어요."

펜은 재미있을 것이라 생각하지 않았다. 그러나 아이 문제로 의사와 상담한 후 받은 지시 사항 중 기록하기는 그중 마음에 드는 임무였고, 펜의 능력 범위 내의 일이기도 했다. 부모는 날마다 클로드의 소년 행동과 소녀 행동을 기록해야 했다. 당장은 그것만 하면 된다고 통고 씨가 장담했다. 1단계는 정보 수집 단계였다. 1단계는 기다리며 보는 단계지만 그중에서도 보는 것이 중요했다. 이 경우에는 기다리는 것은 부모 노릇에 가까워 보였고, 보는 것은 쓰는 일에 가까워 보였기 때문에 성별 기록하기는 펜이 해낼 수 있는 일처럼 느껴졌다.

그러나 그것은 잘못된 생각이었다. 토요일에 클로드가 로지의 나이트가운에 벨트를 매서 만든 드레스 차림으로 아침 식사를 하러 내려오자, 펜은 이것이 소녀 행동에 속하는 일이라 생각했다. 아침을 먹은 다음 클로드가 기차를 가지고 놀면서 리겔과 오리온이 모는 기차들과 반대 방향으로 기차를 몰아 기차들이 충돌하면서 선로를 이탈하자 세 아이 모두 자지러지게 웃으며 그 놀이를 한 시간 내내 반복한 것은 소년 행동으로 분류해야 한다고 생각했다. 하지만 세 아이는 그런 다음 레고를 가지고 놀기 시작했다. 그리고 리겔과 오리온의 친구인 (여자아이) 프리다가 청바지에 티셔츠 차림으로 놀러 와 다시 한 시간 동안 기차 충돌 놀이를 하면서 놀았다. 펜은 레고를 가지고 노는 것이 소년 행동인지, 소녀 행동인지 판단할 수 없었다. 그는 친구와 노는 것도 소년 행동인지, 소녀 행동인지 판단할 수 없었다. 펜은 바지를 입은 여자아이가 기차를 충돌시키며 놀고, 그가 아는 한 아무도 그걸 성별 불쾌감이라 손가락질하지 않았다는 것을 보고 기뻤다. 펜은 세 번째 항목을 만들고 이름을 생각해봤다….

커타
양쪽다
불확실
불명확

불공평
빌어먹을, 상관 마
이 작업이 터무니없는 이유

그러다가 결국 '어쩌면'이라는 제목으로 정했다.

'어쩌면' 뭐라는 것인지 펜도 알 수는 없었다. 하지만 그것이 바로 그 단어의 장점이기도 했다.

저녁 식사 후, 이야기를 들려주고 잘 준비를 마친 후, 로지와 펜은 포도주 한 병을 따놓고 앉아서 목록을 비교해봤다. 펜은 건성으로 목록을 작성했다. '어쩌면' 칸이 너무 길었다. '어쩌면' 칸에 들어간 것이 거의 대부분이었다. 로지는 세 개가 아니라 두 개로 나눈 목록을 작성했고, 펜이 놓친 것들을 많이 포함하고 있어서 훨씬 흥미로웠다. 로지는 대부분의 행동을 소녀 행동으로 분류했다. 리겔과 오리온이 레고로 차와 트럭을 만들고 레고 배트맨으로 레고 경찰서를 부수고 놀 때, 클로드는 레고로 별장과 조랑말 목장을 만들고 거기에 레고 엄마와 아이들을 살게 했다. 리겔과 오리온이 반복해서 기차 충돌 사고를 재연하는 동안, 클로드는 부상자들을 돌봤다.

"당신의 목록을 이해할 수 없어." 펜이 말했다.

"난 당신의 목록이 이해가 가." 로지가 말했다.

"무슨 말이야?"

"같은 말이지. 당신이 내 목록을 이해 못 하는 건 어떻게 나 같은 사람이 그런 목록을 만들었을까 싶어서잖아."

"맞는 말이네."

"그렇지."

"당신은 과학자잖아, 로지. 여자는 과학자가 아냐. 그러니까 과학자는 소년 행동 목록에 들어가야 해. 당신은 의사, 그것도 응급의학 전문의인데 그건 소아과나 부인과처럼 여성스러운 과목이 아니지. 그러니까 그것도 소년 행동 목록으로 가야지. 소위 남편이라는 사람은 작가, 예술가라고 하는데 돈이 되는 직업은 아니지. 기타 직종이지. 게다가 밥까지 해…"

"나도 어떨 때는 밥 하는데."

"잘하진 못하지. 남편은 빨래도 개키고…"

"정리까지 하지."

"정리까지 하지. 그리고 애들에게 숙제시키고, 재우기도 하고."

"남편이 매우 여성적이군." 로지가 펜의 목에 키스하며 장단을 맞췄다.

"이렇게 여성적인 킹카랑 결혼하다니 남성적이군."

"킹카라는 표현을 쓰다니 참 여성적이군."

"이렇게 여성적인 킹카에게 반하다니 참으로 남성적이군."

"내가 그 남자한테 반했다고 누가 그래?" 로지는 그의 귓불을 빨면서 물었다.

"이렇게 섹스를 유도하다니…." 펜은 그녀의 셔츠 단추를 풀었다. "전혀 숙녀답지 않아."

"섹스라니 금시초문이로군."

"하지만 이건." 펜이 그녀의 브래지어를 풀면서 인정했다. "당신의 여성적인 면을 꽤 부각시켜주는 특징이긴 해."

"꽤 설득력 있지." 로지도 동의했다.

"애들이 위층에서 자고 있는데 소파에서 섹스를 할 용의가, 아니, 그 정도가 아니라 간절히 바라다니, 쯧쯧. 고전적으로 여성적인 엄마라면 섹스하는 장면을 애들한테 들켜서 애들의 정서적 균형을 깨트리는 건 생각도 못 할 일인데 말이지."

"애들이 자고 있을 것이라 생각하다니 참 귀엽기 짝이 없군." 그녀는 치마를 벗고 속옷도 벗으면서, 한쪽 귀로는 리겔과 오리온이 공작용 점토를 2층 복도 러그에 쳐대는 소리에 귀를 기울였다. "게다가 진정한 여성은 언제나 남편의 성적 충동을 만족시켜줄 준비가 되어 있지."

"하지만 자기는 전혀 욕구가 없고." 펜은 바지를 벗었다. "그리고 항상 침대에서만 하고. 어둠 속에서."

"정상 체위로." 로지는 그렇게 덧붙이면서 펜 위로 올라앉았다.

"그래서 그 목록이 말도 안 된다는 거야." 펜은 집중하는 데 다소 어려움을 겪었지만 자기 논리에 상당히 자신이 있었다. "어떤 건 확실히 남성 행동이고, 어떤 건 확실히 여성 행동이라고 하더라도…."

"흠, 어떤 경우는…."

"어차피 우리는 그런 구분을 구현하고 있지 않잖아."

"우리가 구현하는 건 뭘까? 좀 이야기해봐."

"당신은 전통적으로 여성적인 여자가 아니잖아…."

"그 말이 얼마나 틀렸는지 보여주겠어."

"그리고 나는 전통적으로 남성적인 남자가 아니고."

"그 판단은 내게 맡겨."

"클로드는 집에서 전통적인 성 역할을 배우지 못한 거야. 관습에 따르지 못하는 게 아니라 따를 관습을 모르는 거지. 우리 클로드가 성별에 따른 기대에 반기를 든 게 아니야. 우리가 성별에 따른 기대를 하지 않은 거지."

"난 그런 기대가 좀 있는데."

"우리가 좋은 역할 모델이 아닌 거지." 펜이 숨을 들이쉬며 말했다.

"우리는 좋은 역할 모델들이야." 로지가 말했다.

"우리는 이런 일을 하기에 적합한 사람들이 아닐 수도 있어."

"우리는 이런 일을 하기에 제일 적합한 사람들이야."

"지금 각자 다른 일을 생각하고 있는지도 모르겠군."

"지금 각자 다른 일에 관해 이야기하고 있을지는 모르지만, 같은 걸 생각하고 있어."

그리고 그 순간부터 펜은 로지의 말에 모두 동의하지 않을 수 없었다.

기다리며 두고 보는 일 중에서 기다리는 일은 여느 때와 다름없이 흘러갔다. 다른 일 하기, 걱정하기, 날마다 일상을 살아내기, 어린 아들들과 좀 덜 어린 아들들과, 뭔가 다른 아들들과 뭔가 더한 아들들을 기르는 일 말이다. 로지와 펜은 이제 자기들이 막내아들에게 설명하려고 하는 것처럼 복잡한 문제를 어린아이들이 이해할 수 있으리라 상상할 수 없었다. 드레스를 입는다고 여자가 되는 것은 아니지만, 어떤 사람이 남자가 아니거나 남자가 되고 싶지 않으면 남자 성기가 있다고 해서 꼭 남자라고 할 수는 없다는 것, 하지만 남자이거나 남자가 되고 싶으면 드레스를 입어도 남자일 수 있다는 것. 혹은 뭐든 자기가 입고 싶은 걸 입고, 다른 사람이 어떻게 생각하든 상관하지 않아도 된다는 것. 다른 모든 사람들이 나름대로 생각을 할 것이고, 그리고 그 생각을 속으로만 하지는 않을 것이며, 그 생각을 입 밖으로 꺼냈을 때 늘 친절하게만 말하지는 않을 것이라는 것. 그렇다고는 해도 자기가 원하는 것을 하지 않아야 한다는 말은 아니지만, 원하는 일을 하면 결과가 따르리라는 사실을 미리 예상해야 한다는 것. 그리고 그렇게 따라오는 결과 때문에 자기가 하고 싶은 일을 하지 않고 진짜 자기 모습으로 살아가는 일을 포기해야 한다는 건 아니라는 것. 지금까지 한 말에도 불구하고 결과에 전혀 신경 쓰지 않고 어떤 결정을 할 수는 없다는 것. 루가 핼러윈에 받은 사탕을 모두 추수감사절 칠면조구이 안에 만두소처럼 집어넣으라는 도전장을 내밀면(작년에 오리온이 했던 것처럼) 클로드도 그런 행동의 결과를 잘 생각해보는 것이 신상에 좋으리라는 것. 수학 쪽지 시험을 보는 도중 옆 사람과 말을 하는 것이 올바른 행동이 아니라는 선생님의 말씀과 도시락을 핸드백에 가져오는 것이 올바른 행동이 아니라는 선생님의 말씀을 똑같은 태도로 받아들일 필요가 없다는 것. 유치원 친구들이 클로드가 입은 옷을 좋아하지 않는다는 건 어쩌면 아이들이 짓궂어서일 수도 있고, 어쩌면 그냥 교육이 필요한 것일 수도 있고, 어쩌면….

"난 유치원에 친구가 없어요." 클로드가 말을 막았다.

"있겠지." 클로드의 부모는 우겼다. 클로드는 재미있고, 영리하고, 사랑이 많고, 사랑스러운 아이 아닌가. 나눠 가질 줄도 아는 아이이고, 코딱지도 파지 않고, 대소변도 잘 가리고. 유치원에서 친구를 사귀는 데 무엇이 더 필요하단 말인가?

"하지만 친구가 없어요." 클로드가 말했다.

"그게 어떻게 가능하지?" 로지와 펜은 마치 클로드가 유치원 교실에 중력이 존재하지 않는다고 말하기라도 한 것처럼 물었다. 음식점 직원들이 훈련받은 펭귄들이라고 한 것처럼. 우리 아기 클로드를 아무도 좋아하지 않는다는 사실은 있을 수 없는 일처럼 느껴졌다.

"애들은 내가 이상하다고 생각해요."

"여자아이처럼 옷을 입어서?" 펜이 그렇게 말했고, 로지가 경고의 눈길을 보냈다. 물론 그게 아니었다. 클로드는 학교에 여자 옷을 입고 간 적이 없었다. "핸드백에 도시락을 싸 가서?" 펜은 얼른 고쳐 말했다.

"몰라요. 그냥 내가 이상하게 말한다고 생각해요."

"어떻게 이상하게?"

"말을 수수께끼같이 한대요." 클로드가 어깨를 으쓱해 보였다. "어떨 땐 내가 수수께끼 같다고 하기도 하고." 로지는 다섯 형제의 막내로 자라는 클로드의 어휘력이 대부분의 유치원 아이들을 혼란스럽게 만들기는 하겠다고 생각했다. 5학년쯤 된 아이들, 심지어 고등학생들조차도 이해하지 못하는 아이들이 많을 것이다.

"어떻게 하면 좀 쉬워질까?" 펜은 무릎을 꿇고 아들과 눈높이를 맞췄다.

"어떻게 하면 좀 쉬워질까?" 로지는 무릎을 꿇고 기도에 가까운 마음으로 말했다.

"애플턴 선생님과 엄마랑 아빠가 이야기를 해볼까?"

"쉬는 시간에 오리온이랑 리겔하고 놀 수 있어?"

"도시락 가방을 다른 걸 사줄까?"

"친구들을 집에 초대해서 놀아볼래?"

"클럽이나 스포츠팀이나 동아리 같은 데 들어가볼래?"

"괜찮아요." 클로드의 눈과 코에서 눈물과 콧물이 새어 나왔다. 다섯 살에 불과한 아이가 부모를 달래려고 애쓰고 있었다. "그냥 좀 우울할 뿐이에요. 우울하다고 뭐 피가 나오는 것도 아니고. 우울해도 괜찮아요."

하지만 괜찮다는 클로드의 생각은 틀렸다. 그의 행복이 부모에게는 가장 중요했기 때문이다. 로지는 길고도 긴 숨을 들이쉬며 속삭였다. "우리 아가, 여자아이가 되고 싶니?"

통고의 가르침을 기억한 펜이 덧붙였다. "네 생각에는 네가 여자아이인 것 같아?"

두 사람은 기다렸다. 헤아릴 수 없이 긴 한숨과 헤아릴 수 없이 깊은 두려움을 겨우겨우 감춘 채로.

클로드는 그냥 울기만 했다. "몰라요."

클로드의 부모도 질문이 어려웠다는 건 인정할 수밖에 없었다. 그리고 대답이 '네'가 아니라는 것, 적어도 아직은 아니라는 것에 어느 정도 안도했다는 사실도 인정할 수밖에 없었다. 하지만 그가 모른다면 누가 알 것이며, 대답이 '네'가 아니라면 무엇일까에 대한 두려움이 마음속에 일어나는 것도 인정할 수밖에 없었다.

"치마를 입는 남자아이가 되고 싶니?" 펜이 다르게 질문해 보았다.

"어떤 날에만 치마를 입는 남자아이가 되고 싶니?" 로지도 덧붙였다.

"빨가벗고 학교에 가고 싶니?" 펜은 아이를 웃겨보려고 그렇게 물었다.

클로드가 웃지 않자, 로지는 아이를 끌어다가 자기 무릎에 앉히고 한쪽 팔로 머리를, 다른 한쪽 팔로 무릎 아래를 받치고 클로드가 아기였을 때처럼 앞뒤로 흔들흔들했다. 예전엔 꼭 맞춘 것처럼 품에 쏙 들어왔지만, 지금도 꽤 포옥 안겼다. "어떻게 하면 우리 아기가 행복할까?" 그녀는 아이에게 미소를 지어 보이며 영혼의 밑바닥에서부터 우러나오는 사랑을 그의 눈 깊은 곳까지 보냈다. "넌 뭐든 원하는 사람이 될 수 있어."

클로드가 사랑이 가득한 눈으로 부모를 쳐다보며 속삭였다. "밤의 요정이 되고 싶어요."

개발

학부모 면담은 가을학기가 끝날 무렵, 다시 말해 유치원 전체가 혼란에 빠질 무렵에 잡혔다. 종교 중립적인 나무를 찾지 못해서 건물 현관의 천장에 공작용 판지로 만든 화환과 아이스크림용 막대로 만든 장식품들을 주렁주렁 매달아놓았다. 학부모들에게 겨울 합창 발표회와 밴드 콘서트, 겨울 연극반의 〈윈터 원더랜드 위스콘신〉을 알리는 포스터들이 해를 가리는 월식 달처럼 창문들을 가리고 있었다. 평평한 표면이란 표면에는 모두 달달한 먹을 거리가 쌓여 있었다. 형광 초록빛의 퍼지*, 지팡이 사탕이 꼽힌 산타 머그, 빨강과 초록색 (아마도 금지령이 내려진) 땅콩 M&M으로 장식된 브라우니들이 보였다.

"일하기 정말 어려운 환경이겠어." 로지는 면담 순서를 기다리면서 감탄했다.

★ Fudge. 설탕·버터·우유·초콜릿으로 만든 물렁한 캔디.

"당신은 응급실에서 일하잖아." 펜이 말했다.

"과도하게 흥분하고 설탕에 전 여섯 살배기 아이들에게 무언가를 가르치는 동시에 크리스마스 장식도 하게 하고 공연 연습도 시켜야 하는 운명보다는 나아."

"이번 달에 뭐라도 가르칠 수 있다는 생각을 하다니, 순진하시군."

두 사람은 전날 밤 무슨 말을 할지 미리 계획했다. 클로드가 어떤 아이이고 어떤 아이가 아닌지에 관한 대략적인(대략적인 정보밖에 없는 게 사실이므로) 설명을 할 참이었다. 긴 설명이었지만 결국 요점은 이랬다. '우리는 클로드의 행복이 우선이라고 생각한다. 클로드를 유치원에서 돕기 위해 우리가 도울 수 있는 일은 무엇인가?' 숙제 책상에 두 사람이 앉아 이 문제에 대해 상의하고 초안을 잡고 있는데, 루와 벤이 사각 팬티만 입은 채 걱정스러운 얼굴로 아래층으로 내려왔다. 아이들이 잠들었다고 생각한 지 몇 시간이 지난 시각이었다.

"개발을 하기로 했어요." 루가 말했다.

"개입이야, 이 바보야." 벤이 말했다. "개입하기로 했어요."

"클로드를 여자아이로 유치원에 보낼 수는 없어요." 루가 말했다.

"클로드가 여자아이로 유치원에 가는 건 아니지." 펜이 대꾸했다.

"밤의 요정으로 유치원에 가게 해서는 정말 안 돼요."

"요정, 그러니까 '페어리'가 무슨 뜻인지 알아요?" 벤이 매우 심각한 표정으로 말했다. "그게 은어로 무슨 뜻인지 아냐고요?"

지구에 사는 인간인 로지도 은어로 페어리*가 무슨 뜻인지 알았다. "클로드는 겨우 다섯 살이야."

"상관없어요." 로지의 큰아들과 둘째아들이 입을 모아 말했다. 그런 다음 루가 진지하게 덧붙였다. "다섯 살짜리 아이들은 진짜 못됐거든요. 걔네 형이랑 누나도 다 못됐어요. 다른 학년 아이들도 다 못됐고요."

"애들이 클로드를 놀릴 거예요." 벤이 거들었다. "집에서는 입고 싶은 옷 입는 게 괜찮지만, 세상에 그런 차림으로 내보내서는 안 돼요. 엄마, 아빠는 몰라요."

"엄마, 아빠는 클로드의 부모잖아요." 루가 애원했다. "클로드를 보호할 의무가 있잖아요. 우리가 같은 곳에 다니면 괜찮겠지만 둘 다 중학교에 다니게 됐으니 클로드를 돌봐줄 사람이 없어요. 리겔하고 오리온은 그럴 능력이 안 되고."

"애들한테 얻어맞을 거예요. 체육 시간에 아무도 같은 편이 되려고 하지 않을 거고, 점심시간에 같이 앉을 사람도, 쉬는 시간에 같이 놀 사람도 없을 거예요." 벤이 경고했다. "분장하고 노는 거, 집에서만 하면 안 돼요? 클로드 자신을 위해서."

"게다가 정말…."

"정말 뭔데?" 루가 말을 끝내지 못하자, 로지가 물었다.

"게이 같단 말이에요."

"흠, 클로드는 이제 다섯 살이야." 펜이 말했다. "하지만 걔

★   Fairy. 요정. 속어로 남성 동성애자.

가 게이면 어때? 뭐가 문젠데?"

"다 커서 게이인 건 괜찮아요." 벤이 말했다. "하지만 지금
은 게이로 살 수 없어요. 더 크면 누가 놀려도 어떻게 해야 할지
알 거예요."

"쿵후 같은 걸 배울 수도 있겠죠." 루가 덧붙였다. "하지만
지금 당장은 게이로 살 준비가 안 되어 있어요. 그래서 유치원
다니는 아이들이 게이가 아닌 거예요."

"그런 이유에서인지는 잘 모르겠다." 로지가 말했다.

"그냥 이상해요." 루가 반박했다. "여자애들처럼 옷을 입고
립글로스를 바르고 하이힐을 신고 장신구를 달고 싶어 하는 게
이상해요. 정상이 아니야. 희한해요."

"너도 마찬가지야." 펜이 그렇게 말하고 눈을 들어보니 자
기와 혼인 관계에 있는 사람을 포함한 방 안의 모든 사람이 믿
을 수 없다는 표정으로 자기를 노려보고 있었다. "너희 모두 희
한해. 너희 모두 이상하고. 우리는 이상한 가족이야. 루, 너희 반
에서 너 말고 플루트와 축구를 다 하는 애가 몇이나 되지? 벤,
너희 반에서 한 학년 월반한 애가 몇이나 되니? 네 살 때부터 없
는 숙제를 만들어서 하다가 결국 월반한 애 말이야. 클로드는
이상해. 하지만 이상하기만 한 게 아니라 정말 멋진 아이이기도
해. 자기가 뭘 입어야 하는지 아는 것도 대단하고, 그러면서도
남다른 걸 입고 싶어 하는 것도 대단하고, 자기가 어떤 사람이
어야 하는지 아는 것도 대단하고, 그러면서도 다른 사람이 되고
싶어 하는 것도 대단하고."

"하지만 클로드는 너무 어려요." 벤이 속수무책인 표정을

지었다.

"클로드처럼 어린아이들은 맞설 수가 없어요." 루가 말했다.

"어리니까 클로드에게 뭘 할지 말해주면 그렇게 할 거예요." 벤이 말했다. "유치원에 뭘 입고 갈지 말해주면 그렇게 입고 갈 거예요. 넌 남자아이지 밤의 요정이 아니라고 말하면 그렇게 알 거예요."

"미안하지만 남에게 어떤 사람이 되라고 말할 수는 없어." 로지가 설명했다. "우리는 그저 그 사람을 있는 그대로 사랑하고 도와줄 수밖에 없지. 하지만 이렇게 와서 엄마랑 아빠에게 이야기해줘서 고마워. 그리고 클로드를 보호하려고 이렇게 마음 써주는 것도 고맙고. 정말 착하고 동생을 사랑하는 형들이구나."

"난 동생 사랑 빼면 아무것도 안 남아요." 벤이 말했다.

"아니야. 냄새도 엄청 나잖아." 루가 쏘아붙였다.

"밤에 방문 밖으로 신발을 내놔야 하는 사람이 누군데. 냄새 때문에 혼수상태에 빠질까 봐 걱정돼서 그러는 거잖아."

"아침에 주피터까지도 냄새를 못 참아 하는 건 너잖아. 주피터는 개 똥구멍 냄새를 좋아하는데도."

"똥구멍 같은 말은 하지 마, 루." 로지가 말했다.

"잘 시간이야." 펜이 말했다. "잘 시간이 지났구나. 걱정해줘서 고마워. 너희 조언에 대해 심사숙고해볼게."

하지만 지금 교장실에 앉은 로지와 펜은 전날 밤 아들들에게 확신 있는 척했을 때보다 자신감이 훨씬 없어진 느낌이 들었다. 원래는 드와이트 하먼 교장과만 면담을 신청했지만 지칠 줄 모르고 항상 활기가 넘치는 애플턴 선생과 학군 대표(누구를, 무엇을 대표하는지 확실치 않았다) 빅토리아 레벨스도 그 자리에 있었다. 빅토리아 레벨스는 정말 재미있는 사람처럼 보였지만, 그것은 로지와 펜이 그날 한 수많은 잘못된 추측 중의 하나였다.

"클로드는 이름을 바꿀 건가요?" 심사숙고 끝에 완성한 발언을 끝내자, 빅토리아 레벨스가 처음으로 한 질문이었다. 로지와 펜은 서로를 쳐다봤다.

"그럴 것 같지 않습니다." 펜이 대답했다. "왜 이름을 바꿀 거라고 생각하셨나요?"

"그러면 이름과 대명사 수정은 잠시 미뤄도 되겠군요." 그녀는 몇 페이지에 달하는 듯한 체크리스트를 내려다보며 말했다. "상황이 바뀌면 바로 알려주세요."

그녀는 깨알 같은 글씨로 쓰여 모두 4부씩 출력된 서류에서 눈을 들어 어쩔 줄 모르고 당황한 두 사람의 얼굴을 바라봤다. "걱정 마세요. 특별한 도움이 필요한 학생은 클로드가 처음이 아니에요. 그리고 클로드가 우리 학군의 첫 트랜스젠더 학생도 아니고요. 전혀 문제가 아닙니다."

펜은 가슴속에서 벌처럼 웅웅거리던 것이 팔짝팔짝 뛰는 뭔가로 변화한 느낌이 들었다. 귀뚜라미 같기도 하고, 개구리 같기도 했다. "아이가 원하는 건 그냥 유치원에 치마를 입고 오고 싶은 것뿐이에요." 그가 말을 더듬거렸다. "그렇다고 아이가…."

펜이 말을 끝맺지 못하자 로지가 바통을 이어받았다. "클로드는 아직… 저희는 소위 '트랜스젠더'라는 꼬리표를 아이에게 붙이기에는 아직 이르다고 생각해요."

"두 분은 아직 결론을 내리지 못하셨을지도 모르죠." 레벨스가 말했다. "하지만 서류상으로는 여자아이로 유치원에 오는 남자아이는 트랜스젠더로 분류됩니다. 그렇다고 해서 공식적으로 이름을 바꿀 필요는 없어요. 미국에서도 공식적인 법원 명령이나 출생신고서 변경을 요구하는 학군이 꽤 있습니다. 우리는 그런 학군이 아니니, 교직원은 부모님이 정하는 이름으로 아이를 부를 수 있어요. 하지만 이름을 바꾸면 바로 알려주셔야 하고, 그렇다 해도 바꾼 이름이 정착하려면 시간이 걸린다는 것도 알고 계셔야 합니다."

아니었다. 펜의 가슴속에서 뛰고 있는 개구리는 모든 게 너무 빠르다고 말하고 있었다.

"그리고 클로드는 양호실에 있는 화장실을 써야 할 거예요." 그녀가 계속했다. "직원 화장실은 법적인 문제 때문에 사용할 수 없어요. 안전 문제 때문에 여학생 화장실은 쓸 수가 없고요. 남학생 화장실을 사용하는 걸 아이가 불편해한다면 그렇게 하라고 할 수도 없고."

"양호실은 유치원 교실 바로 옆에 있어요." 드와이트 교장이 안심시키듯 말했다. "양호 교사가 가장 빨리 출동해야 하는 곳이 바로 유치원이라는 걸 아주 오래전부터 알고 있었거든요. 그러니 양호실 화장실을 써도 고립된 느낌이 들거나 불편하지는 않을 겁니다. 장래에 그게 문제가 된다면, 그러니까 가령 클로드가 완전히 여자아이로 트랜지션*한 다음에 여학생 화장실에서 벌어지는 사회적 교류에서 배제된다고 느낀다거나 하

★　　Transition. 다른 상태, 조건으로의 이행. 여기에서는 성 확정 수술을 뜻함.

면 알려주세요. 그때 가서 다른 방법을 생각해볼 수도 있으니까요."

두 사람의 얼굴에 어쩔 줄 모르고 당황한 표정이 더 깊어졌고, 안색은 위스콘신의 겨울 하늘보다 더 창백해졌다.

"아, 맞다!" 교장이 씩 웃었다. "두 분은 여학생 문화를 지금까지는 전혀 모르셨겠군요. 앞으로 기대하세요!"

전혀 모르는 일이지만 기대할 일은 아닐 것 같다는 생각이 고개를 들기 시작했다.

"자, 애플턴 선생님도 와주셨어요." 학군 대표마저도 애플턴 선생을 이름으로 부르지 않았다. "애플턴 선생님이 실제로 교실에서 어떻게 대처할지 설명해주실 겁니다."

애플턴 선생은 마치 다섯 살배기 아이들을 대하듯 두 사람에게 미소를 지어 보였다. "클로드와 함께할 수 있어서 아주 신이 납니다. 클로드는 정말 특별한 소년… 아니, 아이거든요. 하지만 처음에는 아마도 몇 가지 질문들이 쏟아질 거라는 걸 감안해야 할 것 같아요."

"아마도 그럴 것 같다고요?" 그렇게 묻는 펜의 머릿속에서 애플턴 선생의 기본값 자체가 비단정적이라는 사실이 이해되기 시작했다. 자, 어린이 여러분, 크레용을 햄스터에게 먹이는 게 좋은 생각일까요, 나쁜 생각일까요? 자, 모두들 주목, 쿠키 파티를 하는 게 좋을까요, 아니면 선생님이 조용히 하라는 신호로 손가락 두 개를 들고 귀 기울이자는 노래를 불렀는데도 계속 옆 사람과 이야기를 하는 게 좋을까요?

"다른 어린이들이 질문하는 것을 막는 것은 바람직하지 않기 때문이에요." 그녀는 끈기 있게, 너무도 끈기 있게 설명을 이어갔다. "클로드가 그런 질문에 어떻게 답할지 준비시켜야 합니다. 호기심을 갖는 것은 자연스러운 일이니까요. 아이들도 친구를 돕고 싶어서 그런 질문을 하는 겁니다. 클로드도 질문에 답하지 않거나 순수한 질문을 다른 의도로 해석해서 친구들에게 상처 주고 싶지 않을 거예요."

"겨울방학 동안 그런 질문에 어떻게 답할지 연습하면 좋겠군요." 빅토리아 레벨스는 애플턴 선생에 비해 훨씬 참을성이 없었다.

"무슨 질문에 답하라는 거죠?" 로지가 물었다.

"초등학교 아이들이 할 질문이라면…." 레벨스는 서류에 적힌 문구들을 읽어 내려갔다. "'왜 치마를 입었니? 남자아이들은 치마를 입지 않잖아. 넌 여자아이니? 네 페니스는 어떻게 됐어? (경우에 따라) 왜 귀걸이나 장신구 혹은 화장을 했어? 왜 네 머리는 길어? 왜 머리에 리본 머리빗 혹은 여성스러운 장식을 했어? 네 페니스는 어떻게 됐어?' 흠, 마지막 질문은 두 번 적었군요."

"그게 적합한 일인가요…." 로지는 드와이트 하먼 교장에게 질문했다. "초등학교 아이들이 페니스를 거론하는 것이…?"

"고추라고 하는 게?" 펜이 어색한 목소리로 덧붙였다.

교장은 학군 대표의 입장을 고려해서 미소를 삼켰지만 대답하지는 않았다.

"어떻게 답해야 한다고 생각하세요?" 로지가 빅토리아 레벨스에게 물었다.

"진실을 말해야겠지요." 그녀는 텔레비전에 출연해서 누명을 쓴 사람에게 조언해주는 변호사 같은 태도로 말했다.

"불행하게도 클로드는 진실이 뭔지 몰라요." 펜이 말했다. "아이는 왜 자기가 치마를 입고 장신구를 달고 싶어 하는지 전혀 알지 못해요. 여러분은 아세요?" 애플턴 선생은 양쪽 귀에 매달린 금색의 새 모양 귀걸이를 만지작거렸지만 아무 말도 하지 않았다. "우리 모두와 마찬가지로 클로드도 왜 그러는지, 왜 그런 걸 원하는지 알지 못합니다."

"저는 정확한 대답이 뭔지는 그다지 중요하지 않다고 생각해요." 드와이트 교장이 의견을 냈다. "더 중요한 건 답을 하는 태도일 거예요. 침착하게 열린 마음…."

"그리고 양호실 화장실을 사용하는 걸 잊지 않아야 하고요." 빅토리아 레벨스가 끼어들었다.

"양호실 화장실을 사용하는 걸 잊지 않으면 별문제 없을 겁니다."

"땅콩버터 샌드위치만 학교에 가져오지 않으면 말이죠." 로지가 말했다.

"땅콩버터에 닿았던 버터나이프로 바른 잼이 들어간 샌드위치도 안 됩니다." 애플턴 선생이 덧붙였다. "주말에 땅콩버터를 먹었다든가 한 흔적이 묻은 샌드위치 같은 거 말이죠."

크리스마스 휴가철이 시작되자 카르멜로는 할머니답게 선물로 잔뜩 무장하고 집에 왔다. 루와 벤은 '식탁-숙제 책상'을 '식탁-숙제 책상 및 탁구대'로 변신시킬 수 있는 장치를 선물 받았다. 리겔에게는 뜨개질로 볼링 세트를 만들 수 있는 패턴을 선물했다. 볼링공, 핀, 볼링 슬리퍼, 음료 받침까지 완성할 수 있는 패턴이었다. 리겔은 뛸 듯이 기뻐했지만, 볼링 레인은 뜰 수 없어서 실망감을 감추지 못했다. 셜록 홈스 의상을 선물 받은 오리온은 방학 내내 탐정 놀이를 하며 시간을 보냈다. 풀어야 할 미제 사건이 별로 없었기 때문에 찾을 단서를 미리 직접 숨겨놓아야 했다. 얼마 가지 않아 거울마다 지문 범벅이 되고, 끄적인 메모가 적힌 종잇조각들이 책상 뒤로 슬쩍 떨어져 있었다. 심지어 러그까지도 범죄 사실을 추적할 수 있는 패턴으로 닳게 만들려 했지만, 그 일은 로지가 금지해서 중단해야만 했다. 카르멜로는 클로드에게 새 티렉스 드레스를 선물했다. 전에 입던 드레스가 작아졌기 때문이었다. 새 학기에 학교에 입고 갈 새 옷도 가방 한가득 사 왔다. 치마와 캐주얼 원피스, 프릴이 달린 탱크톱과 그 위에 걸칠 귀여운 카디건, 그리고 다리를 따뜻하게 감싸 줄 스타킹도 있었다. 배낭처럼 끈을 팔에 끼우기만 하면 되는 날개도 가져왔다. 새해 첫날을 축하하는 데 필요한 브라우니 재료, 바나나 스플릿 재료, 그리고 큰 소리를 내는 파티용 뿔피리도 많이 가져왔다. 동서고금을 막론하고 뭔가를 축하하는 장소에서 아이들보다 더 큰 소음을 만들어내는 기구는 없지만 상관없었다.

로지와 펜은 데이트를 했다. 12월 31일에 데이트한 것은 루가 태어난 이후 처음이었다. 다른 점은… 모든 것이 달랐다. 새해맞이 축하 모임으로 바쁜 식당에 저녁 식사를 예약하지 못한 것은 물론이고, 9시 45분이 넘도록 깨어 있을 에너지도 없다는 사실도 포함해서 말이다. 두 사람은 커피숍에 앉아서 차를 마셨다. 다른 손님은 휴가철에 집에 가지 않고 남았다는 박사과정 학생뿐인 그곳에서, 머핀 두 개와 초코칩 쿠키 하나로 저녁을 대신했다.

어차피 로지는 배가 고프지 않았다. 살아생전에 다시 배가 고플지 의문스러울 정도였다. 관자놀이를 꼭 쥔 채 손을 놓으면 머리가 테이블에 뚝 떨어져 얼굴이 부딪혀버릴지, 천장을 지나 하늘을 향해 풍선처럼 둥둥 떠올라서 점점 작아지다가 영원히 사라져버릴지도 몰랐다. "우리가 왜 그걸 하고 있는지 다시 한번 이야기해줘."

펜은 '그것'이 무엇인지 물을 필요가 없었다. "애한테 물어봤잖아. 애가 원하는 게 그거라고 했고."

"클로드는 자기가 원하는 게 뭔지 몰라. 겨우 다섯 살이잖아."

"행복하기 위해서." 펜이 덧붙였다.

"여자아이 옷을 입고 유치원에 가면 무슨 일이 벌어질지 아이가 이해할 수도, 장단점을 가늠할 수도 없어."

"여자아이가 아니라 요정."

"여자 요정."

"맞는 말이야."

"다음 주야."

"그것도 맞는 말이고."

"그나저나 애가 원하는 게 뭔지 왜 물어야 해? 주피터랑 강아지용 침대에서 같이 자고 싶어 하는 애잖아. 하이힐이 편하다고 생각하고. 인생의 중요한 결정을 하는 데 필요한 판단을 할

156

수 있는 인간이 아직 아니야."

"당신이 틀린 건 아니야." 펜은 공황 상태에 빠진 열띤 얼굴이 아니라, 우려가 깃들어 있지만 낙관적으로 보였으면 하는 표정으로 얼굴을 고정시켰다. 그는 로지와의 첫 데이트를 떠올렸다. 작은 생명들이 생기기 오래전, 그날 저녁에도 미친 듯이 날뛰는 심장을 진정할 수도, 얼굴 표정을 컨트롤할 수도 없었다. 그날 저녁도 이렇게 좋은 결실을 맺었으니, 이번에도 괜찮을 것이라 믿고 싶었다. 어쩌면 두 사람을 보호하는 힘이 존재하는지도 몰랐다. 어쩌면 일이 너무 잘못되지는 않을지도 몰랐다. 하지만 어쩌면 그 반대일 수도 있었다.

로지가 느낄 수 있는 것은 오직 두려움뿐이었다. 로지는 그런 제안에 동의하는 건 미친 짓이고, 신뢰할 수 없는 판단을 내리는 건 바로 자신이라고 머릿속에서 고함쳐대는 목소리들 때문에 귀가 멀 지경이었다. 그리고 그 불협화음 속에서 바로 앞에 놓인 두 갈래 길을 가리키는 해설자의 평온한 목소리를 겨우 분간할 수 있었다. 오른쪽으로는 매끈히 포장되고 시원한 그늘이 있어서 모두에게 받아들여지는 아동기부터 사랑하는 짝을 만나 손주까지 보는 성년기까지 쭉 이어진 기쁨으로 가득 찬 길이 있었고, 왼쪽에는 자갈길에 바람만 세차게 부는데 어느 방향을 봐도 오르막인 데다 종착역이 어디인지도 알 수가 없는 길이 있었다. 이 갈림길에서 그녀는 아무것도 모르는 어린 아들을 (치마와 하이힐 차림으로) 왼쪽 길로 접어들도록 허락하고 있었고, 해설자는 꾸짖는 듯한 눈길로 그녀를 바라보고 있었다.

"너무 어려운 길처럼 보여." 그녀는 온몸이 터질 것처럼 느꺼질 때까지 숨을 들이마셨다. "어려운 삶이잖아. 쉬운 길이 아니야."

"아니지." 펜이 동의했다. "하지만 애들이 살았으면 하는 삶이 쉬운 삶인지는 모르겠어."

그녀는 남편을 쳐다봤다. "왜?"

"내 말은, 만일 우리가 모든 걸 다 가질 수만 있다면 쉬운 삶이 좋겠지. 모든 걸 다 가질 수만 있다면 쉽고 성공적이고 재미있는 일만 있는 인생을 살길 바라겠지. 좋은 친구들과 사려 깊은 애인에 돈도 많고 지적 자극도 늘 받으면서 전망 좋은 창을 가진 집에서 살 수 있다면 얼마나 좋겠어. 영원히 아름다움을 잃지 않고, 세계 방방곡곡을 여행하고, 텔레비전에서도 늘 재미있는 방송이 나오는 세상. 하지만 모든 걸 다 가질 수는 없잖아. 몇 개만 선택해야 한다면 쉬운 삶이 내가 원하는 목록에 올라갈지는 모르겠어."

"정말?"

"쉬운 게 좋긴 하지. 하지만 자기의 진짜 모습을 찾는 것이나 자기가 믿는 것을 지키는 것보다 좋진 않아." 펜이 말했다. "쉬운 게 좋긴 해. 하지만 쉽게만 사는 것으로 보람 있는 일을 하거나, 배우자와 보람 있는 관계를 맺거나, 보람 있는 존재로 살아갈 수 있을지는 모르겠단 말이지."

"쉽게 살려면 애를 낳지 말아야 할 거야." 로지가 동의했다.

"아이를 기르고, 사람들을 돕고, 예술을 하고, 뭔가를 개발하고, 이끌어가고, 세상의 문제를 해결하기 위해 노력하고, 자기의 문제를 극복하는 것. 글쎄. 내가 우리 삶에서 중요하다고 생각하는 것들 중에서 쉬운 건 별로 없어. 그리고 그중에서 쉬운 것과 바꾸고 싶은 것도 그다지 많지 않아."

"하지만 너무 무서워." 그녀가 속삭였다. "이게 옳은 일이라면 확신이 들어야 하는 거 아닐까?"

"애들 중 누가 걱정하거나, 이상한 행동을 하거나, 잠을 안 자거나, 수학을 잘 못한다거나, 자유 선택 시간에 다른 아이들하고 사이좋게 지내지 않는다거나 할 때, 우리가 그 이유를 안 적이 한 번이라도 있어?"

"이유를 안다고?"

로지가 되물었다.

"응, 이유 말이야. 뭐가 잘못된 것인지, 그걸 바로잡으려면 무엇을 어떻게 해야 할지, 우리가 확실히 안 적이 있었냐고."

"부모로서?"

"부모로서."

"한 번도 없었나?"

"한 번도 없었지." 펜이 맞장구쳤다. "없었어. 단 한 번도. 우리가 확실히 안 적은 한 번도 없었어. 항상 추측했을 뿐이지. 그런 거야. 우리는 정말로 중요한 결정을 아이들 대신 해야 해. 이 작은 사람들의 운명과 미래가 완전히 우리 손안에 있는 거야. 애들은 우리가 뭐가 옳고 좋은 것인지 알고 있고, 일이 그렇게 되도록 하는 법을 알고 있다고 믿지. 우리는 절대 정보를 충분히 알 수가 없어. 미래를 내다볼 수도 없고. 그리고 우리가 일을 망치면, 우리가 그 불완전하고 모순되는 정보를 가지고 잘못된 결정을 내린다면, 애들의 미래와 행복 전체가 위험에 빠질 수도 있는 거지. 말도 안 되는 일이야. 가슴 아프고, 미칠 것 같은 일이지. 하지만 다른 방도가 없잖아."

"물론 다른 방도가 있지." 그녀가 말했다.

"뭔데?"

"피임."

"배는 이미 떠났어."

"그러니까 다음 주에 우리 아들을 여자 요정 차림으로 유치원에 보내는 나를 위로할 말이, 고작 이게 좋은 선택이라고 추측한다는 말뿐이야?"

펜이 어깨를 으쓱해 보였다. "시도라도 해보고 싶었어."

"조금 더 확신을 보탰으면 좋았을 텐데."

"그럼 반려견을 들였어야지."

"반려견도 입양했잖아."

"아이 대신 말이야."

"새해 복 많이 받아." 그녀는 테이블 위로 몸을 기울여 그에게 키스했다.

"아직 9시 15분밖에 안 됐어." 그렇게 말하면서도 그는 그녀에게 입을 맞췄다.

그로부터 세 밤 후, 학교가 시작하기 전날, 펜은 아이들 모두를 모아놓고 이야기를 들려줄 수 있었다. 요즘 들어 부쩍 클로드, 리겔, 오리온만 이야기를 들으러 모였지만 그날 밤은 모두가 불안해했다. 불안감은 로지가 응급실에서 다뤄본 어떤 병보다도 전염성이 강했다. 그래서 클로드 방의 문을 연 펜은 5세에서 13세 사이의 다섯 소년이 작은 싱글 침대 하나에 모여 앉아 있는 광경을 목격했다.

그룸왈드에게 스테파니라는 이름의 밤의 요정이 찾아온 후부터 클로드와 쌍둥이는 이야기 시간이 잠들기 전 차분하고 평화롭게 하루의 긴장을 푸는 때가 아니라는 사실을 매우 설득력 있게 입증해냈다. 밤마다 국회 토론장을 방불케 하는 장면이 펼쳐지곤 했기 때문이다. 리겔과 오리온은 그룸왈드 이야기만 듣고 싶어 했고, 클로드는 스테파니 공주에 대해서만 듣고 싶어 했다. 다행히도 서로 협조해서 돕는 쪽으로 결정했다. 클로드와 쌍둥이가 그랬다는 게 아니라 그룸왈드와 스테파니가 그랬다는 말이다.

"스테파니는 그룸왈드가 왕자 노릇을 하는 걸 도울 수가 없었어." 펜은 숨을 죽이고 귀를 기울이는 아이들에게 그렇게 말했다. "축하 리본을 자르고 아기에게 키스하고 소작농들을 중재하는 것 같은 왕자의 임무를 스테파니가 줄여줄 수는 없었지. 학생회의 삼각관계를 해결해줄 수도 없었고. 총무가 도무지 이성적으로 나오질 않았으니까. 하지만 고등 대수학? 그건 스테파니 공주도 뭔가 해줄 수가 있었지. 사실 스테파니도 숫자 머리는 그다지 좋지 않았어. 마술을 할 줄 알았으니까. 마술하는 사람들은 수학을 할 필요가 없었거든. 하지만 그룸왈드도 마술을 쓸 수 있을지 모르겠다고 생각했단다. 스테파니 공주가 쓸 수 있는 마술 메뉴는 아주 다양했지만 어떤 문제에 대해 어떤 해결책을 써야 하는지는 시행착오를 거쳐야 알 수 있는 문제였지. 그룸왈드는 공주가 준 개구리에게 키스하면서 본 시험에서 C마이너스를 받았고, 도롱뇽 눈을 주머니에 넣고 본 시험에서는 B마이너스를 받았어. 성적이 조금은 올랐지만 왕자의 아버지는 B마이너스도 그다지 왕자다운 성적은 아니라고 생각했지. 스테파니가 마술이 들어 있을지도 모르겠다고 여기며 준 램프를 비비면서 푼 퀴즈 숙제는 절반도 맞추질 못했고. 요정 대모가 될 가능성이 있다고 스테파니가 알려준 무덤에 가서 울고 난 후에 본 허수 연습 문제지는 '수업 후에 찾아오세요!'라는 메모와 함께 돌아왔단다. 스테파니는 왕자를 걱정해주는 허수들을 찾아오라는 뜻인지 물었지만, 불행하게도 찾아가야 할 사람은 그룸왈드의 고등 대수학 선생님이었지. 결국 효과가 있는 걸로 판명이 난건 요술 지팡이였어. 스테파니도 처음부터 알았어야 할 문제였긴 해. 요술 지팡이는 거의 모든 것에 효과적인 걸로 정평이 나 있었거든. 그룸왈드는 정말 기뻤어. 수학 경시대회에 다시 참가할 수 있게 되었으니까.

하지만 그룸왈드가 스테파니를 돕는 건 훨씬 더 어려웠어. 공주가 별들을 돌볼 때는 그룸왈드가 잠을 자야 할 시간이었고, 어차피 날개가 없어서 하늘까지 갈 수도 없었으니까. 하지만 그룸왈드가 스테파니에게 줄 수 있었던 것은 요술 지팡이와 요술 개구리와 요술 램프보다 더 좋은 것이었어. 더 좋고 더 마술처럼 멋진 것. 그룸왈드가 준 것은 정신적인 지지와 무조건적인 사랑이었지. 그는 공주를 위해 언제나 옆에 있어줄 것이라 약속했지. 하늘이 너무 넓고 스테파니 공주가 별에 모두 불을 켤 수가 없어서 밤이 너무 어두울 때마저도. 그런 밤에는 그룸왈드가 공주의 길에 불을 밝혀주겠다고 약속했어. 자기가 공주의 북극

성, 길잡이, 안내원이 되어주겠다고 약속한 것이지. 그리고 공주가 땅으로 돌아올 때는 언제나 거기서 기다리겠다고 약속했어."

루가 아빠의 눈을 똑바로 쳐다보며 말했다. "너무 느끼해요, 아빠."

"봐, 이래서 그냥 왕자만 있는 편이 더 낫다고 하는 거야." 오리온이 마루에 몸을 굴렸다. "공주들은 너무 진부해."

"느끼하게 감정적이 된 건 스테파니가 아니었어." 클로드가 침대에서 일어서서 나이트가운을 입은 허리에 손을 대고 말했다. "그건 그룸왈드였지. 스테파니는 멋지게 도구를 쓰면서 활약했잖아. 제임스 본드처럼."

"제임스 본드는 스테파니 공주랑 공통점이 하나도 없어." 리겔이 말했다. "제임스 본드라면 대수 문제 푸는 데 요술 지팡이를 절대 쓰지 않았을 거야."

"고등 대수학이야." 펜이 말했다.

하지만 모두가 각자의 침실로 돌아간 다음, 클로드는 침대에 앉았다가 미끄러지듯 내려와 펜을 꼭 껴안았다. "알았어요, 아빠."

"뭘 알아?"

"아빠는 무슨 일이 있어도 날 사랑하고 지지해줄 것이라는 것 말이에요. 내일 일이 잘못되어도 아빠는 집에서 날 기다리고 있을 것이라는 것."

"틀렸어." 펜이 말했다. "아빠는 학교 운동장에서 널 기다리고 있을 거야."

그날 밤에 잠을 잘 잔 사람은 아무도 없었고, 그래서 아침 식사 시간에 모두 졸려 했다. 로지는 이럴 때 아이들 모두에게 커피를 마시게 하는 게 좋은 부모일까, 나쁜 부모일까 잠시 생각해봤다. 클로드는 살짝 창백해진 것 같기도 한 얼굴로 계단을 내려왔다. 밤색 데님 스커트에 밤색 타이츠, 분홍 스웨터를 입고 편한 단화를 신고 있었다. 아직은 짧은 머리에 분홍색 베레모도 쓰고 있었다. 가볍고 투명한 날개는 높은 아치를 그리며 도도하게 클로드의 등 뒤를 지키고 있었고, 날개 때문에 서서 아침 식사를 해야 하는데도 벗지 않았다. 그는 토스트 한두 개의 갈색 부분만 갉아먹은 다음, 가운데 부분을 리겔에게 줬다. 로지는 자기도 아무것도 먹지 않는 마당에 아침을 더 먹어야 한다고 잔소리할 수가 없었다. 지금으로서는 뭘 먹는 걸 상상할 수도 없었다.

그녀는 클로드와 함께 유치원에 가고 싶었다. 갱단이 입는 재킷을 입고 몽둥이를 든 채 교실 뒤편에 서서 자기 자식에게 조금이라도 짓궂게 굴거나 해코지를 하려는 사람에게 어떤 일이 벌어질지 알려주고 싶었다. 학교에 가서 실제로 머릿속에서 수없이 반복하고 연습한 연설을 하고 싶었다. 나머지 여러분은 태어난 성별에 따르는 어린이들일지 모르지만, 클로드만큼 영리하지도 재미있지도 흥미롭지도 않아요. 그러니 어느 쪽이 더 나은지 말해보세요. 너무나 멋지고 다이내믹한 치마 입은 소년과 지루하고 칭얼거리면서 맹종하는 것 말고는 아무것도 할 줄 모르는 코흘리개 중에서. 하지만 그렇게 하는 대신 그녀는 출근해야 했고, 어쩌면 그 편이 더 나은지도 몰랐다.

그러나 펜은 학교에 갔다. 클로드에게 이것저것 물었을 때

아이가 원했던 것이기도 했다. 그렇다, 클로드는 펜이 그날 유치원에 함께 와주기를 원했다. 교실 뒤편에 앉아 아무 말도 하지 않고 점심시간에 떠나는 것이 조건이었다. 그래서 펜은 그렇게 했다. 그는 코딱지만 한 의자에 앉아 무릎이 거의 어깨까지 닿는 자세로 세차게 콩닥거리는 심장을 진정시키며 땀을 한 바가지 흘렸다. 바깥의 기온은 3도였다.

"어린이 여러분, 다시 유치원에 온 걸 환영해요. 다들 방학을 어떻게 보냈나요?" 애플턴 선생이 대답을 기다리지도 않고 열성적으로 말을 이어갔다. "여러분의 웃는 얼굴을 보니 너무 기뻐요. 모두들 재미있는 방학을 보내고 새로운 걸 배울 마음으로 왔나요? 이번 학기에는 정말 재미있고 멋진 것들을 배울 거예요. 자, 방학 동안에 많은 일이 벌어졌어요. 수전은 처음으로 이가 빠졌고, 데이비스는 뉴욕에 계신 할머니, 할아버지에게 다녀왔죠. 캐리는 머리를 잘랐고, 클로드는 요정 소녀가 될 거예요! 우리 모두 서로에게서 배울 게 정말 많답니다."

모두들 수전과 캐리와 클로드를 쳐다봤다. (아무리 유치원생이라도 맨해튼에서 일주일 정도 지냈다고 호기심을 가지고 쳐다볼 만한 변화가 일어날 리는 없었다.) 수전은 아랫입술을 쭉 잡아당긴 후 원숭이처럼 턱을 내밀고 빠진 이가 있던 자리로 혀를 쑥 내밀어 보였다. 캐리는 말총머리가 있었던 뒤통수를 만졌다. 클로드는 신발을 쳐다보며 희미한 미소를 지었다. 아이들이 몸을 뒤척였다.

"질문하고 싶은 사람 있어요? 조용히 앉아 있는 어린이들 중에서 손 들고 말해볼 사람?"

클로드만 빼고 모든 아이들이 손을 번쩍 들었다.

"어디 보자, 매리베스가 손을 얌전히 들고 있군요."

"요정이 왔어?" 매리베스가 말했다. 그리고 메리베스가 말한 요정이 클로드의 날개를 가리키는 게 아니라 수전의 이빨 요정을 말한다는 걸 펜이 깨닫기까지는 잠시 시간이 걸렸다.

"그럼." 치아 사이가 벌어진 채 수전이 씩 웃어 보였다. "2달러나 남겨놓고 만화책까지 두고 갔어."

"우와." 유치원 아이들이 감탄했다.

"다음 질문." 애플턴 선생이 말했다. "제이슨?"

제이슨이 클로드 쪽으로 고개를 돌렸다. "타이츠가 안 간지러워? 간지러워 보이는데."

클로드가 얼굴을 붉히며 고개를 저었다.

"아주 좋아요." 애플턴 선생이 말했다. "다음 질문은 누가 할래요? 앨리슨?"

"클로드는 머리를 기를 건가요?" 앨리슨이 선생님에게 물었다.

"선생님도 몰라요. 클로드에게 물어볼까요? 클로드, 앨리슨처럼 머리를 길게 기를 계획이에요? 아니면 캐리나 조시처럼 중간 정도로 기를 건가요? 아니면 지금처럼 짧게?"

"몰라요." 클로드는 고개를 숙인 채 속삭였다.

"그럼 기다려보면 알 수 있겠군요." 애플턴 선생이 말했다. "질문 하나 더 받을 시간이 있어요. 엘레나?"

"자유의 여신상 봤어?" 엘레나가 데이비스에게 물었다.

"아니." 데이비스가 대답했다.

애플턴 선생이 손뼉을 쳤다. "어린이 여러분, 좋은 질문을 많이 해줬어요, 얌전하고 조용하게. 그래서 선생님이 쿠키 깡통에 쿠키표를 하나 넣을 거예요. 다 모이면 쿠키 파티를 열 수 있게요. 자, 수학 활동을 할 수 있게 짝을 지읍시다. 파란 책상에 앉은 친구들, 일어나서 수학 교과서 가져와요⋯."

그게 다였다. 아무도 클로드를 이상하게 보지 않았다. 아무도 작게나마 짓궂은 말을 하지 않았다. 클로드의 밤색 데님 치마와 날개는 뉴욕 여행이나 머리 자른 일이나 빠진 치아, 그 이상도, 그 이하도 아니었다. (유치원 아이들 사이에 치아가 빠지는 건 길을 잃는 관광객만큼이나 흔한 일이었다.) 아이들은 고맙게도 자기 자신 말고는 다른 어떤 것에도 관심이 없어서 클로드의 정체성 위기 따위는 중요하게 생각하지도 않았다. 다섯 살배기 아이들답게 자기가 받는 쿠키표에만 관심이 있었다.

점심 식사 줄에 서러 가면서 클로드는 작은 의자에 앉아 있는 펜에게 다가와 속삭였다. "아빠, 이제 집에 가도 돼요."

"괜찮니, 우리 막내?"

"네."

"정말?"

"네."

"난 네가 자랑스러워, 클로드."

"나도 아빠가 자랑스러워요."

다음 날, 아침 식사를 하면서 클로드가 물었다. "엉덩이까지 올 만큼 머리를 기르려면 얼마나 걸려요?"

리겔이 말했다. "내 엉덩이에 머리를 기르려면 얼마나 걸려요?"

오리온이 말했다. "털 난 궁둥이, 털 난 궁둥이."

클로드는 보라색 코듀로이 멜빵 치마에 무지개색 줄무늬 타이츠 차림이었다. 그리고 더 이상 날개는 달지 않았다.

이름 지을 권리

유치원생들 사이에서는 전혀 문제가 없었다. 다섯 살배기들에게 세상에서 변할 수 없는 것이라곤 거의 없었다. 달라지지 않는 것은 없었다. 어느 날, 책에 그려져 있는 꼬불꼬불한 선이 단어로 변신한다. 어느 날, 입안에 딱 붙어 있던 것들이 빠지기 시작한다. 어느 날 사랑하며 품고 다니던 것이 꼬질꼬질한 봉제인형으로 변하고 평생 처음으로 녀석을 집에 남겨두고 외출해도 괜찮아진다. 어느 날, 마술처럼 두 바퀴 자전거를 넘어지지 않고 탈 수 있다. 남자아이가 어느 날 여자아이로 변하는 것이 그들의 세상에서는 불가능한 것이 아니었다.

그러나 좀 더 나이 든 아이들은 질문이 많았다. 그리고 질문할 때 항상 배려심을 발휘하지는 않았다. 쉬는 시간에 운동장에서 마주친 3학년 아이가 물었다. "넌 왜 치마를 입고 있어?" 여덟 살짜리 아이들이 식당에서 클로드를 가리키며 경찰차 사이렌과 같은 음조로 "보~~이 걸, 보~~이 걸" 하고 외쳐댔다. 5학

169

년 교실에서는 아이들이 리겔과 오리온에게 비아냥거렸다. "네 게이 동생, 진짜 이상해." 클로드가 줄넘기를 하거나 정글짐에 오르거나 미끄럼을 타려고 할 때마다 "너 여자야, 남자야? 너 여자야, 남자야? 너 여자야, 남자야?" 하는 질문이 클로드보다 더 나이 들고, 더 크고, 더 힘이 센 아이들에게서 끊임없이 쏟아졌다. 클로드도 그 질문에 대한 답을 알지 못했기 때문에 답하지 않았다. 그리고 답하지 않기 때문에 질문이 계속됐다.

클로드는 어차피 나가 놀기에는 너무 춥다는 결론을 내리고 혼자서 도서관에서 쉬는 시간을 보내기 시작했다. 점심은 화장실에 앉아 무릎에 도시락을 놓고 먹었다. 하지만 몇 번 그렇게 하고 나니 양호 선생님이 양호실 화장실은 점심을 먹는 용도가 아니라 용변을 보는 용도로만 사용하라고 말했다. 그래서 클로드는 남자아이들이 쓰는 화장실로 돌아갔다.

어느 날, 애플턴 선생이 쉬는 시간에 클로드를 붙잡고 물었다. "화장실 어디로 가니?"

"화장실 가는 거 아니에요. 도서관 가요."

그녀는 한숨을 쉬고 말했다. "화장실 갈 때 어느 화장실을 가니?"

"항상 가는 화장실요."

"남자아이들 화장실?"

클로드가 고개를 끄덕였다. 자기가 뭔가를 잘못한 것 같긴 한데, 그게 뭔지는 알 수 없었다.

"왜 남자아이들 화장실을 사용하니?"

"제가 남자아이니까요?"

그녀는 다시 한숨을 쉬었다. "그럼 왜 치마를 입었니?"

클로드는 혼란스러웠다. 이건 이미 한 이야기가 아닌가. "치마를 입는 게 좋아서요."

"남자아이들은 치마를 입지 않아." 애플턴 선생은 자신의 강점인 참을성을 끌어올리기 위해 애를 썼다. "치마는 여자아이들이 입지. 네가 남자아이라면 치마를 입을 수 없어. 네가 여자아이라면 양호실 화장실을 써야 하고."

"하지만 여자아이들은 여자아이들 화장실을 쓰잖아요." 클로드가 말했다.

"하지만 넌 여자아이가 아니잖아." 그녀는 이를 악물고 말했다.

빅토리아 레벨스가 학부모 면담이 끝나갈 무렵 운을 뗐다. "클로드 자신이 여자아이라 믿는다면 아이를 그렇게 대우할 용의가 있습니다."

"용의가 아니라 법적 의무죠." 펜이 수정했다.

"둘 다예요." 레벨스가 말했다. "하지만 즉흥적으로 대처할 수는 없어요."

"무슨 뜻이죠?"

"무슨 뜻이냐면, 클로드가 자신이 여자아이라 생각한다면, 그건 성별 불쾌감을 느끼는 것이니 거기 맞춰 대응할 수 있다는 겁니다. 만일 클로드가 그냥 치마를 입고 싶어 한다면 그건 방해가 되는 행동이니 평범한 복장을 하도록 지도해주세요."

"여기서 토론하면서 레벨스 씨가 만들어내는 여러 개념들의 차이를 클로드나 저, 심지어 레벨스 씨마저 이해하고 있는지 모르겠군요." 펜이 말했다.

"헷갈리죠." 그녀도 수긍했다. "애플턴 선생님이나 아이들에게도 헷갈리는 일이고, 클로드에게도 무척 헷갈리는 일이겠죠. 아무도 이 아이를 어떻게 대해야 할지 모르는 상황이에요. 여성형 대명사를 쓸지, 남성형 대명사를 쓸지, 남자아이들 줄에 서야 할지, 여자아이들 줄에 서야 할지, 왜 머리는 아직도 짧은지, 왜 이름을 바꾸지 않는지?"

"클로드네 반에 다니는 여자아이들 중에서 머리가 짧은 아이는 없나요?" 펜이 말했다. "바지 입고 학교에 오는 여자아이들도 있잖아요."

"중요한 것은 우리는 귀하의 자녀를 남자아이로 대할 수도 있고 여자아이로 대할 수도 있지만, 아이를, 흠… 남자, 여자 말고 뭘로 대한다고 말해야 할지도 모르겠어요."

"바로 그게 문제일 수도 있어요." 펜은 이미 온라인 검색을 해본 터였다. 여러 문헌을 읽고 분석했기 때문에 이 분야의 전문가가 되어가고 있었다. "클로드는 둘 다일 수도 있고, 둘 다 아닐 수도 있어요. 치마를 입은 남자아이일 수도 있고, 페니스가 있는 여자아이일 수도 있습니다. 한동안 어떤 것이었다가 다음에 변할 수도 있고요. 클로드는 젠더 다변적인 아이일지도 모르고, 젠더퀴어*일지도…."

"유치원에서는 아니에요." 그녀가 말을 끊었다. "유치원에서

★　Genderqueer. 남성과 여성이라는 성별의 구분에서 벗어나, 그 외의 성적 정체성을 가지는 상태.

는 언급하신 모든 것이 될 수도 없고, 언급하신 모든 것이 아닐 수도 없어요. 유치원에 다니는 아이는 남아 혹은 여아, 그 혹은 그녀, 둘 중 하나여야 합니다. 유치원에서는 모호한 개념을 다룰 수가 없어요."

"어쩌면 그럴 수 있어야 하지 않을까요? 어차피 세상은 모호한 곳이니까요."

"다섯 살 난 아이들에게는 그렇지 않죠. 다섯 살배기들에게 세상은 흑과 백으로 나눌 수 있는 곳입니다. 공평하지 않으면 불공평한 것이고, 재미있지 않으면 고문이고, 맛없는 쿠키는 없고, 맛있는 채소는 없고."

"꼭 그렇진 않아요." 펜이 반박했다. "다섯 살짜리 아이들에게도 예외는 있어요. 클로드는 코코넛이 들어간 쿠키는 딱 질색이죠. 브로콜리는 좋아하고요. 클로드는 페니스를 가지고 있긴 하지만 치마를 입을 필요가 있는 아이예요. 이런 게 사실이 아니라면 간단하겠지만 현실은 그렇지 않죠. 클로드뿐이 아니라 아이들 모두요. 클로드 반에 있는 여자아이들 중에는 방과 후에 축구를 하고, 남자아이들 중에는 사방치기를 하는 아이들이 있겠죠. 나쁜 게 아니라 좋은 거라고 생각합니다."

"좋은 것일지도 모르죠." 레벨스 씨가 말했다. "하지만 좋든 나쁘든 우리는 받아들일 수 없습니다. 어느 한쪽으로 마음을 정할 필요가 있어요. 클로드는… 이렇게 말해서 미안하지만, 용변을 보려면 제대로 보든지, 아니면 아예 보질 말든지 해야 할 거예요."

"양호실에서 말씀이죠." 펜이 덧붙였다.

"양호실에서요." 빅토리아 레벨스가 말했다.

펜은 드와이트 하먼 교장에게 전화해서 호통을 치고 항의하고 싶었다. 학교는 아이들이 놀림이나 괴롭힘을 당하지 않도록 할 책임이 있었다. 거기 더해 당국이 어떤 대명사를 쓸지 정하기 편하자고 성별이 됐든 뭐가 됐든 클로드의 정체성을 밝히도록 압력을 넣는 것도 말이 안 되는 일이었다. 로지는 모욕감을 주는 코멘트들을 개털 털듯 털어내버리고, 어쩔 줄 모르고 쩔쩔매는 행정 관료들을 비꼬면서도 지혜롭게 웃을 줄 아는 태도를 보이는 현명한 부모의 모범이 되기 위해 노력했다. 다른 부모들과 마찬가지로 로지는 이 접근법을 둘째 아이를 기르면서 배우게 됐다. 루가 운동장에서 넘어지자 달려가서 "괜찮아? 다친 데 좀 보자. 아이고, 우리 아기" 하고 위로했다. 그러면 루는 실연한 사람처럼 울어댔다. 벤을 키울 즈음에는 꿈쩍도 하지 않고 "괜찮아" 하고 외칠 줄 알게 됐다. 그러면 벤도 괜찮았다.

"우리가 큰일이 아닌 것처럼 행동하면 클로드도 큰일이 아니라고 느낄 거야." 로지가 말했다.

"하지만 큰일이잖아." 펜이 말했다.

언제나 그랬듯이 로지와 펜이 적절한 행동 방침을 정하기 위해 노심초사하는 사이, 클로드는 자기만의 방침을 먼저 만들었다. 저녁 식사 시간에 그는 이름을 코코아 채널로 바꾸겠다고 선언했다.

"코코아 채널?" 벤이 말했다.

"초콜릿만 계속 나오는 텔레비전 채널 이름이잖아."

"코코 샤넬이라고 하려던 거 아니야?"

"샤넬이 뭔데?"

"성이야. 향수를 발명한 사람이지."

"초콜릿 향수였어?" 클로드가 말했다.

"어쩌면 그럴지도." 벤은 어깨를 으쓱해 보였다. 벤도 향수에 대해서는 아는 게 별로 없었다. 확실히 아는 건 동생이 코코아 채널이라고 자신을 부르면서 다닐 수는 없다는 사실이었다. 코코 샤넬도 마찬가지였다.

"넌 그냥 클로드여도 돼. 애플턴 선생님이 자꾸 뭐라고 하시니?" 펜이 물었다.

"아니요."

"아무도 네 이름을 바꾸게 할 수는 없어. 클로드라는 이름으로도 네가 입고 싶은 옷을 입을 수 있어."

"나도 이름을 바꾸고 싶어요. 클로드라는 이름은 별로 안 좋아."

"나도, 나도! 나도 이름 바꿀래요. 오리온은 별 이름이지 남자아이 이름이 아니잖아요."

"오리온은 별 이름이 아니라 별자리 이름이야." 벤이 고쳐 줬다.

"말은 쉽지. 네 이름은 보통 이름이니까." 루가 말했다.

"루도 보통 이름이야." 벤이 말했다.

"그렇지, 캥거루한테는." 리겔이 대꾸했다.

"우리 캥거루 기르자!" 오리온이 말했다.

"우린 캥거루 입양 안 해." 로지가 말했다.

"난 내 이름을 캥거루로 바꿀 거예요." 오리온이 말했다. "이제부터 날 캥거루라고 불러야 해요. 캥거루 월시-애덤스."

"적어도 넌 별자리잖아. 난 발이야." 리겔이 말했다.

"내 발이지." 오리온이 자랑스럽게 말했다.

"맞아, 네 발." 리겔이 침울하게 대꾸했다.

"아무도 이름을 바꾸지 않을 거야." 로지가 말했다. "이름은 자기가 자신에게 주는 게 아니야. 부모한테서 받는 거지. 클로드, 여자아이 이름을 갖고 싶으면 클로디아로 바꾸자. 다른 사람들은 부모가 준 이름 그대로 가는 거야."

"왜요?" 루는 칠면조구이를 저민 커다란 칼에 붙은 고기를 혀로 떼어 먹고 있었다.

"아이들은 올바른 결정을 잘 못하거든." 펜이 말했다.

"클로드는 여자아이가 돼도 좋다고 했잖아요." 루가 말했다. "그건 오리온이 캥거루로 이름을 바꾸는 것보다 더 나쁜 결정인데."

"루!" 로지와 펜이 동시에 외쳤다.

"클로디아는 싫어요. 클로드랑 너무 비슷해."

"안클로드는 어때?" 벤이 말했다. "클로드 없음, 마이너스 클로드 제곱근, 클로드 구멍."

"클로드 구멍, 클로드 구멍, 클로드 구멍." 오리온이 멜로디를 만들어 불러댔다.

"모두 부엌에서 나가." 로지가 말했다.

아이들의 소음을 1분이라도 더 듣느니, 한 시간 반 동안 혼자서 설거지를 하는 편이 더 견딜 만했다. 설거지감이 많아서 정말로 한 시간 반이 걸릴 수도 있었다. 그녀는 아이들에게 엄마를 너무 성가시게 하면 아이들이 할 집안일까지 엄마가 모두 도

맡아서 해버리기도 한다는 걸 가르치고 있다는 사실을 깨달았다. 평생 후회하겠지만, 그 순간에는 일곱 명의 저녁 식사 설거지를 혼자 하는 것보다 더한 사치는 없는 것처럼 느껴졌다.

펜은 부엌에서 나가지 않고 일을 도왔지만 아무 말도 하지 않았다. 펜이 도와주는 것이 고마웠다. 그의 침묵은 더 고마웠다. 로지는 옷 앞쪽이 설거지물로 축축이 젖은 채 팔꿈치까지 비눗물에 담그고 있는데, 루가 아래층으로 내려와 다 치워진 식탁에 샐쭉한 표정으로 앉았다.

"코코 샤넬로 이름을 바꾸겠다잖아요. 걱정 안 돼요?" 침울한 목소리였다.

로지는 물을 더 세차게 틀었지만 펜은 행주를 놓고 첫째 아들과 함께 앉았다. "클로드는 초콜릿 텔레비전 방송국이 좋았던 모양이지. 별일 아니야."

"별일이라고요." 루가 반박했다. "엄마, 아빠는 계속 이게 별일이 아닌 것처럼 행동하지만 정말 큰일이란 말이에요. 어떻게 할 건데요, 클로드의… 그….."

"페니스 말이니?"

"네."

"아직은 거기까지 걱정 안 해도 돼. 어쩌면 이러다 말지도 모르지. 어쩌면 지나가는 과정일 수도 있고."

"그냥 지나가는 과정일 뿐이면 왜 더 그렇게 하라고 부추기는 거죠?"

"우리가 뭘 부추겨?"

"클로드가 여자아이들 옷을 입어도 된다고 하고, 여자 장난감을 가지고 놀게 하고, 머리도 기르게 하잖아요."

"맞아, 그렇게 하도록 두는 거지, 부추기는 건 아니야."

"안 된다고 하세요."

"너도 지금쯤 눈치챘을지 모르지만, 우리 집에서는 일이 그런 식으로 돌아가지 않는단다. 엄마, 아빠는 가능하면 모든 걸 허락하려고 애쓰지, 너희 모두에게. 우리가 승낙하지 않으면 그건 정말 심각하게 승낙할 수 없기 때문이야. 우리가 '안 돼'라고 할 때는 그게 너희를 다치게 할 수도 있기 때문이지. 그렇지만 않으면 우린 대부분 '그래'라고 해."

"클로드가 다칠 수도 있어요."

"그럴 수도 있지. 하지만 지금 당장은 그게 다른 선택지보다 나은 선택 같아 보여. 지금 당장은 클로드가 이렇게 해야 할 필요가 있다고 느끼는 것 같으니까, 그대로 두자."

"아빠도 아이들은 올바른 결정을 잘 못한다고 했잖아요."

"내가 언제 그런 말을 했니?"

"저녁 먹으면서요. 애들이 마음대로 자기 이름을 고치게 못하는 건 올바른 결정을 잘 못하기 때문이라고 말했잖아요. 하지만 애들이 그렇게도 옳은 결정을 잘 못하면 왜 클로드가 자기가 아닌 사람이 되도록 허락하는 거죠?"

"왜냐하면 클로드가 바로 그 사람일 수도 있으니까?" 펜이 물었다.

그날 밤, 양치질을 하고 잠자리 동화를 듣고 불을 끈 다음 아이들이 모두 잠들고, 그릇을 닦아서 말려서 제자리에 정리하고 숙제를 점검하고 가방을 싸고 도시락 준비까지 끝내고 로지와 펜도 불을 끄고 침대에 누운 후, 침실 문이 빼꼼히 열리고 어둠 속에서 목소리가 들려왔다. "새 이름을 골랐어요."

로지는 담요를 젖히고 펜에게 몸을 붙여서 클로드가 옆에 누울 자리를 마련했다. 아이는 로지의 팔을 베고 누웠고, 금방 잠에 빠져든 듯했다.

"클로드?"

"으음?"

"새 이름이 뭐야?"

"네."

"뭔데?"

"포피. 새 이름을 포피로 지었어요."

"포피?" 로지가 속삭였다.

"할머니가 그러셨어요. 유대인들은 세상을 떠난 사랑하는 사람들 이름을 아기에게 준다고. 난 포피는 한 번도 만나보지 못했지만, 그래도 포피를 사랑해요."

"그래?" 로지는 경이로운 감정에 휩싸여 물었다.

"네. 포피 이모는 인형을 좋아했고, 그리고 엄마가 제일 좋아하는 사람이었잖아요. 나도 인형을 좋아하고, 엄마가 제일 좋아하는 사람이 되고 싶어요."

"엄마는 널 제일 사랑해." 로지는 아이의 목에 코를 비볐다.

"포피가 좋은 이름 같아요?"

"엄마 생각에 포피는 완벽한 이름인 것 같구나."

밀치기

대부분의 다른 일과 마찬가지로 그 일도 이름이 붙으니 현실이 되었다. 이름과 긴 머리카락. 통고 씨는 클로드와 비슷한 아이를 가진 많은 부모들이 법원에 출생증명서 변경 신청을 해서 기록을 봉합하고, 포피와 비슷한 많은 아이들이 다른 학교로 전학 가서 자기가 진짜 누구인지 모르는 곳에서 새롭게 시작하여 진짜 자기 모습으로 살아간다고 말했다. 하지만 그 모든 일이 로지에게는 불필요할 만큼 과하게 느껴졌다. 아무리 봐도 그 나이에는 머리 스타일만 신경 쓰면 되는 일 같아 보였기 때문이었다. 짧은 머리를 한 아이는 남자, 긴 머리를 한 아이는 여자였다. 페니스를 가진 채 여자아이가 되고 싶어 하는 아이는 죽은 이모 이름을 따서 자기 이름을 고치고 머리를 기르기만 하면 완벽하게 변신할 수 있었다. 로지는 클로드의 머리가 8~10센티미터 정도로 귀를 덮을 만큼 자라면 아마도 아들을 영원히 잃을 것이라고 추측했다. 그리고 마침내 꿈꾸던 포피라는 딸을 얻을 것이다. 다만 아직 준비가 되지 않았을 뿐이었다.

사실 일곱이나 되는 대식구는 레스토랑 같은 곳에서 사람들이 쳐다보곤 했다. 언제나 그랬다. 하지만 클로드와 둘이서만 일을 보러 다닐 때도 쇼핑몰이나 식료품 가게, 도서관 같은 곳에서 사람들이 쳐다봤다. 그건 새로운 현상이었다. 머리가 다 자라지 않았을 때만 해도 클로드는 치마를 입은 남자아이처럼 보였다. 다른 쇼핑객들이 로지를 존경한다는 표정, 혹은 동정 또는 연민하는 표정으로 바라보며 미소를 지었다. (자기들은 여자아이가 되고 싶은 남자아이를 자녀로 두지는 않았지만 자녀를 둔 것은 사실이었고, 부모로 산다는 것은 언제나 어려운 일이기 때문이었다.) 그러나 대놓고 언짢아하면서 인상을 쓰는 사람들도 많았다. 어떤 사람은 포피에게 "너, 멋 좀 냈구나" 혹은 "치마 예쁘네" 하고 말하거나, 로지에게 진심 어린 목소리로 "아이가 정말 예쁘군요" 하고 칭찬하기도 했다. 그러나 어떤 사람들은 지나가면서 자기들끼리 큰 소리로 "금방 남자아이였어, 여자아이였어?" 혹은 "어떻게 자기 애를 저러고 다니게 내버려두지?" 혹은 "저 엄마 총살감이야"라고 말했다.

하지만 4월에 접어들 무렵이 되자 클로드는 사라졌고, 머리가 귀를 덮을 정도로 자라서 아직 짧기는 하지만 누가 봐도 픽시 커트 스타일을 한 포피가 자리 잡았다. 이제는 자화상을 그리면 등장하는 인물은 혼자였다. 가족 없이 오직 포피만이었다. 금색 무도회 드레스를 입은 포피, 보라색 왕관과 거기 맞춘 보라색 슈퍼히어로 망토를 입은 포피, 딸딸이 슬리퍼를 신고 요가 팬츠와 스포츠 브래지어를 입고 가부좌 자세를 취한 채 깨달음이 보는 사람에게까지 전달되는 듯 미소를 지은 포피. 그는 매일 아침 기쁨에 넘쳐 아래층으로 내려왔고, 부엌에 들어서기 전부터 함박웃음을 띠었으며, 형들과 어울리며 금방 웃음을 터뜨렸다. 하늘로 날아오를 듯 가볍고 기쁜 모습이었다. 그제야 로지와 펜은 학교에 가기 전에 아침 식사용 드레스를 벗고 학교에 갈 복장으로 갈아입어야 하는 일이 클로드의 아침을 얼마나 침울하게 만들었는지 깨달았다. 이제 그는 양호실 화장실을 사용했다. 도시락으로(자기 도시락뿐 아니라 형들의 도시락까지) 해바라기유로 만든 버터샌드위치를 쌌고, 그것만으로도 애플턴 선생의 변함없는 사랑을 받기에 충분했다.

로지와 펜이 적응하는 데는 좀 더 시간이 걸렸다. 없어질 리 없다고 여기던 것이 사라지는 일이 가장 견디기 힘들다는 말이 있다. 로지는 늘 그 말이 세상이 멸망한 다음 전기나 물 혹은 와이파이가 없어지는 상황을 가리킨다고 생각했지만, 사실은 그보다 더 뿌리 깊은 상실이 있었다. 펜은 열여섯 살 되던 해 여름에 옆집을 잠시 빌려 살았던 프랑스 가족과 그 집의 어린아이들을 떠올렸다. 그 조그만 아이들이 자기보다 프랑스어를 훨씬 잘하는 것도 '트레지리탕Très Irritant'—매우 짜증나는 일—이었고, 전혀 애쓰지 않고 어떤 명사가 남성이고 여성인지 다 기억하는 것은 심지어 '보쿠 플뤼지리탕Beaucoup Plus Irritant'—무지하게 더 짜증나는 일—이었다. 자기는 그런 것들을 공부하고 외우는 데 1천 시간도 더 들였고, 그 아이들은 아직 대소변도 못 가리는 어린애들 아닌가. 이제 그의 삶 전체가 그랬다. 그는 포피를 '그'라고 불렀다가 '그녀'라고 불렀다가 온통 뒤죽박죽이었다. 심지어 루와 벤, 리겔과 오리온까지도 '그'라고 불렀다가 '그녀'라고 불렀다가 했다. 어떤 때는 루를 '벤'(다른 아이)이라고 부르거나 '루퍼스'(다른 이름) 혹은 '루드'(사람 이름이 아니지만 무례하다는 뜻을 생각하면 사실 그다지 잘못된 명칭은 아니기도 했고, 날이 갈수록 루에게 더 어울리는 명칭이 되었다)라고 부르기도 했다. 어떤 때는 로지를 '그'라고 부르기도 했다. 한번은 파티에서 그녀를 자기 남편이라고 소개하기까지 했다. 남자 우체부를 '그녀'라고 부른 적도 있고, 차 브레이크를 고쳐준 남자를 '그녀'라고 부르는 실수를 하기도 했다. 신문에 여성 명사를 붙인 적까지 있었다. 클로드나 포피는 전혀 신경 쓰지 않았지만, 펜은 뇌 속의 중요한 뭔가가 끊어진 느낌이 들었다. 적절한 대명사를 필요할 때마다 골라주는 뇌 속의 연결점, 아무런 노력 없이 누릴 수 있던 그 연결점이 영원히 풀려버리자, 펜은 갑자기 모국어가 낯선 외국어처럼 느껴졌다.

봄방학 때는 온 가족이 함께 피닉스에 갔다. 포피는 할머니와 함께 쇼핑몰에 가서 푸드코트에서 계피 프레첼을 먹었고, 분수대에 동전을 던지며 소원을 빌었다. 그는 모든 것이 지금처럼 계속되기를 빌었다. 갑자기 클로드와 포피의 인생에서 처음으로 친구들 사이에서 인기 있는 아이가 되었기 때문이다. 늘 수줍음을 타고 혼자였던 클로드는 항상 웃고 사교적인 포피로 변신했고, 인기 있는 포피는 용돈을 아껴서 산 요정이 그려진 달력에 친구들에게서 받은 초대를 모두 기록했다.

로지는 그 달력이 정말 싫었다. 펜은 그 달력을 정말 좋아했다. 펜이 보기에 그 달력은 어려움을 극복하고 얻은 승리의 증거물이었다. 클로드가 변신하는 과정은 두렵고 어려웠는지 모르지만, 사랑을 듬뿍 받고 친구가 많은 포피는 그림에서 사라지지 않고 늘 존재감을 드러내고 있었다. 로지가 보기에 그 달력은 정치적 올바름에 영합하는 사람들의 느끼하고 지겨운 성향과 포피의 이상한 특징을 아우르는 증거물이었다. 사회적 위상을 누리는 것은 친구를 사귀는 것과는 다른 일이라고 펜에게도 이미 경고했다. 어쩌면 부모들이 자녀들에게 포피를 초대하게 하는 것은 나중에 험담하거나 자기들이 얼마나 열린 마음과 아량을 가졌는지 과시하기 위해서인지도 몰랐다. 어쩌면 아이들이 포피와 놀고 싶어 하는 것은 포피를 좋아해서가 아니라 호기심 때문인지도 몰랐다. 그리고 파자마 파티는 또 어떻게 해야 할까? 아이들이 더 이상 귀여운 유치원생이 아니라 호르몬이 폭주하고, 마음이 옹졸해지고, 잔인한 동기에 끌리고, 또래 압력이 난무하고, 약을 하고, 총을 휘두르는 10대가 되면 어떻게 될까?

"총을 휘두른다고?" 펜이 말했다.

"그 비슷한 거." 로지가 말했다.

"당신, 너무 미리부터 걱정하는 거 같아."

"이미 문제가 되기까지 걱정하지 않으면, 그건 걱정이 아니라 관찰 결과인 거야."

포피를 초대하는 여자아이들은 분홍색 방에서 분홍색 레고를 가지고 놀고, 분홍색 침대에서 분홍색 담요를 덮고 분홍색 베개를 베고 잤다. 그리고 발레복과 하이힐과 분장 놀이용 옷, 발레복과 하이힐과 분장 놀이용 옷을 입은 봉제 인형, 바비와 바비 옷과 장신구와 매니큐어를 비롯해, 요정 인형과 아기 인형을 많이많이 가지고 있었다. 그 아이들은 그림을 그리고 스티커를 교환하길 좋아했다. 봉제 인형을 인형 유모차에 태우고 우유병을 물려서 동네 한 바퀴 도는 걸 좋아했다. 레모네이드를 만들어 지나가는 사람들에게 파는 것도 좋아했다. 물구나무를 선 채 방귀를 뀌는 대신, 술래잡기 할 때도 발레복과 하이힐을 신고 서로를 쫓아다니다가 잡히면 누가 술래인지를 가지고 싸우는 대신 서로 껴안고 함께 웃었다. 포피는 왜 세상 사람들이 모두 다 여자아이가 되고 싶어 하지 않는지 이해할 수 없었다.

로지도 똑같은 질문을 하기 시작했다. 친구 집에 놀러 간 아들들을 데리러 가면 팔꿈치에 멍이 들고 정강이가 까지고 바지가 찢어지고 문제 행동을 했다는 말을 듣곤 했다. 그녀는 막내아들이 친구네 집에 놀러 간다는 사실조차 익숙하지 않았을 뿐더러, 집에 돌아올 때면 얼굴에 웃음이 가득하고 조용한 행복감에 넘쳐 있다는 사실이 낯설었다. 친구 엄마들은 활짝 웃음을 띠고 로지에게 말했다. "정말 착한 여자아이예요."

"누구요?" 처음에는 로지도 그렇게 되물었다.

"언제라도 또 보내세요. 너무나 예의 바른 소녀예요."

그게 아니면 로지의 팔에 손을 얹고 "정말 용감하세요" 혹은 "정말 좋은 엄마세요, 모든 걸 너무 잘해내고 계세요" 하고 말하는 경우도 있었다. 로지는 그들의 지지가 고마웠지만, 부모 노릇을 하는 것이 용감해야 할 일인지(어쩌면 항상 용감해야 했는지도 모른다) 알 수 없었다. 다른 선택지가 없었기 때문이다. 하지만 선택해야 했다면 기꺼이 받아들였을 혜택을 누리기도 했다. 포피의 머리카락은 아직 짧았지만 로지가 아침마다 양 갈래로 따줄 정도는 되었고, 포피는 땋은 머리를 만족스럽게 귀 뒤로 넘겼다.

어떤 놀이 방문은 순조롭지 않았다. 로지와 펜은 포피가 다시는 놀 수 없는 아이들의 명단을 만들었다. 한번은 포피와 친구가 공주 놀이를 하고 있었는데, 그 아이의 아빠가 여장 남자에 대해 야한 농담을 던졌다. 그것으로 놀이는 끝이 났고 그 가족은 바로 명단에 올랐다. 어떤 엄마는 방과 후 운동장에서 만날 때마다 물리적으로 클로드를 포피로 변신시키는 과정에 대해 질문을 퍼부었다. 펜은 그것이 관심의 표현이라며 용서해주길 바랐지만, 로지는 그 엄마의 의도를 꿰뚫어 봤다. 그것은 관심이 아니라 무례한 참견이었다. 명단에 오른 또 다른 가족은 포피를 데리러 간 펜에게 엄마와 아빠가 번갈아가며, 신은 실수하지 않으며 신이 포피에게 페니스를 주었는데 로지와 펜이 신의 계획에 개입하고 있다고 매우 정중하게 설명했다. "그렇게 개입하는 게… 나쁜 건가요?" 펜은 짐짓 의아하다는 표정으로 물었다. 그는 그 가족도 접촉 금지 명단을 가지고 있다면 자신의 이름도 거기에 올랐을 것이라 추측했다.

로지는 이 모든 것에 휘둘리지 않으려고 애썼다. 아이 친구의 부모의 무지함을 걱정하기에는 할 일이 너무 많았다. 그들을 교육시키는 것은 그녀의 책임이 아니었다. 아이를, 다섯 아이 모두를 기르는 것이 그녀의 책임이었다. 그리고 직장이 그 아이들을 먹여 살렸다. 펜과 그녀가 포피에게도 거듭 하는 말이지만, 모든 사람을 다 좋아할 필요는 없었다. 재미있고 똑똑하고 안전한 친구를 찾아서 그들과 놀면 되는 것이었다.

그 접근법은 니키 캘커티 문제가 벌어지기 전까지는 잘 먹혀드는 듯했다. 이전부터 가까웠던 유일한 친구인 니키는 클로드의 변화 때문에 조금 당황했는지, 흥미를 잃은 듯 보였다. 니키는 말이 없는 아이였는데, 어쩌면 그 점 때문에 클로드가 좋아했는지도 몰랐다. 잘난 척하지 않고, 레슬링을 하거나 괜히 뛰어다니는 짓도 하지 않았다. 매번 큰소리로 고집을 부리지도 않았다. 어린아이들답게 두 아이는 그냥 나란히 앉아서 놀았고, 둘 다 그렇게 노는 것에 만족했다. 클로드가 변화한 후 포피와 놀기 위해 집에 온 니키가 리겔에게 중얼거렸다. "여자아이 집에서 놀아본 적은 한 번도 없어." 리겔은 그 말에 "아, 여자아이들하고 놀면 진짜 좋아. 걔네 방은 훨씬 좋은 냄새가 나거든" 하고 대꾸했다. 하지만 그 말이 니키를 진정시키지는 못한 것 같았다.

"어쩌면 니키가 이 일을 너무 자신의 일로 받아들이는 건지도 모르겠어." 펜이 추측했다.

"클로드가 포피가 되는 것이 니키 자신의 남성성의 실패라는 말이야?" 로지가 말했다.

"그 비슷한 거."

"니키는 다섯 살이야."

다섯 살인 건 맞지만 기분이 상하거나 겁이 나지 않을 정도로 어린 나이는 아닌 것으로 판명이 났다. 다섯 살이라고 해서 각종 잘못을 저지르지 못하는 나이가 아니었다. 로지와 펜은 니키의 엄마와 알고 지내는 사이였다. 클로드의 선언 후, 니키의 엄마는 로지에게 이메일을 보내 아이들이 계속 친구로 지냈으면 좋겠다고 말했다. 자기가 도울 일이 없는지 물었고, 포피가 놀러 오면 민트 아이스크림(클로드가 제일 좋아하는 맛이었고, 포피도 제일 좋아하는 맛이었다)을 주겠다고 약속했다. 니키네 집에 포피를 데려간 로지는 현관에 서서 니키 엄마 신디 캘커티와 한가롭게 몇 분간 대화한 다음 오리온이 박쥐를 가지고 하고 싶어 하는 프로젝트에 필요한 물품을 사러 아트 용품 가게에 가 있는데, 전화가 울렸다. 포피는 무슨 일이 벌어졌는지 말도 할 수 없을 정도로 흐느끼고 있었다. 아이가 흐느끼며 "엄마, 데리러 와줄 수 있어요?"라고 하기도 전에 로지는 이미 차를 타고 니키네로 가고 있었다.

신디 캘커티는 남편 닉과 별거 중이었다. 로지는 그것이 시간을 갖고 문제를 해결해보기 위해서라기보다는 하늘이 두 쪽이 나도 다시는 합치지 않겠다는 의도의 별거라고 알고 있었다. 하지만 남의 일에 상관할 때와 하지 않을 때를 보통 사람들보다 훨씬 더 잘 아는 로지는 캐묻지 않았다. 한 가지 알고 있는 사실은 신디가 양육권을 완전히 가져오기 위해 이 시험 기간 중 닉이 원할 때마다 집에 오게끔 하고 있다는 점이었다. 그날은 닉이 방문하는 날이었지만, 신디는 니키의 친구가 놀러 온다는 사실을 그에게 언급하지 않은 듯했다. 신디는 매니큐어를 받으러 외출하면서 아이들 감독을 별거 중인 남편에게 맡겼다.

로지도 그다지 멀리 있지 않았지만 펜은 더 가까운 곳에 있었기 때문에 차를 타고 가면서 펜에게 전화해서 먼저 니키네 집으로 보냈다. 펜은 아이들과 집에 있었다. 루와 벤이 각각 열두 살, 열세 살이어서 푼돈을 받고 다른 집 아이들을 돌볼 수 있는 나이였지만, 친동생을 돌보는 것은 완전히 다른 문제였다. 펜은 아이들을 모두 태운 밴을 몰고 로지보다 몇 초 먼저 캘커티가에 도착했다. 로지는 제한 속도도, 신호등도 지키지 않고 온 터였다.

포피는 엄마와 아빠가 차를 대고 현관으로 채 걸어가기도 전에 문을 열고 흐느끼며 전속력으로 가족을 향해 뛰어왔다. 그리고 닉이 현관으로 나오기 전에 형들 사이로 사라져버렸다. 닉은 펜보다 덩치가 훨씬 컸고, 펜은 그의 눈을 정면으로 쏘아보지 못한다는 사실이 안타까웠다.

"무슨 일이에요?" 로지가 닉에게 물었다. 닉의 아들은 어디에도 보이지 않았고, 그 질문에 대답할 수 있는 그녀의 아들은 다른 아들들 사이로 사라져버린 상태였다.

"당신 아이가 호모인 거, 그게 문제지" 하고 닉 캘커티가 내뱉었다.

로지는 뒤로 돌아 차를 향해 걸어갔다. 이 남자와 이런 대화를 나눌 필요가 없었다. 그 짧은 문장으로 알아야 할 것은 전부 알았다. 그러나 포피에게로 가서 아이를 품에 안았을 때 포피가 속삭였다. "저 아저씨, 총을 가졌어요." 그 말을 듣고 나니 양심상 니키를 그곳에 혼자 둘 수가 없었다.

"모두 차에 타." 그렇게 말하고 로지는 남편과 함께 닉 캘커티와 대결하기 위해 몸을 돌렸다.

니키가 아빠 다리 사이에서 이쪽을 내다보고 있었다. "아빠가 호모랑은 놀면 안 된댔어요, 월시 아줌마. 어차피 놀고 싶지 않아요."

닉이 이 사이로 침을 탁 뱉었다. "자기 애를 데리고 뭘 하든 내가 상관할 바 아니지만, 구역질나니까 우리 아들 근처에 얼씬

도 마쇼. 내가 보기에 당신들이 하는 짓은 아동학대고 감옥에
처넣어야 할 일이지만, 내가 뭘 아나? 니키한테 가까이 오지만
않으면 상관없지. 이래서 내가 신디한테 그러는 거야. 집안에 남
자가 있어야 이런 빌어먹을 일이 안 벌어진다고."

"왜 포피가 당신이 총을 가지고 있다고 생각하는 거요?" 펜
이 말했다.

"총이 있으니까."

"어떻게 포피가 알게 됐지?"

"숨겨놓지 않으니까. 남자가 두 가지 물건은 가지고 있어야
지. 이것." 그러면서 그는 손을 모아 사타구니에 대고 로지 쪽으
로 쑥 미는 시늉을 했다. "그리고 이것." 그는 플란넬 셔츠를 올
리고 오른쪽 허리에 찬 권총을 보여줬다.

"우리 아들을 위협했나?" 펜이 말했다.

"누구?"

"포피."

"아들이 아니지, 이 사람아."

"우리 아이를 위협했습니까?" 로지는 호칭 같은 것으로 이
사람과 말싸움을 하면서 옆길로 새고 싶지 않았다. 더 중요한 일
이 걸려 있었다.

"우린 호모하고는 안 논다고 했지. 여자아이들하고 안 놀고,
여자 옷을 입은 남자하고도 안 논다고. 우리 집에 오면 안 되고,
우리 아이 근처에 얼씬도 하지 말라고 경고했소. 공원에서도, 학
교에서도, 운동장에서도, 어디에서도."

펜은 머리가 한 가지 욕망으로 가득 차는 것을 느꼈다. 이

놈을 흠씬 두들겨 패주고 싶은 욕망. 자기가 싸움보다 사랑에 능하고, 레슬링보다 글쓰기를 잘하는 사람이라는 사실은 상관이 없다고 느껴졌다. 평생 한 번도 주먹다짐을 해본 적이 없다는 사실도 상관이 없었고, 이놈의 얼굴이 자기 머리보다 한참 더 위에 있어서 손이 닿지 않는 곳에 있다는 사실, 그 얼굴이(방금 전에 확실히 보여준 바대로) 펜보다 적어도 20킬로는 더 나가는 몸 위에 달려 있다는 사실, 그리고 그 얼굴이 진짜 총을 소지한 사람의 것이라는 사실도 상관이 없었다. 그는 피범벅이 된 닉의 얼굴을 상상했다가 그 얼굴을 자기 얼굴로 치환하고, 자기를 내려다보는 로지의 얼굴을 상상했다. 이 망할 놈의 집 앞에서 배에 부상을 입은 채 피를 흘리고 누워 있는 자기를 바라보는 로지의 얼굴을 머리에 떠올리기 위해 그는 안간힘을 썼다.

그와는 반대로 로지는 총을 가진 남자들을 이전에도 본 경험이 있었다. 응급실에서 그들이 자초한 엉망진창 개판을 돌본 경험이 많았다. 바퀴 달린 들것 손잡이에 연결된 수갑을 찬 손목 주변을 소독하고 치료했다. 병원에서 감옥으로 가서 환자에서 재소자가 될 수 있도록 그들의 목숨을 구했다. 그녀는 총을 가진 남자들이 두려웠다. 그러나 그녀는 그들 앞에서 기가 죽지 않았다.

그녀는 무릎을 꿇고 앉아 닉 캘커티 뒤에 서 있는 그의 아들을 내다봤다.

"니키, 아가, 괜찮니?"

"네?"

"엄마는 언제 오시니?"

"11시 반에 오신댔어요. 하지만 엄마는 손톱이 마르기 전에 운전하는 걸 싫어해요."

"제기랄." 닉은 이제 다른 불평거리를 찾은 듯했다. 아들의 트랜스젠더 친구고 뭐고 간에 마누라의 매니큐어가 더 짜증났다. 그러다가 다시 불편할 정도로 가까이 다가서 있는 펜에게로 주의를 돌렸다. "우리 집에서 꺼져줬으면 하는데."

펜은 대답을 하려고 입을 벌렸지만 로지가 선수를 쳤다. "우리도 너무 그러고 싶은데, 신디가 집에 돌아올 때까지 니키와 함께 있어야겠어요."

"내가 내 아들도 돌보지 못할 줄 아나 보지?" 그는 그렇지 않아도 가까이 서 있는 펜에게 더 바짝 다가섰다. "말하는 게 당신이니 칭찬으로 알겠소."

"마음대로 생각하시고." 로지가 말했다.

"우리 앞마당에서 당장 꺼지지 않으면 경찰을 부르겠어."

"제발, 제발 경찰을 불러." 펜이 말했다.

닉이 두 손을 뻗어 펜을 밀었고, 그 바람에 펜이 넘어졌다. 어쩌면 세게 민 게 아니었을지도 몰랐다. 그저 너무 불시에 당한 일이라 넘어졌는지도 몰랐다. 어쩌면 갑자기 저예산 액션 영화 같은 장면의 한가운데 자신이 등장한 것을 믿을 수 없었는지도 몰랐다. 닉은 다가서서 넘어진 펜의 다리 사이에 섰다. 로지가 전화를 꺼내서 9를 누른 다음 1을 눌렀고, 그다음 1을 누르기 전 간발의 차이로 도착한 신디가 차에서 내려 즉시 상황을 파악했다. 불행하게도 이런 일이 벌어진 것이 처음이 아닌 듯했다.

"신디, 저 사람 총을 가지고 있어요." 로지가 말했다.

"알아요." 신디는 남편에게서 눈을 떼지 않았지만, 그 눈에는 공포보다는 후회의 감정이 깃들어 있었다. 로지가 화가 난건 그때였다. 신디는 자기 남편이 총을 가지고 있다는 사실을 알면서도 로지의 아이를 그에게 맡긴 것이었다. 신디는 자기 남편이 성차별주의자에 편견이 심한 개자식이라는 걸 알면서도 매니큐어를 받으러 집을 비운 것이었다. 신디는 자기 자식과 시간을 보낼 수 있도록 판사를 설득하기 위해 남편에게 협조하는 과정에서 로지의 자식을 큰 위험에 빠트린 것이었다. 로지는 닉이자기 아들의 엄마에게 느끼는 의리와 분노 중 어느 것이 더 강할지, 그리고 로지가 그의 총을 빌려서 새로 라벤더색으로 칠한신디의 발가락을 쏘면 그가 어떻게 반응할지 궁금했다.

펜은 일어서서 몸을 털었다. 로지는 한마디도 할 말이 떠오르지 않았다. 그녀는 몸을 돌리면서 펜의 손을 잡고 밴으로 향했다. 자기가 몰고 온 차를 가지러 다시 돌아와야겠지만, 지금이 순간 그 차를 운전하는 것은 물론이려니와 그 차에 혼자 타는 것도, 자신을 빼고 나머지 가족들이 다른 차를 타고 집으로향하는 것도 상상할 수 없었다.

"왜 우리 아들을 호모에다 거지 같은 애하고 놀게 하는 거야?" 로지는 차 문이 닫히기 전에 닉이 그렇게 말하는 것을 들었다.

밴이 출발하고 얼마 되지 않아 전화에 이메일 알림이 떴다. 제목이 "미안해요"였다.

로지는 이메일을 읽지 않고 지웠다.

더 세게 밀치기

캘커타가에서 오는 길에 온 가족이 아이스크림을 먹었다. 로지와 펜은 둘 다 먹고픈 생각은 전혀 없었고 평생 그보다 더 뭘 먹기가 싫은 적도 없었지만, 차 뒤편에 앉은 아이들은 아이스크림 가게에 들르자는 펜의 제안을 난민이 피난처를 찾은 것만큼 안도의 환호를 지르며 환영했다. 아빠가 아이스크림을 먹고 싶어 한다면 차 창문으로 본 그 장면이 그다지 심각한 일이 아니었는지도 모른다. 엄마가 집에 가는 길에 아이스크림을 먹자는 아빠의 제안에 동의할 정도면, 포피에게 벌어진 일이 아주 나쁜 일일 수가 없었다. 배가 고프고 단것이 먹고 싶은 걸 보니 아마 우리 모두 아무것도 아닌 일을 너무 걱정한 게 틀림없었다.

마침내 날씨가 막 좋아지기 시작한 터였다. 5월 중순까지도 겨울의 차가운 손아귀에서 벗어나지 못했지만, 외지를 방황하며 가족을 애태우던 제일 좋아하는 삼촌이 나타나면 바로 용서하고 환영하듯, 봄의 햇살이 느껴지자마자 모두들 바비큐와

반딧불이와 호숫가의 느린 휴식을 꿈꾸기 시작했다. 여름이 바로 코앞에서 반짝이는 모습으로 손짓하고 있었다. 날씨가 따뜻해졌으니 세뇨르 스쿱스 아이스크림 가게 앞에는 줄이 길게 늘어서 있는 게 당연했다. 이 가게가 기나긴 겨울을 어떻게 견뎌내는지 펜은 이해할 수 없었다. 아이들은 안마당에 놓인 테이블에 모두 함께 앉을 자리를 마련하기 위해 빈 의자가 보이는 데로 가서 "이 의자 쓰는 중이세요?" 하고 물었다. 벚꽃 잎이 날아와 아이스크림에 달라붙었다. 온 세상이 햇살과 흙과 설탕 냄새로 가득 찬 느낌이었다. 소프트아이스크림만큼 효과적인 마취제가 없다는 걸 로지도 잘 알고 있었다.

그녀는 남편을 바라봤다. "당신 정말 용감했어."

"무서워서 덜덜 떤 것 말이야?"

"그렇게 하지 않았잖아. 당신은 날 선택했고, 우리를 선택했어."

"피를 보고 싶었어."

"나도 알아."

"그놈 피를 보고 싶었지만, 내 피를 흘리는 것도 괜찮겠다고 생각했어."

"나도 알아."

"그런데 아무것도 하지 않았잖아."

"그게 제일 어려운 일이잖아." 로지는 아이스크림에서 삐죽 튀어나온 곳을 핥으며 말했다. "고마워."

"얼마든지." 펜이 말했다.

의자를 가져온 테이블에 앉아 있던 사람이 펜에게 윙크를 했다. "보기 좋은 가족이에요."

"고맙습니다."

"아들 부자시군요."

"그렇게 됐어요."

"딸내미가 밀리는 느낌이겠어요." 펜이 어리둥절해하자 그 사람이 포피를 향해 고개를 끄덕였다.

"딸이랑 저랑 둘 다 그래요." 펜이 말했다.

학기가 끝나는 날 저녁 로지는 병원에서 일을 하고 있었고, 펜이 아이들을 재우기로 했다. 그룸왈드의 친구들이 와서 짐 싸는 것을 돕고 있었다. 그는 부모님 집을 떠나 바깥세상으로 나가 독립적으로 살아볼 예정이었다. 왕과 왕비는 아들이 하는 짓을 바보 같다고 생각했다. 그룸왈드는 원하면 성에서 계속 살 수 있으니 돈을 벌 필요도 없었다. 왕자 임무를 수행하는 것만으로도 할 일이 많기 때문에 직업을 가질 필요도 없었다. 집 바깥의 세상에서 독립적으로 살아갈 필요도 없었다. 세상에서 벗어나 집 안에서 살아갈 방법을 찾는 편이 더 쓸모있었다. 그러나 그룸왈드는 꼭 떠나야 하는 비밀이 있었다. 그리고 이제 떠날 시간이 되었다.

"집을 떠나면 왕이 되는 걸 어떻게 배울 생각이니?" 그룸왈드의 아버지와 어머니는 애원했다.

"집에 머무르면 왕이 되는 걸 어떻게 배우겠어요? 떠나야 해요."

"어디로 가겠다는 거냐?" 그의 부모는 울먹이며 말했다.

"멀리요."

"하지만 꼭 가야 하는 목적지가 없다면 왜 그냥 여기 있으면 안 되니?"

"여기 머무르면 멀리 갈 수 없기 때문이에요." 그룸왈드가 설명했다. "멀리라는 건 여기가 아닌 모든 곳이에요. 제가 있어야 할 곳은 거기예요."

그룸왈드의 부모는 왕과 왕비였지만 당황했다. 어린 자녀를 둔(너무 어린 자녀는 아니라는 사실을 펜은 강조했다) 부모가 늘 그렇듯이. 왕과 왕비는 아들이 여기가 아닌 다른 곳, 그가 말하는 '멀리'라는 곳으로 가는 것이 걱정됐다. 지도를 들여다봐도 '멀리' 혹은 '거기'라는 곳은 찾을 수 없었고, 심지어 지도 제작자를 불러들여 샅샅이 수색하게 했지만 찾지 못했다. 솔직히 말하자면 그룸왈드도 조금 걱정이 되긴 했지만 가야만 했다. 게다가 그는 엄마, 아빠는 모르는 사실을 알고 있었고, 그 덕분에 힘을 낼 수 있었다. 그룸왈드에게는 여정을 함께할 무한한 이야기가 있었다. 그 이야기는 끝없이 이어지는 단어들로 그의 길을 밝혀주고, 위험에 빠지지 않도록 도와줄 것이며, 몸과 마음에 난 모든 상처를 치유해주고, 좋지 못한 결말을 끝이 아니라 멀리 가는 데 잠시 숨을 돌리는 휴게실로 만들어줄 것이었다. 또한 공주가 있어야 할 때가 오면, 그런 때는 항상 오기 마련이므로, 스테파니 공주가 있었다. 둘이 뭉치면 왕자, 공주, 이야기꾼, 요정 조련사, 별에 불을 켜는 책임자, 비밀을 잘 지키는 사람이 모두 있는 셈이었기 때문에, 그룸왈드는 자기의 앞길이 포장도로까지는 몰라도 조약돌이 촘촘히 깔린 길은 될 수 있을 것이라 믿었고 그 정도면 최선이라 생각했다.

병원으로 전화가 왔을 때 로지는 휴게실에서 땅콩버터와 잼을 바른 샌드위치를 먹고 있었다(아나필락시스 쇼크에 효과적으로 대처할 수 있기 때문에 병원에서는 땅콩버터가 허락된다). 전화 응대를 담당하던 애나 그래비츠 간호사가 몸의 다른 부분은 전혀 보이지 않게 머리만 빼꼼히 내밀었다. 그것은 완전히 난장판이 벌어질 것이라는 신호였다. 그렇지 않다면 문을 활짝 열고 호키 포키 노래의 맨 마지막처럼 온몸으로 들어와 5학년 때부터 펜 팔을 하고 있는 프랑스인 경량급 역도 선수가 1월에 그녀를 만나러 왔다가 아직도 떠나지 않았다는 이야기를 했을 것이다. 하지만 오늘은 그냥 "전화가 왔어요. 총상 환자가 캠퍼스에서 오고 있대요. 여성 환자고요, 매디슨 경찰이 아니라 보안 담당이 찾았는데 남학생 사교클럽 뒷마당에서 발견했대요. 총상을 입은 지 한 시간도 넘은 것 같다고 추측하더라고요. 윌슨이 선생님께 맡기라고 했어요."

로지는 한숨을 쉬고 나머지 샌드위치를 삼켰다. 한밤중에 저녁을 먹으며 딱 4분간 평화로웠다. 대학 캠퍼스에서 실려 오는 환자는 훨씬 복잡한 경우가 많았다. 첫째로 복합적 요인, 다시 말해 마약을 했거나 술을 마신 후일 수도 있고, 한 학기 내내 미루다가 벼락치기로 리포트를 쓰느라 일주일간 한숨도 자지 않았을 수도 있고, 여학생이 사교클럽 파티에 입고 갈 드레스에 맞춰 살을 빼느라 일주일간 아무것도 먹지 않았을 수도 있었다. 둘째로 환자에게 질문한다고 해서 어떤 상황인지 파악할 수 있으리라는 보장이 없었다. 습관적으로 거짓말을 하기 때문이었다.

부모에게 전화하거나 조교에게 연락하거나 지도교수에게 말하거나 보호관찰 처분을 받게 될까 봐 두려워서다. 또 평범한 이야기를 과장하거나 자기에게 불리한 이야기를 축소하는 데 익숙해져 있기 때문이기도 했다. 하지만 캠퍼스에서 실려 오는 환자가 더 문제인 이유는 대부분 병원에 함께 온 떠들썩한 일행들 때문에 진상을 파악할 수 없을 때가 많기 때문이다. 필드하키 선수가 부상을 당해 병원에 실려 오면 팀 전체와 코치까지(경기하던 양쪽 팀 모두) 몰려와 응급실에 진을 친다. 흐느끼는 룸메이트들과 걱정으로 정신이 나간 부모들의 전화는 말할 것도 없다. 삼각관계의 애인들이 왔다가 몰랐던 상대방의 존재를 발견하기도 한다. 펜에게 예전에 그랬던 것처럼, 거기 있지 말고 집에서 기다리는 게 좋겠다, 여기 있어도 도움이 되기는커녕 방해만 된다는 사실을 설득할 방법은 없었다. 응급실에서 기다리는 것은 신의와 믿음과 우정과 진정한 사랑을 보여주는 일이었다. 응급실을 떠나는 것은 배신과 의심과 마음 떨리는 불안감을 보여주는 일이었으므로, 대학생 또래의 두뇌 구조로는 병원에서 보일 수 없는 태도였다. 응급실에 앉아 있는 어른들, 그들보다 열 살 정도 더 먹은, 나이 든 부모나 부상당한 아이의 소식을 기다리는 불운의 선배들에게 물었다면 기회가 있을 때 바로 떠나라고 조언할 것이다. 하지만 대학생들은 누구의 조언도 구하지 않는다.

예전에는 응급실도 여름에는 조용한 편이었지만 몇 해 전부터 점점 더 바빠지기 시작했다. 가벼운 부상도 몇 건 있긴 했지만 재앙에 가까운 사건이 더 많았다. 난장판에 대처하는 훈련이 이미 완벽하게 잘되어 있는 로지였지만, 그날 벌어질 일은 정말이지 그녀도 상상하지 못했다.

총상 환자는 창백하게 의식을 잃은 채로 호흡관을 삽입하고 피범벅이 되어 퉁퉁 부은 모습으로 도착했다. 들것에 실려 급히 응급실로 들어온 환자가 총상 환자 같지 않다고 로지는 생각했다. 버스에 치인 사람 같았다. 로지는 급히 가슴에 청진기를 대보고 양쪽 눈에 불빛을 비춰 본 다음, 그 많은 피가 어디서 나오고 있는지 재빨리 살폈다. 사방에서 피가 흐르고 있었다. 옷이 피로 흥건히 젖어 있었지만 옷을 제거하고 보니 다행히도 총상 자체는 크지 않았다. 총알이 왼쪽 어깨로 들어가서 깨끗이 관통해서 몸 안에 남아 있지 않았다. 그렇다면 어디서 이 많은 피가 흐르는 것일까? 타박상, 자상, 골절상 등이 보였다. 그리고 페니스.

그 순간 모든 것이 멈췄고, 모두들 침대에서 한 발짝 뒤로 물러서서 손을 들었다. 마치 폭탄이라도 발견한 것처럼. 사람들 머리에 처음 떠오른 생각은 응급구조사가 초보이거나, 바보 같은 캠퍼스 보안 담당자가 변장 파티를 해산시키면서 이 남학생이 분장 의상을 입고 있다는 사실을 알아차리지 못했을 것이라는 추측이었다. 하지만 로지는 바로 알아차렸다. 왜 페니스를 가진 이 환자가 여성으로 보고되었는지, 그리고 그녀에게 무슨 일이 있었는지, 왜 여기 오게 되었는지까지, 모두. 누군가가 문을 열고 복도를 향해 소리쳤다. "제인 도*가 아니라 존 도**야." 그 자리에 있

★   무명의 여성 환자를 나타내는 이름.
★★   무명의 남성 환자를 나타내는 이름.

던 모든 사람이 자기가 아는 사실을 머릿속에서 수정하고 다시 임무로 돌아간 그 찰나, 로지는 모든 것을 보았다.

그녀는 이 제인 도가 집에서 남학생 사교클럽에서 열리는 파티에 갈 준비를 하는 장면을 보았다. 어쩌면 처음 참석하는 파티였는지도 몰랐다. 반짝이가 달린 웃옷을 입고 치마를 여러 개 입어보다가, 여성스러워 보일 만큼은 꼭 끼지만 비밀을 가릴 수는 있을 정도로 헐렁한 치마를 고르고, 하이힐을 신고 걷는 연습을 해보고(구두 주인의 과분한 사랑을 받은 듯한 그 신발은 사이즈 280에 볼이 넓은 스타일이었지만 여전히 여성스러웠다), 머리와 화장을 딱 적당히(너무 요란하지 않고 자연스러우면서도 턱수염은 감출 수 있을 정도로) 한 다음, 거울에 비친 겁에 질린 자신의 모습을 바라보면서, 파티에 오는 대부분의 학생들이 너무 취해서 자세히 보지도 않을 것이고, 어두운 데다가 자기를 아는 사람이 아무도 없으니 새 출발을 할 수 있을 것이라고, 자기가 원하는 모습으로 살아갈 수 있을 것이라고 되새기는 장면이 떠올랐다.

로지는 이 제인 도가 망설이며 파티장에 들어가는 장면을 봤다. 그녀가 도착했을 때는 이미 남학생 사교클럽 뒷마당에서 파티가 한창이었다. 그녀는 뒷마당으로 나가는 문간에 잠시 서서 숨을 크게 들이쉬었다. 맥주, 감자칩, 수박, 땀, 자기가 뿌린 향수, 마음속에 웅크린 공포, 토사물, 아니, 마지막은 그녀가 상상한 것이었는지도 모른다. 잔디밭에 한 발짝을 내딛다가 바로 발을 삐끗하고 말았다. 제기랄, 딱 15분간 여대생 시늉을 해봤는데 벌써 발각이 났고 학기 내내 목발을 짚고 다녀야 하다니. 하이힐을 신고 파티에 올 수 있다고 생각하다니 너무나 바보 같은 생각이었어.

하지만 그때 기적이 일어났다. 그녀의 위팔 안쪽 부드러운 곳에 손길이 느껴졌다. 다정한 그 손은 엄지로 그녀의 팔을 가볍게 문지르고 있었다.

"괜찮아요?" 그는, 물론 그는 금발이었다. 고향인 펜실베이니아의 남자들처럼 칙칙한 금발이 아니라 천사처럼 반짝이는 금발이었다. 어쩌면 위스콘신 남자들은 다 그런지도 몰랐다. 그녀가 뭘 알겠는가? 그리고 위스콘신의 천사처럼 그는 아름다웠다.

"음… 괜찮다면요?"

"애들한테 손님들 오기 전에 마당을 치우라고 말했는데도 이 모양이에요." 그 금발의 천사는 허리를 굽혀 그녀가 걸려 넘어진 걸 집었다. 그녀는 힐 때문에 넘어진 게 아니라는 사실이 너무 기뻐서, 잔디 뒤에 한때 냉동 와플이었음 직한 물건이 뒹굴고 있다는 사실조차 이상하다고 여기지 않았다. "아침에 먹으면 되겠어요." 천사가 수줍게 미소 지었다. "잔디 영양제까지 보너스로 먹겠지만요."

그녀는 웃음을 터뜨렸고(자연스럽고 여성스럽게), 태어나서 처음으로 웃는 것 같은 느낌이었다. 마치 3개월 된 아기가 평생 처음으로 소리 내서 웃는 것처럼 웃었다. 그리고 그의 얼굴도 그녀의 얼굴처럼 밝아졌다. 마치 그도 이 경이로움을 완벽하게 이해한 것처럼. 그는 그녀의 팔을 쥐고 있던 손을 그대로 두고 다른 손을 그녀에게 건넸고, 그녀는 그것이 악수를 청하는 게 아니라 균형을 잡으라는 의미라는 사실을 급히 자신에게 상기시켰다.

202

"차드입니다." 그가 말했다.

"제인이라고 해요." 제인 도가 말했다.

"흠, 맞춰볼까요?" 차드가 말했다. "고등학교를 졸업하자마자 여름학기를 수강해서 앞서고 싶어 하는 극성맞고 지나치게 똑똑한 1학년 여학생 아닌가요?"

"그런 거 같은데요?"

"잘됐군요. 난 그런 여학생들을 좋아하니까."

"그러세요?"

"난 똑똑한 여자가 좋아요."

"그러세요?"

"그리고 솔직히 말해서, 나도 그 심정 이해해요. 지겨운 집, 지겨운 고등학교 친구들, 지겨운 고향을 얼른 떠나고 싶어 참을 수가 없었죠?"

그녀는 고개를 끄덕였다. 진짜 자기 심정을 이해하는 사람이었다.

"대학에 온 걸 환영해요. 맥주 가져다줄게요."

그리고 그는 그렇게 했다. 그는 맥주 한 잔과 수박 한 조각을 가져다줬다. 그리고 한 잔 더. 그리고 또 한 잔 더. 그녀는 그가 파티 참석자들을 관리하는 사람이라고 추측하고, 아마 문을 지키기 위해서, 아는 사람들과 이야기를 나누기 위해서, 모르는 여학생들과 새롱거리기 위해서 다른 곳으로 가버릴 거라 생각했지만, 저녁 내내 그녀의 곁을 떠나지 않았다. "내 친구 제인이야." 그는 만나는 모든 사람에게 그녀를 소개했고, 그녀는 이것이 지금부터의 자기 삶일지도 모른다고 생각했다. 어쩌면 언제나 이렇게 간단한 일이었을지도 모른다. 치마를 입고, 제인이라고 자기를 소개하고 나면 갑자기 친구가 생기고 소속감이 생기고, 재미있는 시간을 보내고, 어색하지 않고 편안한 느낌이 들며, 자신의 존재가 거짓이 아니라 진실로 느껴지는 것. 마침내 진짜 삶이 시작됐고, 그 출발점에서 눈앞에 펼쳐진 광경을 보고 있었다. 어쩌면 지금까지 겪었던 모든 고통이 충분히 가치가 있었고, 이 멋진 곳으로 그녀를 데려오기 위한 과정이었는지도 모른다.

제인은 그녀의 허리에 가볍게 손을 얹고 파티 내내 사람들에게 '내 친구 제인'이라고 소개하는 차드 옆에 서 있는 것이 행복했다. 그가 원하면 영원히 그렇게 서 있을 수도 있었다. 그러나 시간이 한참 흐른 후, 그녀는 파티가 벌어지던 마당이 거의 비었다는 것을 깨달았다. 너무 크게 웃거나 정원 의자에 앉아서 키스를 나누는 몇몇이 있긴 했지만, 마당에는 두 사람밖에 없다시피 했다. 그녀는 계단에 앉았다. 하이힐이 여전히 좋긴 했지만 편하지는 않았다. 그러자 그도 그녀 옆에 앉았다.

"자, 좋은 소식이 있어요." 그가 말했다.

좋은 소식이 더 있다고?

"운 좋게도." 그는 그녀에게서 눈을 떼지 않은 채 고개를 어깨 너머로 젖히면서 집 쪽을 가리켰다. "내 방이 바로 여기 있어요."

그렇게 해서는 안 됐다. 그녀도 알고 있었다. 집 안으로 이 남자와 들어가서는 안 된다고, 제인은 자신에게 엄하게 일렀다. 집 안으로 들어가지만 않으면 괜찮을 것이다. "여기 너무 좋아요. 공기도 상쾌하고, 별도 보이고." 사실이었다. 별이 많이는 아니지만 몇 개 보였고, 시원한 밤공기에서 여름과 호수의 향기가 났다.

"그럼 여기에 있죠." 차드는 완벽하게 빛나는 미소를 짓고 그녀의 어깨에 팔을 둘러 그녀를 가까이 끌어당겼다. 그가 살짝 입을 맞췄다. 그녀의 첫 키스였고, 그 순간 그녀의 머릿속에 떠오른 유일한 단어는 '행운'이었다. "당신이 좋아, 제인." 그가 말했다.

"나도 그쪽이 좋아요." 그녀도 겨우 대답했다. 그가 그녀의 뺨에 손을 대자 그녀가 몸을 움찔했다. 꺼칠한 수염 자국이 만져지지 않을까?

"왜 그래요?" 그가 진심으로 걱정된다는 듯 물었다.

"아, 아무것도 아니에요. 벌레가 있었나 봐요." 그녀가 말했고, 그는 웃으며 다시 입을 맞췄다. 이번에는 덜 부드러웠지만 더 느낌이 좋고 더 확신에 찬 키스였고, 그리고 혀가 느껴졌다. 부드럽고 달콤한 입맞춤. 사람들이 말하던 게 모두 사실이었다. 그녀의 머릿속에서 불꽃이 터졌고 교향곡이 울려 퍼졌다. 이 세상에 오직 자기 자신과 그, 둘밖에 없는 느낌이었다. 그녀는 자신에게 허락했다. 걱정과 의혹과 거짓말과 가장을 내려놨다. 모든 것을 놓고 이 순간, 이 완벽한 순간, 이 완벽한 밤을 즐겼다. 그녀의 삶이 마침내 시작된 것이다.

그때 그녀는 그의 손이 다리를 더듬는 것을 느꼈다. 손이 올라오더니 치마 안으로 들어왔다. 그 순간 그녀는 평생 느껴본 것 중 가장 큰 쾌감을 느꼈다. 다음 순간 극도의 당황감이 밀려왔다. 그리고 알았다. 모든 일이 벌어지기 직전, 바로 그 순간에 확실히 알아차렸다. 걱정과 경계심을 내려놓은 시간이 너무 길었고, 이제는 너무 늦었다는 사실을. 그녀는 자정의 종이 울린 순간의 신데렐라였다. 더러운 작업복 차림으로 이 삶과 저 삶의 사이에 서서, 제기랄, 제일 중요한 것, 5분 전에 여기를 떠나야 한다는 사실을 어떻게 잊어버릴 수가 있었을까 하고 생각했다. 그러나 신데렐라의 왕자는 그녀가 과거에 어떤 사람이었는지 전혀 상관하지 않았고, 현재의 그녀만을 사랑했다. 그러니 어쩌면 차드도….

바로 다음 순간 차드의 손이 움찔하며 멀어졌고, 그의 온몸이 그녀에게서 떨어졌다. 그가 비틀거리며 일어서서 뒷걸음질을 쳤다. 그 순간 그의 표정은 분노가 아니었다. 그것은 고통이었다. 상처받은 것이었다. 그녀가 거짓말을 해서? 그녀가 그를 속여서? 자신이 그녀처럼 역겨운 사람, 역겨운 것을 좋아해서? 어쩌면 그녀를 잃었다는 것에 상처를 받았는지도 모른다. 어쩌면 그녀를 잃는 것으로 끝나지 않아도 될지 모르는 일이었다. 그녀가 설명을 하기 위해 손을 뻗었다. 그녀의 입술에서 머무른 말은 "난…." 무슨 말을 해야 할까? 미안하다고? 나는 제인이라고? 난 당신이 생각하는 사람이 아니라고?

그러나 그녀는 그 말을 할 겨를이 없었다. 그 밤, 그 순간에 이르기까지의 모든 순간은 명징하고 완벽했지만 그다음에 일어난 일들은 모두 뒤죽박죽으로 뒤엉켜버렸다. 그가 그녀의 턱을 갈겼다. 그가 그녀의 얼굴을 때렸다. 그가 욕을 퍼붓자 집 안의 불이 켜지고 남학생들이 하나둘 나왔다. 그들은 웃었다. 그들은 고함을 쳤다. 그들은 침을 뱉었다. 그들은 그녀를 땅에 메다꽂았다. 그들은 그녀를 발로 찼다. 그녀는 저항했다. 그녀는 맞서 싸웠다. 그녀는 강했다. 나도 너만큼 강하다고 생각한 순간이 한 번, 딱 한 번 있기도 했다. 한 명이었다면 가능했을지도 모르지만 그 많은 수가 한꺼번에 덤비니 처음부터 가망이 없었다. 그럼에도 불구하고 다들 그녀를 두려워했다. 발길질이 주먹질이 되었고, 그러다가 누군가가 다 먹고 버려진 수박에서 칼을 뽑아든 걸로 봐서 말이다.

그리고 그녀가 뻗은 것같이 느껴지자(더 이상 맞서지 않고, 더 이상 저항하지 않고, 더 이상 움직이지도 않자), 다들 그녀를 버려두고 자리를 떴다. 어쩌면 그녀가 좀 다쳤을 뿐이고 금방 일어나서 절룩거리며 집으로 돌아갈 것이라 생각했을지도 모른다. 어쩌면 너무 그녀를 패댔으니 마침내 혼자 두는 게 친절을 베푸는 것이라 생각했을지도 모른다. 어쩌면 그들은 아무 생각도 하지 않았을지도 모른다. 술에 취하고, 저녁 시간의 흥분과 소동으로 피곤해진 몸을 침대에 눕힐 준비가 된 그들은 집으로 들어가 불을 끄고 죄 없는 사람이나 누릴 법한 깊은 잠에 빠져들었다. 사이렌도 듣지 못했다. 경찰이 현관문을 두드리는 소리도 듣지 못했다. 그들의 인생도 영원히 바뀌고 있다는 사실도 듣지 못했다.

자정부터 동 트기 전 사이에 순찰을 돌던 캠퍼스 경찰은 최악의 밤을 경험했다. 남학생 사교클럽의 뒤쪽 골목, 오물이 넘치고 있는 쓰레기통 뒤에서 작은 신음 소리와 흐느끼는 소리가 들려오는 것을 알아차린 그는 그쪽을 살펴봐야겠다고 마음먹었다.

로지는 이 모든 것을 봤다. 처음부터 끝까지 명확했다. 옷을 제거하는 순간 모든 것을 볼 수 있었다. 단 하나 이해할 수 없는 것은 가벼운 총상이었다. 그녀를 총으로 쏠 생각이었다면 왜 머리나 심장을 겨냥하지 않았을까? 죽일 생각이었다면 왜 진짜로 죽이지 않았을까?

나중에 진상이 밝혀진 다음, 아니, 조각조각 나온 증언과 증거를 최선을 다해 맞춰본 다음에야 총을 가지고 나온 건 차드라는 것이 알려졌다. 그는 소동을 시작한 장본인이지만 너무 빨리 사태가 통제 불능 상태로 치달았고, 사교클럽의 다른 회원들이 제인 도를 차고 때리는 것을 말릴 수 없다는 것을 깨달았다. 소리를 치고 셔츠를 당기고 그녀에게서 사람들을 떼어놓으려고 애써봤지만 아무도 그의 말을 듣지 않았고, 들을 수도 없었다. 그래서 집 안으로 들어가 침대 옆 서랍에 총을 보관하는 친구 방에 갔다. 공중에 대고 총을 쏘아서 사람들의 주의를 환기하는 것이 원래 의도였지만, 총은 말을 듣지 않았다. 총을 만져본 게 처음이었다. 1인치만 왼쪽으로 맞았으면 즉사했을 것이다. 하마터면 제인 도를 죽일 뻔했다. 어차피 그녀를 죽일 뻔한 건 사실이었다. 하지만 동시에 그는 그녀를 거의 살릴 뻔했다. 그러나 제대로 살린 건 아니었다.

지도 그리기

　　로지는 지도를 들고 있었고, 머리가 아팠다. 아스피린을 먹었지만 효과가 있을 것이라고는 처음부터 기대하지 않았다. 아스피린에 대한 것과는 정반대의 기대, 불가능할 정도의 기대, 이걸로 모든 문제를 해결할 수 있으리라는 기대, 풀 수 없는 문제 대신 풀 수 있는 문제를 풀겠다는 기대를 품은 채 세 가지 색 형광펜으로 무장하고 지도에 임했다. 새벽 3시가 지나 4시에 가까운 시각이었다. 조금 있으면 아이들이 일어나리라는 것을 알고 있었다. 얼른 자야 한다는 것도 알고 있었다. 하지만 최근 들어 제대로 잘 수 없었다. 아니, 전혀 잘 수가 없었다. 그러니 그냥 누워서 왜 그럴까 생각하는 것보다 그냥 일어나서 뭔가를, 아니, 뭐라도 하는 편이 나을 것 같았다.

　　그래서 그녀는 밤을 지새워 지도를 들여다봤다. 미국 전체의 도로와 지형을 담은 지도였다. 완전히 펴면 식탁 전체를 차지할 정도로 크지만 다 펼칠 필요는 없었다. 한동안 지도 중간은 다섯 겹 정도로 접어둔 채 뒀는데, 그 때문에 가운데가 울퉁불퉁해서 분류하고 색칠하는 게 불편했다. 결국 그녀는 가위로 필요 없는 부분을 잘라낸 다음 조심스럽게 뒤쪽에만 테이프를 붙여 펜과 형광펜으로 표시하는 데 지장이 없도록 했다. 사실 이건 두 번째 지도였다. 첫 번째 지도는 메모와 화살표와 점점 커져가는 X 표시들로 너무 지저분해졌기 때문에 새 지도를 하나 더 꺼낸 것이다.

"얼른 침대로 와." 펜이 말했다. "광기로부터 거리를 유지하려면 이쪽으로!" 펜은 농담하듯 말을 해서 로지를 웃게 만들고 누그러뜨리는 동시에, 지금 하고 있는 일이 미친 짓이라는 메시지도 전달하고 싶었다. "매디슨은 완벽한 동네야. 진보적이고 아름답잖아. 열린 마음과 영특한 머리로 교육까지 잘 받은 시민들과 세계 최고의 의료 서비스가 있는 곳이고." 펜은 이렇게도 말해봤다. "우리가 모든 걸 제어할 수는 없어. 어디 살든 똥 같은 일이 가끔씩은 벌어지게 마련이야." 그러나 로지는 펜이 그렇게 말하는 것은 그가 시인이고, 이야기꾼이고, 서사 이론이라는 사고방식을 따르는 사람이고, 다 자란 성인인데도 동화와 행복한 결말을 여전히 믿는 사람이기 때문임을 알고 있었다. 하지만 그녀에게 있어서 진단과 치료는 임상적인 문제였다. 그래서 늘 하는 것처럼 병증을 가늠했다. 첫인상, 검사, 증상을 분석하고 환자의 병력과 환경적 요인도 고려했다. 그리고 치료 계획을 마련했다.

분명한 것은 이곳에서 아이를 기를 수는 없다는 사실이었다. 아이들을 여기서 기를 수는 없었다. 이곳을 떠나야만 했다.

매디슨이 열려 있고 수용적이며 관용적인 곳이라는 건 맞는 말이었다. 그러나 관용의 태도가 매우 제한적이었다. 매디슨은 관용적인 도시였지만 그렇지 않을 때도 많았다. 매디슨 자체는 관용적이지만 이곳에서 1마일만 밖으로 나가거나 1마일 밖에서 사는 사람만 만나도 관용은 창밖으로 날아가고 말았다. 그렇지 않은가? 알고 보니 케노샤에서 온 차드 페리도 관용적인 것과는 거리가 멀지 않았는가? 포피는 감기 걸린 사람을 참아주듯 잠깐 참아주면 되는 존재가 아니었다. 감기 정도면 짜증은 나지만 죽을병은 아니니, 휴지와 좀비 책 몇 권을 들고 침대에서 하루 이틀 보내고 나면 해결될 일이었다. 인내하고 관용하는 대상은 감기로 충분했다. 어린이들은 사랑과 기쁨의 대상이었다. 그래서 로지는 지도의 중간 부분과 남쪽 대부분을 가위로 잘라내서, 중간은 없고 아주 가장자리만 빼고는 아래쪽도 없어서 찌푸린 얼굴처럼 보이는 새로운 미국 지도를 만들어냈다. 그녀의 엄마는 피닉스를 열렬히 추천했다. 피닉스 퀴어 축제와 피닉스의 한 고등학교에서 졸업생 동문들이 트랜스젠더 소년을 동창회 킹카로 뽑았다는 사연을 담은 신문 기사들을 보내고, 가족의 중요성, 특히 아이들의 삶에서 할머니가 얼마나 중요한 역할을 하는지, 그리고 2월에도 얼마나 날씨가 좋은지(날마다 해가 나고 20도가 넘는 기온)를 강조하면서 해안에서 100마일 이상 떨어진 곳에서 사는 사람들은 모두 편견이 심하다고 생각하는 딸의 생각이 편견이라는 내용의 이메일을 계속 보냈다. 로지는 그 메일들을 읽지도 않고 삭제했다.

고층 빌딩이 즐비하고, 다양성을 존중하며, 해안에 가까운 대도시들은 첨단 의료 시설과 퀴어 축제, 다양성 등을 고려하면 꽤 유혹적이었다. 그러나 로지도 그 많은 아이들을 데리고 그렇게 작은 공간에서 살 수 있다고 믿을 만큼 절박하지는 않았다. 적어도 아직까지는. 콘크리트보다는 풀밭이, 고층 빌딩보다는 나지막하고 널찍한 공간이 필요했다. 도시에서 살 마음이 있다고 해도, 뉴욕 맨해튼의 어퍼웨스트사이드*에서는 일곱 명이 살 수 있는 집을 사거나 세를 빌릴 능력이 되질 않았다. 그래서 로지는 살피고 찾는 일을 계속했다.

낙관론으로 회유하지 못하자 펜은 구호를 바꿨다.

"이렇게 포기하고 도망갈 수는 없어. 그러면 나쁜 놈들이 이기는 거잖아. 우리는 그렇게 약하지 않아."

"그 여자, 맞아 죽었어." 로지가 대답했다.

"당신, 여기 직장을 너무 좋아하잖아."

"그놈이 우리 아이를 총으로 위협했어." 그의 아내가 대답했다.

"애들이 여길 좋아하잖아."

"우리가 다 있는 앞에서."

"남학생 사교클럽 아이들이 취해서 끔찍한 짓 한번 했다고 이사할 수는 없어." 펜이 말했다. "놀러 간 친구 집에서 그런 일을 한번 당했다고 떠날 수는 없다고."

"여기서 어떤 일이 벌어졌는지 알고는 계속 살 수가 없어."

"한 사람의 필요에 의해 일곱 가족 전체를 뿌리째 뽑을 수

★　Upper West Side. 미국 맨해튼구의 서부 지역.

는 없어." 그리고 이 '한 사람'이 자기 자신으로 살 수 있는 곳에서 살아야 하는 포피를 말하는지, '멀리' 떠나야 할 필요가 있는 로지를 말하는지 확실치는 않았다. 그러나 그것으로 펜은 논쟁에서 지고 말았다. 당연히 한 사람의 필요를 위해 일곱 사람 전체를 뿌리째 뽑을 수 있었기 때문이었다. 그게 바로 가족이었다.

그리고 어느 날 동이 트기 전 새벽, 로지는 답을 찾았다. 완벽한 치료 계획, 세상의 모든 닉 캘커티와 차드 페리와 악몽 같은 남학생 사교클럽 파티에 대한 면역 혈청이 될 곳은 바로 시애틀이었다. 시애틀은 관용의 한계를 넘어서 심지어 이성애자 애인이 손을 잡고 앉아 있는 것이 어색하게 느껴지고, 그래서 직원들에게서 무례한 대우를 받았다는 브런치 카페의 리뷰가 올라오는 곳이었다. 시애틀에는 트랜스젠더 경험을 전문적으로 다루는 의사와 상담 전문가뿐 아니라 그 집단을 고객으로 하는 침술가, 영양사, 요가 스튜디오까지 있었다. 자몽을 더 많이 먹고 글루텐을 덜 먹는 라이프 스타일을 감수하면 포피가 환영받을 수 있을까? 로지는 전혀 확신이 없었다. 바로 그런 이유에서 그녀는 그런 걸 잘 아는 트랜스젠더 영양사가 필요하다는 확신이 갑자기 들었다. 시애틀은 공간이 충분했다. 산, 호수, 바다, 해변, 그리고 오래된 숲 사이로 오솔길이 나 있는 공원과 스키, 스쿠버 다이빙을 즐길 수 있고, 근처 섬들로 갈 수 있는 연락선도 있었다. 그리고 직장도 얻을 수 있었다. 응급실 자리는 아니지만, 이제 아이들이 모두 학교에 다닐 나이가 됐으니 밤에 일할 필요가 없는 사립 병원도 괜찮을 것 같았다. 밤에 일하는 대신 잠을 잘 수도 있었다. 그리고 시애틀을 고르면 밤에 일어나 지도와 형광펜으로 무장하고 한밤중에 골머리를 싸매지 않아도 되니 잠을 잘 수 있을 터였다.

또 지금 가진 돈으로 완전히는 아니지만 거의 살 수 있는, 완전하지는 않지만 충분한 공간이 있는 집도 하나 찾았다. 절약을 하고, 취직이 순조롭게 되고, 지금 사는 집이 제값에 팔리기만 한다면 말이다. 지금 집도 뒷마당이라고 할 만큼 가까운 곳에 위협적인 친구 아빠나 살인 사건이 벌어지는 대학생 사교클럽이 있다는 단점만 빼면 완벽한 집 아닌가. 로지는 찾아놓은 집을 밤이면 밤마다 온라인으로 보고 또 봤다. 학군도 높은 점수를 받았다. 근처에 공원과 해변도 있었다. 루와 벤이 지하실을 함께 쓰면 되고, 처음으로 리겔과 오리온이 각자 방을 가질 수 있을 것이다. 차고를 개조하면 여름에 엄마가 와서 묵을 곳도 마련할 수 있었다.

그 집에는 작은 탑 같은 공간에 분홍색으로 칠해진 다락방이 있었고, 학교에 스케이트보드 클럽이 있었기 때문에 포피는 당장 찬성했다. 로지는 리겔과 오리온에게 고무 슈트를 사줬고, 쌍둥이들은 온라인으로 퓨젓만*의 물속에 무엇이 사는지 찾아보면서 몇 시간이고 보냈다. 거기에는 여러 겹으로 만들어진 커다란 알사탕처럼 시시각각 색이 변하는 대왕 문어도 살았고, 강아지 같은 눈을 한 은상어와 틀니 끼우는 것을 잊어버린 노인처럼 보이는 늑대고기도 살았다. 벤은 설득할 필요도 없었다. 과하

★   Puget Sound. 미국 워싱턴주 북서부에 위치한 만.

게 똑똑하고 컴퓨터를 잘하며 6학년을 건너뛴 아이가 중학생들 사이에서 책벌레 샌님이 아니라 공부의 신이자 영웅 대접을 받는 곳이 시애틀이라는 사실을 알고 있었기 때문이다.

펜도 결국 설득할 필요가 없었다. 떠나는 것에 관해 배웠기 때문이다. 그는 성이 있고 왕이 머물러달라고 애원했지만 '멀리' 떠나야 했던 그룸왈드에게서, 떠나는 것에 관해 이미 배웠다. 그는 닉 캘커티에게도 배웠다. 펜의 몸 안의 세포 전체가 그 자리를 뜨지 않고 싸우고 싶다고 호소했지만 몸 안의 세포 전체가 젖 먹던 힘까지 발휘해 떠났을 때 떠나는 것에 관해 배웠다. 그는 클로드에게서도 배웠다. 클로드는 떠나는 것이 다른 사람이 들어올 공간을 마련하는 것이라는 사실을 이미 알고 있었다. 그리고 응급실 의사가 대기실에 와서 가도 된다고, 가야 한다고, 집에 가라고 하면 가야 한다는 것을 마침내 배웠다. 거역해봤자 피할 수 없는 일이 벌어지는 시기를 늦출 뿐이라는 것도. 그리고 가족의 변화로 말하자면, 위스콘신주에서 워싱턴주로 이사 가는 것은 그다지 멀리 가는 큰 변화도 아니었다.

가고 싶어 하지 않는 건 루였다. 루는 그해 오케스트라의 수석 플루트 주자가 되었다. 주니어 미식축구팀에서 쿼터백 자리를 맡았고, 가입한 클럽에서 회장이 있는 곳에서는 모두 회장으로 선출됐다. 학생회, 학급 위원회, 동아리뿐 아니라 4학년 때 동음이의어를 공부하면서 친구 세 명과 결성했던 '노 걸스 얼라우드'**(조용한 여학생은 환영함) 클럽에서까지 모조리 회장을

** No Girls Aloud. 허락한다는 뜻의 Allowed와 시끄럽다는 뜻의 Aloud가 동음이 의어라는 사실을 이용한 명칭.

말았다. 루는 친구가 많았고, 그중에는 어린이집 때부터 사귄 친구들도 많았다. 막냇동생이 유치원에 치마를 입고 간다고 말해도 어깨를 으쓱해 보이고는 바로 다른 일로 웃고 떠드는 친구들이었다. 루는 벤과 방을 같이 쓰기도 싫었고, 마당에 있는 나무에 매달아놓은 그네도 포기할 수 없었고, 절대 눈이 오지 않아 썰매도 못 타는 곳으로 이사할 수는 없었다. 루 입장에서는 포피가 치마를 입든, 바지를 입든, 작은 쇠사슬을 엮어 만든 갑옷을 입든, 베이컨으로 만든 턱시도를 입든, 주피터의 털로 짠 망토를 입든 상관없었지만, 가진 물건의 절반을 없애고, 남은 것을 상자에 싸서 3천 킬로미터 넘게 떨어진 곳으로 가서 자기에게 중요한 것을 모두 처음부터 다시 시작해야 하는 것은 어불성설이었다. 그리고 로지도 그 생각에 동의했다. 루의 말이 맞았다. 루는 그렇게 할 필요가 없었다. 그렇게 해야 한다는 것이 참 슬프고 불공평하고 어렵다는 데 그녀도 동의했다. 하지만 루는 그 일을 해내야 했다. 로지는 바로 그것이 가족이라고 설명했다.

"난 가족이 싫어." 루가 말했다.

"그것도 가족으로 사는 것의 일부란다." 그의 엄마가 말했다.

로지가 새로 취직한 직장에서 이사 비용을 대줬다. 가구, 짐상자, 자동차, 심지어 개까지 모두 부칠 수 있게 비용을 대줬기 때문에 그들은 운전하지 않고 비행기를 타고 시애틀로 갔다. 차로 갔으면 낭만적이었을 것이다. 어쩌면 1킬로미터씩 멀어져가면서 풍경이 변하고 또 변하는 것을 보면서, 지저분한 휴게실 식당에서 햄버거를 먹고, 꾀죄죄한 식료품점에서 산 음식으로 소풍을 즐기고, 너무 싸구려여서 한 방에 두 명씩 묵으면서 각자 침대 하나씩을 차지할 수 있는 모텔에서 자면서 갈 수 있었으면 카타르시스를 느꼈을지도 몰랐다. 적어도 이렇게 큰 규모와 의미를 가진 이사라면 그렇게 기념하고 느껴야 한다고 로지는 생각했다. 하지만 학교가 시작하기 전 주말에야 작은 분홍 탑이 있는 집의 거래가 성사되었기 때문에 다른 방법이 없었다. 시애틀 공항에 착륙하기 위해 고도를 낮춘 비행기는 눈이 덮인 험준한 산맥, 레이니어산* 위로 너무 낮게 날아 비행기에서 살짝 뛰어내려서 걸어갈 수도 있을 것처럼 보였다. 처음에는 이사하는 일 자체가 그 산처럼 느껴졌다. 거대하고, 오래되고, 기념비적이며, 얼음으로 덮여 있고, 위험해 보이지만 숨이 멎을 정도로 아름다운 레이니어산처럼.

★   미국 북서부 위싱턴주 캐스케이드산맥의 최고봉. 빙하로 덮여 있는 휴화산이다.

Part 2

딱 한 가지

학교가 화요일에 시작할 예정이어서 포피는 일요일 밤에 친구들과 파자마 파티를 할 수 있다는 허락을 받았다.

2시 15분 전, 포피, 애기, 나탈리, 킴은 포피의 침실 바닥에서 손을 잡고, 눈을 감은 채 원형으로 둘러앉아 있었다. 그 전해에 시크릿 산타(킴)에게서 받은 사과-패션프루트 향초를 켜놓고, 지난 6월에 뇌졸중으로 돌아가신 애기의 할아버지와 접촉하려 시도하는 중이었다. 엄마들은 모두 아이들에게 지금 그대로 너무나 아름답기 때문에 파격적인 변신을 할 필요가 없다는 사실을 조심스럽게, 반복적으로 넌지시 알리려 했지만, 아이들은 저녁 내내 각종 헤어스타일과 옷을 100만 가지쯤 시도해봤다. 5학년이 시작하기 전날 밤까지 뭘 입을지, 머리는 어떻게 할지를 정하지 않는 건 말도 안 되기 때문이었다. 5학년이 진짜로 시작되기 전날 밤에는 다음 날 학교에 가야 하기 때문에 친구를 세 명이나 초대해서 파자마 파티를 하지 못할 것이다. 하지만 그런 중요한 결정을 혼자서 내릴 수는 없는 일이다. 애기와 나탈리는 언니들이 있어서 언니들의 기분이 운 좋게 괜찮으면 도와줄 수도 있겠지만, 어차피 그들의 기분이 괜찮은 날은 거의 없었다. 하지만 킴은 외동딸이고 포피는 오빠들만 많아서 외동딸보다 더 불리했다. 그래서 저녁 시간 대부분을 들여 옷을 갈아입고, 헤어스타일을 바꾸고, 바꾸고, 또 바꾸고, 손톱에 매니큐어를 칠하고, 립글로스 색을 여러 가지로 바꿔가며 칠해봤다. 립글로스는 립스틱보다 훨씬 칠하기가 쉬웠고, 마스카라나 아이섀도는 엄마가 절대 허락하지 않으리라는 걸 포피도 알고 있었다. 그런 다음 모두들 영화를 보면서 엄청난 양의 피자, 팝콘, 아이스크림, 샌드위치를 먹었다. 영화를 본 다음 포피는 잠들 때 반드시 있어야 하는 곰(앨리스)과 양(미스 마플)을 데리고 침대로 갔지만, 애기가 할아버지를 그리워하자 킴이 혼령과의 만남을 시도해보자고 제안했고 포피가 양초를 가지고 있었기 때문에 모든 것이 완벽했다.

아이들은 한동안 애기의 할아버지와 접촉하려고 했다. 그러다가 포피가 파자마로 갈아입으러 갔다가 돌아와보니 애기가 점괘판에 오스카 오말리가 누군가를 좋아하는지 묻고 있었고, 점괘판은 그렇다고 대답했지만 그게 누구인지 묻는 질문에는 대답하지 않았다. 그런 다음 나탈리가 매티 언더팬츠가 누군가를 좋아하는지 물었고(매티의 성은 언더맨이었고 나중에는 그 이름 때문에 더 곤란한 일을 많이 당하겠지만, 매티가 포피처럼 시애틀로 이사 온 1학년 때부터 모두 그를 언더팬츠라고 불렀다), 점괘판은 숫자 7을 가리켰고, 그게 무슨 의미인지는 아무도 몰랐다. 그러고는 나탈리가 킴이 누군가를 좋아하는지 물었고, 킴이 양말 뭉친 것을 나탈리에게 던졌고, 그렇게 해서 양말 싸움이 시작됐다.

포피는 애기가 운이 좋다고 생각했다. 오스카를 좋아하는 사람이 애기 하나뿐이었고, 오스카가 애기를 좋아하는지에는 아무도 관심이 없었기 때문이었다. 반면 나탈리와 킴은 아무 말도 하지 않았지만 둘 다 매티를 좋아하고 있으니 매티가 누구를 좋아하는지가 중요했다. 하지만 포피는 아무도 좋아하지 않았는데, 아마도 포피가 아직 어리다는 의미인 것 같았다. 포피도 오스카와 매티를 여섯 살 때부터 알았으니 거의 평생 알고 지냈다고 할 수 있었다. 매티가 2학년 때 바닥에 토한 일이라든가, 오스카가 핼러윈에 카우보이로 변장했지만 밀키웨이 초콜릿을 밟고 넘어져서 엉덩이를 두 손으로 잡고 학교에 오는 내내 울었던 일처럼 흑역사를 모두 기억했다. 그래서 그 애들이 좋기는 했지만 그런 식으로 좋아할 수는 없었다. 작년 중반 즈음 체스터라는 새로운 남자아이가 전학을 왔지만, 체스터는 오리온이 기르는 기니피그 이름이었고 포피는 그 기니피그를 별로 좋아하지 않았다. 또 리처드는 3학년 초에 전학을 왔지만 늘 핫도그 같은 냄새가 나서 그 애도 별로 좋지 않았다. 제이크 어빙 같은 애는 예전에는 참 괜찮았는데, 최근 들어 마니 앨리슨하고 어울리더니 마니의 못된 성격을 닮아가는 듯했다.

아무도 좋아하지 않는 것은 세 명의 단짝 친구 중 한 명과 같은 남자아이를 좋아하는 것보다 불리했다. 적어도 나탈리와 킴은 공통 화제가 있기 때문이었는데, 사실 친구들이 남자아이들 이야기를 할 때면 포피는 할 말이 별로 없었다. 그리고 킴이 점괘판에 포피가 언제 가슴이 나올 건지 묻자 모두 킥킥거려서 기분이 더 나빠졌다. 포피는 친구들하고 화장 놀이를 하며 블러셔를 발랐을 때보다 얼굴이 더 붉어졌지만, 애기가 눈을 굴리며 말했다. "넌 아직 가슴이 안 나와서 너무 운이 좋은 거야. 앞으로도 나오지 않도록 기도해. 가슴이 나오면…." 애기는 그 안에서 적절한 형용사라도 찾으려는 듯 빵빵한 자기 파자마 윗도리를 내려다봤다. "너무 출렁출렁해."

"원래 출렁출렁해야 하는 거 아냐?" 나탈리는 가끔 언니의 브래지어를 입고 팬티를 집어넣어보곤 했다. 팬티가 양말보다 더 부드럽고 덜 울퉁불퉁하기 때문이다.

"그렇겠지." 애기가 말했다. "하지만 체육 시간에 정말 이상할 거야. 모두들 날 빤히 쳐다볼 텐데."

"부러운 눈으로 보겠지." 킴이 킥킥거리며 덧붙였다. "아니면 욕망의 눈으로." 킴이 입는 브래지어는 너무 작아서 끈이 달린 러닝셔츠 같은 것이고, 그 안에도 별 내용물은 없지만 그래도 포피보다는 나았다.

"생리도 내가 처음으로 하겠지." 애기가 말했다. "불공평해."

"어쩌면 네가 처음이 아닐 수도 있어." 나탈리가 말했다. "우리 언니도 5학년 때 생리를 시작했으니까 어쩌면 내가 제일 처음 할 수도 있어."

"그러길 바라." 애기가 말했다. "역겹고 창피할 테니까."

"어쩌면 체육 시간에 빠지게 해줄지도 몰라." 나탈리가 말했다.

"적어도 샤워는 안 해도 되겠지."

"누가 제일 먼저 생리를 시작할까?" 애기가 점괘판에 묻자 모두들 진심으로 걱정하며 기다렸지만 결국 점괘판은 달을 가리켰다. 포피는 그것이 상당히 적절하지만 별로 도움은 되지 않는다고 생각했다. 그래서 촛불을 끄고 각자 슬리핑백에 누워서 어둠 속에서 걱정했다.

4학년에 한 성교육은 성과 별 관계가 없었고, 털과 가슴과 피에 관해서만 이야기했다. 몸이 어떻게 역겨워지고 변화를 거치는지에 관한 수업이었다. 털은 제거해야 하고, 가슴은 가둘 필요가 있으며, 냄새는 방지하거나 가려야 하고, 온갖 액체가 몸에서 새어나온다는 내용이었다. 정말이지 몸서리쳐졌다. 점심시간 직후에 있는 보건 수업 시간에 남학생과 여학생은 서로 다른 교실로 들어가 수업을 받았다. 그 수업 후에는 모두 보통 때 공부하는 교실로 돌아와서 수학과 과학을 공부했지만 모두 놀라고 창백해진 얼굴로 수줍어했다. 상급반 학생들이나 나이 많은 형제자매들에게서 들은 바로는 5학년에 받는 성교육은 정말로 성에 관한 것이었고, 그 사실에 모두들 겁을 더 잔뜩 집어먹었다. 거기 더해 밸런타인데이에 댄스파티가 계획되어 있다는 사실은 잔인한 우연의 일치처럼 느껴졌다. 5학년에 받는 성교육에 관해 이야기해준 상급반 학생들이나 나이 많은 형제자매들은 또 체육 시간 후에 샤워하지 않아도 되는 것이 5학년이 마지막이라는 경고도 했다. 중학생이 되면 체육 시간 후에는 실제로 옷을 모두 벗고 함께 샤워해야 한다는 것이었고, 모두들 죽고 싶어 했다.

모두들 잠이 든 것은 새벽 1시가 거의 다 돼서였지만, 전혀 상관없이 다음 날 일찍 잠에서 깼다. 포피의 아빠는 아이들이 1학년이었을 때부터 만들어주던 것과 똑같은 팬케이크를 다시 만들었다. 미키마우스를 만들려고 했지만 실패한 듯한 모양에 초코칩으로 눈과 코를 만들고 바나나로 입을 만들었다. 미키마우스와 초코칩 팬케이크를 좋아하기에는 다들 너무 컸지만 시럽 한 병을 다 들이부어 맛있게 먹었다. 그래서 오리온과 리겔이 점심때가 거의 다 되어 마구 뻗친 머리로 냄새를 풍풍 풍기면서 졸린 얼굴로 내려와 아침을 먹을 때는 실패한 미키마우스 팬케이크에 여자아이들이 접시에 남긴 시럽을 찍어서 먹어야 했다. 초록색 펠트 페도라를 쓴 오리온은 팬케이크를 오른손에, 포피의 접시를 왼손에 쥐고 미키마우스 귀를 베어 먹은 다음, 주피터처럼 혀로 접시를 한 번 핥았다. 그리고 팬케이크를 다 먹을 때까지 베어 먹고 핥고 베어 먹고 핥고를 반복했다.

"에휴." 여자아이들이 질색했다.

"내가 너희 나이였을 때 뭣 때문에 사랑받았는지 알아?"

"사랑받을 건더기가 있었을까?" 애기가 추측했다.

"바로 식사 예절이었어." 오리온이 입을 딱 벌리고 입안에 있는 씹다 만 팬케이크를 보여줬고, 애기는 웃음을 터뜨렸고, 포피는 창피해서 죽을 것 같았고, 펜은 남자아이들이 더러운 짓으로 여자아이들의 관심을 끄는 걸 도대체 어디서 배우는 걸까 생각했다. 딱 몇 년 동안만 효과가 있는 그런 행동은 연애 기술을 연마하기 위한 보조바퀴 같은 것이었다. 어쩌면 남자들은 항상 가지고 있는 본성인지도 모른다. 역겨움과 매력 있음 사이를 위태롭게 넘나들면서 생애 처음 몇 해는 어느 쪽이든 별로 신경 쓰지 않고 살고, 몇 년 동안은 여자아이들에게 관심을 끄는 데 사용하고, 그 후로는 평생 숨기기 위해 애를 쓰면서 혼자 있을 때만 드러내는 특성인지도 모를 일이었다.

포피와 애기와 나탈리와 킴은 1학년 때부터 단짝으로 지냈다. 포피가 이사 온 집 이웃에 애기가 살고 있었고, 넷은 이름의 앞 글자를 따서 PANK 클럽을 만들었다. 클럽의 주 활동은 세월이 흐르면서 사방치기에서 새 관찰, 탐정 놀이로 바뀌었지만 항상 같은 멤버였기 때문에 이름은 바뀌지 않았다. 처음에는 로지와 펜은 어처구니없을 정도로 그 아이들이 고마웠다. 포피를 정말로 좋아해준 데다 너무도 평범하게 대했기 때문이었다. 하지만 시간이 흐르면서 아이들은 기적이 아니라 가족의 일부로 정착했다. 로지가 퇴근했을 때 식탁에 둘러앉아 있다가 저녁 먹고 가라고 하면 바로 그러겠다고 하는 포피의 친구들, 방과 후에 함께 아이스크림을 먹으러 가는 아이들, 비 오는 일요일에 볼링장에 함께 가는 아이들, 함께 영화를 보러 집에 왔을 때나 학교 복도에서 만나면 "안녕하세요, 아줌마" 하는 아이들, 포피 방에 박혀 몇 시간 동안 나오지 않으면서, 오빠 친구들처럼 찰흙 작품을 깨부수거나 간식을 달라며 방에서 나와서 땅콩버터 한 병과 식빵 두 줄을 눈 깜짝할 사이에 해치우지 않는 아이들. 남자아이들의 친구는 바뀌기도 하고 겹치기도 했지만, 포피와 PANK 클럽은 절대 변하지 않았고 멤버들 사이에는 비밀이 없었다.

딱 한 가지만 빼고는.

이웃 성의 라이벌 공주들

클로드를 비밀로 할 생각은 없었다. 우연히 일이 그렇게 됐을 뿐이었다. 우연에 기회를 더하고, 거기에 특수한 상황이 더해졌을 뿐이었다. 사실 많은 일에 그런 이유를 댈 수 있을 것이다. 가령 리겔과 오리온이 눈보라가 치는데 주피터를 썰매 끄는 개로 이용하려다가 호수에 스케이트보드가 빠져버린 후에 그 사실을 비밀에 붙이려 했을 때처럼 말이다. 하지만 이건 엄청나게 큰 문제였다. 스케이트보드 사고와는 달리 이 문제는 오랜 기간에 걸친 일이었고(쌍둥이의 비밀은 10분도 가지 않아 발각되고 말았다), 너무도 많은 사람들의 삶을 바꿨기 때문이었다. 그렇게 오래 지켜지는 비밀은 미래를 예견하고, 책략을 꾸미고, 조심스럽게 계획하고, 집착적으로 거짓말을 덮어야 가능했다. 엄청난 노력이 필요한 일이었다. 하지만 이 일은 우연히 비밀에 붙여졌고, 그다음에는 그 사실에 대해 모두들 잊고 말았다. 그렇다고 해서 비밀의 위력이 약해진 것은 아니었다.

포피의 5학년 대비 파자마 파티가 있기 4년 전, 온 가족이 매디슨에서 시애틀로 이사한 것은 매디슨에서 달로 이사한 것만큼이나 큰 변화였다. 수평으로 넓게 펼쳐진 갈색의 중부 대신 수직으로 높게 솟은 푸른 바닷가로, 후텁지근하고 마음 편한 여름 대신 길고 맑고 해가 쨍한 여름날이 이어지면서 비가 온다는 예보만 떠들썩하고 정작 구름 한 조각 없는 날씨가 계속되는 곳으로 옮기지 않았는가. 작은 분홍 탑이 있는 집은 위스콘신의 농가와 같은 해인 1906년에 지어졌다. 하지만 공통점은 그 하나뿐이었다. 위스콘신의 농가는 옆으로 넓고 하얗고 개방형인 구조인 데 반해 작은 분홍 탑 집은 높고, 새로 광을 낸 어두운 색의 마루가 깔려 있었으며, 손때 묻은 나무와 웨인스코팅*이 되어 있는 싱크대가 아니라 광택을 낸 금속과 대리석을 사용한 싱크대가 설치되어 있었다. 그 모든 것이 격식을 차린 집이라는 인상을 줬다. 농가는 가까운 버스 정류장에만 가려고 해도 차를 타야 했지만 작은 분홍 탑 집은 진입로 바로 앞에 좁은 인도와 차도가 있었고, 집 앞쪽으로 난 창문에서 시내의 고층 빌딩들이 보였다. 식당은 바래버린 이전 집, 전생의 아스라한 기억을 담은 숙제 책상이 겨우 들어갈 정도의 크기였다. 마루는 흠집 하나 없이 매끈했지만, 남자아이들은 롤러스케이트를 타기에는 앞을 가로막는 벽이 너무 많다는 사실을 깨닫고 실망감을 금치 못했다. 거의 한 세기 동안 그 집을 거쳐 간 집주인들이 얼마나 다양한 비전과 재정적 제한 요인과 우선순위에 따라 집을 편집했는

★　　Wainscoting. 실내 벽애 사각 틀 형태로 장식 몰딩을 붙이는 것.

지가 집 안 곳곳에 드러나 있었고, 결과는 뒤죽박죽이었다. 2층 처마 밑에 있는 오리온의 방은 천장이 너무 낮아 가운데 부분을 제외하면 제대로 설 수 없었다. 리겔의 방은 정상적인 문으로도 들어갈 수 있지만 침대 시트와 타월을 보관하는 장 뒤쪽으로 난 비밀의 문으로도 들어갈 수 있었다. 작은 탑에 있는 포피의 방으로 올라가는 계단은 안방을 통해야 했다. 루와 벤은 지하실에 있는 커다란 방을 함께 썼다. 벤은 이사할 때 가지고 온 상자들을 이용해 그 공간을 여섯 개로 나눠 침실, 작업실, 모서리 공간, 숨는 공간 등이 있는 미로로 만들었다. 집은 윤이 났고 기능적이었지만, 자세히 보면 안이 조금 이상했다. "꼭 나 같아." 포피가 말했다.

매디슨의 호박색 드넓은 평야는 수직으로 솟은 옅은 녹색으로 대체됐다. 녹색이 있는 것을 보면 전혀 올 기미가 없어 보이는 비가 언젠가는 내릴 것이라는 의미였지만, 비가 오면 항상 모두들 깜짝 놀라곤 했다. 작은 분홍 탑 집이 서 있는 언덕은 너무나 가팔라서 펜은 셰르파를 고용해야 하지 않을까 잠시 고민했다. 가파른 경사 때문에 1층 거실에서 내다보면 이웃집 지붕이 보였다. 그리고 그것은 진정으로 가장 큰 변화였다. 옆집이 있다는 사실. 아이들이 이웃을 갖게 된 것이다.

농장 한가운데 살던 로지와 펜은 잘 깎인 잔디밭과 잡초가 자라지 않는 진입로를 유지하는 동네에 살고 싶어 하는 이웃들의 욕망이, 토요일 아침에 정원을 돌보는 일 같은 건 신경 쓰지 않고 요가 수업을 가고 싶어 하는 자신의 욕망보다 우선한다는 사실을 잊고 있었다. 이웃집 아이들이 뒷마당에 타월을 깔고 누운 채 듣는 시끄러운 음악이 열린 창문과 귀로 들어오는 것을 막을 수 없고, 자기 집 아이들이 얼마나 소리를 크게 질러야 포도주잔이 깨지는지 과학적으로 실험할 때 포도주잔 말고 다른 걱정도 해야 한다는 사실도 말이다. 도착한 지 몇 시간도 채 지나지 않았을 때, 집도 엉망, 머리도 엉망, 아이들은 더 엉망이고 사회적 교류를 할 기분이 전혀 아닌데 이웃이 와서 문을 두드린다는 사실도. 이사할 때 무엇을 가지고 가고 새로 살지, 무엇을 가지고 있고 기부하거나 나눠줄지, 가지고 있지만 필요가 없어질 것(썰매)과 필요하지만 가지고 있지 않은 것(겨울에 썰매 말고 아이들 시간을 때워줄 장난감)을 두고 그토록 길게 고민하고 수많은 결정을 했지만 너무 늦게야 정말 필요한 것이 무엇인지 깨달은 것은 말할 것도 없었다.

처음 초인종 소리를 들은 로지는 그냥 무시했다. 초인종 있는 집에 처음 살아보는 아이들이 아침 내내 눌러대는 바람에 소리가 나도 신경 쓰지 않도록 단련된 터였다. 한 시간쯤 후 다시 초인종이 울렸을 때는 작은 탑에 있는 다락방에서 포피의 짐을 풀고 있던 중이라 다른 사람이 나가볼 것이라 생각했다. 그러나 아무도 문에 가지 않았다. 세 번째 초인종이 울리자 로지는 마침내 무슨 일인지 보기 위해 아래층으로 내려가다가 집에 아무도 없다는 것을 깨닫고, 그 귀한 시간을 누군가가 방해한다는 사실에 약간 짜증이 났다.

문을 열자, 로지 또래의 상냥해 보이는 커플이 서 있었다. "아무것도 안 삽니다." 놀러 온 친구들에게 로지 아빠가 하던 농담이지만, 처음 보는 이 두 사람에게 로지는 농담한 것이 아니었다.

"아, 저." 여자가 말을 더듬으며 남자를 쳐다보자 남자가 먼저 아내를 향해, 다음에는 로지를 향해 투지 만만한 미소를 지으며 말했다. "우리 동네에 이사 오신 걸 환영하러 왔어요."

"아." 로지는 가늘게 눈을 뜨고 두 사람을 쳐다봤다. 수수께끼가 풀렸다. "고맙습니다."

"쿠키를 가져왔어요." 남자가 자기 말이 거짓이 아니라는 듯 랩을 씌운 접시를 들어 보였다. "미리 자수하자면 땅콩버터가 들어 있어요. 아, 그리고 건포도도요." 로지는 땅콩버터와 건포도를 함께 넣는 게 이상하다고 생각했다. 로지는 이렇게 멀리 이사를 왔는데도 땅콩 알레르기에 집착하는 사람들을 피하지 못했다는 게 억울해졌다. 그때 남자가 덧붙였다. "포도주도 있어요." 처음에는 쿠키에 포도주가 들었다는 말로 이해했지만 남자는 마술 공연이라도 하듯 등 뒤에 감추고 있던 포도주 병을 내보였다. 하지만 로지가 병을 받으려고 손을 내민 순간 다시 등 뒤로 병을 감추고 말했다. "문제는 건포도에 알레르기가 있으면 포도주에도 알레르기가 있을 텐데, 그렇죠? 이게 건포도주는 물론 아니지만요. 그런 것도 있나요? 건포도주? 아니면 술 안 마시는 분이신가요? 아무것도 미리 단정 짓고 싶지 않아서요. 어쩌면 술을 안 마시는 분들일 수도 있고, 쿠키를 안 드시는 분들일 수도 있고요. 우리도 많이 마시진 않고 저녁 먹으면서 한 잔씩 하는 정도지만요. 이게 아주 좋은 포도주라는 것도 아니에요. 며칠 전 저녁 식사에 초대받은 직장 동료가 가져왔는데 아직 안 마셔봤거든요. 아주 나쁜 포도주도 아니지만요. 그냥 집

232

에 있던 포도주라는 말이에요." 그런 다음 그가 조용해졌고, 아마도 그 상태가 최선인 것 같았다. 두 사람 모두 로지를 바라봤다. 이제 로지 순서라는 뜻인 듯했다.

"전 건포도 알레르기가 없어요." 그녀가 말했다.

"아, 다행이에요." 남자가 칭찬하듯 고개를 끄덕였다.

"로지라고 해요." 그녀가 덧붙이자, 두 사람은 안도의 기쁨으로 얼굴이 밝아졌다. 정작 자기들의 이름을 밝힐 생각은 전혀 못했기 때문이었다.

"오, 우리는 마지니 그랜더슨과 프랭크 그랜더슨이라고 해요." 여자가 쏟아내듯 말했다. 마치 그 자리에 있는 세 명 모두 이름을 가지고 있다는 것이 믿기 어려운 우연이라도 되는 것처럼.

"마조리요?" 로지는 자기가 잘못 들었겠지 생각하고 다시 물었다.

"마지니예요." 마지니는 우쭐한 표정으로 어깨를 으쓱해 보였다. 마치 그것이 일상적인 이름이고, 심지어 자랑스러워할 만한 이름이며, 자기가 지은 이름이기라도 한 것처럼. (사실 그랬을지 누가 알겠나.) "아빠가 진을 정말 좋아했어요. 그리고 엄마도."

"우리가 술을 많이 마시는 사람들은 아니지만요." 프랭크가 아내에게 상기시켰다.

"드디어 만나게 돼서 기뻐요." 지금까지 기다렸다는 말일까?

"저도요." 로지가 그렇게 말했고, 아무도 더 할 말이 없는 듯하자 안도의 한숨을 쉬고 "환영해주셔서 감사해요. 선물도요"라고 말하며 문을 닫으려고 했다.

그때 마지니와 프랭크가 동시에 몸을 앞으로 기울여 로지 뒤의 집 안을 들여다봤다. "혼자세요?" 프랭크가 물었다. "혼자 타고 다니기엔 엄청나게 큰 밴이던데."

로지는 벌써부터 감시당하는 느낌이 들었다. "다들 어디 갔는지 모르지만⋯." 그녀는 돌아보지도 않고 뒤쪽을 향해 손짓하 며 말했다. "가족들도 건포도 알레르기는 없어요."

"모두 다요?" 마지니가 밝은 목소리로 캐물었다.

"남편 펜하고, 다섯 아이 모두 다요."

두 사람은 동시에 가슴을 움켜쥐었다. "다섯?" 프랭크가 씩 웃었다. "와우, 중서부 지역에서 오신 게 틀림없군요."

로지는 그게 사실이라는 걸 인정하기가 너무도 싫었지만 위스콘신을 다른 곳으로 옮길 수는 없었다.

"우리도 아이가 둘 있어요." 마지니가 비밀을 털어놓듯 말했다. "둘 다 딸이에요. 카옌은 8학년, 애기는 1학년에 올라가요."

카옌, 애기, 마지니? 어떻게 이런 이름을 생각해낸 것일까? 기억은 또 어떻게 하라고?

"그 댁은요?" 프랭크가 물었다.

"아들만 다섯이에요." 로지는 자동적으로 그렇게 말하다가 멈칫했다. "아, 넷 반이에요."

"임신하셨어요?" 마지니가 추측했다.

"맙소사, 아니에요." 로지는 땀에 젖은 말총머리에서 빠져나온 땀에 젖은 머리카락을 다시 합쳐서 묶으려고 애썼다. "루하고 벤은 8학년에 올라갈 예정이에요. 오리온과 리겔은 6학년이 될 거고요. 포피가 막내인데 그 아이는 이제 1학년에 올라갈 예정이에요."

"넷, 반이라고 하셨…." 마지니가 혼동된 표정으로 물었다.

로지는 얼굴이 빨개지는 걸 느끼면서 이삿짐을 정리하느라 얼굴이 상기되었다고 생각해주기를 바랐다. "포피는… 어…." 바로 그 순간, 더 전도 아니고 후도 아닌 바로 그 순간, 로지는 이런 때를 위한 계획을 미리 세웠어야 한다는 것을 깨달았다. 매디슨에서는 좋든 싫든 모두가 아는 사실이어서 이야기할 필요도 없었다. 현관에 서 있는 이 사람들을 난생처음 알게 된 후로 불과 6분의 어색한 시간이 흘렀을 뿐이고, 아직까지는 그다지 호감이 가지도 않았다. 그들에게 포피와 클로드에 관해서, 그 가슴 아프고 혼란스러운 사연과, 문제를 해결하기 위해 해야 했던 결정들, 그 모든 희망과 기대 등을 전부 설명하기에는 너무 개인적인 이야기라는 느낌이 들었다. 초보 소녀인 딸을 "이 아이는 포피예요. 여자지만 페니스가 있죠"라고 소개할 수는 없지만, 뭔가 설명이 필요한 건 확실했다. 상황이 그렇다는 걸 깨달은 로지는 마침내 "포피는 예전에는 남자아이였어요"라고 설명하기로 마음을 정했다.

"예전이라면…." 마지니가 말끝을 흐렸다.

"포피는 클로드로 태어났죠. 아, 그렇게 태어난 건 아니고, 우리가 병원에서 아들내미에게 클로드라는 이름을 줬다는 말이에요. 아니, 딸내미에게." 로지는 어색하게 웃었다. 이번에는 자기가 말도 안 되는 소리를 하며 떠들고 있었다. "그래서 처음

235

몇 년 동안 우리 딸은 클로드였어요. 아니, 아들내미는 클로드였어요. 우리는 걔가 클로드라고 생각했어요. 하지만 아이가 치마를 입고 싶어 했는데 저희도 처음에는 그냥 그러다 말려니 생각했죠." 왜 이 사람들한테 이런 이야기를 다 하고 있는 것일까? "분장 놀이, 변장 파티, 가장 놀이…. 소년은 어떻게 해도 소년이라는 말도 있잖아요. 무슨 말인지 아시죠?" 두 사람은 무슨 말인지 아는 것 같지 않았다. "하지만 그러다 마는 게 아니었어요. 마음속 깊은 곳에서부터 아들내미는 자기가 여자아이라는 느낌을 가지고 있었어요. 아니, 딸내미가. 그 아이는 여자아이예요. 그래서 우리가 그렇게 했죠."

"그렇게 했다니요…." 마치 그 부부의 얼굴 속에 사는 작은 존재가 불을 끈 것처럼 보였다.

"사연이 길어요." 로지는 인정을 했다.

"그러니까, 음… 아들을 딸로 만든 거예요?" 프랭크가 마침내 겨우 말을 했다.

"만든 건 아니고요." 많은 재난 상황이 그렇듯 이 경우도 말을 할수록 점점 더 상황이 악화되기만 할 것 같았다. "그보다는 아들이, 아니, 딸이 어떤 사람인지를 받아들인 거죠."

두 사람은 금방 들은 이야기를 소화하느라 한동안 조용해졌다. 로지는 그게 당연하다 생각하면서도, 조용히 서 있는 것을 어디 다른 곳에 가서 하면 안 될까 하는 생각도 했다.

"캐피털 힐 지역에 있는 바에서 여장 남자 쇼를 본 적이 있어요. 그런 건가요?" 프랭크가 기대감을 안고 물었다.

"전혀 그렇지 않아요." 로지가 대답했다.

바로 그때 뒷문이 열렸다. "좋은 소식이에요, 엄마." 오리온이 외쳤다. "언덕 아래에 있는 샌드위치 가게에서 쓰는 치즈가 위스콘신에서 오는 거래요."

"가게가 언덕 아래 쪽에 있는 거니까 걸어서 가기 쉬워요." 리겔이 덧붙였다.

"그 가게에서 살 거냐?" 벤이 말했다. 그렇게 말해도 전혀 반응이 없자 덧붙였다. "거기 살지 않으면 집에 올 때는 언덕을 올라와야 하잖아."

루는 눈을 굴렸다. 펜은 40명 분의 점심은 되는 크기의 보따리를 포피의 팔에 안기고 자기 팔을 해방시킨 다음 그랜더슨 부부에게 인사를 건넸다.

"바로 옆집 살아요." 마지니가 다시 처음으로 돌아갔다. "이 동네에 이사 오신 걸 환영하러 왔어요. 아, 그리고 우리 집에서 내일 여름방학이 끝나는 걸 기념하는 바비큐 파티를 하는데 초대할 겸 해서요. 동네 전체가 올 거예요. 한번에 모두 만날 수 있지요."

로지는 생각만 해도 피곤해져서 정중하게 거절할 핑계를 머릿속에서 찾기 시작했다.

"기쁜 마음으로 참석할게요." 펜이 말했다.

밤 10시였으니 누가 방문하기에는 늦은 시간이었는데 네 번째로 초인종이 울렸다. 펜과 로지는 쓰러지듯 누워서 보고 있던 영화를 멈추고 문을 열었다. 마지니가 쑥스러운 표정으로 서 있었다. 그녀와 보낸 시간이 20분도 되지 않지만 그녀가 쉽게 쑥스러워하지 않는 사람이라는 것은 이미 명백했다. 좋지 않은 전조였다.

"짐은 많이 푸셨어요?" 마지니는 숨을 참고 있는 사람처럼 보였다.

"천천히 하고 있어요." 펜이 말했다.

로지는 위층에서 무거운 것이 떨어지는 듯한 큰 소리가 몇 차례 나자 몸을 움찔했다. "손은 많은데 그게 짐 푸는 걸 더 쉽게 하는지, 아니면 더 어렵게 하는지는 잘 모르겠어요."

"짐 푸는 걸 '더 어렵게 하는지, 아니면 훨씬 더 어렵게 하는지'라고 말할 줄 알았어요." 엄마 대 엄마로 통한 그 순간 마지니의 얼굴에는 갑자기 가식 없는 순수한 미소가 떠올랐다. "있잖아요, 오늘 아침 프랭크가 한 말… 사과는 아니지만 그래도… 저… 프랭크가 한 말 때문에 기분 상하지 않으셨으면 좋겠어요. 여장 남자 쇼니 뭐니, 한 거 말이에요. 프랭크는 그저… 좀 놀랐을 뿐이에요. 우리 둘 다 그랬죠."

"너무 어색하게 만들어서 죄송해요." 로지가 말했다. "좀 연습이 필요한 것 같아요. 두 분이 처음으로 알게 된… 아직 몰랐던 사람들 중에서는 처음으로 알게 된 분들이에요."

"네, 그리고 그 문제에 대해서요." 로지는 마지니를 좋아하게 되자마자 좋아하는 것을 그만둬야 하는 건가, 하고 마음의 준비를 했다. "아이들한테는 이야기하지 않기로 결정했다는 걸 알려드리고 싶었어요."

"뭘 이야기하지 않는다는 건가요?" 펜이 물었다.

"포피에 관해서." 펜 쪽으로 고개를 돌리지 않고 로지가 먼

238

저 대답했다. 펜의 팔이 로지의 허리를 감싸 안았다.

"그냥 아이들을 불필요하게 혼동시킬 것 같아서요." 마지니가 손가락을 머리카락 땋듯이 꼬고 있었다. "이야기를 해주고 나서 바로 잊어버리라고 할 거면 애당초 뭣 하러 이야기를 해야 하나 싶어요. 이해를 시키려면 설명을 하고 또 해야 할 것이고, 그런 다음에는 그 이야기를 입에 올려서는 안 된다고 다시 한번 설명을 하고 또 해야 하잖아요. 그래서 그냥 자연의 순리대로 두는 게 낫겠다 싶었어요."

"자연이요?" 로지와 펜이 동시에 말했다.

"우리가 아무 말도 하지 않으면 아이들이 포피를 보고 자연스럽게 자기들과 같다고 받아들이겠죠. 모두들 그걸 원하는 거 아닌가요?"

"그런 것 같네요." 로지는 마지니의 마음에 걸리는 게 있다는 것까지는 알았지만, 그게 뭔지 손에 잡히지는 않았다.

"아무튼 알려드려야겠다고 생각했어요." 마지니는 다시 한번 그 순수한 미소를 지었다. "이걸로 제일 어색한 대화는 더 이상 안 해도 되겠죠?"

그 말에 어떻게 로지가 아니라고 할 수 있겠는가?

"그 사람들한테 말을 한 거야?" 펜은 문이 닫히자마자 펜의 허리에서 팔을 내렸다.

"응. 말하면 안 되는 거였어?"

"몰라. 이 문제에 관해 제대로 생각해본 적이 없어."

"나도 마찬가지야."

"왜 말을 했어."

"사실이니까?" 로지가 대답을 질문처럼 했다.

"진짜 사실은 아니잖아."

"아니야?"

"포피가 사실은 남자아이라는 것?" 펜이 말했다. "포피는 사실 남자아이가 아니잖아."

"포피가 사실은 남자아이라고 말하지 않았어. 예전에 남자 아이였다고 했지."

"그것도 전적으로 사실은 아니지."

"당신이라면 뭐라고 했을 것 같아?" 로지가 물었다.

"아무 말도 하지 않았을 것 같아."

"아무 말도?"

"응, 아무 말도. 난 그냥 '이 아이가 우리 딸 포피예요'라고 만 했을 것 같아."

로지는 자기가 담당했던 제인 도가 피를 흘리며 죽어가던 밤을 떠올렸다. 로지는 차드 페리가 그녀의 치마 밑을 더듬다가 마녀의 물레 바늘에 찔리기라도 한 듯 깜짝 놀라 손을 빼는 장면을 생각했다. 처음부터 사람들에게 말해두지 않으면 언제 그들이 진실을 발견할지 모르는 일이었다.

"사람들이 결국은 알게 되어 있어."

"어떻게?"

"그게 바로 내가 걱정하는 부분이야."

"우리가 이웃이 있는 집에서 살아본 지 오래되긴 했지." 펜도 인정했다. "하지만 이웃끼리 발가벗고 만나는 일은 일반적으

240

로 흔치 않지."

"그러니까 아무한테도 이야기하지 말자는 이야기야?"

"모르겠어. 대화가 어땠어?"

"끔찍했어." 그녀가 고백했다. "이상하고, 어색하고, 모두 난 처해하고."

"똑같은 대화를 일주일 내에 40~50번 더 하고 싶어? 바비 큐 파티랑 학교 운동장에서 만나는 사람들이랑, 애들이 사귀는 친구랑 그 부모들 모두하고?"

"아니, 전혀."

"게다가 그냥 봐서 어떻게 신디 캘커티 같은 사람하고 닉 캘커티 같은 사람을 구분할 수 있겠어?" 펜이 말했다.

"무슨 말이야?"

"사연을 알고 나서 '그래, 상관없어' 할 사람하고, 증오와 폭 력으로 대응할 사람을 어떻게 이야기하기 전에 알 수 있어?" 펜 은 자신이 총상을 입는 것을 상상했다. 자신의 주먹이 닉 캘커 티의 얼굴을 치고 또 치는 장면을 상상했다.

"그건 모르지." 로지가 시인했다.

"그것 때문에 우리가 이사한 건 아니라는 걸 나도 알아." 펜 이 말했다. "하지만 좋은 보너스야. 모두가 알 필요는 없다고 생 각해. 한동안 포피로 살 수 있잖아. 사람들에게는 나중에 이야 기해도 늦지 않아."

"언제?"

"나도 모르지." 펜이 어깨를 으쓱해 보였다. "나중에. 사람 들을 잘 알게 된 다음에. 안전하다는 걸 알고 난 다음에. 적절한 때가 오면."

어쩌면 적절한 때가 온 있었을지도 모른다. 하지만 몇 년이
흐르는 동안 로지와 펜은 그 순간을 찾는 것이 불가능하다는 것
을 깨달았다. 누군가를 처음 만난 후 수천 번의 순간은 너무 시
기가 이르고, 포피의 사연이 너무 곤란하고 복잡하고, 너무 개인
적이고, 새로 지인이 된 사람에게 알리기에는 너무 위험하게 느
껴졌다. 그러나 그 지인이 가까운 친구가 되었을 즈음에는 이미
너무 늦었다고 느껴졌다. 어쩌면 그 두 상태 사이에 완벽한 순간
이 있었는지도 모른다. 털어놓을 정도로 가깝지만, 그때까지 이
야기하지 않은 것이 문제가 될 정도로 가깝지는 않은 순간. 그러
나 그 순간은 너무나 짧은 찰나에 흘러가버려서 콕 집어내기가
힘들었고, 돌이켜봐도 보이지 않았다.

"언제라도 이야기할 수 있어." 펜이 말했다. "하지만 일단 알
고 나면 다시 모르는 상태로 돌아갈 수는 없어."

그것은 너무도 짧은 문장이었지만, 그렇게 짧은 데 비해서
놀라울 정도로 많은 부분이 사실이 아니었다.

바비큐 파티에 참석한 펜은 이웃의 다른 기능을 기억해냈
다. 바로 아이들에게 오락을 제공하는 기능 말이다. 두 집 건너
이웃인 엘리엇가에는 리겔과 오리온보다 한 달 먼저 태어난 쌍
둥이 해리와 래리가 있었다. 펜과 로지는 운을 맞춘 쌍둥이 이
름이 불필요하게 혼동을 초래한다고 속으로 생각했고, 엘리엇
부부는 별 이름을 딴 쌍둥이 이름이 불필요하게 난해하다고 속
으로 생각했지만, 조금 시간이 흐른 후에 로지가 둘러보니 네

아이가 모두 리겔이 뜨개질한 안대를 하고 동네 (보물) 지도를 가운데 두고 둘러앉아 거의 어깨춤이 나올 정도로 즐거워하고 있었다. 카옌 그랜더슨은 천진한 얼굴과 활짝 웃는 미소가 엄마를 닮았고 변덕스러운 수다스러움은 아빠를 닮았다. 프랭크가 어색하고 좋아하기 힘든 첫인상을 준 데 반해 그의 딸은 예측 불가능하고 위험한 느낌을 줬다. 호기심을 끄는 종류의 위험한 느낌 말이다. 카옌은 루와 벤에게 큰아이들을 소개했고, 잠시 후 둘러보러 간 펜은 큰아이들 7~8명이 정원 구석에 담요를 펴고 앉아 있는데 그중 한 명은 하릴없이 기타 줄을 튕기고 있었고, 카옌이 벤의 무릎을 베고 누워 있는 장면을 목격했다. 벤은 뜻밖의 행운에 압도된 동시에 발가락 하나라도 움직이면 그녀가 자기가 무슨 짓을 하고 있는지 갑자기 깨닫고 일어나서 가버릴까 봐 두려워 어쩔 줄 모르는 표정이었다. (이런 일에 좀 더 경험이 있는 펜의 견해로는 카옌은 어디든 갈 생각이 전혀 없어 보였다.) 루는 동네 바비큐 파티에서 플루트를 연주하는 게 기타를 치는 것만큼 높은 점수를 따지 못한다는 것을 처음으로 깨닫고 기타 치는 아이를 째려보고 있었다. (이런 일에 좀 더 경험이 있는 펜은 평생 기타라고는 만져보지도 못했지만 루가 그 아이보다 기타를 더 잘 칠 것이라 확신했다.)

포피는 처음에는 엄마, 아빠 뒤에 수줍게 서 있었다. 엄마, 아빠도 사실은 실제로 이웃이 있는 동네에 산다는 것의 의미에 살짝 짓눌려 있었다. 실제 이웃들과 함께 산다는 것 말이다.

"오셔서 정말 기뻐요." 마지니가 다정하게 말했다.

"우리 포피, 배고프니?" 프랭크는 허리를 굽혀 펜의 무릎 뒤에 숨어 있는 포피를 훔쳐보는 시늉을 했다. 로지는 숨을 멈추고 지켜봤다. "자, 애기 만나러 가자." 그가 손을 내밀었지만 포피는 아무 말도 하지 않고 고개를 저었다. "애기." 그가 부르자 양 갈래로 나눈 머리를 빵끈으로 묶고 방금까지 디저트 뷔페 테이블에 덮여 있던 비닐 식탁보를 망토처럼 두른 포피 나이의 여자아이가 집 옆쪽에서 구르듯이 뛰어나왔다. 한쪽 발에는 노랑 장화를 신고 다른 한 발은 푹 젖은 맨발이었다.

"어쩌다 그렇게 젖었니?" 프랭크가 물었다. 아이는 그것이 마치 절대 풀 수 없는 우주의 신비라도 된다는 듯 현자의 미소를 지어 보였다. 프랭크는 더 이상 알려고 하지 않는 것이 좋겠다고 판단한 듯 태도를 바꿨다. "이쪽은 포피야. 이웃집에 얼마 전에 이사 왔지. 너랑 함께 1학년에 다닐 거야."

애기는 새 이웃을 찬찬히 살폈다. "내 방 보고 싶어?" 그녀는 대답을 듣지도 않고 뒤뚱뒤뚱 뛰어갔다. 아마도 방을 보는 건 여섯 살배기 아이들에게는 너무도 당연한 일인 것 같았다. 포피는 벌써 웃음을 터뜨리며 그 뒤를 따라 뛰어갔다. 첫눈에 반한 케이스였다.

로지와 펜은 멜리사 두 명, 제니 두 명, 수지, 수전, 매리, 앤, 매리앤, 키키, 미미를 각각 한 명씩 만났다. 두 사람은 덕, 에릭, 제이슨, 알렉스, 메일러, 에이든, 아이잭, 고든, 조시, 칼도 만났다. 그 모든 이름이 펜의 한 귀로 들어가 로지의 다른 귀로 나갔다. 기억하기엔 너무 많았다. "만나서 반가워요"라는 말을 반복하고 또 반복했다. 그리고 저녁 내내 "다섯이에요", "위스콘신주 매디슨에서 왔어요", "네, 지금까지는 잘 지내고 있어요"와 손가락으로 집을 가리키며 "작은 탑이 있는 옆집이에요"를 수없이 반복했고, 로지가 "동네 학교에 보낼 예정이에요" 하고 대답하면 모두들 반가워했다. "일 때문에 이사 왔어요"라는 대답은 어느 정도는 사실이었고, "의사예요. 가정의. 언덕 꼭대기에 있어요"라는 대답도 많이 반복했고, 펜은 "분투하고 있는 작가예요", "아뇨, 아직 제 책은 한 권도 읽어보지 못하셨을 거예요"라는 말을 반복했다. 그리고 둘 다 "열네 살, 열세 살, 열한 살 그리고 여섯 살이에요"라고 대답했고, "아들 넷에 딸 하나입니다"라고 대답했다.

아주 맛있는 상그리아*를 빨강 플라스틱 컵으로 마시면서 두 멜리사 중 하나가 로지에게 말했다. "막내는 딸이라서 너무 좋았겠어요." 그녀는 앞으로 맨 아기띠에 분홍색 옷을 입은 갓난아기를 안아 재우기 위해 몸을 흔들면서 상그리아를 마시고 있었다.

로지도 상그리아를 홀짝거리면서 고개를 끄덕였다. "너무나 기뻤죠. 정말로요." 그리고 그것도 대부분 사실이었다.

큰아이들은 파티에 더 늦게까지 남았지만 펜과 로지는 막내 포피를 재우기 위해 작별 인사를 하고 집으로 돌아왔다.

"이야기해주세요." 포피가 기대에 찬 표정으로 말했다.

"내일 해줄게." 펜이 약속했다. "잘 시간이 많이, 많이 지났거든."

★　Sangria. 레드와인에 소다수와 레몬즙을 넣어 얼음과 같이 마시는 에스파냐 칵테일 음료.

"재미있었어?" 로지가 홑이불을 다독이며 물었다. 담요를 덮기에는 너무 더운 밤이었다.

"정말 재미있었어요." 포피가 말했고, 펜과 로지는 그 열정적인 대답에 막내를 뚫어져라 쳐다봤다. "여기서는 아무도 몰라요. 다들 딸, 여자아이라고들 말하는데 그런 척하는 게 아니라 진짜 그렇게 말을 하는 거잖아요. 그쵸?"

"그런 척하는 게 아니지." 펜이 말했다.

"그리고 나도 그런 척하지 않아도 되고요." 포피는 눈을 스르르 감으면서 행복한 꿈나라로 빠져들고 있었다.

"흠, 여기서는 우리가 누군지 아무도 모르지." 로지가 말했다.

"아니, 그 반대예요." 그녀의 딸은 행복하게 고개를 저었다. "여기서는 우리가 누군지 정확히 아는 거예요."

창문 블라인드를 누가 똑똑 두드리지만 않았어도 포피는 바로 잠들었을 것이다. 블라인드를 올려보니 애기가 자기 창문에서 몸을 쑥 뺀 채 우산 끝에 테이프로 자를 이어붙인 것으로 포피의 창문을 두드리고 있었다. 언덕이 너무 가팔라서 애기의 2층 창문에서 보면 포피네 집 지붕이 보였다. 하지만 포피의 작은 탑의 다락방은 지붕과 같은 높이였기 때문에 두 아이의 창문은 가까이 마주 보고 있었다.

"안녕." 애기가 씩 웃었다.

"안녕." 포피가 눈을 비볐다. 너무 졸려서일 수도 있고, 이렇게 마술 같은 행운을 믿을 수 없어서였는지도 모른다.

"네가 이사 와서 정말 기뻐. 우리 이웃 성의 라이벌 공주들 하면 되겠다." 애기는 이웃에 왕족의 자격을 갖춘 친구가 이사

오기를 오랫동안 기다려왔다. 이전 집주인은 나이 든 부부여서 포피 방을 창고로 썼다. "서로 머리카락을 동아줄 삼아 오르내리면 되겠다."

"메모랑 편지도 주고받고." 포피는 경이에 찬 목소리로 속삭였다. "마법의 주문도 서로 가르쳐주고."

"컵케이크도 나눠 먹고." 애기가 말했다. "넌 상으로 디저트를 받고 난 못 받았을 때 말이야."

"책이랑 인형이랑 길에서 주운 예쁜 돌도 주고받고 그림도 그려서 주고받을 수 있겠다."

"서로 비밀도 털어놓고. 세상 어느 누구한테도 말하지 못하는 비밀을 우리끼리만 주고받을 수 있을 거야. 이 위에서는 아무도 엿들을 수 없으니까." 애기가 말했다.

포피는 찌릿찌릿한 행복감을 온몸에 느끼면서 황홀감과 조바심 속에 잠이 들었다. 언제 비밀이 생겨서 애기에게 이야기할 수 있을까 궁금했다.

모든 사람 누구?

통고 씨는 정곡을 찔렀다. "아무도 상관하지 않아야 할 일 같은 냄새가 나는군요."

로지는 응급실 동료들과 이별하는 것이 섭섭했다. 그녀를 지도해준 교수들과 그녀가 지도하던 수련의들과 함께 일하던 간호사, 간호보조사와 헤어지고, 그녀를 의사로 만들어주고 오랫동안 그녀의 집이었던 곳을 떠나는 게 슬펐지만, 특유의 지혜와 특이한 유머로 상처를 어루만져주던 통고 씨와 작별하는 것이 가장 힘들었다. 하지만 작별 파티에서 그는 자신이 로지의 치료사나 사회복지사가 아니라 친구이니, 그녀가 필요로 하면 언제라도 시애틀에 올 수 있다고 말했다.

"텔레포트*로 말이에요?" 로지는 통고 씨라면 뭐든 불가능

★   Teleport. 순간이동. 텔레포테이션Teleportation의 약어. 염력으로 물체 등을 이동시키는 일.

할 것이 없다는 생각으로 그렇게 말했다.

"텔레폰으로요." 그가 윙크했다. "전화는 19세기 기술에 불과하지만 훨씬 더 유용하죠. 텔레포트처럼 상상의 기술이 아니니까."

3주 후, 짐을 다 풀기도 전이었지만 로지는 그에게 전화했다. 삶이 예상치 못한 형태로 자리 잡아가는 듯했다. 상자를 열어서 완전히 납작하게 폈다가 다시 접어 만들었더니 완전히 알아볼 수 없는 형태의 무언가가 된 느낌이었다. 로지는 아무리 비이성적이라 하더라도 이성의 목소리가 필요했다. 그런 로지의 전화를 받고 그가 한 말이 바로 그것이었다. "아무도 상관하지 않아야 할 일 같은 냄새가 나는군요."

"냄새가요?"

"제 말은, 아무도 상관하지 않아야 할 일 같다는 거예요. 그렇지 않아요? 포피가 가면을 쓴 클로드라 생각하지 마세요. 포피를 페니스를 가진 여자아이, 평범치 않은 병력을 가진 여자아이로 생각하세요. 보통 놀이터에서 만난 엄마들하고 아이들 옷 속에 뭐가 있는지 이야기를 하나요?"

"보통은 그런 이야기 안 하죠."

"그리고 누가 상관할 일도 아닌 것 같은데, 그렇지 않아요? 그런 이야기를 할 때 이상하고 어색한 느낌이 드는 이유도 바로 그 때문이죠."

"그건 그렇지만…."

"냄새를 딱 맡아보니 딴 사람들에게 털어놓아야 할 이야기의 냄새도 전혀 안 나는걸요." 전화선을 타고 통고 씨가 냄새로

단서를 추적하는 개처럼 코를 킁킁거리는 소리가 들려왔다. "친구들하고 개인적인 이야기를 많이 하긴 하지만 자기 성기나 아이들의 성기는 프라이버시의 문제예요. 제가 만나는 환자나 의뢰인들은 아이가 됐든 아이 부모가 됐든 모두 이런 문제뿐 아니라 정말 다양한 문제를 겪는 사람들이지만, 새로운 사람을 만날 때마다 자신의 문제를 설명해야 한다고 생각지 않죠. 자기가 만나는 모든 사람을 교육하고 계몽해야 하는 책임을 지고 싶어 하지 않는 거예요. 자기 옷 속에 뭐가 들었는지는 다른 사람이 신경 쓸 문제가 아니라고 생각해요."

"그런 건 아니지만…"

"거기서는 위스콘신에서 누리지 못했던 기회가 정말 많아요. 겨울 내내 앞마당에 쌓인 눈을 치우지 않아도 되고, 눈물이 날 정도로 맛있는 커피를 마실 수도 있고, 그 눈물을 2월에 야외에서 흘려도 볼에 얼어붙지 않을 테고. 아, 얼마나 재밌어요! 그리고 포피는 더 이상 예전에 클로드였던 포피로 살 필요가 없어요. 그냥 포피로 살 수가 있어요."

"하지만 사람들이 알아야 할 필요가 있어요."

"어떤 사람들 말이에요?"

"모든 사람."

"아, 그렇군요. 알겠어요." 통고 씨가 말했다. "모든 사람 누구요?"

"포피가 다니는 학교 담임선생님이랑 양호 선생님, 같이 노는 친구들, 축구 코치, 발레 교사, 우리 친구들이랑 그 사람들 아이들, 아들 친구들, 아들 친구들의 부모들…"

"왜요?" 통고 씨가 정말 모르겠다는 듯 물었다.

"왜라고요?"

"네, 왜 그 모든 사람들이 알아야 하죠? 학교에서 벌어질 수 있는 일 중에서 포피의 페니스 때문에 뭐가 달라질 게 있어서 1학년 담임이나 양호 선생이 알아야 하는 거죠? 여섯 살짜리 아이가 친구 집에 놀러 가는데 친구 부모가 아이의 병력을 전부 다 알고 있어야 할 필요가 있나요? 아이 친구들이 집에 놀러 올 때 건강 진단서 떼어 오라고 하세요?"

"아니요."

"물론 아니죠. 그런데 왜 상대방에게 포피의 상태를 모두 알려야 한다고 생각하죠?"

"알 필요는 없지만 알 권리는 있는 것 아닐까 해서요."

"알 권리라고 하니까 뭔가 표리부동하고 사람들에게 거짓말을 하거나 진실을 감추는 느낌이 드는데, 표리부동하거나 거짓말을 하고 있나요?"

"그렇진 않은 거 같은데요?"

"그렇지 않죠. 진실을 감추는 것도 아니고요. 이게 바로 진실이에요. 사람들에게 포피가 남자아이라고 말하면 그게 진실이 아니죠. 사람들이 알 필요가 있거나 알 권리가 있는 내용이 없어요. 비밀로 하는 것도 아니에요. 그저 자식의 프라이버시를 존중하는 것일 뿐이에요. 아이도 우리처럼 프라이버시를 가질 필요와 권리가 있는 거니까요."

사실은 포피만 그런 것이 아니었다. 비밀을 가진 가족은 비밀 하나에 그치지 않았다. 모두 자기들이 누구인지, 과거에 누구였는지를 요새 수비대처럼 지켰다.

학교에 가는 첫날, 아침 식사를 하면서 리겔과 오리온은 계획을 하나 세웠다.

"우리가 원래는 해적이라고 사람들한테 말하자." 리겔이 말했다. "내 이름은 블랙비어드*, 넌 후크 선장."

"넌 검은 턱수염이 없잖아." 벤은 대륙을 건너 이사를 왔는데도 동생들이 여전히 바보라는 사실이 실망스러웠다. "그리고 오리온은 갈고리가 없고."

"난 갈고리가 있어." 오리온이 말했다.

"아, 검은 턱수염이 있어서 블랙비어드라고 부른 거야?" 블랙비어드는 그 문제에 대해 생각해봤다. "그럼 '텁수룩 수염 해적왕'이라고 부를래."

벤이 코웃음을 쳤다. "꿈도 크다."

"구레나룻 자국 해적왕은 어때? 아빠가 전에 쓰던 전기 면도기도 주셨는데." 리겔이 제안했다.

"그 면도기 써봤어?"

"무슨 말인지 알겠어." 수염이 날 기미도 없는 리겔의 열한 살짜리 얼굴이 밝아졌다. "난 노비어드 해적왕이야! 시애틀 생활은 정말 멋질 거야!"

벤은 영리한 아이가 받는 관심을 다시 새롭게 누릴 수 있었

★　　Blackbeard. 영화 〈캐리비언의 해적〉의 모델이 된 영국의 전설의 해적 블랙비어드 (검은 수염). 대서양을 휩쓴 역사상 가장 악명 높은 해적이었다.

다. 이사한 후 새로 만난 사람들이 그의 영리함을 깨닫는 1년을 또다시 즐길 수 있게 된 것이다. 위스콘신에서 벤이 일곱 살이 되었을 무렵에는 다들 그가 얼마나 영리한 아이인지 알았고, 그래서 사람들이 더 이상 놀라지 않았다. 채점한 시험지를 돌려줄 때 선생님들은 실제로 한숨을 쉬곤 했다. "또 A+" 혹은 "늘 그렇듯 참 잘했어요" 정도의 코멘트를 받았다. 이제 다시 "와아!", "놀라워!" 등의 숨 가쁜 칭찬이 적힌 시험지를 돌려받기 시작했고 AP클래스**와 토론 클럽에 들어오라는 초대를 받았다.

그리고 포피는 '그냥 포피'가 되었다. 페니스를 가진 포피가 아니었다. 예전에 클로드였던 포피도 아니었다. 진짜는 남자아이인 포피도 아니었다. 그냥 포피였다.

그러나 그중에서도 가장 극적으로 변신한 것은 루였다. 이사한 후 포피가 더 이상 어린 소년이 아니게 된 것과 마찬가지로 루도 더 이상 어린 소년이 아이었다. 아직 성인 남성이라고는 할 수 없지만, 로지와 펜은 몇 주 전까지만 해도 둥글고 매끈했던 루의 얼굴에서 각이 지고 털을 길러가며 때를 기다리고 있는 성인 남성의 그림자를 볼 수 있었다. 루는 연습이 지겨워서 미식축구를 그만둔다고 했지만, 아마도 팀에 이미 쿼터백이 있고 쿼터백 후보까지 있는데 루가 그들만큼 잘할 자신이 없어서가 아닐까 하고 로지는 추측했다. 밴드부 선생님이 마음에 안 들어서 플루트를 그만둔다고 했지만, 균형을 잡아줄 미식축구를 하지 않는 상태에서 보통 여자아이들이 주를 이루는 목관악기를 계

** 미국에서 고등학생이 대학 인정 학점을 취득할 수 있는 고급 학습 과정.

속한다는 것은 새로 전학 온 남학생에게 큰 부담일 것이라고 펜은 예측했다. 모든 클럽의 회장으로 뽑히는 아이도 이미 있었다. 그는 미식축구를 그만둔 대신 부루퉁한 얼굴로 방에 박혀 시간을 보냈다. 모든 클럽에서 리더 역할을 그만두고 '루가 정말 화났어!' 클럽과 '말하고 싶지 않아!' 클럽에서만 대장 노릇을 했다. 플루트 대신 콧방귀를 뀌었다. 아직 남자가 되려면 멀었지만 어린 소년, 심지어 나이 든 소년도 더 이상 아니었다. 포피처럼 루도 두 세계 어디에도 끼지 못하고 방황했다.

로지와 펜도 그전까지의 인생을 상자 안에 집어넣고 뚜껑을 닫았다. 짐을 모두 푼 다음 다시 물건들을 뽁뽁이로 싸고 액자를 걸었던 못을 벽에서 떼내느라 엄지손톱 밑에 회반죽이 끼고 베이는 일을 하는 건 옳지 않은 느낌이 들었지만, 펜은 그 일을 했다. 이사 온 후 로지는 사진 액자부터 걸었다. 그렇게 해야 자기 집 같은 느낌이 든다고 했다. 그녀는 접시들과 책들과 겨울 옷 전부와 오래된 전화 충전기들을 하나도 상자에서 꺼내지 않는다고 해서 아무도 상관하지 않지만, 침대를 잘 수 있는 상태로 정돈하고 사진들을 걸고 나면, 그 집은 '홈 스위트 홈'이라고 말했다. 이사한 후 3주 동안 펜의 가족들이 과거로부터 미소를 보내면서 벽을 장식하고 있었다. 커다란 아기 루의 사진이 병원에서 집으로 돌아온 신생아 벤의 사진 옆에 걸렸다. 카르멜로가 터키 모자를 쓴 쌍둥이를 양쪽 무릎에 안고 있는 사진은 오리온과 리겔이 세 살 나던 해 추수감사절에 찍은 것이었다. 로지가 의대 졸업식 날 양쪽에 선 엄마, 아빠를 팔로 꼭 껴안고 있었다. 하얀 베일 아래서 펜과 눈을 바라보고 있는 로지는 결혼식

날 이후로 한 번도 립스틱을 바르지 않은 아랫입술을 윗니로 깨물며 매혹적인 미소를 짓고 있었고, 그는 경외감과 경이감에 사로잡혀 그녀를 쳐다보고 있었다. 비슷한 사진이 수많은 집의 벽을 장식하고 있겠지만, 펜에게 그 사진은 여전히 기적 같을 뿐 아니라 유일무이하게 느껴졌다. 마치 이런 사랑을 이렇게 해본 사람은 아무도 없는 것처럼 말이다. 매년 찍은 핼러윈 사진들을 조각보처럼 모아놓은 액자도 있었다. 해적, 야구 선수, 마술사, 호박 넷과 그룸왈드 왕자. 액자에 넣는 것을 펜은 반대했지만 결국 지고 만 학교 단체 사진들도 있었다. 그렇게 해마다 찍은 아이들 모두의 사진이 해마다 쌓여갔다. 현상수배범 같은 모습으로 해가 갈수록 점점 빠진 치아가 많아지고 머리카락은 복어 가시보다 더 사방으로 뻗쳐 있었다. 그리고 물론 클로드의 사진도 있었다. 생후 일주일에 형들에게 둘러싸여 찍은 사진, 동물을 만질 수 있는 동물원에서 아기 클로드를 야크가 살짝 깨문 사진(몸은 아니고 재킷만 물었고, 그 작은 얼굴에 떠오른 놀란 표정이 너무 귀여워 사진 먼저 찍고 나서 아이에게서 동물을 떼어내는 부모의 역할을 재개했었다), 어린이집 졸업식에서 사각모를 쓴 클로드, 어느 해 겨울에 크리스마스카드로 제작했던 여덟 산타 사진(주피터까지 포함)에 등장하는 두 살배기 클로드.

사진들은 새집의 높은 벽 하나를 콜라주처럼 장식했다. 가족의 이야기, 가족의 역사, 뒤죽박죽 엉킨 사랑과 시간. 펜은 무력한 마음으로 사진들을 올려다봤다. 포피의 기원과 역사를 모든 사람이 다 알게 될 때까지는 이 사진들을 다시 상자로 돌려보내야 했다. 그렇지 않으면 진지한 눈과 엷은 미소를 띤 이 다섯째 아들을 어떻게 설명할 것인가? 네 아들의 성장은 사랑을 담아 꼼꼼히 기록하고 다섯째는 완전히 무시해버리는 부모가 세상에 있을까? 포피도 그 이유를 이해하겠지만, 펜은 포피(그리고 클로드)가 사라져버리는 것, 그 아이가 이 즐거운 가족의 역사에서 자취를 감추는 것, 그냥 없는 정도가 아니라 과거까지 없어져버리는 것을 참을 수 없었다. 포피의 아동기가 중요했고, 클로드의 아동기도 중요했다. 하지만 펜은 이 이야기를 할 수 있는 방법을 찾을 때까지 사진들을 모두 뽁뽁이로 싸서 상자에 고이 보관하기로 결심했다.

퇴근해서 집에 들어선 로지는 텅 빈 벽을 홀로 마주했다. 위스콘신의 농가에는 혼자 있을 수 있는 공간이 별로 없었다. 특히 부엌-거실-식당이 모두 하나로 이어져 있는 1층에서는 숨을 곳도 없었다. 그러나 이 집에서는 그녀가 퇴근 후 거실에서 가족의 사진이 든 상자를 푸는 동안, 펜은 부엌에서 저녁을 만들고 아이들은 각자 방에 박혀 있을 수 있고 외로움을 느낄 수도 있었다.

펜이 수건으로 손을 닦으면서 부엌에서 나왔다. "오는 소리 못 들었네."

"사진을 모두 내렸네." 비난이 아니었다. 그냥 보이는 광경을 묘사한 말이었다.

"그래야 했어." 그는 슬픈 미소를 지으며 덧붙였다. "다시 붙이면 안 돼."

그녀가 고개를 끄덕였다. "그리워."

"사진들?"

"아니, 그리워…. 그 아이가."

"누구?"

"클로드."

"애기랑 방에서 놀고 있어."

"그 말이 아니잖아."

"알아. 하지만 자기 방에서 놀고 있는 아이가 우리 아이야. 클로드가 사라진 건 아니야."

"이제 변했어."

"다들 변했지. 모두들 변하기 마련이야. 클로드였다 하더라도 어차피 아기 때 사진에 나오는 그 클로드하고는 다른 거잖아. 그러니 뭐가 달라?"

"사진을 벽에 걸 수 없다는 게 다르지."

"아직은 아니야." 펜이 말했다.

"그럼 언제?" 로지가 물었다.

펜은 그 답을 알지 못했기 때문에 어깨를 으쓱해 보이고 다시 부엌으로 돌아갔다. 루가 지하실에서 올라와 소파 구석에 웅크리고 앉아서 엄마를 쳐다봤다. 요즘 들어 이런 일이 잦아졌다. 그냥 와서 지켜보고 아무 말도 하지 않는 것. 로지는 루가 아직도 가족들 옆에 있고 싶어 하는 것만도 고마웠지만, 무슨 말이라도 했으면 좋겠다고 생각했다. 사실 가끔 루가 말을 할 때도 있는데, 그럴 때면 로지는 그가 말을 하지 않으면 좋겠다고 생각하곤 했다.

"너 아기 때 얼마나 귀여웠는지 봐봐." 그녀는 13개월 동안 외아들로 컸던 시절이 있다는 증거가 담긴 액자를 내밀었다.

"아기들은 모두 귀엽잖아요."

"넌 다른 아기들보다 더 귀여웠어." 로지가 장담했다. "내가 그 분야에는 전문가잖아."

루는 손에 든 액자를 오랫동안 바라봤다. 그러다가 고개를 그대로 숙인 채 말했다. "이사한 이유가 한심하지 않은 곳에서 살기 위한 거 아니었어요?"

"한심해?"

"무슨 말인지 알잖아요. 관용적이고 마음이 열린 사람들이 사는 곳. 무지개 깃발*이 펄럭이는 곳. 아, 몰라."

"그래, 여러 이유 중 하나였지."

"여기 오려고 온 가족의 인생을 망쳤잖아요."

로지는 사진들을 뚫어져라 쳐다보면서 다음 말을 기다렸다.

"그런데 왜 클로드를 비밀로 하는 거죠?"

"비밀로 하는 거 아냐."

"가족사진을 감추고 있잖아요."

"아무한테도 이야기하지 않았을 뿐이야. 아직은." 로지가 말했다. "말할 거야. 아직 안 했을 뿐이야."

"한심하지 않은 곳으로 가는 게 아니었다면 그냥 이사 안 하고 위스콘신에서 살 수도…."

"거기는 안전하지가 않았어."

"거기서는 행복했잖아요." 루가 말했다.

"여기서도 행복할 거야."

★   퀴어 축제에서 쓰이는 무지개 깃발은 성 정체성에 대한 관용의 상징이다.

"이건 아니에요. 이런 식으로는 행복할 수 없어요." 루는 슬그머니 다시 지하실로 돌아갔다.

로지와 펜은 날마다 길을 잃어버렸다. 집이 어느 쪽인지, 어떻게 가야 하는지 몰라 헤맸고, 그때까지도 이전 삶의 절반 정도는 여전히 상자 속에 들어 있었다. 게다가 이사하겠다는 결정을 발표한 후 루는 여름 내내 뾰로통하고 우울해했고, 이사를 한 후에도 그 태도는 여전했다. 그래서 로지는 놓쳤다. 루의 경고, 초보 10대의 통찰력에 귀를 기울이지 않는 실수를 범한 것이다. 비밀은 불행의 씨앗이고, 의도적으로 지키고 있든 우연히 그렇게 됐든 상관없이 비밀은 밝혀지게 마련이며, 일단 비밀이 폭발하듯 밝혀지고 나면 어디에 살든 그 충격과 낙진을 피할 수 없다는 사실 말이다.

로지는 부부의 결혼사진과 아이당 하나씩 사진을 골라 다시 걸었다. 포피 사진은 클로드의 어린이집 졸업 사진을 선택했다. 모자를 쓰고 가운을 입어서 잘 알 수가 없는 사진이었다.

전략적으로 발가벗기

로지와 펜이 평생 가장 고마운 마음을 품었던 대상이 여섯 살배기가 될 줄은 몰랐지만, 일이 그렇게 됐다. 날이면 날마다 두 사람은 애기 그랜더슨에게 무언이지만 열광적인 감사의 마음을 보냈다. 우선 애기는 모든 사람을 미치게 했다. 멋대로 행동하는 남의 집 아이처럼 소중한 존재도 없다. 로지네 다섯 아이를 다 합친 것보다 애기가 더 시끄러웠다. 어느 날 아침 동이 트기도 전에 옆집에, 그것도 그 집 안에 있는 애기가 온 식구를 깨웠다. 애기는 심벌즈를 치면서 〈양키 두들 웬트 투 타운(Yankee Doodle Went To Town)〉 노래 전체를 여섯 살짜리가 낼 수 있는 가장 큰 성량으로 목청껏 불러댔다. 펜이 졸린 표정으로 아내를 향해 미소를 지었다.

"뭐가 그렇게 좋아?" 로지가 신음하듯 말했다.

"세 단어로 요약할 수 있지. 우리 아이가 아님."

로지네 다섯 아이를 다 합친 것보다 애기가 더 거칠었다. 애기가 놀러 오면 팝콘이 창문 밖으로 날아가고, 시리얼이 통째로 개의 위장에 들어갔다 나오기도 하고, 화분에서 램프 전선과 생야채 전채 요리가 나오기도 하고, 한번은 항문 온도계가 나오기도 했다.

로지네는 남자아이가 네 명 반에 펜까지 있지만, 애기는 그중 누구보다도 남자 같았다. 애기는 구덩이를 파고 빨리 뛰어다니고 벌레를 좋아하는 개구쟁이 여자아이였지만, 그 이상(보기에 따라서는 그 이하)이었다. 장난감 트럭을 분해해 우주선을 만들어 커다란 화산 안에 있는 온천에 인형들을 태워 보냈다. 애기는 한마디로 묘사할 수 없는 존재였다.

그리고 그 모든 경이로움보다 더 좋은 것은 그런 애기가 이웃에 산다는 사실이었다. 포피와 애기는 주말 내내 양쪽 집을 자유롭게 드나들었다. 애기가 저녁 식사 테이블에 앉는 것은 펜의 아이들이 식사하는 것만큼이나 일상적이고 자연스러운 일이 됐다. 세탁할 때마다 포피의 옷만큼이나 애기의 옷이 섞여 있었다. 그리고 애기가 가까이 사는 정도가 아니라 매우, 매우 가까이 살았기 때문에 11개월 정도 지났을 때 포피와 애기가 파자마 파티를 한다고 했을 때 로지와 펜은 더 이상 거절할 수 없었다.

"파자마 파티 해도 돼요?" 애기와 포피가 입을 모아 물으면 펜은 "애기네 집에 봉제 인형을 모두 데려갈 수는 없는데, 어느 아이는 데리고 가고 어느 아이는 안 데리고 가면 남는 아이들은 상처를 받겠지? 오늘 밤은 그냥 집에서 자고 인형 왕국에 평화를 유지하는 게 어때?" 하고 답하곤 했다.

혹은 로지가 "여벌 시트를 빨아야 하는데, 애기가 그냥 아침 일찍 다시 오면 안 될까?" 하고 대답하곤 했다.

혹은 어두워진 다음에 마지니가 슬리퍼를 신은 채 졸려 하는 포피를 데리고 와서 "오늘 밤에 자기 침대에서 잘 자는 게 내일 더 재미있게 놀 수 있을 것 같아요" 하고 설명하곤 했다.

하지만 포피가 일곱 번째 생일에 말한 유일한 소원은 애기뿐 아니라 새로 사귄 나탈리와 킴까지 함께하는 파자마 파티였다. 포피는 파자마 파티에 더해 케이크와 아이스크림은 물론이고 브리 치즈, 피멘트 치즈 샌드위치, 매운 참치 김밥, 도리토, 진저에일을 메뉴로 정했다. 거기 더해 자기 생일날과 그다음 날 반나절을 포함한 36시간 동안 채소와 과일을 먹지 않아도 되는 자유를 요구했다. 로지와 펜은 그 요구들 중 어느 하나에도 반대할 이유를 찾지 못했다. 소녀의 일곱 번째 생일은 단 한 번뿐이니까.

두 사람은 포피를 겁주고 싶진 않았지만 준비는 시키고 싶었다. 안전하지 않다는 느낌이 들게 하고 싶지는 않았지만 보호하고 싶었다. 자기 몸을 감춰야 한다고 말하고 싶지는 않지만 감출 필요가 있는 몸이긴 했다.

"잠옷으로 갈아입는 건 어디서 할 거야?" 로지는 생일 파티 장식을 걸면서 가볍게 물었다. 케이크에 어떤 토핑을 원하는지 묻는 것보다 더 무겁지도, 더 가볍지도 않은 질문인 것처럼.

"몰라요." 포피가 말했다. "만들기 놀이도 해도 돼요?"

"물론이지." 로지가 말했다. "목욕탕은 어때?"

"만들기 놀이를요?"

"옷을 목욕탕에서 갈아입는 게 어떠냐고."

"목욕탕에서 만들기 하면 진짜 재미있겠다. 욕조에서 쓰는 크레용 같은 거, 아니면 화장실 꾸미기라든지."

"엄마 생각에는… 있잖아, 파자마 파티할 때 보통… 엄마 생각에는 킴이랑 나탈리랑 애기는 그냥 네 작은 탑 다락방에서 함께 잠옷으로 갈아입고 싶어 할지도 몰라. 그래서 엄마는 좀 걱정돼서…."

뭐가? 뭐가 좀 걱정되는 것일까? 어쩌면 아이들은 속옷을 벗지 않고 나이트가운이나 파자마를 바로 입을 수도 있었다. 운이 좋으면 옷을 입은 채 바로 잠들어버릴지도 몰랐다. 하지만 로지는 계획 없이 상황이 벌어졌을 때 생기는 결과를 목격한 경험이 있으므로 준비를 하고 싶었다.

"그냥 부끄러워서 혼자 갈아입어야겠다고 말할 수도 있어."

"난 부끄럼 안 타는데요."

"그냥, 왜 목욕탕에서 혼자 옷을 갈아입어야 하는지 말할 이유를 생각해두자는 거야."

크레이프 페이퍼를 만지작거리던 포피는 처음으로 고개를 들어 엄마를 쳐다봤다. "혼자서 옷을 갈아입어야 해요?"

"음, 친구들이 모르니까… 음… 네가 누군지."

"내가 누군지?"

"물론 친구들이 널 잘 알지. 하지만 모르잖아. 무슨 말인지 알지?"

포피의 얼굴에 혼란스러운 표정이 떠올랐다. "농담하는 거죠, 엄마?" 포피는 엄마가 그냥 자기를 놀리는 것이라는 결론을 내리고 거의 일곱 살이 다 된 아이가 짓는 웃음을 활짝 지어 보였다. "걱정 마세요. 최고의 파자마 파티가 될 거니까."

그러나 그 말에도 불구하고 로지는 걱정했다. "어떡하지?" 지시대로 초록색으로 물들인 크림 치즈 프로스팅을 휘젓는 중이었다.

"그냥 상황이 어떻게 되는지 지켜볼까?" 펜이 제안했다.

그녀는 거품기로 펜을 가리키며 말했다. "비밀로 하자고 했던 건 당신이야."

"이 문제를 비밀로 하고 싶은 건 아니야. 우리 모두 신중하게 고려한 끝에 이 접근법이 당장은 최선이라 합의한 거지. 합당한 이유에서."

"하지만 포피는 내가 무슨 말을 하고 있는지도 모르더라고. 자기가 실제로는 남자아이라는 사실조차 잊어버린 것 같아."

"포피는 실제로 남자아이가 아니지."

"응, 맞아. 나도 알아, 나도 알아. 하지만 내가 무슨 말을 하고 있는지 알잖아. 자기가 페니스를 가지고 있다는 걸 잊어버린 것 같다는 말이야."

"페니스를 소유하고 있으면 말이야." 펜은 자기 신체의 일부를 권위 있는 표정으로 내려다보며 말했다. "절대 잊을 수가 없어."

"포피는 자기가 페니스를 가지고 있지 않아야 한다는 사실을 잊은 것 같아." 로지는 계속 자기가 무슨 말을 하려고 하는지 이해시키려고 노력했다. 딱 집어 말할 수는 없지만 자기가 하려는 말이 합당하다는 것은 알고 있었다. "친구들이 지금까지 다르게 알고 있고, 지금도 다른 걸 기대하리라는 걸 잊어버렸어."

로지는 좀 더 자주 집 안에서 옷을 입지 않고 돌아다니려 했지만 쉽지가 않았다. 무엇보다 10대 남자아이들이 집 안에 너무 많았다. 거기 더해 이웃들도 자주 드나들었다. 문제는 아이들끼리는 발가벗은 몸을 자주 본다는 점이었다. 수영복, 운동복장, 학교 가는 옷, 파자마 등등으로 늘 함께 옷을 갈아입으니 포피는 자기가 지극히 평범하다고 생각했다. 모두 발가락이 있었다. 모두 팔꿈치가 있었다. 모두 페니스가 있었다. 섬세한 것과는 거리가 멀지만, 로지는 '말없이 직접 보여주는 것'이 마지막 포인트에 대한 포피의 인식을 고쳐주는 최선의 방법이라 생각했다. 손가락이 종이접기를 해도 될 만큼 쭈글거릴 때까지 욕조에 앉아 있다가 포피가 딱풀을 가지러 들어왔을 때 딱 맞춰서 일어난다든지 하는 방법 말이다. 운동복을 타월과 함께 세탁조에 집어넣고 포피가 해변에 갈 준비물을 가지러 들어왔을 때 요가복으로 갈아입기도 했다. 이상한 방법(추운 것은 말할 것도 없고)이었지만 포피의 몸이 전혀 잘못된 것은 아니어도 여자아이의 몸이라고 하기에는 평범하지 않다는 것을 알려주는 데 페니스가 득실거리는 집 안에서 그보다 나은 방법이 있을까? 그러나 그런 노력이 포피에게 별다른 인상을 주지는 않은 듯했다. 일곱 살이 되기 직전의 포피의 몸은 사실 따지고 보면 어른 펜하고도, 어른 로지하고도 전혀 비슷하지 않았다. 솔직히 말하자면 포피가 이해하지 못하는 것이 고마웠다. 그러나 한편으로는 포피가 이해하지 못한다는 사실에 크게 당황했다.

저녁 내내 고문당하는 느낌이었다. 사실 분만 기념일을 축하하기 위한 파자마 파티가 오래 지속될수록 걱정이 더 커지기만 해서, 비교적 빨리 진행됐던 7년 전 분만일보다 훨씬 더 참기가 힘들었다. 아이들은 도리토에 구운 브리 치즈를 찍어 먹는 걸로 파티를 시작했다. 펜이 보기 좋게 잘라놓은 바게트를 싹 무시하고 고급 프렌치 치즈를 세모난 형광색 오렌지 칩으로 찍어 먹었다. 로지는 노심초사한 나머지 메인 코스를 내오려고 했지만 펜이 아직 4시 반밖에 되지 않았다고 지적했고, 포피가 "엄마, 할 일이 너무 많아요" 하고 투정을 부렸다. 넷은 쏜살같이 포피의 다락방으로 올라가버렸고, 로지는 계단을 원망했다. 계단 아래에 달린 문에 귀를 대보아도 계단 위쪽 방에서 일어나는 일을 엿들을 수가 없었기 때문이다. 키득거리는 웃음소리와 기쁨에 넘쳐 지르는 비명 소리가 끊임없이 들려왔다. 그러다가 내려와서 〈사운드 오브 뮤직〉을 관람한 다음 커튼으로 옷을 만들려고 하는 것을 펜이 말리고, 마시멜로 몬스터 프로젝트로 관심을 돌리는 데 성공했다. 포피가 만들기 놀이 주제로 고른 것이었다. 몬스터로 변신한 마시멜로보다 아이들의 입으로 들어간 마시멜로가 더 많았다. 그런 다음 생일 선물을 개봉하고, 그런 후에야 포피는 저녁 식사를 식탁에 올려도 된다고 허락했다. 메뉴는 스시와 샌드위치였다. 리겔과 오리온이 마술 쇼를 벌였다. 몇 년 전 생일 선물로 받은 마술 키트에 더해 실제 쇠톱과 토끼 모양 초콜릿이 등장했다. 토끼 초콜릿을 반으로 잘랐다가 다시 붙이는 마술은 잘라진 곳을 혀로 핥아서 녹인 다음에 붙이는 마술을 사용했다. 여자아이들이 킥킥거리고 웃었다. 루와 벤은 지하실 방에 틀어박혀서 위층에서 벌어지는 일들이 현실이 아닌 척했다. 펜은 무정부적이고 무법적인 풍선 터뜨리기 놀이를 위해

한 움큼의 풍선에 바람을 넣었다. 그리고 로지는 괜히 법석을 떨었다.

생일 축하 노래를 부르고 케이크와 아이스크림을 먹을 즈음에는 루와 벤도 올라오라고 불렀다. 여자아이들만 초대한 생일 파티는 처음 치러보는 로지는 아이들이 실제로 아주 단정하게까지는 아니라도 조용히 앉아서 음식을 먹는 것을 보고 기분 좋게 놀랐다. 마음을 괴롭히는 혼자만의 고민만 아니었어도 참 좋았을 것이다. 리겔은 오리온이 쓰고 있던 중절모 위에 케이크를 위태롭게 놓았고, 케이크가 결국 루의 접시로 떨어졌고, 그래서 리겔의 선물에 아이스크림이 튀었다. 뜨개질로 뜬 주황색 파티 모자였는데 로지 눈에는 야물커*처럼 보였다. 쌍둥이는 서로의 목을 팔로 조이면서 부엌 바닥에서 잠시 굴렀고, 그 바람에 바닥에 떨어진 케이크와 아이스크림 조각이 사방으로 흩어지고 주피터가 놀라 짖어댔다. 로지는 개가 부러웠다. 걱정거리가 있고 초조하면 끊임없이 끙끙거리며 온 집을 누비고 다녀도 사회적으로 문제가 되지 않았기 때문이다.

생일 주인공과 손님들이 하품하기 시작하자, 펜은 잘 준비를 할 시간이 된 것 같다고 넌지시 암시했다. 그러나 로지는 준비가 되어 있지 않았다. 갑자기 숨이 가빠졌다. 아이들이 터벅거리며 위층으로 올라가는 동안 그녀는 아무 일도 없는 듯한 표정을 지으려 애를 썼다. 그러다가 금방이라도 반으로 톱질을 당하기 직전에 탈출한 초콜릿 토끼처럼, 작은 탑으로 올라가는 계단

★   유대인 남자들이 정수리 부분에 쓰는 작고 동그란 모자.

을 뛰어올라갔다. 최대한 빨리 계단을 올라가다가 서두르는 것을 들키지 않도록 크리스토퍼 로빈처럼 중간에 한 번 멈춰서 헐떡거리는 숨을 가다듬었다. 가방의 지퍼를 여는 소리와 벗어던진 신발이 몰딩에 부딪히는 소리와 옷을 벗는 소리와 킴의 시애틀 스톰 파자마와 나탈리의 곰 발 모양 슬리퍼를 보고 환성을 지르는 소리가 들려왔다. 안간힘을 다해 귀를 기울였지만 속옷을 벗는지 아닌지 소리만 들어서는 짐작할 수가 없었다. 왜 팬티는 더 큰 소리를 내지 못할까? 포피의 서랍이 열렸다 닫혔다, 열렸다 닫혔다 하는 소리가 났다. 그리고 갑자가 포피가 계단 쪽으로 걸어왔다.

로지는 욕을 내뱉고 전속력으로 자기 침실로 뛰어 내려가 침대에 몸을 던졌다. 펜은 이미 침대에 누워 발목을 다른 쪽 무릎 위에 올리고 한 팔로 머리를 받치고 다른 팔로 책을 들고 있었다. 상당히 의기양양한 표정이었다.

"헌 지폐로 1천 달러 내고 일주일간 그 해진 브루어스 티셔츠를 입고 침대로 오면 비밀을 지켜줄게." 그는 포피가 방으로 걸어 들어오는 것을 보면서 빠르게 속삭였다.

"나이트가운을 하나도 못 찾겠어요."

"모두 건조기에 들어 있는 것 같아, 귀염둥이." 펜이 순진무구한 미소를 띠었다.

포피가 세탁실로 갔다가 잠시 후 플라밍고가 그려진 나이트가운을 입고 돌아왔다. "고마워요, 아빠."

"천만에, 우리 강아지. 벗은 옷은 어떻게 했니?"

"바닥에 쌓여 있어요." 이실직고를 하던 포피의 얼굴이 갑자기 밝아졌다. "하지만 오늘 내 생일이잖아요."

"생일이니까 넘어가자." 펜은 그녀에게 굿나잇 키스를 해줬다. "재미있게 놀아. 너무 늦게 자지 말고. 아침에 미키마우스 팬케이크를 안 졸고 먹으려면."

포피는 생애 일곱 번째 해를 시작하기 위해 위층으로 뛰어 올라갔다.

"고마워." 로지가 숨을 내쉬면서 눈을 감았다. "고마워, 고마워, 고마워."

"천만에, 당신도 그냥 넘어가주지."

로지는 생각했다. 이렇게 간단한 것을. 그리고 생각했다. 문제 해결. 그러나 문제는 이제 막 시작되었을 뿐이었다.

로지는 적어도 1년은, 그러니까 포피의 여덟 번째 생일까지는 회복할 시간을 확보했다고 생각했다. 그러나 포피와 애기는 파자마 파티가 동화책에서 읽었던 것보다 더 재미있다는 사실을 깨달았다. 부모의 봉인이 열린 후에는 더 이상 그들을 막을 수가 없었다. 단 일주일의 회복 기간을 누린 다음 로지에게 다시 시련이 찾아왔고, 이번에는 상황이 더 나빴다. 포피가 애기네로 가기로 했기 때문이다. 이번에는 포피의 잠옷을 모두 세탁하는 작전을 다시 쓸 수도 없었고, 어차피 집에서도 같은 방법을 써봤자 먹혀들지 않을 것이다. 애기의 집이니 로지가 쳐들어가서 "우리 집에서는 남 앞에서 옷을 갈아입지 않아요" 같은 말도 안 되는, 그러나 (애석하게도) 믿을 만한 엄마다운 핑곗거리를 댈 수도 없었다.

로지는 금요일이 안식일이니 파자마 파티 대신 모두 유대 교회에 가야 한다는 규칙을 만들기에 너무 늦었을까 궁금해했고, 펜은 아마 그럴 것이라고 했다. 사실 펜은 완전히 다른 생각을 하고 있었다. 리겔과 오리온은 래리, 해리와 영화관에 갈 것이고, 벤은 토론 클럽 회원들과 미니 골프를 치러 갈 예정이고, 루는 무슨 일이 있어도 지하실에서 올라오지 않을 것이었다. 포피가 이웃집에서 자면 밤에 두 사람만 집에 남을 테고, 로지가 전략적으로 발가벗고 집 안을 누비고 다니는 습관이 있기 때문에 거기에 대해 무슨 조치를 취할지에 대해 펜 나름의 아이디어가 있다는 의견이었다.

펜이 자기주장을 펼치고 로지가 공황 상태에 빠지는 동안 포피는 짐을 쌌다. 바로 이웃집에 간다고 해서 짐 싸는 의식을 생략할 수는 없었다. 포피는 앨리스와 미스 마플을 챙겼다. 게임 두 개, 초록색 반짝이 페디큐어, 그리고 분장 놀이를 할 경우를 대비해 오리온의 의상 가방도 하나 챙겼다. 그 짐에 더해 로지는 가족을 전장에 내보내며 흐느끼는 엄마의 심정으로 속옷, 치마, 티셔츠, 나이트가운 한 벌씩과 칫솔을 챙겼다.

그녀는 포피를 자기 침대에 앉힌 다음 그 앞에 무릎을 꿇고 앉았다. 이번에는 좀 더 준비가 되어 있었다. "오늘 밤에 나이트가운으로 갈아입을 때 말이야, 사람들이 안 보는 곳에서 갈아입어야 해, 알겠지?"

"네?" 포피는 확신이 없는 목소리로 대답했다.

"우리 강아지, 애기는 네가 페니스가 있는 걸 몰라. 그걸 보면 정말 혼란스러워할 거야. 그러니까 그 이야기를 하든지, 아니면 목욕탕 같은 곳에 가서 옷을 갈아입어야 해."

"알았어요." 포피가 말했다.

"어느 쪽?"

"뭘 어느 쪽이요?"

"어느 쪽이 좋겠어? 애기에게 말해야 할까? 진짜 좋은 친구니까, 말할 수도 있어. 그러면 애기가 알게 되는 거고. 원하면 다른 친구들에게도 이야기할 수도 있지. 아니면 애기한테 아무에게도 말하지 말아달라고 할 수도 있고. 애기라면 비밀을 지켜줄거야."

"니키는요?"

"니키?"

"니키가 나랑 제일 친한 친구였는데 내가 누군지 안 다음에는 내가 징그럽다 생각해가지고 아빠를 총으로 쏘려고 했잖아요."

로지는 충격을 받은 마음이 진정되고 폐로 다시 공기를 집어넣을 수 있을 때까지 잠시 기다렸다. 어떻게 포피의 기억이 이런 식으로 왜곡되었을까? 언제부터? 얼마나 오랫동안 이런 식의 기억을 마음속에 품고 다녔을까? "오, 우리 아가, 아니야. 니키는 네 친구였어. 아주 어렸지만 널 자기 나름대로 참 좋아했었지. 이해하지 못한 건 니키의 아빠였어. 아빠를 총으로 쏘려고 한 건 니키가 아니었어. 니키 아빠도 아빠를 총으로 쏘려고 하진 않았고."

"하지만 니키가 나에 대해서 알고 난 다음에는 나랑 친구하고 싶어 하지 않았어요."

로지는 고개를 끄덕이고 아무 말도 하지 않았다. 완전히 사실이 아닌 것은 아니었다. 그리고 어쩌면 사실은 더 이해하기 힘든 것일 수도 있었다.

"내가 사실은 남자아이라는 것을 안 다음에는 애기가 나랑 친구하지 않으려고 하면 어떡해요?"

"너 사실은 남자아이니?" 로지가 부드럽게 물었다.

"아니요." 그날 저녁 포피의 입에서 나온 말 중 처음으로 확신에 찬 말이었다. "난 남자아이가 아니에요, 엄마."

"맞아, 아니지. 그러니까 애기도 그렇게 생각하지 않을 거야. 언제라도 애기한테 설명할 수 있을 거야. 지금 당장 다 함께 가서, 애기한테 네가 얼마나 훌륭하고 용감하고 멋진 여자아이인지 이야기할 수도 있어."

"난 애기가 나를 이상한 데가 있는 애로 생각하지 않았으면 좋겠어요."

"왜? 애기도 이상한 데가 얼마나 많은데."

"바로 그거예요." 포피가 말했다. "이상한 애는 애기고, 난 안 이상한 애예요. 우리는 그게 좋아요."

그날 밤 늦게, 영화 한 편과 코미디 한 편을 보고 페디큐어를 하고 레고를 조금 가지고 놀다가 행맨 게임을 서른여섯 번 한 다음, 애기는 실오라기 하나도 남김없이 옷을 몽땅 발가벗은 채 잘 때 입을 옷을 찾기 위해 돌아다니다가 결국 속옷은 안 입고 카옌이 수영복 위에 걸치는 옷, 그러니까 자기한테 네 사이즈 정도 큰 옷을 입었다. 포피는 가방에서 나이트가운을 꺼내 둘둘 뭉쳐 팔이 끼고 목욕탕으로 향했다.

"그냥 여기서 갈아입어도 돼. 난 안 부끄러운데." 애기가 안심을 시켰다.

"아, 고마워." 포피가 말했다.

"넌?"

"내가 뭐?"

"부끄러워?"

"아니. 하지만… 로베렐라가 보고 있잖아." 로베렐라는 애기네가 기르는 2.7킬로그램짜리 치와와였다. 펜이 햄스터라고 부르는 로베렐라는 애기가 가는 곳마다 쫄쫄 따라다녔다.

애기가 킥킥거렸다. "로베렐라는 감시견이니까 모든 걸 감시하긴 해. 발가벗은 사람들 보는 걸 좋아하는 녀석이니까, 목욕탕 가서 갈아입는 게 좋을 것 같다."

포피는 안심도 되고 스스로 잘했다고 생각하면서 목욕탕으로 갔다. 개 앞에서 옷을 갈아입는 것을 창피하다고 생각하는 것이 이상하다는 사실을 애기가 깨닫기까지는 몇 년이 걸렸다.

칸막이

사실 몇 년 동안 포피에게 신경을 써야 할 때는 그녀가 팬티를 입고 있지 않은 상황, 그러니까 그녀 삶의 2퍼센트 정도의 기간뿐이었다. 클로드도 늘 앉아서 소변을 봤지만, 소변 보는 것을 제외한 문제에 대해서도 엘캐피탠산*만큼이나 배울 게 많았다. 펜은 리스트서브**에 이름을 올리고, 온라인 지지 프로그램에 가입하고, 블로그와 페이스북과 트위터와 인스타그램, 유튜브, 팟캐스트 계정을 팔로했다. 거기서 그는 비밀을 지키는 데 필요한 비밀을 배웠다. 그는 개 핑계를 대지 않고도 친구들 앞에서 팬티 바람으로 왔다 갔다 할 수 있도록 페니스를 감추는 팬티를 어디서 살 수 있는지(맙소사, 그는 페니스를 감추는 팬티가 있다는 것조차 거기서 처음 알았다) 배웠다. 그는 어느 발레 학교가 레오타

---

*   El Capitan. 미국 캘리포니아주 시에라네바다 산맥에 있는 높고 가파른 산.
**   이메일 목록 관리용 응용 프로그램.

드만 입게 하고, 어디에서는 레오타드 위에 랩스커트를 입는 것을 허락하는지도 알았다. 그는 수영 프로그램이 없는 주간 어린이 캠프가 어디인지도 배웠다. 그는 만일을 위해 포피네 학교의 메네데스 교장에게 포피에 관해 이야기할 수도 있고, 그런 후에도 포피가 여자 화장실을 쓰게 해달라고 요구할 수 있다는 사실도 알았다. 그는 메네데스 교장에게 이야기했더라도 다른 교사들, 특수 교육 전문가들, 보조 교사, 교사 보조, 양호 교사, 구내 식당 직원들에게 이야기하자고 하면 거절할 권리가 있다는 사실도 배웠다. 그는 포피가 여자 T볼팀, 여자 축구팀, 여자 테니스팀, 여자 수영팀에 가입할 권리가 있다는 것도 배웠다. 수영팀에 가입했을 때 포피가 여자 탈의실을 사용할 권리가 있다는 사실도 배웠다. 펜의 시각에서 볼 때 여자 화장실의 최고 장점은 칸막이가 의무화되어 있다는 점이었다. 대다수의 여자아이들이 방 한가운데서 옷을 갈아입을지 모르지만, 소변을 볼 때는 모두 칸막이 화장실에 들어가고 어차피 소변을 볼 거면 들어간 김에 수영복을 입고 벗는 일을 그 안에서 하고 나오는 것도 말이 됐다. 펜은 걸스카우트는 포피의 성별을 알아도 가입을 허락할 것임을 알았지만 결국 말하지 않았다.

펜은 포피와 비슷한 아이들에 관해 온라인에 올라온 자료를 끝까지 읽어보려 했지만 실패했다. 끝이 없었기 때문이다. 그가 그런 시도를 했다는 것 자체가 불행한 일이었다. 그 일로 글쓰는 시간을 빼앗겼기 때문이다. 처음에는 시애틀이 빌어먹을 소설을 쓰기에 좋은 곳이라고 생각했다. 시애틀에는 훌륭한 서점과 서점 주인, 도서관과 사서, 글쓰기 교실, 비평 그룹 등이 수십 개씩 있었다. 로지가 낮에 일을 했기 때문에 로지가 일을 할 때 펜도 잠자는 대신 일할 수 있었다. 시애틀은 날씨까지도 글 쓰기에 적합했다. 울적한 잿빛 구름이 낮고 짙게 걸린 것이 꼭 두터운 오리털 이불 같은 느낌이었다. 그는 그런 날씨에 맞춰 어둡고 축축하고 아름다운 글을 썼다.

그러나 불행하게도 그 어둡고 축축한 기분으로 집 안을 누빌 때도 많았다. 하루 24시간으로는 충분치가 않았기 때문이다. 초등학교는 9시 30분까지 시작하지 않았고, 고등학교는 2시에 끝났다. 그사이에 펜은 빨래, 집안 정리, 병원 약속, 장 보기, 작가들 모임 등을 해야 했고, 축구하는 날이라는 걸 잊고 학교에 간 포피에게 축구화를 가져다주고, 현장학습 날이라는 걸 잊어버린 리겔에게 부모 동의서를 가져다주고, 학교에서 점심 먹는 날이라는 걸 잊은 오리온에게 도시락을 가져다주는 일도 해야 했다. 이사한 후 바뀐 점이 또 있다면 로지의 고용 안정성이었다. 위스콘신 대학 병원은 로지를 잘 알았고, 로지를 좋아했으며, 로지에게 신세를 더 많이 진 직장이었다. 여기서는 다른 가족들과 마찬가지로 로지도 새로 온 신입에 불과했다. 좋은 인상을 주고 실력을 증명할 필요가 있었다. 그래서 쉽게 병가를 내거나 연차를 낼 수 없었다. 아침에 일찍 시작하지 못하니 퇴근을 늦게 해야 했다. 그래서 근무하는 날에는 집안일이나 육아를 전혀 도울 수가 없었다. 펜은 로지가 채우지 못한 부분을 기꺼이 대신할 용의가 있었다. 그러나 그렇게 하고 나니 글을 쓸 시간이 없었다. 특히 페니스를 감추는 속옷과 그 기능에 대한 리서치를 멈추지 못하면서 상황은 더 나빠졌다.

로지는 직장에서 가족의 비밀을 이야기할 수도 있었지만 하지 않았다. 사실 이야기하지 않을 이유가 없었다. 작은 병원이었고, 의료계 종사자들은 개인 정보와 신체 정보에 관한 비밀을 환자복 아래에 덮어두도록 훈련받은 사람들이었기 때문이었다. 물론 그런 환자복들이 미끈거리고 부스럭거리는 당황스러운 느낌의 종이와 아무도 제대로 묶지 못하는 매듭으로 되어 있는 것도 사실이고, 환자가 감추고 싶어 하는 바로 그곳에 구멍이 나 있는 것도 사실이다. 응급실에서는 상황에 따라 실려 온 환자들의 옷을 잘라서 제거거나, 옷을 입은 채 치료했다. 그래서 로지가 환자들이 입은 환자복을 델리에서 산 샌드위치 포장처럼 요령 있게 펼치는 데 익숙하지 않았는지도 모른다. 하지만 웨스트힐 패밀리 메디컬 센터에서 익숙해져야 할 것은 환자복만이 아니었다.

포피의 일곱 번째 생일 파티를 무사히 넘긴 바로 다음 월요일, 로지를 찾은 첫 환자는 세 살 먹은 브리스톨 윙크스와 미시즈 윙크스였다. 로지는 가정의가 되긴 했지만 환자의 보호자를 '어머니'라고 부르지 않겠다는 신념을 굽히지 않았다. 하지만 이름 대신 '부인'이라는 호칭을 써야만 했다. 그녀는 자기 아이를 진찰하는 의사가 자신의 이름을 부르는 것이 무례하다고 생각하는 엄마는 도대체 어떤 사람일까 생각했다. 마치 19세기 소설 속으로 들어간 느낌이었다. 하지만 그 정도면 참을 만한 수준이라는 결론을 내리고 그냥 넘어가기로 했다. 사실 일 전체가 그런 느낌이었다. 아무 소용 없는데도 해야 하는 일들이 엄청나게 많았지만 그에 반대하고 싸우느니 그냥 동의하고 넘어가는 편이

쉬웠고, 일자리가 없어서 굶는 것보다는 훨씬 참기가 쉽다는 생각으로 버티는 나날이었다. 윙크스 가족은 도대체 왜 아내의 성을 사용하지 않는지, 로지로서는 전혀 이해할 수 없는 부류에 속했다. 전통도 좋지만 자기 아이에게 브리스톨 윙크스라는 이름을 붙여서 학교에 보내고 싶은 부모가 세상에 있을까 싶었다. 아이에게 일어나는 일 중에는 부모가 제어할 수 없는 일이 너무도 많다. 그러니 제어할 수 있는 것마저 안 하는 이유는 무엇일까?

"브리스톨의 청력이 걱정돼서 왔어요." 윙크스 부인의 목소리가 너무 작아서 로지는 자신의 청력마저 걱정되기 시작했다.

"귀가 아파하나요?"

"모르겠어요." 윙크스 부인이 솔직히 털어놨다.

"쓰리거나 아프다는 말을 하나요?"

"아니요. 하지만 애가 너무 어리잖아요. 어쩌면 그런 느낌을 표현할 줄 모르는지도 모르죠. 청력 상실이 있는 아이들은 언어 획득에 문제를 겪는 경우가 많죠, 아시다시피."

로지도 잘 알고 있었다. "아이가 귀를 당기거나 하나요?"

"그렇지 않은 거 같아요."

"윙크스 부인, 왜 아이 귀를 손으로 가리고 계시나요? 그렇게 하면 브리스톨이 안심하나요?"

"우리가 자기에 관해 하는 이야기를 듣게 하고 싶지 않아서요." 윙크스 부인은 브리스톨의 귀에 손을 더 바짝 붙였다. "감정을 상하게 하고 싶지 않아요."

"하지만 오늘 아이를 병원에 데려오신 이유가 아이의 청력 때문이 아닌가요?"

"맞아요."

"그런데 왜 귀를 가리시나요?"

"혹시 모르니까요."

로지는 숨을 깊이 들이켰다. "왜 아이 청력에 문제가 있다고 생각하셨나요?"

"레고를 치우라고 하거나, 저녁 식사 시간에 따라준 우유를 다 마시라고 하거나, 정리를 하라고 하거나, 신발을 신으라고 말을 해도 듣지 않아요."

"아." 응급실에서의 경험은 로지가 다음 질문을 상냥하게 하는 데 아무런 도움이 되지 못했다. "윙크스 부인, 왜 아이가 그런 일을 하지 않는 이유가 청력에 문제가 있어서라고 생각하시나요?"

"올려다보지도 않거든요." 윙크스 부인은 명백한 증거가 너무도 많다는 점을 강조하기 위해 양손을 펴 보이며 말했다. "싫다고 하거나 떼를 쓰는 것도 아니에요. 그냥 쳐다보지도 않는다고요."

"한 시간 동안 태블릿이나 텔레비전을 봐도 된다고 하는 말은 알아듣나요?"

"그럴 때는 제가 하는 말을 추측하는 것 같아요. 제 손에 든 태블릿을 볼 수 있으니까요."

"아이스크림 먹으러 나가고 싶냐고 묻는 말은 알아듣나요?"

"알아듣긴 하죠, 하지만…."

"브리스톨은 겨우 세 살이에요, 윙크스 부인. 불행하게도 하기 싫은 일을 시키면 거부하는 게 정상이에요."

"거부하는 게 아니라니까요."

"거부하는 의사 표현을 그렇게 하는 것일 수도 있어요."

"제 말을 못들은 척하는 건 거짓말하는 거예요." 윙크스 부인은 아들의 귀에서 손을 뗐다. "그리고 브리스톨은 엄마나 아빠에게 거짓말을 하지 않아요."

"뭐?" 브리스톨이 말했다. "응?"

로지는 브리스톨의 청력 검사를 했다. 브리스톨의 귀가 완벽하게 작동하고 있다는 사실은 윙크스 부인에게만 충격적인 소식이었다.

시애틀에 온 지 9개월이 지났지만 로지는 여전히 이것이 의료 행위라고 생각할 수가 없었다. 위스콘신에서 공황 상태에 빠져 보낸 한밤중에 판단 착오의 씨앗을 심은 결실이었다. 그 순간에는 자신에게 맞는 직장을 찾을 겨를이 없었고, 그냥 아무 직장이라도 찾으면 될 것 같은 생각이 들었다. 사실 취직이 되었다는 것 자체가 놀라웠다. 응급실에서 단련된 그녀의 능력(부상자 분류, 진단, 극도의 스트레스 상황에서도 최소한의 품위를 유지할 수 있는 침착함)은 세 명의 매우 친절한 가정의(하워드, 제임스, 엘리자베스)가 운영하는 가정의학과 병원에 그다지 유용할 것 같지 않았지만, 그들은 로지를 환영했고 그들의 요구는 주로 약간의 스트레스 상황에서 극도로 높은 품위를 유지해달라는 것이었다. 병원은 접수와 조직을 담당하면서 기적을 행하는 이본이 운영했다. 로지보다 아이가 더 많고(여섯 명), 가능할 것 같지 않은 숫자의 손주를 둔(열다섯 명) 이본은 로지에게 말했다. "셈을 해봐요. 겁이 덜컥 날 거예요."

네 명의 의사는 동일한 지분을 가진 파트너들로, 동일한 시간을 일하고, 동일한 양의 서류 작업을 하고, 학회와 워크숍에 함께 참여하고, 작은 병원을 운영하는 데 필요한 모든 의무를 별문제 없이 협조적으로 해냈다. 엘리자베스는 조용하고 상냥했고, 친절하지만 느끼하지 않았으며, 남의 일에 지나치게 간섭하지 않고 예의를 지키는 수준으로 주말을 잘 지냈는지 묻곤 하는 사람이었다. 그녀는 출근해서 환자를 보고 휴게실에서 잡담을 좀 하다가 퇴근했고, 퇴근 후 그녀의 생활에 대해 다른 파트너들은 전혀 알지 못했다. 로지는 그녀를 정말 좋아했다. 로지는 제임스를 엘리자베스보다 더 좋아했다. 제임스는 조용하지 않았다. 그는 로지의 삶으로 다이빙하듯 뛰어들어왔다. 그러나 대신 로지도 자신의 삶에 깊숙이 들어오게 해줬다. 제임스와 그의 남편은 퇴근 후 날마다 바에서 일찍부터 한잔씩 하고 좋은 레스토랑에서 식사를 하고 오페라와 연극을 보고 친구들을 만났다. 주말에는 늦게까지 푹 자고 일어나서 한가롭게 브런치를 먹으면서 신문과 책을 읽고 철학적인 대화를 나눴다. 두 사람은 대체로 아이를 낳기 전의 신혼부부처럼 생활했고, 로지에게 그것은 영화에서나 보는 판타지 같은 것이었다. 영화를 보러 갈 수만 있다면 말이다. 그리고 로지는 영화를 보러 가지 못했다.

문제는 하워드였다. 하워드는 주말에 문제가 생겼을 경우에 대비해서 매주 월요일 아침에 회의를 하자고 고집했다. 하워드는 병원이 친환경적이라고 내세우기 위해 포스트잇을 포함한 모든 종이의 사용을 금지했다. 어느 주말에는 직원 전부에게 일회용 반창고 2천 개씩을 집에 가져가서 병원 URL을 마커로 써 오도록 해서는 핼러윈에 사람들에게 나눠줬다. 그는 직원들에게 깊은 생각을 담은 짧은 문장을 트위터에 올려서 자기들이 얼마나 똑똑하고 재치 있는지 경쟁 병원에 보여줘야 한다고 주장하고, 그렇게 하지 않는 사람은 죄책감을 느끼게 만들었다. 환자의 부모를 '어머니'라고 부르라고 고집하는 것도 하워드였다. 그는 로지에게 직원 단합용 아침 식사를 조직하고 병원 웹 사이트를 업데이트할 사람을 찾는 책임을 맡겼고, 이본에게 휴가 보너스를 지급할 때 병원에서 줄 선물을 마련하라는 임무도 줬다. 그녀에게 태국에 가서 그곳 난민 진료소에서 3개월 동안 일하라고 한 것도 하워드였다. 이 병원의 의사들이 자원 단체와 국제 구호 기관에서 찾는 사람들이라는 내용을 웹 사이트에 올리기 위해서였다.

하워드는 직원의 가정 생활을 배려하는 병원이라고 주장하고 싶어 했기 때문에 로지를 고용할 때 유연근무를 허용하기로 합의했다. 아침에 아이들을 학교에 보낼 수 있는 유일한 방법이었다. 병원은 9시에 열었지만 로지는 10시까지 환자를 보지 않았다. 다른 의사들의 마지막 진료 시간은 오후 4시 반이었지만, 로지는 5시 반에 마지막 환자의 진료를 시작했다. 그렇게 하면 직장에 다니는 환자들도 올 수 있어서 병원에도 좋았다. 하워드는 이런 방식의 근무를 허용하여 자녀를 키우면서 일하는 부모들에 대해 배려하는 척했지만, 월요일 아침 회의를 늘 8시 반에 잡아놓고 로지가 대부분 참석하지 못하는 것에 깜짝 놀랐다.

하워드는 로지의 상사가 아니었지만 병원을 처음 시작하고 다른 의사들을 고용한 사람이었다. 로지는 하워드를 화나게 하고 싶지 않았다. 그와 언쟁을 벌이고 싶지도 않았다. 그녀는 모기 물린 데가 평소보다 더 간지럽다는 증상을 가지고 찾아온 환자나, 미각이 이상한 느낌이 든다는 환자나, 가정의가 머릿니를 해결해줄 것이라 생각하는 환자들도 참을성을 가지고 대하고 상황에 걸맞게 걱정스러운 표정을 지으려고 노력했다. 하워드와 부딪히지 않기 위해 최선을 다했고, 가능한 한 '네'라고 말하려고 최선을 다했으며, 그녀를 가정의로 고용했으니 거기에 맞는 의사 역할을 충실히 하기 위해 애썼다. 그것이 원래 자기가 지니고 있던 의사로서의 정체성과는 완전히 다른 역할이라도 말이다. 완벽한 직장은 아닐지 모르지만 근무 시간이 일정했고, 한밤중에 일하지 않아도 되었으며, 서류 작업에 필요한 시간과 점심시간이 근무 시간에 포함되어 있고, 환자를 보는 중간중간에 집에 전화해서 별일 없는지 확인할 수도 있었다. 게다가 비명을 지르거나 피를 철철 흘리거나 신체의 다양한 구멍(원래 있던 구멍뿐 아니라 새로 생긴 구멍인 경우도 종종 있다)에서 이물질이 튀어나온 채 병원에 오는 환자는 거의 없었다. 완벽한 직장은 아니지만 보수가 좋았고, 온 가족이 의료보험 혜택을 받았다. 아침 식사를 조직하거나 웹 사이트를 업데이트할 사람을 찾지 않았다고 그녀를 해고할 수 있을까? 가족 때문에 유연근무제를 이용하고, 완전히 딸이 아닌 딸을 가졌다고 그녀를 해고할 수 있을까? 아마 그러지는 못할 것이라 생각했지만, 그녀는 굳이 그 답을 알고 싶지 않았다.

50 대 50

결국 로지는 여섯 살배기 애기가 모든 것을 알아내는 데 한 시간도 걸리지 않는다는 것을 깨닫게 되었다. 그랜더슨네와 이웃으로 산다는 것의 큰 장점은 두 집이 굉장히 가깝다는 사실이었다. 그래서 어른들끼리 한 집에서 식사하고 아이들은 모두 다른 집으로 몰아 보내는 것이 가능했다. 아이들끼리만 앉는 식탁을 따로 두는 개념의 귀감이 되는 사례였고, 추수감사절 만찬 때 열한 살 이하 어린이는 부엌에서 먹게 하는 것을 플라토닉하게 성취한 사례였다. 두 커플은 누가 거실에서 줄넘기를 하다가 커피 테이블에 놓인 치즈 접시를 깨뜨리지나 않을까 걱정하지 않고도 성인들끼리 조용하게 저녁 식사를 즐길 수 있었다. 부엌에서 누가 비명을 지르거나, 위층에서 뭔가가 쿵 떨어지는 심상치 않은 소리가 들리거나, 찬장 근처에서 축구를 하면서 소동이 벌어지거나 하는 문제들을 걱정하지 않아도 되고, 망치 주세요, 성냥 주세요, 탁구공은 어디 있어요, 음식 더 주세요, 다른 음식

더 주세요, 머리카락-러그-속옷에 붙은 음식 떼어주세요 등의 요청에 응하지 않고 성인들끼리의 대화를 이어나갈 수 있었다. 어떨 때는 주피터까지도 그랜더슨네로 보낼 때도 있었다. 주피터는 아이들보다 얌전했지만 열광적인 꼬리 치기로 커피 테이블에서 적포도주잔을 날린 적이 여러 번 있었기 때문이다.

두 가족은 매달 마지막 토요일 저녁에 모였다. 번갈아가며 한 집이 요리하고 다른 한 집이 아이들의 아지트 역할을 했다. 다른 일로 바쁘고, 직장 일이 미친 듯 돌아가고, 인생 대소사가 벌어져도, 그 저녁 모임은 거르지 않았다. 루와 벤과 카옌이 아이들을 돌볼 만큼 나이가 들어서 어른 넷이 저녁 식사 대신 함께 영화를 보러 갈 수 있게 된 후에도 저녁 식사 전통은 이어졌다. 로지는 한 달 내내 이 모임을 기다렸다. 요리를 맡는 달이 되면, 로지와 펜은 아이들에게 차려주거나 일상적인 식사 메뉴로 하기에는 과분할 정도로 공이 많이 들어가고 섬세하고 기름지고 복잡하고 비싼 음식을 만들곤 했다. 좋은 그릇을 꺼내고, 비싼 포도주를 마셨다. 돌아가며 매 시간에 한 번씩 아이들에게 별일 없는지, 〈파리 대왕〉에 나오는 상황이 벌어지지는 않는지 확인하면 됐다.

"이 모임을 듀얼 디너라고 부르면 좋겠네." 벤이 말했다.

"좋아!" 리겔과 오리온이 합창했다. "칼을 살 수 있겠다!"

"결투라는 듯의 듀얼이 아니라 이중이라는 뜻의 듀얼 말이야." 벤이 믿을 수 없다는 듯 눈을 굴렸다.

"결투 디너가 좋겠어!"

그렇게 해서 결투 디너가 탄생했다. 그 저녁 식사는 한 달

중 유일하게 어른들끼리 대화하면서도 아이들이 엿들을까, 잘
못해서 목소리가 새어나갈까 걱정하지 않아도 되는 시간이기도
했다. 그래서 어느 날 밤 땅콩 단호박 수프, 가자미살과 게살을
채운 크레프, 초콜릿 수플레로 이루어진 코스 요리를 먹으면서
샤도네 포도주 몇 병을 마시고, 아무도 그다지 좋아하지 않지만
포트와인을 한 잔씩 마신 다음, 프랭크가 취한 말투로 킥킥거리
면서 "그러니까 포피가 사춘기가 되면 어떻게 되는 거죠?" 하고
물은 것도 큰 무리가 아니었다.

　펜은 로지가 할머니에게서 물려받은 식탁보에 포트를 엎질
렀다. 로지는 유감이라고 생각했는데, 자기가 좋아하기에는 너
무 공들인 느낌이 나는 빅토리아풍의 식탁보가 아까워서라기
보다 술 없이 어떻게 이 대화를 이어갈지 몰라서였다. 타월을 가
져오고 포도주 자국을 지우는 데 좋다는 탄산수를 가져오고 레
이스에서 포도주 얼룩을 지우려면 어떻게 해야 하는지 인터넷
에서 검색하는 소란이 벌어지는 동안, 프랭크가 풀어진 말투로
사방에 대고 사과했다. "모두들, 정말 미안해요. 그 질문을 하면
안 되는지 몰랐어요. 지금까지 묻지 않은 우리가 무례한 건 아
닐까 생각이 들었었어요. 우리가 관심이 없다고 생각할까 봐. 그
리고 지금까지 좀 걱정하긴 했어요…. 무슨 말이냐면, 두 분은
그걸 비밀로 하지 않고 사람들한테 다 알리고 싶어 했는지 모르
는데 가부간에 결정하기도 전에 우리가 그냥 비밀로 덮어버리
자고 한 건 아닌가 싶어서요."

　펜은 '뭐든 물어봐도 돼요' 하고 생각은 했지만 입 밖에 꺼
내 말하지는 않았다. 그 말이 사실이어야 하지만, 펜은 그렇게

286

하면 자기가 제대로 대답할 수 있을지 자신이 없었다.

로지는 '당신들 때문이었어요'라고 생각은 했지만 입 밖으로 꺼내 말하지는 않았다. 그게 사실이 아니었어야 하지만, 로지는 진짜 사실이 아닌지 확신이 서지 않았다. 그녀는 남편과 눈을 마주쳤다. 펜은 자기가 로지의 폐에서 공기를 들이마시는 느낌을 받았다. 로지는 펜이 식당 한가운데 눕고 자기가 수술을 하기 위해 그의 가슴을 연 것 같았다. 그만큼 노출된 느낌이었다. 내부에 머물러서 보이지 않아야 하는 것이 모두 드러난 느낌. 그러나 수술은 그녀에게 익숙한 일이었고, 일단 설명을 시작하고 나자 그때까지 왜 그렇게 어렵게 생각했는지 어리둥절할 정도였다. 임상적이고 의학적이고 약학적인 설명이었고, 그녀는 의사였다. 그게 다였다. "호르몬 억제제가 답이에요." 그녀가 간단하다는 듯 말했고, 펜은 아내가 농담하고 있는 것처럼 씩 웃었다.

"호르몬 억제제요?" 프랭크와 마지니는 2류 시트콤 오디션에 참가한 사람들 같은 목소리로 물었다.

"오랫동안 널리 사용되어온 약들이에요." 임상의학자 로지가 설명했다. "성조숙증이라 부르는 증상을 치료하기 위한 용도로요. 여섯 살 정도밖에 안 된 어린 여자아이가 가슴이 나오기 시작했다거나, 1학년짜리 남자아이가 고환이 커지고 음모가 나기 시작한 환자들을 볼 때가 있어요. 그런 아이들에게 호르몬 억제제를 써요. 약이 성호르몬 분비를 연기시키는 거죠. 또래 아이들이 함께 클 시기가 될 때까지 시간을 벌어주는 셈이에요. 그러다가 아홉 살, 열 살 정도 되어서 억제제를 중단하면, 다른 아이들과 비슷하게 보통의 사춘기를 거칠 수가 있어요."

펜은 현기증을 느낄 만큼 들떠 보였고, 프랭크와 마지니는 결정적 한마디를 기다리는 것처럼 보였다. 그래서 로지는 모두가 기다리는 그 말을 했다.

"아마 포피도 그런 약을 복용하게 될 거예요."

"아마?" 펜이 끼어들었다.

"… 열한 살에서 열두 살 정도 되면. 남성 사춘기 성징이 나타나는 것을 막는 거지. 호르몬 자체를 폐쇄할 테니 어린 여자아이로 남을 수 있을 거야."

프랭크가 놀라는 척했다. "미성년자의 성전환 치료를 할 수 있다는 건가요?"

"호르몬 억제제는 그냥 시스템을 일시 정지시키는 것일 뿐이에요." 로지는 환자들에게 쓰기 위해 아껴둔 참을성을 주말에 꺼내 써야 한다는 게 싫었다. "그런 약들의 효과는 돌이킬 수 있어요. 사춘기 성징은 돌이킬 수 없지만요. 그래서 시간이 많지 않아요. 포피의 사춘기, 아니, 클로드의 사춘기가 시작되기 전에 막아야 해요. 포피가 성년이 되기까지 기다리면 키는 180센티미터에 콧수염이 나고 넓고 털이 수북한 가슴과 커다란 손, 남자 사이즈 발을 갖게 될 텐데, 한번 그렇게 자라면 돌이킬 수 없죠. 그때 에스트로겐 호르몬을 주면 가슴이 나오고 몸이 더 둥글둥글해지고 목소리도 더 부드러워지겠지만, 여자 친구 중 누구보다 더, 훨씬 더 키가 클 거예요. 하이힐은 모두 온라인으로 주문해야 할 테고, 남아 있는 가슴털과 턱수염, 콧수염은 모두 하나하나 전기요법으로 제거해야 하고, 목젖이 들어가게 하는 수술도 받아야 해요. 호르몬 억제제는 나중에 돌이킬 수 없는 변화가 시작되기 전에 멈추는 역할을 해요. 그리고 더 나이가 들어서 에스트로겐 치료를 받으면 더 나은 결과를 얻을 수 있어요. 극복해야 하는 장애물이 더 적으니까요. 혹시라도 마음을 바꾸더라도 돌이킬 수 없는 조치는 아무것도 취한 게 없으니 괜찮지요."

"마음을 바꾼다고?" 펜이 끼어들었다.

"… 호르몬 억제제 복용을 중단하는 순간부터 환자의 몸은 정상적인 사춘기 과정을 거치기 시작하거든요."

"하지만." 마지니는 이마에 주름을 잡으며 말했다. 그것은 문장 앞에 붙는 접속사가 아니라 완전한 문장이었다. 그게 전부였다. 나중에 로지는 자기가 아무리 노력해도 펜에게 말로 설명할 수 없는 걱정들을 마지니가 본능적으로 이해했다는 사실을 깨닫고 놀랐다.

"맞아요." 로지가 말했다. "하지만. 하지만 애기가 어린 숙녀로 변하기 시작하는 동안 포피는 여전히 어린 여자아이로 남겠죠. 하지만 반 친구들은 모두 10대의 몸을 갖춰가는데 포피만 그렇지 않겠죠. 하지만 성조숙증을 앓는 아이들도 결국에는 정상적인 나이에 동년배들과 함께 육체적으로, 정서적으로 성숙해가겠죠. 하지만 주변 친구들이 모두 어린 성인이 되어가는 동안 포피만 사춘기 이전의 몸으로 남을 거예요."

"그런데… 왜?" 마지니가 물었다.

"다른 선택지보다 훨씬 나으니까요." 펜이 말했다. 그는 비밀을 지키는 방법의 전문가가 된 후에도 리스트서브를 통해 정보를 받고, 블로그와 인스타그램과 트위터와 유튜브 계정을 들여다보고, 몇 페이지에 달하는 댓글을 모두 읽는 것을 멈추지 않았다. 그래서 호르몬 억제제를 사용하지 않는 아이들은 사춘기 때문에 죽을 고생을 한다는 사실을 알고 있었다. 남자 성정체성을 가진 청소년에게 봉긋 올라온 가슴은 자기 몸에 독을 퍼뜨리고 암처럼 자라나는 종양이었다. 여자 성정체성을 가진 청소년은 얼굴에 털이 나는지 살피기 위해 날마다 얼굴을 지도처럼 자세히 살피고, 피부를 뚫고 나오는 수염은 피부 밖으로 튀어나온 뼈만큼이나 있어서는 안 될 물건 취급을 받았다. 배반자 호르몬이 몸속에서 퍼지면서 불길한 바람을 타고 퍼지는 꽃가루처럼 몸속에서 분해할 수 없는 독이 흩어지고 있다고 느낄 수도 있다. 그들은 바다처럼 피할 수 없는 이 변화에 너무도 강한 증오와 혐오를 느끼고, 피할 수 없는 밀물처럼 그 변화가 시작되면 자기의 삶이 끝난다고 생각하기도 한다. 인터넷에는 겹겹이 입은 헐렁한 옷에 숨고, 신체 부위를 묶고 테이프로 붙여가면서 부서져가는, 부서져버린 아이들의 사연으로 넘쳐난다. 그런 아이들만 해도 운이 좋은 편이다. 그런 문제를 야기하는 신체 부위를 자르려 시도하는 아이들도 많기 때문이다. 그리고 그런 신체 부위만 자르는 데 그치지 않는 아이들도 있다. 그냥 몇 명이 그러는 것이 아니라, 수백, 수천 명이 그런 고난을 겪고 있었다.

"그러니까 그 아이들은 자기가 누구인지를 선택하는 건가요?" 프랭크는 적절한 비유를 찾다가, 마침내 "꼭 비디오게임 같네요"라고 표현했다.

"아니죠, 동화 같은 거죠." 펜이 말했다. 로지는 눈을 굴리면서 남편을 쳐다봤다. "겉으로 보기에는 더러운 재투성이 하녀처럼 보이지만 진짜 정체는 공주인 그런 이야기 말이에요. 착하게 살면서 우연히 무덤 앞에서 울거나, 우연히 문지른 램프가 운 좋게 맞아떨어지면 겉으로 보기에도 공주가 되는 이야기. 개구리처럼 보이지만 맞는 입술과 입을 맞추면 왕자로 변신하는데 개구리는 원래부터 자기가 왕자인 걸 알고 있는 이야기 같은 거요. 자격을 갖추고 착하게 살면 언제나 안과 밖이 같은 사람이 되는 걸로 결말이 나는 게 동화잖아요. 선함이 곧 변신으로 이어지고, 변신은 행복하게 오래오래 사는 걸로 이어지고."

"오래 걸리는 일이지만요." 로지가 덧붙였다. "아주아주 오래오래 걸리는 일이지만요."

펜은 로지가 아무 말도 하지 않은 듯 말을 이어갔다. "그리고 아무도, 아무도 포피만큼 착하고 선한 사람은 없어요."

그 시간, 옆집에서 포피는 개들을 괴롭히고 있었다. 오리온이 요트를 탄 좀비 복장을 한 채 다른 사람들이 변장할 옷도 한무더기 가지고 왔고, 포피와 애기는 개들도 연극에 참여시키려고 애쓰고 있었다. 포피는 리겔이 몇 년 전 1980년대 복장을 하고 가는 학교 행사(리겔은 〈프리티 인 핑크〉라는 영화에 나오는 더키처럼 보이고 싶어서 그 옷을 짰지만, 포피는 그 조끼가 분홍색도 아니고 오리를 연상시키지도 않아서 이상하다고 생각했다)에 입고 가기 위해 짠 조끼를 주피터에게 입혔고, 로베렐라의 허리에는 여섯 개의 니트 땀 밴드를 끼워 얼룩말 무늬처럼 보이게 했다. 포피와 애기는 연극 대본을 쓰고 있었는데, 출연진에 오리나 개나 얼룩

말은 전혀 등장하지 않았고, 비너스 윌리엄스와 세레나 윌리엄스가 팀을 짜서 초록색 공 모양의 외계인과 싸우는 이야기였다. 개들은 테니스공은 잘 다뤘지만 그것 말고는 연극에 관심이 없었다.

벤은 세 시간 사이에 벌써 세 번째 팝콘을 만들고 있었다. 아이들이 모이는 집 쪽에서는 팝콘을 늘 엄청나게 먹어댔다. 리겔과 오리온은 함께 볼 영화를 고르고 있었는데, 그 선택 과정이 외채 위기를 맞은 작은 나라가 대책을 마련하는 것을 방불케 할 정도로 꼼꼼하고 신중했다. 루와 카엔은 그랜더슨네 집의 지하실에서 다른 사람들이 돌아오길 기다렸다.

"지난주 학교 끝난 다음에 네가 데릭 맥기네스랑 싸웠다는 이야기 들었어." 카엔은 자신의 발가락 사이사이를 하나하나 굉장히 주의 깊게 보고 있었지만, 루는 그녀가 자기한테 이야기하는 것이라고 추측했다. 방 안에 자기 말고 다른 사람이 없었기 때문이다. 그리고 지난주에 데릭 맥기네스랑 싸운 것이 바로 자기였다는 사실도 그런 결론을 내리는 데 일조했다.

"그래?"

"그래서 진짜 싸운 거야?"

"왜 묻는데?"

"남자들이 싸우는 게 섹시해." 카엔은 어깨를 으쓱해 보였다. "칼로 싸우거나 레슬링을 하거나 그냥 돌아다니면서 사람들이나 패는 거 말고. 그냥 어쩌다 싸우는 남자들 말이야." 카엔은 잠깐 말을 멈추고 생각을 가다듬었다. "벤은 평생 아무하고도 안 싸웠을 게 분명해."

"벤은 나랑 맨날 싸워." 루가 말했다.

"누가 이겨?"

루가 콧방귀를 뀌었다.

"데릭이 널 게이라고 불러서 네가 걔 엉덩이를 걷어차줬다고 들었어."

루는 카옌과 눈을 맞추지 않고 말했다. "난 데릭 엉덩이 안 찼어."

"걔가 널 게이라고 불렀어?"

"다른 욕도 했고, 게이라고도 했지."

"너 게이야?"

"네가 상관할 바 아니잖아."

"게이면 내게 말해도 돼. 난 상관없어. 우리 삼촌 중 한 명도 게이거든. 그리고 난 비밀도 잘 지켜." 루가 고개를 들고 그녀를 쳐다봤다. "게이가 아니라면 그것도 내게 이야기해줘야 해."

"왜?"

카옌은 발가락을 들여다보던 눈을 들었다. 고개를 든 건 아니라서 속눈썹을 깜빡이며 그를 쳐다보는 각도가 되었다. "몇 가지 가능성이 열릴 테니까. 우리 둘 사이에 말이야."

분장을 한 개들을 포함한 모두가 지하실로 내려왔고, 리겔과 오리온이 마침내 그날 밤에 볼 영화를 골랐는데도 불구하고, 카옌은 영화를 보는 대신 '병 돌리기 키스 게임'을 하자고 제안했다.

"어, 싫은데?" 루와 벤이 목소리를 모아 대답했는데 말꼬리가 올라가 마치 질문처럼 들렸다. 루의 질문은 '이 애 지금 뭔 소리를 하는 거야?'였고, 벤의 질문은 '왜 이 애는 나 말고 다른 사람에게 키스를 하려는 걸까?'였다. 각자의 질문에 답을 찾는 대신, 벤은 루에게 덤벼서 레슬링으로 찌찌뽕을 대신하려 했다. 루가 이겼다.

"왜 안 되는데?" 카엔은 사람들이 자기가 원하는 걸 해주려 하지 않는다는 사실을 믿을 수 없다는 표정으로 물었다.

"키스는 더럽고 징그러워." 포피가 말했다.

"쟤들이 넷, 우리가 셋이잖아." 카엔이 말했다. "남자, 여자, 남자, 여자, 그렇게 번갈아 앉으면 되겠다. 딱이야."

"네가 이성애주의자면 딱이겠지." 벤이 슬쩍 말했다.

"근친상간주의자거나." 루가 덜 슬쩍 말했다.

"다 원하는 대로만 될 수는 없어." 카엔이 어깨를 으쓱했다. "운이 좋으면 네가 돌린 병이 나를 가리킬지도 모르지."

"너랑 키스하고 싶은 생각 없는데." 루가 말했다.

"이 방에 있는 다른 사람들보다는 낫겠지." 리겔이 말했다.

"그건 그래." 루가 인정했다. "하지만 큰 차이는 없어."

애기와 포피는 '병 돌리기 키스 게임'의 규칙을 잘 이해하지 못했고, 혈연관계든 아니든 누가 누구와 키스하는지에 전혀 관심이 없었다. 그래서 그다음에 나온 애기의 발언이 시의적절하다고 볼 수도 있고, 난데없다고 볼 수도 있었다. 애기는 갑자기 몸을 돌려 포피를 쳐다보며 말했다. "너희 엄마랑 아빠가 아들만 낳은 게 이상하지 않아?" 그 순간, 포피는 심장이 멎는 듯했다. "널 낳기 전까지 말이야."

"너희 엄마, 아빠는 딸만 낳았잖아." 포피가 겨우 대답했다.

"응, 하지만 우린 둘뿐이잖아. 너희 엄마, 아빠는 애가 진짜 많고. 남자 아기만 낳을 수 있는 건 아닌가 생각했겠어."

"50 대 50이야." 벤이 큰 소리로 재빨리 말했다. 너무 큰 소리로, 너무 재빨리 말했기 때문에 모두들 하던 일을 멈추고 그를 쳐다봤고, 그는 아무렇지도 않게 설명했다. "모든 임신에서 남자 아기가 나올 확률은 50 대 50이야. 이미 남자 아기가 몇 명이 태어났는지는 전혀 상관없이. 남자 형제가 네 명이나 있었지만 포피가 태어날 때 남자 아기일 확률이 50, 여자 아기일 확률이 50이었어."

그 말은 사실이었다. 그래서 윌시-애덤스 성을 가진 아이들은 모두 그 말을 믿는 듯 행동하려 애썼다.

"네가 남자였으면 어쩔 뻔했어." 애기가 신음 소리를 냈다. "그랬으면 정말 최악이었겠다."

"왜?" 카옌이 물었다. "남자아이들은 정말 멋진데."

"네가 남자아이였으면, 우리는 이웃 성의 라이벌 공주들이 될 수 없잖아." 애기는 아직도 소름 끼친다는 투로 말했다. "파자마 파티도 못 하고, 개들한테 연극도 못 시키고, 서로 발가락에 매니큐어 바르는 것도 못 해주고."

"왜 안 돼?" 오리온은 초록과 검정 매니큐어를 번갈아 바른 자기 발가락을 꼼질거려 보였다.

"흥, 오빠는 좀비잖아." 애기가 말했다.

"요트를 탄 좀비." 오리온이 애기의 발언을 고쳐줬다.

"남자아이들도 개들한테 연극하게 할 수 있어." 리겔이 말했다.

"그래도 우리가 단짝이 될 수는 없었을 거야." 애기가 팔로 자신의 눈을 가렸다. "너희 엄마, 아빠가 50 대 50의 확률을 뚫지 못하고 네가 남자아이로 태어났다면 정말 최악이었을 거야."

포피가 입을 열었고, 모두 귀를 기울였다. 루는 자기 발을 쳐다봤다. 벤은 자기 발을 쳐다봤다. 리겔과 오리온은 상대방의 발을 쳐다봤다. 카옌이 눈을 가늘게 뜨고 그 광경을 지켜봤다. 그러나 포피는 침을 한 번 삼키고 진심을 담아 외쳤다. "정말 최악이었을 거야."

아누스 미라빌리스

최근 들어 펜은 존 드라이든*을 자주 떠올렸다. 드라이든의 시는 문학을 전공하는 대학원생들은 많이 읽지만 일반인들이 읽는 종류는 아니다. 아무도 이메일 서명을 만들면서 드라이든의 시를 인용하지 않는다. 혹시라도 그런 사람이 있다면 그 사람은 길고도 지루한 그의 작품을 다 읽지 않은 사람일 것이다. 그런데 드라이든은 〈아누스 미라빌리스Annus Mirabilis〉라는 제목의 시를 썼다. '경이로운 해'라는 뜻으로 1666년의 영국에 관한 시였다. 사실 영국인들이 경험한 1666년에는 경이로운 해가 아닌 것이 너무도 분명했다. 1666년은 영국에서 전쟁이 터졌고, 전염병이 퍼졌으며, 런던 대부분을 파괴한 3년에 걸친 화재가 시작된 해였다. 게다가 아이작 뉴턴이 미적분학을 발명해서 수학적 재능이 없는 학생들의 인생을 측정 불가능할 정도로 악화시

★　　John Dryden(1631~1700). 영국의 시인이자 극작가, 비평가.

킨 해이기도 하다. 그러나 드라이든은 그해가 얼마나 경이로운 해였는지 노래한다. 훨씬 더 나빠졌을 수도 있었기 때문이다. 결국 1667년의 동이 트는 것을 살아서 보지 않았는가. 적어도 그 시를 읽은 사람은 모두.

펜은 루가 '아누스 미라빌리스'를 거치고 있다고 스스로에게 확신시키기 위해 애썼다. 안 좋은 일이 많이 일어나기는 했지만 훨씬 더 안 좋았을 수도 있었기 때문에 괜찮은 해라고 생각하고 싶었다. 펜이 아는 한, 루의 열일곱 번째 해는 불이 나지 않았을 뿐 영국의 1666년과 공통점이 많았다. 그는 전쟁을 치르고 있었고(부모형제들과), 병을 앓고 있었으며(피로, 무기력, 세상의 모든 사람, 모든 것에 대한 질식할 듯한 권태감), 미적분학도 그다지 잘하지 못했다.

루가 겪는 큰 문제는 사실 역사적인 것이었다. 그의 AP 역사 선생님은 학생들에게 '현재 미국에 영향을 미치는 시사 문제에 대한 비디오 프레젠테이션'을 만들라는 숙제를 내줬다. 루가 그렇게 모호하고 애매한 숙제를 할 의무가 없다고 주장했거나, 원칙적으로 시사 문제는 역사가 아니라고 주장하면서 아빠에게 도움을 구했다면 펜도 이해할 수 있었을지 모른다. 그러나 루는 그 숙제를 했다.

그리고 F를 받았다.

그 후 숙제를 다시 하는 것을 거부했다.

그러고는 아들의 행동을 부모에게 알리는 편지의 확인란에 엄마 서명을 위조했다.

루의 4분기 성적표를 받아본 펜과 로지는 아이가 역사 과목에서 낙제 위기에 처해 있다는 사실을 눈치채지 않을 수 없었다.

루는 오타라고 맹세했다. 루는 치과 약속 때문에 쪽지 시험 하나를 놓쳤지만 방과 후에 시험을 치렀고, 아마 버커스 선생님이 아직 그 시험 점수를 매기지 못했을 것이라 설명했다. 루는 미적분학만 빼면 다 잘하고 있으니 자기 말을 한 번쯤 믿어줘도 되지 않느냐고 항변했다. 루는 다른 과목은 모두 A나 B를 받는데 역사에서만 F를 받을 확률이 얼마나 되겠냐고 말했다.

결국 그 확률은 상당히 높은 것으로 밝혀졌다.

교사 면담을 하러 온 로지와 펜에게 버커스 선생은 루의 비디오가 군대에서 LGBT* 군인들이 자신의 정체성을 공개하고 복무할 수 있도록 하는 정책에 문제를 제기하는 것이었다고 설명했다.

"그럴 리 없을 거예요." 펜이 자신 있게 말했다.

"애석하게도 그렇습니다." 버커스 선생은 자기 자식을 천재라 생각하는 부모들의 착각을 바로잡아주는 데 익숙했다.

"선생님이 아마 모르실 것 같은데, 루는 동성애 반대론자가 아니에요. 그럴 수가 없는 이유가… 그게, 우리가 확신할 수 있는 건… 집에서…." 펜은 그 문장을 끝내는 것이 불가능하다는 사실을 깨달았지만, 일견 안심이 되기도 했다. 뭔가 오해가 있었던 게 분명해졌기 때문이었다. "어찌 됐든 저를 믿어주세요, 선생님. 뭔가 실수가 있었나 봅니다."

★ 성소수자(LGBT: Lesbian, Gay, Bisexual and Transgendered). 레즈비언, 게이, 양성애자, 트랜스젠더 등의 성적 정체성을 가지고 있는 사람들을 지칭하는 말.

"상당히 실수가 많았죠." 버커스 선생도 그 부분에 대해서는 동의했다. "하지만 보통 상상하는 종류의 실수가 아닙니다."

그런 다음 그녀는 비디오를 보여줬다.

가내수공업으로 만든 비디오였다. 포피의 인형과 봉제 완구들이 오리온의 의상과 리겔의 뜨개질 작품을 입고 등장했다. 꼭두각시를 조정하는 임무를 맡은 벤이 인형들을 돌아가며 카메라 앞에서 움직였고, 가끔 자기 손을 슬쩍(로지는 아마 죄책감을 무릅쓰고 그렇게 했을 것이라 짐작했다) 화면에 등장시키기도 했다. 비디오는 영화 예고편에 등장하는 성우 목소리를 본 딴 루의 목소리로 시작했다. "지구상에서 가장 강력한 전투력을 자랑하는 미 육군에 게이들이 설 자리는 없다. 해군은 해군이지 무지개색이 아니다. 공군에 트랜스젠더가, 해병대에 레즈비언이, 하늘에 바비가 끼어들 자리는 없다." 자세한 플롯은 이해하기 힘들었지만 결국 군복을 입은 앨리스와 미스 마플이 모래 상자에서 총(펜은 그게 프레첼을 자른 것이라 짐작했다)을 들고 뒹굴다가 침대에서 뒹구는 장면이 나오는데, 그때 상관인 듯한 인물(키친타월을 뭉쳐서 오리온의 해군 모자를 씌우고 벤이 토론 클럽에서 받은 리본을 붙였다)이 들이닥쳤다. 키친타월맨은 "너희 같은 [삐이삐이]한 [삐이]는 이 사나이들의 군대에 발붙일 수 없어"라고 주장했다. "[삐이삐이] 같은 정부가 [삐이]같이 다른 말을 하고 있지만, 이 [삐이]한 곳 담당은 바로 나지, [삐이]한 정부가 아니거든. 그러니 정부든 뭐든 내 [삐이삐이]나 핥으라고 해!" 다음 장면에서 바비 셋이 F-15 전투기에서 폭탄(펜은 건포도일 것이라 추측했다)을 투하해서 아래에 있는 레고 마을을 파괴하지만, 그

중 한 바비가 그날 저녁 파티에 가기 위해 해병대 군복을 입고 나타나자, 펜이 평생 한 번도 본 적이 없는 다섯 개의 플라스틱 병정들(애기의 장난감이었다)이 갑자기 튀어나와 바비 옷을 벗기고 공격했다. 매체의 한계 때문에 그들이 어떤 행동을 취했는지 정확히 알 수가 없었고, 트랜스 바비가 결국 플라스틱 병정들의 [삐이익]을 걷어차줬지만 엄청난 삐익삐익이 오간 후였다.

"적어도 원색적인 표현은 처리했네요." 펜이 슬쩍 지적했다.

버커스 선생은 꿈쩍도 하지 않았다.

학교 주차장에서 펜은 믿을 수 없다는 듯 말했다. "루가 동성애 혐오자일 수 없어. 동성애 반대자일 수 없다고. 우리 집 지붕 밑에서 살면서 트랜스젠더 혐오자라는 건 불가능해."

"어쩌면 그래서일 수도 있어." 로지가 작은 목소리로 말했다.

"상담이 필요할까?" 로지의 말은 펜의 귀에 들어가지가 않았다. 펜은 자기가 하는 말도 듣고 있지 않았다. "어떤 조처가 필요할까? 군대에 잠깐 보내볼까?"

"어쩌면 그런 뜻이 아니었는지도 몰라."

"상당히 확실해 보이던데." 펜은 목소리를 낮추지 않고 거의 외치다시피 했다.

"그랬어?" 로지가 보기에는 사건 전체가 창피하기 그지없는 개판으로밖에 느껴지지 않았다.

"얘가 뭐가 문제지?" 펜은 누구에게랄 것 없이 허공에 대고 물었다. 주변에 있던 고등학생들이 경멸하는 눈초리로 그를 쳐다봤다.

"집에 가서 본인한테 직접 물어보자." 그의 아내가 말했다.

집에 온 두 사람은 루를 숙제 책상에 앉혔다.

"네가 만든 비디오 봤어." 로지가 바로 본론으로 들어갔다. 또 한 번 거짓말할 기회를 주고 싶지 않았다.

"좋았어요?" 루가 비아냥거렸다. 펜이 더 이상 그해가 아들의 아누스 미라빌리스가 아니라고 생각하게 만든 것은 비디오가 아니라 루의 비웃는 듯한 태도였다.

"넌 좋디?" 펜은 소리 지르지 않으려고 애를 썼다. 루의 오른쪽 어깨가 으쓱하기보다는 경련하듯 살짝 움직였다. 그리고 그의 나머지 몸이 쉼표 모양으로 움츠러들었다.

"고생 많이 했더구나. 바보 같은 주장에 머저리 같은 농담을 하려고 정말 애 많이 썼다." 루가 몸서리를 쳤다. 바보라는 말 때문이었을 수도 있고, 머저리라는 말 때문이었을 수도 있고, 아빠가 미친 사람처럼 소리소리 지르는 것 때문이었을 수도 있다. "사람들을 모욕하기 위해 그렇게나 고생하다니, 장하다."

"아무도 모욕하지 않았어요." 거의 들리지 않는 목소리였다. 고개를 푹 숙인 채여서 배꼽에 대고 말하는 것처럼 보였다.

"메시지는 그렇다 치고." 로지는 부상자의 상황을 파악한 다음, 가장 명백하고 눈에 띄는 증상부터 시작했다. "그런 표현들을 쓰는 게 괜찮다고 생각했니?"

"군인들은 그런 말투를 써요." 루가 힘없이 대답했다. "그리고 대부분 안 들리게 소음 처리를 했잖아요."

"섹스, 폭력, 강간 등등을 모방하는 영상을 만들어놓고 선생님이나 엄마, 아빠가 괜찮다고 할 줄 알았니?"

"엄마랑 아빠는 이해 못 해요. 엄마, 아빠가 어렸을 때하고는 다르단 말이에요. 요즘 인기가 있는 건 모두 섹스와 폭력이에요."

로지는 눈을 감았다. "버커스 선생님이 다시 만들라고 하셨을 때 왜 다시 하지 않았어?"

"숙제는 이미 해서 낸 거고." 루는 가슴 앞으로 팔짱을 끼기 위해 몸을 조금 세웠다. "내가 한 숙제가 싫다 해도 그건 선생님 문제죠."

"아니지, 네 문제지." 펜이 말했다. 그리고 더 이상 참을 수 없어서 물었다. "네가 그 비디오에서 한 주장을 정말 믿는 거야?"

"그랬으니까 만들었겠죠."

로지는 고개를 저었다. "너무 쿨한 척하는 거 정말 진저리 쳐진다."

"그게 무슨 엿 같은 말이에요?"

"엿 같은이라고 하지 마, 루." 펜이 지친 목소리로 말했다.

"무슨 말이냐면." 로지가 펜과 동시에 입을 열었다. "노력을 할 거면 해. 열심히 할 거면 해. 아무 상관도 없다는 듯, 노력을 전혀 하지 않았다는 듯 보이기 위해 열심히 노력하지는 마."

"그건 앞뒤가 맞지도 않는…."

"넌 열여섯 살이야." 로지가 말했다. "무례한 단어들을 쓰고 발가벗은 플라스틱 인형들을 보여주는 게 쿨하다고 생각하기엔 너무 나이가 들었어. 사람들을 자극하기 위해 바보 같은 쓰레기를 만드는 건 쿨하지 못해. 숙제를 제대로 못해서 F를 맞을 수도 있지만, 모두를 모욕하는 건 용납할 수 없어."

"아, 당연히 그렇겠죠." 루의 냉소적인 태도가 극에 달했다.

"내가 미리 알았어야 했는데 미안해요. 내 숙제 때문에 화가 난 게 아니겠죠, 당연히. 다른 사람들이 어떻게 생각하는지 때문에 화가 난 거잖아요. 아, 충격적이어라."

"얼마든지 건방 떨어라, 루." 펜은 흥분을 가라앉히고, 소리소리 지르는 전략에서 얼음처럼 차갑게 말하는 전략으로 돌아섰다. "이제 이 이야기 그만하자."

"엄마, 아빠가 신경 쓰는 건 그것뿐이잖아요. 다른 사람들이 엄마, 아빠를 어떻게 생각하는지. 다른 사람들이 엄마, 아빠의 아이들을 어떻게 생각하는지." 루의 얼굴에 학교 주차장에서 펜을 조롱하듯 웃던 다른 아이들의 표정이 그대로 떠올랐다. 10학년에서 그가 배우는 것이 바로 이런 것이었었나 보다. "근데 난 신경 안 써요. 이 집의 다른 사람들과는 달리 나는 내가 누군지, 내가 뭘 하는지에 대해 거짓말을 하지 않아요."

펜이 빨갛게 달아오른 얼굴로(얼음처럼 차갑게 말하는 전략은 물 건너가고 말았다) 말을 하려고 입을 열었지만, 로지가 선수를 쳤다. "성적표에서 역사 성적이 왜 F인지 물었잖아." 그녀는 목소리에서 분노와 승리감을 모두 감추기 위해 애썼다. "넌 그게 오타라고 했었지. 그게 사실이었니?"

"아니요." 루가 뾰로통한 목소리로 대답했다.

"치과에 가느라 쪽지 시험을 놓쳤고, 그래서 방과 후에 시험을 봤는데 아직 채점이 안 끝났니?"

"아니요."

"결국 네 말을 한번 믿어줄 가치가 있었니?"

루는 팔짱을 긴 채 어깨를 으쓱해 보였다.

"그랬니?"

"아니요."

"그렇다면 엄마가 보기엔 너도 네가 누군지, 네가 무슨 행동을 하는지에 대해서 거짓말하는 사람 같은데."

로지가 거기까지 말하자, 펜이 쉰 목소리로 덧붙였다. "그리고 그런 행동은 우리 집에서 용납할 수 없어."

"모두들 위선자들이에요." 루가 작게 중얼거렸다.

"뭐라고? 잘 못 들었으니 다시 말해봐." 펜은 들었지만 그렇게 말했다.

그러자 루가 소리를 질렀다. "어떻게 엄마, 아빠가 나한테 거짓말한다고 혼을 낼 수가 있어요? 자기들은 맨날 거짓말하면서. 항상 '우리 딸이 이렇고, 우리 딸이 저렇고' 하고, '드디어! 항상 꿈꿔오던 완벽한 딸이 생겼다'고 하잖아요. 항상 '네 여동생에 관해 아무한테도 이야기하지 마, 그리고 그게 진실인 거야' 하면서, 우리들도 모두 거짓말하게 만들고 있잖아요. 엄마, 아빠의 머저리 같은 거짓말을 덮기 위해 날마다 온 가족한테 거짓말을 시키고 있잖아요. 그러면서 어떻게 내가 거짓말을 했다고 혼낼 수가 있죠?"

"널 혼내지 않을 거야." 로지는 온몸이 태엽 인형처럼 떨리고 있었지만 차분한 목소리로 말하기 위해 최선을 다했다. "네게 벌을 줄 거야."

"이 집에서 사는 것 자체가 충분히 벌이에요." 루는 쿵쿵거리며 지하실 자기 방으로 가버렸다.

"그렇게 생각한다면 꿈 깨!" 펜이 그 뒤에 대고 소리를 질렀다.

축축하고 우울한 주말이었다. 월요일 아침, 로지는 비가 오는 길을 헐떡이며 출근했다. 작은 분홍 탑이 있는 집의 또 다른 큰 장점은 직장까지 1.8킬로미터밖에 되지 않는다는 점이었다. 불행하게도 1.8킬로미터 중 1.6킬로미터는 오르막길이었다. 그녀는 그 대부분을 전화에 대고 헐떡이며 걸었다. 그때가 아니면 엄마랑 전화할 시간을 언제 낼 수 있겠는가?

"루는 동성애 혐오자예요." 로지는 그 슬픈 소식을 전해야 했다.

"그럴 리가." 카르멜로가 말했다.

"그러게 말이에요." 로지가 헐떡거렸다. "하지만 그게 사실인가 봐요. 루가 섹스, 욕설, 벌거벗은 바비가 등장하는 프레젠테이션을 만들어서 동성애자나 트랜스젠더 병사들은 군복무를 할 수 없도록 해야 한다고 주장했어요. 그래서 역사 과목에서 낙제했고요."

"요즘 학교는 네가 어릴 때랑 정말 다르구나." 카르멜로가 말했다.

"그 프로젝트에서 낙제점을 받아서 역사 과목에서 낙제를 했어요. 그런데 낙제한 게 아니라고 거짓말했어요. 그래서 벌로 외출을 금지시켰죠."

"그런 큰 사건을 처음부터 이실직고할 것이라 기대한 건 아니지?"

"애초에 그런 짓을 하지 말았어야죠. 그게 제가 바란 거예요."

"루가 지은 죄 때문에 화가 난 거야, 그 죄에 대해 거짓말한 것 때문에 화가 난 거야?"

"양쪽 다 아니에요. 우리가 그 죄와 죄에 대한 거짓말에 대해 혼을 내려고 하니까, 우리가 늘 거짓말을 하는 위선자라고 해서 화가 났어요."

"포피에 관해서?"

"네, 포피에 관해서요." 로지가 인정했다. "포피에 관한 문제 때문에 너무 화가 난 나머지 애가 편협한 인간이 되어버렸어요."

루의 할머니는 그 말에 동의하지 않았다. "불쌍한 우리 루. 내가 거기 있었으면 얼마나 좋았을까." 카르멜로는 여전히 여름마다 찾아와 가족들과 함께 시간을 보냈지만, 그때는 추수감사절이 가까워진 시점이니 손주들을 본 건 벌써 몇 달 전 일이었다.

"우리가 거짓말했다고 애가 화가 난 게 아니에요." 로지는 잠시 멈추고 숨을 고른 다음 시제를 수정했다. "거짓말한다고." 물기를 머금은 소나무들 사이로 물안개 자락이 걷히면서 절벽과 오래된 숲 위로 떨어지는 약한 햇살이 슬쩍 보였다. 살기에 아름다운 곳이었지만, 어쩌면 가족들 아무도 이곳을 편안한 안식처로 느끼지 못한다면 살기에 아름다운 곳이 아닐지도 몰랐다. "위스콘신을 좋아하는데 시애틀로 옮기게 해서 화가 난 거죠. 농장이 좋았는데 도시로 옮긴 것도 화가 나고, 미식축구팀이랑 오케스트라랑 친구들이랑 클럽 회장직 같은 걸 모두 포기하게 만든 것도 화가 났을 테고요."

"루는 너희가 자기 대신 포피를 선택했다고 생각하는 거야." 카르멜로가 말했다.

"그게 아니잖아요."

"나야 당연히 알지."

"정말 그런 게 아니에요."

"루는 알고 있니?"

"벌써 2년이 넘었어요. 이제는 극복할 때도 됐잖아요. 위스콘신이 안전하지가 않아서 이사한 거예요. 아이들 아무에게도. 우리가 '위스콘신이 포피한테는 너무 위험하지만 너희 안전은 별 상관 없어'라고 말했다면 이렇게 억울하지 않았을 거예요. 여기로 오는 게 모두에게 좋을 거라 생각했어요. 루는 재미있고, 상냥하고, 활발한 아이라 괜찮을 거라 생각했다고요."

"그런데 어떻게 된 거니?"

"우리가 잘못 생각한 거죠."

"잘못 생각한 게 아니야." 카르멜로가 말했다. "아직 맞지 않았을 뿐이야."

"어쩌면 그럴지도 모르지만…."

"부모는 항상 아이들 중 하나를 선택하는 결정을 내릴 수밖에 없어."

"그게 우리가 한 선택이 아니…."

"네가 7학년 때 동생이 아픈 바람에 학교를 거의 못 다녔잖니." 그녀는 항의하는 로지의 말을 전혀 듣지 않고 말을 이었다. "열두 살 때 내내 병실에서 살다시피 했지. 모든 게 너무 힘들다고 생각하던 시기였는데, 네가 그렇게 시간을 보내야 한다는 사실이 죄책감을 더했단다. 하지만 죄책감을 내려놔야 했어. 포피는 도움이 많이 필요했고, 언니가 필요했으니까. 아빠랑 나는 학교, 숙제, 걸스카우트, 학부모 면담 같은 걸 걱정하지 않고 네가 우리랑 병실에 있어주길 바랐어. 그 순간에는 네가 필요로 하는 게 별로 없었어. 나중에 네가 도움을 필요로 하는 때가 왔고, 그때는 필요한 도움을 줄 수 있었지. 도움이 필요한 시기가 한꺼번에 닥치지 않은 게 얼마나 다행인지 몰라. 그렇게 됐으면 아마 감당할 수 없었겠지. 너희 가족이 위스콘신을 떠났을 때는 포피를 도와야 할 시기였고, 이제 루가 도움을 필요로 하는 시기가 오고 있는 거야."

그랬다. 그리고 그 시기가 그렇게 빨리 올 줄은 아무도 예상치 못했다.

예방적으로 내는 화

벤에게도 비밀이 있었다. 바로 카옌을 사랑한다는 사실. 그
사실이 비밀인 이유가 몇 있었다. 그중 하나는 창피해서였다. 옆
집 소녀를 사랑하는 것은 너무나 뻔한 공식을 따르는 느낌이 들
었기 때문이었다. 또 다른 하나는 8학년을 시작하기 전 주말, 카
옌네 집 뒷마당에서 벌어진 바비큐 파티에서 그녀를 보는 순간
부터 사랑에 빠졌지만 어떨 때는 그녀도 그를 사랑하는 듯하고,
어떨 때는 사랑하지 않는 듯했기 때문이다. 벤이 머리를 아무
리 짜내봐도 자기를 향한 카옌의 감정은 날씨만큼이나 예측하
기 힘들었고, 완전히 그의 통제 범위를 벗어났다는 결론밖에 내
릴 수가 없었다. 사람들에게 카옌이 자기 여자 친구라고 이야기
할 수 없는 이유는 그녀가 자기 바로 옆에 있을 때가 아니면 그
게 사실인지 확신이 가질 않았기 때문이었다. 어쩌면 비밀이 아
니라 벤이 몰라서일 수도 있었다. 지금까지는 그냥 옆집 사는 친
구, 벤이 친절하게 행동하는 상대, 대수학에 도움을 필요로 하

는 친구, 애기와 포피가 샴쌍둥이처럼 몸까지 붙어버리기 전에 포피를 집으로 데려오기 위해 가야 하는 집에 있는 친구, 부모들이 함께 저녁 식사를 하는 동안 어쩔 수 없이 한집에 있어야 하는 친구 등등으로 카엔과의 관계를 규정할 수 있었다. 그래서 자기 속내를 들키고 싶지 않은 것도 비밀로 한 이유였다. 그러니까 벤은 똑똑한 아이여야 하는데, 카엔을 사랑하는 것은 바보 같은 짓이라고 여겨졌기 때문이었다. 그는 그 사실을 알 만큼은 똑똑했다. 다만 그 사실에 어떻게 대처해야 할지 알 만큼 똑똑하지는 않았다.

또 한 가지, 벤은 비밀을 지키는 데 익숙했다.

9학년이 되기 전 주말에 열린 바비큐 파티, 벤이 날짜를 세고 그러는 건 아니지만 두 사람이 만난 지 정확히 1년이 되는 날, 카엔은 벤을 싹 무시하고 자기 방에 박혀 있었다. 이상 기온으로 35도가 넘는 살인적인 더위가 덮쳤지만 시애틀에 사는 어느 누구도 에어컨이 없어서 방 안은 전자레인지 안에서 낮잠을 자는 것처럼 느껴지는 날이었는데도 말이다. 그런가 하면 10학년 전 주말 바비큐 파티에서는 벤의 손을 놓지 않고, 계속 스모어* 를 먹여주고, 스웨터를 입었다 벗었다 하면서 배꼽을 슬쩍 보여주는가 하면, 자기 손가락에 묻은 녹은 마시멜로를 벤이 핥아먹도록 허락해주기까지 했다. 결국 아무리 똑똑해봤자 이런 일에는 전혀 먹혀들지 않았다.

★　S'more(Something More). 초콜릿과 크래커 사이에 구운 마시멜로를 넣고 만든 샌드위치를 말한다.

"걔가 어디가 좋아?" 그날 저녁, 서로 다른 여섯 가지 감자 샐러드를 먹으면서 루가 물었다.

"뭐?" 남의 말을 못 알아들은 척하는 것은 벤이 잘 못하는 일이긴 하지만 어쨌든 그 전략을 써봤다. "무슨 말이야?"

"네가 걔를 좋아하는지 아닌지 묻는 게 아니야." 루는 마치 애초에 이야기를 꺼낸 사람이 자기가 아닌 것처럼 한숨을 쉬고 눈을 굴렸다. "네가 그 애 좋아하는 거 나도 알아. 네가 그 애 좋아하는 거 우린 다 알아. 세상 전체가 알아." 결국 비밀이 아니었었나 보다. "내 말은 왜 좋냐는 거지."

"내 생각엔 그 정도면 괜찮은⋯."

"아닌데."

"⋯하지만 우리는⋯." 벤의 얼굴이 빨개지다 못해 상그리아에 담갔다 꺼낸 것처럼 됐다.

루가 가늘게 눈을 뜨고 동생을 쳐다봤다. "편리해서 그러는 거야?"

"뭐?"

"이웃집 사니까?"

"아니야." 벤이 격렬하게 대답했다. 다른 건 몰라도 카엔을 사랑하는 건 편리함과는 거리가 멀었다.

"밤에 몰래 나가서 만나고 들어오기도 하니?"

"우린 같은 방을 쓰잖아."

"난 자거든." 루가 콧방귀를 뀌듯 말했다.

"나도 자."

"나 같으면 자는 거 말고 더 좋은 할 일이 있으면 안 자겠다."

"예를 들어?"

"한밤중에 옆집에서 여자랑 잘 수 있다든지 하는 거 말이야."

"난 안… 우린 안…" 둘은 아직 안 했다. 그러나 곧 할 것이다. 그리고 그것으로 끝나는 것은 벤의 순수함만이 아닐 것이다.

"그렇다면." 루는 다시 감자샐러드를 먹기 시작했다. "왜 그애를 좋아하는지 이해할 수가 없네."

"형은 누가 됐든 사람들이 왜 다른 사람을 좋아하는지 이해 못 하잖아." 벤이 지적했다. "아무도 안 좋아하고."

"그건 사실이야." 루가 쾌활하게 대답했다. "사람들은 다 짜증나."

7주 후 열린 동창회 파티에 카엔과 함께 가기 위해 벤은 리겔에게 뜨개질로 코사지를 만들어달라고 부탁했다. 그녀라면 다른 여자아이들이 모두 가진 장미와 아지랭이꽃 코사지와는 다른 걸 원할 것이라 생각했다. 그녀라면 하룻밤도 채 가지 않는 생화보다 영원히 간직할 수 있는 뜨개질 코사지를 더 좋아할 것이라 생각했다. 그러나 결국 카엔의 뜨개질 코사지는 영원하지 못했다. 뜨개질 코사지를 창피하게 여긴 카엔이 그날 밤 슬로댄스곡이 연주된 후 체육관 화장실에 던져 넣고 물을 내렸고, 그 바람에 화장실이 막혀 넘쳐서 뒤풀이 파티가 취소됐기 때문이다.

11학년 시작 전 바비큐 파티에서 벤은 둘이 처음 만난 날을 기념하는 뭔가를 해야겠다고 생각했다. 그날에 정확한 이름을 붙일 수 없다는 이유로 만난 지 3년, 카엔이 그의 손을 잡고 마시멜로를 직접 먹여준 지 1년이 지난 기념일을 그냥 지나칠 수는 없다는 결론을 내렸기 때문이다. 이 문제에 대해 여러 문헌을 찾아본 후 1주년 기념은 지혼식*이라는 것을 알았고, 마시멜로의 날 밤부터 둘이 커플이 되었을 경우에 대비해서, 그리고 1년이 지난 후에도 커플로 남아 있을 경우에 대비해서 기념할 준비에 들어갔다(벤은 늘 미리 계획하는 아이였다). 매일 밤 그는 종이로 하트 하나, 나비 하나를 접었다. 11학년 시작 전 바비큐 파티를 하는 날까지 그는 365개의 종이 하트와 365개의 종이 나비를 접었다. 그날 오후 벤은 카옌의 방에 그 종이 하트와 종이 나비를 몽땅 부어 넣었다. 하트와 나비가 서랍장, 침대 옆 협탁, 침대, 책상, 옷더미, 신발, 교과서, 공책, 전자기기, 적의 지뢰처럼 묻혀 있는 전선 등등을 모두 덮었다. 그런 다음 그는 하트와 나비 밑으로 파고 들어가 카옌이 들어오기를 기다렸다. 그녀는 비명을 질렀다. 처음에는 깜짝 놀라서(벤의 얼굴만 삐죽 보였고, 몸 없이 머리만 있는 것을 보고 놀라지 않을 사람은 아무도 없기 때문에), 다음에는 너무 기뻐서 비명을 질렀다. 벤은 심장이 부풀어 올라 하늘 끝까지 닿는 듯했다. 그녀가 자기의 제스처를 좋아한 것이다. (어쩌면 제스처 자체보다도 그 과도함, 그녀가 영감을 줘서 가능한 미친 듯한 집착의 증거가 좋았는지도 모른다.) 하지만 카옌은 그날을 기념일이라고 부르는 것을 거부했고, 벤이 자기를 여자 친구라고 부르는 것도 허락하지 않았다. 다른 면에서도 그 이벤트는 실패였다. 그녀의 침대가 완전히 파묻혀버려서 기념하는 데 사용

★　서양에서는 결혼 1주년에 종이나 쓴 글이나 책을 주고 받는 관습이 있어서 지혼식이라고 한다.

할 수 없었기 때문이다.

그날 밤에는 또 다른 실패들도 많이 벌어졌다. 두 소년, 소녀의 풋사랑과 전혀 상관없는 일이었고 당시에는 아무도 깨닫지 못했지만, 두 사람뿐 아니라 많은 사람에게 지대한 영향을 끼친 사건들이었다. 벤과 카엔이 침대를 찾으려고 허둥대는 동안 그랜더슨네 뒷마당에서는 연례 바비큐 파티가 스콧과 젤다 피츠제럴드가 개최했을 법한 수준의 이브닝 파티로 무르익어가고 있었다. 완벽하게 아름다운 시애틀의 여름 날씨였다. 기나긴 여름 오후가 서서히 선선해지면서 얇은 스웨터를 걸칠 정도의 상쾌한 기온이 되었고, 황혼 무렵에는 청량한 밤공기에 숯 냄새와 농익은 복숭아 향, 그리고 현기증이 날 만큼 짙은 버터와 설탕 냄새가 섞여 사람들의 코를 간질였다. 모닥불에서는 통나무가 잘 타들어가면서 가끔 타닥타닥 소리를 냈고, 그럴 때마다 불꽃과 연기가 노을빛 하늘로 올라갔다.

아이들에게 이것은 독특한 스릴을 즐기는 파티였다. 학교나 집의 규칙에서는 벗어났지만, 부모가 보거나 들을 수 있어서 여전히 조심해야 하는 환경에서 서로 만나야 했기 때문이다. 물론 아이들끼리도 파티를 했다. 어느 집 부모가 집을 비우고 잠시 여행을 가면 하우스 파티를 하기도 하고, 여름 저녁에 해변에서 모이기도 했다. 누구의 감시 감독도 없이 몇 시간씩 온라인으로 만나 시간을 보내기도 했다. 하지만 이런 파티는 달랐다. 루는 담배를 피우지 않는 케이트 퍼거슨, 1.2미터만 넘으면 무조건 뛰어내리고 보는 버릇이 있지만 그걸 못하는 카일 코너, 욕을 못하는 그레이시 마이어 등 이 파티에서 만나는 그의 친구들의 모

315

습이 본 모습에 더 가까운 것일까, 더 먼 것일까 궁금했다.

그러나 부모들이 근처에 있다는 사실이 그 자식들이 더 어른스럽게 행동하도록 만드는 경향이 있는 반면, 파티에 참석하는 어른들은 매년 어김없이 아이들이 되곤 했다. 플라스틱 컵으로 거품 가득한 맥주를 마시는 것은 프랭크와 마지니를 초대해서 포도주 한두 병을 마시는 것과는 완전히 다른 이야기였다. 펜은 술에 더 취하지는 않았지만 더 취한 느낌이 들었다. 그는 뛰어가면서 리겔이 들고 있던 물풍선을 잡아채서 포피에게 던졌고, 포피는 분개해서 비명을 질렀다. 부모들은 모두 크게 웃음을 터뜨렸다. 로지는 점심 전에 건너와서 마지니가 데빌드 에그*를 만드는 것을 돕다가 계속 눌러앉아 상그리아에 뭐가 더 들어가야 할지 맛을 보고 또 봤다. 그러다가 언제부턴가 신발을 잃어버려서 지금은 피부와 흙이 1 대 3의 비율을 이룬 상태가 되었고, 오리온에게서 뺏은 스누피 모자가 흘러내려 오른쪽 눈을 가리고 있었다. 아이들과 함께 파티를 하면 이웃들과 그냥 모일 때보다 훨씬 더 취하고 더 맘대로 행동하는 경향이 있었다. 마치 아이들이 노는 것을 보고 마침내 즐기는 방법을 배운 사람들처럼 말이다(사실 아이들은 평소 기준의 절반 정도밖에 놀지 못하고 있는데도).

"이 파티는 해마다 점점 더 좋아져요." 캠핑 의자에 앉은 로지는 반쪽 난 계란 두 개를 흠집 없이 붙이려고 애쓰면서 자기가 의자에서 일어나지 못하지 않을까 의심하기 시작했다.

★ Deviled Egg. 삶은 달걀을 반으로 갈라 노른자를 다른 재료와 섞어 채우는 요리.

"스모어 덕분이에요." 마지니가 로지의 팔꿈치를 발가락으로 장난스럽게 건드렸다. "아니, 상그리아 때문인가."

"앗, 지금 계란 봉합 수술하고 있는데, 더러운 발 치워요!"

"그쪽 발은 더하구만."

로지는 요가의 비둘기 자세를 취해 마지니 발언의 진실을 확인하고, 자기 발을 그녀의 더러운 발에 부딪쳐 발로 하이파이브를 했다.

아이들은 대부분 모닥불 주변에 모여 다양한 형태로 가장한 설탕을 먹으면서 서로를 만질 핑계를 만들고 있었다. 펜은 리겔, 오리온이 해리, 래리와 논쟁하는 소리를 들었다. 펜은 처음에는 이 네 명의 우정이 오래갈 것이라 생각하지 않았다. 처음에는 해리, 래리도 오리온의 의상과 리겔의 뜨개질, 그리고 조금 이상하고 조금은 정상에서 벗어난 가족 분위기 때문에 놀랐다. 해리와 래리는 월시-애덤스 가족과 어울리기에는 너무 정상적이었다. 그러나 쌍둥이라는 공통점만으로도 그 넷을 한데 뭉치게 하기에 충분했다. 공통점을 가진 또 하나의 존재를 가진 것만으로도 다른 무엇보다도 더 큰 공통점을 찾은 것이다.

"그 남자가 벌레로 변한 거 기억나?" 래리가 말하고 있었다.

"영화 전체가 그 이야기였잖아." 오리온이 말했다.

"응, 하지만 변하는 그 순간 말이야. 막 '아아악, 내 팔, 내 다리, 아아악' 이랬잖아."

"그랬는데?"

"그 장면 정말 대단했지."

펜은 몸을 움찔했다. '캡틴 바퀴벌레'는 어린이들을 몽땅 카프카의 팬으로 만드는 데는 성공했지만, 저급한 모방에 그친 그 영화는 원작과는 완전히 달랐다.

"똑같은 일이 우리 개한테 일어났어." 래리가 말했다.

"너희 개가 바퀴벌레로 변했다고?" 리겔은 경이감에 사로 잡혔다기보다는 냉소적인 태도로 그렇게 물었고, 마당 건너에서 지켜보던 펜은 그 사실이 고마웠다.

"그 반대야." 래리가 말했다. "부엌에 엄청나게 큰 거미가 한 마리 있었거든. 털도 부숭부숭하고 괴물같이 생긴. 그래서 잡으려고 했는데 식기세척기 밑으로 기어들어가버렸어. 그런데 다음 날 학교에 갔다 와보니 앞마당에 개가 한 마리 있는 거야. 목걸이도 없이. 그래서 동네 전체에 주인을 찾는 전단지를 붙였는데 아무도 안 나섰어. 그리고 그 거미도 다시는 못 봤고."

"그러니까 네 말은 식기세척기가 거미를 개로 변신시켰다는 거야?" 리겔은 자기가 말을 제대로 알아들었는지 확인하고 싶었다.

"그렇지." 래리가 말했다.

"바보 같은 소리 하지 마." 래리의 쌍둥이가 말했다.

"그럼 어떻게 설명할래?"

"그런 식으로 하자면 마크가 원래는 자전거였다고 하는 것도 맞겠네." 해리가 말했다. 마크는 해리가 키우는 이구아나로, 해리 아빠가 실수로 해리의 자전거를 차로 뭉개버린 다음 사준 선물이었다.

그러자 모두들 웃기 시작했다. "내 스케이트보드는 원래 감자였어." 래리가 말했다. "그거 사러 가는 길에 감자튀김을 먹었거든."

"오리온 엉덩이는 원래 튜바였어." 리겔이 말했다. "그래서 지금도 튜바 소리를 내지."

"리겔의 발은 이동식 화장실이었어." 오리온이 맞받아쳤다. "그래서 지금도 화장실 냄새가 나지."

"해리는 원래 원숭이였어." 래리는 너무 웃어서 흐른 눈물을 마시멜로로 닦았다. "그래서 털이 저렇게 많은 거야."

"바보야, 우리 모두 원래 원숭이였어." 해리가 말했다.

그리고 오리온이 말했다. "포피는 원래 남자아이였어."

로지와 펜은 얼어붙었다. 마지니와 프랭크도 얼어붙었다. 루, 벤, 리겔, 오리온 그리고 포피도 모두 얼어붙었다. 모두들 마당 전체에 흩어져 있었다. 그릴 옆, 맥주 통 옆, 디저트 테이블 옆, 모닥불 옆, 스프링클러 옆 등등. 다들 각자 누군가와 대화하고 있었고 자기 삶에 몰두해 있었지만, 애쓰지 않고도 정해진 몇 마디(앉아, 서, 걸어, 잘했어)는 늘 놓치지 않는 개들처럼 그 모든 불협화음과 소음을 뚫고 그 몇 단어를 가족 모두가 들었고, 그다음에 어떤 말이 이어질지 귀를 쫑긋했다. 펜은 파티에 온 모든 사람이 숨을 멈춘 것처럼 느꼈다. 포피는 자기 가족뿐 아니라 세상 전체가 얼어붙은 것처럼 느꼈다. 모든 것이 괜찮았던 마지막 이 순간이 얼어붙어 결정체가 되었고, 다음 숨, 그다음 숨을 내쉬는 순간 그녀가 몸담은 세상 전체가 녹아내릴 것이라는 느낌이 들었다. 그러나 로지는 봤다. 로지는 해리와 래리가 원래 모습이었던 원숭이처럼 깔깔 웃고, 계속 뭐가 원래 뭐였는지를 이야기하고 있는 모습을. 그리고 어차피 아무도 네 소년이 하는 말에 귀를 기울이지 않았고, 오리온이(신의 축복이 그에게 내리길) 쓰고 있던 스누피만큼이나 하얘진 얼굴로 벌떡 일어나 형과 함께(수많은 형들 중 하나) 캡틴 바퀴벌레의 내면을 아직 발견하지 못한 절망한 그의 약혼자 흉내를 내고 있는 것을. 세상은 변함없이 돌아갔다. 비밀이 약간 새긴 했지만 발각되지는 않았다.

모두가 집에 돌아온 것은 늦은 시각이었다. 포피는 애기네 집에 머물렀다. 자기 자신을 위해 스스로의 비밀을 지키는 법을 배운 포피는 어쩌면 애기네에 있는 것이 더 안전하다고 생각했을 수도 있다. 거기서는 자기 비밀이 새어나가게 할 수 있는 사람이 단 한 사람뿐이고, 그 사람은 자기가 제어할 수 있었기 때문이었다. 나머지 아이들은 넷 다 거실에서 서성거리며 다음에 무슨 일이 벌어질지 기다렸다. 로지는 너무 피곤해서 적절한 행동이 무엇인지 판단할 기력이 없었다. 위로해야 할까, 책망해야 할까, 이해해줘야 할까, 혼을 내야 할까. 다 함께 총알을 피한 것일까? 오늘 일을 가족 간에 이야기하곤 하는 전설적인 일화로 만들고, 이 대탈출의 행운을 고개를 절레절레 흔들고 미소를 지으며 감탄해야 할까? 아니면 하마터면 큰일 날 뻔했다며 소리치고 혼내야 할까? 그녀는 쌍둥이가 막 걷기 시작했을 때 가위를 아무 데나 뒀다며 루를 혼냈을 때를 기억했다. "하지만 엄마, 왜 화를 내는 거예요?" 루가 어리둥절하고 눈물에 젖은 얼굴로 그녀를 쳐다봤다.

"리겔하고 오리온이 크게 다칠 수도 있었어."

"하지만 다치지 않았잖아요. 그러니 기쁘지 않아요?"

"기뻐. 하지만 다음번에 또 그럴까 봐 화가 난 거야."

"다음번에 그럴까 봐 화가 나요?"

"다음번에는 이런 일이 일어나지 않게 하기 위해 화를 내는 거야."

예방하기 위해 내는 화? 당시 루는 그게 정말 미친 짓이라 생각했고, 오늘 일도 딱 그랬다. 예방적인 화, 사후에 내는 화, 안도감에서 나는 화. 로지는 어서 침대에 눕고만 싶었다.

펜은 그렇지 않았다. "무슨 생각이었어?" 거두절미하고 내뱉은 그 질문은 딱히 누구에게랄 것도 없이 방에 있는 모두에게, 그러나 정해지지 않은 대상을 향한 것이었다.

이미 죽고 싶은 듯한 표정이 된 오리온이 말했다. "아무 생각도 없었어요. 그냥 실수로…."

"실수?"

"그럴 의도는 아니었어요." 목소리가 떨렸다. 손도 떨렸다. "그냥 튀어나왔어요."

"실수로 말을 하는 건 도대체 어떤 거냐?"

"캐미솔 어쩌고 하는 거 그런 거였어요."

"캐미솔 어쩌고?"

"프로이디언 슬립* 말이에요." 리겔이 통역했다. 펜은 가끔 오리온과 리겔 사이에 텔레파시가 통하는 것이 아닐까 의심하곤 했다. 쌍둥이라는 것만으로는 서로의 입에서 나오는 헛소리를 너무나 정확히 이해하는 현상을 설명할 수가 없었다.

★　Feudian Slip. 무의식중에 본심을 드러내는 실수를 말하는데, 슬립이 여성 속옷의 이름이고 캐미솔도 속옷의 이름이어서 오리온이 혼동한 것.

"아니야." 펜이 말했다. "프로이디언 슬립은 진짜 하려던 말을 실수로 하는 걸 말하지, 실수로 농담하는 게 아니야. 네 의도가 그거였어? 진짜 하려던 말을 실수로 한 거?"

오리온은 겁에 질리고 비참해 보였지만 무엇보다 어리둥절해하는 것 같았다.

리겔이 너무 낮은 목소리여서 거의 들리지 않게 중얼거렸다. "좋은 기회였어요. 그렇지 않아요?"

그의 부모는 그렇지 않다고 생각했다.

"오리온이 그 말을 할 수도 있는 거였어요." 루가 말을 시작했고, 그의 엄마는 루의 목소리를 듣는 것 자체가 놀라웠다. "별 상관 없었을 거예요. 아주 짧은 시간이었지만 그 말도 안 되는 비밀을 지고 다니지 않아도 될 것처럼 느껴졌어요."

로지와 펜은 벤을 쳐다봤다. 마치 이 모든 것이 사실인지, 아니면 남자아이들이 하는 말도 안 되는 헛소리들인지 벤이라면 말해줄 수 있을 것처럼. "비밀을 간직하는 건 큰 부담이에요." 그는 그렇게 말함으로써 형제들의 편도, 부모의 편도 들지 않았다.

"우리 모두 조심해야 해." 펜은 목소리를 제어하기 위해 애를 쓰며 말했다. "어느 때보다 지금 더."

"왜 어느 때보다 지금 더죠?" 루의 입술이 애벌레처럼 통통 불었다.

"여기까지 무사히 왔으니까."

"그건 그렇지만, 그런 논리로 하자면 앞으로 계속 어느 때보다 지금 더 조심해야 하는 것 아니에요? 날마다 그 전날보다 더 조심해야 하는 것 아니냐고요." 벤이 말했다.

"이제 변명은 그만." 로지는 이 대화에 진저리가 났다. "오리온, 넌 친구들하고 장난 치고 잘난 척하다가 하지 말아야 할 말을 했어. 상황이 훨씬 더 나빠지지 않은 건 그냥 운이 좋아서였어. 이건 너희 일이 아니라 포피의 일이야. 너희 인생이 아니라 포피의 인생이고. 누가 더 용감하고 덜 용감하고의 문제로 만들지 말자. 오늘은 경고 사격이라고 생각하고 앞으로 주의해. 지금껏 다른 가족들은 모두 비밀을 잘 지켜왔잖아. 지금껏 모두들 아무 소리 안 하는 데 성공해왔고. 너도 그래야 해."

모두 합당하고 말이 되는 발언이었다. 그러나 종국에 가서는, 사실 종국에 이르기 조금 전에, 그 발언의 많은 부분은 사실이 아니라는 것으로 밝혀졌다.

변신

부모의 시간은 이야기 속의 시간과도 같지만 상상이 아니라 현실에서 벌어지는 일이다. 마술 가루나 주문 없이 벌어지는 마법이다. 시공간의 법칙을 거스르지 않으면서도 물리학 법칙에서 벗어난다. 누구나 흔히 하는 말이지만 아이가 생기기 전까지는 아무도 믿지 않는 말이 있다. 시차가 생기고 목뼈에 무리가 갈 정도로 시간이 심하게 빨리, 쏜살같이 흘러버린다는 것이다. 집에 온 첫날 오후 팔에 폭 안겨 있던 작고도 완벽했던 아기가 정신을 차리고 보면 열 달 정도 지난 것 같은데 고등학교 졸업반이 되어 있다. 너무나 작고 서로 닮은 쌍둥이를 낳아서, 눕혀놓으면 거울에 비친 한 아이인 것 같고 손에 머리를 쥐면 팔꿈치에 발이 닿는 아이들을 한 팔에 하나씩 안았던 것이 엊그제인데 벌써 다음 해면 어느 대학을 다닐지 생각하는 때가 되어버린다. 불가능해 보이지만 모든 사람이 다 거치는 경험이라, 마법이라고 하지 않으면 달리 설명할 길이 없다. 지루해진 아이들이 칭얼대며 심술을 부리는 비 오는 일요일처럼 아침 식사 시간부터 잠자리에 들 때까지 100시간 정도로 느껴지는 날이나, 이 끔찍한 자녀 군단을 부모와 함께 가두고 학교를 시작하지 않기로 한 것이 어떤 악마의 아이디어일까 궁금해지는, 10년처럼 느껴지는 연휴 기간 같은 예외가 있기는 하다.

모두들, 심지어 포피마저 로지의 눈에는 여전히 어린 남자아이들이었다. 그중 5분의 4가 그녀보다 족히 한 뼘은 더 크고 목소리는 우물만큼이나 깊어졌지만 말이다. 포피의 비밀을 비밀로 지키지 않고 사람들에게 포피에 관해 설명하기로 결정하는 날이 오면, 그녀는 바로 그렇게 사람들에게 포피에 관해 설명할 것이다. 부모들에게 자녀들은 항상 어린아이들이라고. 루와 벤은 180센티미터 가까운 키에 다리는 기린을 방불케 하고 팔은 펴면 날아갈 수도 있겠다 싶을 정도로 길었다. 열네 살 난 리겔과 열네 살 난 오리온이 아기 때 모습이나 아장거리던 때 모습이 전혀 없는 것처럼, 포피도 어린 클로드와 완전 딴판으로 커갔다. 그러나 매일 아침 식사 때마다, 매일 저녁 식사 때마다, 한밤중에 아파서 깰 때마다, 학교에서 모종의 기적을 달성하고 집에 돌아올 때마다, 우연히 성숙한 모습을 보일 때마다 로지의 눈은 그 조그맣던 남자아이들, 품 안에 폭 들어오던 아기들을 봤다. 엄마의 눈으로 보면 포피의 변신 또한 다른 아이들의 변화보다 더 기적적이거나 놀랍거나, 솔직히 말해서 어처구니없거나 하지 않다고 사람들에게 말할 것이다. 만일 사람들에게 털어놓는다면 말이다. 부모의 시간은 마법 같았다. 느린 동시에 초음속으로 흐르는 마녀의 시간, 마법사의 시간이었다. 잠깐 한눈을 파는 사이에 갑자기 모든 것이 변하고 만다.

포피가 4학년을 시작하는 날이었다. 쌍둥이는 9학년, 루와 벤은 고등학교 2학년의 첫날을 맞이했다. 출근하면서 로지는 아이들 모두와 함께 살날이 이제 2년밖에 넘지 않았다는 사실을 생각했다. 2년 후에는 집에 함께 사는 아이들이 셋으로 줄어들 것이다. 초등학교에 아이들을 보낸 햇수를 전부 합치면 수십 년이나 되지만 이제 그것도 2년밖에 남지 않았다. 핼러윈 행진도 두 번밖에 남지 않았고, 물감 묻힌 손바닥을 도장처럼 찍어 칠면조를 그리는 것도 두 번밖에 남지 않았다. 〈업 온 더 루프탑〉 노래가 머릿속에 박혀서 맴도는 휴가철은 상상할 수 없지만 시도해볼 용의가 있었다. 옥빛 하늘을 배경으로 갓 구운 빵에 바른 버터처럼 햇살이 넓고 따뜻하게 퍼지는 날씨였고, 그림자 모양이 어딘지 모르게 지금이 여름의 시작이 아니라 끝, 학년 말이 아니라 학교로 다시 돌아가는 계절이라는 느낌을 주는 날이었다.

가족들이 다니는 소아과가 있었다. 치과도. 주피터는 동물병원에 등록되어 있었다. 입과 코 주변의 털이 하얘지고, 잘 듣지 못하고, 누워 있다가 산책 가기 위해 일어서려면 족히 1분은 걸렸기 때문이다. 쌍둥이들은 교정 치과도 다니고 있었다. 벤은 안경을 쓰고 알레르기 전문가와 상담했다. 루는 이사 온 첫해에 스키를 타다가 손목을 다쳐서 정형외과도 다녔다. 위스콘신에서 눈과 함께 살아온 경험이 반 친구들이 비와 함께 살아온 경험을 이길 것이라 여기고, 그들의 워싱턴 마운틴 경험이 자기의 중서부 평야 경험을 이길 것은 생각 못 한 자만심의 결과였다.

포피는 앞으로 수많은 전문가와 상담가를 만나겠지만 로지와 펜은 통고 씨와의 관계를 놓지 않았다.

통고 씨와의 상담은 전화보다는 온라인으로 진행됐다. 통고 씨가 그들의 얼굴을 볼 수 있고, 그들도 통고 씨의 얼굴과 그가 보여주고 싶어 하는 걸 볼 수 있었기 때문이었다. 통고 씨가 시각적 보조 자료를 좋아한다는 사실은 놀라운 일이 아니었다. 그는 여전히 평범한 사무용 의자보다 커다란 요가용 짐볼 위에 앉는 걸 좋아해서 로지와 펜은 위아래로 조금씩 오르락내리락하고, 가끔 옆으로도 움직이는 그의 얼굴을 보면서 마치 기차에 탄 사람과 이야기하는 것처럼 느끼곤 했다. 그는 이야기를 하다가도 갑자기 일어서서 방 안을 뛰어다니면서 화면에 들어왔다, 나갔다를 거듭하거나, 책장에서 책을 뽑아서 가져오기도 하고 서랍에서 모델을 꺼내기도 하고, 가끔은 자기가 하는 말을 강조하기 위해 책상 위에 서기도 했다. 특히 그럴 때면 그의 신발과 바지 아랫단밖에 볼 수 없었다.

그날 로지와 펜은 처음에는 다른 사람의 연락처를 클릭했나 싶었다. 연결이 되자 화면에 파스텔 색깔의 알파벳 나무 블록들이 고층 빌딩처럼 높이높이 쌓아올려진 것이 보였기 때문이었다. 마치 유치원 교실 같았다.

"통고 씨?" 펜이 용기를 내서 물었다.

아무 대답도 없었다.

"통고 씨." 이번에는 로지가 불러봤다. 이렇게 오래 서로를 알고 지냈지만 그를 여전히 이름이 아닌 성으로 부르고 있었다.

그래도 대답이 없었다.

"와이파이 접속이 시원찮은가?" 펜이 어리둥절해했다. "아니면 저쪽에 문제가 있는 건가?"

"접속을 끊었다가 다시 해보자." 로지가 말했다.

그때 갑자기 포효하는 소리가 들렸다. 고질라가 어슬렁거리며 화면 안으로 들어왔다. 그 고질라는 위태롭게 서 있는 건물들을 하나하나 무너뜨려 도시 전체를 폐허로 만든 다음, 잔해 더미 위에 서서 의기양양하게 카메라를 향했다. 목에는 통고 씨가 단정한 손글씨로 쓴 명찰이 매달려 있었고, 거기에는 '사춘기'라고 크게 쓰여 있었다.

위협적인 고질라도 그보다 세 배쯤 큰 통고 씨의 얼굴이 오스카 후보에 오르기라도 한 듯 의기양양하게 모습을 드러내자 위력을 완전히 잃었다.

"안녕하세요, 통고 씨." 흥미로움과 약간의 피로감이 섞인 목소리로 펜과 로지가 합창했다.

"모두 제가 한 거예요." 통고 씨는 그 말을 믿지 못할 사람이라도 있는 듯 플라스틱 고질라를 흔들었다. "괴물처럼 크게 환영하는 바입니다."

두 사람은 희미한 미소를 지어 보였다. "안녕하셨어요, 통고 씨?"

"저요? 저는 아주 잘 있지요. 이렇게 함께 시간을 보내게 되서 너무 좋고, 두 분 다 뵐 수 있어서 진짜 기분이 좋아요. 자, 학교에 돌아갈 시간이죠. 신나는 때예요. '켈 펠리시타시옹Quelle Fe-licitations! 마젤 토프!'"

펜은 고작 12년 정도 학교에 다닌 경험만으로도 모두가 학교 달력의 스케줄에 길이 들어서 자녀가 없는 통고 씨 같은 사람들마저 9월에 새해 축하 인사를 건넨다는 것이 참 놀랍다고 생각했다. 학교에 다닌 경험이 세포 깊은 곳에 향수를 심어 매년 가을이 되면 날씨가 여전히 화창하고 햇살이 여전히 따스한데도 다람쥐들이 공원에서 미친 듯이 도토리를 모으듯 본능적으로 그 향수에 몸이 깨어나는 것 같았다. "신나는 시기이긴 해요." 펜은 그렇게 인사를 하고 조금 어색하게 덧붙였다. "고맙습니다."

"천만에요, 천만에요. 자, 두 분과 함께 오늘은 새 학년이 시작되는 것을 기념해서 방과 후 스페셜 프로그램을 하나 해볼까 해요. 제목은 '사춘기 대 호르몬 억제제', 부제 '러브 스토리'입니다."

로지는 컴퓨터 스크린 구석에 있는 작은 화면에 비친 자기 얼굴에서 눈썹이 쑥 올라가는 것을 봤다. "아, 통고 씨, 포피는 이제 아홉 살이에요." 포피 나이를 잘못 계산한 걸까? "아직 몇 년 남았어요. 아직 멀었죠."

"시간은 바나나처럼 빨리 흘러가요." 그의 눈이 실제로 반짝였다. "두 분이 마지막으로 호르몬 억제제에 관해 진지하게 대화를 나눠본 게 언제인가요?"

로지는 마지니, 프랭크와 함께했던 '결투 디너'를 떠올렸다. 전채 요리로 땅콩호박 수프를 먹었으니 가을이었을 것이고, 결국 1년 전이었다는 이야기였다. "좀 됐어요." 로지가 인정했다.

"그럼 지금 하십시다!" 통고 씨는 두 손을 마주쳤다. "오늘 재미있겠는걸!" 세월이 흐르면서 통고 씨가 재미있겠다고 할 때마다 펜의 머릿속에서는 영화 〈죠스〉의 테마 뮤직이 흘렀다.

로지가 머리를 저었다. "여성으로 태어난 사람보다 남성으로 태어난 사람들에게 사춘기가 더 늦게 와요. 아직 때가 아니에요. 호르몬 억제제를 생각하기엔 너무 일러요."

"호르몬 억제제를 복용하기에는 너무 이르죠." 통고 씨가 부드럽게 로지의 말을 고쳐줬다. 그는 사춘기 고질라를 호르몬 블록으로 만들어진 감옥에 가두고 꼼꼼하게 벽을 쌓아올리고 있었다. "그 문제에 대해 생각을 하기엔 지금이 적기예요. 모두 곧 어려운 결정을 내려야 합니다. 호르몬 억제제를 복용할 것인가? 복용한다면 얼마나 오래? 언제? 그리고 교차 성호르몬을 복용할 것인가? 수술을 할 것인가? 한다면 어떤 수술을? 방금 언급한 것 모두를 할 것인가, 일부만 할 것인가, 아무것도 하지 않을 것인가? 모두 어려운 선택들이에요. 포피는 이런 문제에 대해 걱정하는 것 같아요?"

"전혀요." 로지가 확신을 가지고 대답했다.

그러나 통고 씨는 확신하지 못했다. "제가 걱정하는 게 바로 그거예요. 아시다시피 옛날에는 트랜스젠더 어린이가 없었어요. 아들이 치마를 입고 방에서 나오면 '저건 내 아들 아니야!' 하고 내치든지, '남자는 치마 입는 거 아니야!' 하고 혼을 내든지 했고, 그걸로 모든 게 끝났죠. 그 아이는 그냥 그렇게 자라는 거죠. 그러다가 아동기를 지나고, 사춘기를 지나고, 청소년기를 지나서, 어쩌면 운이 좋으면 마침내 지금까지 아무도 이해해주지 않던 것을 이해해주는 사람들로 이루어진 공동체를 찾고, 서서히 복장을 바꾸고, 머리 스타일을 바꾸고, 이름과 대명사를 바꾸고, 여자로 사는 삶을 시험해보고, 몇 년, 몇십 년에 걸쳐 결국 여성이 될 수 있었을지도 모르죠. 아니면 그렇게 되기 훨씬 전에 스스로 목숨을 끊어버렸든지. 이런 아이들의 자살률이 40퍼센트 이상이라는 거 아시죠?"

펜은 눈을 감았다. 몰랐다.

"요즘은 여러 면에서 얼마나 많이 좋아졌는지 몰라요. 클로드는 운이 좋았죠. 엄마, 아빠한테 와서 치마를 입고 싶다고 하고 여자아이가 되고 싶다고 하니까 두 분은 그래, 우리가 도와줄게, 하고 말했고, 무슨 일이 있어도, 어떤 경우에도 엄마랑 아빠는 자기를 사랑한다고 말해줬으니까요. 그리고 아이의 머리를 기르게 하고, 치마를 사주고, 대륙을 건너 만으로 둘러싸인 도시로 이사해서, 수리수리마수리, 바로 여자아이를 탄생시켰죠. 모두 정말 잘된 일이죠. 사춘기가 포피를 기습할 것이란 사실만 빼면요. 포피는 자기를 남자아이라 생각하지 않아요. 두 분도 그 아이를 남자아이라 생각하지 않죠. 포피는 페니스를 혐오하면서 자라지 않았어요. 자기가 되고 싶은 사람으로 사는 데 페니스가 한 번도 방해가 된 적이 없었고, 부모님도 포피를 있는 그대로 받아들여줬기 때문에 포피는 페니스를 자연스러운 것으로 받아들였어요. 페니스가 남성성을 상징한다고 생각하지 않지요. 그냥 아무 의미가 없는 거예요. 그냥 소변을 그렇게 보는 것일 뿐이죠. 하지만 그게 바야흐로 변할 거잖아요. 그리고 얼마 가지 않아서 긴 머리에 치마를 입는 것만으로는 포피가 여자아이로 살 수 없겠죠.

거기에 대해 부모님이 아이를 대비시켜야 합니다."

"그러니까 우리가 너무 잘해버렸다는 건가요?" 로지가 반농담으로 그렇게 말하면서 웃었다.

그러나 통고 씨는 고개를 끄덕였다. "바로 그 말을 하고 있는 겁니다. 무례하다는 것도 알아요. 너무 좋은 부모라 아이를 잘 돌보지 못하고 있다는 말을 들으면 짜증이 나죠."

펜과 로지는 한편으로는 어쩔 줄 모르겠고, 다른 한편으로는 죄책감이 들어서 서로를 바라봤다. 하지만 고질라가 으쓱으쓱 춤을 추기 시작했다.

"기운 내세요, 두 분! 포피가 내일 당장 남자로 변하는 건 아니니까요. 그냥 씨를 심기 시작하시면 돼요. 다가올 변화들에 관해 아이와 어떻게 이야기할지 미리 생각해두면 좋겠죠. 아름답고 기적적이고 축하해야 할 변화들. 포피보다 조금 나이가 더 든 소년, 소녀 모두에게 오는 변화들 말이에요. 태어날 때부터 여자아이로 태어난 딸도 성인 여성으로 자라는 데는 도움이 필요해요. 포피의 경우는 조금 더 재미있을 뿐이죠."

아홉 살, 열네 살, 열네 살, 열여섯 살, 열일곱 살인 펜의 아이들은 자라는 것은 멈추지 않았지만 아동기는 탈피했다. 적어도 탈피하는 중이었다. 세상으로 나아갈 준비를 하고 있었지만, 그렇다고 해서 자기 전에 이야기를 안 들어도 된다는 건 전혀 아니었다. 아이들은 여전히 잠자리 동화를 들었다. 날마다는 아니지만 캠핑이나 휴가를 가면 이야기를 열심히 들었다. 특히 여름 밤 해가 진 후 뒷마당에 나가 모닥불을 피우고 둘러앉아 있을 때는 이야기가 절실했다. 그러나 포피가 잠드는 시간은 오빠들에 비해 일렀고, 오빠들은 부모랑 여동생에게 알리고 싶지 않은 자기들만의 이야기가 있었다. 그래서 펜과 포피 단둘이서 그런 시간을 가질 때도 많았다.

그룸왈드는 더 이상 친구가 많지 않았다. '멀리' 가려고 집을 떠나면서 그는 함께 자란 친구들을 두고 가야만 했지만 새로운 친구들은 사귀지 못했다. 반면 스테파니 공주는 여자 친구들이 많았지만 그녀의 비밀을 아는 건 그룸왈드뿐이었다. 예를 들어 스테파니 공주의 여자 친구들은 그녀가 매일 밤의 요정이 된다는 사실을 몰랐다. 그녀가 날 수 있고, 별들의 불을 켜준다는 것도 몰랐다. 머리가 형광 초록색인 건 그냥 쿨해서라 생각했다. 친구들에게 거짓말하는 것이 싫었지만 진실을 이야기하면 친구를 잃을까 걱정됐다. 그리고 비밀을 유지하는 것이 어렵지 않았다. 수영을 하러 갈 때는 티셔츠를 입었고 옷은 항상 목욕탕에서 갈아입었기 때문에 누구도 웃옷을 벗은 공주의 모습을 본 적이 없었고, 그래서 날개를 감출 수 있었다. 친구들과 함께 저녁을 먹는 대신 브런치를 먹고 북클럽을 낮에 한다고 해서, 스테파니 공주가 저녁에는 아무것도 하지 못한다는 사실을 이상하게 생각하지 않았다.

"스테파니 공주가 북클럽을 해요?" 포피가 물었다.

"북클럽은 모두 하는 거니까."

"포도주 마시면서 하는 그런 거요?" 포피는 호기심이 바짝 일었다.

"포도주가 없으면 북클럽이라고 할 수 없지."

그러나 무서운 일들이 일어나기 시작했다. 스테파니 공주가 아무런 경고도 없이 아무 때나 밤의 요정으로 변하기 시작한 것이다. 반바지를 사러 쇼핑몰에 갔는데 날개 한쪽이 갑자기 튀어나왔다. 대낮이었는데도 말이다. 운 좋게도 탈의실에서 옷을 입어보고 있는 사이에 그 일이 벌어졌지만, 공주는 긴장하지 않을 수가 없었다. 그러다가 그 일이 우연히 한 번 벌어진 사고였나 보다 싶던 즈음에 커피숍에서 아침을 주문하고 있는데, 바리스타가 경이에 찬 눈으로 쳐다보는 것을 깨달았다. 그도 그럴 것이 그녀는 공중부양 중이었다. 아침 8시 반도 되기 전에 날개가 다 펴졌을 뿐 아니라 그런 줄도 모르고 있었던 것이다. 놀란 그녀는 들고 있던 카페라테를 엎지르고 겨우 땅에 발을 붙인 다음 울면서 집으로 달려갔다. 너무 두려워진 그녀는 마녀에게 갔다.

"어떤 마녀요?" 포피가 킥킥거렸다. "그룸왈드가 밤의 요정을 잡도록 도와준 마녀?"

"바로 그 마녀지. 그래서 그룸왈드는 좀 찝찝해했지만, 스테파니 공주는 능력은 있는 마녀라고 판단했어. 어찌 됐든 마녀는 마녀니까 항상 친절하지 않을지는 몰라도 말이야. 스테파니는 마녀가 짜증을 부릴 만하다고 생각했어. 나이가 많아서 돌아다니고 움직이는 게 쉽지가 않았고, 이가 대부분 썩어서 음식 먹기가 힘들어 보였으니까. 하지만 마녀는 불친절하지는 않았어. 스테파니는 사람들이 보통 마녀에게 도움을 구하지 않는다는 건 알고 있었지만, 마녀 말고 누구에게 도움을 청해야 할지 몰랐단다."

"하지만 그 마녀는 밤의 요정들을 싫어했잖아요." 포피가 말했다. "그래서 그룸왈드가 밤의 요정들을 잡는 걸 도왔잖아요."

"그러니 밤의 요정이 겉으로 드러나지 않게 해줄 사람으로도 적임자였지." 펜이 말했다.

그래서 스테파니 공주가 찾아왔을 때도 마녀는 꿈쩍도 하지 않고 말했다. "누구에게나 다 일어나는 일이야." 그녀는 스테파니를 안심시켰다.

"정말요?" 스테파니는 믿지 못했다.

"물론이지. 누구나 가끔 다른 사람일 때가 있어. 누구나 변신하게 마련이지. 네가 하는 변신하고 똑같은 변신은 아니지만. 하지만 그게 바로 포인트야. 어쩌면 저주라고도 할 수 있는 부분이지. 누구나 겪는 일이지만 다른 사람과 똑같은 방식으로 변신하는 사람은 어디에도 없어. 모두가 다 달라. 안에서 기다리고 있는 게 누구인지에 상관없이 그 변신을 좋아하는 사람은 아무도 없단다. 좋은 소식은 내게 콩이 있다는 사실이야."

"난 요리 안 해요." 스테파니가 말했다.

"수프 만드는 콩 말고." 마녀는 곤경에 빠진 공주들이 눈치가 더 빨랐으면 좋겠다고 생각했다. "요술 콩 말이야. 네가 절대 밤의 요정으로 변신하지 않도록 해줄 요술 콩이 있어."

"그러면 누가 별에 불을 켜요?"

"내가 알 바 아니지." 마녀가 어깨를 으쓱했다. "알아서 맡아줄 사람이 있겠지."

"그럼 난 밤에는 뭐가 되나요?"

"그냥 스테파니 공주." 마녀는 다 썩은 검은 이를 끔찍하게 드러내며 마녀의 미소를 활짝 지었다.

"하지만 내가 밤의 요정이 아니면 난 누구 공주인 거예요?"

"누구의 공주냔 말이지?" 마녀는 말을 확실히 하지 않는 걸 너무 싫어했지만 잠시 생각에 빠졌다. "흠, 네가 밤의 요정이 아니면 공주도 될 수 없겠구나. 그럼 그냥 스테파니지."

스테파니는 그것에 대해 생각해봤다. 그냥 스테파니가 되는 것이 좋은지 알 수 없었다. 어떻게 생각하면 확실히 간단하기는 할 것 같았다. 그러나 다시 생각해보면 자기가 없으면 별들이 어떻게 할지 걱정되기도 했다. 게다가 공주라는 것도 좋았다. "낮에만 날개가 못 나오게 하는 요술 콩은 없어요? 낮 동안 친구들로부터 비밀만 지킬 수 있다면 밤에는 요정이 되서 별에 불 켜는 일을 계속하고 싶어요."

마녀는 한숨을 쉬면서 눈을 굴렸다. 공주들은 원하는 게 너무 많았다. 하지만 실은 그런 요술 콩을 가지고 있기는 했다. 게다가 스테파니 공주의 어려움이 이해가 됐고, 다른 공주들과는 좀 다르기도 했다. 그래서 마녀는 공주에게 요술 콩을 건넸다. 스테파니는 집에 가서 콩을 밤새 불린 다음다음 날 후무스*를 만들어 점심으로 당근에 찍어 먹었다.

"효과가 있었나요?" 포피가 물었다.

"마술을 부린 것처럼 효과가 있었지." 펜이 말했다.

포피의 엄마, 아빠 방에 불이 꺼지자마자 애기가 자를 이어 묶은 우산으로 창문을 두드렸다. 그들이 성장하는 사이 기술이

★　Hummus. 병아리콩을 으깬 것에 오일과 마늘을 섞어서 만든 중동 지역의 음식.

엄청나게 진보했지만, 자를 이어 묶은 우산은 애기가 늘 선호하는 통신 수단이었다. "너희 오빠가 우리 언니를 사랑해." 그녀는 포피가 창문을 완전히 열기도 전에 말을 하기 시작했다. "아이, 징그러워."

"누구?"

"내가 언니가 또 있냐? 카엔 언니 말이야."

"어느 오빠냐고."

"알게 뭐야. 너네 오빠 중 한 명이겠지. 전부인지도 몰라. 5초에 한 번씩 언니 전화에 문자 수신 알람이 울린다니까. 지금도 자기 방에서 낄낄거리며 웃느라 정신이 없어. 너네 오빠 중에서 아직 안 자는 게 누구야?"

"아마 아무도 안 자고 있을 거야. 이야기 듣는 시간에 나 말고 아무도 안 왔어."

"오늘은 무슨 일이 벌어졌어?" 애기는 그룸왈드와 스테파니 공주의 모험을 일일연속극 보듯 즐겼다.

"스테파니의 날개가 아무 때나 막 펴지기 시작했어. 근데 아무한테도 비밀을 들키고 싶지 않아서 마녀한테 가서 요술 콩을 얻어 왔어. 그걸로 후무스를 만들어 먹고는 훨씬 나아졌어."

"이상하군." 애기가 말했다. "그게 무슨 뜻이라고 생각해?"

"몰라." 포피가 어깨를 으쓱했다. "무슨 뜻인가가 숨겨져 있겠지. 언제나 비밀 메시지가 들어 있어."

애기는 잠시 생각에 빠졌다. "내 생각에 너희 아빠가 우리한테 마약을 해도 괜찮다는 이야기를 하는 것 같아. 아무한테도 말해서는 안 되겠지만." 믿을 수 없는 일이지만, 아가사 그랜더슨은 커서 버클리 대학 영문학 교수가 됐다. 그녀는 어릴 때부터 문맥상의 은유를 찾아내는 데 비상한 재주를 보였다. "4학년은 정말 재미있을 거야!"

분노의 루

그해 1월, 할머니가 예견했던 대로 루는 도움을 필요로 했다. 루는 이해받고 싶어 했다. 루는 위로받고 싶어 했다. 루는 자기가 무엇과 싸우고 있는지, 왜 그런 싸움을 벌이는지, 얼마나 상처받고 혼란스러워하는지 엄마, 아빠가 이해하고 알아주기를 바랐다. 그리고 그가 느끼는 분노 중에서 합법적인 분노와 그렇지 않은 분노, 다시 말해 보통 10대들이 겪는 불안감과 루가 특별히 겪는 불안감을 가려내는 데 도움을 주길 바랐다. 그는 엄마, 아빠가 깊이 숨을 들이쉰 다음 큰 그림을 봐주기를 바랐다. 그러나 로지와 펜은 오직 그의 이마에 난 상처에서 흘러나오는 피밖에 보지 못했다. 루에게 가장 시급한 것은 상처를 꿰매는 시술이었다.

춥고 비가 오는 월요일 아침이었고, 여느 때와 마찬가지로 로지는 하워드가 소집한 회의에 늦었다. 대체로 비가 오고 영상 4도에 머무는 시애틀의 1월은 눈이 오고 영하 14도로 떨어지는 매디슨의 1월보다는 견딜 만했지만, 로지는 끊임없이 비가 오고 습한 시애틀의 거리를 맨날 걸어다니다가는 발가락에 곰팡이가 슬겠다는 생각도 들었다. 흠뻑 젖고 코가 빨개진 채 출근한 로지에게 이본은 컴퓨터에서 눈도 떼지 않고 말했다. "14분 늦었어요."

"언덕 꼭대기에서 숨을 돌리느라 잠시 멈춰야 했어요."

"14분 동안이나요?"

"집에서 빠져나오는 게 쉽지가 않아요."

"운전하는 게 낫지 않겠어요?"

"환경을 생각해야죠. 사람들이 내가 오기를 기다리고 있나요?"

"아니요."

"제기랄."

"맞아요."

로지가 휴게실 문을 열고 들어가자, 하워드는 월요일 아침 회의를 일부러 말을 중간에서 멈추고 그녀를 바라봤다. "아, 로지, 와줘서 정말 고마워요." 마치 수동 공격성이라는 개념을 자기가 발명하기라도 한 것처럼 그의 첫마디는 매주 똑같았다. "이렇게 와주시니 얼마나 영광인지 모르겠어요."

로지는 그를 쳐다보지도 않았다. "제가 놓친 게 있나요?" 그녀는 제임스에게 물었다.

"전혀."

"상당히 많죠." 하워드는 두 사람을 번갈아 노려봤다. 엘리자베스는 (아무것도 안 적힌) 공책을 보는 척했다. "거의 다 끝났어요. 로지가 참석하지 못한 관계로 하는 수 없이 우리끼리 결정해서 올해에도 로지를 직원 단합용 아침 식사 담당으로 임명했어요."

"제가 그 일을 다시 맡을 수는 없어요." 로지가 말했다.

"왜죠?"

"제가 맡으면 점심때까지도 아침 식사를 시작하지 못할 테니까요." 그녀는 제임스를 보며 씩 웃었다.

"나머지 사람들도 애들이 있어요. 아시겠지만." 하워드가 말했다.

"그냥 농담이에요."

"나머지 사람들은 직장과 가정 사이에 균형을 찾는 데 성공하고 있고요." 그는 소리를 지르지 않았지만 꾸짖고 있었다. 사실 후자가 더 나빴다. "로지가 그런 균형을 찾는 데 실패했다고 해서 나머지 우리가 고통을 겪어야 한다면 불공평하죠."

로지는 눈을 굴렸다. "도대체 무슨 고통을 겪고 있나요, 하워드?"

"월요일 아침 회의가 끝나기도 전에 다시 처음부터 반복해야 하잖아요. 그리고 환자 보는 일 외에 다른 업무를 하나라도 로지에게 부탁하려면 얼마나 굴욕적인지 몰라요."

"굴욕을 느끼는 쪽은 저라는 확신이 있지만, 제가 아침을 다시 맡도록 하죠."

"장하군요."

"어린애 취급하지 말아주세요."

"그럼 제시간에 오세요."

"제 출근 시간보다 일찍 오라는 거네요."

오전 환자 진료가 끝난 후 로지가 휴게실에 가보니 제임스가 있었다.

"왜 모두들 하워드가 상사나 되는 것처럼 행동하는 거죠? 모두 대등한 파트너 관계고, 하워드는 그냥 풀 얼룩 같은 사람인데."

"풀 얼룩이요?"

"짜증나고, 절대 안 없어지지만 해는 안 끼치고… 좀 보기 싫고."

"요즘 빨래를 너무 많이 했나 봐요, 로지."

"빨래는 펜 담당이에요."

"하워드도 우리랑 같은 파트너지만 나이도 더 많고, 로지를 고용한 사람이잖아요." 제임스는 커피가 액체 상태를 유지할 수 있을지 의심스러울 정도로 설탕을 많이 넣었다. "난 실은 로지를 인터뷰했을 때 그다지 긍정적이지 않았어요."

"그랬어요?"

"애가 다섯이라니…. 난 당신이 무슨 광신도이거나 사교 집단에 속하는 사람인 줄 알았지."

"제임스! 사람을 고용하면서 애가 몇 있는지로 판단하려고 하다니요!"

"인터뷰할 때 당신이 말하는 동안 내내 머릿속에서는 '구두 안에 사는 노파한테는 아이가…' 노래가 돌아가고 있었어요. 중요한 점은 하워드가 당신을 강력하게 밀었다는 사실이에요. 그 사람 덕분에 고용된 거죠."

"그럴지도. 하지만 하워드가 우리 엄마는 아니잖아요. 늦었다고 꾸짖다니. 난 다 큰 어른인데. 그리고 자기 부하도 아니고."

"아니죠. 하지만 하워드의 비위를 맞춰주는 게 좋죠. 적어도 고함을 지르지는 말자고요. 그렇게 하는 게 어렵지 않을 때는 특히."

"그렇게 거들먹거리는 걸 보고만 있는 게 쉽다고요? 내가 15분 늦을 거라고 미리 말한 회의에 15분 늦게 왔다고 딴 사람들이 하기 싫어하는 임무를 떠맡아야 하는 거? 쉽지 않아요."

"쉬운 일 맞아요. 싸울 대상과 시기를 잘 골라야 하는 법이죠. 집에서 늘 하는 일 아니에요?"

제임스와 그의 남편은 더 이상 오페라를 보러 다니지 않았다. 대신 한 살 된 쌍둥이를 키우고 있었다. "그게 바로 부제가 되어야 한다고 생각해요. '부모 노릇 하기: 싸울 대상과 시기를 잘 골라라.' 이렇게요."

"바로 그래서 직장에서는 그런 짓을 안 하고 싶고, 그럴 권리가 있다고 생각해요."

"권력의 문제로 생각하세요. 싸움이 내게 찾아오게 하지 말고, 내가 싸움을 선택하는 거죠. 하워드는 안달이 났어요. 몇 년에 한 번씩 이런 상태가 되곤 하니까 때가 된 거예요. 병원 블로그를 시작하고 싶고, 향후 15년의 청사진을 그리고 싶고, 태국으로 인도적 봉사단을 파견하고 싶고."

"난 태국에 갈 수 없어요. 직장이랑 가족이 여기 있는데."

"잘 알죠. 내 상황도 그러니까. 가끔 직원들한테 도넛도 돌리고 월요일 아침 회의에 제일 먼저 오기도 하면 태국에 갈 일은 없을 거예요."

문이 열렸다. 하워드가 머리만 빼꼼히 집어넣더니 로지 쪽
으로 크게 한숨을 쉬었다. 로지를 찾고 있었던 게 분명하고, 이
제 찾았는데도 불구하고 그의 불만은 가시지 않은 것 같았다.
"로지, 이야기 좀 해요."

"좋죠." 그녀는 가볍게 대답했다. "하지만 10분 후에 환자가
예약되어 있어요."

"잠깐이면 돼요." 하워드가 말했다. "하지만 지금…."

그때 로지의 휴대전화가 울렸다. 고등학교였다. "애덤스 부
인?"

"네, 닥터 월시입니다."

"루 엄마시죠?"

"네."

"저는 프래니 플러머예요. 학교입니다. 미안하지만 루에게
정학 처분이 내려졌어요. 와서 데려가셔야겠습니다."

맙소사. "애 문제로 비상이 걸렸어요." 로지가 조금 미안하
다는 투로 하워드에게 말했다. "지금 가서 루를 데려와야 해요.
하지만 오후에는 돌아올게요. 이본에게 점심 전 약속을 변경해
달라고 말해주세요."

이마가 찢어지지만 않았어도 들키지 않았을 것이다. 사실
루와 데릭 맥기네스는 지난 몇 년 동안 가끔가다 한 번씩 쉬는
시간에 싸웠다. 이제는 몸싸움이라기보다는 오래된 분쟁처럼
느껴지는 싸움이었다. 벤도 알고 있었지만 그냥 루가 알아서 하

도록 내버려뒀다. 벤은 자기의 강점이 무엇인지 잘 알고 있었고, 백병전은 그의 강점이 아니었다. 루가 도움을 구했다면 도왔을 것이다(근육은 아니더라도 전략적으로). 하지만 루는 도움을 구하지 않았고, 벤은 루의 의사를 존중할 줄 아는 아이였다. 리겔과 오리온도 알고 있었지만 할 수 있는 일이 없었다. 무엇보다 열네 살밖에 되지 않았고, 게다가 9학년들은 시간표가 달랐다. 루가 흠씬 맞으며 싸움을 벌이는 시간에 쌍둥이들은 항상 영어 수업 중이었다. 심지어 카옌도 알고 있었고, 어쩌면 그 사실이 섹시하다고 생각했을 수도 있고, 어쩌면 루가 이 싸움을 계속하는 이유 중의 하나였을 수도 있다. 그러나 비밀을 지키는 데 능숙해진 루는 1년 반 이상 이 사실을 부모에게 알리지 않았다.

로지와 펜은 루가 싸움을 한다는 사실에 화가 났다. 두 사람은 루의 이마가 찢어질 때까지도 학교에서 아이가 주기적으로 싸움을 한다는 사실을 몰랐다는 데 화가 났다. 그리고 이 비밀을 지키기 위해 형제들 모두를 공범으로 만들었다는 데 화가 났다. 지금까지 어디가 긁혀 오거나 멍이 들거나 빨개진 걸 보고 이유를 물으면, 체육 시간이나 펜싱 클럽 핑계를 대거나 벤과 레슬링을 하다가 그렇게 됐다(이 부분은 거짓말이 아닐 수도 있었다)며 거짓말을 해왔다는 사실에도 화가 났다.

감추기 위해 최선을 다했으면서도 루는 자기가 얻어맞고 다닌다는 사실을 부모가 눈치채지 못했다는 사실에 화가 났다. 그리고 가끔은 맞는 대신 자기가 상대를 패주기도 한다는 사실을 몰라준다는 것에도 화가 났다. 그러나 화가 난 가장 큰 이유는 자기가 싸우는 이유에 엄마랑 아빠가 주의를 기울이지 않는다는 사실이었다.

모두들 화가 난 상태로 학교에서 바로 웨스트 힐 패밀리 메디컬 센터로 갔다. 루는 담당 주치의에게 치료받길 원했다. 엄마의 치료를 받고 싶지 않았다. 그러나 로지는 아들의 가정의나 응급실 당직보다 아들의 이마를 더 잘 꿰맬 자신이 있었다. 펜은 로지가 너무 화가 나서 손이 떨린다고 걱정했지만, 그건 루를 치료실 수술대 위에 눕히기 전까지만이었다. 일단 수술대 앞에 서자 로지의 손은 더 이상 떨리지 않았고 눈에 초점이 돌아왔다. 다들 어떻게 하고 있는지 보기 위해 잠시 들른 하워드가 가지런하게 꿰맨 실밥을 보고 감탄하며 휘파람을 불 정도였다.

어떻게 보면 피가 흐르는 루의 머리를 앞에 두고 손에 바늘을 쥔 채 이런 대화를 하는 것은 불공평한 일이었는지도 모른다. 하지만 어떻게 보면 그게 유일한 방법이었을 수도 있었다.

"움직이지 마."

"엄마, 잠깐만요. 난…."

"움직이지 말라고 했잖아. 네가 권위나 지시 사항에 따르는 데 문제가 있다는 거 알아. 하지만 지금은 엄마 말을 들어야 할 때라는 건 너 같은 애가 보기에도 분명하지 않니?

"권위나 지시 사항을 따르는 건 문제없어요."

"싸웠니?"

루는 이 문제에 대해 믿을 만한 거짓말을 하기에는 너무 늦은 것인지 잠시 생각해보고, 아마 그런 것 같다는 결론을 내렸다. "보시다시피."

"오늘 일만 말하는 게 아냐." 로지는 맏아들의 찢어진 상처

를 세척했다. "엄마 말은 오늘 싸움이 처음이었냐는 거야." 그녀
는 루의 눈을 똑바로 쳐다봤다. "거짓말하지 말고."

"싸움을 몇 번 하긴 했어요."

"얼마나 오래?" 그녀는 루의 머리를 소독했다.

"몰라요. 몇 주 정도?" 말의 마지막에 물음표를 단 것은 기
간을 속인 것이 발각이 날지 몰라서였다.

"몇…주?" 펜이 소리를 질렀고, 루는 거짓말하기를 잘했다
고 생각했다.

첫 싸움은 새 학년이 시작된 다음 주였다(그것도 지난해). 데
릭 맥기네스는 역겨운 인간이었다. 데릭 맥기네스는 루를(그리
고 다른 아이들 20~30명 정도를) 게이, 패곳, 퍼킹 페어리*라고 불
렀다. 데릭 맥기네스가 루를 그렇게 부른 것은 루가 맞서지 않
을 것이라고 생각했기 때문이었다. 루가 맞서 싸우지 않을 것이
라는 바로 그 인상이 루를 게이, 패곳, 퍼킹 페어리로 만들었고,
데릭 맥기네스가 그런 욕을 안심하고 할 수 있게 한 것이다. 따
라서 그를 패주면 일석이조의 효과를 거둘 수 있다는 의미였다.
어떤 건 지켜야 할 가치가 있고, 지키기 위해 항의하고 싸울 가
치가 있다는 것을 어떻게 엄마와 아빠에게 설명할 수 있을까?

"왜?" 로지가 말했다.

"뭘 왜요?"

"왜 싸웠냐고."

"엄마는 몰라요. 남자들은 달라요."

★   모두 동성애자를 비하하는 모욕적인 영어 표현들이다.

347

"제발." 로지는 눈을 굴렸다.

"남자여야 알 수 있는 거예요."

"넌 열일곱밖에 안 됐어."

"남자라면, 음, 쪼다처럼 행동할 수가 없어요."

"루, 우리 같은 가정에서 컸으니 다른 건 몰라도 전통적인 성 역할 구분이 얼마나 말도 안 되는 것인지는 알아야 하지 않겠니?" 로지의 바늘이 들어갔다 나갔다, 들어갔다 나갔다를 천천히 반복했다. 방 안에 있는 어느 누구의 심장 박동보다 더 차분하고 안정적이었다. "아빠가 닉 캘커티랑 싸우지 않고 그냥 그 자리에서 떠났던 것 기억나니? 엄마는 지금까지 그보다 더 용감하고 남자다운 행동을 본 적이 없어."

"그건 그래요." 루가 어깨를 으쓱하듯 몸을 움찔했다. "하지만 닉 캘커티는 총을 가지고 있었잖아요. 데릭 맥기네스는 빨리 움직이지도 못해요."

"움직이지 마. 누가 먼저 싸움을 걸었니?"

루는 꼼짝하지 않았다. 그 질문에 대답할 수가 없었다. 자기가 먼저 주먹을 날렸다. 그건 사실이었다. 그러나 문제는 그보다 더 복잡했다.

"루." 엄마의 눈길이 이마에서 그의 눈으로 옮겨 갔다.

"싸워달라고 애원하다시피 했어요, 엄마."

"얘가 이제 다른 애들을 패고 다니네." 그녀는 펜에게 말했다. 마치 펜이 그 자리에 함께 있으면서 모든 것을 함께 듣지 못한 것처럼. 자기가 바삐 놀리는 손 밑에 루가 누워 있지 않은 것처럼.

"이제 싸움을 걸고 사람들을 패고 다니네."

"걔가 내게… 나쁜 욕을 했어요."

"뭐?" 펜이 말했다. "폭력을 휘두를 만큼 나쁜 욕이 도대체 뭐냐?"

"걔가 뭐라고 했냐면, 걔가 나보고 게이라고 했어요." 루는 제일 순한 욕을 골랐다. 자기 이마를 바늘로 꿰매고 있는 엄마한테 '퍼킹 페어리'라는 말을 하고 싶지는 않았다. 그것이 다른 사람이 한 말을 옮기는 것일지라도.

그를 내려다보는 로지의 얼굴이 창백해졌다. "그래서 걔를 때렸다고? 그게 그렇게 참지 못할 정도로 끔찍하고 비극적인 모욕이었어? 게이?"

루는 머리와 입을 꼼짝하지 않았다. 그냥 눈만 끔뻑했다.

"루, 그건 심지어…" 이번에는 아빠였다.

"사실이 아니라고요?" 루가 말했다. "그게 사실이 아니란 건 나도 잘 알아요."

"그렇게 나쁜 욕도 아니잖아." 펜이 하던 말을 끝마쳤다. "심지어 모욕도 아니지. 그냥 '네가 상관할 바 아니야', 아니면 '난 게이가 아니야', 그렇지 않으면 '내가 게이든 말든 네가 뭔 상관인데?' 정도로 대답했으면 될 일이었잖아."

그 말에 루는 갑자기 웃기 시작했다. 그는 엄마랑 아빠가 정말 심각하게 그런 말을 하는 것인지 몰라 얼굴을 살폈지만, 엄마는 입을 앙 다물고 자기 턱을 세게 움켜쥐고 있었다.

"내가 동성애자를 혐오해서 그 애를 팼다고 생각하는 거죠." 질문이 아니라 질책이었다.

"네가 그 말을 하려는 거 아니었어?"

"아니요. 내가 그 애를 팬 이유는 걔가 동성애자를 혐오해서예요. 걔는 돌아다니면서 자기 맘에 안 드는 사람은 죄다 패곳이다, 계집애 같다, 라며 욕을 해요. 마치 게이보다 더 나쁜 건 없다는 듯이. 어떤 애들은 실제로 게이예요. 부모가 게이인 아이들도 있고. 그 애들 기분이 어떻겠어요? 똥구멍 같은 소리 그만하게 하려고 패줬어요."

"똥구멍 같은 단어는 쓰지 말아라, 루." 펜은 안도감을 드러내지 않으려고 애썼지만 그다지 성공적이지 않았다.

"하지만 네 역사 숙제는." 상처를 다 꿰맨 로지는 실에 매듭을 짓고 있었지만 이야기의 매듭은 아직 짓지 않았다.

"무슨 역사 숙제요?"

"작년에 한 거. F 맞은 숙제 말이야."

"그건 옛날 옛적 이야기예요, 엄마."

"주제가 동성애 반대였잖아."

"아니었어요."

"LGBT 병사들이 공개적으로 군대 복무를 하는 것이 문제라는 게 주제였잖니."

"그렇죠. 군대가 해결해야 할 문제예요. 그런데 책임을 셔팅하고 있는 거죠."

"셔팅?" 펜이 물었다.

"레드셔팅*처럼 말이에요. 문제에 대처할 준비가 될 때까지

★ Redshirting. 사회적, 정서적, 지적, 신체적 발달을 위해 아이를 유치원에 보내지 않고 1년 정도 더 집에서 교육하는 것.

그냥 대기시키는 거."

"회피한다는 뜻의 '셔킹shirking'이겠지." 펜이 말했다.

"하지만 그 바보 같은 해설은 또 뭐야." 로지는 영화 예고편을 흉내 내는 루를 흉내 냈다. "해군은 해군이다. 동성애자 병사는 해군에 설 자리가 없다."

"바로 그거예요." 루가 말했다. "해군은 LGBT 문제에 개방적이어야 하는데 전혀 그렇지가 않아요. 해군에 복무하는 게이들도 소속감을 느낄 수 있어야 하는데 그렇지가 않아요. 육군도 그냥 규칙만 바꿔놓고 일 다 했다, 문제가 해결됐다, 하고 손을 놓아버리면 안 돼요. 그게 바로 비디오로 보여주려고 했던 거예요. 그래서 폭력과 학대의 장면을 사용했고요. 규칙도 바꿔야 하지만 규칙이 제대로 작동하려면 도움을 많이 줘야죠."

펜은 파도처럼 밀려오는 안도감에 현기증마저 느꼈다. 루는 편협한 아이가 아니었다. 루는 똑똑하고 뉘앙스가 풍부하고 중요한 주제에 관해 이야기하려던 것이었다. 이마에 난 찢어진 상처만 아니면 좋은 소식이 많았다.

"루!"

"뭐?" 로지는 왜 여전히 화가 나 있는 걸까?

"루, 그 숙제는 정말 엉망이었어." 로지가 새된 소리로 말했다. "우리도 봤어. 버커스 선생님도 봤고. 그걸 본 사람은 모두 네가 동성애자를 혐오하는 광신도라고 생각했단 말이야. 할 말이 아예 없었다면 오히려 괜찮아. 하지만 널리 알리고 싶은 메시지, 아주 중요한 메시지가 있었고, 그런 메시지를 전달하기에 최고의 조건을 갖췄고, 주변에 그 메시지를 알리는 것이 정말 중요한 상황이었는데, 바보 같은 싸움이랑 욕이랑 엉터리 같은 장면에 그 메시지를 완전히 파묻어버리다니. 다른 이유가 없다고 하더라도 물론 다른 이유가 수없이 많지만 아무 이유가 없다고 하더라도 숙제를 할 거면 좀 더 공을 들여서 잘했어야지."

"엄마가 나한테 지금 게이들의 권리에 대해서 설교하는 거예요?" 루가 말했다. 화제가 다시 그 문제로 회귀한 것이다. "포피가 트랜스젠더라는 걸 창피해하는 건 엄마잖아요. 우리는 모두 괜찮다고 생각하는데. 아무도 신경도 안 쓰는데."

"우리 모두?" 펜이 말했다.

"창피해해?" 로지가 말했다.

"우리 모두요." 루가 말했다. "벤, 리겔, 오리온 그리고 나 모두…."

"그리고 나는." 펜이 말했다.

"창피해해?" 로지가 말했다.

"엄마는 포피를 창피해하는 것 같아요." 루는 꿰맨 상처 위에 로지가 붙인 붕대를 살짝 눌러봤다. "그렇지 않으면 왜 그렇게 사람들한테 말하는 걸 무서워하겠어요? 난 동성애 혐오자가 아니에요. 난 트랜스젠더 반대론자도 아니에요. 하지만 엄마는요?"

"우리는 창피해하지 않아." 펜은 누워 있는 아들이 자기 얼굴을 볼 수 있도록 일어섰다. "우리는 포피가 미치도록 자랑스러워. 모든 게 괜찮았다면 아마 지붕 위에 올라가서 외쳐댔을 거야. 하지만 모든 게 괜찮지 않았어. 무엇보다도 중요한 건 포피를 보호해줘야 한다는 사실이야. 세상에는 데릭 맥기네스 같은 사람이 너무 많아. 그런 사람들을 모두 패줄 수는 없잖아."

"아무도." 로지가 수정했다. "아무도 때리면 안 되지. 대학은 어떡할래?"

"대학이 뭐요?"

"정학 처분받은 기록에다가 역사에 F까지 받아서 대학을 어떻게 갈래?"

"난 똑똑한 애가 아니에요." 루가 말했다. "똑똑한 애는 벤이지."

"루스벨트 월시-애덤스, 넌 똑똑해. 그리고 세상에 하고 싶은 중요한 말들을 많이 품고 있어. 그런 말을 명확하고 적절하게 하는 방법을 배워야 하는 게 확실해. 책임 있는 의사 결정과 인과관계 같은 것도 배워야 하고."

"왜요?" 루가 물었다.

"머리에서 피가 나잖아." 펜이 말했다.

"넌 대학에 가야 해." 로지가 말했다. "그러니 이런 나쁜 행동은 버리는 게 좋을 거야."

어쩌면 그날 받은 스트레스 때문이었을지도 몰랐다. 아이의 머리에서 피가 흘러나오는 것을 지켜보면서 마음속으로 함께 피를 흘려서였는지도 몰랐다. 로지는 루가 벌을 받았기 때문에 자기도 벌을 받았다고 느꼈다. 펜은 루가 혐오와 편협과 편견으로 가득 찬 최악의 악몽 같은 아이가 아니라는 것을 안 것만으로도 안도했다. 로지는 루가 아파한다는 사실에, 루가 다른 사람들에게 아픔을 주었다는 사실에 놀랐다. 펜은 포피가 루처럼 생각할까 봐 걱정됐다. 그녀의 비밀을 지키는 이유가 보호하기 위해서가 아니라 창피해서라고 생각할까 봐. 어쩌면 모두가 여전히 화가 나서였는지, 화를 낼 일이 여전히 많아서였는지도 몰랐다. 어쩌면 지금까지 언급한 모든 것이 켜켜이 쌓여서였는 지도 몰랐다. 이유가 어떻든 간에 그들은 다시 한번 놓치고 말 았다. 루의 경고, 루의 지혜, 근시안적이면서도 동시에 멀리서부 터 폭주 기관차처럼 가차 없이 다가오고 있는 것을 볼 수 있는 루의 신비로운 능력을 다시 한번 완전히 놓치고 만 것이다.

불

6월까지는 아무 일도 벌어지지 않았다. 일이 벌어졌을 때도 이마가 찢어져서 피가 솟구치는 상처만큼 눈에 띄지 않았다. 그러나 그 상처처럼 쉽게 고칠 수 있는 일은 아니었다.

벤과 카옌은 2학년이 끝나고 드디어 졸업반이 된 것을 축하하는 파티를 열었다. 해변에서 파티를 열기로 한 것은 다소 철 이른 결정이었다. 알타이 해변은 8월 오후에도 추울 때가 많았다. 6월 초 저녁이니 당연히 덜덜 떨릴 정도로 추웠다. 그러나 그게 다 벤의 계획의 일부였다. 추우면 모닥불을 피워야 할 것이고, 모닥불은 언제나 낭만적이었기 때문이다. 추우면 함께 담요를 덮고 웅크려 앉게 될 것이고, 그러면 온기를 유지하려고 서로의 몸에 밀착할 것이다.

벤이 담요를 하나만 가져왔기 때문에 주변에서 주운 막대에 담요를 걸치고 양쪽을 모래에 묻어 텐트처럼 만들어 둘이 나란히 모래에 누웠다. 휴대전화에서 나오는 빛을 무드 조명으로 사용했다. 벤은 모닥불이 담요에 옮겨붙을까 봐 걱정스러웠다. 카엔은 발가락으로 모래에 원을 그리며 말했다. "날 얼마나 사랑해?"

벤은 담요 걱정을 멈췄다. "엄청나게 많이."

"증명해봐."

"어떻게?" 그는 아무렇지도 않다는 듯 그렇게 물었지만, 그 질문에 대한 답이 우주의 모든 미스터리를 풀 수 있는 열쇠라고 느꼈다.

"비밀 하나 말해줘."

"그걸로 뭘 증명할 수 있는데?"

"네가 나를 믿는다는 걸 증명할 수 있지. 자, 내가 먼저 시작할게. 우리 아빠는 꼭 끼는 속옷을 입어. 진짜 징그러워."

전자는 그다지 큰 폭로가 아니었고, 후자는 말하지 않아도 누구나 알 수 있는 사실이었다. 자기의 사랑을 이런 정도의 비밀로 증명할 수 있다면 아주 쉬울 것 같았다. "우리 아빠도 그런 속옷 입어. 그걸로 됐어?"

"헉!" 카엔은 그 고백에 만족한 듯했다. "또 뭐가 있어?"

"루랑 나는 사각팬티를 입어. 리겔이랑 오리온은 더 짧은 사각팬티를 입고."

"그 말이 아니잖아. 비밀 하나 더 이야기해달라고."

"이제 네 차례야." 벤이 지적했다.

"내 동생은 밤에 기저귀를 차고 잤어. 거의 작년까지도."

"애기가?"

"나한테 개 말고 다른 동생이 있니?"

"아니, 하지만… 포피가 아무 말도 한 적이 없어서."

"왜 그런 말을 하겠어?" 카옌이 말했다. "애기는 꾀가 많거든. 파자마 파티를 할 때는 모두 보란 듯이 발가벗고 막 돌아다니다가 파자마를 입어. 그런 다음 나중에 몰래 목욕탕에 가서 팬티형 기저귀를 입는 거지." 살짝 충격을 받은 벤은 잠시 말을 잃었지만 카옌이 "네 차례야"라고 하자 정신을 차렸다.

"음, 한번은, 여기로 이사 오기 전 위스콘신에서 우리 엄마, 아빠가 하마터면 총에 맞을 뻔한 적이 있어."

"정말?"

이미 한 말을 주워 담을 수 있는 기회였다. "정말."

"무슨 일이었어?"

"포피가 친구 집에 놀러 갔었는데 친구 아빠가 총을 뽑아드니까 우리 엄마한테 전화를 했어. 우리 엄마, 아빠가 뛰어갔지. 근데 그 사람이 우리 엄마, 아빠를 위협했어."

"왜?"

"아." 벤은 갑자기 숨 쉬기가 힘들어졌다. "난 잘 몰라. 그냥 화가 많이 났었나 보지."

"하지만 그 사람이 뭐라고 했는데? 왜 화가 났었어?"

"그 사람은… 아무 말도 하지 않았어." 담요를 너무 꼭 덮은 걸까? 공기가 잘 통하고 있는 걸까? "그 사람은 화가 났다기보다 미친 사람이었어."

카옌은 모래에 팔꿈치를 괴고 몸을 일으켰다. 그리고 전화 불빛을 벤의 얼굴에 비췄다. "너 지금 거짓말하는 거지."

"아니야."

"거짓말이야." 카옌이 선언했다. "또 다른 비밀이 숨어 있지. 진짜 비밀. 빤히 보여."

"그런 비밀 없어." 벤이 말했다. "맹세할 수 있어."

"날 사랑한다면, 이야기해주겠지." 카옌은 모래에 다시 누워서 벤의 손을 끌어다가 자기 셔츠 아래 배 위에 얹었다.

"이야기해줄 수는 없어." 벤이 말했다. "하지만 널 사랑해."

"아하!" 카옌이 말했다. "그럴 줄 알았어." 둘은 모래 위, 담요 아래에서 잠시 애무했다. 카옌의 배는 따뜻하고 보드라워서 그 바로 위와 그 바로 아래에 있는 것들을 기대하게 만들었다. 그때 그녀가 말했다. "이야기해줘."

"진짜야. 그럴 수 없어." 벤은 숨을 돌리려고 했다. "말하면 안 되는 건 절대 하지 않는 것만 봐도 내가 얼마나 괜찮은 사람인지 모르겠어?"

둘은 조금 더 애무했고, 벤이 천천히, 조심스럽게 셔츠 밑에 넣은 손을 조금 더 높은 쪽으로 옮길 때마다 카옌은 조금씩 허락했다. 벤의 손이 브래지어 가장자리까지 다가갔을 때 카옌이 그의 손을 잡고 멈추게 했다. 그런 다음 브래지어의 후크가 있는 곳으로 그의 손을 인도하고는 다시 멈추었다. 그다음에는 벤이 손가락으로 스커트 윗부분을 만질 수 있게 해줬다. 그러고는 자기 손을 벤의 손 위에 올리고 위가 아니라 아래쪽으로 안내했다. "어때." 그녀는 그렇게 말하면서 벤에게 미소를 지었고, 벤도 미소를 지었고, 아직 벤의 손 위에 자기 손을 올린 채 말했다. "약속할게. 무슨 비밀이든 절대, 절대, 절대 아무에게도 말하지 않을게. 내 목숨을 걸고 맹세해."

벤이 영리한 것은 사실이었다. IQ는 측정하기 힘들 정도로 높고, 책꽂이에 책을 겹쳐 꽂아야 할 정도로 독서가였지만, 결국 열여섯 살에 불과했다. 그리고 그는 정말 오랫동안 많이 참아왔다. 그런 점들뿐 아니라 그는 부모가 알지 못했던 것을 깨달았다. 이렇게 중요하고 큰 의미를 지닌 사실이 있다면, 그것을 사랑하는 사람에게 비밀로 하지 않아야 한다는 것. 비록 그 사람이 카엔 그랜더슨이라 할지라도.

헤지 에너미

가을은 '빌어먹을 소설'을 쓰기에 좋은 계절이었다. 시애틀에 해가 나는 동안은 펜도 실내에 처박혀서 글을 쓰기가 힘들었다. 카르멜로는 여름 동안 빌릴 수 있는 호숫가의 낡은 집을 아직 찾지 못했지만, 시애틀의 여름은 딸네 집 차고 윗방에서 참고 잘 수 있을 만큼 아름답고 쾌적했으므로 매년 여름에 와서 묵었다. 신발 바닥이 녹을 정도로 뜨거운 피닉스와는 달리 시애틀의 여름은 적당히 더웠고 해가 났다. (어느 해 5월에 식료품점 주차장 아스팔트에 슬리퍼가 붙어버린 후로는 그것이 신의 계시라 생각하고 한 달씩 일찍 오기 시작했다). 시애틀에서는 밤 10시가 넘도록 꽤 밝아서 뒷마당에 앉아 진토닉을 마시고 담배를 피우며 책을 읽을 수도 있었다. 카르멜로는 딸을 보러 오기도 했고, 손자들을 보러도 왔지만, 무엇보다도 포피와 시간을 보내는 것이 좋아서 시애틀에 왔다.

펜은 카르멜로가 심리적으로 포피를 또 다른 포피로 대체

하고 있는 걸까 궁금했다. 손녀 포피가 딸 포피가 떠난 것과 같은 열 살이지 않은가. 하지만 펜은 깊이 궁금해하지 않았다. 포피는 클로드였을 때부터도 카르멜로와 가까웠었다. 포피가 된 지 얼마 안 됐을 때는 두 사람이 함께 쇼핑을 엄청나게 다녔고, 네일 숍, 미용실 등을 자주 드나드는 등, 둘 다 절박하게 원하던 여자들의 사치를 누렸다. (로지는 엄마하고도, 딸하고도 그런 일을 하는 걸 즐기지 않았다.) 그런데 지금 포피는 대부분의 시간을 맨발로 할머니와 함께 뒷마당에 앉아 책을 읽거나 자기 이야기를 하고 할머니의 이야기를 들으며 보냈다. 어른의 손이 보태졌지만, 방학이고 맑은 날씨가 계속되는 여름에는 펜이 일에 몰두할 시간이 늘 부족했다. 카르멜로는 피닉스로 돌아갔고, 아이들도 학교로 돌아갔고, 태양의 기세도 기울기 시작하는 계절이 되었고, 펜은 올해가 바로 그해라고 스스로에게 다짐했다. '빌어먹을 소설'을 끝내고 마무리하고 잘 다듬어서 출판사에 보내는 해. 이제 때가 됐다. 아니, 때가 지났다. 진짜 때가 된 것이다.

날마다 그는 글을 썼다. 숙제 책상에 모여 앉아서 루와 벤은 대학 입학 지원서를 썼고, 리겔과 오리온은 자기들과 같은 이름을 가진 별자리를 살피면서 별자리 지도를 그렸으며, 펜은 2부를 1인칭 화법으로 고쳐 쓰면 글이 더 나아 보이는지 해봐야겠다고 결심했고, 포피는 "헤지 에너미Hedge Enemy는 누구예요?" 하고 물었다.

"오소리들Badgers"이라고 리겔이 재빨리 말했다.

"넌 정말 위스콘신 촌놈이구나." 벤이 말했다.

"오소리들이 산울타리Hedge를 먹잖아. 산울타리 진짜 좋아해."

"그건 고슴도치들Hedgehogs이야, 이 바보야." 오리온이 말했다.

"고슴도치들은 산울타리 안 먹어." 벤이 말했다.

"그러면 왜 '헤지-호그Hedge-Hog'라고 불러?"

"산울타리Hedge 안에서 벌레랑 달팽이 같은 걸 먹고, 돼지Hog처럼 코가 납작해서 붙은 이름이야." 어떨 때는 이 세상에 벤이 모르는 것은 없는 것처럼 느껴질 때가 있었다.

"포피, 지금 공부하는 게 산울타리니, 고슴도치니?" 펜은 다시 원래 질문으로 돌아가려고 그렇게 물었다.

"커서 되고 싶은 걸 공부하고 있어요."

"넌 커서 정원사가 되고 싶어?" 루가 말했다.

"고슴도치가 되고 싶어?" 오리온이 말했다.

"난 커서 야구 게임 진행자가 되고 싶다고 했는데, 제이크 어빙이 내가 여자아이라 안 된다고 했어요. 걔가 '여자아이들은 야구는 안 돼. 준비하는 데 엄청 오래 걸리고 머리카락도 너무 많아서'라고 비아냥거렸어요. 하지만 모한 선생님이 여자들도 야구 게임 진행자가 될 수 있는데 그런 사람이 많지 않을 뿐이라고 했어요. 그래서 왜냐고 물었더니 모한 선생님이 '헤지 에너미' 때문이라고 했어요."

"아하." 포피의 어휘력은 더 이상 또래 아이들보다 뛰어나지 않았다. "헤게모니Hegemony 말이구나. 헤게모니는 주도권이라는 뜻인데, 한 집단이 다른 집단을 조정하거나 압도하거나 권위로 누르는 상태를 말해."

"야구 선수들이 야구 게임 진행자보다 압도적이란 말에

요?" 포피가 말했다. "그것도 말이 되네. 실제로 게임을 하는 건 선수들이니까."

"그게 아니라 남자들이 여자들을 압도한다는 거지." 루가 말했다.

"역사적으로 남자들이 여자들보다 완전히는 아니라도 많은 부분에서 권력을 더 많이 차지했지. 일반적으로 말해서." 펜이 루의 발언을 수정했다.

"그랬어요?" 놀라고, 믿을 수 없어서 입이 딱 벌어진 채 포피가 말했다.

"애석하게도."

"훨씬 숫자가 더 많아서?"

"누가?"

"남자들이요."

펜이 웃음을 터뜨렸다. "남자 수가 더 많은 건 우리 집뿐이야."

"그러면 어떻게 남자들이 힘을 더 많이 갖게 됐어요?"

"흠, 모한 선생님이 말씀하신 건 스포츠 분야의 대부분의 일자리, 특히 보수가 높은 일자리는 남자들이 가지고 있는데, 그런 규칙이 있는 것도 아니고 무척 불공평한 상황이지만 현실이 그렇고, 게다가 자기충족적인 것이라는 뜻이야. 자기충족적이라는 게 무슨 뜻인지 아니?"

포피가 고개를 저었다.

"지금 상태가 영원히 계속된다는 뜻이야. 어린 여자아이가 커서 야구 게임 진행자가 되고 싶은데 여성 야구 게임 진행자가 없기 때문에 불가능하다는 말을 듣고 포기하면 어른이 되어 야구 게임 진행자가 되는 여자아이는 하나도 없을 거고, 그게 계속 반복되는 걸 자기충족적이라고 하는 거야."

"난 커서 뭐가 될 건가요?" 포피는 아직도 펜이 모든 답을 알고 있다고 생각할 정도로 어렸다(금방 그 나이를 벗어나겠지만). 모르는 것이 없는 아빠는 미래를 내다볼 능력도 있으리라 생각하는 것이다.

"네가 되고 싶은 건 뭐든 다 될 수 있어."

"남자 일을 하게 될까요, 여자 일을 하게 될까요?"

"남자들 일을 하는 게 좋을 거야. 보수가 더 높거든." 루가 말했다.

"왜?" 포피가 물었다.

"헤지 에너미 때문에." 벤이 고개를 들지도 않고 말했다.

"대부분의 일자리는 남자 일이나 여자 일로 정해지지 않아." 펜이 말했다. "여자든 남자든 대부분의 일을 할 수 있어."

"하지만 남자들이 더 보수를 많이 받는 거예요?"

"세상 돌아가는 걸 자세히 분석해보면… 말이 안 되는 게 너무 많지."

펜은 크게 놀랐다. 포피가 성차별 문제를 지금까지 전혀 접하지 못했다는 사실이 기쁜 동시에 놀라웠다. 늘 그랬던 것처럼 포피를 보호하는 일을 너무 잘해버린 듯했다. "똑같은 일을 하고도 남자들이 여자들보다 더 돈을 많이 받는 경우가 있는 게 사실이야. 전통적으로 남자들이 많은 분야가 전통적으로 여자들이 많은 분야보다 보수가 더 높은 것도 사실이고, 그리고 네가 노력하면 되고 싶은 건 뭐든 다 될 수 있다는 것도 사실이야."

"그게 아니라." 포피가 고개를 저었다. 아무도 자기 말을 이해하지 못하는 듯했다. "내가 직업을 갖게 되면, 그게 뭐든 상관없이 남자들처럼 돈을 더 받아요, 아니면 여자들처럼 돈을 덜 받아요?"

"개인적인 차원에서 정해지는 건 아니야." 펜이 말했다. "그렇게 간단한 문제가 아니란다. 하지만…."

"하지만 네가 다시 바지를 입기 시작하면." 루가 말했다. "10년쯤 빨리 은퇴할 수 있어."

포피는 루에게 혀를 쏙 내밀어 보이고 다시 숙제를 하기 시작했다. 하지만 거기 있던 모든 사람의 머릿속에서 그 대화가 떠나질 않았다.

그날 밤 포피가 엄마, 아빠의 침실 문을 두드렸다.

"무슨 일이야, 우리 강아지?" 로지와 펜은 침대에 누워 책을 읽고 있었다. "잠이 안 와?"

"아니요."

"왜?"

"커서 뭐가 될지 걱정돼서요."

"그 걱정을 오늘 밤에 할 필요는 없을 것 같다." 로지가 말했다.

"학교에 낼 숙제예요."

"그냥 아무 직업이나 골라. 나중에 왜 그게 안 됐는지 따지진 않을 테니."

포피는 불만스러운 표정으로 고개를 저었다. "커서 누가 될지도 걱정이에요. 남자일지, 여자일지."

로지는 읽던 책을 덮었다. "여자든 남자든 네가 되고 싶은 걸 선택하면 돼." 그녀는 조심스럽게 말했다.

"여자로 살면 손해를 많이 보는 것 같아요."

"그래?"

"헤게모니 때문에. 남자들이 여자들보다 돈을 많이 벌잖아요."

로지의 얼굴에 감탄과 우려의 표정이 함께 떠올랐다. "엄마는 아빠보다 돈을 더 많이 버는데."

"그래요?"

엄마, 아빠가 동시에 고개를 끄덕였다.

"하지만 그건 엄마가 남자들이 하는 일을 하기 때문이잖아요."

"의사는 남자 직업이 아니야." 로지는 병원의 불균형한 힘의 균형을 떠올렸다. 아무도 제임스에게 아침 식사 준비를 하라고 하지 않는다.

"그리고 여자들은 화장품에도 돈을 많이 써야 하고 구두랑 머리 장식 같은 것도 많이 사야 하고."

"그런 건 꼭 해야 하는 의무 사항이 아니지." 로지가 가진 신발은 네 켤레뿐이었다. 겨울 신발, 여름 신발, 운동용 신발, 차려입고 나갈 때 신는 신발. "케이크를 굽고, 인형을 가지고 놀고, 분홍색 소지품을 고른다고 해서 여자가 되는 건 아니라고 했던 말 기억하니?"

포피는 기억하고 있었다.

"마찬가지로 화장품이나 구두가 많다고 해서 여자가 되는 건 아니야."

"그러니까 지금…." 펜은 어떻게 설명해야 할지 몰라 망설였다. "성 정체성이 됐든 직업 정체성이 됐든 무슨 정체성이 됐든 간에, 어느 쪽이 돈을 더 많이 버는가를 가지고 정할 수는 없어. 남자가 돈을 더 많이 번다고 해서 여자로 살지 않겠다고 결정할 수는 없어."

"그리고 네가 남자라고 생각이 되거나, 남자로 살고 싶으면 계속 여자아이로 살 필요가 없어." 로지는 잠시 주저하다가 말을 이었다. "남자로 살 수 있다고 생각되어도 마찬가지고."

"그리고 야구 게임 진행자가 되고 싶으면." 펜이 얼른 덧붙였다. "그게 될 것이고."

포피는 카펫에 발가락을 파묻었다. "야구 게임 진행자가 되고 싶다고 말은 했지만, 진짜 되고 싶은 건 과학자예요."

"어떤 종류의 과학자?" 로지는 기쁜 마음을 내색하지 않기 위해 아무렇지도 않은 듯 말하려 애썼다.

"난 물고기를 연구하고 싶어요." 포피가 수줍게 말했다. "하지만 물고기 과학자를 익티올로지스트*라고 하잖아요. 도서관에서 직업에 관해 조사하는 시간에 물고기 과학자를 찾아보고 있었더니, 마니 앨리슨이 '역겨운올로지스트'라고 해서 다들 웃었어요. 그래서 앞에 나가 장래 희망을 말할 때 야구 게임 진행자라고 했는데, 이번에는 제이크가 시비를 걸어서 뭐가 돼야 할

★ Ichthyologist. 어류학자.

지 모르겠어요."

로지는 우선 어디에 초점을 맞춰야 할지 몰랐다. 딸이 과학에 관심이 있다는 기쁜 소식, '익티올로지스트'라는 어려운 어휘까지 알고 있다는 새로운 소식, 더 자세한 이야기를 해야 하지만 이미 잘 시간이 넘어서 다른 날로 미뤄야 할 것 같은 '헤게모니'에 대한 포피의 우려, 그녀의 장래 희망에 대해 반 아이들이 조롱하는 문제 중 무엇부터 이야기해야 할지 판단이 서질 않았다. 하지만 그녀는 선택했다. "익티올로지스트? 해양 생물학, 그런 거니?"

"그런 거지만 더 나은 거예요. 해양 생물학은 바다에 사는 모든 걸 연구해야 하지만 익티올로지스트는 딱 물고기만 보면 되거든요. 그거 알아요?" 그 부분에서 포피는 목소리를 낮추고 큰 비밀을 털어놓는 것처럼 말했다. 방 안에 셋만 있다는 사실은 별 상관이 없었다. "성별을 바꾸는 물고기가 무지 많다는 거?"

포피의 부모는 전혀 몰랐던 사실이었다.

"성별을 바꾸는 물고기도 있고, 암수 모두인 물고기도 있어요. 동시에 암수인 물고기도 있고, 처음에는 암컷이었다가 나중에 수컷이 되기도 하고 그 반대로 가기도 해요. 흰동가리는 모두 수컷으로 시작하지만 나중에 일부는 암컷으로 변신해요. 비늘돔은 모두 암컷이어서 그중 하나가 수컷이 되어야 해요. 그래서 색이랑 뭐랑 다 변해서 수컷이 되는데, 다른 수컷이 나타나면 다시 암컷으로 돌아가기도 하죠. 갑오징어는 몸을 딱 반으로 나눠서 한쪽은 암컷, 한쪽은 수컷이거든요. 암컷 반쪽은 수컷 반쪽을 유혹할 수도 있고, 수컷 반쪽은 암컷 반쪽이 자기이기도 하니까 겁을 낼 필요가 없고."

엄마, 아빠의 눈이 쟁반만큼 커졌고, 미소 같지만 정확히 웃는 건 아닌 채 입이 반쯤 벌어진 표정이 됐다. 포피는 자기가 엄마, 아빠를 자주 이런 상태에 빠지게 한다는 느낌이 들었지만 흥분해서 멈출 수가 없었다.

"하지만 제일 멋진 건 햄릿피시예요. 동시 발생 자웅동체라고 하는데요, 무슨 말이냐면, 얘네들은 동시에 암컷이기도 하고 수컷이기도 하다는 뜻이에요. 둘이 같이… 그러니까 같이… 하면… 한 녀석이 암컷처럼 알을 낳고 다른 한 녀석이 수컷처럼 그 알들을 수정시켜요. 하지만 그런 다음에는 두 번째 녀석이 알을 낳고 첫 번째 녀석이 수정을 시켜요. 모두들 암수 역할을 하는 거예요, 순서를 바꿔가면서. 진짜 놀랍죠?"

정말 그랬다. 이미 네 아이를 키워본 로지는 이 순간에 익숙했다. 갑자기 아이들이 스스로 발견한 뭔가에 대해 자기보다 더 많이 알고 있다는 것을 발견하는 순간, 그리고 그것이 만화나 비디오가 아니라 현실적으로 의미가 있다는 것을 깨닫는 순간 말이다. 놀랍다는 표현이 정확했다.

"익티올로지스트는 정말 좋은 직업 같구나." 로지가 말했다. "왜 금방 한 이야기를 숙제에 쓰지 않아?"

"그런 이야기를 숙제에 할 수는 없잖아요. 아시다시피." 포피가 엄마보다 더 잘 알고 있는 건 익티올로지스트뿐만은 아닌 듯했다. "마니 앨리슨은 트랜스젠더 물고기들에 대해 알지도 못하는데도 날 이미 놀리잖아요."

펜은 포피가 방문을 닫을 때까지 기다렸다. "할 수도 있다고?"

"뭘 할 수도 있다는 말이야?"

"남자로 살 수도 있으면 여자아이로 살지 말아야 한다는 말이었어?"

"그런 뜻이 아니었어."

"그럼 무슨 뜻이었는데?"

"그래, 그런 뜻이었어."

"다시 남자아이로 돌아갈 수 있다고 생각해?"

"포피는 아직 변신하지 않았어. 전혀 안 변했다고."

"완전히 변했지."

"좋아, 조금은 변했지. 하지만 변하지 않은 부분도 많아. 다시 돌이킬 수 없는 건 아직 하나도 한 게 없잖아. 원하면 뒤집을 수도 있다는 걸 포피도 알아야지."

"뒤집어?" 펜은 로지가 포피를 귀까지 모래 속에 파묻어놓고 사흘쯤 사막 한가운데 버려두자고 말하기라도 한 것처럼 되물었다. 마치 가장 어린 주인공을 괴물의 간식으로 바치자는 이야기라도 들은 듯한 반응이었다. "포피가 그냥 클로드였다면 모든 일이 더 쉬웠을 거라고 생각하는 거야?"

"내가 무슨 생각을 하는지와는 상관이 없어." 로지가 작은 소리로 부드럽게 말했다. "현실이 그렇다는 거지. 그쪽이 더 쉽다는 거. 어쩌면 우리는 더 쉬운 방법을 찾는 건 오래전에 포기했을지도 몰라. 더 쉬운 길이 조금 더 쉬운 정도에 그친다면 고려 대상이 아닐 수도 있지. 하지만 어떤 기준을 적용해도 앞으로 더 쉬워지지는 않을 거야. 절대로." 그녀는 매디슨에서 보냈던 마지막 연말, 새해 소원을 말하던 때를 떠올렸다. '쉬운 길'은 누구의 소원에도 포함되지 않았었다. 로지는 그 후 몇 년 사이에 '어려운 길'이 얼마나 더 어려워졌는지도 떠올렸다.

"어떻게 클로드로 사는 편이 더 쉬울 거라고 생각할 수 있어?"

"흠, 첫째, 포피 말이 맞아. 돈을 훨씬 더 많이 벌겠지."

"그게 당신이…."

"맙소사, 펜, 물론 내가 걱정하는 건 그게 아니지. 내가 걱정하는 건, 포피의 페니스야, 바보야, 포피의 페니스 말이야."

"하지만 사춘기 억제제가…."

"그런 약들도 당신이 상상하는 것처럼 기적의 묘약이 아니야."

"하지만 기적의 묘약인 게 맞아." 펜은 침대에서 일어나 로지 앞에 청혼하는 자세로 무릎을 꿇었다. "정말 기적의 묘약이야. 호르몬 억제제를 사용하는 아이들? 그 애들 이야기를 당신도 읽어봐야 해."

"아니, 당신이 그런 이야기 읽는 걸 그만둬야 해."

펜은 로지가 그렇게 말할 줄 이미 알고 있었다. 그래서 계속했다. 당신이 의사지만 나는 자료를 읽었다고, 그래서 나도 알게 된 것들이 많다고. "이 약들은 효과적이야. 안전하고…."

"그 약들이 안전한지 어떻게 알아?"

"통고 씨가…."

"통고 씨는 의사가 아니야. 연구 논문을 모두 읽은 것도 아니고." 그녀는 눈을 감았다. "모두 읽었다고 해도 신뢰할 수 있는 연구들이 아니야. 불완전해. 미국에서 그런 치료를 시작한 게 불과 몇 년 전이라 장기적인 연구가 없어. 편향되고 엄격하지 않은 연구들이 대부분이야."

"하지만 다른 그룹의 아이들에 대한 효과는 이미 알려져 있잖아. 성조숙증을 앓는 아이들 말이야. 그 아이들은 괜찮잖아."

로지는 담요 아래에서 주먹을 쥐었다 폈다, 쥐었다 폈다를 반복했다. "약 자체는 안전한 것으로 보이지만 그건 부분적인 그림에 불과해. 치료 자체가 몸이 자연스럽게 흘러가는 걸 막는…."

"하지만 포피의 몸은 잘못되어 있잖아. 언제나 잘못되어 있었어."

"그렇게 단순한 문제가 아니야, 펜. 그게 문제야. 당신은 문제를 지나치게 단순화시키고 있어."

로지는 남편이 무슨 말을 하려는지 이해했다. 그것은 논리의 문제가 아니었다. 자기가 위스콘신을 떠나야 한다고 결심했을 때 남편이 아무리 논리적으로 설득하려 해도, 큰아들이 아무리 비참해해도, 엄마가 아무리 수많은 증거를 보내도, 근무하던 병원에서의 역사와 삶을 자기가 얼마나 사랑하는지 아무리 많이 떠올려도 전혀 소용이 없었다. 응급실에 실려 온 제인도를 보살피며 차마 입에 담기도 싫은 몇 시간을 견딘 후 집으로 돌아가는 길에, 그녀는 떠오르는 해를 바라보며 이미 이해했다. 전진할 수 있는 유일한 방법은 깊이 들어가는 수밖에 없다는 걸. 환자들을 보면서 늘 목격하는 일이기도 했다. 몇 주 내내 증상을 보이고 몇 달에 걸쳐 검사한 후에도 환자들은 대개 자기가 가진 병을 그 병이라고 받아들이길 원치 않는다. 그러나 일단 받아들이고 나면, 깊이 들어가야 비로소 앞으로 전진할 수 있었다. 그들은 밤을 새워가며 전혀 이해할 수도 없는 첨단 의료 지식을 검색하고 공부했다. 지지 단체에 가입하고, 책을 읽고, 티셔츠를 사고, 5킬로미터 자선 마라톤을 완주했다. 삶을 재정비해서 며칠 전까지도 완전히 거부했던 생활 방식을 따랐다. 그러다가 자신의 이야기가 그 길에서 벗어나기 시작하면(치료가 효과가 없다, 치료가 너무 효과가 있다, 예상치 않은 검사 결과가 나왔다 등등) 어느 때보다도 길을 잃고 말았다. 숲속은 그야말로 어둡고 위험하고 무서웠지만 펜은 가야 할 길이 보인다고 생각했다. 로지는 그가 그 길을 택하는 것을 막고 싶지 않았다. 그러나 그 길이 모퉁이를 돌아선 후 바다로 빠지는 절벽으로 연결된 것이 아니라는 확신이 없었다.

로지는 깊이 숨을 들이쉬고 다시 시도했다. "호르몬 억제제는 모든 것을 멈추게 하는 약이야. 그냥 10대 소년이 되는 것만 막는 게 아니라고. 포피 가슴에 털이 안 나게 하고 싶어 하는 이유는 알겠어. 하지만 거기서 그치는 게 아니야. 억제제는 다른 성장도 방해해. 지금은 키가 크고 뼈의 밀도가 높아지면서 길고 튼튼하게 자라야 하는 시기야. 그런데 호르몬 분비를 멈추면 성장도 멈춰. 포피의 육체적 성숙뿐 아니라 정신적, 정서적 성숙도 방해할 수 있다고. 호르몬은 지능과 창의성, 비판적 사고, 추상적 분석 능력을 기르는 역할도 하거든. 우리가 포피에게서 그런 부분을 앗아가는 것일 수도 있다고. 애기, 나탈리, 킴 같은 아이들은 10대 여성으로 성장하기 시작할 거야, 펜. 외모도 더 나이 들고 성숙해 보이겠지만 행동도 더 나이 들고 성숙하기 시작하겠지. 다른 아이들은 가슴이 나오는데 우리 포피만 평평한 가슴을 가진 정도의 차이가 아니라고. 반 친구들한테 반하고, 권위를 가진 사람에게 반항하고, 집에서는 신경질을 부리는 사춘기를 겪는 거지."

"그렇지, 그런 과정을 건너뛰면 진짜 아쉽겠지."

"애가 신경질 부리는 걸 피하려고 사춘기 진행을 방해하겠다는 거야?"

"물론 아니지. 그냥 농담이야."

로지도 그게 농담이라는 건 알고 있었다. 그저 재밌다고 생각하지 않았을 뿐이었다. 아니, 그가 자기 자신이 재미있다고 생각하는 것은 알고 있었지만, 한편으로 그가 한 말이 완전히 농담만은 아니라는 사실도 알고 있었다. 아니면 그 중간 어디쯤이었을 것이다. 남편이 정확히 무엇을 반대하는지 알지 못한다고 해서 그 의견에 반대하지 못하는 것은 아니었다. 포피가 됐든 클로드가 됐든, 혹은 포피와 클로드가 동시에 존재하는 아이가 됐든, 가족이 정말 싫고 아무도 자기를 이해하지 못한다고 우울해하는 시기를 거칠 필요가 있었다. 자기가 누구인지, 어디서 왔는지, 지금까지 들어온 말들과 당연히 받아들였던 것들의 진실에 본질적인 의문을 제기하는 과정을 겪어야 할 필요가 있었다. 일주일 정도 열렬히 사랑에 빠졌다가 주말에 가슴이 무너지는 실연을 겪고 월요일에 다시 사랑에 빠지는 과정도. 포피가 됐든 클로드가 됐든, 영원히 어린 여자아이로 남아 있을 수는 없었다.

펜은 꿇었던 자세에서 일어나서 침대 위 로지 옆에 앉아 그녀의 손을 잡았다. 두 사람이 역할을 바꾸고 있다는 걸 로지도 알 수 있었다. 마치 위병 교대식 같았다. 그럴 시간이 됐다는 것 말고는 아무런 이유가 없었지만, 당분간은 그녀가 미친 척하는 쪽을 맡고 펜이 침착한 쪽을 맡을 것이다. "사춘기도 좋지만, 자기 몸을 혐오해서는 안 되지." 그의 목소리가 짜증날 정도로 합리적이었다.

"포피는 여자가 될 거야." 로지가 말했다. "그런 느낌에도 익숙해져야 해."

"그래, 하하, 하지만 정말로⋯."

"그 말이야. 정말로." 로지는 자신이 비명을 지르고 있는 걸 알았지만 어떻게 할 방법이 떠오르지 않았다. "사춘기를 통과하면서 자기 몸에 배신감을 느끼는 게 포피뿐일 거라 생각해? 사춘기를 경험하는 모든 10대들이 자기 몸에 배신감을 느껴. 자기 얼굴을 싫어하는 여자가 포피 하나뿐일 거라 생각해? 여자는 모두 자기 얼굴을 싫어해. 걔 몸은 변하지 않을지 모르지만 그게 정수기 필터 갈듯 할 수 있는 게 아니야. 이 약을 쓰고, 저약을 쓰고, 그리고 또 다른 약을 쓰고⋯ 평생 약을 써야 해. 게다가 수술은 또 어떻고. 수술을 해도 완전하게 만들 수 없는 것들은? 엄청난 문제야. 무서운 일들이라고. 수수께끼 같고, 예측 불가능하고, 불확실해. 이상한 효과와 부작용, 의도하지 않은 효과들을 경험해야 할 테고, 한번 정하고 나면 돌이킬 수 없는 어려운 결정들을 내려야 할 때도 많을 거야. 어린 나이에 내리기에는 너무 어려운 결정들도 많아. 부모가 대신 해서는 안 되는 결정들도 있고. 포피가 여자아이라면, 마음 깊은 곳에서부터 그게 진실이라고 느낀다면, 그게 꼭 필요하고 그걸 원하고 꼭 그래야만 한다면, 정말 확신을 한다면 예스지, 물론 예스지. 하느님, 고맙습니다, 해야지. 우리는 그 아이를 지지하고 도와주고 할수 있는 모든 일을 다 하고, 아직 못하는 건 어떻게 해야 할지 알아내서 해내야지. 지금까지 그랬던 것처럼, 다른 아이들에게도 그러는 것처럼. 하지만 더 쉬운 길? 더 쉬운 길은 그 애가 그냥 남자아이로 사는 쪽이야. 그러니 만일 의문을 가지고 있다면, 이렇게 할지, 저렇게 할지 모르는 상태라면 이 정보를 알고 있어야 해."

펜도 이런 문제들을 이해하지 못했던 것은 아니었다. 그냥 그런 것에 신경 쓰고 싶지 않았을 뿐이었다. 호르몬 억제제는 마술과도 같았다. 마치 어린아이의 기도에 대한 어린아이의 대답처럼 모든 문제를 정지시키고 꺼버리는 기적의 약. 억제제를 쓰는 아이들은 자기가 아닌 사람으로 변화하지 않았고, 숨지 않았고, 절망하지 않았고, 모래밭에 서서 바다에게 파도를 멈춰달라고 애원하지 않았다. 그들은 대신 죽음을 선택하지도 않았다. 클로드는 남자아이였고 페니스가 있었고 남자로 성장하겠지만, 포피가 그럴 필요는 없었다. 호르몬 억제제 덕분에 클로드였던 포피의 시간은 모두 과거의 일로 만들어 다시는 표면으로 떠오르지 않게 할 수 있을 것이다. 어른 포피, 완전한 포피가 될수 있을 때까지 어린이 포피로 남아 있을 수 있을 것이다. 펜은 로지가 의사로서 조심스럽게 내놓은 모든 걱정거리를 이해했다. 그러나 그것들은 마법으로 이룰 수 있는 것에 비하면 아무것도 아니었다.

"다시 돌아가고 싶을 수도 있다는 의도를 조금이라도 보였어?" 펜은 혼자 고고한 척하는 투로 들리지 않게 하기 위해 애쓰며 말했다.

"애가 그걸 어떻게 알 수 있을지 난 모르겠어." 로지는 다른 식으로 대답했다. "자기가 클로드였을 때를 기억조차 못하잖아. 개한테는 포피라는 상태가 정상인 거야. 그냥 포피도 아니고 페니스를 가진 포피로 사는 것. 개한테 페니스는 팔꿈치만큼이나 일상적인 것이겠지. 앞으로 벌어질 모든 일의 포커스이자 문제의 정점인데도 불구하고, 페니스에 대해 아무 생각도 없잖아. 포피한테 페니스는 남성성을 의미하지 않아. 그리고 뭐가 또 큰일인지 알아?"

"뭔데?"

"이제 얼마 가지 않아서 그게 일상적인 것을 넘어서리라는 사실. 점점 더 좋게 느낄 것이라는 사실. 가지고 놀면 재미가 있는 물건. 그것도 포피의 권리야. 난 개가 그런 것에 대해 죄책감을 갖거나 하지 않았으면 좋겠어. 그걸 뺏고 싶지도 않고."

"개는 여자아이야, 로지. 정말로. 눈으로 봐봐, 귀로 들어보고. 포피는 물고기가 아니야. 암수 둘 다로 살 수는 없어. 번갈아가며 남자가 됐다, 여자가 됐다, 할 필요도 없고. 어쩌면 오늘 이야기해준 물고기들 중에서 처음에는 수컷이었다가 나중에 변신하는 물고기인지도 모르지. 색깔도, 무늬도, 신체 구조도, 역할도, 관계도 모두 변화하는 물고기. 이전에 뭐였든 간에 이제 포피는 여자야. 완전히 여성."

"사춘기 이전의 여성이지."

"뭐?"

"그러니까 사람들이 남성처럼 보이고 남성처럼 느끼고 남성이 되는 게 테스토스테론 때문인 경우가 많지." 의사 로지가 말했다. "그리고 당신은, 당신은 그 호르몬을 억제하고 싶은 거지."

"내가 원하는 건 그게 아니야."

"결국 그거야, 펜. 내가 포피한테 마음을 바꿔도 된다고 말하는 걸 반대하는 게, 바로 그걸 원하는 것과 같은 이야기야."

"난 원하는 게 없어. 난⋯ 내가 원하는 건 뭐든 포피한테 최선의 선택을 해주고 싶은 것뿐이야."

"나도 그래. 물론 나도 그렇지. 그게 뭔지 알 수 있다면 얼마나 좋겠어. 하지만 애석하게도 그건 내 능력 밖이야. 그건 의학적으로 예측하는 게 아니라 예언하는 거야. 의사가 아니라 미래를 볼 줄 아는 점쟁이가 필요해."

"그건 내 담당이군." 펜이 말했다.

"당신이 미래를 볼 줄 안다고?"

"그건 동화 담당이지, 병원 담당이 아니잖아."

"병원보다 동화가 낫긴 하다." 로지가 인정했다. "하지만 동화는 진짜가 아니잖아."

"진짜야." 펜이 말했다. 하지만 로지는 돌아 눕더니 바로 잠들었다.

누가 알아?

전화가 왔을 때, 로지는 무릎 통증을 호소하는 62세의 환자를 보고 있었다. 그 환자는 4년 전 로지를 처음 만났을 때부터 무릎이 아프다고 했다. 달리기를 하는 환자였다. 일주일에 80, 90, 100킬로미터씩 뛰는 사람이었다. 날마다 뛰었고, 어떤 때는 하루에 두 번씩 뛸 때도 있었다. 달리기를 줄이세요, 로지가 말했다. 이틀에 한 번씩만 뛰시고 대신 수영이나 요가나 아령 운동을 하세요. 지금의 반만 달리고 (나머지 시간은 걷거나 자전거를 타거나) 앉아 있거나 책 읽으며 때우세요. 그러나 환자는 더 달렸다. 그리고 무릎이 더 아파져서 찾아오곤 했다. 대화를 외울 지경이 된 로지가 "우리는 나이가 들면서 관절 내막이 소실되기 시작해요" 부분의 대사를 하려던 참에 이본이 문을 두드렸다.

"환자 보는 중이에요." 로지가 말했다.

"포피예요."

"포피가 전화했어요?"

"네."

"비상인가요?"

"아니라고는 하는데." 병원에서 쌓은 34년의 경험은 말할 것도 없고 그 많은 자녀와 손주를 돌본 이본의 비상사태 측정기는 정확하고도 신뢰할 만했다. "비상인 게 확실해요."

로지가 전화를 받았지만 포피는 아무 말도 하지 않았다. 숨소리는 들을 수 있었지만 그뿐이었다.

"포피?"

묵묵부답.

"포피? 여보세요?"

묵묵부답.

"우리 강아지, 괜찮아?"

묵묵부답.

"우리 아가, 엄마 겁나잖아."

그러자 로지가 들고 있는 전화선 저쪽에서, 겨우겨우 들리는 숨소리처럼, 아주아주 머나먼 암흑에서 들려오는 소리처럼 포피가 말했다. "엄마, 애들이 알아요."

로지는 무엇을 아는지 묻지 않았다. 그녀는 알았다. 어떻게 아이들이 알게 됐는지 묻지도 않았다. 아직은 그게 문제가 아니었다. 그녀가 물은 것은 '누구'였다.

"누가 알아?"

"모두 다요." 포피가 겨우 대답했다. "모두 다 알아요."

"엄마가 바로 갈게."

암흑 속에서 부모 노릇하기

그날 아침, 학교에 간 포피가 겉옷과 배낭을 지정된 옷걸이에 걸고 돌아서는데 마니 앨리슨과 제이크 어빙이 있었다. 그 둘은 포피가 자기들이 웃고 있는 것을 못 보도록 하는 척하지만 실제로는 오히려 그녀와 주변 사람이 자기들이 그녀를 보며 키득거리는 것을 보지 않을 수 없도록 신경 쓰고 있었다. 그 둘을 못 본 척하면 바보처럼 보일 것이다. 무엇 때문에 웃는지 물으면 바보처럼 보일 것이다. 배낭으로 마구 때려서 고래 물줄기처럼 코에서 피가 뿜어 나오게 하면 정학 처분을 받을 것이다. 그래서 포피는 최대한 작은 소리로, 거의 한 음절도 안 되는 단어, 하지만 사회 시간에 배우고 있는 베르사유 조약만큼이나 백기 항복의 의사가 들어 있는 단어를 겨우 입 밖으로 꺼냈다. "뭐?"

"네가 남자라는 이야기를 들었어." 마니가 비아냥거리며 말했다.

포피는 피가 얼굴에서, 머리에서, 가슴에서, 다리에서 빠져나와 심장을 통해 화산처럼 뿜어져 나가는 느낌을 받았다. "뭐?" 다시 그 음절이었고, '날 걷어차도 좋아'라는 뜻이 담긴 말이었다.

"다 들었어." 제이크가 속삭이는 척하지만 모두에게 다 들리는 소리로 말했다. "네게 커다란 고추가 있다는 거."

"아마 작은 고추겠지." 마니가 제이크에게 말했다.

"그렇겠지." 제이크가 동의했다.

"할 말 있어?" 마니는 날마다 학교에 마스카라와 보라색 아이새도로 화장하고 왔다. 포피는 마니의 엄마, 아빠가 화장하는 걸 허락한 것인지, 마니가 학교에 와서 화장하는지 궁금했다. 마스카라가 뭉쳐 속눈썹 끝에 작고 검은 구슬이 주렁주렁 매달려서 감초 맛 막대사탕처럼 보였다.

"난 없어, 그…." 포피는 그 문장을 끝낼 수가 없었다.

마니와 제이크는 서로를 한 번 쳐다봤다. "난 없어, 그…라고 하네." 제이크가 마니에게 말했다.

"그럼 아마 없겠지, 그…." 마니가 대꾸했다.

"그~걸 감추려고 하는 게 아니라면, 아니면 자기 그~거를 창피하게 생각하든지, 아니면 자기 그~게 역겹다고 생각하든지."

"모든 그~건 역겨워." 마니가 제이크를 밀었고, 제이크도 장난스럽게 마니를 밀었다. 마치 지금 자기들이 포피의 조심스럽고 완벽한 삶을 파괴하고 있는 게 아니라 그냥 가벼운 게임이라도 하는 것처럼. 포피는 그들을 따라 교실로 가서 책상에 앉아 수업에 집중하려고 애썼다.

점심시간에 애기가 늘 같은 식판에 같은 음식을 담아 늘 앉던 자리에 털썩 주저앉았다. 직사각형 피자와 감자튀김 한 더미, 청사과, 초코우유였다. "애들이 너에 관해 뭐라고 말도 안 되는 소리를 수군거리는지 믿지도 못할 거야." 애기는 그 둘이 다른 아이들한테 말하고 다니면서 포피한테는 아무 말도 하지 않기라도 한 것처럼 보고했다. "마니 앨리슨이랑 제이크 어빙이 네가 남자라고 떠벌리고 다니고 있어."

나탈리는 코로 주스를 내뿜었다. 웃음을 터뜨려서가 아니라 그런 말이 얼마나 미친 소리라고 생각하는지 확실히 보여주기 위해서였다. 포피는 그 행동을 나탈리의 마음 그대로 친절함으로 받아들였다. "웃기고 있네. 포피, 넌 우리 학년에서 제일 인기가 많잖아. 마니가 샘나서 그래."

"심술궂고." 점심때마다 늘 그러듯 킴은 샌드위치를 모두 분해하고 있었다. 재료를 다 분리해서 고기부터 먹고, 다음에 치즈, 그다음에 빵을 먹곤 했다. "마니랑 제이크는 얼간이들이야. 걔네가 하는 말 아무도 신경 안 써."

"하지만 그 이야기를 안 하는 애들이 없어." 애기가 심각하게 말했다. "카라 그린버그는 심지어 네가 우리 집에 와서 잘 때 네 그거를 봤냐고 묻기까지 했어."

"그래서 '웃기고 있네, 물론 아니지!' 하고 대답해줬어?" 킴이 물었다.

"네가 알 바 아니라고 해줬어." 애기가 말했다.

"그게 사실이지." 나탈리가 말했다. "하지만 네가 걔네한테 말을 했으면 더 이상 우리를 못살게 굴지 않았을 텐데." PANK 멤버들은 이것이 자기들의 문제라는 사실을 깨달았다. 포피가 매장되면 자기들도 모두 함께 매장될 운명이었다. 그게 바로 열 살배기들의 세계였다.

"무슨 말을 해? 난 한 번도 포피 그~를 본 적이 없는데."

"포피는 그~게 없어." 킴이 말했다.

"이렇게 말해주면 어때? '우린 파자마 파티할 때 발가벗고 서로 쳐다보고 그런 짓 안 해. 넌 친구들이랑 파자마 파티할 때 그러니?' 하고." 나탈리가 의견을 냈다. "그러면 창피해져서 그 이야기는 더 이상 안 할 거야."

"개네는 그만두지 않을 거야." 애기가 말했다.

바로 그때 키스 라이스가 테이블 아래 포피의 다리 사이로 들어갔다.

"보인다! 포피 그것이 보인다!"

포피가 그를 걷어찼고, 테이블 밑에서 기어 나오는 그를 네 명이 모두 달려들어 발로 찼다. 그는 무릎에는 투명하게 눌린 양상추 이파리를, 정강이에는 납작하게 말라붙은 감자튀김을 붙이고 두 손을 들고 소리쳤다. "기사를 쓰는 데 필요한 정보 수집을 하고 있었을 뿐이야. 내 독자들은 알 권리가 있다고." 키스는 초등학교판 저질 타블로이드 신문 정도 되는 블로그를 운용하면서 그 핑계로 온갖 나쁜 짓을 하고 다녔다.

포피는 키스가 아무것도 보지 못했을 것이라 확신했다. 두꺼운 타이츠를 신고 있었고, 다리를 꼬고 앉아 있었다. 하지만 100퍼센트 확신할 수는 없었다.

"더러운 변태 같으니라고." 킴은 그렇게 내뱉고 포피를 쳐다봤다. "너 점심 안 먹어?"

포피는 몸뿐 아니라 모든 것이 반으로 접힌 느낌이 들었다. 도시락 가방을 무릎 위, 그러니까 그~를 가리는 위치에 올리고 있었지만 가방을 열고 도시락을 꺼낼 수가 없었다. 그녀는 고개를 저었다.

"그러지 마." 애기가 말했다. "밖으로 나가자."

운동장에 나간 PANK 는 포피 주변에 모여들었다. "네가 이렇게 예쁜데." 그리고 "당연히 넌 여자아이지" 하고들 말했다. "마니 앨리슨은 정말 못된 바보야"라고도 했다. 그러나 그들은 "네 팬티 속에 뭐가 있든 무슨 상관이야?"라고 하지 않았다. 그리고 그들은 "네가 페니스를 가지고 있다고 해도 상관없어. 우린 여전히 널 사랑할 거야"라고 하지도 않았다. 그리고 "우리는 널 알아. 네가 누군지도 알아"라고도. 포피는 친구들이 그 말을 하지 않는 것은 그런 말을 할 줄 모르기 때문이라는 것을 알고 있었다. 그러나 그들이 그런 말을 하지 않았기 때문에 그녀는 점점 더 겁에 질렸고, 그리고 그녀가 점점 더 겁에 질려가니까 반 아이들은 마니 앨리슨이 얼간이에 못된 아이지만 뭔가 알고 있는 것인지도 모른다고 생각하기 시작했다. 그렇지 않다면 포피가 웃음을 터뜨리면서 웃기는 바보 같은 소리 하지 말라고 하면서, 자기는 모두가 생각하는 그 포피라는 것을 보여주지 않았을까?

체육 시간에 누군가가 "포피, 너 저쪽 남자아이들 줄에 서야 하는 거 아냐?" 하고 말하자 모두 다 웃음을 터뜨렸다.

보건 시간에 성교육을 받기 위해 남녀 분반을 하자 누군가가 손을 들고 "노튼 선생님, 포피가 여기 있어서 불편한데요" 하고 말했고 모두 웃음을 터뜨렸다. 수학 시간에 존 에디슨이 숙제하는 데 너무 오래 걸렸다고 불평하자 모한 선생님이 "바로 그래서 긴 나눗셈*이라고 하는 거야. 기다래서"라고 했을 때는 아무도 웃지 않았지만, 누군가가 "그게 바로 포피가 한 말이야" 하자 모두 웃음을 터뜨렸다.

포피가 책을 모두 챙겨 자리를 뜬 건 바로 그때였다. 수학 시간 도중에 교실을 나와 5학년 복도를 지나 학교 건물을 빠져나와서 포피는 엄마에게 전화했다.

로지는 눈물, 콧물 범벅에 소리소리 지르는 장면을 예상했지만 집에 오는 차 안에는 정적이 흘렀다. 두 사람이 함께 집에 들어서자, (로지는 직장에 있을 시간이고 포피는 수학 수업을 받고 있을 시간에) 펜은 엄마와 딸을 한번 보고 무슨 일이 벌어졌는지 바로 알아차렸다. 내용은 몰라도 일의 규모는 알 수 있었다. 두 사람 모두 금방 토하기라도 할 것처럼 얼굴이 잿빛이었지만 독감 같은 건 아닌 게 분명했다. 포피가 아빠, 엄마와 눈을 마주치려 하지 않았고, 그의 옆을 지나가는 눈 깜짝할 사이에 모든 것을 똑똑히 알아차렸다. 두 사람은 포피가 혼자 방으로 가서 조용히, 가슴 미어지게 문을 닫는 소리를 들었다.

"어떻게?" 펜이 말했다.

"몰라." 로지가 말했다.

"애는 어때?"

★ 세 자리 이상을 두 자리 이상으로 나누는 나눗셈을 보통 Long Division, 긴 나눗셈이라고 한다.

"그것도 몰라."

"어떻게 하지?"

"그것도 몰라."

사실 어떻게 알려졌는지는 중요하지 않지만 두 사람은 그래도 알고 싶었다. 학교에서 누군가가 화장실 문 사이로 엿본 것일까? 교장이 어느 교사에게 암시를 주고, 그 교사가 직원실에서 다른 교사에게 그 이야기를 하는 걸 누군가가 엿들었을까? 포피의 세상에 사는 열 살배기들은 모두가 생각하는 것보다 더 직관력이 있는 것일까?

아니면 누군가가 비밀을 누설한 것일까?

가족회의가 열렸다. 포피에게 이 사건이 큰 일이 아닌 척해 봐야 소용이 없었다. 사건의 중심에서 살아가야 하는 포피는 그 의미를 알고 있었다. 비밀이 밝혀진 후 다른 가족 구성원의 삶이 변화하지 않는 척해봤자 소용없는 일이었다. 모두의 삶이 지금 당장 이미 바뀌어버렸기 때문이다. 책임을 묻는 것도 소용없는 일이었지만, 그렇다고 해서 물어볼 가치도 없다는 건 아니었다. 고백한 사실을 고백할 사람, 공개한 사실을 공개할 사람, 한계를 넘은 자신의 한계를 다시 넘을 사람? 아무도 나서지 않았다. "내가 홈스쿨링 해줄게." 벤이 제안했다. "대학 갈 때까지. 그때 다시 시작하면 돼. 다시." 루가 눈을 굴렸다. 펜은 저녁으로 팬케이크를 만들었지만 모두들 거의 먹지 않았고, 펜은 그래도 괜찮다고 생각했다. 지금 필요한 건 음식이 아니라 동화였기 때문이다. 다른 운 나쁜 아이가 뜨거운 물에 삶아지거나, 잡아먹히거나, 나무로 변하는 이야기를 들으면 자신의 삶은 다행이라고 여겨졌다. 다시는 괜찮아지지 않을 것 같은 생각이 들 때라도 모든 게 괜찮아지리라는 희망을 걸 수 있는 마법의 이야기를 듣는 것만큼 위로가 되는 일도 없다.

펜은 그룸왈드의 모험이 자기 아이들의 모험을 반영한다는 사실을 한 번도 감춘 적이 없었다. 따지고 보면 동화는 미묘한 교훈을 주기 위한 이야기들이 아니다. 10대들은 미묘하게 감춰서 이야기하면 교훈 같은 건 싹 무시해버릴 수 있기 때문이다. 그룸왈드는 최근 들어 매우 자주 안전한 섹스를 하고 있었다(진정한 사랑을 찾을 때까지 기다렸기 때문에 섹스는 더 좋았다). 그는 지원서를 세 번 이상 검독하고 SAT 시험 전날 카엔하고 극장에 가지 않았기 때문에 제일 원하던 대학에도 합격했다. 펜은 포피가 겪은 끔찍한 하루에서 얻을 수 있는 교훈이 무엇이었는지 알 수만 있었더라도 그룸왈드와 스테파니를 통해 효과적으로 전달할 자신이 있었지만, 교훈이 뭔지 알지 못했기 때문에 끝에서 시작해서 거슬러 올라가기로 했다. 비밀이 새어나갈 때도 있고, 세상이 끝난 것처럼 느껴질 때도 있지만, 어찌어찌 하다 보면 다시 괜찮아질 것이라는 이야기.

"스테파니 공주는 그룸왈드의 공부 파트너 로이드랑 외출 중이었어." 펜이 이야기를 시작했다.

"로이드요?" 루가 끼어들었다. "요새 그런 이름을 쓰는 사람이 어디 있어요, 아빠."

벤이 전화에서 눈을 떼지도 않고 한마디 했다. "로이드는 안 되고, 그룸왈드는 괜찮아?"

펜은 그냥 무시했다. 오늘 밤 이야기는 그 둘을 위한 것이 아니었다. 오늘 밤 이야기는 포피를 위한 것이었다. "스테파니 공주와 로이드는 좋은 분위기에서 저녁을 먹고 있었어. 그런데 전채 요리를 막 먹었을 때 레스토랑 문이 벌컥 열리고 찬바람이 몰아쳤어. 스테파니는 평생 그렇게 찬바람을 맞아본 적이 없었어. 진짜 바람이라면 그렇게 차가울 수가 없을 정도로 차가운 바람이었지. 그래서 스테파니는 뭔가 심상치 않은 일이 벌어지리라는 걸 알았지. 이윽고 식당 안으로 베일을 쓰고 어두운 망토를 입은 인물이 들어섰어. 전등이 다 꺼지고, 촛불도 다 꺼져버렸어. 실내 공기가 너무 무겁고 더러워져서 스테파니는 당황해서 숨을 헐떡거렸지. 그래서 다른 사람들은 숨을 쉬는 데도 문제가 없고 전등과 촛불이 모두 꺼져서 앞이 잘 안 보이는 것도 전혀 눈치채지 못하고 있다는 사실조차 눈치채지 못했어. 망토를 입은 그 인물이 점점 다가오는 걸 보니, 그 마녀였어. 오래전에 그룸왈드에게 밤의 요정들의 머리카락을 모으라고 했던 그 마녀. 스테파니에게 요술 콩을 준 그 마녀. 마녀는 몸을 굽혀 스테파니 얼굴 가까이에 자기 얼굴을 대고 말했어. '난 네가 누군지 다 알고 있어.' 스테파니는 두려움에 떨면서 말했지. '난 스테파니 공주예요.' 하지만 마녀는 '난 네 비밀을 알고 있지, 사람들한테 다 말해버릴 거야' 하고 말했어. 스테파니 공주는….'"

"안 돼!" 포피가 외쳤다.

리겔은 들고 있던 역사 교과서를 내려놓고 동생을 쳐다봤다. "그냥 이야기일 뿐이야."

"이런 이야기 듣기 싫어." 포피가 말했다. "자러 갈래."

"해피엔드인데도?" 펜이 절박한 마음으로 약속했다. 스테파니는 로이드에게 자기 비밀을 이야기했다. 로이드는 그녀의 비밀을 다 알게 된 후에도 그녀를 여전히 좋아했다. 그리고 디저트로 슈크림이 나왔다.

하지만 포피는 말했다. "난 해피엔드가 정말 싫어."

"해피엔드를 싫어하는 사람이 어디 있어?" 펜이 말했다.

"다 가짜예요."

"동화잖아."

"그래서요?" 포피의 얼굴이 그 순간만큼 지쳐 보인 적이 없다고 펜은 생각했다.

"동화는 마술 같고 멋진 거야. 만들어낸 이야기이고."

"알아요. 하지만 진짜가 아닌데 무슨 소용이 있어요?" 포피는 이미 퉁퉁 부은 눈에서 또 흐르는 눈물을 닦았다.

"우리 강아지, 다 진짜란다." 펜이 속삭였다.

"방금 만들어낸 이야기라고 했잖아요."

"만들어낸 이야기라고 해서 진짜가 아닌 건 아니지. 만들어내는 이야기만큼 강력한 진짜는 없어."

"저였어요. 엄마? 아빠? 안 주무세요? 저였어요."

로지와 펜은 깨어 있었다. 잠을 잘 수가 없었다. 어둠 속에서, 서로를 향해 누워 있었지만 보지 않고, 잠들지 않고 누워 있었다.

"바로 저였어요." 벤이 속삭이고 있었다. 한밤중이었기도 했지만 큰 소리로 말하기에는 너무 끔찍한 이야기여서이기도 했다. "카엔한테 말했었어요, 여름에. 무슨 일이 있어도 아무한테도, 아무한테도 말해서는 안 된다고 했는데. 말하지 않겠다고 맹세도 했고요. 그때는 진짜… 믿을 수 있다고 생각했는데. 카엔이 말을 하다니, 절대, 절대 믿으면 안 됐는데." 결과가 어찌 됐든 마지막 말은 사실이었다. 벤은 자기가 그 비밀을 털어놓긴 했지만 카엔이 자기를 사랑하도록 하기 위해서(그런 식으로 생각한 게 아니었다) 비밀을 털어놓은 게 아니라고 했다. 결국 자기가 카엔을 진정으로 사랑하지 않는다는 말은 하지 않았다(그 자신도 아직은 그 사실을 알지 못했다). 벤은 섹스 부분은 언급하지 않았지만, 나머지 부분은 모두 털어놨다.

암흑 속에서 부모 노릇을 하는 게 아이들이 어릴 적 하던 일이었다는 사실을 로지는 기억했다. 한밤중에는 모든 게 훨씬 힘들었다. 어둠 속에서는 피부가 얼마나 창백한지, 눈이 반짝거리는지 흐려졌는지 알 수 없었다. 낮에 누가 울면 다른 방에서도 그게 몸을 다쳐서 우는 건지, 감정이 상해서 우는 건지, 가서 봐야 할 일인지, 그냥 무시해도 될 일인지 알 수 있었다. 그러나 자정이 지나고 나면 모든 울음은 공포의 울음, 상서롭지 못한 경고음으로 들렸다. 몸이 뜨거운 건 열이 나서인가, 그냥 더운 건가? 아이가 겪고 있는 혼돈이 악몽 때문인가, 불길한 예감 때문인가? 정말로 누군가가 옷장에 숨어 있는 건 아닐까? 물론 환자를 어둠 속에서 진찰하고 치료할 수는 없는 일이지만 응급실 조명이 그렇게 밝은 이유는 대낮처럼 밝은 곳에서는 두려움이 활개 칠 구석이 없고 이성적인 시각의 고삐를 놓치지 않을 수 있기 때문이라고 로지는 늘 생각했다. 어둠 속에서는 무서운 이야기만 설득력이 있었다.

로지는 응급실에서 환자를 분류하듯 이 상황을 정돈해보려 했다. 벤이 문제를 일으키는 일은 거의 없어서 낯선 상황이기도 했다. 로지는 이게 첫 실수이니 관용을 베풀 만하지 않을까 생각했다. 하지만 한편 그런 판단 착오를 하기에는 벤이 너무 똑똑하다는 생각이 들기도 해서, 벤에게는 좀 더 높은 기준을 적용해야 하는 것이 아닐까 싶기도 했다. 카엔(그것도 하필 카엔!)에게 말하는 것이 바보 같은 짓인 줄 알면서도 비밀을 털어놓은 것을 혼내야 할까? 벤이 저지른 죄의 심각성, 여동생과 온 가족에게 끼친 피해를, 벤이 이미 다 알고 있다는 걸 알면서도 다시 강조해야 할까? 아니면 그 반대 전략을 써야 하는 것일까? 진짜로 따지고 보면 실은 그의 잘못이 아니라고, 어차피 모든 비밀은 결국은 새어나가게 되어 있다고, 포피의 삶을 완전히 망친 건 아니라고 위로해야 할까? 처음 그 일을 비밀에 붙이기로 했을 때부터 언젠가는 이런 날이 올 것이라는 것을 예상했었다고 말해줘야 할까?

펜은 벤에게 입을 닫고 사는 것이 그리도 어려웠냐, 그 비밀 딱 하나를 지키는 게 그리도 어려웠냐고 물으려고 입을 열었다가 자기가 하려는 질문의 답을 문득 깨달았다. 무척 어려웠을 것이다. 벤이 자초지종을 모두 이야기하기 전까지만 해도 포피의 비밀만을 따로 떼어서 아무에게도 말하지 않는 것이 얼마나 어려운 일인지 펜은 깨닫지 못했다. 포피의 이야기를 하지 않으려면 닉 캘커티에 대해서도, 제인 도에 대해서도, 매디슨에 대해서도, 모두 매디슨을 좋아했지만 왜 그곳을 떠나야 했는지에 대해서도, 아기 클로드와 행복한 어린 시절, 클로드가 있어서 완

전체였던 가족에 대해 이야기하지 못한다는 사실을 펜은 처음으로 깨달았다. 펜은 처음으로 그 모든 것을 말하지 않겠다는 계획이 다이아몬드를 깨는 것만큼이나 어렵고, 흠 없는 다이아몬드가 없듯 애초부터 불가능했다는 사실을 깨달았다.

그러나 펜이나 로지가 여러 여파를 평가하고 벤과 카엔에 대해 어떤 조치를 취할지 결정하기도 전에 일이 더 복잡해져버렸다. 비밀을 누설한 것은 벤뿐이 아니었다. 아이들은 한밤중에, 어둠 속에서 하나씩하나씩, 마치 꿈처럼 방으로 들어왔다.

"언젠가 데릭 맥기네스를 패주면서 그 이야기를 한 적이 있어요." 죄책감으로 제정신이 아니게 된 루는 엄마, 아빠 방에 이미 벤이 들어와 어둠 속에 앉아 있다는 것을 눈치채지 못했다. "내 말을 귀담아듣지도 않을 거라고 생각했어요. 내가 무슨 말을 하는지 이해도 못 할 거라 생각했는데, 아마 이해했나 봐요. 그 녀석 머리를 때리면서 '네.가.지.금.하는.말이.바로.우리.여.동.생.이.야.기.란.말이.야. 이.개.새.끼.야'라고도 하고."

"개새끼라고 하지 말아라, 루." 코멘트할 게 너무 많자 펜은 가장 익숙한 것에 대해 주의를 줬다.

"네가 지금 하는 말이 바로 우리 여동생 이야기란 말이야, 이 새끼야." 루가 고쳐 말했다. 그리고 풀죽은 소리로 덧붙였다. "격정적인 상태에서 범한 죄예요."

"나도요." 벤도 풀죽은 소리로 말하며 고개를 끄덕였다.

펜은 어느 쪽이 더 나쁠까 생각했다. 격정적인 증오, 아니면 격정적인 사랑? 여동생에 대한 충성심, 아니면 사랑하는 사람에 대한 충성심? 싸우면서 달아올라 한 실수, 아니면 모닥불 때문에 달아올라 한 실수? 하지만 펜이 미처 어느 쪽이 더 낫다, 나쁘다를 판단할 새도 없이 문이 또 열렸다.

"우리가 범인이에요." 리겔과 오리온은 공포 영화에 나오는 으스스한 쌍둥이처럼 말했다. 목소리가 어린아이처럼 변해 있었다. 금방이라도 울 것 같은 그 말을 들으며 로지는 마지막으로 쌍둥이가 그랬던 때가 언제였는지 기억해보려고 했다.

"우리가 그랜더슨네 바비큐 파티에서 사람들 다 있는 데서 실수로 말했던 거 기억나세요?" 리겔이 물었다. 펜은 기억했다. 사실 펜은 그 말을 한 게 리겔이 아니라 오리온이었다는 것을 떠올렸고, 리겔이 쌍둥이 형제의 짐을 나눠 지려고 한다는 사실이 꽤 감동적이라고 생각했다. 어쩌면 어둠 속에서는 쌍둥이 자신들마저 누가 누군지 구분이 안 되는 것인지도 몰랐다.

"그 일이 있은 다음 주에 학교에서 쉬는 시간에 그냥 얼굴만 알고 지내는 애가 우리한테 와서 왜 포피에 대해 그런 말을 했냐고 묻더라고요." 오리온이 설명했다.

"우리는 '캡틴 바퀴벌레'랑 해리, 래리네 강아지 이야기를 하면서 농담한 것뿐이라고 말해줬어요." 리겔이 말을 이었다.

"하지만 그 애가 자기 생각에는 자기도… 그럴지도 모르겠다고… 그러더라고요. 포피 같을지도 모르겠다고. 그래서 자기가 어떻게 해야 할지, 누구한테 이야기해야 할지 알지도 모른다 생각해서 묻는 거라고 그러더라고요." 로지는 오리온의 목소리가 얼마나 차분해졌는지 깨달았다.

"근데 우리는 알잖아요." 리겔이 간단히 말했다. "그래서 말해줬죠."

"그 애는 정말 슬프고 무서워했어요." 오리온이 덧붙였다. "그래서 말해주는 게 옳은 일 같았어요. 딴사람은 몰라도 그 애는 말 안 할 줄 알았는데…. 어쩌면 도움을 받기 위해 말을 했을 수도 있었겠죠, 그죠? 누군가가 자기 말에 귀 기울이게 하고 싶어서 말했을 수도 있고."

어쩌면 시간이 갈수록 책임 소재가 흐려져서일 수도 있고, 어쩌면 시간이 갈수록 비밀 함선의 선체에 난 구멍이 얼마나 컸는지 명확해져서일 수도 있고, 어쩌면 비밀을 공개할 이유들이 마침내 모습을 드러내기 시작해서일 수도 있고, 혹은 어쩌면 아침이 거의 다 되어가는데 아무도 눈을 붙이지 못했다는 사실 때문일 수도 있지만, 로지와 펜은 둘 다 그 순간 느끼는 주된 감정이 분노가 아니라 자부심이라는 사실을 깨달았다. 적어도 동이 트기 직전의 시간에는 그렇게 느껴졌다.

그날 밤, 그 방에 들어오지 않은 유일한 사람은 포피였다.

나는 노바디야! 넌 누군데?

　　두 시간이 지나자 아침이 됐고, 모두들 피곤해서 정신이 혼미하고, 짜증이 나고, 충격 때문에 여전히 약간은 멍한 상태였다. 모두의 세상이 다시 한번 크게 변했고, 이번에는 어떻게 변했을지 조금 더 기다리며 지켜봐야 했다. 그러나 그렇게 기다리는 사이에도 학교에 가야 하고, 환자를 진료해야 하고, 글을 써야 했다. 그리고 모두들 그 평범함의 흔적에 고마움을 느꼈다. 포피만 빼고 모두들. 모두가 시리얼 먹은 그릇을 헹궈서 세척기에 넣고 옷을 갈아입을 때까지도 포피는 방에서 나오지 않았다. 펜은 포피가 밤새 뒤척이다가 겨우 잠들었을 것이라 여기고 깨우지 않아야겠다고 생각했다. 로지는 머릿속에 바로 떠오르는 각종 자살법 20~30여 가지를 상상하고 괜찮은지 확인하기 위해 문을 벌컥 열고 들어가고 싶은 것을 참느라 말 그대로 자기 손과 발을 제어해야 했다. 그리고 더 이상 견딜 수 없는 시점이 돼서야 펜과 함께 포피의 방문을 두드리지 않고 열었다. 숨 한

번 내쉴 때마다 1밀리미터씩, 달팽이도 지루해할 만큼 천천히, 천천히 문을 열었다. 방 안을 볼 수 있을 만큼 문을 연 두 사람의 눈에 들어온 장면은 자살만큼이나 충격적이었고, 자살과 크게 다르지 않은 광경이었다. 포피의 방, 누워서 잔 흔적이 없는 침대 위에서 두 사람이 발견한 것은 클로드였다.

로지와 펜은 그 아이가 낯설었지만 바로 알아봤다. 다섯 살 때부터 보지 못했던 클로드가 열 살이 되어 돌아왔으니 클로드의 환영을 본 듯한 느낌이었다. 창의성 풍부하고 자신감 넘치고 빛나는 딸 포피는 어디에도 없었다. 이 아이, 환영에 가까운 이 아이는 어둡고 침울해 보였고, 부어오른 빨간 눈으로 바닥만 응시하며 팔로 갈비뼈를 보호하듯 몸을 감싸고 있었다. 그는 포피의 옷 중에서 가장 남자처럼 보이는 바지(무늬 없는 회색 운동복)와 자기에게는 너무 큰 오리온의 플리스 스웨터를 입고 있었다. 침대 옆에 있는 커다란 상자에는 포피의 인형과 봉제 완구들, 드림캐처, 발레슈즈, 사진 액자 전부(4학년 마지막 날 찍었던 PANK 단체 사진, 어느 해 핼러윈 때 애기와 포피 둘 다 망아지 분장을 한 사진, 오리온과 리겔의 중학교 졸업식 날 라벤더색 드레스를 입은 포피가 오빠들 사이에서 미소 짓고 있는 사진) 등등이 모두 들어 있었다. 그리고 베개, 담요, 책상, 바닥 할 것 없이 클로드 주변으로 풍성하고 길었던 포피의 머리카락이 어두운 색의 핏자국처럼 방 전체에 널려 있었다. 드디어 쓰일 데가 생긴 리겔의 전기 면도기가 침대 옆 마루에 살인의 증거물처럼 놓여 있었고, 고르지 않게 마구 깎은 머리를 한 클로드의 뺨에 눈물이 줄줄 흘러내리고 있었다. 그 모든 광경이 엄마, 아빠의 심장을 갈기갈기 찢어놓았다.

"학교 안 갈래요." 5년 만에 클로드가 부모에게 한 첫마디 였다. "다시는요."

로지는 방에서 나가 이본에게 전화해서 그날 잡힌 환자 예 약을 모두 취소했다. 펜은 흐느끼는 아이를 가슴에 끌어안고 이 순간이 마침내 오고야 말았구나, 생각하고 또 했다.

포피가 왜 결석하는지 설명하기 위해 펜이 학교에 전화를 했을 때 메네데스 교장은 전혀 놀라지 않았다. "모두들 그 이야 기뿐이에요."

"저절로 조용해질 겁니다." 펜은 이전에도 비슷한 경험을 했지 않은가.

"아이들이 어떻게 알게 됐죠? 누가 누설한 거예요?" 교장 이 물었다.

"잘 모르겠어요." 사실이었다. 후보가 너무 많았다. 그러나 펜은 답을 안다고 해도 말하고 싶지 않았다. 교장이 상관할 일 은 아니었기 때문이다. 나머지 아이들도 보호해줘야 할 필요가 있을지도 몰랐다. "상관없죠, 뭐." 그것은 사실과 약간 거리가 있 었다.

교장이 진상을 파악하기까지는 사흘이 걸렸고, 답은 펜이 생각했던 선택지에 포함되어 있지 않았다. 한밤중에 방에 들어 와 고백한 아이들 중 누구의 잘못도 아니었다. 결국 범인은 포피 가 생각했던 대로 마니 앨리슨이었다.

루는 영어 수업 시간에 대학 지원용 에세이를 쓰는 연습 을 했다. 모의 에세이의 주제는 '삶을 크게 변화시킨 순간에 관해서'였다. 루의 글은 클로드나 포피에 관한 것이 아니라 남동생이 여동생으로 바뀐 후 자신의 삶이 어떻게 변화했는지에 관한 것이었다. 그는 어떤 것은 변치 않을 확고한 것이라 믿어도 되고 어떤 것은 변치 않아야 하는 것인지, 물리적, 육체적인 것에 뿌리를 둔 것은 어떤 것이고 어떤 것이 아닌지에 관해 이야기했다. 루는 과거는 변할 수 없는 것이어야 하지만 실제로는 그렇지 않다고 썼다. 미래는 아직 일어나지 않았으니 상상했던 일이 현실이 될 수 없다고 해도 이상하게 느껴지지 않아야 하지만 결국 그 느낌은 지울 수가 없다는 이야기도. 루의 에세이는 진심이 깃들어 있고, 매우 잘 쓴 데다 통찰력이 넘치는 글이었다. 몇 달이 지난 후 이 에세이를 약간만 고쳐서 대학 지원서를 쓴 루는 대학 몇 곳에 합격할 것이다. 10학년에 역사는 F를 받았고, 싸운 일로 정학당한 일이 학생 기록부에 나와 있는데도 말이다.

루의 영어 교사는 늘 자기 집 식탁에서 학생들의 에세이를 채점했다. 어느 날 아침, 그녀의 남편이 출근길에 자신의 폴더 대신 아내의 폴더를 잘못 들고 나갔다. 회의를 하는 도중에 자기가 한 실수를 깨달은 그는 비서를 불러 폴더를 아내에게 보내서 바꿔오라고 부탁했다. 그의 비서는 폴더 안을 들여다보다가 루의 성을 알아보고 그의 에세이를 읽었고, 그 놀라운 가십거리를 그날 밤 남편에게 이야기했다. 그 비서가 바로 마니 앨리슨의 엄마였다. 그녀의 목소리가 엄청나게 컸든지, 딸의 귀가 엄청나게 밝았든지, 둘 중의 하나였다.

세상은 이런 식으로 끝이 난다.

교장이 사건의 진상을 파악하는 사흘 동안, 포피(그리고 클

399

로드)는 나탈리나 킴에게서 걸려온 전화를 받기를 거부했다. 그는 애기가 전화나 문자를 하지도, 집에 찾아오지도 않았다는 사실을 눈치채는 것 또한 거부했다. 선생님이 포피 혹은 어떤 버전의 포피도 언제든 학교에 나오면 두 팔을 벌려 환영하고 사랑할 것이며 받아들여질 것이고, 거기에 동의하지 않는 사람은 방과 후에 남아서 반성문을 쓰면서 자기가 무엇을 잘못했는지 곰곰이 생각해볼 기회를 가지게 될 것이라는 내용을 담은 이메일에 답하는 것도 거부했다. 그는 제이크가 문자를 보내서 정말 미안하게 생각하고, 마니는 나쁜 애고, 자기는 그냥 짓궂은 장난을 한 것뿐이지 그게 사실인 줄 알았으면 절대 동조하지 않았을 것이라고 사과한 것도 한 번 읽고 지워버렸다. 클로드는 카르멜로에게서 온 전화는 받았다. 할머니의 조언은 "그런 나쁜 놈들은 다 지옥에나 떨어져버리라고 해"였고, 그 말은 사건이 터진 후 가장 위안이 되는 말이기는 했지만 포피가 방에서 나올 만큼의 설득력을 지니지는 못했다. 포피는 시리얼만 먹었다. 엄마, 아빠가 방문을 두드리고 조심스럽게 방문 밖에서 "우리 강아지? 괜찮니? 뭐 가져다줄 건 없어? 이야기하고 싶지 않아?" 하고 말해도 문을 열어주지 않았다. 엄마, 아빠가 가져다줄 건 없었다. 클로드에게 필요한 것은 타임머신이나 새 몸이나 완전히 다른 삶 같은 것이었고, 물론 그의 부모가 가져다줄 수 없었다. 그는 말하고 싶지 않았다. 말을 하느니 죽는 게 나았다. 삶이 끝나버린 후에는 시체를 어디에 묻을 것인지 말고는 의논할 만한 것이 전혀 없지 않은가. 그런데 자기 삶이 끝나버렸는데도 땅에 묻을 시체도 없었다. 늘 그랬던 것처럼 이번에도 몸이 또다시 배신한 것이다.

세 번째 밤에 그의 방문을 두드린 것은 부모가 아니라 벤이었다.

"저리 가." 화가 난 목소리가 아니었다. 절박한 애원이었다.

"이 녀석아, 나야." 벤이 말했다. "나 좀 들어가게 해줘."

클로드가 빡빡 깎은 머리를 문틈으로 내밀었다. "왜 나를 녀석이라고 불러?"

"남자들끼리는 그렇게 부르니까."

"그래?"

"좀 들어가자."

클로드는 벤을 방으로 들여줬다. "남자들은 다 그래?"

"응. 그래서 다 잘 매달려 있어*?"

"뭐가 잘 매달려 있냐는 말이야?"

"애들이 쓰는 말이야." 벤이 설명했다. "남자애들이 서로 잘 지내는지 물을 때 그렇게들 말해."

"왜 그냥 잘 지내냐고 물어보지 않아?"

"얻어터지기 싫으니까."

클로드의 눈이 쟁반만 해졌다. "남자애들은 잘 지내냐고 물어본다고 얻어터지기도 해?"

"남자애들은 별일 없이도 그냥 얻어터져. 잘 지내냐고 물어봐도 때리고, 잘 지내는지 신경을 써도 때리고, 어려운 단어를

★   Hang In There. '버티다, 견뎌내다'라는 뜻의 숙어. Hang은 '매달리다'라는 뜻의 동사임.

써도 때리고, 그런 단어를 제대로 발음한다고 때리고, 화려한 옷을 입어도 때리고."

"정말?"

"그럼. 그리고 그건 시작에 불과해. 너무 영리해도 안 되고, 너무 멍청해도 안 되고, 너무 쿨해도 안 되고, 너무 쿨하고 싶어 해도 안 되고, 너무 옷을 잘 입어도 안 되고, 너무 힙하게 입어도 안 되고, 힙하지 않게 입어도 안 되고, 잘못된 노래를 들어도 안 되고, 맞는 노래를 들어도 안 되고, 맞는 노래를 잘못된 기기로 들어도 안 되고, 수업 중에 바보 같은 질문을 해서도 안 되고, 수업 중에 똑똑한 질문을 해서도 안 되고, 더 공부를 하게 만드는 질문을 해도 안 되고, 체육 시간에 너무 느려도 안 되고, 어린애들한테 잘해줘도 안 되고, 선생님에게 예의 바르게 굴어도 안 되고, 학교 운동장에서 엄마한테 다정하게 굴어도 안 되고, 컴퓨터를 너무 잘해도 안 되고, 책 읽는 모습을 너무 자주 들켜도 안 되고, 워싱턴에 수학여행을 갔다가 호텔 방에서 자막이 있는 영화를 보다 들켜도 안 되고…. 그중 하나만 걸려도 남자아이라면 누군가한테 얻어맞아."

쟁반만큼 커진 눈이 전혀 작아지지 않았다. "누가 때려?"

"누군가가." 벤은 어깨를 으쓱해 보였다. "결국 누군지는 중요하지가 않아. 그리고 걷는 것도 다 방법이 있는데, 넌 틀렸어. 네 걸음걸이는 너무 활기가 넘치거든. 넌 걸을 때 네가 어디로 가고 있는 건지 너무 잘 알고 있고, 거기 가는 게 정말 신난다는 느낌을 줘. 고개도 푹 숙이고, 어깨도 축 늘어뜨리고 어디로 가고 있는지 전혀 상관없다는 듯, 거기 도착하든 말든 별 신경 안

쓴다는 투로 걷는 것, 그게 네가 목표로 해야 하는 태도야."

"난 정상적으로 걷는데." 하지만 그 말은 질문처럼 들렸다.

"남자애들 기준으로 보면 정상이 아니지. 그리고 킥킥거리고 웃는 것도 금지. 사실 웃는 것 자체를 안 하는 게 좋아. 누구를 찍어서 비웃는 게 아니면. 프랑스어를 사용하는 것도 이제 끝이야. 프랑스어 시간에도 할 수 있으면 단어 하나도 입에 올리지 않는 게 좋아. 세 음절 이상 되는 단어도 금지. 정말이야. 그리고 이름도 바꿔야 할 거야. 클로드는 너무 유럽풍이고, 게이처럼 들리거든."

클로드는 눈을 가늘게 떴다. 벤이 하는 이야기는 집에서 듣는 모든 이야기와 마찬가지로 뭔가 교훈이 들어 있을 것 같은 냄새가 나기 시작했다. "왜 나한테 이런 이야기를 해주는 거야?"

"돕고 싶어서. 남자아이가 되고 싶다면 도움을 받아야 할 필요가 있으니까. 과외 수업 같은 거. 평범한 남자아이들은 크면서 다 배우는 거지만, 넌 인형 같은 걸 가지고 놀면서 네가 진짜 살고 싶은 사람으로 받아들여졌었잖아. 하지만 너무 걱정 마. 내가 다 가르쳐줄게. 나만 믿어."

그건 벤이 진짜로 하고 싶어 하는 이야기가 아니었다. 그리고 클로드도 그걸 알았다. "진짜 하고 싶은 말은 그게 아니잖아."

"완곡하게 말하면 그렇지."

"완곡하지 않게 말하고 싶은 건 뭔데?"

"두 가지야. 하나는 정상이나 보통 같은 건 더 이상 존재하지 않아. 적어도 10대의 몇 년은 그래. 넌 페니스를 가진 여자아이야. 난 걸음걸이도 잘못됐고, 하는 말도 잘못됐고, 입는 옷도 잘못됐고, 책을 읽고, 컴퓨터에 대해 많이 알고, 다른 것에 대해서도 많이 알지만, 언제 입을 닫고 있어야 할지, 언제 모르는 척하고 언제 무시할지를 모르는 아이고. 자기가 생각하는 성별과 일치하는 성기를 가지고 있어도 여전히 정상이 아닐 수도 있어. 자기가 생각하는 성별과 일치하는 성기를 가지고 있어도 여전히 아이들이 못되게 굴고 놀릴 수도 있다는 거지."

"그러면 어떻게 해야 해?" 클로드는 머리카락을 귀 뒤로 넘기는 몸짓을 여전히 계속했다. 하지만 이제는 귀 뒤로 넘길 머리카락이 없었다.

"집에 와서 식구들한테 대고 실컷 울어. 식구들에게서 네가 얼마나 대단하고 멋진 아이인지 말하는 걸 들어. 길길이 뛰어, 머리를 깎아. 다음 날 또 가서 다시 시도해보는 거야."

"멈추기는 해? 더 나아지기는 하는 거야?" 그는 다시 울고 있었다. 더 울 수 있다는 게 가능해 보이지 않았지만 말이다. 눈물이 다 말라버리는 시점이 있지 않을까?

"조금은. 하지만 누군가 엿들었다면 이런 이야기를 했다는 걸 가지고 또 얻어터지겠지." 벤이 장담했다.

"그리고 다른 하나는?" 클로드가 비참한 목소리로 물었다.

"다른 하나라니?"

"두 가지라고 했잖아."

"다른 하나는 넌 남자아이가 아니라는 거야."

"난 남자아이야." 클로드는 금방 창문 밖으로 날아가기라도 할 듯 팔을 양옆으로 벌렸다. "나를 좀 봐." 그는 머리를 만졌다. "나를 좀 보라고." 그는 입고 있는 운동복 상의의 목을 늘려서 몸을 내려다봤다. "나를 좀 봐." 그는 운동복 하의의 허리를 쭉 늘려서 아래를 내려다봤다. "날 좀 봐, 날 좀 봐, 좀 보라고!"

"보고 있어." 벤이 말했다. "넌 슬퍼 보여. 넌 너무 성급하게 머리 스타일을 바꾼 걸 후회할 게 분명한 사람처럼 보여. 열 살짜리 인간들이 얼마나 못될 수 있는지 막 깨달은 사람처럼 보여. 하지만 넌 남자아이처럼 보이진 않아."

"내가 남자아이처럼 보이지 않는 건 그것도 안 되니까 그런 거야." 갈라진 목소리였다. 그리고 그의 나머지 몸 모든 부분도 다 갈라지는 것처럼 느껴졌다. "난 남자아이처럼 보이지 않아. 하지만 어쨌든 남자아이야. 아닌 척할 수가 없어. 이제 남자아이가 되는 법을 배워야 해. 계속 배웠어야 하는데. 이제는 너무 뒤처져서 따라잡을 수도 없을 거야, 영원히. 난 그냥 도움이 필요했던 거야. 남자들 수천 명하고 사는데도 아무도 날 도와주려고 하지 않았어."

"우린 널 도왔어." 벤은 목소리가 높아지고 있다는 것을 깨달았다. "너 지금 농담하냐? 우리는 널 돕는 거 말고는 아무것도 안 했어. 네가 치마를 입고 싶다고 하니까 그러라고 했고, 이름을 바꾸고 머리를 기른다고 하니까 그러라고 했고, 너를 위해 대륙을 건너서 이사 온다고 했을 때도 그러라고 했어. 네 비밀을 지켜준 것도 우리고."

"내가 필요했던 도움은 그런 게 아니었어." 클로드는 머리카락을 두 손으로 움켜쥐려고 했지만 아무것도 잡히지 않았다. "난 남자아이가 되기 위한 도움이 필요했어. 나는 보통과 다른 아이가 되기 위한 도움이 필요한 게 아니었어. 난 어차피 다른 아이니까. 내가 필요했던 건 보통과 같은 아이가 되기 위한 도움이었어. 난 오빠처럼, 아니, 형처럼 되기 위해 도움이 필요했어. 그런데 아무도 날 도와주지 않았잖아. 이제 내 인생, 아니, 내 두 인생 모두 완전히 끝났어. 난 이제 포피가 될 수도 없고 클로드가 될 수도 없어. 난 아무도 될 수가 없어."

"모두 다 누군가는 돼." 벤이 말했다.

"난 아무것도 아니야. 노바디라고." 클로드는 학교에서 에밀리 디킨슨을 공부하고 있었다. 적어도 학교에 다니던 때는. "오빠, 아니, 형은 누구야?"

"나도 노바디야." 벤의 목소리가 떨리고 있었다. "그러니 우리 둘이 편먹으면 되겠다."

"둘이 아니야." 클로드는 다시 울고 있었다. 벤도 울 것처럼 보였고, 그걸 보니 클로드는 조금 기분이 나아졌다. 정말 조금. "둘이 아니라고. 난 혼자야, 외톨이라고."

클로드는 처음에는 창문에서 나는 똑똑 소리를 무시했다. 하지만 11시 24분에 시작한 그 소리는 12시 5분까지도 계속돼서 더 이상 참을 수 없는 지경이 되었다. 그는 블라인드를 열고 창문을 연 다음 비가 내리는 어둠 속으로 몸을 내밀었다. 라이벌 공주가 왕자면 어떻게 될까? 공주가 페니스를 가지고 있다는 게 더 이상 비밀이 아니면 그냥 공주로 남을 수 있는 걸까? 아니면 모든 것을 다 잃은 지금, 애기까지 잃는 것일까? 차가운 밤공기가 머리카락이 하나도 없는 클로드의 두개골을 얼어붙게 했다. 비가 많이 와서 둘 다 푹 젖을 정도였지만 세상 무엇을 주더라도 애기에게서 감추고 싶은 눈물, 퉁퉁 부은 눈에서 강물처럼 흘러내리는 눈물은 감출 수 있을 양이 아니었다.

"머리 멋지다." 애기는 화가 난 목소리로 말했다.

"응, 고마워." 그래서 클로드도 화가 난 목소리로 대답했다. 화를 내는 것이 영혼을 갉는 듯한 비통함보다, 고통스러운 치욕과 두려움보다 나았다. 그래서 약간 안도했다.

"그러니까 네가 남자라고?" 애기의 분노 아래에 뭔가 다른 게 느껴지긴 했지만 클로드조차, 심지어 포피조차 그게 뭔지 알수가 없었다.

"아니, 난 아무것도 아니야."

"하지만 그것…이 있어?"

그가 고개를 끄덕였다. 울음이 흐느낌이 되지 않게 할 유일한 방법은 입을 지혈대만큼 단단히 다무는 것뿐이었다.

"우리 엄마는 그렇다고 네가 남자라는 건 아니라고 했어." 애기는 고개를 세게 저었다. "하지만 난 이해가 안 돼."

클로드가 비참한 얼굴로 어깨를 으쓱해 보였다. "나도."

"그래서 항상 목욕탕에서 옷을 갈아입었던 거야? 로베렐라 때문이 아니라?"

"그랬던 거 같아." 클로드가 말했다.

"너, 나한테 거짓말했어."

"꼭 그런 건 아니야. 로베렐라가 날 보는 것도 원치 않았어. 아무도 날 안 봤으면 했어. 난 역겨우니까."

애기가 고개를 끄덕였다. 애기는 그 말이 납득이 간다고 생각했고, 클로드는 기분이 더 나빠졌다. 그때까지만 해도 기분이 그보다 더 나빠질 수 있다는 게 가능하다고 생각하지 않았지만 말이다.

"그럼." 애기는 자기가 아는 것 중 가장 어른스러워 보인다고 생각되는 방법으로 눈을 크게 뜨고 고개를 젓고 어깨를 으쓱해 보였다. "잘 살아라. 어떻게 그게 가능할지는 모르겠지만."

그녀는 머리를 다시 집어넣고 창문을 닫기 시작했다.

"넌 내가 남자아이라 미워하는 거야?" 클로드가 흐느끼며 말했다. 자기도 그냥 창문 안으로 들어오려고 생각했지만 실수로 입을 열자 그 말이 튀어나와버렸다. 애기가 없는 세상을 상상하면 작은 탑 다락방 창문에서 몸을 던져 3층 아래 인도에 처박혀버리고 싶었다.

"넌 네가 남자아이가 아니라면서." 애기가 비아냥거렸다. "넌 아무것도 아니라고 했잖아."

"네가 나를 미워하는 게 내가 그걸 가지고 있어서야? 페니스를?" 마지막 단어는 속삭이듯 나왔다.

"네가 미워." 소리가 너무 크게 나와버렸다. 엄마, 아빠가 자고 있는데. "나한테 말 안 해줬으니까."

"말하면 네가 날 좋아하지 않을까 봐 무서웠어." 클로드는 이제 모든 단어를 속삭였다. 조금이라도 힘을 주면 울부짖을까 두려워서였다.

"더 싫어지네." 애기가 말했다.

클로드가 마침내 아래만 보고 있던 눈을 들었다. "왜?"

"네가 나를 전혀 믿질 못했잖아. 난 누가 뭐래도, 무슨 일이 있어도 널 사랑했을 거야. 하지만 네가 날 믿지 못하고 거짓말을 했잖아. 넌 내가 네 옷 안에 뭐가 있는지 신경이나 썼을 거 같아? 난 상관 안 해. 나한테는 무슨 말이든 해도 됐을 거야. 하지만 하지 않았잖아."

"너희 엄마가 우리 엄마한테 말하지 말아달랬어."

"우리는 엄마들이 하는 말은 거의 다 무시하잖아." 애기가 그를 쳐다봤다. "왜 그 말은 들은 거니?"

"모르겠어." 클로드가 시인했다.

애기의 머리가 자신의 방으로 들어갔다가 다시 나왔다. "난 1년 전까지만 해도 이불에 오줌을 쌌어. 파자마 파티를 할 때마다 침낭에 들어가서 누워 있다가 나중에 화장실에 혼자 가서 기저귀를 찼어. 그 말을 듣고 네가 나에 대해서 생각하는 게 달라지니?"

"아니."

"그치? 나는 네게 내 비밀을 말했어. 난 너를 믿으니까. 너도 나를 믿었어야 해."

애기는 고개를 쏙 집어넣고 창문을 닫았다. 그 이야기를 지금까지 포피에게 한 번도 한 적이 없다는 것을 클로드가 깨달았을 때는 이미 창문이 닫힌 후였다.

질 쇼핑

포피(아니, 클로드?)가 방에 박혀서 나오지도 않았기 때문에 전혀 그럴 이유는 없었지만, 그 사흘 동안 로지도 집에 있었다. 현악기 줄을 튕기듯 내리는 빗소리 때문에 온 집이 흐느끼는 것 같았다. 죽은 쥐색의 두터운 구름이 언덕 위를 덮을 정도로 낮게 깔렸다. 클로드는 자기 방에서 울고 또 울었다. 아이가 방에 박혀서 음식은 입에도 대지 않고 어떤 위로의 말도 들으려 하지 않는 마당에 어떻게 직장에 나가서 다른 사람의 아이들을 치료할 수 있겠는가? 로지는 자살 통계 숫자를 잘 알고 있었고, 10대가 된 아이들이 마음이 불행할 때 자기 몸에 어떤 짓을 하는지도 너무나 잘 알고 있었으며, 자기가 거기 없으면 아이를 보호할 수 없다는 것을 알고 있었다. 포피와 클로드 둘 다 세상에서 자신을 고립시키는 편을 선택한 마당에 어떻게 그들의 엄마가 세상으로 나갈 수 있겠는가?

사흘째 되는 날 아침, 제임스가 전화했다. "내일은 출근해

410

야 해요."

"아직도 상황이 위태로워요." 만일의 사태가 일어날지도 모른다는 생각에 로지는 그렇게 말했다.

"정말이지, 내일은 꼭 나오세요."

"하워드 때문에?"

"하워드 때문이에요. 그나저나 무슨 일이에요?"

"제임스, 할 말이 있…." 포피의 학교에서는 모르는 사람이 없는 일인데 이 친한 친구이자, 동료 의사이자, 직장 동료이자, 비밀을 털어놓는 사이인 제임스에게 말하지 못할 이유가 있을까? "아, 아니에요, 내일 출근할게요. 이본에게 내가 예약을 취소한 환자들을 토요일에 볼 수 있다고 전해줘요."

"좋아요. 괜찮아요, 로지? 무슨 일이에요?"

"아무것도 아니에요. 내가 곧… 아무것도 아니에요. 내일 봐요."

나흘째 되던 날 아침, 로지는 터덜터덜 언덕을 올랐다. 하워드가 문 앞에서 그녀를 기다리고 있었다. "함께 좀 걸읍시다."

"오, 맙소사. 꼭 걸어야 하나요?"

"병원 접수 창구 앞에서 할 수 있는 대화는 아니에요."

"숨 좀 돌리고요."

"말할 사람은 나지, 로지가 아니에요." 하워드가 말했다. "이봐요, 로지, 집에 큰일이 벌어졌다는 건 알고 있어요. 힘들게 하고 싶지는 않아요. 하지만 병원에서 자기 몫을 해내고 있지 못한 건 사실이에요."

"하워드, 내가 내 몫을 안 한다니 무슨 말이에요? 매주 환자들 보는 시간만 35시간이잖아요. 당신하고 똑같이, 진료 시간이 하나도 비지 않고, 당신하고 똑같이."

"어떻게 매주 35시간 진료한다고 말할 수 있죠? 월요일 이후로 모든 약속을 취소했잖아요."

"딱 한 번, 딱 한 주예요. 이번 주에는 할 수 없이 약속을 취소해야 했지만 벌써 다시 약속을 잡고 있고, 시간을 만들어서 모든 환자를 다시 볼 예정이에요. 여기서 4년간 일하면서 하루분 이상 약속을 다시 잡아야 하는 건 이번이 처음이에요. 사람이 아플 때도 있어요, 하워드, 가족이 아플 때도 있고요. 의사들도 예외가 아니에요. 그래서 병가라는 것도 있고, 개인적인 사유로 내는 휴가라는 것도 있고, 가족 때문에 내는 휴가라는 것도 있는 거잖아요."

"그게 이번 주에 결근한 이유인가요? 아이가 아파서?"

로지는 고개를 끄덕였지만 자세한 설명은 하지 못했다.

"펜이 해결할 수 있는 문제가 아니었나요? 일도 안 하잖아요."

"하워드, 나랑 내 남편이 집안일을 어떻게 나눠서 하는가 하는 문제는 당신이 신경 쓸 문제가 아니에요."

"아니죠, 내가 신경 쓸 문제는 우리 병원을 경영하는 일이죠. 하지만 구성원들이 자기 임무를 다하지 않으면 나도 그 일을 제대로 해낼 수가 없어요."

"4년 동안 사흘간 일하지 못했다고 임무를 다하지 않았다고 하는 건 좀 무리죠."

"문제는 환자를 보는 건 로지가 맡은 임무의 일부일 뿐이라는 사실이죠."

"난 의사예요, 하워드. 환자를 보는 게 내 임무예요."

"종합병원이나 큰 병원에서는 환자만 보면 되겠죠. 하지만 처음 일을 시작할 때부터 명확하게 밝혔듯이, 우리같이 소규모 병원에서는 다른 일도 해야 합니다. 다른 사람들은 환자를 보는 일 외에도 여러 가지 일을 떠맡고 있어요. 당신은 와서 환자만 겨우 보고 집으로 가버리잖아요. 그 때문에 나머지 직원들이 당신 몫까지 처리하고 있어요. 병원 사업을 유지하는 데 필요한 몫을 해내주기 바라요. 다른 사람들도 가족이 있고, 개인적인 일이 있고, 신경이 더 쓰이는 환자들이 있어요. 짐을 나눠 지고 함께 갈 수 있는 팀플레이어가 필요해요."

"하라고 했는데 내가 안 한 게 있나요?"

"해달라고 요청한 건 하나도 한 게 없죠." 그가 소리쳤다. "병원 마케팅하는 것도 돕지 않았고, 새로운 환자를 유치하는 일도 하지 않았고, 전문 분야를 확장하는 세미나에 참석해서 병원이 제공하는 서비스를 넓히자는 데도 협조하지 않았고. 소셜 미디어와 웹 사이트를 관리할 사람도 필요한데 거절했고. 국제 구호 단체 활동이나 자원 활동을 할 사람도 필요한데 관심도 보이지 않고. 내가 태국에 있는 병원에 직접 연락해서 기회를 마련했는데도 아주 짧게라도 갈 생각도 않고. 작은 병원에서 그런 일을 하는 게 얼마나 마케팅에 도움이 되는지 알아요? 〈시애틀 메트〉에서 우리 병원을 특집으로 다룰 수도 있는 일이에요. 어쩌면 NPR*에서도 관심을 보일 수 있는 일이란 말이에요. 미국의사

★ National Public Radio, 미국 공영 라디오 방송.

413

회에서도 인정할 테고. 그런 게 다 사람들이 의사를 선택할 때 고려하는 요건들이에요, 로지. 이런 병원을 운영하려면 신경 써야 할 일이 수천 가지는 되는데 환자만 보면 되는 줄 알아요? 그것도 자기 편할 때만?"

"하워드, 난 태국에 갈 수가 없어요. 내 환자들이 여기 있잖아요. 가족이랑 내 삶이 모두 여기 있다는 건 말할 것도 없고, 매주 자원봉사를 할 시간이 없어요. 이미 풀타임으로 일을 하고 있잖아요. 당신이 가라고 하는 세미나에서 배울 건 이미 다 배운 지 오래예요. 지금 있는 환자만으로도 시간이 꽉 차 있기 때문에 새로운 환자를 받을 수도 없어요. 난 열여덟 살짜리가 아니라 소셜미디어 관리를 잘할 수가 없어요. 마케팅 전문가가 아니고 의사라서 마케팅을 할 수도 없고요. 하지만 나는 의사니까 환자를 볼 수 있고, 거의 빠지지 않고 환자를 보고 있고, 불평하는 환자는 전혀 없어요. 성공적으로 병원을 유지하는 건 태국에서 자원봉사를 하거나, 트위터에 글을 올리거나, 내가 4년 내리 맡고 있는 직원 단합용 아침 식사를 하는 게 아니에요. 환자가 만족하는 게 제일 중요하죠. 내 환자들은 모두 만족하고 있어요. 내가 좋은 의사니까요."

"내 말은 그걸로 충분하지 않다는 거예요. 그것만 하길 원하면 다른 병원에 일자리를 찾아봐요."

"맙소사, 하워드. 고작 사흘 결근했어요."

"사흘에다가 4년이에요. 그만하면 됐어요. 생각해봐요."

점심시간에 로지는 통고 씨에게 전화했다. "모두 알아버렸

414

어요."

"빌어먹을!" 통고 씨의 입에서 욕이 튀어나오는 게 너무 낯설어서 로지는 웃음을 터뜨릴 뻔했다, 거의. "모두요?"

"모두요. 흠, 아니, 아니에요. 거의 아무도 모르긴 해요. 하지만 포피네 학교에서는 모두 알아요."

"아이고, 어떻게 그렇게 된 건가요?"

"그게 무슨 상관이겠어요?"

"그건 그렇죠. 포피가 어떻게 받아들이고 있나요?"

"안 좋아요. 상태가 정말 안 좋아요. 머리를 완전히 밀어버리고, 운동복 바지만 입고, 포피 물건은 모두 치워버렸어요. 우리한테 말도 안 하고, 방에 박혀서 나오지도 않고. 아주 안 좋아요."

"아, 다행이에요." 통고 씨의 목소리에서 안도감이 강하게 느껴졌다. "완벽해요."

"네?"

"완벽. 타이밍도 절묘하고. 정말 잘하셨어요. 정말 자랑스러워요. 포피도, 가족들도 모두."

로지는 오늘 통고 씨의 괴팍한 화법을 참아낼 만한 인내심이 있을지 자신이 없었다. "무슨 말이에요?"

"커밍아웃. 퀴어(성소수자)들의 성장 의례예요. 언젠가는 해야 하는 일인데 이를수록 좋죠. 벽장에 갇혀 있는 건 누구에게도 좋지 않아요. 아직 어리고, 사춘기에 접어들지 않은 나이고, 머리 깎고, 문 잠그고, 부모하고 이야기 안 하고. 모든 게 완벽해요! 잘하고 있어요!"

"포피는 아닌데… 포피는 퀴어가 아니에요." 로지가 말했다.

"아니죠." 통고 씨도 동의했다. "바로 그게 문제예요. 엄마, 아빠가 이 아이를 처음부터 너무나 완벽하게 받아들여버렸어요. 클로드인 클로드도 받아들이고, 포피인 클로드도 받아들였고. 부모가 이 아이를 완전히, 완벽하게, 아무 이의도 없이, 편안하게 여성으로 살 수 있도록 해줬죠. 퀴어답게 살 기회를 허락하지 않은 거죠."

"그러니까 우리가 너무 과하게 사랑하고 이해를 해줬다는 말인가요?"

"네."

"네?"

"네. 포피는 퀴어예요. 페니스를 가진 여자아이. 멋진 일이지만 평범하지는 않죠. 이상하고, 독특하고, 그래서 퀴어죠.* 페니스를 가진 여자아이가 됐든 어떤 형태의 퀴어가 됐든, 평범하지 않은 것을 그냥 괜찮은 정도가 아니라 축하하고 찬양받을 일로 받아들이는 공동체와 지지 세력이 있어요. 그리고 우리는 포피가 그 세상에 속하도록 도와줘야 하고요."

"하지만 아무한테도 이야기하지 말라고 한 사람이 바로 통고 씨잖아요." 로지는 날카로운 비명처럼 들리지 않게 하려고 노력했지만 실패했다. "누구도 알 바 아니라고 했었잖아요."

"그리고 그 전략이 한동안은 잘 먹혀들어갔죠. 로지도 그 상태를 영원히 유지할 수 있을 거라고 생각하지는 않았죠, 그

★　퀴어Queer에는 독특하고 평범하지 않다는 의미가 있다.

쵸?" 통고 씨는 지금까지 자신의 조언을 따라서 비밀을 지킨 것이 아니라는 듯 말하는 바람에 화를 돋우었다. "여섯 살배기 포피는 친구들을 계몽하기에는 너무 어렸어요. 자기 자신을 변호하고 섹스와 성적 취향의 차이, 성 정체성과 성 표현의 차이를 설명하기 힘든 나이였죠. 1학년 아이들은 여전히 속옷 안에 있는 물건에 관해 이야기하는 것이 적절한 대화 주제가 아니라고 배우죠. 하지만 이제 포피는 열 살이 되었어요. 이제 중학생이 되기 직전이고, 10대가 됐고, 어른이 되기 직전의 나이예요. 탐험을 해보고, 결정하고, 강해지고, 자기가 누구인지에 관해 이야기하고, 자신을 변호하고, 다른 사람과 다르다는 사실에 대처하는 법을 배울 때가 됐어요."

"그런 일을 어떻게 하죠?"

"다른 모든 사람들이 하는 것하고 똑같은 방법으로요." 그는 신난다는 듯 말했다. "고통을 통해서요! 자기가 살던 작은 마을에서 자기를 받아들여주지 않으면 떠나고, 가족이 받아들여주지 않으면 새로운 가족을 찾고, 수치와 백일몽으로 가득 찬 비참한 삶이 너무 답답하면 뛰쳐나가 더 큰 삶을 찾고."

"그러니까 포피가 충분히 고통받지 않았다는 거군요."

"맞아요! 100점!" 그가 환호했다. "그게 바로 내가 하려는 말이에요. 아이가 충분히 고통받을 기회가 없었어요. 부모가 너무 완벽하게 보호해준 거죠. 평범하지 않은 것을 평범한 것처럼 대했기 때문에 포피는 실제로 자기가 살아야 하는 평범하지 않은 삶을 사는 방법을 배우지 못한 거죠. 부모님은 괜찮다고 생각할지 모르지만 다른 사람들은 아니거든요. 물론 아니죠! 당신은 페니스가 있는 포피가 개성이 강한 다른 자식들과 하나도 다르지 않다고 생각하고, 무슨 일이 있어도 아이들 모두를 똑같이 사랑하고, 일상을 계속 이어가면서 애들을 키우겠죠. 하지만 그건 포피가 집을 제외한 세상에서 사는 데는 전혀 도움이 되지 않아요. 아이가 방 밖으로도 안 나오려고 하는 것도 무리가 아니에요."

"그럼 난 어떻게 해야 해요?" 마치 하워드랑 대화하는 느낌이었다. 불가능한 동시에 말도 안 되는 임무를 수행하라는 요구를 받는 느낌.

"당신이 할 일? 아무것도 없어요. 이미 너무 많이 했어요. 이제는 포피가 해야 해요. 벌써 시작했고요. 1단계가 커밍아웃하는 거니까."

"그랬네요, 자기가 원해서 한 건 아니지만. 2단계는 뭐예요?"

"2단계는 많은 사람들에게서 거부당하고 엄청나게 상심하는 것."

"그것도 했고. 3단계는요?"

"3단계부터 재미있어지죠. 3단계는 마음을 정리하고 앞으로 나아가는 것이거든요."

"그게 얼마나 오래 걸릴까요?" 로지는 샐쭉해져서 말했다.

"평생 걸리죠." 통고 씨는 늘 그렇듯 기뻐서 어쩔 줄 모르는 투로 말했다. "그러니 포피가 어린 나이에 그 여정을 시작한 건 좋은 일이에요."

이본은 로지의 약속을 정상 근무 시간이 훨씬 지난 후까지 잡아놓았다. 그날 마지막 환자가 진료실을 떠난 것은 밤 9시 45분이었다. 로지는 배가 고프고 피곤했고, 집에는 무슨 일이 기다리고 있을지 얼른 가서 확인하고 싶었고, 집에서 무슨 일이 기다리고 있을지 가서 확인하기가 무서웠고, 머릿속에는 환자들의 증상과 치료 계획과 투약 계획이 윙윙거렸고, 하워드의 위협도 머리를 떠나지 않고 윙윙거렸고, 통고 씨의 꾸지람도 윙윙거렸다. 어둡고 축축하고 가파른 퇴근길이었다. 시애틀에 살면서 그녀는 이미 비가 오는 날씨에 익숙해져 있었다. 1년에 9개월 동안 잿빛 구름이 도시 전체를 핵구름처럼 덮고 있는 것에도 익숙해졌다. 하지만 밤 9시 45분이면 해가 져서 어두워진 지 다섯 시간이 지났다. 오후 4시에 해가 지는 것에는 아직 익숙해지지 않았다. 그래서 9시 45분은 한밤중처럼 느껴졌고, 현관문에 들어선 즈음에는 시차에 시달리는 듯한 느낌이 들었다.

집은 전에 없이 조용했다. 아무도 숙제 책상에서 숙제하고 있지 않았다. 모두들 그 혹은 그녀의 방에 박혀 있었다. 아니, 모두 그의 방에…. 닫힌 문을 열고 인사를 건네거나 오늘 어땠냐고, 너무 지쳤을 텐데 남은 음식이라도 좀 데워주겠다고 하는 사람이 아무도 없었다. 그녀는 루와 벤이 있는 지하실 문을 두드렸다.

"애들아?"

"네?"

"괜찮아?"

"네."

"학교는 어때?"

"괜찮아요."

"새로운 소식은 없어?"

"없어요."

"저녁은 먹었니?"

"네."

"알았어. 사랑해."

"사랑해요."

그녀는 리겔의 방문 앞에서도 이와 비슷한 대화를 했다. 오리온은 흡혈귀 이빨을 붙이고 망토를 입은 채 소파 팔걸이에 거꾸로 매달려 비디오 게임을 하고 있었다. "불어보기 전에 이리 발하는데요, 벅고 싶은 것도 없고 바시고 싶은 것도 없어요. 숙제도 보두 끝냈어요. 거꾸로 배달려서 게임을 하는 이유는 흡혈박쥐가 되고 싶어서예요. 걱정 바세요."

그녀는 포피 방문을 두드렸다.

"포피?"

무반응.

"클로드?"

무반응.

"괜찮니?"

"아뇨."

"엄마랑 이야기하고 싶지 않아?"

"아뇨."

"오늘 통고 씨랑 통화하면서 좀 들은 게 있어. 이야기해줄까?"

"고맙지만, 아뇨."

"알았어, 우리 강아지. 언제라도 네가 이야기하고 싶을 때 하자. 뭐 좀 먹었니?"

"네."

"뭐 먹었어?"

"시리얼이요."

"그보다 좀 더 든든한 걸 먹고 싶지 않아? 엄마도 아직 저녁을 안 먹었는데. 피자 같은 거 데워서 같이 먹지 않을래?"

"아뇨."

"알았다. 엄마가 뭐 도울 일은 없을까?" 제발 아무 도움이라도? 제발, 제발, 제발, 제발, 제발.

"질문 좀 그만하고 가주세요."

침실로 들어와 보니 불이 모두 꺼져 있고, 펜의 노트북 컴퓨터가 침대 위에 켜진 채 놓여 있어서 빛이 나오고 있었지만 정작 펜은 방에 없었다.

"펜?"

"목욕탕이야." 그가 소리쳤다. "미안, 당신이 들어오는 소리를 못 들었어. 힘들었지?"

"응, 많이. 무슨 소식 없어?"

"아무 소식도 없었어. 별일 없는 밤이었어. 배고프면 파스타 남은 거 냉장고에 있어."

"고마워. 방에서 뭐 하고 있었어?"

펜이 잠시 머뭇거렸다. "음… 일하고 있었어. 그냥 프라이버시가 좀 필요해서 방에 들어와 일하고 있었지."

그녀는 펜의 컴퓨터를 봤다. 질 사진이 화면에 잔뜩 올라와 있었다. 각종 질 사진. 질 내부와 질 외부의 사진들. 클로즈업, 꾸며서 멋지게 찍은 사진, 셀카로 찍은 사진. 질 동영상. 오, 주여, 로지는 기도하는 심정이 됐다. 제발 포르노를 보고 있었다고 해줘.

펜이 목욕탕에서 나와 그녀가 보고 있는 것을 보고는 겸연쩍은 표정을 지었다.

"좀 흥분됐어?" 그녀는 희망을 가지고 물었다. "잠시 혼자 있고 싶었나 보지?"

"질 쇼핑 중이었어." 그가 시인했다.

"오, 펜!"

"그냥… 보고 있었어."

"아직 열 살밖에 안 됐어. 저 나이에 쟤 페니스를 자르겠다고 동의할 의사는 세상에 단 한 명도 없어."

"자르는 게 아니더라고. 그보다는… 안팎을 뒤집는 거야."

"쟤 페니스 안팎을 뒤집어주겠다고 할 의사는 세상에 단 한 명도 없어."

"아직은 아니지, 당연히. 그냥 조사를 시작했을 뿐이야. 정말 놀라운 의사들이 있…."

"지금 너무너무 앞서가고 있다는 거 알고 있지?"

"그냥 시작했을 뿐이야."

"왜?"

"왜냐고?"

"응, 펜. 왜? 아무런 의학적 개입 없이 지낼 수 있는 날이 1년, 어쩌면 1년 넘게 남아 있을지도 모르는 나이야. 자기가 그 방향으로 결정한 다음에도 또 몇 년 동안 호르몬 억제제를 쓸 수 있는 기간이 있고. 질 성형수술을 하기 전까지 셀 수 없는 가능성이 남아 있다고. 지금 당신이 하고 있는 건, 루 결혼식에 입고 갈 옷 쇼핑을 하는 거나 마찬가지로 시기상조야."

"그냥… 그냥 흥미로운 일이라서 그래, 로지. 당신은 성전환 수술에 대해 잘 알아? 요즘에는 실제 기능을 하는 질을 만들 수 있대. 당신의 질이 하는 건 다 할 수 있는. 애인이 차이를 모르는 정도는 물론이고, 산부인과 의사도 잘 못 알아볼 정도로 똑같이 만든다는 거야. 다른 나라에서는 미성년자들에게도 수술을 하기도 한대. 포피가 대학에 가기 전에 수술받게 할 수도 있어. 새 출발을 하는 거지. 기적 같은 일이야. 당신도 사이트에 한번 들어가봐. 그게…."

"내 질문에 답하지 않았잖아, 펜."

"무슨 질문?"

"포피는 이제 열 살밖에 안 됐는데 왜 지금 이런 조사를 하고 있는 거야?"

"당신도 눈치챘는지 모르지만, 로지, 벌써 결정적인 순간이 이미 오고 말았어. 이도 저도 아닌 중간 상태로 설익은 비밀을 유지하고 사회적으로 여자 행세를 하고 그런 게 더 이상 먹히지 않는 단계가 와버렸다고. 우리는 결정을 내려야 해. 제대로 해야 한다고. 안 그러면 포피는 그냥 치마 입은 남자일 뿐이야."

"당신도 눈치챘는지 모르지만, 펜, 애가 머리를 밀고 여자

옷이랑 장난감도 치워버리고, 지금 우리가 이러고 있는 동안에
도 시리얼을 먹으면서 클로드로 돌아가고 있어."

"방에 일주일 동안 처박혀서 안 나오고 있잖아. 얼마나 우
울해하는지 그것만 봐도 알 수가 있지."

"아니면 무서워서일 수도 있고, 혼란스러워서일 수도 있고,
우리를 실망시킬까 봐 걱정돼서일 수도 있어. 아니면 마음을 바
꾸는 것이 걱정돼서일 수도 있고. 완전히 여자아이가 되는 것이
우울하게 느껴지는 것일지도 모르고, 모두가 다 알아버린 것이
우울할 수도 있어. 그 둘은 같은 게 아니잖아. 아니면 자기도 자
기가 누구인지, 누가 되고 싶은지 몰라서 우울하기 때문에 그
문제에 대해 더 이상 생각하고 싶지 않을 수도 있고."

"아니, 그건 당신이야." 펜은 노트북 컴퓨터를 닫으며 말했다.

"하지만 아이가 정확히 무슨 생각을 하고 있는지 알려고 하
기도 전에 당신은 수술부터 하자고 하는 거잖아."

"나도 그냥 수술을 하자는 건 아니야. 수술이라는 선택지
를 고려해보고 싶은 거지. 그리고 필요하다는 생각이 들기 훨씬
전부터 고려하고 공부하는 게 좋다고 생각해. 가볍게 결정할 수
있는 문제가 아니니까. 내가 얼마나 이 문제를 심각하게 생각하
는지 알겠어?"

노트북에서 나오는 빛이 없어지자, 방은 갑자기 굉장히 어
두워졌다. "알겠어, 펜. 나도 알아. 하지만 지금 그 생각을 한다
는 것 자체가 문제의 일부야."

"어떻게 그게 문제의 일부가 될 수 있어? 왜 조사해서 더 많
은 정보를 알고, 복잡한 문제들에 대해 오랜 시간을 두고 생각

해보는 게 문제가 될 수 있는지 모르겠군."

"애가 의심하기 시작했기 때문이야." 로지는 딸이 화가 났을 때 하는 것처럼 팔을 몸 양쪽으로 뻗었다. "그러니까 우리도 애랑 같이 그 의심의 영역에 있어줘야 하는 거야. 애가 결정을 못 하고 있으니까 우리도 결정하지 말고 기다려야 해. 애가 모르면 우리가 말해줄 수 없고, 심지어 우리 머릿속에서 어떤 생각을 해서도 안 돼. 본인이 내려야 할 결정이니까."

"어떻게 애가 그런 결정을 할 수가 있어, 로지?" 펜의 목소리가 떨리고 있었다. "포피는 열 살이야. 성기에 대해서 소변을 보는 것 말고는 아무것도 몰라. 섹스에 대해 무슨 결정을 할 수 있냐고. 감각이나 윤활성, 확장, 생식에 대해서도 마찬가지고. 미래의 성적 파트너가 속옷 안에 든 것에 대해 어떻게 생각할지 고려하는 건 불가능해. 애가 동성애자인지, 이성애자인지도 모르잖아. 포피가 이런 결정을 내릴 수는 없어. 당신이 계속 주장하는 것처럼 포피는 고작 열 살이야. 그러니 우리가 대신 해줘야 하는 거야."

"우리가 대신 할 수는 없어, 펜. 안 돼. 그건 우리가 할 수 있는 결정이 아니야. 포피가 결정할 수 없으면 할 수 있을 때까지 기다려야 해."

"포피는 기다릴 수 없어." 펜은 자기가 손을 앞으로 모아 쥐고 있다는 사실을 깨닫고 약간 놀랐다. 애원은 아니었지만 완전히 아닌 것도 아니었다. "어릴 때 할수록 반대 성별의 사춘기를 거치는 시기가 짧아지고 효과가 더 좋아. 본인이 직접 결정할 수 있을 때까지 기다리는 건 오히려 선택권을 빼앗는 것이나 마찬가지야. 너무 오래 기다리면 선택의 여지가 없어지는 거지."

"펜, 이런 수술을 미성년자에게 해주지 않는 데는 이유가 있어. 그리고 육체적인 이유가 전부가 아니야." 의사라는 직업을 내세우는 게 반칙처럼 느껴졌지만 너무나 중요한 문제였다. "포피는 지금 동의할 수가 없는데 이런 수술은 본인 동의가 꼭 필요하거든. 그러니까 기다려야 해. 당신도 기다려야 하고."

"이게 부모로서 우리가 해야 할 일이야, 로지. 루가 미성년자라고 사랑니를 뽑으면 안 된다고 하지 않았잖아. 벤이 열다섯 살밖에 안 됐다고 귀 뚫는 걸 못 하게 하지 않았고. 부모 노릇을 하면서 우리는 1년에도 수천 가지 결정을 내리고, 애들은 그런 결정들이 인생의 방향을 바꿀 것이라는 사실조차 이해하지 못해. 그게 우리 임무야. 그게 바로 부모 노릇이고. 대륙을 건너서 이사할 때도 포피가 안전한 것이 루가 짜증내는 것보다 낫고, 벤은 더 좋아할 것이고, 오리온하고 리겔은 그저 그렇다는 걸 주먹구구로 계산해서 결정했잖아. 좋은 결과를 낼지 전혀 알 수가 없었지. 그게 최선인지도 알 수 없었고. 우리는 조사하고, 생각해보고, 토론한 다음 가지고 있는 정보를 바탕으로 애들 대신 최선의 선택지를 추측해서 골랐어. 그 결과 애들의 인생은 돌이킬 수 없는 변화를 겪었고."

"펜, 질 성형수술이 귀 뚫는 거하고 다르다는 걸 안다고 말해줘. 사랑니를 빼는 거하고 페니스를 없애는 게 다르다는 걸 알고 있다고 제발 말해달라고. 성별을 바꾸는 수술을 받는 것하고 주소를 바꾸는 걸 비교하는 게 말도 안 된다는 걸 안다고 말해줘."

"물론, 잘 알지. 난 그저 우리가 항상 아이들 대신 결정해왔다는 이야기를 하고 싶었을 뿐이야. 애들이 우리만큼 똑똑하거나 경험이 많거나 정보를 많이 가지고 있지 못하니까, 그래서 스스로 결정하지 못하니까 우리가 대신 해주는 거잖아. 그게 부모가 할 일이기도 하고."

"펜, 너무 겁주지 마."

"왜 겁이 나?"

"지금 너무 속도를 내서 혼자 앞으로 나가고 있어. 포피가 이제 막 다시 클로드로 돌아가겠다고 결심했는데, 당신의 반응은 아이를 린다 러브레이스*로 만들겠다는 거잖아. 어쩌면 진심이 아닌지도 모르지. 어쩌면 정말 마음을 바꾼 게 아닐 수도 있어. 하지만 지금은 속도를 늦추고 생각할 때야. 포피가 생각해볼 시간을 줄 때라고. 당신은 지금 할 일을 착착 진행해가면서 진도를 빼고 있어. 그게 당신이 할 수 있는 일이니까. 나도 이해해, 진심으로. 하지만 포피는 잠시 길을 잃고 헤맬 필요가 있는데 우리가 손을 잡고 숲 바깥으로 안내해버리면 길을 잃을 기회를 놓치는 거야."

"포피는 길을 잃은 게 아니야, 로지." 펜은 로지의 손을 잡고, 로지가 손을 빼려 해도 놓아주지 않았다. "우리는 이 결정을 오래전에 했어. 클로드가 유치원에 다닐 때 한 결정이야. 포피는 그 결정을 한 번도 후회한 적이 없어. 단 하루도. 그리고 나도 마

★   Linda Lovelace. 미국의 유명한 포르노 배우로, 배우를 그만둔 후 반포르노 운동에 앞장섰다.

찬가지고."

"그러면 왜 자기 머리를 깎아버린 거야?"

"나도 몰라." 그의 얼굴이 파리하고 지쳐 보였다.

"펜, 여러 가지 면에서 우린 운이 좋아. 여러 가지 면에서 우리 아이가 암이나 당뇨병이나 심장병처럼 아이들한테 일어나는 무서운 병 대신 성별 불쾌감을 가진 것이 고마워. 무서운 병에 걸린 아이들이 견뎌야 하는 치료 과정도 항상 명확한 건 아니야. 약은 더 독하고, 예후는 더 무섭고, 생사를 좌우하는 선택을 해야 할 때가 많은데도 선택지가 명확하지가 않아. 그런 상황에 있는 아이들과 부모들을 볼 때마다 마음이 찢어지는 것 같아. 하지만 그건 의학적인 문제잖아. 포피의 일은 의학적인 문제이기도 하지만 문화적인 문제가 더 많은 부분을 차지해. 사회적 문제고, 감정적 문제고, 가족 내 역학의 문제고, 공동체의 문제야. 포피 얼굴에 턱수염이 나는 걸 방지하기 위해 의학적 방법을 써야 할 수도 있지. 아니면 자신을 가리키는 대명사로 '그녀'를 쓰고 치마를 입지만 턱수염을 기른 사람을 사람들이 사랑하고 받아들이는 세상이 오든지."

"하지만 그런 일은 일어나지 않을 거잖아." 펜이 너무 낮은 목소리로 답해서 그가 무슨 말을 할지 로지가 이미 알고 있지 않았다면 알아듣지 못했을 것이다.

"그렇다면 포피가, 그리고 당신과 내가 자기를 가리키는 대명사로 '그녀'를 쓰고 치마를 입지만 턱수염을 기른 사람을 거부하는 세상에서 살아가는 방법을 배워야 할지도 모르지. 그런 세상에 대한 우리의 반응이 꼭 약을 쓰고 우리 아이 몸에 칼을 대서 수술하는 것일 필요는 없을지도 몰라."

"어떻게?" 펜이 로지를 올려다봤다. 너무도 오랜만에 두 사람의 눈이 마주친 느낌이었다.

"뭘 어떻게?"

"어떻게 우리가 그런 세상에서 살면서도 행복해질 방법을 배울 수가 있어?"

로지는 밤새 자다, 깨다 하며 뒤척이다가 동트기 한참 전에 하워드에게 문자를 보냈다. '태국에 갈게요. 포피를 데리고 갈 수 있게 해주면.'

Part 3

비상구 앞자리

어차피 옷을 몽땅 새로 장만할 필요가 있었다. 진료소에서는 치마를 허용하지 않았다. 에어컨도 없었다. 진료소 전체, 아니, 정글 전체가 모기 천지였다. 얼마 되지 않는 이런 사소한 정보들과 날마다 35도를 웃도는 더위가 계속된다는 어디서나 얻을 수 있는 정보를 더해보니 두 사람 다 새 옷을 사야 할 필요가 있었고, 그 새 옷들은 긴 면바지, 바람이 잘 통하는 긴소매 셔츠, 걷기 편한 샌들과 햇빛 차단용 모자 등등 우연히도 중성적인 옷들이었다. 떠나기 전날 밤, 로지는 두 사람의 짐을 모두 싼 다음 작은 탑의 방문을 두드렸다.

"자, 준비됐어? 신나지?" 로지 자신은 준비가 되지도, 신나지도 않았지만, 그런 것 같은 목소리를 내기 위해 노력했다. 그리고 아무런 반응이 없자 실용적인 대화를 하는 쪽으로 전략을 바꿨다. "네 짐도 엄마가 쌌어."

"알았어요."

"특별히 가지고 가고 싶은 건 없어?"

"없어요."

"필수품은 엄마가 다 챙겼지만, 앨리스나 미스 마플 같은 거 가져가고 싶지 않아?"

"난 아기가 아니에요."

"아니면 친구들 사진이라든가."

"난 친구 없어요."

로지는 몸을 움찔했지만 계속 밀고 나갔다. "엄마가 다 챙긴 거 같아. 하나만 빼고."

"뭔데요?"

로지는 침대 끝에 앉아 막내 아이의 손을 잡고, 자기가 낼 수 있는 한 가장 부드럽고, 부드럽고도 부드러운 목소리로 말했다. "널 뭐라 불러야 할지 모르겠어, 내 사랑하는 아가." 로지가 사랑하는 아가는 뺨을 맞은 듯한 표정을 지었지만 머리 바로 위에 있는 뭔가에 사로잡힌 듯 거기서 눈을 떼지 못했다. "널 클로드라고 부를까, 포피라고 부를까? 엄마 딸이 되고 싶어, 아들이 되고 싶어? 어느 쪽도 다 될 수 있는 거 알지? 어느 쪽이든 우린 널 돕고 지지할 거야. 무슨 일이 벌어져도, 네가 누구라도 우린 널 사랑할 거고. 그냥 말만 해주면 돼. 누가 되고 싶니?"

"내가 누가 되고 싶은 건 중요하지 않아요."

"그것보다 중요한 건 없지." 로지는 물러서지 않았다.

"지금 내가 누군지가 중요하죠."

"그럼 그게 누구니?"

"클로드." 그는 뱉어내듯 그 이름을 말했다. "난 클로드여야만 해요."

"그래야 할 필요는 없어, 우리 아가."

"그래야 해요. 클로드는 내가 받는 벌이에요."

'이 아이는 이제 열 살밖에 되지 않았는데.' 로지는 찢어지는 듯한 가슴으로 온 우주에 애원했다. "네가 왜 벌을 받고 있는 건데?"

"모두에게 거짓말을 한 죄죠. 내가 아닌 딴 사람인 척한 죄도 있고."

"넌 거짓말을 한 게 아니야. 네가 딴 사람인 척한 것도 아니고."

"이제는 아니죠." 클로드가 말했다.

로지가 한밤중에 문자를 보낸 지 13일이 지나는 사이에 클로드의 빡빡 깎은 머리에는 연하고 부드러운 머리카락이 돋아났다. 그러나 여전히 암 환자처럼 보였고, 모두들 그렇게 생각했다. 로지가 동생 포피의 첫 번째 항암 치료 때 처음 알았고 그 후로도 수천 번 목격한 바에 따르면, 일단 아픈 사람이라는 정체성이 생기면 다른 모든 특징들을 가리고 그 사실만 중요하게 부각된다는 사실이었다. 그녀는 모두가 동정 어린 눈으로 자기를 바라보는 것이 아이가 암에 걸렸다고 생각하기 때문이라는 걸 알았지만 굳이 해명하려 들지 않았다. 그녀는 자기가 모르는 사람들의 친절을 받을 자격이 있다고 느꼈고, 마음이 너무도 약해져서 얼마 되지 않는 조금의 공간이나 도움이라도 절실했기 때문에 잘못된 이유 탓이라 해도 그들의 축복이 고마웠다. 주변 사람들이 모두 자기가 죽어가고 있다고 추측한다는 사실을 클로드가 눈치챘는지 아닌지 로지는 확실히 알지 못했지만, 거기에 대해서도 굳이 설명하려 들지 않았다. 클로드는 자기가 죽어가고 있다고 느끼기 때문에 사람들의 추측을 달게 받아들일 것이다. 땅만 쳐다보는 눈을 잠시라도 들어서 주변 사람들의 눈길을 살폈으면 그랬겠지만, 그는 눈을 들지 않았다.

로지는 비행기로 18시간 떨어진 곳으로 가는 것이 가슴이 무너지는 슬픈 일에 대처하는 완벽한 방법이라고 생각했다. 모든 삶에는 일정량의 비참함이 주어지게 마련이고, 그 비참함을 견뎌야 하는 시간 중 일부를 좁디좁은 항공기 2등석에서 18시간 동안 멀미하면서 견디는 시간과 겹치게 하면 일석이조였다. 클로드는 부어오른 빨간 눈으로 비행기 창밖만 바라보며 음식은 모두 거부한 채 진저에일만 계속 홀짝거리면서 엄마의 동정을 샀다.

로지는 이 여행을 가야 하는 이유에 대해 펜과 클로드를 동시에 설득했다. 어딘가 새로운 곳으로 여행하고, 세상을 보고, 우리보다 불운한 사람들을 돕는 것은 그야말로 엄청난 기회라고 설명했다.

"나보다 불운한 사람은 이 세상에 없어요." 클로드가 말했다.

"나보다 더 불운한." 펜이 비교급을 정확히 쓰도록 고쳐줬다.

"넌 건강하고 힘이 있고 어디 불편한 곳이 없잖아." 로지는 문법보다 더 중요한 것이 걸려 있다고 생각했다. "충분한 음식에 깨끗한 마실 물, 안전한 동네, 튼튼한 집, 실내 화장실, 필요할 때 이용할 수 있는 의료 서비스, 널 사랑하는 가족과 친구, 세계 최고의 교육, 그리고 진짜 귀여운 개. 넌 정말정말 많은 사람들보다 운이 좋아."

클로드는 빨개진 눈을 위로 굴렸다. "학교로 돌아가지 않아도 된다면 어디든 갈 수 있어요."

"학교에 당분간 가지 않아도 되는 장점도 있고." 로지는 간절한 마음을 들키지 않으려고 노력했다. "이 여행을 하면서 시간을 가지고 큰 그림을 볼 수 있는 기회를 가져보자. 여기서 좀 떨어져서."

"여기서 말이야, 아니면 나에게서 말이야?" 펜이 말했다.

클로드가 놀란 표정으로 올려다봤다. 펜과 로지는 너무 자주 싸워서 싸워도 별거 아니라고 여기는 부부가 아니었다. 로지는 한편으로는 펜이 뭔가를 눈치챘다는 사실, 자기 머릿속에서 벌어지는 일이 아닌 다른 것에 주의를 기울였다는 사실 자체가 만족스러웠다. 그러나 그런 대화는 클로드 앞에서 할 수 있는 것이 아니었기 때문에 두 사람 다 더 이상 그에 관해 말하지 않았다. 하지만 나중에 펜이 말했다. "그냥 싸움을 피하려고 가는 것치고 태국은 너무 먼데."

"그래서 가는 게 아니야."

"그래서 가는 게 확실해 보이는데."

"하워드를 달래려면 뭐라도 해야 하는 상황이 됐어."

"전에는 신경도 안 썼잖아."

"그래서 이렇게 된 거야. 내가 실직하면 안 되잖아."

"그렇게까지 될 일은 절대 없을 거야. 당신도 잘 알잖아."

"좋은 일을 하러 가는 것이기도 해, 펜. 미얀마 난민들이랑 불법체류자들, 고지대 부족을 치료하는 진료소야. 중요한 일…"

"지금까지 전혀 관심도 없던 일이었잖아."

"내가 관심이 없어서 안 했던 게 아니야. 아이들이랑 학교 등등 때문에 지금까지는 불가능했었고…"

"그 조건 중에서 뭐가 바뀌어서 갑자기 가능해진 건데?"

"포피에게, 아니, 클로드에게 좋은 기회야. 둘 중 어느 쪽이든 세상 구경을 좀 하는 게 나쁠 건 없지." 로지는 말을 더듬었다. "태국은 사람들이 친절하고 안전하고…"

"여기처럼 안전하진 않지."

"좀 천천히 가야 할 필요가 있어. 우리 모두 속도를 줄여야 해. 질에 대해 조사하는 것도 한숨 돌려야 할 필요가 있고. 애도 학교랑, 비밀을 지켜야 한다는 부담감, 애기한테서, 지금 상황… 모든 것에서 좀 떨어져서 한숨 돌리는 휴식이 필요해. 우리 식구들 모두 이 무거운 짐과 드라마에서 휴식이…"

"그리고 당신도 나에게서 휴식이 필요하고." 펜이 말했다.

로지는 눈을 감았다. "그리고 나도 당신에게서 휴식이 필요하고."

그는 눈을 감은 아내를 바라보며 아무 말도 하지 않았다. 침묵이 와이오밍 고속도로만큼이나 길게 느껴졌다. 그러고 나서 그는 방에서 나갔다. 그래서 로지는 가슴앓이와 국제 항공 여행을 한꺼번에 겹쳐서 할 수 있었다.

카르멜로에게는 말 그대로 공항에 갈 때까지 알리지 않았다. 설득당해서 가지 못할까 두려워서였다. 공항에서 전화를 하자 예상대로 엄마다운 걱정이 쏟아져 나왔다.

"말라리아는 어떡하고?" 첫마디가 그거였다.

"예방약 먹었어요."

"장티푸스는?"

"그것도 먹었고."

"열대 열병에 걸리면 어쩌려고?"

"뎅기열 말이에요?"

"맞아, 뎅기열."

"디트*를 쓸 계획이에요."

"디트는 몸에 해로운 거 아니었어?"

"소량만 쓰면 괜찮아요."

"소량만 써도 모기에 안 물릴 수 있니?"

"긴소매 옷 가져가요."

"그런 옷 입으면 덥지 않을까?"

"피닉스에 사는 엄마가 더위 걱정을 하시다니."

"다른 아이들은?"

"애들 다 잘 지낼 거예요."

"얼마나 오래 가니?"

"몰라요."

★　　DEET(방충제). 곤충 기피제 성분인 '다이에틸톨루아마이드Diethyltoluamide'의 상표명.

439

"펜은?"

아, 아픈 데를 찔렀다. "나 없이도 괜찮을 거예요."

"하지만 넌 펜 없이 괜찮겠어?"

충분히 던질 수 있는 질문이었다. "펜은 그냥… 펜은 우리랑 현실을 사는 대신 이야기를 쓰고 있어요."

"어쩌면 둘 다 하고 있는 건지도 모르지."

"둘 다 할 수는 없어요, 엄마. 둘 다 하는 건 선택지에 없어요. 병립할 수 없는 거예요. 우리 애들은 실제 살아 있는 사람들이고, 따라서 이야기 속 등장인물이 될 수는 없어요. 펜은 잘못된 건 모두 마법처럼 풀리기 위해서 존재하는 거라 생각해요. 그리고 우리 모두 지나간 건 금방 잊고 영원히 행복하게 살 거라 믿고요."

"내가 듣기엔 좋은 거 같은데."

"판타지는 항상 듣기엔 좋죠."

"펜이 현실주의자는 아니었지."

"현실주의자가 아니라고 해서 현실이 사라지는 건 아니잖아요." 로지는 비명을 지르듯 소리쳤다. "펜은 변신을 꿈꾸지만 현실은 그렇게 마법처럼 이뤄지는 게 아니라고요. 순간적으로 변신할 수 있는 것도 아니고, 고통이 없는 것도 아니에요. 몇 년이고 계속 개구리에게 키스해야 하는 과정이라고요. 죽을 때까지 개구리에게 키스하면서 살아야 해요. 심한 부작용이 있을 수도 있고, 공주를 그만두고 다시 하녀로 돌아가고 싶다며 마음을 바꿔도 돌이킬 수도 없고, 예측할 수 없는 결과를 감수해야 할 수도 있다고요."

"포피는 뭐라고 하니?"

"아무 말도 안 해요." 로지의 귀에는 벌써부터 포피라는 이름이 낯설게 들리기 시작했다. "포피는 사라졌어요, 엄마. 이제는 다시 클로드가 되길 원해요."

"원한다고?" 카르멜로가 물었다.

"원해요. 그래야 한다고 생각해요. 자기가 클로드라고 생각해요. 그래야 한다고 생각해요. 자기가 클로드일 거라고 생각해요. 아, 나도 모르겠어요."

"포피에게 물어봤니?"

"클로드예요."

"물어봤니?"

"시도는 해봤죠, 엄마. 애가 말을 못 해요. 어쩌면 자기도 모르는 건지도 모르죠. 그냥 많이 슬퍼해요."

"그러면 그게 답 아니니?" 카르멜로가 물었다.

"저도 모르겠어요." 로지가 말했다. 그리고 아주 작은 목소리로 덧붙였다. 공항에서 엄마와 전화할 때 울지 않는 어른처럼 행동하려고 애쓰고 있었기 때문이다. "엄마, 저도 많이 슬퍼요."

카르멜로는 잠시 아무 말도 하지 않았다. 그러다가 "코끼리 공격은 어떡할래?" 하고 물었다.

"코끼리 공격이요?"

"태국에 코끼리가 많잖아, 코끼리는 '디트'로 쫓을 수 없어."

로지에게는 5톤짜리 짐승한테 밟힐 우려가 엄마의 걱정 목록에서 제일 마지막이라는 게 상당히 의미심장하게 느껴졌다.

카르멜로의 걱정에 (일부) 공감했지만, 로지는 마침내 떠난 태국의 여정을 포기하지 않았다. 전생처럼 느껴지는 오랜 옛날, 동생과 한 약속을 지키는 일이기도 했다. 펜과의 일, 그리고 그를 만난 이후 처음으로 그와 떨어져 있기를 원했다는 사실에 대해 마음이 편치는 않았지만 여전히 멀리 떨어진 아시아로 막내와 함께 날아가고 있었다. 나머지 아이들이 위태로운 상황에 처해 있고 엄마 없이 일상을 이어가야 하는 것이 걱정됐고, 다시 한번 그들 대신 클로드를 선택한 것이 걱정됐지만, 여전히 그녀는 막내와 함께 길을 떠났다. 희망과 상상력과 허둥지둥 당황함을 섞은 세계 횡단 비행이었지만 그 또한 괜찮았다. 지난 세월 동안 배운 게 있다면 당시 상황에서 주어진 것을 취하는 게 최선이라는 것이었다. 동생이 죽은 후 줄곧 언젠가는 딸과 함께 이 여행을 하겠다고 꿈꿔왔다. 그리고 함께 떠나는 동행이 더 이상 포피가 아니고, 집에 돌아갈 때의 동행이 돌아온 탕아 클로드라고 해도 그게 처음은 아닐 것이니, 그도 괜찮았다.

멀리

비행기는 비좁고 춥고 지루했고 비행 시간은 긴 나눗셈보다도 길었지만, 방콕에 착륙하자마자 클로드는 다시 비행기로 돌아가고 싶었다. 퓨짓만 고래 관광을 하던 카약에서 떨어져 물에 빠졌을 때 다시 카약으로 올라타고 싶었던 때만큼 절박했다. 적어도 비행기에서는 자기만의 공간을 확보할 수 있었고, 무제한으로 마셔도 엄마가 뭐라고 하지 않는 청량음료가 있었고, 화장지가 있는 화장실이 있었다. 그리고 비행기 화장실에서는 화장실 냄새가 났지만, 비행기 나머지 부분에서는 화장실 냄새가 나지 않았다. 방콕은 어딜 가나 화장실 냄새가 났지만, 화장지는 어디에도 없었고, 비행기에서 얼어붙었던 몸이 녹는 동안 60초 정도 상쾌하게 느껴진 이후로 평생 그렇게 더워본 적이 없었다. 할머니가 사는 피닉스 같은 더위가 아니라 목욕탕 같은 더위, 몸을 닦은 지 1분 만에 스프링클러처럼 온몸에서 사방으로 땀을 뿜어내는 더위였다.

클로드는 실제 세상으로 돌아갈 준비가 전혀 되어 있지 않았지만, 다행히도 방콕은 실제 세상과 전혀 닮아 있지 않았다. 계속 아무것에도 신경 쓰지 않으려고 애썼지만 쉽지 않았다. 사람이 너무 많아서 인도가 보이지 않았지만 그 사람의 물결 아래 어딘가에 인도가 있으리라 짐작했다. 자동차는 모두 핫 핑크나 번쩍이는 남색 아니면 형광 초록색이었다. 버스들은 여러 층이어서 땅딸막한 건물에 바퀴가 달린 것처럼 보였다. 스쿠터 군단이 날벌레처럼 사람들 사이와 주변을 빠른 속도로 헤집고 다녔다. 온 가족이 겹겹이 탄 스쿠터에는 아빠만 헬멧을 쓰고 엄마랑 아이들이랑 아가들은 머리에 아무것도 쓰지 않은 채 샌드위치처럼 끼어 앉아 열기나 냄새도, 그리고 아빠가 자기 머리의 안위만큼 가족들 머리의 안위에는 별 관심을 보이지 않는다는 사실에도 아무렇지 않은 듯했다. 에어컨이 켜진 밴에 탄 클로드가 땀에 전 그 가족들을 빤히 쳐다보다가 눈이 마주치면 아이들이 미소 지으며 그에게 손을 흔들어 보였고, 그러면 아이들의 엄마, 아빠도 함께 손을 흔들었다. 그러고 보니 태국에서는 누구나 클로드의 눈을 빤히 쳐다보고 그에게 미소를 보내고 싶어 하는 듯했다. 그에게 괜찮은지, 행복한지, 필요한 게 없는지 묻고 싶어 하는 듯했다. 그는 더 강력한 에어컨과 화장실 휴지와 공간이 필요했다. 그리고 스쿠터를 타고 가는 어린아이들에게 헬멧을 씌워주고 싶었다.

어디를 가나 주인 없는 개들 천지였지만 엄마는 개를 쓰다듬는 것을 금지했고, 보통 때 뭘 못 하게 하는 엄마가 아니었기 때문에 클로드는 엄마 말을 들었다. 교차로 네 귀퉁이를 전부 차지한 쇼핑몰들은 도로 위에 설치된 햄스터 터널처럼 생긴 통로로 연결되어 있었다. 인도 한가운데에 핫도그 가판대 같은 것들이 여러 개 모여 식당가가 형성된 곳도 있었다. 하지만 거기서는 핫도그를 파는 대신, 토핑이 복잡하게 올라간 국물 국수나 튀긴 바나나를 폭신한 빵에 넣은 음식이나 생선을 통째로 튀겨서 아이스크림 선데이 토핑만큼 화려한 색의 양념을 뿌려주는 음식을 팔았다. 그리고 사람들은 인도 한가운데에 작은 테이블과 의자를 놓고 앉아서 그 음식들을 먹었다. 사실 그 편이 말이 되긴 했다. 핫도그는 버스를 타러 걸어가면서 먹을 수 있지만 국물 국수나 생선 선데이는 걸어가며 먹을 수가 없었기 때문이다. 하지만 그런 곳을 지나가려면 사람들도 피하고 개들도 피할 뿐 아니라 테이블과 의자까지 피하며 걸어가야 한다는 뜻이기도 했다.

그날 밤 두 사람은 멋진 호텔의 19층에 묵었지만, 클로드는 너무 고단해서 사치스러움을 제대로 즐기지 못했다. (아직 한 번도 침대에 눕지를 못했지만 날짜로 따지면 집을 떠난 지 이틀이나 지났다고 하니 이상한 요술에 걸린 느낌이 들었다.) 다음 날 아침 두 사람의 첫 일정은 일어나자마자 안내를 맡은 링과 함께 시장으로 가서 진료소에 필요한 물건들을 사는 일이었다. 엄마는 너무 고단하고, 어리벙벙하고, 너무 열심히 하려고 하는 인상을 줬다. 억지로 웃으면서 "애, 저 물고기 어항 좀 봐" 같은 말을 해댔다. 마치 어류학자 포피가 너무 적은 양의 물에 너무 많은 수의 물고기가 있어서 서로 수면 아래로 내려가려고 몸부림 치는 걸 보고 좋아하기라도 할 것처럼. 아니면 "으음, 이 향신료 냄새 좀 맡아봐" 하며, 마치 어린이 제빵사 클로드가 농구공 크기는 될 정도로 크게 뭉친 카레 이파리를 보고 흥분이라도 할 것처럼. 아니면 "오, 와우! 거대한 벌레 통이야!"라며 마치 벌레 통을 보고 좋아할 사람이라도 있는 것처럼. 마치 두 사람이 집에서 도망치듯 여기로 온 것이 아니라 일생일대의 휴가를 즐기고 있기라도 한 것처럼. 하지만 그는 엄마가 자기 손을 잡고 다니게 두었다. 방콕의 시장에 비하면 방콕의 인도는 너무나 한가해 보일 정도였고, 그가 신은 새 샌들 아래로 느껴지는 표면이 축축하고 미끄러운 흙과 포장길의 중간 정도였기 때문이다. 클로드는 마른 피와 젖은 피 냄새를 맡았다. 땀 흘리는 사람들과 썩어가는 과일, 방충제 냄새를 맡았다. 또 믿을 수 없었지만 스쿠터들이 빨대처럼 좁은 시장 통로까지 누비고 다녔기 때문에 디젤 냄새도 맡았다. 사람들은 시럽, 얼음, 과일이 든 비닐봉지를 사서 손잡이를 잡고 들고 다니면서 마셨다. 온갖 색조와 모양과 크기의 녹색 채소들이 있었고, 링에 따르면 찢어진 마음을 고친다는 이파리도 있었다. 클로드는 어떤 부분이 그걸 필요로 한다고 링이 생각하게 만들었을까 궁금했다. 엄마는 그에게 슬픈 미소를 짓고 그의 손을 꼭 잡았지만, 입 밖으로 꺼내지는 않았다.

하지만 그 모든 것이 전주곡에 지나지 않았다. 벌레와 솜사탕과 이상하게 생긴 채소는 쉬운 일이었다. 사실 미리 예상할 수도 있는 일이었다. 벌레와 솜사탕과 이상하게 생긴 채소에서는 마른 피나 젖은 피 냄새가 나지 않기 때문이다. 시장의 다음 구역에 간 클로드는 주저앉아 울고만 싶었다. 주피터의 개집 정도 크기의 닭장 안에 윤이 나는 검은 털을 가진 닭들이 가득가득 들어 있었기 때문이다. 닭들이 위아래로 겹쳐져 갇힌 채 꼬꼬

거리면서 서로 머리를 밟고 올라서고 있었다. 클로드는 처음에
는 한 마리를 안아주거나 적어도 쓰다듬어줄 수는 있지 않을까
생각했지만, 이내 자신이 얼마나 잘못된 판단을 했는지 깨닫고
토할 것 같은 심정이 됐다. 닭장 바로 위에 죽은 닭들이 잔뜩 쌓
인 거대한 쟁반이 놓여 있었기 때문이었다. 털이 다 뽑힌 채 발
가벗고 창백한 몸으로 구해달라는 듯 노란 발을 뻗고 있었지만,
머리가 이미 잘린 상태라 구조하기에는 너무 늦은 듯했다. 그다
음에 들어선 구역에는 더 작은 우리 안에 거위들이 들어 있었
다. 새하얀 몸통에 핼러윈 주황색 발과 부리를 가진, 동화에 등
장하는 거위들이었다. 작은 우리에 비해 너무 많은 거위들이 들
어 있어서 클로드가 느끼는 것만큼이나 답답하고 낀 것처럼 보
였지만, 적어도 그들은 두 발로 땅을 밟고 있었다. 거위들은 침
묵의 맹세라도 한 듯 조용했다. 그들의 우리 바로 위에도 비닐랩
을 덮은 쟁반에 거위 시체가 산더미처럼 쌓여 있고, 빨강 매직
펜으로 갈겨쓴 가격이 적혀 있었다. 그 옆에는 오리들이 있었다.
녀석들은 자신을 기다리는 암울한 미래를 보지 못할지는 몰라
도 냄새는 맡았을 것이다. 그 옆에는 돼지 얼굴들이 있었다. 머
리가 아니라 그냥 텅 비고 축 처진 얼굴, 코와 접힌 귀, 그리고 눈
이 있었을 자리에 난 구멍. 그 줄 맨 끝에 주름이 한가득인 나이
든 여인이 낮은 의자에 앉아 몸을 굽히고 팔딱거리는 작은 새우
를 비닐봉지에 담고 있었다. 그녀는 라임을 꼭 짜서 즙을 새우
위에 뿌리고 소금도 뿌렸다. 애기의 사촌이 침례를 받던 장면이
연상됐는데, 그 새우를 구입한 회사원처럼 보이는 사람은 아직
도 톡톡 튀는 새우들을 영화관에서 팝콘 먹듯 하나씩 털어넣어

447

먹고 있었다. 클로드는 사방의 벽이 좁아지며 숨통을 조이는 것 같은 기분이 든다는 것이 무슨 의미인지 갑자기 이해됐다. 그는 깊게 숨을 들이켜보려고 했지만 공포에 질린 새들의 냄새가 코와 목과 가슴을 태웠다.

사방이 죽은 동물이었다. 이상한 음식이 천지에 널려 있었다. 어디를 가나 너무 시끄러웠다. 물건을 사고팔고 흥정하는 소리가 배경음 볼륨을 너무 크게 올려놓은 느낌이었고, 게다가 땀냄새가 진동했다. 그러나 방콕 어디를 가나 클로드의 눈에 들어온 것은 따로 있었다. 방콕이 기적처럼 느껴진 것은 바로 자기 같은 사람들, 자기 같은 여자들이었다. 포피 같은 사람들.

그들은 아름다웠다. 검은 고양이처럼 까만 머리는 길게 길러 어깨부터 굽실거렸고, 완벽하게 귀 뒤로 넘겨 가짜처럼 보이지만 진짜인 꽃을 꽂고 있었다. 아름답고 완벽하고 놀랍도록 멋진 헤어스타일이었다. 그들은 아름답고 완벽하고 놀랍도록 멋진 동작으로 그 머리카락을 움직이는 방법도 알았다. 손으로 가볍게 만지거나, 머리가 살짝 내려와 얼굴을 예쁘게 덮히도록 웃거나, 고개를 살짝 흔들어 샴푸 광고처럼 머리가 찰랑거리게 했다. 사실 그들은 모든 것을 적절하게 움직일 줄 알았다. 걸을 때면 하체가 앞뒤로 살짝살짝 흔들렸지만 영화에 나오는 섹시한 여자들이 자동차 와이퍼처럼 엉덩이를 흔들듯 과하게 움직이지는 않았다. 그보다는 바람에 흔들리는 버드나무 같은 느낌이었다. 그리고 옷은 또 어떤가. 클로드는 그 여자들이 입은 건 모두 마음에 들었다. 수가 놓인 긴 치마에 적당히 몸매를 드러내주는 윗옷은 얌전했지만 동시에 넌지시 암시하는 느낌이어서 실수로 한 윙크처럼 느껴졌다. 평범한 청바지와 티셔츠처럼 보이지만 어찌 된 일인지 완벽하게 여성스러워 보이는 분위기의 청바지와 티셔츠. 가을 연못 위에 떠다니는 이파리처럼 그들의 목 위에 둥둥 떠 있는 듯한 스카프들. 사실 클로드는 이 더위에 스카프를 매면 자기 같으면 완전히 녹아내렸을 것이라 생각했고, 자기가 벌을 받아 다시 클로드가 되어야만 한다는 것을 기억해냈지만 어찌 됐든 스카프들이 매혹적인 것은 사실이었다.

그중 한 사람은 과일을 팔고 있었다. 또 한 사람은 편의점 앞에서 금잔화 화환을 만들고 있었다. 점심을 먹기 위해 들른 국수집에서 종업원으로 일하는 사람도 만났다. 클로드는 그 사람들이 스카이트레인을 타고 사무실로, 혹은 정장과 하이힐을 신고 일하러 가는 것도 봤다. 엄마도 봤을까? 그로서는 알 수가 없었다. 그러나 자세히 살펴보면, 그들에게서 눈을 뗄 수 없었던 클로드처럼 자세히 살펴보면, 목의 튀어나온 부분이 보통보다 더 크다는 것을 알 수 있었다. 손과 발도 더 커 보였다. 듣기 좋은 허스키한 목소리로 말을 건넸고, 주변의 다른 여자들에 비해 화장을 좀 더 짙게 했거나, 확고하고 주장이 강한 선과 숱이 많은 눈썹을 가지고 있었다.

그러나 지구 반대편에서 찾은 동지들을 믿기 힘든 심정으로 관찰하고 있던 클로드에게 링은 진료소가 있는 곳으로 갈 때가 됐다고 말했다. 그녀는 500킬로미터를 운전해서 가야 한다고 설명하면서 용감한 미소를 지어 보였지만, 그 미소로는 클로드도 엄마도 전혀 설득할 수 없었다. 어차피 500킬로미터가 얼마나 먼 거리인지 전혀 감이 없는 클로드에게 그 숫자는 쿼크

단위로 말하는 것이나 진배없었다. 하지만 그는 긴장한 어른들의 미소의 의미는 이해했다. 하루 종일 걸리는 엄청나게 괴로운 여행이 될 것이라는 징조였다. 일행이 탄 새 밴의 백미러 위쪽 천장에는 얇은 금색 조각이 가득 붙어 있었는데, 그것은 승려가 축복해줬다는 증거였다. 불행하게도 그 밴은 정비공의 축복은 받지 못했는지, 차가 흔들릴 때마다 몸이 튀어 올라 천장에 머리를 찧고 토하고 싶을 정도로 멀미가 나는 것을 방지해주는 용수철 장치가 없었다.

"충격." 100만 번 정도 천장에 머리를 찧은 다음, 클로드의 엄마가 말했다.

"충격, 뭐요?"

"우리에게 좀 필요한 거지."

"난 너무 많이 받았어요." 클로드가 말했다.

엄마는 자리에서 일어나 클로드 뒤쪽에 좌석이 쭉 비어 있는 곳에 누워서 한마디도 하지 않고 눈을 감았다. 엄마처럼 자고 싶고 몸도 정말 좋지 않았지만, 클로드는 잘 수 없었다. 볼 것이 너무 많았다. 방콕을 벗어난 후 보이는 태국의 풍경은 아빠가 상상해낼 만한 것이었다. 코끼리 병원이 있었다. 어린 학생들이 산불을 예방하기 위해 나무에서 마른 가지들을 제거하고 있었다. 종이로 만든 것처럼 보이는 거대한 말벌집을 설탕과 고추와 함께 파는 가판대들이 길 옆에 늘어서 있었다. 신호등 때문에 차가 멈추면 37도가 넘는 더위에도 마스크와 모자와 스카프로 머리에서 발끝까지 가린 나이 든 여자들이 찰밥과 소금 뿌린 바나나 칩을 팔기 위해 창문을 두드렸다. 익숙한 것마저도 낯설게 보였고, 알고 있었던 듯하던 것들도 이름을 떠올리지 못했다.

길을 가면서 그는 작디작은 미니어처 집들이 사방에 있는 것을 봤다. 어떤 것들은 땅에 바로 놓여 있었고, 어떤 것들은 정교한 우체통처럼 말뚝 위에 설치되어 있었다. 방콕에서도 본 적이 있었다. 호텔 앞, 시장, 편의점, 국수집에도 있었다. 북쪽으로 가는 길에 그는 집집마다 바로 앞에 그 미니어처 집이 서 있는 것을 봤다. 큰 집, 작은 집, 사원, 판잣집, 허름한 쇼핑몰, 주유소 모두 그 미니어처 집이 세워져 있지 않은 곳이 없었다. 나무 사이로 보이는 정글과 산꼭대기에도 있었다. 벼가 자라는 논과 코코넛 플랜테이션과 티크나무를 다시 심는 곳에도 있었다. 물소와 소가 바나나 나무 아래서 풀을 뜯으며 그 미니어처 집을 피해 다녔고, 개들은 못 본 척하고 어슬렁거렸다.

"저게 뭐예요?" 한참을 아무도 입을 열지 않아서 링은 클로드의 말소리에 놀란 듯했다.

"정령의 집이지. 집이나 사업장, 사원, 식당, 어디든 문앞에 세워둬. 태국에는 정령이 참 많거든. 정령들은 장난기가 심해. 짓궂기도 하고. 우리 집이나 직장에서 말썽을 부리지 말라고 바깥에 있을 곳을 마련해주고 간식이나 선물을 줘서 기분을 상하지 않게 해. 밖에서 원하는 걸 다 얻으면 집 안으로 들어오지 않으니까."

"선물이요?"

"공물이지. 꽃, 과일, 향. 어떨 때는 맥주나 담배를 주기도 한단다." 그녀는 어깨를 으쓱해 보였다. "좋아하는 게 다 다르니까."

도로가 본격적인 오르막길이 되면서부터는 집도 사람도 정령도, 모두 뒤에 남았다. 정글이었다, 진짜 정글. 숲과 정글의 차이는 무엇일까? 둘 다 나무가 매우 많다. 둘 다 눈에 보이지는 않고 소리만(두렵고 걱정스럽게도) 들리는 것들이 매우 많다. 창문 밖으로 보이는 정글에는 시애틀에서도 볼 수 있는 긴 바늘잎이 있는 소나무 종류도 자라고 있었다. 그러나 정글인 것은 확실했다. 무엇보다 온도가 1천 도 정도는 되고 실내 수영장보다 더 습했기 때문이었다. 거기 더해 덩굴식물들이 게걸스럽게 나무를 감아 올라가서 마치 나무를 잡아먹는 형세를 띠고, 나무 사이사이에는 모두 빠짐없이 야자나무가 온갖 괴상한 각도로 자리를 잡고는, 딴 데서 자라려고 했는데 의도치 않게 거기에서 자라고 있는 듯한 느낌이었기 때문이다. 정글 바닥 전체에는 한 뼘도 빠짐없이 이끼와 양치식물과 이파리와 덩굴식물이 깔려 있었고, 위쪽에도 나무들 사이에 서로 엉킨 이파리 등으로 천장처럼 푸른 캐노피가 형성되어 있었으며, 놀랍게도 가만히 보고 있으면 그 천장이 움직였다. 시애틀의 가랑비와 낮게 윙윙거리는 벌레들과 새소리 대신, 이곳에서는 벌레와 개구리 그리고 아마도 원숭이, 어쩌면 호랑이 같은 동물들이 비명을 지르고 악을 쓰고 고함을 지르며 야자수 사이에서 영역을 지키고 별을 바라보며 요들송을 불렀다. 그러나 가장 큰 차이는 이것이다. 동화의 배경은 숲이지, 정글이 아니라는 사실. 밴이 한참이나 고투하며 이 야생 지대를 힘겹게 조금씩 헤치고 나아간 다음에야 클로드는 그 이유를 깨달았다. 숲에서는 길을 잃고도 밖으로 나올 수 있지만, 정글에서 길을 잃으면 영원히 길을 찾을 수 없기 때문이었다.

한계가 불분명한 원조 활동

두 사람은 그것을 눈으로 보기 전에 소리부터 들었다. 다음 날 동이 튼 직후에 자전거를 타고 도착한 진료소의 첫인상은 소리였다. 밤새 식은 공기를 새벽 해가 달구고 말고 할 것도 없이 공기는 이미 흠뻑 젖어 있었다. 쇠와 쇠가 부딪히는 소리, 기차 경적처럼 삐익 하는 소리, 비통하게 무언가를 치는 소리, 태국어인지 미얀마어인지 분간할 수 없었지만 욕설인 건 확실한 고함 소리. 로지는 누군가가 싸우고 있거나, 혹은 발정 난 고양이들에게 소리를 지르는 것이 아닐까 추측했다. 지금까지는 개와 개, 그리고 더 많은 개밖에 보지 못했지만 그런 소리를 내는 개는 평생 본 적이 없었기 때문에 고양이라 추측한 것이었다. 그것은 높고 날카롭게 울부짖는 소리, 고함이라기보다는 비명에 가까운 소리였다. 곤충이 내는 소리일까? 이 이른 아침에 깊이 생각해보고 싶지 않을 정도로 큰 생물임은 분명했다. 원숭이일까? 개구리 무리? 동물의 공격? 진료소로 향하는 울퉁불퉁한 도로 입구에 도착한 로지와 클로드는 누군가의 몸 전체가 게걸스럽고 으르렁거리는 뭔가의 목구멍에 거의 다 들어간 채, 검댕이가 덕지덕지 앉고 진흙이 엉겨붙은 발과 긁힌 상처투성이의 정강이만 밖으로 튀어나와 있는 광경을 만났다.

진상을 알고 보니 그것은 매우 오래된 전투였지만 동물이 개입되어 있지는 않았다. 움직임과 정체, 노년의 완강함과 젊음의 끈기가 벌이는 대결이자 싸움이었고, 문제가 되는 목구멍은 짐승이나 인간의 것이 아니라 무기물이었다. 엄청나게 오래된, 오래전에는 픽업트럭이라 불렀을 듯한 물건이었다. 열린 후드 아래서 기계공이 욕지거리를 내뱉고 있었고, 운전석에는 어린아이 둘이 들어가 킥킥거리며 한 명은 바닥에서 두 손으로 클러치를 눌렀다 놨다 (너무 빨리) 하고 있었고, 또 다른 한 명은 지시에 따라 차 열쇠(필요보다 더 열성적으로)를 돌리고 있었다.

그 물건을 '트럭'이라고 부르는 것은 엄청나게 관대한 처사였다. 엔진이라기보다는 녹슨 쇳덩이라 부르는 편이 더 정확했고, 차라고 하기보다는 흙덩이에 가까웠다. 그냥 열심히 문지르면 씻어낼 수 있는 흙이 아니었다. 로지가 보기에 그 흙덩이들이 무게를 감당하는 기둥 역할을 해서 트럭이 무너지지 않는 것 같았기 때문이었다. 트럭 몸체는 한때 초록색이고 꽤 멋졌을 것이다. 빵빵한 곡선의 후드와 둥그스름한 바퀴 집을 가진 1950년대식 트럭으로, 미국에 있었으면 화이트 월 타이어와 크롬 그릴을 쓰고 1천 시간 정도 세심하게 공을 들여 갈고닦아 독립기념일 퍼레이드에 자랑스럽게 내놓을 만한 녀석이었다. 그러나 이 트럭은 그런 상태가 아니었다. 그리고 그렇게 굴러가지도 않는 것 같았다.

더러운 트럭이 그보다 더 더러운 기계공을 뱉어냈다. "새로운 의사 선생이신가요?"

"네, 로지 월시라고 해요. 이쪽은 제 따… 음, 아들…." 그녀는 말을 더듬었다. "클로드예요." 그녀는 눈으로 사과할 수 있을지 보려고 클로드 쪽을 바라봤지만, 클로드는 땅만 쳐다보고 엄마와 눈을 마주치지 않았다.

"운전했어요?"

"아니요. 자전거 타고 왔어요." 그녀는 신경은 클로드에게 쏠린 채로 기계공 쪽으로 고개를 돌렸다. "묵고 있는 게스트하우스에서 자전거를 빌려줬어요."

"미안해요, 영어가 서툴러서." 기계공이 다시 말했다. "운전할 줄 아세요? 수동 기어 있는 차요."

"아, 네!" 로지의 영어 이해력도 시차 때문에 느려진 듯했다.

기계공은 운전석에 있는 아이들 둘을 내리게 하고 후드 밑에서 마지막 손질을 한 다음 로지에게 '당신이 믿는 신에게 기도를 하면서 다시 한번 시도해봐요'라는 의미가 담긴 국제 신호를 보냈다. 트럭은 훈련 잘 받은 물개처럼 매끄럽게 발동이 걸렸다. 모두들 환호성을 올렸다. 진료소에서 행한 로지의 첫 번째 수술은 성공적이었다. 그녀에게는 불가사의한 일이었지만 환자가 생명을 건진 것이다.

기계공은 팔꿈치 밑이 온통 기름 범벅이었다. 하지만 다행히도 태국의 인사법은 악수가 아니라 각자 자신의 두 손을 가슴 앞에 맞대고 서로에게 절하는 것이었다. "만나서 반갑습니다. 저는 케이라고 해요. 케이가 무엇의 약자냐고 묻지 마세요. 너무 기니까. 오셔서 정말 반갑습니다. 안내해드릴게요. 제일 먼저 이쪽은 불쌍한 랠프예요."

"트럭 이름이 랠프라고요?"

"불쌍한 랠프요." 케이가 수정해줬다.

"왜요?"

"굉장히 불쌍하니까요."

"보기에도 그렇네요."

"불쌍한 랠프는 구급차예요. 게다가 의약품이랑 생필품 수송도 맡고 있죠. 나를 수 있는 의약품과 생필품이 있을 때는요. 그리고 운구차 역할도 합니다. 그 용도로 쓰지 않기를 바라지만요."

로지는 고개를 끄덕였다. 그리고 기계공이 여성이고, 자기를 맞이하는 책임을 맡은 사람이라는 사실을 알고 살짝 놀랐다. 케이는 몸을 돌려 느긋한 태도로 걸어갔지만, 로지와 클로드는 뛰다시피 해야 겨우 보조를 맞출 수 있었다. 모퉁이를 돌 때마다 일행이 늘었다. 모두 가슴 앞에서 손을 기도하듯 마주치고 절을 하며 두 사람을 열렬히 환영한다는 표시를 하고 함께 걸었고, 모두 아무런 이의를 제기하지 않고 그 기계공이 인도하는 대로 따랐다. 누군가가 클로드를 데리고 갔고, 로지는 바다에서 풍랑을 만나 함께 매달려 있던 널빤지 조각이 갑자기 두 조각이라도 난 듯 그를 향해 손을 뻗었지만 이미 너무 멀어져버렸고 둘 사이에 사람들이 파도처럼 넘쳐났다. 로지는 떠밀리듯 앞으로 나아가고 있는데도 보조를 맞추기가 힘들었다. 합창처럼 들리는 각종 언어로 그녀에게 무엇이 어디 있는지 알려주는 말과 아마도 굉장히 중요하고 유용한 팁인 게 분명한 듯한 말들이 쏟아졌다. 번화한 거리 한가운데 서 있는 이정표처럼 수없는 손가락들이 사방을 동시에 가리켰다.

딱 봐도 산부인과인 게 분명한 건물이 있었다. 산부인과는 적어도 외양으로 구분할 수 있었다. 작업실도 있었는데, 그곳에는 몸통에서 분리된 팔다리들이 걸려 있었다. 대부분 완성도가 제각각인 다리와 발로, 어떤 건 미완성으로 천공반 위에 띠톱과 함께 놓여 있기도 했다. 다리가 잘려 바지 밑단이 비어 있는 환자들이 의자와 휠체어에 앉아 있는 걸 보니, 작업실의 다리와 발들이 누구의 것인지 짐작할 수 있었다. 소위 야외 포르티코*는 실제로는 빗자루로 쓸어놓은 흙바닥에 천장은 방수포를 덮은 골판지 상자를 묶어놓은 것이었지만, 플라스틱 간이 의자, 침낭, 담요가 쌓여 있었고 여러 가족들이 거기서 만족스럽게 지내고 있었다. 치료를 기다리는 것인지, 치료받는 가족의 소식을 기다리는 것인지, 전혀 다른 이유로 거기 있는 것인지 모르지만, 로지가 알 수 있는 유일한 사실은 그들이 피를 흘리고 있거나, 통증으로 끙끙거리거나, 금방 아이를 낳을 것 같은 상태는 아니라는 것이었다. 사방에 건성으로 서는 둥 마는 둥 한 줄이 늘어나고 있었다. 자갈투성이의 흙길 막다른 곳에 있는 시멘트 담벼락에 검안지가 붙어 있었다. 주인 없는 개들이 이 건물, 저 건물을 마음대로 천천히 드나들고 있었고, 그런 건물 중에는 문과 창문이 있어야 할 자리에 구멍만 있고 '외과'라는 표지가 붙은 곳도 있었다. 좀 넓은 크기의 맨땅에 눕힐 수 있는 간이 의자

★ Portico. 대형 건물 입구에 기둥을 받쳐 만든 현관 지붕.

와 똑바로 앉는 간이 의자가 놓여 있는 곳도 있었다. 눕힐 수 있는 의자에 입을 벌린 환자가 누워 있고, 흰 가운에 위생장갑을 착용한 의사가 보이는데도 로지는 그곳이 치과라는 사실을 믿을 수 없었다. 물론 그녀의 생각은 틀렸다.

콘크리트 블록에 창살만 남은 창문이 있는 건물 아니면 석고벽을 이어붙이고 레이스처럼 구멍을 잘라 창문으로 낸 건물들이었다. 무거운 물건을 되는대로 올려서 눌러놓은 골 진 철판을 덮은 지붕과 벽 사이에는 주먹이 드나들 정도로 틈이 벌어져 있었다. 바닥에 깔린 가장자리가 말려 올라간 리놀륨은 무늬가 거의 없어져서 보이지 않았고, 통로를 거쳐 건물 앞 흙이나 시멘트 바닥까지 밀려나와 있었다. 덮개가 없는 도랑이 말라붙은 채 길 옆을 따라 나 있는 걸 보니 우기가 되면 흙바닥이 질척거리는 벌레 양식장이 될 것이라는 예감이 들었다. 그러나 건물의 입구, 문 앞, 그러니까 문이 달려 있어야 하는 빈 구멍 앞에는 비치 샌들, 비닐 슬리퍼 등이 잔뜩 쌓여 있었고, 근처에는 늘 짚을 묶어서 만든 빗자루가 놓여 있었다. 그래서 벽과 천장은 수십 년에 걸쳐 쌓인 먼지로 더럽기 짝이 없어도 바닥은 기적적으로 꽤 깨끗하게 유지되는 듯했다.

로지는 환영 인파로 보이는 사람들에게 이끌려 거기서 가장 큰 건물에 도착했고, 안으로 안내되었다. 거기에서는 그녀가 평생 한 번도 본 적이 없는, 사실 상상도 해본 적 없는 광경이 펼쳐지고 있었다. 그러나 로지는 즉시 상황을 파악하고 고향에 돌아온 느낌을 받았다. 바삐 뛰어다니는 몇 안 되는 의사와 간호사, 태풍이 치는 것처럼 혼란스러운 방 한가운데서 태풍의 눈처럼 서서 환자를 진단하고 분류하고 있는 의사, 극도로 당황한 사람들과 피가 풍기는 날카로운 냄새, 다른 냄새를 덮기는커녕 더 강하게 만드는 소독약 냄새, 피하는 게 상책일 듯한 바닥에 엎질러진 정체 모를 액체, 답을 듣는 것이 두려워 묻지도 못하는 환자들. 그곳은 바로 응급실이었다.

바퀴 달린 들것도, 침상도, 커튼도, 모니터도, 기계도 없었다. 환자들은 누더기 시트나 오래돼서 해진 식탁보가 덮인 나무 판자에 누워 있었다. 환자들끼리 숟가락처럼 바짝 겹쳐져서 눕는 바람에 혈관 주사 줄이 엉켜 있었다. 벽에 기대 몸을 떠는 사람, 피를 줄줄 흘리고 토하고 붕대가 풀린 채 구석에 박혀 있는 사람들. 나무판자 침대 사이에 앉아 있는 사람들도 많은데, 직원들이 그 사이로 제비처럼 날쌔게 다녔다. 누가 치료를 기다리는지, 누가 사랑하는 가족과 함께 온 사람인지, 짓이겨지고 잘려 나간 팔다리로 온 사람이 응급 환자인지, 아니면 그 상태로 수십 년을 살았는지, 창백한 얼굴에 식은땀이 흐르는 이마, 게슴츠레한 눈이 열 때문인지, 두려움 때문인지, 아니면 몇 년째 계속 그런 표정으로 있었는지 알 도리가 없었다. 문 바로 안쪽에 작은 접이식 테이블이 놓여 있고 그 위에는 30센티미터도 넘게 쌓인 서류가 돌에 눌려 있었다. 한 장짜리 입원 수속 서류였다.

아침 7시도 되지 않은 시각이었다.

로지를 그녀가 있어야 할 곳으로 안내한 일행은 그녀를 환영하기 위해 잠시 비웠던 자신의 위치로 하나둘씩 돌아갔다. 클로드는 누가 데려갔을까? 어디로? 물어볼 사람조차 없었다.

"준비되셨어요?" 접이식 책상 앞에 앉아 있던 10대가 서류

더미 쪽으로 고개를 까딱하면서 격려하듯 미소를 지었다.

로지는 자기가 무엇을 기대하고 있었는지 확신할 수 없었다. 모종의 정글 오리엔테이션? 세금 및 복지 혜택 서류 작성을 위한 인사과의 안내? 직장 내 성희롱 문제에 대한 법무팀의 강연? 다른 건 몰라도 데리고 온 아이에 대해 누군가가 차분하게 안심되는 말을 해주고, 자기가 일하는 동안 클로드가 무엇을 할 것인지는 설명해줄 줄 알았다. 다른 건 몰라도 트럭 수리와 환자 보기 중간에 뭔가가 있을 것이라 생각했다. 그러나 아무것도 없었다.

서류 더미 맨 위에 있는 종이의 지시에 따라 그녀는 8번 병상으로 갔다. 거기에는 진통 중인 산모가 누워 있었다. 다른 문제 없이 건강하게 분만할 수 있어 보였지만 부인과 건물을 조금 전에 지나친 터라 놀랐다. 더 자세히 살펴보던 로지는 산모의 무릎 사이에서 발견한 광경에 더 놀랐다.

"방금까지 기계공 노릇을 하셨잖아요." 로지는 자기도 모르게 그렇게 말했다. 케이가 씩 웃었다. "산파 노릇도 하죠."

믿기 힘들었지만, 기계공 케이가 무리 없이 대처하고 있는 듯했다. 그러나 그녀는 로지에게 그래도 옆에 있어달라고 했다.

"조산이에요." 케이가 설명했다. "다음 달에 병원에서 제왕절개를 할 예정이었는데 일찍 진통이 시작된 거죠."

이렇게 고립된 시골에서 제왕절개 분만을 할 예정이었다는 사실은 기계공이 조산하고 있는 산모를 돕고 있는 것만큼이나 불가능해 보였다. "왜 제왕절개를 받기로 했나요?"

"어렸을 때 성홍열을 앓았어요." 케이는 주먹을 꼭 쥔 환자의 손에서 축축하고 구겨진 봉투를 꺼내 건넸다. 로지는 봉투

안에서 오래되어 희미해진 것은 물론이고 해독은커녕 심지어 어느 나라 문자인지도 모를 편지를 꺼냈다. 환자는 진통 중간중간에 자랑스러운 표정을 지었다.

"성홍열을 앓았고, 2주를 걸어서 도시에 있는 병원을 갔대요. 어쩌면 돈이 조금 있는 가족인지도 모르겠어요. 의사가 사진을 찍고 심장을 보고는 임신하면 어떻게 하라고 적어줬어요. 운이 좋아요. 하지만 진통이 일찍 왔어요."

로지가 봐야 할 환자가 엄마일까, 아기일까? "얼마나 일찍이죠?"

"아마 32주일 거예요."

로지는 주변을 둘러봤다. 신생아 집중 치료 인큐베이터, 인공호흡기, 황달 방지 조명 같은 것은 전혀 없었고 그런 것이 있는지 묻는 것조차 어불성설일 듯했다. 신생아용 심폐모니터를 갖출 정도였으면 정식 침상과 침구도 갖추고 있지 않겠는가? "편지는요? 뭐라고 쓰여 있는 거예요?"

케이는 어깨를 으쓱해 보인 다음 아기 머리가 보이기 시작하자 환자를 어르는 소리를 냈다. "다 읽을 수도 없고, 별말은 없어요. 손상이 갔다, 병변이 있다, 뭐, 다 아시는 그런 거."

로지는 알았지만 동시에 알 수가 없었다. 지금까지 한 번도 류머티즘열*로 인한 심장 질환을 겪는 환자를 본 적이 없었다. 요즘에는 연쇄상구균을 극도로 조심하는 데다 쉽게 치료할 수 있기 때문이었다. 하지만 이런 종류의 손상을 입은 환자는 대

★ 용혈성 연쇄 구균의 감염으로 특정 소질을 가진 어린아이에게 일어나는 세균 알레르기 질환.

461

체로 임신을 피하라는 조언을 받는데, 분만 시 몸이 겪는 스트레스뿐 아니라 임신 자체가 문제가 있는 심장 판막에는 무리가 되기 때문이다. 하지만 임신을 피하라는 조언을 따르기에는 이미 너무 늦은 게 확실하므로, 이제는 기다리면서 너무 약한 심장을 가진 엄마와 너무 약한 폐를 가진 아기 중 누가 도움을 필요로 할지 지켜보는 것만이 유일하게 할 수 있는 일이었다. 로지가 산모 옆에 서서 헐떡거리고, 힘을 주고, 비명을 지르는 환자의 손을 잡고 있는 사이에, 케이는 태아의 머리를 살짝 돌리면서 어깨가 나오고 곧바로 몸 전체가 나오는 것을 받았다. 수달처럼 매끈하고 푹 젖은 아기가 울음을 터뜨렸고, 초보 엄마도 울었고, 로지마저 눈물이 약간 나왔다. 진통과 분만을 지켜보는 입장이 된 것은 정말 오랜만이었다. 사실 진통과 분만하는 입장이 되어본 것도 오래전 일이긴 했다. 더욱이 그녀는 시차에 시달리고 모든 상황에 압도된 느낌이 들었고, 그리고 안도했다. 아기는 아주 작았지만, 사실 너무 작았지만, 피부는 분홍빛을 띠었고 울음을 터뜨렸다. 울음소리가 크지도, 많이 울지도 않았지만 적어도 울기는 했다. 케이는 그때까지는 '이스트레이크 하이비치 주간 2009'라는 글씨가 새겨진 티셔츠였지만 이제 강보가 된 천으로 아기를 싸서 엄마 팔에 안겨줬다. 상처 난 엄마의 심장에 아기가 밀착됐다. 환자는 행복감과 감사함에 젖어 울먹였다. 케이와 로지, 그리고 주변의 나무판자에 누워서 기다리며 지켜보고 있던 다른 환자들도 다 같은 감정이었다. 모든 게 기적이었고 축제였다. 경이로움이 방을 가득 채우고 있었지만 로지는 여전히 기다리고 있는 수많은 환자들을 보고, 이

분만의 뒤처리는 능력이 출중한 자동차 수리공의 다재다능한 손에 맡기기로 하고 자리를 뜨려고 했다.

바로 그때, 평생 한 번도 들어보지 못한 언어, 그렇지만 모국어처럼 확실히 이해할 수 있는 언어로 환자가 숨을 쉴 수 없다고 쌕쌕거리며 말했다. 순식간에 숨을 짧게 들이쉬면서 헉헉거렸다. 얼굴이 잿빛이 되고 눈이 뒤로 돌아갔고, 케이가 정신 차리고 있지 않았으면 팔이 축 늘어지면서 떨어지는 아기를 하마터면 놓칠 뻔했다.

환자의 폐에 청진기를 댄 로지의 귀에 소라껍질처럼 축축한 소리가 들렸다. 물결이나 파도 소리가 아니라 모닥불에서 젖은 장작이 타는 소리였다. 수포음이었다. 환자가 익사하고 있었다. 산소호흡기가 있을까? 로지는 산소마스크 정도면 당장 괜찮겠다고 생각했다.

"산소가 필요해요." 그녀는 케이에게 말했다.

하지만 케이는 고개를 저었다. "마스크는 있어요." 그녀는 자랑스럽게 말하고는 바로 덧붙였다. "그리고 산소 탱크는 있는데 텅 비었어요. 더 보내달라고 석 달 전에 요청했지만 아직 안 왔어요."

로지는 그 말의 의미를 잠시 생각했다. 환자의 피부가 잿빛으로 변하고 있었다. 가래가 분홍색인 것이 심상치 않았고, 입과 코에 거품을 물기 시작했다. 로지는 심장을 치료해서 덩달아 폐도 제 기능을 회복하도록 하는 수밖에 없다고 판단했다. 그리고 이미 답은 알고 있었지만 희망과 기도와 이 세상의 모든 가능성을 담아 물었다. "심장 초음파기 있어요?"

케이가 다시 고개를 저었다.

"적어도 환자 차트는 있겠죠?"

케이는 그 구겨진 편지지를 흔들었다. 로지는 눈을 감았다. 눈을 감은 채, 아니, 모든 감각을 닫은 채 치료하는 것과 마찬가지였다. 환자의 병력도 모르고, 증상을 물어볼 방법도 없고, 과거에 어떤 치료를 시도했고, 그중 어떤 것이 효과가 있었는지 물을 수도 없었다. 다시 그 순간, 조금 전 기쁨으로 가득 차 모든 것이 반짝였던 그 순간으로 돌아갈 방법이 없었다. 문제가 되는 심장, 멈춰가고 있는 심장 사진도 볼 방법이 없었다. 손상된 판막이 새는 걸까, 아니면 흉터 때문에 열리지 않는 걸까? 심장에 피가 너무 많이 쏠려 부담이 되는 것일까, 너무 적어서 힘든 것일까? 맥박을 촉진해야 하는 것일까, 느리게 만들어야 하는 것일까? 이런 이분법적인 문제에는 확실한 답이 존재했다. 모호한 문제가 아니었다. 그리고 답을 알면 효과적이고 간단하고 명확한 치료 계획을 세울 수 있다. 그러나 로지는 눈을 가리고, 촉각을 없애고, 수갑을 차고 방 반대편 기둥에 묶인 채 이 환자를 치료해야 했다. 심장 초음파기나 엑스레이 영상(이곳에서는 두 기기 모두 환상적인 기능을 발휘할 수 있을 것 같았다) 없이는 로지도 할 수 있는 일이 없었다.

단 한 가지 할 수 있는 일이 있기는 했다. 손이 묶이고 손가락의 감각을 빼앗기고 눈을 가렸지만 귀로 들을 수는 있었다. 그녀는 어느 판막이 새고, 어느 판막이 유착되어 있고, 어느 심실이 피로 꽉 차고 어느 심실이 피가 부족한지, 피가 어디로 흐르고 어디로 넘치는지 소리로 판별할 수 있었다. 그녀는 귀를 기울였다. 심장이 빨리, 너무 빨리 뛰었다. 그게 상황을 호전시키는 것일까, 악화시키는 것일까? 로지는 알 수가 없었다. 그녀는 다시 눈을 감았다. 다른 모든 소리를 차단했다. 모든 것을 하나하나 분리했다. 대동맥판막과 폐동맥판막이 닫히는 소리를 구분했고, 그 두 소리를 따로 들었다. 정맥 환류량이 증가하고 흉강 내압이 낮아진 것에 귀를 기울였다. 우심실에서 피가 빠져나가는 소리와 수축기 클릭음을 들었다. 귀를 기울이고 또 기울여서 상상과 예지와 기적의 그 기관을 자신의 귀로 보려 했다. 너무 빠르고 너무 큰, 패닉에 빠진 맥박에서 거기 들어 있는 이야기와 자세한 세부 사항을 캐내 그 소리가 무슨 의미인지, 앞으로 어떤 일이 벌어질지, 과거에 어떤 일이 벌어졌는지, 뒷이야기가 뭔지를 알아내려 했다. 그러나 그녀는 알아낼 수가 없었다. 심장 초음파기나 EKG(심전도)나 흉부 엑스레이 촬영기가 없었을 때는 의사들이 이 방법으로 진단했다는 것을 그녀도 알고 있었다. 하지만 그것은 그녀가 태어나기도 전에 썼던 방법이었다. 사실 그녀도 해본 적이 있기는 했다. 아마 한 번쯤, 학교에서 연습 삼아. 하지만 부상자와 환자들로 가득 차고 혼란스러운, 장비라고는 전무한 진료소에서 1분에 130회씩 미친 듯이 뛰는 심장의 문제를 진단하는 것은 그녀의 능력 밖의 일이었다. 남은 선택지는 추측하는 것뿐이었다.

"에스모롤*은요?" 케이에게 물었고 그녀는 고개를 저었다.

★   Esmolol. 교감 신경 베타 원(β1) 수용체를 선택적으로 차단하여 수술 후 빈맥, 고혈압, 상실성 빈맥을 치료하는 약물. 작용 발현이 신속하고 제2형 부정맥 치료에도 사용한다.

불만스러웠지만 놀랍지는 않았다.

"라베타롤*은 있죠?' 에스모롤이 있었으면 더 나을 것이
다. 에스모롤은 신속하게 효과를 발휘하지만 오래가지 않기 때
문에 환자의 반응을 관찰하기가 쉽다. 환자가 나아졌다면 정말
좋은 것이고, 더 나빠졌다 하더라도 거기서 얻을 수 있는 유용
한 정보가 있기 때문에 위험을 감수할 가치가 있다. 그리고 5분
후에 약효가 떨어지면 그다음에 무엇을 해야 할지 안다. 하지만
아쉬운 대로 라베타롤이라도 쓸 수 있으면 다행일 것이다. 이 상
황에 맥박을 낮추는 것이 괜찮은 선택지가 될 수 있고, 라베타
롤은 훨씬 흔하고 값싼 약이기도 했다. 라베타롤을 보유하고 있
을 것이라는 걸 처음부터 추측했어야 했다.

하지만 케이는 그 질문에도 고개를 저었다.

로지는 무모하지만 불청객은 아닌 아드레날린이 몸속에 밀
어닥치는 게 느껴졌다. 반갑지만 다음 날 아침에는 후회할 게 확
실한 만남처럼. 아쉽지만 모르핀으로 버텨야 할 것이다. 적어도
환자를 안정시킬 수는 있을 것이고, 통증도 줄여줄 것이다. 맥박
을 늦추고 혈관을 확장시켜 그녀가(모두가) 숨을 들이킬 기회를
확보해보자.

그러나 케이는 어디에나 있는 그 값싸고 구하기 쉬운 약마
저 없다고 고개를 저었다. "정말 미안한데요, 없어요."

로지는 환자에게서 물러났다. 한 발자국, 두 발자국… 그리
고 파랑색 플라스틱 간이 의자에 털썩 주저앉았다. "미안해요."

---

*   Labetalol. 고혈압 치료제의 하나. 구토, 부종 등의 부작용이 따르기도 한다.

그녀는 환자에게, 케이에게, 수없이 많은 세상 사람들이 당연시하는 약을 사용하지 못하는 수없이 많은 세상 사람들에게 사과했다. 비행기로 40분 거리에 있는 방콕에는 블루리본 병원이 있었다. 코끼리들을 위한 블루리본 병원도 있었다. 어떻게 이곳은 이렇게 가깝고도 멀 수가 있단 말인가.

"저도 미안해요." 케이가 말했다.

로지는 3분 전을 생각했다. 3분 전에는 심장 초음파기와 아들 하나쯤 기꺼이 바꿀 의향이 있었다. 하지만 장비가 있었다 하더라도 소용없었을 것이다. 문제가 뭔지 안다 해도 해결할 방법이 없으면 무슨 소용이 있겠는가. "이럴 때 어떻게 하세요?" 로지가 물었다.

"다음 환자로."

"그냥 죽게 내버려둔다고요?"

"내버려두는 게 아니죠." 케이가 말했다. "계속 지켜보고, 덜 아프게 돕고, 목격자가 되는 거죠. 다음에는 좀 더 낫길 바라면서."

"다음 환자 말이에요?"

케이는 고개를 저었다. "다음 생에는요."

"트럭에 싣고 병원으로 데려갈 수 없어요? 진짜 병원으로?"

"그럴 여유가 없어요." 케이는 슬픈 얼굴로 말했다. 그 여유라는 게 트럭인지, 자기 자신인지, 약인지, 어차피 가망이 별로 없는 환자를 재원이 부족한 병원에 싣고 가서 부탁할 여유인지 로지는 알 수도 없었고, 어차피 중요하지 않다고 생각했다. 그녀는 할 수 있는 일을 했다. 다시 종이 더미가 쌓인 곳으로 가서 다음 서류를 집어 들었다.

15번 병상의 환자는 침대 위에 누워 있다기보다는 기대앉아 있었다. 쌍둥이 갓난아기를 양팔에 하나씩 안았는데, 나뭇가지가 질에 낀 채 온 여성이었다. (딱 봐도) 절박하게 임신중단(아직까지는 성공하지 못한)을 시도하려다 일이 잘못된 것이었다. 다음 환자는 포피보다, 아니, 클로드보다 더 어린 뱀에 물린 소년이었다. 뱀이 독사일까 봐, 아니, 독사가 분명한 것이 소년이 집 근처에서 본, 적어도 8종류가 넘는 독사 중 하나에게 물렸기 때문이었다. 소년은 아무렇지도 않게, 그러나 자랑스럽게 마치 만화 캐릭터들을 이야기하듯 손가락으로 자기가 본 독사들 이름을 꼽았다. 그러나 기적적으로 붓기가 가라앉았고 뱀은 독사가 아닌 것으로 판명됐다. 로지가 학생 때 공부를 했었는지 여부조차 가물가물한 병인 소아 각기로 들어온 아기도 있었다. 80세 정도 되어 보이는데 50세라고 주장한 한 남성은 대장결핵이라는 진단을 내렸는데, 로지에게는 입을 떡 벌릴 정도의 희귀병이 통역하는 간호사에게는 입을 떡 벌릴 정도로 흔한 병이었다. 루트비히 앙기나*를 가진 환자는 간단한 항생제로 고칠 수 있었던 병인데도 너무 오래 치료하지 않아 신경 절단술을 해야 했다.

그러나 그 첫날 가장 많은 케이스는, 그 전에도 그랬고 그 다음에도 그렇듯 설사, 설사와 열, 탈수와 영양실조로 지친 환자들이었다. 가정의학 병원에서 그런 환자를 치료한 적이 없었

---

* Ludwig-Angina. 구협염. 턱밑샘에 인접한 피하의 결합 조직의 고름 염증.

던 것은 아니었다. 그런데 여기서는 증상이 너무 심해 뭔가 다른 병을 앓고 있는 것처럼 보였고, 대부분이 다른 병을 앓고 있었다. 여기서는 피할 수 있는 질병에 걸린 다음 더 심해지고, 치료할 수 있는 질병을 치료하지 않고, 쉽게 구할 수 있는 약을 구하지 못하고, 모호한 증상을 오해하고 오진하고 잘못 치료하면 어떻게 되는지를 보여주는 전형적인 사례를 곳곳에서 볼 수 있었다. 여기서는 유행하는 감기나, 금방 다가오는 SAT 시험과 대학 지원 마감 때문에 지치거나, 무리한 훈련을 시키는 필드하키 코치 때문에 열이 나는 것이 아니다. 여기서는 밤에 잠을 자지 않는 빌어먹을 모기 때문에 열이 난다. 여기서는 더러운 물을 마시거나, 오염된 음식을 먹거나, 신발 없이 걸어 다니다가 열이 난다. 원조가 부족하거나, 원조가 다른 곳으로 가버리거나, 원조가 횡령되거나, 애매한 원조 때문에 열이 난다. 여기서는 한 증상이 다른 증상을 부른다. 영양실조로 몸이 너무 약해져 박테리아와 싸울 수 없다. 설사로 근육과 살과 남아 있는 힘을 다 빼앗긴다. 열이 나면 환자는 먹지를 못한다. 그러니 어떤 환자가 왜 그렇게 마르고 아프고 지쳤는지 묻는 질문에 누가 답할 수 있겠는가?

첫 번째 주에 로지는 말라리아 병증의 21가지 발현 양상에 접했다. 풀 사이에 떨어진 반짝이는 걸 주우려 했던 고사리 같은 작고 여린 손에 지뢰가 어떤 짓을 하는지, 진료소에 오기 위해 정글을 지나 사흘 밤낮을 걸어온 후 그 손이 어떻게 됐는지를 봤다. 그녀는 이제껏 의사로 일한 기간에 본 것보다 더 많은 수의 상기도 감염증을 봤다. 그리고 항상 보는 것, 항상 봐온 것을(자녀가 아프면 부모가 어떻게 되는지, 나이 든 부모가 아프면 자녀가 어떻게 되는지, 모기와 지뢰와 박테리아가 시작한 것을 걱정과 공포와 선택지의 부족이 어떻게 마무리하는지를) 봤다. 그녀에게는 집의 부엌만큼이나 익숙한 스태프와 시설이 없었다. 본국에서는 당연하게 여기는 CT, MRI, 그리고 그 빌어먹을 심장초음파기가 모두 있는 편안한 응급실이 없었다. 그러나 그녀에게는 가장 중요한 기술이 있었다. 당황하지 않고, 반사적으로 반응하고, 놀라지 않고 할 일을 해나가고, 극도의 압박감 속에서도 온화함과 차분함을 잃지 않는 능력과 냉철한 이성, 그리고 떨리지 않는 손 말이다.

첫날에 본 26번 병상에서는 일곱 가족이 자고 있었다. 날마다 집 앞에서 태우는 모닥불이 겉으로 보기에는 하얀 재에 덮여 다 꺼진 것으로 보였지만 아직 뜨거운 상태에서 그 집 막내가 그 위를 뛰어갔다가 화상을 당해서 온 경우였다. 아이는 새하얀 재가 원조 물자의 일부로 온 그림책에서 본 눈 같다고 생각했다. 2도 화상과 3도 화상을 입은 발에 2차 감염이 되어서 통증이 심하고 치료 기간이 길어질 전망이었지만, 로지가 걱정한 것은 그 아이가 아니었다.

아이의 아버지는 놀라울 정도로 영어를 잘했다. 그날 내내 본 어떤 환자보다 영어 어휘를 많이 아는 사람이었다. 로지는 화상 부위를 청결하게 유지하고 연고를 바르고 붕대를 바꿔 매는 방법을 조심스럽게 설명했다. 그리고 궁금한 게 있는지 묻는 그녀에게 아버지가 말했다. "네, 나 무슨 실수 했어요?"

"무슨 말씀이세요?"

"밤마다 불을 피우지 않으면 모기가 오고 말라리아가 와요. 매일 아침 동이 트자마자 밭으로 나가지 않으면 가족을 먹여 살릴 수가 없어요. 딸아이를 밭으로 데리고 가면 공부도 못하고 뛰어다니지도 못하고 놀지도 못해요. 책을 보여주지 않으면 잘살게 될 수 없을 거예요. 하지만 책을 보고 재가 눈이라고 생각하고, 모기랑 병을 쫓으려고 불을 피웠는데 애가 데었어요. 내 잘못이었어요. 하지만 어디가 잘못인 걸까요?"

로지는 그가 한 이야기를 곰곰이 생각해보았지만 그가 무슨 잘못을 했는지 알 수 없었다. "잘못한 것 없어요." 그녀는 그렇게 말했지만, 사실 생각해보면 그 결과 그 남자의 딸에게 일어난 사건은 그래서 더 끔찍하게 느껴졌다.

"잘못한 게 분명해요."

첫째 날 일과가 끝난 후에도 로지는 이 아버지가 균형을 잡아야 할 부분과 책임을 져야 할 부분을 받아들이고 이해하기 위해 애썼지만 생각은 제자리에서 맴돌기만 했다. "부모 노릇이란 게 그런 거지." 그녀는 의사답게 생각하려고 애썼다. "어려운 선택일수록 선택지가 좋기가 힘든 법이지."

"여기서는, 나쁜 일이 너무 많이 일어나요. 일부는 피하더라도 다는 못 피해요."

"여기뿐 아니라 어디에서나 그렇죠…." 그건 맞는 말이었지만, 여기서는 그게 더 맞는 말이었다. "늘 그래요. 그리고 가족을 잘 돌보셨어요. 막내의 화상은 나을 거예요. 언젠가 아이가 눈을 볼 날이 있겠죠. 아버지가 그런 미래를 저축해주신 거예요. 그리고 그런 미래를 가질 수 있도록 아이를 구하신 거고요.

잘하셨어요."

첫 근무가 끝난 후 건물에서 빠져나온 로지는 아침이 이미 지나고, 오후가 이미 지나고, 밤이 다가오고 있다는 것을 깨달았다. 그리고 건물 앞에 모여 있던 수많은 사람들, 참을성 있게 기다리던 환자들, 참을성 있게 기다리던 환자 가족들이 모두 사라졌다는 것을 깨달았다. 다른 의사들이 본 것일까? 다른 과로 넘어간 것일까? 다 나아서 집에 간 것일까? 그냥 집에 보내 버린 것일까? 그녀는 알 수가 없었다. 모두 어디로 간 것인지 상상할 수 없었다. 모두 치료를 받았을 것이라고는 더욱 상상할 수 없었다. 그러나 답을 추리해내기에는 너무 고단했다. 클로드를 찾아서 첫날을 어떻게 보냈는지 알아야 했다. 자기가 보낸 하루만큼 낯설고 낯익은 하루였을까? 자기가 보낸 하루만큼 다 알지만 전혀 모르겠고 현기증이 나는 하루였을까? 클로드의 하루는 괜찮았을까?

그러나 아침에 자전거를 기대어둔 나무를 향해 한발 내딛는 순간 그녀가 깨달은 것은 자기에게 없는 것이 의료기기와 실험실과 약국과 소독된 침구만이 아니라는 사실이었다. 그보다 훨씬 큰 공백은 펜이 옆에 없다는 사실이었다. 대기실이라는 것이 있지도 않았지만, 대기실이 있다 해도 그는 그곳에 있지 않을 것이었다. 거기서 기다리면서 그녀에게 이야기를 해주고, 그녀의 이야기를 들어줄 사람, 환자들을 보고 글을 쓰는 긴 하루가 끝나면 함께 집으로 돌아가 이야기하고 함께하고 사랑을 나누고 가족을 나눌 사람. 대신 그녀를 기다리는 것은 벽처럼 앞을 가로막는 습기와 비명을 질러대는 무한한 숫자의 벌레들, 그리고 어디에서도 보이지 않는 딸(아들)뿐이었다. 그것은 실로 불공평한 교환이었다.

초보 승려

클로드의 진료소 첫날은 아침 식사로 시작됐다. 농담이 아니라 진짜로 '조크'라고 부르는 그 식사는 아마도 농담인지도 몰랐다. 유치원에서 가지고 놀던 지점토 반죽에 물을 많이 타서 묽게 만들고 풀을 잘라 조금 얹은 다음 한가운데 날계란을 얹은 것이었기 때문이었다. 클로드는 그 음식을 보는 것만으로도 구역질이 날 것 같았다. 어쩌면 냄새 때문이었는지도 몰랐다. 아니면 그 사실 자체 때문이었을 수도 있다. 그는 그 일이 일어난 후 한 번도 배가 고프지 않았다. 다시는 배가 고프지 않을 수도 있다고 생각했다. 그러나 그는 적어도 그 음식을 조금은 먹는 데 성공했다. 누구도 마음 상하게 하고 싶지 않았다. 그리고 태국에서는 살아서 튀는 새우도 먹는다는 것을 알았기 때문에 날계란이고 '농담'의 일부여도 계란이 나오면 억지로라도 먹는 게 좋겠다고 생각했다.

엄마를 만나고, 고마워하고, 엄마에게 좋은 말을 하고, 엄마에 대해 좋은 말을 한 다음, 엄마를 데리고 어디론가 가버리고 싶어 하는 사람이 수도 없이 많았다. "걱정 마세요." 볼과 코에 뭔가 하얀 걸 그린 여자 하나가 엄마에게 소리쳤다. "아이는 잘 돌볼게요." 하지만 엄마는 걱정도 안 하는 게 틀림없었다. 뒤를 돌아보지도 않았기 때문이다. 다 해진 밀짚모자를 쓴 그 여자가 가늘게 뜬 눈으로 클로드를 바라보며 말했다. "자, 너랑 하루 종일 뭘 하는 게 좋을까?"

클로드는 상상조차 할 수 없었다.

"엄마는 우리한테 큰 도움이야. 어쩌면 너도 큰 도움이 될지도 모르지."

사람들이 자기를 데리고 온 건물이 학교라는 것을 클로드가 이해하기까지는 조금 시간이 걸렸다. 학교라면 교실, 책상, 칠판, 컴퓨터, 미술 작품, 숙제함, 운동장과 놀이기구 등이 있어야 하는 것 아닌가. 이곳은 문 바로 앞에 있는 흙바닥으로 된 마당에 오래된 타이어들이 땅에 박혀 있고, 커다랗고 칸막이가 없는 한 칸짜리 방에는 무너지기 직전의 책장에 서류가 너무 많이 든 폴더들과 고대의 것으로 보이는 책 몇 권, 모서리가 접히고 물에 젖었다 마른 자국이 있는 영어 플래시 카드가 시설의 전부였다. 학생들은 대부분 클로드보다 어렸는데 수가 엄청나게 많았고, 블루벨과 버터컵 무늬가 있었던 것 같긴 한데 너무 바래서 확실치 않은 얇고 누덕거리는 리놀륨 바닥에 퍼져 앉아 있었다. 몇 명씩 둘러앉아 이야기하는 아이들, 벽에 웅크리고 기댄 채 잠을 자는 아이들, 그냥 앉아서 멍하니 허공을 쳐다보고 있는 아이들 등등 제각각이었다. 클로드가 다니던 학교에서는 바닥에 앉아 아무것도 안 하고 멍하니 있으면 해야 할 일을 안 한다고 꾸중을 들었을 것이다. 하지만 여기서는 그것 말고 생산적인 활동을 할 선택지가 별로 없는 듯했다.

"가르치니?" 얼굴에 뭐가 묻은 여자가 물었다.

무슨 뜻일까? 설마 자기를 선생이라 생각하는 건 아니겠지. 이렇게 낡고 여기저기 부서진 한 칸짜리 학교라고 해도 열 살짜리가 선생 노릇을 할 거라 생각하는 건 아니겠지. 하지만 어쩌면? "아니요?" 클로드는 엉거주춤 질문도, 대답도 아닌 추측성 답변을 했다. "가르치지 않는데요?"

하지만 그건 오답이었나 보다. 그 여자가 씩 웃더니 고개를 저었기 때문이다. "여기 앉고. 난 학생들을 데려오고. 넌 영어를 가르치고." 그녀는 자리를 뜨더니, 잠시 후에 땋은 머리를 하고 함박 미소를 짓는 세 명의 여자아이와 함께 그림책 한 무더기를 들고 왔다. 그녀는 소녀들에게 태국말만큼이나 알아들을 수 없지만 태국말이 아닌 다른 언어로 클로드에 대해 뭐라고 설명했고, 소녀들은 그를 쳐다보면서 킥킥 웃었다. 태국에서마저도 모든 이가 그를 보고 웃었다. 하지만 그는 왜 사람들이 자기를 보고 웃는지 이해했다. 자기 모습이 말도 안 되게 이상하다는 걸 알고 있었기 때문이다. 얼멍덜멍 깎인 그의 머리는 미웠다. 얼멍덜멍한 옷도 미웠다. 그리고 걸을 때마다, 앉을 때마다, 다리를 꼴 때마다, 다시 일어설 때마다, 그는 어떻게 그 동작을 하는지 생각해야만 했다. 자연스럽게 움직이는 방법을 잊어버린 듯한 느낌이었다. 자기라도 자기를 보면 웃을 것 같았다. 적어도 클로드와 그들 사이에 그 한 가지, 공통점은 있었다.

"오케이?" 볼에 뭘 그린 여자가 클로드에게 미소를 지어 보였다. 많은 것을 포함하는 질문이었다. 필요한 게 다 있는지? 무엇을 해야 할지 이해했는지? 물이 필요한지? 다른 준비물은 필요 없는지? 간식을 먹고 싶은지? 교습 계획은? 혹은 다른 계획은?

"오케이." 그 모든 질문 중에 어떤 것에도 제대로 된 답이 아니라는 느낌이 들었지만(가령 간식이 필요한지에 대한 답으로 다시는 배가 고플 것 같지 않은 클로드가 할 답은 아니었다), 클로드는 그렇게 답했다.

"괜찮아." 그 여자가 윙크했다. "읽기 시작해. 그러면 그 다음에 뭘 할지 알 수 있을 거야."

그러나 클로드는 그다음에 뭘 할지 알 수 없었다.

"승복은 어딨어요?" 클로드가 무릎에 놓인 책을 정리하기도 전에 머리를 딴 어린 소녀들 중 한 명이 물었다. 그 아이의 이름은 마이아였고, 클로드는 그 애가 영어를 하는 것 같아서 마음이 놓였다. 그렇다고 그 애 질문이 이해가 된 건 아니었다.

"승복?"

"승려죠, 맞죠?"

"승려?"

"넨 말이에요. 영어로는 초보 승려라고 하나?"

"난 승려가 아니야. 난 그냥 어린 여자… 아니, 어린아이야." 그는 볼이 빨개지는 느낌을 받았다. 마니 앨리슨과 제이크 어빙이 그의 삶을 망친 것 때문에 자기가 지금 이런 사람이 된 것도 부족해서, 무슨 일이 더 일어나야 클로드가 기억하게 될까? 하지만 이 어린 소녀는 전혀 눈치채지 못한 것 같았다.

"하지만 머리가…." 머리를 빨강 리본으로 묶은 다오가 맞는 단어를 찾기 위해 잠시 말을 멈췄다. "빨가벗었어." 클로드는 자기가 오기 전에 누가 와서 이 아이들에게 영어를 가르쳤고, 어떻게 '빨가벗었다'는 단어를 이 아이들이 알고 있는지 궁금해졌다. 그림책에서 배운 단어는 아닐 듯했다.

"나도 너네처럼 길고 검은 머리를 가지고 있었어." 그는 아이들이 알아듣기 쉽게 천천히 말했다. "여기 오기 전에 깎았어."

"승려가 되려고?"

"아니…."

"덥지 않으려고?"

"숨고 싶어서?" 세 번째 소녀 제야가 말했다.

바로 정확히 그것이었다. "응, 숨고 싶었어."

"하지만 왜? 너무 예쁜데."

미국에서는 소년에게 예쁘다는 표현을 쓰지 않았다. 예쁘다는 건 소녀를 뜻했다. 하지만 이 경우는 외국어라 실수한 것이리라. 이 아이들이 클로드를 소녀라 생각할 리는 없었기 때문이다. 그렇지 않은가?

"난… 화가 났었어." 클로드가 대충 설명했지만 소녀들의 얼굴은 알겠다는 듯 환해졌다.

"오, 화난 거." 셋은 모두 커다란 미소를 지으면서 클로드 손과 자기들의 손을 마주치며 손뼉을 쳤다. "화난 거 정말 좋은 이유야."

그를 취조하는 것은 영어를 배우는 상당히 좋은 방법일지도 모르고, 클로드는 그보다 더 좋은 아이디어가 생각나지 않았지만 그래도 제동을 걸었다. 그대로 두면 금방 클로드가 대답하기 싫은 질문을 할 게 뻔했다. 답할 생각이 있어도 답은 알지도 못했지만, 답을 안다 해도 그들은 이해하지 못할 것이다. 어차피 그 답에 대해 생각하기도 싫었고, 심지어 그 질문에 대해서도 생각하기 싫었다.

그러다가 그는 3학년 때 PANK가 심취해 있었던 동서남북 종이접기 예언 놀이를 기억해냈다. 비가 오던 어느 토요일 오후 애기의 삼촌에게서 만드는 법을 배운 후, 얼마 가지 않아 연습 문제지, 숙제, 알림장은 몽땅 정사각형으로 접고 또 접고 접어서 각 면에 색깔 하나나 글자 하나 혹은 비밀 부호를 적어서 선택하고, 마지막 질문에 대한 답을 찾는 놀이였다. 양손의 엄지와 검지로 새부리 같은 종이접기를 쥔 다음 손가락을 벌렸다 오므렸다 하면 새부리가 열렸다, 펴졌다, 닫혔다, 열렸다, 닫혔다, 펴졌다, 닫혔다를 반복하는데 그 숫자는 예언자가 정하도록 되어 있고 마지막에는 종이접기 신의 계시로 나온 질문에 답해야만 했다.

클로드는 소중한 종이 한 장을 집어 들었다. 이 학교에서는 모든 것이 너무 귀해 보였다. 그리고 그 종이를 접어 심장부의 심장부에 네 개의 질문을 적었다. 그런 다음 제야에게 첫 번째 예언자 임무를 맡겼다. 클로드가 직접 첫 번째 예언자를 할 생각이었지만 아이들은 너무 흥분해서 앉은자리에서 몸을 들썩거렸고, 클로드는 여덟 살배기 여자아이로 사는 것이 어떤 느낌인지 기억했다.

첫 번째 질문은 마이아가 답했다. "나중에 뭐가 되고 싶어?"

"다음 생?" 마이아가 말했다.

클로드는 잠시 생각한 후에야 그 뜻을 이해했다. "이번 생에서." 그는 마이아에게 설명하고 다시 물었다. "어른이 되면 무슨 직업을 가지고 싶어? 세상에 있는 어떤 직업이라도 가질 수 있다면?"

마이아는 이런 질문은 한 번도 받아본 적이 없는 듯한 얼굴을 했다. "내 선택이 뭐냐고?"

"뭐라도 될 수 있다면." 클로드는 모든 가능성을 포함한다는 시늉을 하기 위해 손을 펴 보였다. "네가 원하는 건 뭐든."

마이아는 한참 고민했다. "선생님은 커서 뭐가 되고 싶은데요?"

'포피.' 그 대답이 불청객처럼 클로드의 머리에 불쑥 떠올랐다. 그는 커서 포피가 되고 싶었다. 그는 제이크 어빙이 이 답을 들었으면 야구 게임 진행자가 더 말이 된다고 했을 것이다. 클로드가 커서 포피가 될 수 없다면 어른이 되는 것 자체를 상상할 수 없었다. 그것은 클로드와 머리를 땋은 그 어린 소녀들 사이의 또 다른 공통점이었다. 누구도 어른이 되는 것을 상상할 수 없는 것.

아무도(학생도, 선생도) 답을 할 수 없었으므로 두 번째 질문을 다오에게 물었다. "학교에서 제일 좋아하는 과목은?" PANK 멤버들이 서로에게 할 만한 질문이었다. 어차피 친구들 그리고 자신이 무슨 과목을 좋아하는지 자세히 알면서도 꼭 빠지지 않는 질문.

"과목이라는 게 뭐예요?"

"그 있잖아, 수학이라든지 읽기라든지 미술…, 그런 거."

아이들이 모두 클로드를 멍한 얼굴로 쳐다보자 그는 달리 설명해봤다. "학교에서 제일 좋은 시간이 언제야?"

다오의 얼굴이 밝아졌다. "아, 우린 학교 너무 좋아요." 그녀는 친구들의 의견까지 대변하듯 그렇게 말했다. "처음이에요."

"학교 처음 오는 거라고?" 만 여덟 살인데 어떻게 그럴 수가?

"우리 아빠가 아파서 멀리서부터 진료소에서 왔어요. 그런데 아빠가 죽어서 슬퍼요. 하지만 여기서 살고 학교에 가서 기뻐요." 다오는 마이아에게서 종이접기 예언자를 받아 들고 손가락을 오물거리고 있었다.

클로드는 땀이 흐르는 뒷목이 서늘해지는 느낌이 들었지만 바람 한 점도 없이 공기가 바위처럼 무거운 아침이었다. 그는 어른들이 정말 아름답거나 좋은 의미로 깜짝 놀라거나 아기처럼 소중한 것을 보면 숨이 멎는 것 같다고 하는 말을 들었다. 하지만 지금 그는 숨이 멎는 듯한 경험을 했고, 상황은 정반대였다. 이 경우는 삶을 망쳐버린 상실이 바로 삶을 구한 얻음으로 이어졌다. 구름 사이를 뚫고 비치는 햇살처럼 불행 속의 한 가닥 희망이 아니라 맑은 하늘에 찬란히 빛나는 햇살처럼 빛나는 희망이 된 것이다. 클로드는 다시는 5학년으로 돌아가고 싶은 마음이 없지만, 그런 그마저도 다오에게 학교가 얼마나 기적 같은 일인지 알 수 있었다. 비록 고아가 되는 불행을 겪은 대가로 얻은

481

기적이었지만, 평생 그렇게 불공평한 일은 들어본 적이 없었다. 사실 상당히 불공평한 일을 경험한 클로드가 그렇게 생각할 정도면 그것은 엄청난 불공평임이 분명했다. 그러나 다오, 마이아, 제야는 모두 미소를 지으며 머리를 끄덕이고 있었다. 마치 '학교에서 제일 좋아하는 과목은?'이라는 질문에 다오가 과학이나 사회라고 대답하기라도 한 것처럼.

오래전, 그 비 오는 오후에 클로드가 동서남북 예언자를 처음 접었을 때 애기의 삼촌은 손가락을 움직이며 알아들을 수 없는 이상한 주문을 노래하듯 외우면서, 그렇게 주문을 외우면 종이접기에 마법이 걸려 진짜 미래와 진짜 비밀을 알려주는 예언자가 된다고 장담했다. 첫 번째 차례가 돌아왔을 때 포피는 손이 너무 떨려 새부리를 제대로 움직일 수가 없었다. 주어진 숫자랑 색깔이랑 문자랑 기호만큼 새부리를 벌렸다, 접었다가 마지막에 나온 접힌 부분을 펼치면 '비밀 페니스!'라는 글자가 쓰여 있을 것 같아 공포에 질렸다. 물론 애기의 삼촌이 아이들을 놀린 것이고, 여덟 살밖에 되지 않았어도 그럴 것이라고 추측하긴 했다. '비밀 페니스!'라는 답도 끔찍했겠지만, 여기서 들은 답도 그에 못지않게 마음을 뒤흔들었다.

클로드가 달리 갈 곳이 없어서 학교에 늦게까지 남아 있었더니, 볼에 뭘 그린 여자가 빗자루를 씻는 일을 맡겼다. 클로드는 그게 시간 낭비라고 생각했지만 한편으로는 더러운 빗자루로는 깨끗한 바닥을 만들 수 없겠다는 생각도 들었다. 마침내 게스트하우스로 돌아왔지만 방은 비어 있었다. 굉장히 늦은 시간처럼 느껴졌다. (거의 내일처럼 느껴졌지만) 엄마는 어디에도 없었다. 하지만 컴퓨터를 열자마자 신호음이 들어왔고, 클로드는 아빠가 아내 대신 또다시 아들만 보는 것에 실망하지 않기를 바랐다.

펜은 전기가 바다를 건너 15시간이나 시차가 있는 먼 곳까지 가닿아 연결이 되고 화면이 열리면서 태국에 있는 딸의 모습이 나올 때까지 숨도 못 쉬고 기다렸다. 이제 까칠하게 자라기 시작한 포피의 까까머리, 포피의 헐렁한 옷, 포피의 부어오른 빨간 눈이 컴퓨터 스크린을 태울 듯 올라왔고, 그 모습은 그가 알고 있는 사랑하는 막내딸의 더 작고, 슬프고, 지친 버전으로 보였다. 하지만 거기 보이는 사람이 사랑하는 막내딸이라는 사실에는 변함이 없었다. 지구 반 바퀴를 돌아야 닿을 수 있는 먼 곳으로 떠날 수도 있고 완전히 변신할 수도 있지만, 펜의 앞에 앉아 있는 사람은 여전히 포피였다. 그는 그녀가 처음으로 포피가 된 날을 떠올리고, 그때 올바른 대명사를 사용하지 못했던 걸 기억했다. 지금도 바로 그 느낌이었다. 새로 나타난 낯선 소년, 자신을 클로드라고 부르는 소년은 그냥 가장하고 있을 뿐이었다. 펜은 포피가 거기 있다는 것을 알았고, 그녀를 볼 수 있었다. 크리스마스만큼이나 확실하게.

"진료소에서 첫날은 어땠어?" 펜은 자기가 물어놓고도 그 질문의 공허함을 느꼈다. 학교 어땠어, 숙제는 했니, 하고 묻는 듯한 자신의 말투도 낯설었다. 그러나 펜은 딸에게 더 겁을 주거나 괜한 생각의 씨를 미리 심어주고 싶지 않았기 때문에 가장 알고 싶은 것은 묻지 않고 참았다.

"바보 같았어요." 클로드가 샐쭉한 얼굴로 말했다.

펜은 낙관적인 목소리를 유지했다. "뭘 했는데?"

"나한테 애들을 가르치라고 하지 뭐예요."

아빠의 얼굴이 밝아졌다. "뭘 가르치라고 했는데?"

"영어요. 어린아이들한테."

"와, 멋지다!" 펜은 동남아시아 방향으로 뜨거운 감사의 뇌파를 쏘아 보냈다. "포…, 클로드. 너한테나 그 아이들한테나 얼마나 소중한 시간이겠니. 네가 진짜 좋은 선생님 노릇을 했을 거 같아."

"애들이 내가 승려인 줄 알아요." 클로드가 말했다.

"그래? 왜?"

"내가 머리를 깎아서겠죠." 클로드는 비참한 손짓으로 비참한 머리카락을, 비참하게 없는 머리카락을 쓰다듬었다.

"아직 어려서 그래. 그냥 헷갈려서 그런 거지."

"여자아이들도 승려가 될 수 있어요?" 클로드는 컴퓨터 자판을 내려다보는 눈길을 들지 않고 물었다. "아니면 내가 남자아이라고 생각하고 묻는 거예요?"

"아빠도 모르겠네." 펜은 시인을 했다. "불교 승려에 대해서 별로 아는 게 없구나."

"내 생각엔 어쩌면…." 클로드가 말꼬리를 흐렸다.

"뭔데?"

"아니에요. 그냥 바보 같은 생각이에요."

"바보 같은 생각이 아닐 거야."

"과학 시간에 실험할 때 공정한 결과를 얻기 위해 하는 거

있잖아요, 그런 걸 거라고 생각했어요."

펜의 두 눈썹이 가운데로 몰렸다. "맹검 시험이라는 거 말이지? 블라인드 테스트."

"그 아이들이 아주 어리고 전에 날 한 번도 만난 적이 없으니까 내가 남자아이라는 걸 걔네가 알아차리면 난 남자아이인 게 분명하다고 생각했어요. 하지만 걔네가 날 여자아이라고 생각했다면 어쩌면…."

클로드가 다시 말꼬리를 흐렸다. 지구 반대편에 앉은 아빠는 조심스럽게 단어를 선택했다. "있잖아, 넌 지금까지 늘 그게 중요한 문제였지. 남자아이인가, 여자아이인가 하는 거. 하지만 너만 그런 게 아니야. 이 나라에서는 다른 사람을 만났을 때 그게 제일 먼저 살피는 특징 중의 하나지. 아기가 태어났다고 하면 제일 먼저 묻는 것도 그것이고. 새로운 사람을 만나면 그 사람이 여자인지 남자인지, 바로 판단하고 싶어 해. 이 나라에서는 너 같은 질문을 자신에게 한 번도 해본 적이 없는 사람도 성별에 관해 항상 생각하지 않을 수 없어. 네가 있는 그 나라에서는 그 어린 학생들이 다른 특징부터 먼저 봤는지도 모르지."

"다른 거 뭐요?"

"흠, 아마 그 애들한테는 백인을 만나는 일이 일상적이지 않겠지. 어쩌면 네가 그 아이들이 처음 만나는 미국인일지도 몰라. 아마도 넌 그 애들이 아는 대부분의 사람들보다 돈이 훨씬 많고, 그 아이들은 상상도 하지 못하는 특권을 많이 누리는 사람일 것이고, 너에 대해 궁금한 것이 얼마나 많겠어. 그러니 남자아이인지 여자아이인지 아는 건 급한 일이 아니지." 펜은 클로드의 정체성이 열차 출발·도착을 알리는 회전식 플랩 보드처럼 착착 소리를 내면서 순서를 바꾸는 장면을 상상했다. 그 어린 학생들이 남성이나 여성이라는 특징보다 외국인, 백인, 미국인, 건강함, 부자 등의 특징을 훨씬 먼저 인지했으리라는 게 합리적인 추측이었다. 펜은 플랩 보드가 돌고 돌다가 결국 허허로움, 쓸쓸함, 상실 등의 표지에 멈추는 장면도 떠올렸다. "너에게는 네가 어떤 모습으로 보이니?" 그것은 펜이 정말로 알고 싶었지만 걱정스러워서 묻지 못한 질문들 중의 하나였다.

클로드는 미래가 없는 아이들, 적어도 예언할 수 없는 미래를 가진 아이들과 지낸 하루에 대해 생각해봤다. "아무것도 안 보여요." 그는 아빠에게 말했다. "난 예측할 수 없는 사람이에요."

접골사들

로지도 예측하지 못한 상황들로 괴로움을 겪고 있었다. 로지에게는 아직 아기 같은 클로드지만, 모두들 그가 학교에 정말 큰 도움이 된다고 했다. 예상치 못하게, 이국적이고 아무도 상상할 수 없을 만큼 낯선 존재였던 클로드가 직원이 부족해서 고충을 겪고 있는 직원들과 학생들이 절실하게 필요로 하는, 참을성 있고 상냥한 일손이 되어주고 있다고 칭송했다. 그러나 클로드가 학교에 있을 때 로지도 일을 했기 때문에 이 차분함과 우아함은 목격하지 못했다. 로지는 클로드가 학생들을 가르치는 것만큼이나 그들에게서 배우는 것이 많으리라는 걸 알고 있었다. 아무리 열 살배기 트랜스젠더라도 클로드가 살아온 보호된 세상은 진료소의 아이들이 보아왔고 예상하는 세상과 비교할 수 없을 것이기 때문이었다. 그러나 그녀가 진료소에서 돌아오면 클로드는 늘 잠들어 있었고, 그래서 그가 어떻게 배우고, 자라고, 무엇이 되어가는지 목격하지 못했다. 대신 그녀가 목격하는 건 아침 식사를 하다가 우는 장면, 심지어 말도 붙일 수 없어 보이는 걱정으로 눈썹을 찌푸리고 입이 어깨까지 처지는 장면들뿐이었다.

물론 상심과 슬픔은 예상했다. 충격 또한 예상했다. 낯설기 짝이 없는 곳에 온 이방인이 느끼는 문화적 충격과 5년 만에 다시 남자아이가 되어 느끼는 성별 충격과 갑자기 태국에서 머리를 깎은 영어 선생이 된 데서 오는 전반적인 충격. 그러나 로지는 그 모든 충격이 서서히 사라질 것이라고, 이제 이곳에 온 지 몇 주가 지났으니 적어도 조금은 사라질 것이라 예상했다. 태국은 너무나 아름다웠다. 경이로운 일도 너무나 많았다. 그러나 클로드는 여전히 우울했다. 어쩌면 떠나야 하는 것일까. 어쩌면 그를 데리고 온 것 자체가 실수였을까. "여기가 정말 싫으니?"

"여기나 어디나, 다 싫어요." 클로드는 올려다보지도 않고 대답했다. 무슨 이유에서인지 교실에 있을 때보다 엄마랑 있을 때 기분이 더 좋지 않았다. 클로드도 엄마가 자기를 돕고 싶어서 그런다는 걸 알기는 했지만, 엄마보다 어린 학생들과 공통점이 더 많은지도 몰랐다. 클로드도 사방 7천 마일을 통틀어 엄마가 제일 사랑하는 것이 자기라는 걸 알지만, 왠지 몰라도 그래서 더 크게 울고 싶어졌다.

엄마가 더 누그러진 말투로 물었다. "집에 갈까?"

그는 바로 고개를 들어 엄마를 바라봤다. 갑자기 걱정이 공포로 변했다. "아뇨, 엄마, 아니에요. 집에 갈 수 없어요." 조상 대대로 살아온 땅이 약탈당하기라도 한 듯, 은하수를 건너 타고 온 우주선이 난파하기라도 한 듯한 반응이었다.

예측하지 못한 상황이었다.

그러나 예측하지 못한 상황에 대처하는 능력은 로지가 가진 재능 중 하나였다. 집에서는 이 재능을 발휘해서 식료품 가게에 가지 않고 위기를 넘기곤 했다. 팬트리를 열었는데 종류가 다르면서 조금씩만 남아 있는 파스타 상자 네 개, 현미 반 봉지, 강낭콩 통조림 네 개, 참치 통조림 세 개, 유효기간이 지난 말린 토마토 한 봉지만 남아 있어도 로지는 거뜬히 저녁 식사를 차려낼 수 있었다. 레시피에 나온 재료 중 3분의 2가 없어도 크림을 무지방 우유로, 버터를 올리브유로, 소고기를 렌즈콩으로, 신선한 시금치를 냉동 브로콜리로, 버섯을 빨강 피망 가루로, 신선한 세이지 이파리는 그냥 무시하는 방법(신선한 세이지 이파리 몇 장 뺐다고 지장이 있는 음식이 어디 있겠는가?)으로 대체해서 집 밖으로 한 발자국도 나가지 않고 라자냐 베샤멜 소스를 훌륭하게 만들어내곤 했다.

그리고 그녀를 진료소에서 없어서는 안 될 존재로 만든 것도 바로 이 기술(응급실에서 쌓은 경력이나 추가로 받은 훈련이나 15년 가까이 대학병원에서 일한 경력이 아니라)이었다. 레시피에서 필요한 것을 구할 수 있는 경우는 없었다. 다년간 쌓은 경력과 의사로서의 직관은 말할 것도 없고 구글 검색에도 나오는 흔한 대체품조차 구할 수 있는 경우는 없었다. 그러나 로지가 할 수 있는 것은 보잘것없는 물건들만 있어서 문을 닫을 필요도 없는 자료함, 곰팡이가 슬어가는 장비와 전혀 신뢰할 수 없는 공급 약품들을 훑어본 다음 쓸 수 있는 치료법을 생각해내는 일이었다.

가끔은 그럴 수 있었다.

그녀는 종려나무 잎과 코코넛 껍질로 부상자 격리 병동을 만들었다. 플라스틱 음료병으로 흡입기를 만들었고, FDA는 상상조차도 허락하지 않았을 약 처방을 내렸다.

골절상 환자가 온 것은 진료소에서 일하기 시작한 2주째였다. 그제야 골절 환자가 들어온 것이 이상할 정도였다. 어디에서나 골절 사고는 흔한 일이었기 때문이다. 로지는 처음에는 오히려 안심했다. 임신으로 배가 많이 부른 상태의 여성 환자는 외바퀴 손수레에 실려 왔다. 손수레에 실려 온 환자나 손수레를 밀고 온 남편이나 얼굴이 빨갛게 상기되고 숨을 헐떡거리는 것을 보고 로지는 훨씬 더 나쁜 상황을 예상했다. 지금까지 일해 왔던 다른 병원에서는 분만과 출산이 가장 성취감을 주는 일이었지만, 여기서는 대부분의 사람들이 집에서 출산했고 뭔가 문제가 있을 때만 진료소를 찾았다. 그것도 진료소에 올 때를 놓친 다음에 오거나, 오다가 때를 놓쳐버리는 경우가 많았다. 로지가 걱정으로 무거워지는 마음 없이 부른 배를 반길 수 있는 상황은 거의 없었다. 이 환자는 부른 배를 팔로 부둥켜안고 고개를 저으면서 케이에게, 그리고 케이는 로지에게 확신에 차서 말했다. "아기는 배 안에. 발목이 나갔어요." 그제야 로지는 받침대 위에 올린 그녀의 다리를 봤다. 발목이 허벅지만큼 부어 있고 다리 전체가 멍으로 시퍼렇다. "물소에서 떨어졌어요." 케이가 설명했다. "균형 잡기가… 저렇게 큰 배로…." 여자가 씩 웃어 보이다가 인상을 찌푸리고 배를 다시 부여잡았다.

로지는 그녀의 동공과 맥박을 확인하고 심장 소리를 들어보고, 태아의 심장도 확인했고, 여자에게 두 발의 발가락을 모두 움찔거려보라고 주문했다. "엑스레이 찍으러 올라가셔야겠어요." 무의식중에 말을 뱉은 그녀는 적어도 '올라간다'는 말은 완전 실수라는 걸 깨달았다. 엑스레이도 실수였을까? 물론 아주 오래됐지만 없는 것보다는 나은 엑스레이 기계가 있지 않을까? 어떻게 진료소를 엑스레이 기계도 없이 운영할 수 있겠는가? 그렇게 생각은 했지만 2주일 내내 거기서 일하면서 엑스레이 기계를 한 번도 못 봤고, 누군가가 언급하는 것을 한 번도 듣지 못했으며, 엑스레이 기계가 있음 직한 건물을 본 적도 없었다. 어쩌면 그냥 그걸 찾을 기회가 없어서 몰랐을 수도 있었다.

"케이? 묻기도 무섭지만… 엑스레이 기계…?"

케이의 재능은 자동차 정비와 조산사에 그치지 않았다. 케이는 그녀의 위생병이기도 했다. 이틀째 되는 날, 진료소 소장은 케이를 그렇게 소개했다. "이쪽은 로지와 함께 일할 위생병 케이예요." 이미 로지가 이 여자와 함께 트럭을 한 대 고치고, 환자를 한 명 잃고, 아기를 받은 일이 없는 것처럼. 로지는 자기에게 배치된 위생병이 있다는 사실도, 위생병이 필요하다는 사실도, 혹은 이런 진료소에서 위생병이 무엇을 하는지도 알지 못했다. 알고 보니 위생병은 로지가 하는 일만 빼고 모두 하는 사람이었다. 그리고 가끔은 로지가 하는 일도 했다. 케이는 주사를 놨다. 그녀는 구토, 피, 배설물 처리도 다했다. 사실 그 일만 해도 엄청난 것이, 진료소에서는 그런 것을 처리할 일이 엄청나게 많았기 때문이었다. 그녀는 상처 돌보기, 손잡고 위로해주기, 환자에게 인내심을 발휘하기 등도 했다. 예후를 설명하고 어떤 약을 언제 복용할지, 찰과상을 어떻게 소독하고 피를 멈추게 할지, 아기들의 탈수를 어떻게 방지할지, 열이 저절로 떨어지도록 두는 것과 의료진의 도움을 구해야 할 시점을 어떻게 판단할지 등등을 설명하고 통역하는 일도 했다. 그녀는 영어를 태국어와 북부 태국어 그리고 다양한 방언 및 미얀마어, 카렌어로 통역했고, 로지의 엄격하고 복잡한 의사의 말을 친절하고 안심시키는 간호사의 말로 바꿔서 지시 사항을 정확하게 따를 수 있도록 명확하면서도 자신감과 차분함을 불러일으킬 정도로 부드럽게 전달했다. 로지는 케이가 적어도 간호대학은 다녔을 것이라 추측했지만 케이는 간호대학에는 발을 들여본 적도 없었다. 고등학교도 마치지 못했기 때문이었다.

또 케이는 로지의 물리치료사이자 사회복지사이자 경호원이기도 했다. 그녀는 아빠와 함께 진료소에 왔다가 아빠가 죽은 아이를 위로할 줄도 알았고, 그 아이가 머무를 곳과 입을 옷을 찾아주고 학교에 등록시켰다. 어느 교사가 와서 다리가 잘못 끼워 맞춰져서 걸을 수는 있지만 교실에서 오래 서서 일할 수 없다고 불평하자, 케이는 의수족 담당자들과 상의해서 서 있고 슬슬 걷기에도 좋은 의족을 맞춰주고, 어린아이들을 앉아서 훈육하는 방법에 대해 이야기를 나눴다. 수조에서 떨어져서 다쳤다고 주장하는 한 여성의 부상이 알고 보니 그녀가 또다시 임신한 것을 알고 격분한 남편의 소행이라는 것을 알아낸 케이는 그 남편을 병원에서 쫓아내고 환자의 일곱 자녀 모두가 잘 수 있는 곳을 구해줬다. 그러나 케이는 물리치료사 학교도, 사회복지사 학교도 다녀본 적이 없었다. 케이는 심지어 무술 훈련도 받은 적이 없었다. 케이가 아는 놀라운 양의 백과사전적 지식은 로지보다 전에 온 의사들에게서 배운 것이었다. 몇 주, 몇 달, 몇 년 동 안 그곳에서 일한 의사들을 보면서 배우고, 경험으로 배우고, 필 요해서 배운 지식이었다. 케이가 로지에게 무엇을 묻는 일보다 로지가 케이에게 묻는 경우가 훨씬 많았다. 로지는 정식 교육을 받았지만, 그 교육은 이런 환경에 적용할 수 있는 것이 아니었 다. 케이는 벌레와 뱀에 물린 상처를 보고 증상을 듣고는 무엇이 환자 몸속에 알을 낳았는지 위스콘신 의대 프로그램에서 다룬 것보다 훨씬 많이 알았다. 물론 그녀는 불쌍한 랠프를 보수해서 유지하는 일도 해냈지만, 쓸모있고 예민하고 굳은살 없는 손을 팔라듐만큼이나 소중히 간수했다. 어쩌면 그보다 더 빨리 눈치 챘어야 했는지 모르지만, 상당히 오랜 시간이 지난 후에야 로지 는 케이가 여러 버전이 퇴적층처럼 차곡차곡 쌓여서 만들어진 사람이라는 사실을 서서히 깨달았다. 그리고 그렇게 쌓이고 깎 인 땅처럼 오랜 시간 비바람에 깎이고 남은 케이는 바위처럼 단 단했다.

"엑스레이 없어요." 케이는 명랑하게 대답했다. 2주일을 함 께 일하면서 케이는 로지가 하는 요청들을 재미있어하게 됐다. 마치 그녀가 사람 마음을 읽는 기계를 요청하기라도 한 것처럼.

로지는 환자를 손수레에서 침대로 옮기는 것을 도왔다. 그 녀는 오래전 위스콘신 응급실에서 실수로 포피(아니, 클로드, 거 의 클로드, 자궁 속의 클로드)에게 엑스레이를 쪼인 날 밤을 떠올 렸다. 여기서 일하면서 그녀는 안쪽까지 포함해서 모든 것을 완 전히 볼 수 없는 바에야 하나도 안 보는 편이 낫다는 사실을 깨 달았다. 태국에 오기 전까지만 해도 눈을 감는 방법은 진료 테크닉으로 많이 사용하던 방법이 아니었지만, 식료품 가게에 달려가는 것보다는 훨씬 나았다. 특히 식료품 가게가 없었기 때문에 더욱. 그녀는 환자 다리 위에 손을 가까이 대서 얼마나 뜨거운지 느껴봤다. 손가락으로 살짝 누르면서 어디가 부러졌는지, 어디가 휘고 어긋났는지를 찾으려고 정신을 집중했다. 조심스럽게 뼈를 따라 손가락을 움직이며 엑스레이 스케치를 머릿속에 그렸다. 보이지 않는 뼈들이 세월을 넘어 서로에게 손을 뻗듯 이어지는 모습을 상상했다. 직접 보지 않고도 얼마나 많은 것을 볼 수 있는지 놀라웠다. 나중에는 소리굽쇠와 청진기라는 첨단 기술을 사용해서 골절을 찾아냈지만, 아직 그 기술은 1~2주일 더 있어야 등장할 것이었다. 다행인 동시에 불행히도 이 첫 환자는 손으로도 찾을 수 있을 정도로 뼈가 심하게 부러졌고 많이 어긋나 있었다. 원래 다쳤을 때보다 손수레를 타고 진료소로 오는 동안 골절 정도가 더 심해졌을 이 환자는 단순히 깁스만으로는 치료가 불가능했다.

접골 기술은 현대에 개발된 것이 아니었다. 로지도 그것을 알고 있었다. 그녀는 옛날 옛적에 뼈가 부러지면 이발사와 대장장이가 고쳤다는 사실을 알고 있었다. 의사들은 골절 같은 걸 치료하는 게 품위에 어긋나는 일이라 여겼기 때문이었다. 그러나 그녀는 진짜 이유도 알았다. 대장장이를 찾은 것은 뼈를 다시 맞추는 데 힘이 센 사람이 필요해서였다. 뼈를 맞추기 위해 잡아당길 때 놀라서 저항하는 뼈 주변의 근육들을 제압할 필요가 있었다. 이발사를 찾은 것은 중세 시대에는 모든 게 엉망진창이었기 때문이었다.

케이는 사다리에 누워 들어온 환자를 돌보고 있었다. 그래서 로지는 혼자서 일을 처리해야 했다. 환자 남편은 영어를 전혀 하지 못했다. 로지는 그의 어깨를 잡고 인도해서 아내의 머리 뒤쪽에 가서 서게 한 다음, 팔로 어깨 주변을 감싸 잡도록 했다. 로지는 나무판자 병상 다른 쪽 끝으로 가서 그 여성의 발목을 두 손으로 가만히 잡았다. 환자가 헉 하고 숨을 쉬었다. 예감이 좋지 않았던 것이다. 그녀는 환자에게 숨을 천천히 크게 다섯 번 쉬라고 말했다. 그녀는 남편에게도 숨을 천천히 크게 다섯 번 쉬라고 말했다. 그녀 자신도 숨을 천천히 크게 다섯 번 쉬었다. 그런 다음 젖 먹던 힘까지 다해서 잡아당겼다. 환자가 비명을 질렀다. 남편도 비명을 질렀다. 그러나 뼈는 잘 맞춰졌다. 그리고 아기도 배 속에 잘 있었다. 골수강 내 고정술을 쓸 수가 없었으므로(그게 있는지 없는지는 이제 묻지 않아도 답을 알 정도는 됐고, 어차피 엑스레이 없이는 정확한 위치에 시술할 수도 없었다), 로지는 천으로 부상 부위를 감싸고 나뭇가지와 코코넛 껍질로 만든 부목을 대줬다. 치료에 필요한 것이 야자수에서 자라는 한, 공급은 안정적이었다.

자기들이 없이 사는 것이 무엇인지 모르는 태국의 환자들은 무엇을 어떻게 해야 할지 알고 있었다. 항생제 연고가 없으면 꿀을 발라 화상 부위의 감염을 막았다. 말린 파파야 씨를 빻아서 가루로 만들어 장내 기생충을 없앴다. 옥수수수염을 끓여 만든 차로 붓기를 뺐다. 그게 바로 이곳의 방식이었다. 그리고 유일한 방식이기도 했다. 그래서 로지도 그 기술을 사용하기 시작했다. 태국에 온 지 몇 주가 지나면서부터, 클로드 2.0 버전이 시작된 후 몇 주가 지나면서부터, 로지는 모든 치료제와 치료 방법을 야자수까지는 아니지만 이전에는 전혀 생각하지도 않은 곳에서 찾았다.

로지도 뭔가를 으깨고, 젓고, 식물에서 채취해서 자신의 아이가 세상에서 살아가는 것을 도울 수 있으리라 상상할 정도로 순진하지는 않았다. 그러나 약도, 의료 기기도, 소독된 침구도 없이 환자를 치료할 수 있다면, 지금까지 자신과 펜이 고려한 것 말고 다른 선택지가 틀림없이 있으리라는 생각이 들었다. 한쪽에 수술과 부작용, 선택권의 전용이라는 카드를 주고 다른 한쪽에 중단된 삶과 비참함, 부적응, 인정받지 못하는 삶이라는 카드를 준 다음, 그 둘 사이에서 선택을 강요하는 것은 탈수로 목숨을 잃는 것과 탈수 치료를 위해 사용한 관장으로 죽는 것 사이에서 선택하게 하는 것과 마찬가지로 부당했다. 의학적 개입을 받아들이느냐, 그것을 완전히 거부하느냐 중 하나를 꼭 해결책으로 삼아야만 하는 것은 아니었다. 포피와 클로드가 세상에서 살아갈 수 있도록 도울 야자나무 잎을 만들어내는 것이 중요했다. 로지는 어떻게 그렇게 할 수 있을지 아직은 알지 못했지만 그 야자나무 잎을 찾기 위한 벼락치기 공부를 하고 있었다.

구술 전통

학교에서 3주를 보내는 사이 클로드의 머리는 2.5센티미터가 자라서 갈색 털북숭이가 되었고, 그의 수업을 듣는 학생은 세 명에서 일곱 명으로 늘더니 급기야 25명이 되었다. 볼에 칠을 하고 학교를 책임지고 있는 그 여자(교장, 교사, 비서, 시장?)는 첫날 클로드에게 "괜찮을 거야" 하고 장담했지만 자기도 그 말을 믿지 않았던 게 분명했다. 클로드는 그녀가 처음에 마이아, 다오, 제야를 자기에게 보낸 것이 그 셋이 제일 쉬운 아이들이었기 때문이라는 사실을 깨달았다. 그 셋은 예의 바르고, 영어를 꽤 잘했고, 미국에서 엄마를 따라온 열 살배기의 미심쩍은 수업 기술이 별로 필요 없는 아이들이었다. 다시 말해 클로드도 그 셋과 제일 오래 시간을 보내고 싶다는 뜻이었다. 하지만 나우가라는 이름을 가진 그 '교장·교사·비서·시장'은 클로드의 도움을 가장 적게 필요로 하는 학생들이 바로 그 셋이라고 설명했다. 그녀가 첫날 클로드에게 그 삼총사를 보낸 것은 새로 온 교사(설상 가상으로 아직 10대도 되지 않은 나이에 훈련도 전혀 받지 않은)에게 너무 심한 충격을 주지 않기 위해서였고, 클로드는 덕분에 첫날의 트라우마를 금방 극복했다.

"어떻게 영어를 가르칠지 모르겠어요." 클로드는 학생 수가 두 배, 또 두 배로 자꾸자꾸 늘어나자 살짝 공황 상태에 빠져 말했다.

"영어를 하잖아." 나우가는 국제적으로 통용되는 '그러니까 뭐가 문젠데?'라는 눈짓을 했다.

"영어를 하긴 하죠. 하지만, 그러니까, 다른 사람한테 가르치는 방법은 모른다고요."

"그건 아무도 몰라." 손을 저으며 그렇게 말한 나우가는 벌써 다른 학생들, 다른 수업에 주의를 돌리고 있었다. "어떻게 배웠어?"

"가르치는 거요?"

"말하는 거."

"아, 그건 기억 못 하죠. 아기였는데."

"그러면 아이들 엄마 노릇을 하면 되겠네." 나우가가 조언했다. "듣고, 말하고, 읽으면서 배웠잖아. 이 아이들도 마찬가지야."

첫날 만난 삼총사는 조용히 앉아 공손히 클로드의 말에 귀를 기울였지만, 20명이 넘는 학생들은 몸을 움찔거리면서 클로드가 모르는 언어로 수군거리며 킥킥 웃어댔고, 클로드는 그들이 배워야 하지만 배우고 있지 않은 언어로 진지하게 말을 건네려고 애썼다. 삼총사는 오래된 책을 읽어줘도 좋아했지만, 새 학생들은 그 책은 이미 여러 번 읽었다고 불평했다. (적어도 불평하는 것이라고 클로드는 추측했다.) 영어를 배우는 것도 그랬다. 클로드는 아이들이 마른 낙엽처럼 금방이라도 바스러져버릴 듯 낡은《엄마 거위》에서 배울 수 있는 단어는 모두 다 배운 상태라고 생각했다. '무더기', '커드'*, '새조개껍질', '완두콩 죽' 같은 단어들이 일상적인 영어 대화에 사용될 것 같지도 않았다. 적어도 클로드가 하는 대화에서는 한 번도 사용한 적이 없었다. 그리고 삼총사는 자기 같은 어린 여자아이들, 적어도 자신의 과거와 비슷한 여자아이들이었는 데 반해 새 학생들은 적어도 절반은 남자아이들이었다. 옛날 옛적에 자기도 남자아이였던 적이 있었지만 그때 기억은 아빠가 만들어낸 이야기 같은 느낌이 들었다. 옛날 옛적, 멀고 먼 곳에서 생긴 지어낸 이야기. 어린 남자아이들은 어떻게 말을 건네야 할지 몰랐기 때문에 두려웠다. 그리고 그 애들이 자기를 보고 자기도 남자아이라는 것을 깨달으면 그때는 어떻게 할 것인가?

"새 이야기 해줘요." 그 두려운 남자아이들 중 하나가 말했다.

"무슨 이야기?"

"새 것에 관한 이야기."

"새 것에 관한 이야기는 하나도 모르는데." 클로드가 말했다.

"그럼 오래된 것에 관한 이야기 해줘요." 이제는 오랜 친구처럼 느껴지는 제야가 말했다. "오래된 것에 관한 새 이야기."

"난 오래된 것에 관한 새 이야기 하나도 모르는데." 이야기

★   Curd. 우유에 산 등을 넣어 생기는 응고물. 치즈를 만드는 데 쓴다.

를 읽어주지 않고 그냥 해줘도 되는 걸까? 그렇게 해도 영어를
배우는 것일까?

"제일 좋아하는 이야기 해줘요." 누군가가 그렇게 말했고,
이야기를 하나도 모른다고 말하려던 클로드는 자기가 잘 아는
이야기가 있다는 것을 깨달았다.

"흠, 이야기를 하나 알긴 알지. 길고, 대단하고, 긴 이야기인
데, 그룸왈드라는 왕자랑 스테파니 공주라는 밤의 요정이 나오
는 이야기야."

"우와!" 애들이 입을 모아 그렇게 말했고, 그것은 동서고금
을 막론하고 "얼른 이야기해줘요"라는 뜻인 듯했다.

그래서 클로드는 그룸왈드의 모험 이야기를 처음부터 시작
했다. 몸으로 흡수한 이야기에 추측을 더해서 이야기를 하다 보
니, 썰물로 물이 빠져나간 후 모래에 물이 스며들며 구멍을 메우
듯 이야기의 구멍이 메워졌다. 그룸왈드 이야기는 클로드가 태
어나기도 전부터 시작됐다. 엄마가 아빠와 데이트하게 하려고
아빠가 발명한 이야기였다. 그 자체가 그룸왈드 이야기만큼이
나 동화 같았다. 그룸왈드 이야기는 자기보다 적어도 10년은 더
오래된 이야기였기 때문에 클로드는 지어내기도 하고 추측하기
도 해서 이야기를 해나갔다. 계속 뭔가를 지어내는 것은 힘든 일
이었다. 그동안 아빠가 얼마나 힘든 일을 해내고 있었는지 전혀
몰랐다. 그것도 모르고 클로드는 다른 아이들처럼 아빠가 그냥
책을 읽어줬으면 좋겠다고 생각한 적도 있었다.

진료소의 아이들은 질문도 많았다. '그룸왈드'가 무슨 뜻인
가? 그룸왈드가 왕자로 태어나기 전에 전생에는 무엇이었나? 왜

그 전에는 갑옷 안쪽을 한 번도 보지 않았는가? 왜 전생에 고생해서 왕자가 되었는데 왕자를 하기 싫은가? 모두 잘하지 못하는 영어를 꿰어 맞춰서 겨우 한 질문들이었고, 클로드는 답을 알지 못했다. 아빠에게 물어봐서 답해야 했다.

"답을 기다리는 사이에 너희가 나에게 이야기해줘." 클로드는 그들에게 말했다. 이야기를 하는 것이 힘들어서 좀 쉬고 싶었다. 자기에게 이야기를 해주는 것도 영어를 연습하는 좋은 방법이라는 생각도 들었다.

"새 이야기?" 다오가 물었다.

"오래된 이야기." 클로드가 말했다. "고전. 전래동화."

그렇게 해서 클로드와 학생들은 서로에게 이야기를 해주기 시작했다. 클로드는 날마다 미국의 전래동화를 학생들에게 들려줬고, 학생들은 날마다 클로드에게 태국이나 미얀마의 전래동화를 들려줬다. 그가 《미녀와 야수》 이야기를 해준 날, 학생들은 왕자와 농부로 환생한 새 두 마리 이야기를 해줬다. 《인어 공주》 이야기를 해주고, 다람쥐처럼 긴 꼬리를 가진 토끼가 수다스러운 악어에게 꼬리를 물려서 잘린 이야기를 들었다. 《신데렐라》 이야기를 해줬더니 아이들은 자기 나라에도 똑같은 이야기가 있다고 했고, 클로드는 믿을 수 없었지만 알고 보니 죽은 엄마가 요정 대모를 보내는 대신 물고기를 보냈고 왕자가 신발을 보고 사랑에 빠진 것이 아니라 나무를 보고 사랑에 빠진 것만 빼고 진짜 다 똑같았다.

"왜 왕자가 신발을 좋아해요?" 그들은 어리둥절해했다.

"왕자가 신발만 좋아한 건 아니고, 그날 차림 전체를 좋아한 거지. 그래서 누더기를 입은 자기 모습을 보여주고 싶지 않았던 거야."

"왜 신발을 잃어버렸어요?"

"잃어버린 게 아니고, 벗겨진 거야. 그런데 다시 가서 가져올 시간이 없었던 거지."

"다시 가서 신발 가져오는 데 얼마나 걸린다고?"

모두 맞는 말 같았다. 말하는 물고기가 잡아먹혀서 가지로 부활했다가 다시 중매쟁이 나무로 부활했다는 애들의 설명만큼 납득이 가는 이야기였다.

아빠는 아침 일찍 전화를 했다. 하지만 그 이른 시간에도 엄마는 진료소로 나간 후일 때가 많았다. 시애틀은 밤이고 태국은 낮이라는 사실뿐 아니라, 시애틀은 아직도 어제고 태국은 벌써 오늘이 되었다는 게 신기했다. 휴대폰 접속이 되는 때도 있었지만 안 될 때도 많아서 대부분 와이파이를 이용했다. 클로드는 형들이 늦게까지 자지 않았기 때문에 형들과 대화하는 데 아무 문제가 없었다. 그런데 엄마랑 아빠는 접속하는 데 문제를 겪는 것 같았다. 하지만 가끔은 아빠를 완전히 독차지할 수 있어서 좋았다. 평생 그런 기회를 누린 적이 없었기 때문에 그런 시간을 가지기 위해 지구 반대편까지 와야 했다는 사실이 하나도 놀랍지 않았다.

로지가 없는 날 아침이면 펜은 섭섭했지만 막내와 둘이서만 이야기를 할 수 있어서 좋기도 했다. "우리 막내, 잘 지내니?"

"잘 지내요, 아빠."

"정말로?"

"정말로요." 사실 가끔만 정말이었다. 클로드는 가끔 자기가 영원히 태국에 머무르지 않을 것이고, 자기가 지금까지 받은 4년 반의 교육으로는 불충분하다고 엄마, 아빠가 생각할 것이며, 그래서 아마도 예전의 삶으로 돌아가야 할 것이라는 생각을 하곤 했다. 하지만 이제는 예전의 삶이 남아 있지 않았다. 포피는 친구들이 있었지만 클로드는 외톨이였다. 포피는 재능이 있었지만 클로드는 잘하는 게 아무것도 없었다. 포피는 보통 아이였지만 클로드는 절대, 절대, 절대 괴물이 아닌 보통 아이가 될 수 없을 것이다. 클로드는 내년에 중학교, 그다음에는 고등학교에 갈 포피를 상상할 수 있었고, 애기와 포피가 함께 대학교에 가는 것도 상상할 수 있었고, 언젠가 포피가 직장을 갖고, 엄마가 되고, 결국 카르멜로 할머니처럼 나이 든 숙녀가 돼서 담배를 피우고 호수에서 수영을 하고 진토닉을 마시고 손주들을 웃게 만드는 것을 상상할 수 있었다. 포피에게는 미래가 있었지만 클로드에게는 아무것도 없었다. 지금 현재 클로드의 삶도, 심지어 컴퓨터 화면 구석에 있는 작은 네모에 자기 모습이 비치는 것을 보면서도 클로드의 삶을 머릿속에 그릴 수 없었다.

하지만 가끔은 클로드도 정말로 잘 지낼 때가 있었다. 모든 것이 가능하지 않기 때문이었고, 그것이 위안이 될 때가 있었다. 클로드는 불가능했지만 포피도, 애기도, 5학년도, 시애틀도 불가능했고, 보건 시간에 그 바보 같고 창피한 영화를 봐야 하는 게 제일 큰 걱정거리였던 지난달도 불가능했기 때문이었다. 가끔은 세상에는 그저 정글과 학교, 건물이라고 부르기에도 어색한 건물 하나에 벌레 같은 것에 물려 부모들이 죽은 아이들과 어떻게든 자기가 그 아이들에게 도움이 될지도 모른다는 작고 희박하고 절박한 가능성과 그럴 수만 있다면 자기가 누구인 것은 자기 자신에게도 중요하지 않다는 사실을 담은 학교만 있는 느낌이 들었다. "정말이에요. 잘 지내요." 그는 아빠에게 말했다.

"보고 싶구나, 우리 아가. 아빠도 거기 너랑 있었으면 얼마나 좋을까." 펜이 대답했다.

"진짜 그러면 좋을 거예요." 클로드가 맞장구를 쳤다. "믿어지지 않겠지만, 아빠, 태국에도 신데렐라가 있어요. 완전히 똑같은데 또 완전히 달라요."

"그래?" 펜은 아무렇지도 않은 것처럼 그렇게 말했지만 느리기 짝이 없는 와이파이 때문에 자꾸 깜빡거리는 화면으로도 아이가 반짝 빛을 발하는 것을 볼 수 있었다. 딸이 반짝거리는 것을 볼 수 있었다. 그 일이 있은 후 처음으로 희미하나마 빛이 생기기 시작한 것이다. 그 광경을 목격하는 것은 축복의 기도와도 같았다. 그 광경을 목격하는 것은 칼로 저미는 아픔과도 같았다. 팔을 뻗어 이 소중한 불꽃이 꺼지지 않게 손으로 가리고, 이 소중한 아이를, 이 소중한 딸을 팔로 껴안아주기에는 두 사람 사이에 너무도 먼 거리가 존재했다.

그래서 그는 대신 강의하는 쪽을 택했다. "그게 바로 동화란다."

"그래요?"

"세계 방방곳곳에서 영원히 새로 태어나고, 새로 이야기되고, 새로 상상되는 것이 바로 동화지. 구술 전통이라고도 하고.

504

그래서 이야기가 끝이 없는 거야."

"난 마법 덕분에 이야기가 안 끝나는 건 줄 알았는데. 마술 갑옷."

"물론 그것도 있고."

"애들한테 그룸왈드 이야기를 해줬어요."

"그랬어?"

"당연하죠."

"아, 포피, 클로드, 우리 강아지. 아빠는 정말⋯." 하지만 그때 그의 목소리가 갈라져버렸고, 하려던 말이 무엇이었는지 모르지만 결국 끝맺지 못했다.

"내가 모르는 게 너무 많았어요. 이야기 시작 부분을 들은 적이 없거나 기억을 못 하거나 해서요."

"그건 네 이야기야. 그냥 네가 다른 사람에게 전해주기만 하는 이야기가 아니라, 네가 만들 수도 있는 이야기라는 거지. 시간이 흐르면서 이야기는 변하게 마련이야. 조금씩 바뀌기도 하고. 어떨 때는 원래 이야기의 요소와 새로운 요소들이 합쳐져서 완전히 새로운 이야기가 되기도 해."

"아." 클로드는 갑자기 다시 뾰로통해졌다. "나처럼요."

"바로 그거야." 펜은 그 소중한 불꽃이 꺼져버릴까 봐 크게 당황했다. "바로 너처럼. 얼마나 대단하고 좋은 일이야. 왜, 변하는 게 슬퍼?"

"달라진다는 게 아니라 망쳐버렸다는 뜻이라서 그래요. 왜 모든 게 변해야 하는 거죠?"

"어떤 건 변하지 않고 늘 그대로야. 무슨 일이 있어도 우리가 널 사랑하는 것 같은 일." 펜은 가끔은 세상 반대편에서 이런 이야기를 하는 것이 훨씬 쉽다는 생각이 들었다. 직접 만나서가 아니라 컴퓨터로 이야기할 수 있어서가 아니었다. 먼 거리를 두고 사랑하는 것은 아프지만 모든 것을 더 똑똑히 볼 수 있는 눈을 가질 수 있게 해주기 때문이다. 1만 2천 킬로미터 떨어진 곳에 있는 정글로 보내놓고 보니 이상하게도 모든 걸 명확하게 볼 수가 있었다. "그리고 어떤 건 변화하는 게 자연스러운 일이라서 변하는 거야. 때가 됐기 때문에. 그럴 때는 변화를 멈출 수도 없고, 멈춰서도 안 된단다."

"나라면 멈출 거예요." 클로드가 울기 시작했다가 창피해했다. 자기가 남자아이라면 더 이상 울어서는 안 되기 때문이었다.

"그리고 어떤 건 우리가 변화하지 못하게 했기 때문에 변하기도 한단다." 펜의 목소리가 낮아지고 시선도 아래로 향했다.

"무슨 말이에요?"

"아, 우리 강아지, 일이 이렇게 된 게 아빠 잘못이라는 생각도 들어." 그는 두 사람이 떠난 후 줄곧 생각을 해왔다. 처음부터 끝까지 생각을 하고 또 했다. 마니 앨리슨 탓을 하는 것은 쉬운 일이고 어쩌면 그 아이 탓도 있긴 하지만, 펜은 문제의 핵심이 무엇인지를 봤다. "아빠 생각에는 네가 얼마나 특별한 아이인지 다른 사람들에게 말하는 걸 너무 오래 미룬 것 같아. 널 비밀로 하려고 애썼지만, 왜 너처럼 대단하고 멋진 아이를 비밀로 해야 했는지 모르겠어."

"비밀로 하지 않으면 학교에서 모두들 내 바지 속에 뭐가 있는지에만 관심이 있을 테니까."

펜은 그게 상당히 좋은 이유라는 걸 인정하지 않을 수 없었다. 펜은 자기가 5학년 때, 쉬는 시간에 덜 마른 페인트에 앉았다가 학교가 끝나기 전에 창피해서 죽을 것 같던 에피소드를 떠올렸다. 그때는 모두들 자기 바지 겉에 뭐가 있는지에만 관심이 있어 보였다. 하지만 아마도 실은 아무도 관심이 없었을 수도 있었다. 펜은 새로운 사실을 깨달았다. 오래된 일에 대한 새로운 사실. 중요한 사실. "너랑 학생들이 서로 이야기를 해준다는 게 재미있구나. 아빠도 똑같은 생각을 하고 있었어. 동화에서 뭐가 재미있는지 알아?"

"모든 게 다?"

"아니. 흠, 그것도 맞는 말이긴 해. 하지만 아빠가 제일 좋아하는 것 중 하나는 마법이 너무나 간단하다는 거야. 고통이 따르질 않아. 신데렐라가 공주가 된다 해도 아무런 피해를 입지 않지. 마법 같은 일이 일어나는 게 쉽고 신속해. 마술 지팡이를 한번 휘젓고, 마법의 가루를 한번 뿌리면 짠, 완벽한 공주가 탄생하지. 변신은 즉각적이고 완전하고, 어느 누구도 후회하지 않지. 신데렐라가 그때까지 겪었던 모든 고통을 지우고, 앞으로는 영원히 행복하게 살 거라고 보장해주는 거."

"그러면 정말 좋겠다." 클로드가 눈물을 닦았다.

"그래." 펜은 눈에 눈물이 차오르고 있었지만 목소리에 깃든 평정심을 잃지 않으려고 애썼다. 중요한 이야기였기 때문이었다. "그런 마법은 정말 재미있는 이야기를 만들어내지만 진짜가 아니야. 그런 건 가능하지 않지. 그리고 아빠 생각에는 아무도 원치 않는 결과이기도 해."

"난 원해요."

"아빠는 아니야." 펜은 고개를 저었다. "아빠는 네 과거를 지우고 싶지 않아. 넌 완벽한 아기였어. 넌 아빠가 본 세 살짜리 아이 중에서 제일 똑똑한 아이였어. 아빠는 네가 변신하는 과정을 지우고 싶지도 않아. 넌 너무나 특별하고 용감하잖아. 그런 걸 어렵게 만드는 세상에 살면서도 네가 누구인지 선언하고 네가 원하는 사람으로 살아간다는 건 정말 존경스러운 일이야. 아빠는 네가 자랑스러워, 포피. 난 네가 평범한 척하고 싶지 않아. 네 작은 탑의 다락방에 올라가서 동네 전체에다 대고 넌 특별하고 대단한 아이라고 외치고 싶어."

클로드는 아빠가 고질라처럼 작은 탑의 지붕 위에 매달려서 느리고도 영감을 주는 포피의 변신을 세상에 포효하듯 알리는 장면을 그려봤다. 그리고 자기가 태국에 있는 것이 다행이라고 생각했다.

다음 날 학교에 간 클로드는 다시 동화를 이야기해주는 걸로 시작했다. 하지만 아빠가 해준 이야기가 아니었다. 등장인물들을 모두 소개해놓고 쓰지 않는 건 너무 낭비라는 생각이 들었다.

"스테파니 공주는 친구가 아주 많았어. 다들 스테파니가 공주라는 건 알았지만 밤의 요정이라는 건 아무도 몰랐지. 그리고 스테파니도 다른 사람들이 그 사실을 아는 걸 원치 않았단다."

"왜?" 클로드의 학생들은 밤의 요정처럼 멋진 걸 왜 아무도 모르게 하고 싶어 하는지 이해할 수 없었다.

"너무 창피했거든." 클로드가 설명했다.

"왜?"

"친구들 중 아무도 밤의 요정이 아니잖아. 자기만 유일하게 밤의 요정이었으니까."

"그러면 오히려 자기가 더 특별하다고 느껴야 하는 거 아닌가?"

"왜냐하면 밤의 요정은 이상한 거니까." 클로드가 말했다. "역겹고. 스테파니가 사실은 밤의 요정이라는 걸 알고 나면 모두 징그러워할 게 뻔하니까 아무에게도 말하지 않았어. 하지만 어느 날 학교가 끝나고 모여서 놀고 있는데 갑자기 아무 예고도 없이 아이들 눈앞에서 스테파니의 날개가 확 튀어나왔어. 스테파니 공주는 너무 속이 상해서 울면서 도망갔어. 하지만 친구들은 스테파니를 쫓아갔어. 다들 이해했거든."

"별일 아니야, 스테파니." 신데렐라가 안심시켰다. "나도 맨날 비슷한 일을 당하거든. 시간이 늦어지면 내 신발이랑 내 옷이랑 내 차가 갑자기 팡 하고 다른 사람 것이 되어버려. 그러면 나도 내가 누구인지 모르게 돼."

"나도." 에어리얼이 말했다. "맹세하는데, 난 원래 물고기였어."

"정말?" 스테파니는 친구들이 너무 고마워서 다시 울기 시작했다.

"음, 절반만."

"그리고 늑대한테 잡아먹히기 전에 날 봤어야 해." 빨강모자가 말했다. "모두들 날 싫어했을 거야. 난 너무 약해빠져서 꽃을 꺾다가 곤경에 빠져버렸잖아. 창피해."

"어떻게 됐는데?" 스테파니가 훌쩍이며 물었다.

"잡아먹혔잖아, 어떻게 되긴. 그 뒤로 난 컸지. 그리고 똑똑하고 강해져야 할 필요가 있다는 걸 깨달았어. 그래서 내 삶을 주도적으로 살게 됐지."

"어떻게?"

"운동을 했어." 빨강모자는 미소를 지으며 팔을 굽혀 이두박근을 자랑했다. 클로드는 이 대목에서 자기 팔을 굽혀서 시범을 보였다. 모두들 낄낄 웃었다. "나, 개인 트레이너랑 운동하잖아. 원하면 전화번호 알려줄게."

클로드의 학생들은 거기까지는 좋아하며 고개를 끄덕였다.

"스테파니 공주의 친구들은 마침내 그녀가 진짜 누구인지 알았어. 그래도 모두들 여전히 스테파니를 사랑했지. 딱 한 명만 빼고. 스테파니의 이웃에 사는 라이벌 공주는 화가 났어."

"하지만 스테파니 잘못이 아닌데." 클로드의 학생들이 입을 모아 반대 의견을 피력했다.

"스테파니가 밤의 요정인 건 자기 잘못이 아니지." 클로드도 시인했다. "하지만 거기에 대해 거짓말한 건 잘못이지."

"비밀을 꼭 지켜야만 했잖아요." 학생들이 계속 주장했다.

클로드는 고개를 저었다. "이웃 성의 라이벌 공주는 스테파니에게 모든 걸 말했거든. 그래서 두 사람 사이에 아무런 비밀도 없다고 생각했어."

"공주든 그냥 사람이든, 비밀이 없는 사람은 없어요." 다오가 말했다.

"그건 사실이야." 클로드는 반 아이들 앞에서 선생님이 우는 광경을 본 적이 한 번이라도 있었는지 기억해보려고 했다. "그래도 어떤 비밀은 그냥 비밀이지만, 어떤 비밀은 거짓말이야."

"누구나 자기 안에 다른 사람을 가지고 있어요." 마이아가 주장했다. 이웃 성의 라이벌 공주에게 그 말을 할 필요가 없었다는 뜻이었다. 스테파니가 비밀을 지킨 것은 인간이라면 누구나 그럴 수 있는 일이기 때문에 나쁜 짓이 아니라는 뜻이었다.

"스테파니 공주는 이웃 성의 라이벌 공주가 화를 풀 수 있도록 설득할 수가 없었어." 클로드가 이야기를 이어나갔다. "설명해보기도 하고 미안하다고도 했지만, 이웃 성의 라이벌 공주에게는 소용이 없었어. 그래서 스테파니는 마법을 걸 수밖에 없었어."

"개구리로 만들어버렸어요?" 어린 남자아이 하나가 추측했다.

"커다랗고 냄새나는 징그러운 괴물로 만들어버렸어요?" 또 다른 남자아이가 거들었다.

"이웃의 라이벌 공주도 밤의 요정으로 만들었어요?" 제야가 말했다.

"아니, 아니야." 부정했지만, 클로드도 그게 그다지 나쁜 아이디어는 아니라는 생각이 들기는 했다. "스테파니는 요술 지팡이를 흔들어서 화가 난 이웃 성의 라이벌 공주를 이해하는 이웃 성의 라이벌 공주로 만들었어. 비밀 같은 건 신경 쓰지 않고, 화

도 내지 않고, 스테파니를 여전히 사랑하고, 앞으로도 계속 사
랑할 이웃 성의 라이벌 공주로."

클로드는 깊은 숨을 들이쉬었다. 그즈음에서 이야기를 끝
내는 게 좋겠다는 생각이 들었고, 그래서 거기서 끝냈다. 하지
만 학생들은 그렇게 생각하지 않는 듯했다.

"마법 말고." 제야가 불평했다. 마법은 신비로운 변신에나
쓰는 것이지, 누군가의 마음을 바꾸는 데 쓰는 게 아니라는 뜻
이었다.

"그걸로 안 돼." 다오가 불평했다. 못된 이웃 공주는 제대로
된 벌을 받아 마땅하다는 뜻이었다.

"불가능해." 이웃 성의 라이벌 공주를 개구리로 만들어버
리자고 제안한 아이가 불평했다. 인간에서 양서류로 변신하는
게 실제 일어날 수 있는 일이 아닐지는 모르지만, 애기가 포피의
비밀 때문에 느낀 배신감을 극복하는 것보다는 일어날 확률이
더 크다는 뜻이었다.

그러나 클로드는 기분이 나아졌다. 그동안 이것이 바로 아
빠가 하던 일이로구나, 아이들을 즐겁게 하는 것이 아니라 자기
의 세상을 바로잡는 일을 했던 것이로구나, 하는 생각이 들었
다. 직접 쓴 등장인물들은 쓰면 실제 사람들처럼 자기를 실망시
키지 않았다. 직접 지은 이야기는 마무리를 마음대로 고를 수가
있었다. 진정한 자기 모습으로 사는 것은 절대 가능하지 않지만,
자기를 만들어내면 자기가 아는 바로 그 모습으로 이야기 속에
존재할 수 있었다.

바지 안

길고 고단한 하루 일과를 마친 후, 로지와 케이는 함께 구내식당으로 가서 조용한 곳의 플라스틱 테이블과 의자를 찾아 앉았다. 세상의 다른 곳에서는 대학생들이 마트에서 싼값에 사서 쓰다 버리는 종류의 테이블과 의자에 앉아, 두 사람은 음식을 먹으며 이야기했다. 로지는 늘 휴대폰 신호를 잡거나 컴퓨터를 켜서 펜과 접속하고 싶어 애가 탔다. 그녀는 자기가 정글로 데려온 아이, 교실에서 기적을 일으키고 있다는 소문이 자자한 아이에게 돌아가고 싶어 애가 탔다. 로지는 아이가 행한다는 그 기적의 내용을 빗방울이 바다를 염원하듯 간절히 듣고 싶었다. 케이도 딸뿐 아니라 아들과 남편이 기다리는 집이 있었고, 날마다 500명 넘는 환자와 환자 가족을 먹여야 하는 진료소 구내식당보다 집에서 훨씬 더 나은 음식을 먹을 수 있을 게 분명하지만, 로지와 케이는 매일 저녁 함께 조용히 앉곤 했다. 어떨 때는 이야기를 하고 어떨 때는 자극적인 향기가 나는 뜨거운 차를 호

로지는 케이에게 시애틀과 언덕 위에 사는 가족들, 가정의
학 병원에 관해 이야기하고, 위스콘신과 응급실과 위스콘신 대
학과 거기서 살던 농가와 자녀들이 어릴 때와 연애 이야기와 펜
의 동화와 여동생까지, 시간을 거슬러 올라가며 중요한 이야기
를 모두 했다. 케이도 로지에게 시간을 거슬러 올라가며 자기 이
야기를 들려줬다. 국경 지대 진료소에서 위생병으로 일할 때 어
려운 조건에서 장시간 일해도 보람 있었고, 오래 떨어뜨려 두기
에는 너무 어린 아들 둘과 딸 둘, 전쟁에서 잃은 것이 너무 많아
치유가 불가능한 미얀마 군인 출신 남편이 있고, 남편을 치료할
수 있을지 모른다는 소문을 듣고 3주간 정글을 뚫고 걸어와 도
착한 진료소에서 도움을 받기는 했지만, 남편을 치료해줘서가
아니라 아내를 고용해서 힘을 실어주었기 때문이었고 그게 큰
의미가 있었다는 이야기. 그 전에 미얀마에서 몇 달간 계속되던
전쟁과 그 끝에 남편이 부상을 당한 일, 그 전에 피난을 다니던
일, 그리고 무슨 이유인지 모르지만 삼촌과 국경을 건너기 전
어린 시절에 살던 태국 북부 지방, 로지가 듣기에는 가난하고 궁
핍하게 들리지만, 케이는 풍요롭고 흙냄새가 나고 가능성으로
충만한 시절이라고 묘사하는 어린 시절 이야기.

두 사람이 서로를 알아가던 초기에는 표면적인 이야기만
했다. 정확한 초상화가 아니라 대략적인 스케치, 비망록이 아닌
자서전. 가까운 친구가 되기에는 아직 시간이 길지 않았지만(그
러나 로지가 떠난 후에도 두 사람은 평생 서로 소식을 주고받으며 살았
다) 둘 다 엄마들이었고, 그것만으로도 유대감, 오래도록 엄마

노릇을 한 사람들끼리 느끼는 유대감이 생겼다. 세상의 반대편에서 완전히 다른 삶을 살아온 사람일지라도 엄마들끼리는 앉자마자 쉽게 대화를 나누고 영혼을 공유할 수가 있었다. 왜 열 살짜리를 집에 두고 오지 않고 말라리아가 창궐하는 정글로 데려왔는지, 가끔 얼마나 끔찍한 일이 아이들을 덮칠 수 있는지 이해하는 상대. 그리고 그 일로부터 아이를 보호하기 위해 무슨 일까지 할 수 있는지, 모든 끔찍함과 위협과 파괴와 재건을 목격한 상대. 엄마들은 자기 시간을 계획하기가 얼마나 어려운지, 엄마의 일 따위는 얼마나 사소하게 취급받는지, 아이들이 얼마나 줄곧 엄마에게 안기고 엄마를 만지길 원하는지, 아이가 아침에 일어났을 때 어떤 모습인지, 어떻게 말하고 걷고 읽기를 배웠는지, 얼마나 빨리 옷이 작아져버리는지, 아이들과의 세상을 일분일초도 놓치지 않고 살아내는 것이 무엇인지를 아는 상대. (심지어 누군가 다른 사람의 아이가 양동이에 앉아 유충이 수천 마리 득실거리는 똥을 싸는 순간에도), 심지어 누군가 다른 사람의 아이가 고열로 온몸을 떨고 있는데 원인을 알 수 없을 때, 심지어 누군가 다른 사람의 아이의 골반에 아기가 들어서서 살아서 태어나기 위해 아직 아이에 불과한 엄마의 생명력을 다 빨아들이고 있을 때마저도.

그래서 언뜻 무례하고 엉뚱하게 들릴 수도 있는 로지의 질문은 주제넘는 질문도, 주제를 바꾸는 질문도 아니었다. "아이들에 관해 물어봐도 돼요?" 그녀는 아무것도 없는 맑은 국물에 고명이 하나도 올라가지 않은 국수를 소리 내서 먹으며 물었다. 어느 부분이 맞닿았는지 알 수 없지만, 그녀의 엄마가 만들어주던 무교병* 수프와 비슷한 맛이 나는 국수였다.

피곤에 젖어 있던 케이의 얼굴이 밝아졌다.

"어떻게?" 로지가 물었다.

"어떻게?" 케이가 씩 웃었다. "그러니까 어떻게 아이들을 갖게 됐냐고요?"

로지는 얼굴을 붉히고 국수를 뚫어져라 쳐다보면서 몇 주 전 케이가 퇴적층처럼 여러 겹을 가진 인물이라는 사실을 깨달았던 순간을 떠올렸다.

"내가… 클로드 같다는 걸 눈치챘군요?"

그 말에 고개를 번쩍 든 로지의 안경은 국수에서 올라온 김으로 흐려져 있어서 케이를 똑똑히 볼 수가 없었다. "아니, 내 말은… 네, 그러니까, 맞아요. 당신이… 클로드 같다는 걸 알아차렸어요. 하지만 당신이 클로드가… 클로드 같다는 걸 알아차린 건 몰랐어요. 어떻게 알았어요?"

"어떻게 알았는지 나도 몰라요." 케이가 의기양양한 미소를 지었다. "그 애는 자기 몸을 불편해하는 것처럼 보였어요. 그냥 보이는 것보다 더 많은 걸 품고 있는 아이처럼 느껴졌고."

"맞아요." 로지가 말했다.

"본국에서는 무슨 이름을 썼어요?"

"포피."

"포피." 케이가 메아리처럼 따라 말했다. "예쁜 이름이네요."

"당신 아이들은요?"

★　유대인들이 유월절에 먹는 비스킷 비슷한 빵.

"입양했어요. 애초에 그럴 생각이 있었던 건 아니고. 추차 이랑 난 결혼했지만 공식적으로 결혼한 건 아니에요. 무슨 말인지 알죠? 우리는 아이가 없을 것이라 생각했고, 그래도 괜찮다고 생각했어요. 사람들이 싸우고 있었죠. 우리랑 상관없는 전쟁이지만 우리에게서 멀지 않은 전쟁. 우리도 가난하고 나라도 가난하고. 그래서 그냥 둘이서 살아도 괜찮았어요. 그러다가 여기와서 한 달도 안 돼 한 남자가 사흘째 진통하고 있는 아내를 데리고 왔어요. 피를 너무 많이 흘렸고 엄마가 죽었어요. 아빠는 그냥 떠나버리고. 아기가 살아남아서 나랑 추차이랑 살게 됐죠. 우리 아이들은 모두 진료소에 와서 집이 필요해진 아이들이었어요. 하지만 우리도 모든 아이들을 다 데리고 살 수는 없었어요."

로지는 숨을 쉬기 위해 수저를 놓고 이것이 얼마나 상상하기 힘든 일인가, 하지만 그 일을 경험하고 이야기하고 있는 사람이 자기 바로 맞은편에 앉아 있다는 사실 또한 얼마나 상상하기 힘든 일인가 하는 생각을 했다. "당신은 정말 놀라운 사람이에요."

"내가요?"

"네."

"왜 그런 말을 해요?"

"집이랑 가족을 떠나왔고, 제대로 훈련도 받지 못하고 장비나 물품이 구비되어 있지도 않은 열악한 조건인데도 여기서 오랫동안 일을 해왔잖아요. 그리고 가족이 필요한 아이들을 거둬들여 가족이 되어줬고. 그러는 동안 내내 사람들의 손가락질을 견뎌왔…." 로지는 말끝을 흐렸다.

"'카토이이'라고 해요." 케이가 가르쳐줬다. '캣 토이', 고양이 장난감처럼 들렸다. "케이가 뜻하는 여러 단어 중의 하나예요. 직역을 하면 레이디보이라고 할 수 있죠. 미국에서는 뭐라고 불러요?"

"트랜스젠더." 로지는 그렇게 말하는 자기 목소리가 뭔가 패배를 인정하는 느낌이 들었고 그 이유가 뭘까 궁금했다.

"하지만 손가락질은 별로 안 당해봤어요." 케이가 덧붙였다.

"아, 아니, 그게 아니라 내 말은…." 로지가 말문을 열었지만 케이가 바로 설명을 했다.

"'포피클로드'보다는 나았을 거예요, 내 생각엔. 태국에는 카토이이가 많아요. 별로 큰일이 아니죠. 우리 모두 불교를 믿기 때문에 업이라 생각해요. 삶이 그런 것이고, 그냥 존재하는 또 다른 방식이라 생각하죠."

"정말요?" 그것은 산통을 겪던 여자가 코끼리를 타고 와서 미끄러지듯 내려온 광경까지 포함해서 이번 여행에서 접한 것 중 가장 놀라운 일이었다.

"불교식 사고방식이에요." 케이는 어깨를 으쓱해 보였다. "전생은 전생, 이생은 이생, 내생은 내생. 뭐가 됐든 전생에 있었던 일 때문에 내가 이렇게 태어난 거니 내 잘못이 아닌 거죠. 모두가 그걸 알아요. 나와 내 영혼은 완전한 휴식을 취하기 전까지 수많은 몸을 거쳐 가겠죠. 남자의 몸, 여자의 몸, 둘 다의 몸을 모두. 그러니 괜찮아요. 내 바지 안에 뭐가 있는지 아무도 상관 안 하죠."

"물어봐도⋯." 의사 로지가 예의 바른 일반인 로지와 싸워 이겼다. 모든 게 너무 다르고 낯설어서 알아야만 했다. "물어봐도 될지 모르지만, 실제로 바지 안에 뭐가 있어요?"

"불쌍한 랠프처럼 나도 원래 부품은 다 가지고 있어요." 케이가 미소를 지었다. 로지는 어색할 수 있는 상황에 적절하고도 정확하게 표현할 줄 아는 케이의 영어 실력에 감탄했다. "방콕에는 수술해주는 병원이 많은데, 대부분 외국인을 위한 거예요. 태국의 '카토이이'들은 그냥 사는 경우가 많아요. 부품이 뭔지는 중요하지 않아. 영혼이 무엇인지, 어떻게 움직이는지, 어떻게 옷을 입고, 어떻게 사랑을 하고, 어떻게 사는지가 중요하지. 포피처럼. 나는 여자의 영혼을 가지고 있으니까 나나 추차이나 우리 아들, 딸한테 내 바지 속에 뭐가 있는지는 중요하지 않아. 무슨 말인지 알겠어요?"

로지는 말문이 막힌 채 고개를 끄덕였다. 이런 문제는 모국어로도 이야기하기 어려운데 하물며 다른 나라 말로까지 할 수 있다니. "그러니까 그냥⋯." 그냥 뭐? 그녀는 자기가 무엇을 묻고 싶은지도 확실치 않았다.

그러나 케이는 고개를 끄덕였다. "난 치앙마이 북쪽에서 자랐어요. 소도시도 안 되는 작은 곳. 시골이고 농장들이 있는 데예요. 하지만 사촌이 '카토이이'여서 그게 괜찮다는 건 알고 있었어요. 내가 다니던 학교에 '카토이이' 선배들이 있었어요. 내게 어떻게 할지 가르쳐줬죠. 머리랑 옷이랑. 원하면 호르몬은 쉽게 구할 수 있지만 원하지 않는 사람들도 많아요. 포피는 다르죠? 내 생각엔?"

"달라요." 로지는 고개를 저으면서 자기 자신에게 이 여자 앞에서 우는 건 적절치 못한 행동이라고 엄격하게 타일렀다. 오후 내내 여섯 살배기 아이의 옆구리에서 포탄 파편을 뽑아내느라 둘이 함께 일하지 않았는가. "같지 않아요. 다들 클로드의 바지 안에 뭐가 들었는지 관심이 많아요. 포피의 바지 안에. 그리고 그게 중요하다고 생각하는 사람들도 많고, 처음에는 모두가 알고 있었는데 안전하지가 않았고. 그다음에는 아무도 몰랐는데 알게 된 다음에는 처음보다 더 안 좋아졌어요."

"왜 비밀로 했어요?"

"내가 배우질 못해서 그랬어요. 나도 봤어요. 비밀을 지켰다가 생기는 끔찍한 일들을. 비밀이 밝혀지면 어떤 태풍이 몰아치는지 봤어요. 하지만 어떻게 된 일인지, 어떻게 된 일인지, 똑같은 실수를 한 거예요."

"실수는 좋은 거예요. 배워서 고칠 수가 있으니까."

"어떻게 고칠 수 있을지 모르겠어요." 로지가 말했다.

"중간 지점이 있을 거예요."

"미국에서는 중간 지점이라는 게 없어요. 남자 아니면 여자. 그 중간은 없어요. 관습에 따르든지 숨든지, 둘 중 하나예요. 관습에 따르지 않으면 틀린 거예요. 여자처럼 옷을 입으려면 여자여야 하죠. 온몸이 여자, 몸의 어떤 부품이 여자가 아니면 괜찮지가 않아요."

"여자, 남자 사이의 중간 지점만 말하는 게 아니에요. 어려운 상황을 받아들이고 사는 거랑 자기를 받아들여주지 않는 상황 사이의 중간 지점."

"그걸 어떻게 해요?"

"계속 기억해야 해요. 모든 게 변한다."

"모든 거, 뭐요?"

"모든 삶. 끝나서 완성되는 삶은 없어요. 무엇이 되는 게 아니라 되고 있는 것이죠. 알겠어요? 삶은 변화의 연속일 뿐이니 아직 목적지에 도달하지 않아도 괜찮은 거예요. 당신도, 포피도, 모두 다 마찬가지죠. 이해하지 못하는 사람들도 변해요. 무서워하는 사람들도 변해요. 전과 후를 구분할 수는 없어요. 변화하는 것이 삶이니까. 변화하는 속에서 살고, 그 중간에서 사는 거예요."

"당신은 어떻게 그걸 해요?"

"평생 배우는 거죠. 계속 시도하고 노력하고. 중간 지점을 찾을 거예요. 이번 생에, 아님 다음 생에. 언젠가는 길을 찾겠죠."

로지는 그렇게 오래 기다릴 수 있을지 확신이 서질 않았다.

케이가 미소를 지었다. "부처님 이야기 알아요?"

로지가 고개를 저었다.

"당신하고 클로드, 아니, 포피 이야기랑 비슷해요. 모든 사람의 이야기랑 비슷한 거지. 변화의 이야기, 알지 못하는 상태에서 아는 상태로 변화하는 이야기, 무지에서 깨달음으로 변화하는 이야기. 하지만 깨달음을 이루기까지 길고, 길고, 어려운 과정을 거쳐야 해요. 길고, 길고, 어렵지 않으면 깨달음으로 이어지지 않아요. 부처님은 깨달음을 얻고 삶의 순환에서 벗어난 마지막 삶에 이르기까지 여러 번 다시 태어났어요. 마지막 삶에서 부처님은 왕자였어요. 알죠?"

로지도 그건 알았다. 로지도 왕자의 이야기는 잘 알았다.

"궁전에서 편히 살았으니 가난도, 질병도, 늙는 것도, 죽는 것도 몰랐죠. 그러다가 세상에 나가보고 배웠어요. 그리고 도왔고. 그게 중요한 부분이에요. 배우고 나서 듣고 말하고 도왔어요. 가족을 떠나고 궁전을 떠나고 왕자로 사는 것도 떠났어요." 로지는 고개를 끄덕이며 케이의 말을 들었다. 그 부분은 어디서 많이 들어본 이야기였다. "세상이랑 사람들에 대해 배웠어요. 존재하는 방법을 배우기 위해 명상했고. 음식과 물과 집을 포기했는데도 몸이 너무 큰 소리를 내서 평화를 찾을 수 없으니까 다시 배웠죠. 너무 적은 것도 너무 많은 것만큼이나 나쁘다. 그렇게 배운 걸 가르치고, 이야기하고, 다른 사람들도 진리를 볼 수 있도록 도왔어요. 친절하고 용서하고 정직하고 나누라고 말했죠. 모든 게 변할 테니 다 괜찮다고도 말했고 중간 길. 깨달음. 그게 이야기예요. 실수에서 배우고 고치고 이야기하는 것. 알지 못하는 것에서 아는 것으로 변하기. 부처님도 그렇게 해서 배웠어요. 무슨 말인지 알겠어요?"

"하지만 난 알지 못해요." 로지가 말했다.

"아직은요." 케이가 말했다.

월요일의 색깔

부처는 어디에나 있었다. 글자 그대로 어디에나는 아니었지만, 어쩌면 클로드가 모를 뿐이지 진짜 어디에나 있을 수도 있었다. 부처가 무소부재하다는 사실은 좀 걱정스러웠는데 그 까닭은 부처 쪽을 발로 가리키면 안 된다는 말을 들었지만 언제, 어디서 부처가 나타날지 몰랐기 때문이었다. 구내식당에 하나, 교실에 둘, 환자 등록 센터에 셋, 대기실에 하나씩 부처 동상이 있었다. 게스트하우스에서 클로드가 발견한 부처만도 지금까지 다섯 개였는데 더 있을지도 몰랐다. 자전거를 타고 진료소로 가는 길에도 일곱 개를 지나친다. 오후 한나절을 보내기 위해 읍내로 간 날에는 열다섯 개를 봤다. 클로드의 어린 학생들은 부처가 누군지 설명하기 위해 애를 썼다. 신은 아니지만 주님이고, 왕자, 교사, 상기시켜주는 사람, 길 등등. 그러나 그중 클로드 마음에 제일 든 건 부처가 여자처럼 보인다는 사실이었다.

클로드도 치앙마이 여행 전까지는 그 사실을 깨닫지 못했다. 치앙마이는 진료소에서 필요한 물품을 구하러 갔다가 엄마가 두 사람 모두 조금은 쉴 자격이 있다며 이틀 더 머물렀던 곳이다. 치앙마이가 태국에서 두 번째로 큰 도시라는 이야기를 케이에게서 들었기 때문에 클로드는 방콕을 떠올리며 마음의 준비를 단단히 했지만, 치앙마이는 방콕과 완전히 달랐다. 나무위에 지은 조용한 식당도 있었고, 게스트하우스에서는 상상도 못하던 커다랗고 푹신한 침대가 있는 호텔, 양동이나 우리에 든 살아 있는 동물들의 비극적인 눈과 마주치지 않고도 필요한 물건을 살 수 있는 시장이 있었다. 어디를 가나 꽃이 흐드러졌고, 과일을 파는 가판대와 자전거도로가 있었다. 벤치에 앉아 어항에 발을 담그면 가라루파 물고기 수백 마리가 몰려와서 종아리랑 발을 조곤조곤 갉아대는 물고기 스파도 있었다.

하지만 치앙마이의 가장 큰 특징은 와츠였다. 사원이라는 뜻인데, 치앙마이에 300개가 넘는 와츠가 있었고 클로드는 그것들을 하나도 빠짐없이 다 본 느낌이 들었다. 와츠는 어디를 가나 있었다. 클로드와 엄마를 안내해준 가이드 녹은 와츠가 식당이나 은행, 식료품점 옆 등 어차피 날마다 가야 하는 곳에 자리 잡고 있었기 때문에 사람들에게 상기시켜주는 역할을 한다고 설명했다. 사원이 사람들에게 상기시키는 것은 부처였다. 부처가 신이 아니라고들 하면서 왜 그의 동상이 그렇게 많은 것일까? 사원마다 부처가 수없이 많았다. 부처가 득실거렸다. 부처가 넘쳐났다. 부처 그림, 부처 스케치, 부처 벽화도 있었다. 부처의 이야기, 머리에서 불꽃이 일어나 하늘로 향하는 부처상, 걷는 부처, 명상하는 부처, 뱀 위에 앉아 있는 부처, 동물들과 이야기를 나누는 부처, 낮잠을 자는 것처럼 보이는 부처. 눈을 아래로 내리깔고(눈은 다른 사람보다 자기 자신을 먼저 보는 것이 중요하기 때문이라고 설명했다), 귀는 길게 늘어뜨린(듣고 관찰하기 위해서이기도 하고, 귀가 길면 오래 살기 때문이기도 하단다. 클로드는 자기 귀를 만져봤지만 짧은지 긴지 알 수가 없었다) 부처.

하지만 처음 클로드가 부처에게 관심을 가진 것은 그의 눈이나 귀가 아니라 손가락 때문이었다. 더 정확히 말하자면 손톱, 길고 예쁜 모양의 손톱이었다. 우아하게 다듬어지고 금색 매니큐어가 칠해진 경우도 많았다. 편안하고 단정하게 위로 향해 벌린 채 차분하게 무릎 위에 올린 부처의 손은 마치 상대에게 잘 있는지 묻고, 진심으로 걱정하면서, 금방이라도 간식이나 차를 내올 것 같은 느낌이었다. 여자처럼. 부처는 장신구를 걸치고 달팽이처럼 꼬아놓은 머리 스타일을 하고 있었다. 도톰한 입술과 비밀스러운 미소, 수줍은 눈, 제비처럼 늘씬하게 뻗은 눈썹. 어떤 부처상은 배가 부드럽고 작았다. 어떤 부처상은 다리 사이에 구불구불한 선이 두 개가 그려져서 삼각형처럼 보였다. 어쩌면 웃옷이 끝나는 곳일 수도 있고 어쩌면 그보다 더 나은 무엇인지도 몰랐다. 손으로 머리를 받치고 옆으로 누운 부처도 가끔 만났다. 그런 부처는 "자! 내게 다 말해보렴!" 하고 말을 건네는 것처럼 보였다. 파자마 파티를 할 때 포피의 친구들이 그랬던 것처럼. 발까지 닿는 긴 금색 구슬 옷을 입은 부처도 있었다. 몸의 굴곡을 부드럽게 드러내며 다이아몬드처럼 빛나는 옷과 검은 올림머리에 겸손하게 옷을 내려다보는 눈은 "젠장, 나 너무 멋진 거 아냐?" 하고 말하는 듯했다. 부처는 길고 둥그스름한 허벅지에 부드러운 곡선의 어깨, 옆으로 퍼진 골반, 좁다란 허리를 가지고 있었다. 발도 섬세했고, 손은 인내심 있는 새들처럼 몸 옆에 얌전히 자리 잡고 있었다. 재료인 돌만큼이나 판판한 상반신을 가진 부처도 있었지만, 가운이나 옷이나 휘장 같은 것이 상반신의 뭔가를 가리고 있는 것처럼 보일 때도 있었다. 재료나 자세, 표정, 복장 같은 것과 상관없이 부처는 여자처럼 보이는 경우가 많았기 때문이다.

클로드는 그 이유를 묻는 것이 예의에 어긋나는지 아닌지 확신이 서질 않았다. 부처가 신은 아닐지 모르지만 이야기에서는 늘 남자로 등장했기 때문이다. 하지만 그는 질문을 하고야 말았다. 평소 클로드답지 않지만 꼭 알아야만 했기 때문이다.

녹은 말했다. "부처님은 평화롭고 온화하고 공격적이지 않기 때문에 여성스러워 보이는 거야."

그는 "부처님은 깨달음을 얻기 전에 여러 생과 몸을 거쳤어"라고도 말했다.

그는 또 "아무것도 우리 것이 아니지. 몸마저도"라고도 했다.

그중 어느 것도 클로드의 질문에 답한 건 아니었다. 그러나 확실한 것은 부처는 남자로 태어났고, 어느 날 머리카락을 잘랐고, 깨달음을 얻었고, 그런 다음 여자처럼 보이게 됐다는 사실이었다. 게다가 거기서 그치지 않고, 부처는 몸처럼 우리가 바꿀 수 없는 것마저 임시로 빌려 쓰는 것이라 생각하는 듯했고, 착하고 정직하게 살면서 용서로 모든 문제를 해결할 수 있고, 그것이 중요하다고 설파하는 듯했다. 불교에 다른 가르침도 많았겠지만, 바로 그 점 때문에 클로드와 포피는 평생 불교를 믿었다.

치앙마이에서 지내던 마지막 날은 왕의 생일이어서 도시 전체, 나라 전체가 축제 분위기였다. 사람들이 시장에서 공짜로 음식을 나눠주면서, 오렌지와 꼬챙이에 끼운 어묵과 달콤하고 부드러운 호박 수프를 클로드의 손에 쥐여줬다. 그리고 어디를 봐도 모두 노란색 옷을 입고 있었다. 노랑 셔츠, 노랑 치마, 노랑 모자, 노랑 숄, 노랑 신발, 노랑 스카프.

"왜 모두들 노란색을 입고 있어요?" 클로드는 사람들이 지르는 환호 때문에 너무 시끄러워 고함을 치다시피 녹에게 물었다.

녹은 미소를 지었다. 그 미소는 자기가 영어를 잘 못 알아들었음이 틀림없다고 생각할 때 짓는 미소였다. 클로드처럼 아무것도 모를 수가 있다는 것이 불가능하게 느껴졌기 때문이었다.

"월요일의 색깔이야."

"네?"

"노랑. 월요일의 색깔."

"월요일에 색깔이 있다고요?"

"날마다 색깔이 있지."

"그래요?"

"물론이지."

"하지만 오늘은 수요일이잖아요."

"오늘은 수요일이지만 왕이 월요일에 태어났기 때문에 왕의 색이 노랑이 됐어. 넌 언제 태어났어?"

"6월 7일이요."

"요일은?"

"아, 그건 전혀 모르겠는데요." 클로드가 말했다.

그 말을 들은 녹은 믿을 수 없다는 표정을 지었다. "그러면 네 색깔이 뭔지 어떻게 알아?"

클로드는 자신의 색깔이 뭔지 알지 못했다.

"클로드가 언제 태어났어요?" 녹은 로지에게 물었다.

"6월 7일이에요."

"요일은요?" 녹이 인내심을 가지고 같은 질문을 했다.

"몰라요."

"알아내세요." 녹이 조언했다. "중요해요. 어느 요일에 태어났는지에 따라 색깔도 정해지고, 부처의 자세도 정해져요."

"부처의 자세요?" 클로드와 엄마가 동시에 물었다.

"왕의 부처 자세, 그러니까 월요일의 자세는 두려움을 떨치는 자세예요. 서서 한 손이나 두 손을 들고 있는 자세죠." 클로드는 그 자세가 상대방의 말을 듣기 싫다는 몸짓을 하는 부처라고 생각했다. Z자 모양으로 세 번 손가락을 딱딱 마주치며 소리낸 다음 "이 계집애야, 뭐가 됐든 난 듣고 싶지 않아" 하고 말할 것 같은 분위기. 하지만 알고 보니(사실 생각해보면 놀라운 일이 아니기도 했다), 그것은 사랑과 관대함이 담긴 동작이었다. 그는 두려움을 쫓아내고 있었다. 어떨 때는 그 자세가 폭풍우를 막거나 성난 바다를 잠재우는 의미를 가지기도 한다고 했다. 어떨 때는 평화를 부르고, 싸움과 공포를 저지하면서 사람들에게 침착함과 사랑을 선택하게 일깨우는 자세로 해석된다고도 했다. 모든 것을 순리대로 하도록.

그날 밤 저녁 식사 후, 두 사람은 물고기 스파로 돌아갔다.
휴대전화가 접속이 되는 곳이라 클로드는 자신이 태국의 왕과
마찬가지로 월요일에 태어났다는 사실을 검색으로 알아냈다.

"납득이 가네." 엄마가 발가락을 꼼지락거려 물고기들을 놀
렸다.

"뭐가요?"

"네 색깔이 노랑인 것."

"왜요?"

"아기가 아들인지 딸인지 모를 때 아기 방을 노란색으로 칠
하는 경우가 많거든." 클로드는 고개를 숙인 채 물고기에서 눈
을 떼지 않았기 때문에 로지는 이 말이 클로드에게 도움이 되는
지 아픔이 되는지 판단할 수 없었지만, 계속 말을 이었다. 오랜
만에 얻은 좋은 기회였다. "넌 누구보다도 오래 노란색 아기방
에 있었어."

"노란색 아기 방이요?"

"매디슨에 있던 아기 방 말이야. 넌 너무 어려서 기억나지
않겠지만, 우린 그 방에 노란색 칠을 했었단다. 네가 딸일 경우
에 대비해서."

"언제요?" 클로드가 그렇게 물었지만 엄마는 듣지 못한 듯
했다.

"나도 두려움을 떨치는 동작이 마음에 드는구나." 로지는
어항에 담긴 발을 슬슬 흔들어 이게 하릴없이 하는 소리인 척했

다. 그날 만난 모든 경이롭고 분주한 것들, 황금색 사원과 수없는 부처상들, 환희에 넘치는 축제, 자기 살로 밥을 먹이고 있는 배고픈 물고기들 등, 그 모든 것 중에서도 그녀를 맑은 유리처럼 고요하고 차분하게 만들어준 것은 바로 그것이었다. 두려움을 떨치는 동작. 공포로부터 숨지 않고 공포를 길들이는 것. 공포를 막거나 묻거나 비밀에 부치거나 하지 않고, 자기 자신뿐 아니라 모든 이에게 사랑과 열린 마음을 선택하고, 침착하게 생각하고 행동하도록 일깨우는 것. 두 가지 말고 더 많은 길이 있었다. 숨기기 아니면 누설하기, 호르몬을 억제하기 아니면 상심하기, 남성 아니면 여성, 옳음 아니면 그름 말고도 더 넓은 가능성이 있었다. 중간의 길. 그 너머의 길.

지금까지 그들은 두려운 마음을 가진 상태에서 선택해왔다. 마침내 그 사실을 알 수 있었다. 펜이 마법처럼 변신하는 길로 열병에 걸린 듯 서둘러 뛰어가는 것도 두려움 때문이었지만, 기다리고 어찌 되는지 살피면서 아이가 선택하도록 두자고 했던 로지도 두려움 때문에 그렇게 고집했던 것이다. 모두 다 두려움을 떨쳐낼 필요가 있었다. 로지, 펜, 클로드, 포피 모두. 더 이상 두려움 속에서 살 수는 없었기 때문이다. 그러나 다른 모든 사람들도 두려움을 떨쳐낼 필요가 있었다. 바로 거기서 문제가 생기기 때문이다. 못된 5학년생들, 폭력을 휘두르는 대학생들, 무지한 친구 부모들, 식료품점에서 무례한 눈길로 쳐다보는 사람들, 중요한 핵심을 놓치는 교육 행정관들, 헤게모니에 기대는 사람들, 아직 깨달음에 이르지 못한 수많은 사람들 모두 단지 두려워서 그렇게 행동할 뿐이다. 그들은 자신의 두려움을 떨치고, 자신의 바다를 진정시키고, 자신의 폭풍우를 가라앉힐 필요가 있다. 그리고 그 두려움을 떨쳐줄 사람은 바로 로지였다. 이제 그녀는 더 이상 몸을 웅크리고 있을 수도, 기다릴 수도 없었다. 이제 도약할 때였다. 열 살배기 아이들은 그다지 두려운 존재들이 아니었고, 로지 앞에 놓인 길은 점점 선명해지고 있었다. 길을 잃은 아이에게 혼자서 길을 찾아 숲 밖으로 나오게 두는 것은 옳지 않았다. 이 아이, 이 가냘픈 아이는 아직 어리고 새롭게 세상에 나서는 존재다. 혼자서 나아가기는 너무 어려우니 도움이 필요했다. 펜이 길을 찾아 탄탄대로를 만들 수는 없었다. 로지도 그냥 앉아서 일이 닥치기만 기다리지 말았어야 했다. 다른 방법이 있을 것이다. 그 길은 찾기가 쉽지 않고 걷기도 쉽지 않을 테지만, 쉬운 방법은 선택지에서 빠진 지 오래다.

"우리 사랑하는 아가, 바로 중간 길이야."

"중간 길이 뭔지 잘 모르겠어요." 클로드는 뜨뜻한 물속에서 발로 8자를 그리며 엄마의 말투에 맞춰보려고 했다.

"왜?"

"중간 길이라는 게 없기 때문이에요." 그 말은 신음 소리와 훌쩍이는 소리 중간쯤 되는 소리처럼 들렸다. "선택지는 두 가지밖에 없고, 어차피 선택의 여지도 없잖아요. 선택할 수 있는 게 아니니까. 사실의 일부만 말하면 거짓말이고. 몸의 바보 같은 작은 부분이 남자면 절대 여자는 못 되고."

"그게 모두 사실인 것처럼 보이긴 해. 그건 그래." 엄마가 어항 너머에서 손을 뻗어 그의 손을 잡았다. "하지만 아니야. 엄마 생각엔 중간 길이 옳은 길이기도 하고 어려운 길이기도 한 것은 같은 이유에서인 것 같아."

"왜요?"

"보이지 않는 길이기 때문에."

"동화처럼요?"

"아니." 엄마는 그 말을 마치 물고기들에게 하는 것처럼 내뱉고는 고개를 들어 클로드를 쳐다봤다. "사실 따지고 보면, 맞아, 동화 비슷한 거지. 길이 갈라지는 부분이 있어. 두 개의 길중 하나를 선택해야 할 것처럼 보이지. 왼쪽으로 갈 것인지, 오른쪽으로 갈 것인지, 앞으로 나아갈 것인지, 뒤로 후퇴할 것인지, 더 깊은 숲으로 갈 것인지, 더 안전한 곳으로 갈 것인지를 판단해야 할 것처럼 보이지. 하지만 사실 그런 건 진짜 해야 하는 일에 비하면 쉬워. 진짜 해야 하는 일은 길이 없는 곳으로 똑바로 나아가면서 자기가 갈 길을 스스로 만들어나가는 거야."

"왜 그게 평화롭게 들리지 않죠?" 초보 불교 신자 클로드가 말했다.

로지도 답을 알지 못했다. "어쩌면 그게 장기적으로는 더 평화로운 방법일지도 몰라. 아마 시간도 더 걸릴 것이고. 평화롭고 쉬워 보이는 길도 가다 보면 그 반대일 수도 있어." 그녀는 평생 성장해서 온전한 인간이 되는 데 드는 시간을 생각했다. 그녀는 펜과 함께(둘밖에 없었을 때) 아기 방을 노란색으로 칠하던 날을 생각했다. 양쪽 모두를 품을 수 있는 색깔, 두려움을 떨치는 색깔, 아직 알지 못하는 상태의 색깔. 월요일의 색깔. "비밀하나 말해줄까?"

클로드가 물고기를 보던 눈을 들었다.

"엄마는 포피가 그리워." 로지가 미소를 지었다.

클로드는 아무 말도 하지 않았다. 그러다가 말했다. "하지만 포피를 가졌을 때는 클로드가 그립지 않았어요?"

"엄마 말은 그게 아니야." 로지는 조심스럽게 말했다. "있잖아, 엄마는 여기서 널 클로드라고 불렀어. 네가 그렇게 해달라고 해서. 하지만 널 어떤 이름으로 부르는지, 네 머리가 어떤 모양인지, 네가 엄마 딸인지 아들인지는 별 상관이 없어. 무슨 일이 있어도, 엄마는 언제나 너의 본모습을 보기 때문이야. 넌 엄마한테는 항상 같은 아이야. 빛나고 아름답고 멋진 아이, 엄마 아가. 네가 포피가 되었을 때도 네가 클로드가 아닌 적은 한 번도 없었어. 네가 다시 클로드가 되었지만 포피가 아닌 적은 한 번도 없었지. 남자아이, 여자아이, 포피, 클로드. 너한테는 다르게 보이고 세상 사람들도 다르게 보겠지만, 엄마한테는 아니야. 적어도 예전에는 그랬어. 엄마는 심지어 그 둘을 구분할 수도 없었지."

"예전에는요?"

"이제 엄마도 포피와 클로드가 얼마나 다른지 알겠어. 하지만 네가 생각하는 그런 건 아니야. 엄마가 포피를 그리워하는 건 행복하고 강하고 늘 웃는 어린 여자아이를 그리워해서가 아니라, 행복하고 강하고 늘 웃는 아이를 그리워해서야. 클로드는 길을 잃고 슬퍼하는 뒤죽박죽이 된 아이야. 여기 온 후에 엄마가 깨달은 게 바로 그거야. 포피는 여자아이이고, 클로드는 남자아이, 그런 게 아니었어. 포피와 클로드 둘 다, 남자아이와 여자아이가 다 들어 있었어. 둘 다 겉으로 자랑스럽게 드러내는 것과 속으로 숨기는 걸 가지고 있었어. 중요한 건 포피는 행복한 아이고 클로드는 슬픈 아이라는 점이야. 포피는 적응하고 편안한 아이이고, 클로드는 자기와 안 맞는 자리에서 자꾸 부딪히는 아이지, 그래서 둘 중 하나를 고르는 게 너무 쉬워."

"하지만 어려운 길이라고 했잖아요. 나무 사이를 뚫고 지나가야 한다고. 눈에 안 보이는 중간 길이라고 했잖아요."

"포피가 행복한 아이이기 때문에 쉬운 선택이지만, 포피는 나무를 헤치고 나아가야 하는 길이기도 해, 엄마 생각엔. 넌 포피여야 해. 그게 어렵다고 해도. 집에서 살 때 우리가 한 잘못은 포피로 사는 걸 쉽게 만들려고 했던 거야. 포피로 사는 건 쉬운 일이 아니야. 우리가 해야 할 일은 네가 포피로 사는 걸 도와주는 거지. 그게 어려운 일이라고 해도."

"난 한 번도 포피로 사는 게 너무 어렵다고 불평하지 않았어요." 클로드는 가슴 앞으로 팔을 교차했다. 그게 항의의 표시인지, 자기 자신을 껴안는 것인지 엄마는 알 수가 없었다. "난 두렵지 않아요."

"포피로 사는 게 어려운 일이 아닐 수도 있어." 로지는 수긍했다. "포피로 계속 살아가는 것이 그렇지. 포피로 계속 살아가는 것이 한동안 복잡하고 어려워질 수 있어. 넌 어려운 결정들을 내려야 할 테고, 그때마다 엄마랑 아빠가 도와줄 거야. 다시 예전의 생활로 돌아가려면 어렵겠지만, 네가 생각하는 것만큼 나쁘지는 않을 거야. 포피로 사는 건 한 번도 쉽고 간단하지 않았어. 하지만 엄마 생각에는 클로드로 사는 것보다는 나을 것 같아. 그리고 다행히도 포피는 바다만큼 강하잖아."

클로드/포피는 가라루파 물고기들을 다리에서 털어내고 물을 뚝뚝 흘리면서 화장실을 찾으러 갔다. 복도에, 화장실이 있을 만한 곳에 세 종류의 화장실이 있었다. 하나는 바지를 입은 파랑색 사람. 또 한 곳은 귀여운 헤어스타일에 치마를 입은 빨간색 사람. 세 번째는 그 둘을 반반씩 섞은 사람이었다. 왼쪽의 파랑 다리는 바지를 입고 있었고, 오른쪽 빨강 다리는 치마 밑으로 나와 있었다. 클로드/포피는 오랫동안 서서 그 문을 바라보며 그게 속임수가 아니라는 걸, 지금 눈앞에 보이는 걸 자기가 제대로 이해했는지 확인했다. 불가능해 보였지만 바로 거기에 있었다. 클로드/포피는 평생 처음으로 맞는 문을 찾은 것이다.

안에는 화장실이 있었다. 세면대, 변기, 심지어 화장지도 있었다. 평범했다. 아무것도 특별한 것이 없었다. 기적이었다.

하나의 엔딩

로지가 진료소로 돌아온 첫날은 길고도 고단했다. 그녀와 포피(두 사람은 그 이름을 다시 찾으려 노력했고, 포피라는 이름을 쓰는 것은 희망의 표현이자 의사 표시이기도 했다)는 전날 늦게 돌아왔고, 로지는 평소보다 일찍 출근했다. 쌍둥이를 임신한 임산부가 첫아이는 빠르고 쉽게 분만했지만 두 번째 아이는 느리고도 어려운 과정을 겪었다. 로지가 자전거를 타고 전화를 확인한 것은 새벽 1시가 넘어서였다. 펜에게서 부재중 전화가 열다섯 차례와 있었다. 열다섯 번. 그리고 문자 일곱 개. 문자마다 세 단어씩. "집에 전화 요망." 로지는 바로 전화를 했다. 연결이 되지 않았다. 로지는 팔을 번쩍 쳐들고 전화를 사방으로 흔들었다. 신호가 잡히질 않았다. 그녀의 무게를 견뎌낼 것 같지 않았지만, 진료소 환자 접수 데스크로 사용되는 밝은 파랑색 플라스틱 테이블 위에까지 올라가봤다. 테이블은 흔들거렸지만 무너지지는 않았다. 하지만 불행히도 전화기에 접속 신호 표시는 뜨지 않았다. 높을

수록 신호가 잘 잡힌다는 건 정말일까, 아니면 절박한 도시 사람들 사이의 신화일까? 그녀는 이동 진료소 건물 옆 나무(아카시아?)의 첫 가지까지도 손을 뻗어봤지만 그 위에 뭐가 살고 있을지 모른다는 위협과 누가 보면 미쳤다고 할 것이라는 생각이 나무 높이 올라가면 접속이 될 것이라는 실낱같은 희망을 접었다.

그녀는 생각했다. 게스트하우스에는 와이파이가 있어.

그녀는 생각했다. 펜이 클로드(그리고 포피)에게 전화했을 것이고, 포피는 무슨 일인지 알고 있겠지.

그러나 나무에서 뛰어내릴 때 다친 무릎에서 피를 흘린 채로 숨이 끊어져라 허벅지의 한도를 두 배쯤 넘는 강도로 자전거 페달을 밟아 7분 후에 게스트하우스에 도착해보니, 와이파이는 끊어져 있고 포피는 곤히 잠들어 있었다.

처음에는 안도했다. 나쁜 일이었으면 포피가 자지 않고 엄마를 기다렸을 것이다. 나쁜 일이었으면 포피가 잠들지 못했을 것이다. 하지만 다음 순간 안도감이 사라졌다. 나쁜 일이었으면, 진짜 나쁜 일이었으면 펜이 포피에게 전화하지 않았을 것이다. 펜은 로지하고 이야기할 수 있을 때까지 기다렸을 것이다.

길고도 힘든 밤이 될 것 같았다.

로지의 머리에 처음 떠오른 생각, 다친 무릎을 씻고, 와이파이 상태를 수백 번 확인한 다음, 마침내 하는 수 없이 침대에 누워서 든 첫 생각은 카르멜로였다. 60년이 넘도록 하루에 한 갑씩 담배를 피워댔으니 올 것이 오고야 말았을 수도 있다. 그러나 딸은 아직 준비가 되어 있지 않았다. 제발, 로지는 부처에게, 어둠에게, 정글에게, 힘이 있는 무엇에게 빌었다. '난 준비가 되어 있

지 않아요, 엄마를 잃을 수 없어요. 나한테 남은 유일한 가족이라고요.'

그러다가 그는 다른 남은 가족을 모두 생각했다. 아이들 중 하나에게 일이 벌어지지 않았으리란 법이 없었다. 젊다고 모든 것에서 보호받을 수 있는 건 아니었다. 미합중국에서도. 심상치 않은 기침이 너무 빨리 악화되고, 소리가 너무 불길해서 뭔가 큰 불운의 전조가 될 수도 있고, 어딘가 끔찍한 자리에서 치명적인 응어리가 발견된 것일 수도 있고. 아무도 예상치 못한 심한 알레르기, 위스콘신에서 아무 생각 없이 싸 보냈던 땅콩버터와 잼 샌드위치에 대한 뒤늦은 벌일 수도 있고. 자동차, 자전거, 스케이트보드, 계단, 주먹 등이 하나 혹은 여러 조합으로 연루된 사고, 어떤 조합이든 상상하기가 하나도 어렵지 않은 사고일 수도 있고. 아니면 해서는 안 되는 일을 했거나 가서는 안 될 장소에 갔거나 했을 수도 있고. 모두 지구 반대편으로 와버린 자기 잘못이었다. 마약, 술, 총, 도박. 모두 10대 소년들이었고, 따라서 머저리들이었다. 그것은 마음속 깊은 곳에서 드는 확신이었다.

아니면 또 다른 남자에게 일이 벌어진 걸까? 로지는 펜 없이는 살 수 없었다. 그보다도 더 단순하고 끔찍한 진실은 없었다.

로지는 한숨도 자지 못하고 밤새도록 돌아가신 엄마, 병들고/피를 철철 흘리고/바보 같은 짓을 하고/알레르기 반응을 일으킨 아들들, 일생일대의 사랑이 악한 괴물한테 잡아먹히는 상상을 했다. 그녀는 제인 도를 떠올렸다. 품에 안긴 채 피를 흘리며 맞아서, 부러지고, 총에 맞고, 치욕을 당한 채 어린 나이에 죽음을 당한 그녀를 생각하지 않을 수가 없었다. 자기 자신을 피할 수는 없었다. 그렇지 않은가? 자기 자신으로 사는 것을 피할 수 없었다. 하지만 그렇게 사는 것이 어떨 때는 자기를 파괴해버릴 수도 있었다. 로지는 닉 캘커티를 떠올렸다. 아무리 빨리, 멀리, 재빨리 도망가도 뒤쫓아오는 폭력보다 더 빠를 수는 없다는, 믿을 수 없지만 확고한 현실에 대해 생각하지 않을 수가 없었다. 등을 돌리고 자리를 떠나야 할 때가 있지만 가끔 우리는 그러지 못한다. 로지는 시련에 빠졌지만 극복하고 승리한 증거로 닉의 사례를 취급하려 애썼지만 그것은 운이 좋아 피한 경우였고, 밤새 겁에 질려 딱딱하게 굳을 지경이 된 심장은 그 사실을 너무나 잘 알고 있었다. 마침내 태양이 떠오르자, 그녀는 아직 세상 모르고 행복하게 잠든 포피를 두고 나와 케이에게 부탁해서 전화할 수 있는 읍내까지 차를 타고 나갔다. 가는 내내 로지는 골무만큼의 공기를 먼지만큼 얕게, 속삭임보다 더 작게만 들이쉬었다.

시애틀은 오후였다. 아이들이 모두 집에 돌아오기 전에 몇 문단이라도 더 쓰기 위해 바삐 일하고 있던 펜은 로지가 생각했던 것보다 훨씬 나른하고 산만하게 전화를 받았다.

"펜!" 가슴이 찢어지는 듯 상심에 찬 절박한 목소리였다.

"로지!" 아내의 목소리를 들으니 너무 기뻤다.

"뭐가 잘못됐어?"

"잘못됐다고?"

"모두 괜찮아?"

"모두 괜찮아. 괜찮은 정도가 아니야. 소식이 있어."

"맙소사, 펜. 걱정돼서 죽을 뻔했잖아."

"왜?"

"열다섯 번이나 전화를 하고 문자를 일곱 통이나 보냈잖아. 아무 정보도 없이 집에 전화하라는 내용만 있는 문자를. 당신한테 무슨 일이 벌어진 줄 알았잖아. 엄마나 아이들한테 무슨 사고라도 난 줄 알았다고. 밤새 얼마나 끔찍한 상상을 했는지 알기나 해?"

"문자는 딱 하나만 보냈는데."

"난 일곱 통 받았어."

"접속이 좋지 않으면 가끔 기지국에서 다시 보내기를 반복…."

"숨을 쉴 수가 없어."

"심호흡을 크게 해."

"숨도 못 쉬겠는데 어떻게 심호흡을 해?"

"의사를 불러."

"내가 의사야."

"다른 의사를 불러."

"지금 여기 진료소가 아니야. 읍내까지 나왔다고. 지금 새벽 6시야. 세븐일레븐 밖에 있는 공중전화에서 전화하는 거야. 가게 안에 껌 파는 전문가가 있을지는 모르지만 주변에 아무도 없어."

"로지, 소식이 있어."

그녀는 펜이 말한 대로 잠깐 모든 것을 멈추고 길게 숨을 들이쉬었다. 무슨 일인지 알기 전의 이 순간을 음미하고 싶었다.

무슨 일이 됐든 괜찮을 것이다. 엄마도 무사하고, 아이들도 무사하고, 펜도 무사하고, 클로드/포피는 게스트하우스에서 자고 있으니 무사하고. 그러니 아무것도 크게 잘못될 일이 없다. 포피는 수리와 수선, 수정 작업이 좀 필요할 테지만. 어차피 항상 수선과 수정 작업이 필요한 게 삶이다. 하지만 수선과 수정 작업은 (암을 금지하고 자동차 사고를 막고, 10대 소년들에게 그들이 불멸의 존재가 아니라는 사실을 설득하고, 과거로 돌아가 바보 같은 일들이 일어나는 것을 막는 것 등과는 달리) 로지가 할 수 있는 일이었다. 보이지 않는 길을 찾아 정글을 가로질러 헤쳐 나가면 되는 일이었다. 세 번째 종류의 화장실과 남, 여 말고 세 번째 항목을 찾고, 요구하고, 만들어야 할 것이다. 중간의 길, 쉽지는 않을 것이다. 그러나 쉬운 일과 평화로운 일은 알고 보니 정반대의 것이었다. 그리고 그 둘 중 하나를 선택하는 건 쉬운 일이었다.

"내 원고를 팔았어." 펜은 그 말이 입에서 거품처럼 나오는 느낌을 받았다.

로지는 막 숨을 돌리려다 다시 숨이 막히고 말았다. "오, 펜, 내 사랑."

"믿어져?"

"아니. 아니, 아니, 응! 어떻게?"

"어떻게라니?" 로지는 펜을 눈앞에 보는 듯했다. 청바지에 티셔츠 차림에 맨발로 한 손에는 공책을, 다른 한 손에는 연필을 들고 기쁨으로 달까지 솟아올라 둥둥 떠 있을 것이다. 그녀는 그 광경을 목격하고 함께 기뻐할 수 없는 자신이 불쌍한 랠프보다 더 불쌍하게 느껴졌다. "내가 천재 작가라 그런 거지. 난 산문

계의 슈퍼스타야. 이제 곧 책이 나올 소설가라고."

"내가 더 자주 집을 비워야겠군. 나 없으니 일을 정말 많이 하는 것 같아. '빌어먹을 소설' 말고, 거의 끝나가는지도 몰랐어."

"'빌어먹을 소설' 말고. 동화가 팔렸어. '그룸왈드와 스테파니 공주의 모험'. 내년 가을, 책방에 쫙 깔릴 거야."

"'그룸왈드와 스테파니 공주의 모험'? 어린이 책이야?"

"아니, 흠, 응. 그런 셈이지. 출판사에서 여러 연령대에 마케팅할 계획을 세우고 있어. 부모들이 아이들에게 읽어줄 거라고 예상하더라고. 부모들이 먼저 읽기도 하고. 뉘앙스랑 메타포가 아주 좋대. 모든 연령층에 호소하고 적용할 수 있다고."

"하지만 끝이 없잖아."

"이젠 있어."

"있다고?" 로지는 그 말을 듣자마자 마음이 아팠고, 그런 자신의 반응에 놀랐다. 자기는 그룸왈드가 잉태될 때부터 함께 있었다. 오랜 세월에 걸쳐 그룸왈드의 서사와 후퇴와 시련과 승리와 궁궐과 바닷가와 집과 '멀리'를 모두 함께했다. 크고 작은 변신도 모두 함께했다. 그룸왈드의 모든 자아를 목격했고 누구보다도 그를 사랑했다. "내가 끝을 놓쳤다는 거야?"

"어떻게 당신이 끝을 놓칠 수가 있어?" 펜이 어리둥절해했다. "그룸왈드는 당신 없이는 끝날 수가 없어. 책에는 하나의 끝을 담고 있어. 완전히 끝이 아니라 멈추는 부분. 사실 잠깐 멈춤에 지나지 않지. 그룸왈드의 이야기 중 책에 실리는 게 얼마쯤 되는지 알아? 100분의 1밖에 안 돼. 100분의 1의 100분의 1. 그룸왈드의 대부분은 오직 당신 거야. 아주, 아주 작은 부분만 다른 사람들 거지. 그룸왈드와 스테파니 이야기는 일단 한 개의 끝을 맺고 있어. 다른 모든 사람을 위한 끝. 그게 다야."

"뭐야?"

"뭐가 뭐야?"

"일단 끝내는 끝은 어떻게 끝나냐고."

"그걸 알려면 책을 사야 할 거야."

"난 저자랑 사는 사람이잖아."

"지금은 아니지. 집으로 돌아와. 그러면 전부 다 이야기해 줄게."

몇 시간 후, 설사와 체중 감소, 심한 복통으로 진료소에 온 다섯 살 소녀는 30센티미터가 넘는 기생충을 양동이에 토해낸 다음 매우 자랑스러운 표정을 짓고 있었다. 영어는 한마디도 못 하지만 자기를 가리켰다, 기생충을 가리켰다를 반복하면서 활짝 웃었다. 역시 영어는 한마디도 못 하는 소녀의 엄마도 똑같이 소녀와 기생충을 미친 듯이 반복해서 가리키고 있었지만 그녀의 표정은 딸과 정반대였다. 그녀가 비명을 지르듯 소리치는 언어는 로지가 이해할 수 있는 언어가 아니지만, 어린 딸의 몸에서 방금 나온 그 기생충에 대한 엄마의 공포가 불 보듯 명확했다. 로지는 그 엄마의 어깨에 손을 얹고 이렇게 위로하고 싶었다. '우리 아이들 안에 비밀리에 숨어 있는 것들, 거기 숨어 기다리면서 상상도 못 할 피해를 끼치면서 몸 밖으로 나오길 기다리는 것들, 말로 표현할 수 없이 끔찍한 것들이죠.'

로지는 케이가 엄마와 딸 사이를 중재하는 것을 들었다. 이 모든 끔찍한 일을 과거사로 돌리고 잊고 싶어 하는 엄마와, 그 기생충을 집에 데리고 가서 애완동물로 키우고 싶어 하는 딸 사이에 언쟁이 있었다. 그런 다음 케이는 품위와 엄숙함을 유지하면서 풀숲에서 정해진 곳에서 대변을 볼 때는 꼭 신발을 신고, 손을 씻어야 하며, 그 근처에서 나온 음식도 꼭 씻어서 먹어야 한다고 손짓 발짓을 다해가며 당부했다. 로지의 눈에 눈물이 차올랐다. 어떻게 이 모든 것을 두고 갈 수 있을까?

전날 밤 쌍둥이를 분만한 여자는 승려를 만나고 있었다. 보아하니 태국의 고지대에서는 승려들이 영국의 시골 마을에 있는 펍과 같은 역할을 하는 것 같았다(마을마다 하나씩 있고, 모든 기능을 다한다는 의미에서). 두 번째 아이가 태어나는 데 너무 오래 걸려서 쌍둥이지만 생일이 달라졌다. 첫째는 금요일 밤 늦게, 둘째는 토요일 아침에 태어난 것이다. 엄마는 몸이 많이 허약해진 상태로 훌쩍거리고 있었고, 로지가 (그리고 승려도) 그 옆을 지키며 두 아기 모두 건강하고 엄마도 피를 많이 흘렸지만 시금치랑 붉은 살코기를 며칠 잘 먹고 나면 괜찮을 거라고 안심시켰다. 그러나 UN 통역사를 방불케 하는 케이의 동시통역에 따르면, 산모가 걱정하는 건 그게 아닌 듯했다.

"금요일에 태어난 아기는 제가 키울 거예요." 엄마가 승려에게 울면서 말했다. "하지만 토요일에 태어난 아이는 스님이 데려가세요. 토요일 아기들은 고집이 세요. 엄마 말을 안 듣죠. 집에 애가 셋 더 있어요. 하나밖에 더 못 키워요. 말 잘 듣는 아이만 키울 수 있어요."

"이해합니다." 승려가 친절하게 고개를 끄덕였다. 하지만 그 뒤를 이은 말 때문에 로지는 충격에 사로잡혔다. "이 아기는 이제 내 아이입니다."

"고맙습니다." 엄마가 승려의 손을 자신의 이마에 가져다 대면서 울먹였다. "고맙습니다, 고맙습니다."

승려는 잔가지를 한데 묶은 것을 물에 담갔다가 아기들과 엄마에게 뿌렸다. 그는 로지는 이해하지 못하는 말을 많이 했고, 엄마는 더 크게 울었으며, 케이는 계속 고개를 끄덕였다. 그런 다음 승려가 엄마에게 말했다. "이 아기에게 축복을 내렸고 대화도 했습니다. 아기는 착하고 말을 잘 들을 거예요. 혹시 저 대신 아기를 돌봐주실 수 있을까요? 착하고 모범적인 아이로 클 거라고 약속해요."

"네, 그럼요, 네." 엄마가 흐느꼈다. "고맙습니다, 고맙습니다. 스님을 위해 아이를 돌보는 건 영광이지요. 우리 아이처럼 키울게요."

로지는 생각했다. 두려움을 떨치는 것. 투쟁보다 평화와 안정을 선택하는 것.

"이제 집에 가야겠어요." 승려가 떠난 후 로지는 케이에게 그렇게 말했다.

"아침에 나쁜 소식을 들었어요?" 케이가 걱정스럽게 물었다.

"아니에요. 좋은 소식이었어요."

"아, 더 나은 이유구나."

"집에 가야 하지만 금방 돌아올게요."

"정글로 이사 오려고요?" 케이가 씩 웃었다. 농담으로 했다기엔 너무 터무니없는 말이었다.

그러나 로지도 그 생각을 꽤 진지하게 하고 있었다. 그녀는 자기가 잠을 자지 못할 때마다 모든 걸 뿌리째 뽑아서 멀리 도 망가는 것만으로는 문제가 해결되지 않는다는 것을 알고 있었 다. 매디슨에서 시애틀로 이사하는 것도 그 당시에는 엄청난 일 같았지만, 시애틀에서 태국 북부 오지로 온 것에 비하면 아무것 도 아니었다. 정글은 의사에게는 괜찮은 곳일 수도 있고 책을 쓰 기에는 더 괜찮은 곳이었을 수도 있지만, 아이를 기르거나 대학 을 보내거나 세상으로부터 보호하거나 세상의 품에 안기도록 하기에는 괜찮은 곳이 아니었다. 그녀는 아이들에게서 나오는 것이 무서울 때도 있지만 그게 애들 안에 갇혀 있지 않고 나온 다는 사실 자체가 해피엔드라는 것을 알고 있었다. 집에는 끝내 지 못한 일들이 많이 기다리고 있었고, 숨거나 더 깊이 머리를 파묻어버리는 것은 답이 아니었다.

그러나 그녀는 알고 있었다. 여기 사람들은 그녀를 필요로 했다. 그리고 또 알고 있었다. 그녀도 여기 사람들을 필요로 했다.

여기서는 더 많은 의사와 더 많은 교사와 더 많은 기술자와 더 많은 창의력과 CT와 심장초음파기를 대신한 더 많은 본능적 반응이 필요했다. 다른 종류의 교사도 더 필요했고, 클로드/포 피는 교실에서 타고난 재능을 발휘하고 있었다. 로지는 자기 아 이와 학생들 중 누가 더 많이 배우고 있는지 알 수 없었지만, 표 면적으로라도 양쪽 다 함께 배우고 있다는 사실만으로도 감사 했다. 그녀는 집에 두고 온 아들들이 여기서 할 수 있는 일에 대 해 생각해봤다. 벤은 엄청난 양의 기술과 지식을 전달할 수 있을 것이고, 끈기 있는 루는 겸손한 루다움으로 사람들과 친해지고 위로할 수 있을 것이며, 리겔과 오리온이 파고, 짓고, 옮기고, 고치는 걸 도울 수 있는 터널, 참호, 지붕, 빗물받이, 화장실, 포르티코(포치)는 또 얼마나 많겠는가. 아픈 아이들이 리겔과 오리온의 쇼를 좋아할 것은 말할 것도 없다.

그리고 그녀도 그들을 필요로 했다. 무엇보다도 그들이 여기 있다는 것을 안 이상 완전히 떠나는 것은 불가능하기 때문이다. 그에 더해 여기서 하는 모든 일에서 명확히 깨달은 사실은 그녀가 응급실에서 일해야 하는 사람이라는 점이었다. 여기로 이사를 올 수도, 더 머무를 수도 없다는 건 알지만 다시 돌아올 수 있다는 사실은 알았다. 1년 내내 여기서만 일할 수는 없지만, 집에서 더 가까운 곳에서도 그녀를 필요로 하는 병원과 환자들이 있을 것이었다.

그리고 포피는 클로드로 살 수 없었다. 포피는 숨어 살 수 없었다. 포피가 2년 후, 10년 후, 20년 후에 어떻게 살지를 완전히 계획할 수 없다면 그렇게 하지 않아도 된다. 어려운 결정을 해야 할 때가 오면 함께 결정해나가면 되고, 그런 시간이 올 때까지는 지금, 여기를 충분히 즐기면 되는 일이었다. 포피뿐 아니라 모든 사람의 어려운 점이 무엇인지, 온 세상의 모든 인간이 자기가 누구인지, 무엇을 필요로 하는지, 자기들이 돌보고 있는 신비롭고 알 수 없고 기적적인 존재들을 돕는 길이 무엇인지 알기까지 겪는 어려움을 잊지 않고 염두에 둘 수도 있었다. 중간의 길, 거기에 도달하기까지 알지 못하는 상태에서 살아야 한다. 그렇게 하지 않을 수 없다. 그리고 다른 사람들이 저마다 겪는 문제를 해결하도록 도와야 한다. 그들의 이야기를 하고, 두려움을 쫓고, 존재하도록. 필요하면 수정해가면서.

　로지는 기생충 소녀의 상태를 확인하러 갔다. 그래야 그날 근무를 끝내고 짐을 싸서 집으로 돌아갈 수 있으니까.

Part 4

영원히

그룹왈드는 스테파니 공주의 옷을 입고 거울 앞에 서서 누가 알면 어떻게 될까 생각하다가, 누가 알면 오랫동안 혼자서 간직해온 비밀을 금세 모든 사람들이 알 텐데 그렇게 되면 어떻게 될까 생각했다. 그는 마녀가 요술 콩을 준 때를 떠올렸다. 그는 로이드랑 저녁을 먹고 있는 식당에 마녀가 나타났을 때가 기억났다. 그는 마녀를 처음 만나기 전, 자신이 그냥 그룹왈드이기만 했을 때, 그러니까 오로지 그룹왈드였던 오래전으로 거슬러 올라갔다. 그때가 흐릿하게밖에 떠오르지 않았다. 사실인 걸 알지만 더 이상 그게 사실이라는 걸 믿을 수 없을 때 모든 게 흐릿해지는 그런 상태.

그는 요정들과 지냈던 밤을 기억했다. 어떤 면에서는 자기의 삶이 시작됐던 밤, 스테파니가 태어난 날이었다. 주문 하나가 잘 작동한 것을 본 마녀는 서둘러 또 다른 주문을 걸었다. 그는 낮에는 그룹왈드, 밤에는 스테파니 공주로 살았다. 처음에는

551

그게 끔찍한 저주처럼 느껴졌다. 두 갈래로 갈라진 자아를 오가는 길은 나무가 빼곡하고 뿌리가 엉키고 진흙탕에 잡초들이 제멋대로 자란 곳이어서, 날마다 그 길을 왕복하는 일이 너무도 힘들었다.

그래서 길을 냈다. 그는 자기가 왕자 노릇을 할 줄 알기 때문에 공주 노릇을 하는 법도 안다는 걸 깨달았다. 상세한 부분은 달랐지만, 다른 것보다 같은 게 더 많았다. 신하와 백성을 돕고, 그들이 사랑과 존중을 받는다는 사실을 알고, 재능을 발휘할 수 있게 해주고, 짐을 덜어주는 일이 왕자로서든 공주로서든 해야 하는 일이었고, 오랫동안 연습해온 터라 그 일을 잘할 수 있었고, 그 일을 잘하는 것은 물론 그가 무슨 옷을 입고 있는지, 어떤 이름을 쓰는지와는 상관이 없었다.

하지만 서서히 밤이 갈수록, 낮이 갈수록 길을 찾기가 힘들어졌다. 그룸왈드는 길을 다시 닦고 엉킨 뿌리와 앞을 가로막는 가지들을 쳐내고 움푹 파인 곳을 다시 채워서 길을 되찾아야겠다고 생각했지만, 그게 아니었다. 서로 다른 그의 두 세상이 점점 가까워져서 거의 합쳐지기 직전이었다. 마법처럼. 그룸왈드는 누구에게도 말할 수 없었지만 그룸왈드와 스테파니 공주는 마침내 편안한 느낌이 들었다.

하지만 로이드와 저녁을 먹던 날을 떠올린 그는 마녀를 만날 시간이 됐다는 결론을 내렸다. 두려움에 사는 것보다 평화를 이루는 것이 더 중요했다. 그래서 그는 스테파니 공주의 초록 머리카락을 조금 잘라서(왜 이게 그렇게 어려운 일이었는지 그는 기억하지 못했다), 다음 날 아침 마녀의 오두막으로 찾아갔다.

"고맙다, 그룸왈드." 그녀는 마음이 놓인 나머지 울기까지 했다. "밤의 요정의 머리카락은 내 관절염 치료에 도움이 된단다. 내 손이 너무 뻣뻣해서 밤의 요정을 잡을 수가 없고, 밤의 요정을 잡을 수가 없어서 내 손이 너무 뻣뻣해졌어. 어떤 모순은 마법으로도 풀 수 없을 만큼 바보 같아."

"언제라도 드릴게요." 그룸왈드는 마녀가 아파하는 줄 몰랐다. "진짜예요. 무한한 공급원이 있으니까요."

"밤의 요정들은 정말 어떻게 할 수가 없어. 사람 말을 도무지 들으려고 하질 않거든. 처음에는 귀가 잘 안 들리는 줄 알았는데 그게 아니라… 흠, 뭐라 해야 할까…. 변덕이 죽 끓듯 해. 밤의 요정을 설득하려고 해본 적 있니?"

그룸왈드는 씩 웃었다. 자기도 너무 잘 아는 사실이었다.

"아… 맞아." 마녀가 실수를 깨달은 표정으로 말했다. "미안해. 너무 아파서 가끔은 제정신이 아닐 때가 있어."

"괜찮아요." 그룸왈드가 그녀를 안심시켰다.

"요술 지팡이를 가져올게." 마녀가 의자에서 일어나는 데 1분 30초 정도가 걸렸다. 뼈에서 마른 나뭇가지가 바람에 꺾이는 소리가 났다. "네 저주를 오래전에 풀어줬어야 했는데. 이렇게 오래 놔뒀으니 할 말이 없구나. 마녀 임무 태만이야. 늙어서 예전 같지가 않아."

그녀는 따뜻한 온기와 빛이 있는 모닥불 앞에서 일어나 닳아빠진 마루 위를 비틀비틀 걸어 천천히, 천천히, 천천히 부엌 쪽으로 갔다. 냄비 걸이에는 요술 지팡이가 수십 개 매달려 있었다. 그룸왈드는 한 번도 본 적이 없는 온갖 모양과 크기를 한 그

지팡이들 중에 어떤 것은 끝에 별이 달린 평범한 모양이었지만 달팽이껍질처럼 둘둘 말렸거나 헝클어진 머리처럼 끝이 갈라진 것도 있었다. "자, 처음에 어떤 지팡이를 썼더라. 기억이 나질 않는군. 흠, 이거면 될 거야." 마녀는 그룸왈드의 중지보다 더 크지 않은 밝은 노란색 지팡이를 들고 연습 삼아 몇 번 휘둘러보았다. "자, 어느 쪽으로 갈지 다시 알려주련?"

"어느 쪽이라고요?" 그룸왈드가 물었다.

"그룸왈드를 포기할 거니, 스테파니 공주를 포기할 거니? 네가 처음에 누구였는지 잊어버렸어."

그룸왈드는 한 번도 그런 식으로 생각해본 적이 없었다. 한쪽을 포기하는 것. 자기가 원래 누구였는지를 말한다는 것은 옛날 옛적에는 자신이 두 사람 모두가 아닌 뭔가 다른 사람이었다는 것을 인정하는 셈이고, 그것은 이제 더 이상 상상할 수 있는 일이 아니었다. 그룸왈드는 답을 알았다. 어쩌면 마녀도 알고 있었는지도 몰랐다. 하지만 그는 자기가 더 이상 그 답이 옳다고 생각하지 않는다는 사실을 깨달았다. 그리고 무엇보다도 포기할 수 없었다. 두 사람 모두 포기할 수 없었던 것이다. 그룸왈드가 없는 삶은 너무나 가슴 아팠고, 스테파니 공주가 없는 삶도 너무나 가슴 아팠다. 그러나 둘 중 하나가 없는 삶을 살아가는 것은 상상할 수 없었다.

"둘 다 원해요." 그는 그렇게 더듬더듬 말하는 목소리를 들으며 스스로 놀랐다. "둘 다요. 그룸왈드와 스테파니 공주 모두."

"오!" 마녀는 그보다 덜 놀란 듯했다. "가끔 이런 경우가 있

554

지. 어느 쪽의 특권도 포기할 수 없는 경우. 어느 쪽으로 살아도 나름의 보상이 따르니까. 그럼 간단해. 그냥 마술을 풀지 않고 두면 되지. 계속 왔다 갔다 하렴."

"따로 말고요." 그룸왈드는 고개를 저었다. "둘을 함께."

"한번에 둘 다?" 이번에는 마녀마저 놀라서 물었다.

"따로도 좋지만, 왔다 갔다 하는 게 너무 피곤해요."

"그렇기도 하겠지. 하지만 난… 난 어떻게 널 동시에 둘 다로 만들 수 있는지 방법을 몰라. 그게 무슨 뜻인지도 잘 모르겠는걸." 두 사람은 그날 오후 내내 마녀의 오두막에 앉아서 토론하고, 마녀가 가진 주문과 물약에 관한 책을 모두 훑고, 이상하게 생긴 요술 지팡이를 이것저것 모두 시험해봤다. 마침내 부드러운 윤곽을 가진 마녀의 잿빛 얼굴이 뭔가를 깨달았다는 듯 밝아졌다. "중용 마술은 어때?"

"중용이요?" 그룸왈드는 확신이 가지 않는 표정으로 말했다. "중용이라는 건 이도저도 아닌 중간을 좀 더 점잖게 말하는 거 아니에요?"

"중용은 중간보다 더 복잡하고, 더 많은 것이 한데 엉켜 있고, 더 많은 겹이 쌓인 거란다." 그녀는 눈곱이 낀 눈으로 그에게 미소 지어 보였다. "왕자와 밤의 요정의 중용은 양쪽 모두가 아닌 동시에 양쪽 모두야. 알겠어? 뭔가 새로운 것, 더 많은 것, 더 나은 것."

"중용의 것."

"바로 그거야." 마녀가 동의했다. "중용 마술은 나도 할 수 있어. 아니, 내 몫은 해낼 수 있어."

"뭐가 더 있어요?"

"네가 해야 할 몫이 있지." 그럼 그렇지.

"어려운 일이에요?"

"굉장히 어려운 일이야."

그는 눈을 감고 마음의 준비를 단단히 했다. "말해주세요."

"바로 그거야." 마녀가 반복했다. "말해야 하는 거야. 비밀로 남아 있을 수가 없어. 비밀이 있으면 누구나 혼자야. 비밀은 공포로 이어져. 그날 밤 식당에서처럼. 비밀을 지키면 신경질적이 되지. 너 같은 사람이 아무도 없고 너 혼자라고 생각하게 마련이야. 둘 다인 동시에 둘 다가 아니면서 날마다 두 개의 자신 사이의 길을 닦는 사람. 하지만 사실은 그게 아니야. 혼자서 비밀을 간직하고 있으면 두려움을 갖지. 하지만 말을 하면 마법이 벌어져. 두 번이나."

"두 번이요?"

"네가 혼자가 아니라는 사실을 아는 거 하나, 그리고 모두다 그걸 아는 거 하나. 그렇게 해서 모든 게 더 나아지는 거야. 넌 네 비밀을 이야기해, 나머지는 내가 알아서 할게. 네 비밀을 이야기해서 세상을 바꿔보렴."

"그렇게 쉬운 일이 아니에요." 그룸왈드는 두 개의 폐가 터져 가슴속에서 하나가 되는 것처럼 느꼈다. "그냥 비밀을 말할 수는 없어요. 설명하기 힘들지만, 이해하기도 힘들 거예요. 너무 복잡한 일이거든요."

"물론 복잡할 테지. 그게 삶이니까."

"그럼 어떻게 해야 하죠? 어떻게 비밀을 털어놔야 하죠? 무슨 이야기를 해야 해요?"

"네 이야기를 하면 돼." 마녀는 조금도 주저 없이 말했다. "넌 네 이야기를 해야 해. 그게 우리 모두가 해야 할 일이야."

"그건 마법이 아니잖아요." 그룸왈드가 말했다.

"그건 물론 마법이야." 마녀가 말했다. "이야기는 세상에서 제일 좋은 마법이거든."

그후

　포피는 체육관이 이렇게도 달라 보이는데 그토록 같은 냄
새가 난다는 사실을 믿을 수가 없었다. 화환과 하트 모양 레이스
와 반짝이와 색종이 등으로 장식한 체육관이 예쁘지 않아서가
아니었다. 아무리 장식해봤자 양말 고린내는 그대로 나는데 뭣
하러 고생은 할까 싶어서였다.

　그녀는 처음에는 밸런타인데이 기념 무도회에서 자기가 태
국에서 돌아왔다는 것을 당당하게 알리자는 제안을 단호히 거
절했다. 5학년에 무도회를 하는 건 바보 같은 일이었다. 아직 중
학생도 아니지 않은가. 게다가 몇 달 동안 자신을 본 사람이 아
무도 없었다. 그녀를 들여주지 않을 수도 있었다. 머리카락은 다
시 자라고 있었지만 아직 짧고 이상했다. 드레스를 입고 너무 짧
게 자른 머리에 리본을 단 채 나타나면, 지나치게 애를 썼는데
실패한 것처럼 보일 게 뻔했다.

　그러나 어두운 조명은 거절하기에는 너무 유혹적이었다. 어

두운 조명에다가 벤이 지적한 사실, 즉 드레스를 입은 남자가 됐든 페니스가 있는 여자가 됐든, 머리를 깎고 세계를 누비며 정글에 사는 이상한 애가 됐든, 5학년짜리보다 더 어색하고 이상한 사람은 없다는 사실이 도움이 됐다. 특히 모두가(드레스를 입은 남자, 페니스가 있는 여자, 머리를 깎고 세계를 누비고 정글에 사는 이상한 애뿐만 아니라) 격식을 차린 옷을 입어야 하는 행사라 더욱 그랬다. 처음에는 포피도 어차피 저녁 내내 불편하고, 창피하고, 모욕적이고, 긴장되는 행사가 될 것이라는 벤의 설명에 설득 당하지 않았다. 누가 그런 이야기를 듣고 좋다고 가겠다고 하겠는가? 그러다가 포피는 벤이 하려는 말을 이해하기 시작했다. 포피가 학교로 돌아가는 것 자체가 어차피 불편하고, 창피하고, 모욕적이고, 긴장되는 일이었다. 하지만 포피는 혼자서 그럴지, 모두 함께 그럴지를 선택할 수 있었다.

애기는 포피와 말하지 않기로 결심한 듯 보였다. 집에 돌아온 첫날 밤 애기의 창문을 두드렸고, 그 후로 밤마다 창문을 두드렸지만 애기 방의 커튼은 꿈쩍도 하지 않았다. 하지만 비밀이 밝혀지고 나자 나탈리와 킴은 그 끔찍한 몇 달 전 그 끔찍한 날 구내식당에서 하지 못했던 말들을 했다. 자기들은 포피가 진짜 누구인지 알고 있었다고, 포피가 진짜 누구인지 볼 수 있었고, 그래도 그녀를 사랑했고, 심지어 그 전보다 더 사랑한다고. 자기들도 이상한 데가 많이 있다고. 어떨 때는 자기들도 자기가 누구인지 잘 모를 때가 있다고 했다. 자기들은 포피의 바지 안에, 혹은 치마 안에 뭐가 있는지, 바지가 됐건 치마가 됐건 상관없다고 했다. 나탈리와 킴은 서로 모든 이야기를 다 한다고, 모든 걸.

포피는 그 둘과 똘똘 뭉쳐 벽에 기대어 서 있었다. 모두들 끼리끼리 똘똘 뭉쳐 벽에 기대 있었다. 이래서야 무도회라고 부를 수나 있을까 싶었지만 포피에게는 함께 똘똘 뭉쳐 벽에 기대어 있을 친구들이 있었다. 체육관의 천장 조명은 조도를 낮춘 게 아니라 아예 꺼져 있었다. 포피는 농구 경기에 필요한 제일 환한 조명 말고는 다른 조명이 없을 것이라 추측했다. 그러나 전구와 거울로 되어 있는 살짝 바보 같은 장치가 천장에 매달려서 약하게 번쩍거리는 불빛이 박쥐가 날아다니는 것처럼 무작위로 여기저기를 비추면서, 모여 서 있는 아이들에게 하이라이트를 비췄다가 다음 순간 고마운 암흑 속으로 사라지게 하고 있었다. 포피가 아는 얼굴들도 가끔 보였고, 조명이 비칠 때 보면 그중 많은 얼굴들이 이미 자기 쪽을 바라보고 있었지만, 어슴푸레 알 것 같지만 정확한 이름이나 관계가 기억나지 않는 얼굴이 훨씬 많았다. 저 애를 알기는 하는데… 어디였더라…. 마치 태국에서 지낸 시간이 몇 달이 아니라 몇 년 정도 되기라도 한 듯, 마치 모두 사진 속에서처럼 같은 시간에 머무르는 동안 포피만 할머니가 되기라도 한 듯, 마치 모두 오늘 밤만 아이새도를 할 수 있다는 허락을 받은 5학년생들인데 포피 혼자만 어른이 되기라도 한 듯, 아니, 적어도 혼자만 아이 티를 벗기라도 한 듯했다.

똘똘 뭉쳐서 모여 있던 아이들이 가끔씩 무리를 떠나 포피 옆을 지나쳤다. "안녕, 포피." 시비를 걸려는 말투도, 미안하다는 말투도 아니고, 짓궂은 말투도, 반기는 말투도 아니다. 심지어 호기심이 서려 있거나 질겁하는 말투도 아니었다. "안녕." 포피는 대답하면서도 무슨 속임수라도 있을까, "안녕, 포피" 하는 말이 놀리거나 그보다 더 나쁜 일의 서막일까 경계하며 조심스러운 태도를 취했다.

　그러다가 그녀는 제이크 어빙을 봤다. 그를 본 이유는 그가 포피를 향해 똑바로 걸어오고 있었기 때문이었다. 반대편 벽에 웅크리고 기대 있던 그가 일어나 체육관을 가로질러 그녀에게 다가왔다. 모두가 봤다. 체육관의 모든 눈이, 학교의 모든 눈이, 세상의 모든 눈이 그를 보고 있었다. 그러나 그는 그 사실을 깨닫지 못했거나, 상관하지 않았거나, 혹은 상관하지 않는 척을 너무 잘해냈다.

　"안녕, 포피."

　"안녕."

　"이제 돌아온 거야?"

　거기에 대답해야 하는 것일까? 누가 봐도 그녀가 돌아온 건 자명한 사실이었다. 돌아오지 않았다면 돌아왔냐고 어떻게 물을 수가 있다는 말인가? "응."

　"타이완에 갔다고 들었어."

　"태국에 갔었어."

　"아, 내가 보낸 문자는 받았니?"

　100만 년 전쯤 그가 보낸 문자? 그의 시간은 멈추고, 포피의 시간은 쏜살같이 흐르기 시작하기 전에 그가 보낸 문자? 거의 읽지도 않고 지워버린 그 문자? "응."

　"아, 다행이다."

　이상한 질문이었지만, 적어도 무슨 말이라도 할 핑계를 주기는 했다.

"다시 한번 사과할게." 제이크가 덧붙였다.

하지만 이제는 그에게 무슨 말을 해야 할지 전혀 알 수 없었다. 괜찮아? 괜찮지 않았다. '내가 역겨운 괴물이라고 생각하는 거 알고, 아마 그게 맞겠지만, 그래도 우리 엄마, 아빠가 학교에 다녀야 한다고 하니까 나한테 못되게 굴지 말아줘.' 그게 사실이긴 하지만 그 말을 하지는 않기로 했다. 그냥 상투적인 질문만 하면 어떻게 대답해야 할지 알 텐데.

"음… 같이 춤출래?"

포피는 어떻게 대답해야 할지 전혀 알 수 없었다.

그녀는 텅 빈 체육관 가운데를 바라봤다. 아무도(정말 아무도) 춤을 추고 있지 않았다. 음악이 너무 커서 신발을 뚫고 발까지 진동이 느껴졌지만, 심지어 몸을 흔들거리는 사람도 없었다. 제이크는 그날 밤 처음으로(몇 달, 몇 년, 평생, 억겁 만에 처음으로) 발만 쳐다보고 있던 눈을 들어 포피의 시선을 따라 댄스플로어라고 부르는 텅 빈 농구장을 바라봤다. 그는 씩 웃었다. 3학년 때 포피 바로 옆에 앉았고, 각자 물건을 가져와서 발표하는 시간에 할머니를 모시고 온 그 제이크 어빙을 떠올리는 미소였다. 그가 말했다. "우리가 제일 춤 잘 추는 커플이 되겠다."

거기에 대고 어떻게 '아니'라고 할 수 있겠는가?

포피가 제이크 어빙을 따라 댄스플로어로 가는 사이, 그동안 연주되고 있던 음악이 끝나가고 있었다. 포피는 눈을 감고 메네데스 교장이 슬로댄스곡을 틀지 않기를 기도했다. 이제 세상 물정을 조금 아는 포피는 어른들이 딱 이런 시점에 그런 곡을 틀 것이라고 예측할 수 있었다. 여기 함께 황야로 나아가려는 두

외로운 영혼이 있으니, 느끼하고 느린 슬로댄스 음악을 틀어서 사회적 고문을 시도해보는 것보다 더 귀여운 일이 있겠는가? '절대. 꿈도. 꾸지. 마.' 포피는 자기 뇌에서 메네데스 교장의 뇌로, 원숭이 울음보다 더 큰 소리로 텔레파시를 보냈다. 그리고 행운이 찾아왔다. 메네데스 교장이 이 멋진 커플을 위해 느린 곡을 트는 게 좋겠다는 생각을 하지 않아서가 아니라, 집에서 아이들이 미리 만들어준 노래 재생 순서를 어떻게 바꾸는지 전혀 몰랐기 때문이었다. 그는 전화를 걸고 받는 것 말고는 다른 기능은 전혀 사용할 줄 모르는 사람이었다.

그래서 포피는 제이크 어빙과 춤을 췄다. 체육관에 있던 모든 사람이 쳐다보고 있었기 때문에 어렵긴 했지만, 그 이유 말고는 그다지 어렵지 않았다. 발을 한쪽으로 움직이고 엉덩이를 다른 쪽으로 움직이고 팔은 대충 몸에 붙이고 눈은 바닥에 고정하면 되는 일이었다.

제이크가 말했다. "그래서."

"뭐?"

"태국은 어땠어?"

"대단했어. 어린아이들을 가르쳤어."

"진짜? 뭘 가르쳤는데?"

"영어."

제이크는 강한 인상을 받은 듯했다. "와, 나도 영어는 할 수 있지만 어떻게 가르칠지는 모를 거 같아."

"어떻게든 방법이 찾아지더라."

"하긴. 넌 정말 좋은 선생님이었을 것 같아."

"응, 그랬던 것 같아. 하지만 넌 왜 그렇게 생각하는데?"

제이크는 어깨를 으쓱해 보이고 다시 신발을 쳐다봤다. "넌 착하잖아. 똑똑하고. 2학년 때 네가 돌고래에 관한 숙제를 도와줬던 거 기억나."

"너도 착하고 똑똑해." 포피가 그 말을 한 이유는 무슨 말을 해야 할지 몰라서였고, 누군가가 자기에게 좋은 말을 하면 자기도 그 사람에게 좋은 말을 하는 게 좋다고 생각했기 때문이었다.

"난 똑똑할지는 모르지만…." 제이크는 발을 내려다보며 인상을 찌푸렸다. "그다지 착하진 않아."

포피는 제이크가 4학년 때 50야드* 달리기에서 오언이 1등이 될 수 있도록 양보했던 일을 떠올렸다. 오언의 엄마, 아빠가 이혼 절차를 밟는 중이었기 때문이었다. 3학년 때는 애기가 핼러윈 파티에서 브라우니 케이크를 떨어뜨리자 남은 케이크가 있는지 확인도 안 하고 바로 자기가 들고 있던 케이크를 애기에게 양보했던 일도 떠올렸다. "넌 착한 애야." 포피도 자기 발을 향해 그렇게 말했다.

"너한테는 안 착하게 굴었잖아."

포피는 어깨를 으쓱했다. "한 번은 그랬지만 다른 때는 착했어."

"정말 미안해, 포피. 정말정말 미안해."

"나도 알아."

"그래?"

★ 약 45.72미터. 1야드는 91.44센티미터에 해당한다.

"응."

"어떻게?"

그녀는 안간힘을 써서 제이크의 얼굴을 쳐다봤다. "네가 나한테 함께 춤추자고 했잖아."

그때 슬로댄스곡이 시작됐다. 제이크도 포피를 쳐다봤다. "우리, 주스 마시러 갈까?"

로지와 펜은 5학년 무도회에 부모들의 자원봉사를 요청하는 이메일에 번개처럼 응답했다. 그리고 그 후 48시간 동안, 절대 말을 걸거나, 쳐다보거나, 사진을 찍거나, 아는 척을 하거나, 가까이 다가가거나, 음식이나 음료를 권하지 않는 것은 물론이고, 어떤 식으로든 그녀를 부르지 않겠다고 막내에게 맹세해야 했다. 체육관에 불이 나더라도 다가가지 않고 포피가 스스로 출구를 찾아 나가도록 하고, 엄마랑 아빠는 다른 출구로 대피하겠다는 서약까지 했다.

그러나 춤을 추지 않겠다는 약속은 하지 않았다. 솔직히 말해서 자기는 말할 것도 없고 엄마랑 아빠가 춤을 출 것이라고는 포피가 상상할 수 있는 가장 최악의 시나리오에서도 예상조차 하지 못한 것이기 때문이었다. 한편으로는 포피가 아직도 시차 때문에 멍한 상태라서이기도 했다. 밸런타인데이 장식을 한 초등학교 체육관에 느끼하고 느린 춤곡이 울려 퍼지면 엄마랑 아빠가 춤을 출 건 당연한 일이었다.

남편을 팔에 안으면서, 로지는 잠시 그의 체취와, 손에 닿는 그의 손의 감촉과, 이 사람이 자기 사람이라는 사실, 확실하고도 영원한 그 사실을 음미했다. 그녀는 남자 친구가 없었던 고등학교 시절과, 그녀에게 못되게 구는 남자 친구가 있던 대학 시절, 그리고 다시는 사랑에 빠지지 않을 거라고 확신했던 의대 1학년 시절을 기억했다. 그리고 중학교 무도회 때 친구들이 춤을 추자는 신청을 받고 모두 댄스플로어로 나가고, 자기가 좋아하던 남자아이가 다른 아이를 선택한 후 기대서 있던 차가운 벽의 감촉을 기억했다. 그리고 그녀는 그 모든 불행이 카르마를 통해, 서사적 구성을 위해, 기적적으로 마침내 펜을 만나기 위해서였고, 펜과 영원히 함께할 수 있기 위해서였고, 펜이 하늘만큼이나 확실하고 항상 유일하게 자기의 것이 되기 위해서였다면 가치 있는 일이었다고 확신했다.

아내를 팔에 안으면서, 펜도 자기가 열 살배기 아이들 앞에서 춤추고 있다는 사실을 기억했다. '로지의 엉덩이를 만지지 마, 로지의 엉덩이를 만지지 마. 로지의 엉덩이를 만지지 마.'

"집에 돌아와줘서 고마워." 그가 로지의 머리카락에 속삭였다.

"당신이 자랑스러워, 펜." 그녀는 펜의 어깨에서 머리를 떼고 그를 바라봤다. "작가 남편님, 이런 날이 올 줄 알았어. 당신이 날 침대로 데려간 그 첫날부터."

"난 침대에서 굉장히 설득력이 있지."

"하지만 당신 책이 나오기 때문에 돌아온 건 아냐."

"나도 알아."

"마음속에서 한 번이라도 의심해본 적 있어?"

"단 한 번도. 그렇다고 해서 고맙지 않다는 건 아니야."

"이렇게 세월이 흘렀는데, 마침내 그 이야기를 종이에 적어야겠다고 결심한 동기가 뭐였어?"

"마침내는 아니고." 그가 로지를 더 가까이 끌어당겼다. "하지만 때가 왔다는 생각이 들었어."

"왜?"

"우리는 항상 동화 속에서 살고 있었어, 로지. 우리가 만난 그 순간부터 내내. 우리가 만난 그 순간 전부터. 우리에게는 완벽한 러브 스토리가 있어. 동화 같은 러브 스토리. 그리고 그건 동화였어야 해. 그게 아니면 그렇게 마법 같은 일을 어떻게 설명할 수 있겠어? 하지만 동화는 끝이 있고, 그 끝이 금방 와버린다는 문제가 있지. 끝으로 향하기 위한 사전 준비로 이야기가 다 채워져. 그런 다음에는 변신하고 사랑에 빠지고 영원히 행복하게 살았어요, 하고 한마디로 끝내버리잖아. 그런 이야기도 좋지만 우리를 담기에는 충분치가 않아. 어려운 부분을 담을 여유가 없는 거지. 변신한 다음에 오는 사랑이랑 그다음, 다음, 다음에 오는 사랑을 이야기할 시간이 없어. 이야기에서는 바꿀 수 없는 게 없지만, 아무것도 바꿀 수 없기도 해. 마법이 한번 벌어진 다음에는 더 이상 변하지 못하지.

그렇게 살 수는 없어. 하지만 난 그렇게 살아보려고 노력했어. 포피가 어린 여자아이로 남고, 포피의 비밀을 지키고, 변하지 않게 하기 위해 변하게 하고, 변신을 막기 위해 탈바꿈을 시키려고 한 거지. 말도 안 되는 일이었어. 당신이 떠나고 난 다음 그걸 깨달았어. 그래서 대신 반대의 일을 해봤어. 종이에 적고, 돌에 새기는 일. 사실 세상에 내보내고 나면 종이에 적은 것도 돌에 새긴 것만큼이나 영원하지. 겉으로 보기엔 이야기를 종결 짓고, 하나의 끝을 선택해서 다른 무한한 가능성으로 통하는 문을 닫고 고정시켜버린 것 같지만, 아니야, 그 정반대야. 난 다른 사람이 읽을 수 있게 이야기를 종이에 적었어. 그래서 이야기가 자랄 수 있도록, 한순간에 못을 박아서 시간을 지나 오래도록 흐를 수 있도록. 책은 그냥 기초에 불과해. 우리처럼. 더 발전시키고 지어 올리기 위해 적는 거야. 우리의 사랑, 우리의 동화 같은 사랑이 나머지를 버텨주는 역할을 할 거야. 그렇다고 아이들이 자랄 수 없다는 게 아니야. 물론 아니지. 하지만 자랄 수 있는 장소를 마련해주는 거야. 그게 바로 이야기가 하는 일이야."

"정말 멋진 말이군, 작가 남편님."

"고마워…. 어… 의사 아내님."

"하지만 내 질문에 답한 건 아니야."

"무슨 질문?"

"모든 질문." 로지가 말했다. "옷장에 숨을 건지, 지붕에 올라가서 외칠 건지? 호르몬 억제제를 쓸 것인지, 사춘기를 거치게 할 것인지? 수술을 할 것인지, 호르몬을 쓸 것인지? 둘 다 쓸 것인지, 아무것도 안 쓸 것인지? 소녀인지, 소년인지, 그 중간인지? 오늘인지, 내일인지? 다음 달인지, 이듬해인지? 못된 5학년들을 헤쳐 나갈 것인지, 바다 옆 작은 탑에서 홈스쿨링을 할 것인지? 빌어먹을 소설인지, 동화인지?"

"그게 사실이야."

"뭐가 사실이야?"

"답하지 않았다는 게 사실이라고. 하지만 가능성을 열기는 했어. 그리고 그게 더 낫기도 해. 우리가 이전에는 보지도 못했던 가능성들. 이전에는 아무도 보지 못했던 가능성들을 연 거야. 그리고 그 덕분에 결정을 내려야 할 때가 오면 우리는 성벽처럼 단단한 곳에 기대어 그 결정을 내릴 수 있을 거야."

로지는 한동안 말이 없었다. 그리고 얼굴을 펜의 어깨에 다시 묻었다. 자기가 얼마나 기뻐하는지 포피가 보지 못하게 하기 위해서였다. "포피가 춤을 추다니 믿어져?"

"물론 믿어지지." 펜은 로지를 더 바짝 끌어안았다. "행복한 결말보다 더 좋은 게 뭔지 알아?"

"뭔데?"

"행복한 중간."

"그렇게 생각해?"

"행복하면서도 끝난다는 섭섭함이 없잖아. 행복하면서도 여전히 성장할 여지가 있고. 그보다 좋은 게 어디 있겠어?"

"한동안은 그럴 수 있겠지."

"한동안은 아주 긴 시간이야." 펜이 말했다.

포피는 도저히 거기 서서 엄마와 아빠가 춤추는 것을 보고 있을 수가 없었다. 그래서 주스를 다 마신 다음 제이크에게 금방 다시 오겠다고 말하고 자리를 떴다. 그녀는 치앙마이의 물고기 스파에 자기만의 화장실이 있었던 것, 위스콘신에서 양호실 화장실을 써야만 했던 것, 수영 시간마다, 그리고 PANK와 해변에 갈 때마다, 여름캠프에서 수영 프로그램이 있을 때마다 혼자 들어가야 했던 칸막이 화장실을 떠올렸다. 가끔은 자신으로 사는 것이 어렵고 복잡했다. 어떨 때는 그냥 화장실 문제만 어렵고 복잡했다.

포피가 칸막이에서 나와보니 애기가 세면대에 기대서 있었다. 주먹을 꼭 쥔 양손을 겨드랑이에 끼운 채였다. 포피의 속도 애기의 주먹만큼 단단히 뭉쳐버렸다. 애기가 너무 반가워서 금방이라도 울음이 터질 것만 같았다. 동시에 너무 떨려서 금방이라도 울음이 터질 것만 같았다. 어쩌면 화가 난 감정이 포피 마음 어딘가에 숨어 있을지 모르지만, 애기는 우주 전체에서 제일 친한 친구이니 아마도 아닐 것이다. 어쩌면 지구 반대편으로 가서 가난하고, 자주 아프고, 고아가 된 아이들을 돕는 과정에서 인류에 대한 성숙한 시각을 얻었으니 이 상황을 좀 더 잘 풀어갈 수 있을지도 모른다. 그러나·애기는 우주 전체에서 제일 친한 친구가 아닌가. 아마도 그렇지 않을 것이다.

"안녕." 애기가 말했다.

"안녕." 포피는 애기가 처음으로 자기 방 창문을 두드렸던 때를 떠올렸다. 둘이 처음 만난 밤, 이웃 성의 라이벌 공주가 된 날 밤. 대화는 그날 밤과 똑같이 시작됐다. "안녕." "안녕." (수줍지만 가능성으로 충만하고 앞으로 벌어질 수백만 가지의 재미있고 좋은 일에 대한 기대에 부푼 인사, "안녕".) '안녕'이 대화를 시작하는 흔한 방법이라는 건 포피도 인정할 수밖에 없는 사실이니 그것이 운명적인 만남의 전조는 아닐 확률이 높겠지만, 은총으로 가득 찬 한순간만큼은 그렇게 느껴졌다.

그러나 바로 다음 순간 마법이 깨졌다. 애기의 입은 "태국은 어땠어?"라고 물었지만 애기의 어투는 '네가 앞으로 무슨 말을 하든, 난 정말 아무 관심도 없어'라는 메시지를 보냈기 때문이다. 하지만 애기가 화장실에 포피를 따라 들어온 것이니 뭔가 완전히 다른 뜻이 담겨 있을 수도 있었다.

"덥고, 말도 안 되고, 좀 대단했어. 여긴 어땠니?"

"기분 나쁘고, 바보 같고, 완전 지루했지." 그런 다음 비아냥거리는 말투로 "새 베프는 생겼니?" 하고 물었다.

"아니." 포피는 태국에서 만난 친구들을 기억했다. 부처에 관한 모든 것을 가르쳐주고, 학교가 어떻게 인생을 바꿀 수 있는지, 어떻게 이야기를 하는지, 어떻게 가족을 사랑하는지를 가르쳐준 어린 학생들과, 어떻게 중간의 영역에 존재하고 중간에서 살아갈 수 있는지를 보여준 케이를. "넌?"

애기는 코웃음으로 대답을 대신했다. "너, 여기 들어오는 게 허용은 되는 거야?"

"학교?"

"여자 화장실."

아. "그럴 거야." 포피는 발을 내려다보며 말했다. "우리 엄마, 아빠가 1학년 시작할 때 교장선생님한테 말했고, 여자 화장실을 써도 된다고 했어."

"교장선생님한테는 말하고 나한테는 안 했다는 거야?"

"내가 한 게 아니야." 포피는 자신 없는 말투로 변명했다. "우리 엄마, 아빠가 한 거야."

"이젠 아마 여기 못 들어올지도 모르겠다."

"아무것도 변한 건 없어."

"모든 게 변했어." 애기가 그렇게 말했지만 악의는 없었다.

슬픔이 깃들어 있었다.

"왜?" 슬프기만 한 게 아니라 찢어지는 듯한 마음이 깃들어 있었다.

"이제 우린 더 이상 친구가 아니야." 그래서 모든 게 변했다는 것일까? 그렇게 모든 게 변했다는 것일까?

"왜?"

"우리가 어떻게?" 애기는 소리 지르듯 말했다. "이제 함께 뭘 할 수 있는데? 이젠 파자마 파티도 못 하잖아. 항상 하던 이야기도 이제는 더 이상 할 수가 없어. 우린 라이벌 공주도 아니야. 놀지도 못해."

"네가 더 이상 날 좋아하지 않아서?"

"널 더 이상 알 수 없어서."

"난 같은 사람이야." 포피가 울면서 말했다. "이전하고 똑같은 사람이라고. 아직도 같이 놀고, 라이벌 공주를 할 수가 있어. 파자마 파티도 할 수 있고."

"난 심지어…." 애기는 긴 나눗셈을 암산하는 듯한 표정이 됐다. "포피, 내가 질문 하나 할게. 진심으로 대답해줄 수 있어?"

"응."

"약속해?"

"약속해."

"넌 남자아이야, 여자아이야?"

"아니야." 포피는 억지로 고개를 들고 우주 전체에서 제일 친한 친구를 바라봤다. 그녀는 태국에서 학생들에게 이야기해 줬던 동화들을 기억했다. 마법과 요술 지팡이가 있으면 이 일이 얼마나 쉬워질까 생각했다. "난 아니야."

"내 말은 그게 아니잖아." 애기는 샐쭉한 표정을 지었다. 그러다가 그 표정을 지우고 물었다. "그럼 뭐야?"

"나도 몰라. 뭔가 다른 거."

"다른 게 뭐가 있는데?" 그리고 그날 밤 처음으로, 애기의 질문이 정말 답이 궁금해서 묻는 질문처럼 들렸다.

"난 모두 다야." 포피는 삐져나오는 미소를 참을 수가 없었고, 그걸 본 애기도 미소를 참을 수 없는 표정이 되었기 때문에 모든 게 마법처럼 느껴졌다. "그리고 난 '앞으로도 기대하시라' 이기도 해."

"그게 무슨 뜻이야?"

"복잡해." 애기가 미소를 지은 걸 본 포피는 너무 기뻐서 현기증이 날 것만 같았다. 이 모든 것에 관해 애기랑 이야기하고 싶어서 죽을 지경이었다는 걸 이제야 깨달았다. "아마 내가 복잡한 사람이라는 뜻이겠지. 난 설명하기 어려운 사람이고, 이상한 사람이라는 뜻."

"넌 이상한 사람 아니야." 애기가 말했다. "내가 이상한 사람이지."

"맞아." 포피가 시인했다. "그건 그래. 그렇다면 우리 둘 다 이상한 사람인가 보다. 그래서 우리가 서로 그렇게 좋아하나 봐."

"어차피 우린 이제 공주 같은 거 하기엔 너무 나이가 들었어." 애기는 아예 활짝 웃고 있었다. "이제부터는 라이벌 이웃 괴짜 하면 되겠다."

세 사람이 집에 돌아오니, 아무도 자지 않고 기다리고 있었다.

"엄마랑 아빠가 춤을 췄어?" 벤이 정말 안됐다는 표정으로 물었다.

"응."

"어휴!" 모두 합창했다.

"슬로댄스였어?" 리겔이 물었다.

"응."

"어휴!"

"아빠가 엄마 궁둥이를 만졌어?" 루가 물었다.

"궁둥이라고 하지 마, 루." 펜은 아이스크림을 찾고 있었다.

"어휴, 루, 징그러워." 오리온이 말했다.

"하지만 아빠가 그랬지?"

포피는 눈을 질끈 감고 다른 생각을 하려고 애썼다.

"너희 엄마 궁둥이가 예쁘긴 해." 냉동실에 머리를 박은 채 펜이 시인했다.

아이들의 비명으로 지붕이 무너질 것 같았다. 바로 그게 펜이 좋아하는 상태였다. 그는 아이스크림뿐 아니라 그 위에 데워서 뿌릴 퍼지와 세상의 종말이 와도 한동안 연료 공급원이 되어줄 수 있을 것 같은 시럽에 담근 체리를 찾았다.

"너희는 저녁 내내 뭐 했어?" 로지는 바나나를 썰기 시작했다. 이 기회에 비타민을 조금 보태서 나쁠 건 없었다.

"손으로 못된 짓 안 하고 잘 있었어요." 벤은 그릇과 수저를 꺼냈다.

"아빠보다 운이 없었구나." 벤의 아빠가 말했다.

"첫 학교 무도회에서 엄마 궁둥이에 아빠가 손 댄 게 제일 창피한 일이었으면 운이 좋은 거야." 루가 여동생에게 축하 인사를 했다. "벤은 8학년 핼러윈 댄스파티에 로봇으로 분장하고 갔었는데 로봇 몸 앞에 가짜 손을 달고 갔거든. 카옌에게 춤을 청하고 같이 추는데 그 가짜 손이 카옌 몸을 완전히 더듬어버린 거야. 처음으로 2루까지 갔는데 자기 손이 아니라 간 줄도 몰랐지."

"알렉시 개위스키가 봄 무도회에서 자기 리본 좀 다시 묶어달라고 했을 때는 어떻고?" 벤은 밤새도록 루가 창피당한 이야기를 할 수 있었다. "루가 장난으로 리본을 무지개 풍선 아치에 매는 바람에 알렉시가 앤디 케네디하고 춤을 추려고 움직이면서 풍선 아치는 물론이고 음향 시설 전체가 딸려가서 무너져버렸잖아."

"우리 8학년 크리스마스 콘서트 때는." 오리온은 아이스크림에 스프링클을 뿌리면서 고개를 들지도 않고 말했다. "다들 흰 윗도리에 검은 아랫도리를 입게 되어 있었는데 리겔만 노랑 셔츠를 입고 나타났잖아."

"그게 학교 무도회하고 무슨 상관이야?" 리겔은 양말을 벗어 오리온의 아이스크림 선디를 향해 던졌다.

"공개적으로 창피당한 일과 상관이 있지."

"그 셔츠는 미색이었어."

"바나나 색깔이었지."

"베이지였다고."

"그래서 리겔은 셔츠를 빌려야 했는데, 여벌을 가지고 있는 사람은 맨디 오래키밖에 없었어. 앞에 주름이 잡히고 패딩도 들어 있는 여성스러운 블라우스여서 가슴이 나온 것처럼 보였지."

"맨디는 그 블라우스를 어디서 산 걸까?" 포피가 물었다.

"콘서트에서 〈열두 날의 크리스마스〉*를 합창하는데 리겔 솔로가 '멧비둘기 두 마리'였거든. 열두 번 솔로가 나오는데 나올 때마다 사람들이 킥킥거렸지."

"열한 번이야." 벤이 말했다.

"흥, 열두 날의 크리스마스잖아." 오리온이 말했다.

"흥, 첫날에 그 여자아이는 배나무에 앉은 자고새 말고는 아무것도 안 받았거든."

"어떻게 여자아이인 줄 알아?" 포피가 물었다.

"남자들은 크리스마스 선물로 배나무에 앉은 자고새 같은 거 받고 싶어 하지 않거든." 루가 말했다.

"크리스마스 선물로 배나무에 앉은 자고새를 원하는 사람

★　〈열두 날의 크리스마스〉 가사는 다음과 같다.
첫날의 크리스마스에 내 사랑이 준 것은/배나무에 앉아 있는 자고새 한 마리
둘째 날의 크리스마스에 내 사랑이 준 것은/멧비둘기 두 마리와 배나무에 앉아 있는 자고새 한 마리
셋째 날의 크리스마스에 내 사랑이 준 것은/프랑스 암탉 세 마리, 멧비둘기 두 마리, 배나무에 앉아 있는 자고새 한 마리
.
.

열두째 날의 크리스마스에 내 사랑이 준 것은/열두 명의 드럼 연주자, 열한 명의 파이프 연주자, 열 명의 폴짝 뛰는 귀족들, 아홉 명의 춤추는 아가씨들, 여덟 명의 우유를 짜는 하녀들, 일곱 마리의 헤엄치는 백조, 여섯 마리의 알 낳는 거위, 다섯 개의 금반지, 네 마리의 노래하는 새, 프랑스 암탉 세 마리, 멧비둘기 두 마리, 배나무에 앉아 있는 자고새 한 마리.

은 아무도 없어." 포피가 반박했다.

"넌 그 노래의 문제가 그거라고 생각해?" 벤이 말했다. "성별과 상관없이 누군가가 폴짝 뛰는 귀족들을 선물로 받고 싶어 할 거라 생각하냐고?"

로지는 펜을 보며 미소 지었다. 그녀는 이렇게 아이스크림을 먹고, 이런 대화를 들으며 부엌 식탁에 가족들과 영원히 앉아 있을 수만 있다면 여한이 없겠다고 생각했다. 이 아이들, 그녀의 자손들은 자라서 멀리 떠날 수도 있다. 그들은 새로워지고, 변화하고, 변화하는 과정에 있는 성인이 될 것이고, 그녀가 알아볼 수 없는 사람들, 그녀가 상상할 수도 없는 사람들이 될 수도 있고, 될 것이다. 다시 만들어지는 사람들, 그들은 기적 같은 변화를 거칠 것이고, 변신할 것이다. 그들은 마법을 부릴 것이다. 그러나 그들은 로지의 이야기, 로지와 펜의 이야기였다. 그래서 그들이 아무리 멀리 떠난다 해도 언제나 바로 그 자리에 있을 것이다.

"난 안 믿어." 아이들이 우유 짜는 하녀들과 헤엄치는 백조들 중 어느 쪽이 더 나은지 토론하는 걸 들으면서 로지는 펜에게 말했다.

"뭘?"

"이게 당신의 행복한 결말이라는 거."

"내가 말했잖아."

"그랬지."

"하지만 이건 결말이 아니야."

"아니라고?" 그녀는 펜을 보며 미소를 지었다. 미소를 멈출 수 없었다.

"결말에 가깝지도 않아." 펜도 로지를 향한 미소를 멈출 수
가 없었다.

작가의 말

픽션 작가들이 제일 자주 받는 질문 중의 하나가 역설적이게도 "그게 사실이에요?"라는 질문이다.

독자들을 기다리게 하고 싶진 않다. 그러니 그 대답부터 하고 가자. 맞다. 사실이다. 하지만 동시에 아니다. 내가 모두 만들어낸 이야기다.

그게 질문에 대한 답이 아니라고? 미안하게 됐다.

예전에는 남자아이였던 우리 아이가 이제는 여자아이인 것은 사실이다. 그러나 이 이야기는 우리 아이의 이야기가 아니다. 내가 아이의 이야기를 할 수는 없는 일이다. 나는 내 이야기와 내가 만들어낸 사람들의 이야기만 할 수 있다. 우리 아이는 내가 만들어낸 사람이 아니다. 그녀는 진짜 사람이니, 그녀의 이야기를 할 수 있는 사람은 그 자신뿐이다. 이 이야기는 픽션, 다시 말해 허구다. 우리 아이의 이야기가 아니다. 우리 아이의 경험을 이야기한 것도 아니다. 심지어 나의 경험을 이야기한 것도 아니다. 소설을 쓰는 일은 수프를 만드는 일과 비슷하다. 소설은 완전히 새로 만들어낸 육수를 베이스로 한다. 예를 들어, 내게는 아이가 다섯이 아니라 하나뿐이고, 나는 의사가 아니라 종이에 손가락만 베여도 현기증이 나는 사람이다. 하지만 그렇게 새로 만들어낸 육수에 소설가는 실제 조사한 내용이나 어릴 적 기억들을 고명으로 넣고, 놀이터에서 엿들은 이야기들을 양념으로 보탠다. 계획에 없었지만 깊은 맛을 내기 위해서 필요한 것들도 조금 더 부셔 넣고, 가끔은 자신의 삶도 가늘게 다져서 집어넣는다. 서로 다른 재료들이 잘 익고 어우러지면서도 서로 보충하고 돋보이도록 할 때까지 뭉근히 끓인다. 소설은 이렇게 조리된다. 만들어진 재료 조금, 실제 삶 조금, 모두 진짜.

가끔 사람들은 같은 질문을 이렇게 하기도 한다. "이 책을 쓴 영감은 어디서 얻으셨나요?" 그 말은 "본인의 삶을 이름만 바꾸고 그대로 쓴 건가요, 그게 아니라면 도대체 어디서 이런 아이디어를 얻었나요?"라는 뜻이다. 거기에는 쉬운 답이 있다.

내 안의 소설가에게 처음 영감을 준 것은 트랜스젠더 아동들의 사춘기 변화를 지연하기 위해 호르몬 억제제를 사용하는 것에 관한 논쟁이었다. 사랑이 가득하고 열린 마음과 좋은 의도를 가진 사람들이 이 문제에 대해 완전히 반대 진영으로 나뉘었다. 호르몬 억제제는 자기가 태어난 몸 안에서 사는 것을 견딜 수 없는 아이들에게는 기적과 같은 약이다. 부인할 수 없는 사실이다. 트랜스젠더 및 기존의 젠더 구분에 따르지 않는 아동과 성인들의 자살 기도율이 무려 40퍼센트 이상이다. 그런 비극을 방지할 수 있는 약이라면 기적의 약이라 부르는 것이 마땅하다. 그

렇다고 기적을 일으키는 것이 약만은 아니다. '정상' 혹은 '평범'
이라고 규정하는 범위를 더 넓게 확장하면 모든 사람이 더 편하
고 행복하게 살 수 있는 세상이 될 수 있다. 나는 이 두 가지 해
결책 모두 설득력이 있고 활용되어야 한다고 생각한다. 어떤 사
람들은 그 두 가지 해결책이 완전히 반대편에 존재한다고 생각
한다. 바로 그런 배경에서 이 책을 쓰고 싶다는 생각이 들었다.

　내 안의 소설가는 은유에서 영감을 받기도 했다. 이슈에 상
관없이 부모 노릇은 언제나 우리가 아는 것, 우리가 추측하는
것, 우리가 두려워하는 것, 우리가 상상하는 것 사이에서 위태
로운 균형을 잡는 것 아닌가. 우리는 한순간도 확신할 수 없다.
심지어 (어쩌면 특히) 큰 문제에 관한 것, 거대하고 중요하고 엄청
난 여파를 가져올 것들에 대해서도 확신할 수가 없다. 그러나 아
쉽게도 부모 말고는 아무도 결정하고 그로 인한 여파를 감당해
낼 사람이 없다. 걸린 건 많은데 앞을 전혀 내다볼 수 없는 상황
은 꽤 괜찮은 글쓰기 재료다.

　내 안의 소설가는 아이를 기르는 것이 책을 쓰는 것과 너무
도 비슷한 점이 많다는 사실에서 영감을 받았다. 아이가 됐든
책이 됐든, 목적지에 도착하기 전까지는 어디로 갈지 알 수가 없
다. 안다고 생각하는 부모가 있을지 모르지만 아마도 틀린 생각
일 것이다. 아이가 됐든 책이 됐든, 그들의 의지에 반해 우리가
목적지로 상상한 곳으로 억지로 몰고 가는 건 누구에게도 좋은
결과를 낼 수가 없다. 우리가 그 아이를 기르는 사람이고 그 책
을 쓰는 사람이지만, 우리의 의지와 상관없이 아이든 책이든 자
기들 나름의 방향으로 나아간다. 겁이 나는 일이지만, 그렇게 되

어야 하는 것도 사실이다.

그래서 이 프로젝트를 처음 시작했을 때 내 안의 소설가는 상당히 고무되어 있었다. 그러나 내 안의 엄마는 크게 당황을 했다. 내 안의 엄마는 내가 낳은 작은 남자아이가 눈앞에서 작은 여자아이로 변신하는 것을 지켜보고 있었다. 어떤 면에서는 그 과정이 여느 아이가 자라는 과정을 지켜보는 것보다 더 이상하거나, 두렵거나, 믿을 수 없는 것도 아니었다. 어떤 면에서는 조금 더 이상하거나, 조금 더 두렵거나, 조금 더 믿을 수 없는 과정이었을 수도 있다. 나는 수없이 많은 단어들을 종이 위에 써 본 다음에야 딸의 다른 변신에 비해 이 변신이 왜 더 두렵게 느껴졌는지 깨달았다. 답은 아이와 아무 상관이 없었다. 답은 아이를 제외한 모든 사람과 상관이 있었다.

나는 우리 아이가 정말 자랑스럽다. 그러나 다른 사람들이 그 아이에게 어떻게 반응할지 두렵다. 오늘, 내년, 그리고 아이의 앞에 놓인 매우 구불구불한 길에서 만날 사람들의 반응이. 나는 날마다 딸아이가 얼마나 밝고, 현명하고, 강하고 확신에 넘치는지 감탄하지만, 그녀가 앞으로 만날 공포와 무지를 생각하면 두려움에 몸이 굳어버릴 것만 같다. 나는 아이가 내 눈에서 벗어나 있는 매 순간 (그리고 내 눈에 보일 때에도) 아이에 대해 조바심을 친다. 어떻게 보면 어차피 기다란 걱정거리 목록이 조금 더 길어졌을 뿐인지도 모르겠다. 소설과 진짜 삶의 차이 중의 하나는, 적어도 소설과 진짜 삶의 부모 노릇의 차이는 소설에서는 위태롭고, 예측 불가능하며, 위기일발의 사건들로 가득 차고 상심과 겨우 모면한 재난으로 가득 차기를 바라지만, 실제 삶에서는 가능한 한 플롯 전환 없이 민둥하기 그지없기를 바란다는 점일 것이다.

사실은 이렇다. 이 책은 허구다. 우리 아이는 포피도, 클로드도 아니다. 나는 로지가 아니다. 우리 모녀가 로지 모녀와 비슷한 점이 있을까? 있다. 그러나 이 책은 상상에서 나온 것이며, 소원을 성취하기 위한 행위의 결과다. 그게 소설가들이 하는 또다른 일 중의 하나이기 때문이다. 우리는 우리가 원하는 세상을 상상하고, 소설가에게 주어진 큰 힘을 모두 발휘해서 그 세상을 실현시키기 위해 애를 쓰는 사람들이기 때문이다. 나는 내 아이, 그리고 다른 모든 아이들이 자기 자신으로 살아가면서 진가를 인정받고 사랑과 은총이 가득한 세상에 살기를 원한다. 이 문장을 열 몇 번쯤 썼다 지우고 다시 쓰기를 반복했지만 들척지근하지 않게 만드는 데는 결국 실패하고 말았다. 아마도 그게 질문에 대한 답이기 때문일 것이다. 그게 바로 진실이다. 내 아이를 위해, 우리 모두의 아이들을 위해 나는 더 다양한 선택지가 존재하고, 숲속에 더 다양한 길이 나고, 더 넓은 범위의 정상성과 무조건적인 사랑이 가능하기를 바란다. 그걸 바라지 않을 사람이 있을까?

이 책이 논란을 불러일으키리라는 것은 나도 안다. 하지만 솔직히 말하자면… 나는 논란이 되어야 하는 이유를 계속 잊어버린다.

감사의 말

몰리 프리드릭과 에이미 에인혼을 내 사람이라고 부를 수 있다는 것은 내게 주어진 축복이자, 나의 기쁨이자, 영예다. 두 사람 모두에게 내 마음 위, 중간, 바닥 전체에서 우러나는 감사의 마음을 전한다. 루시 카슨, 앨릭스 케이, 켄트 울프, 니콜 르페브르, 봅 밀러, 캐롤라인 블리크, 말리나 비트너, 아밀리아 포산자, 리즈 키넌, 벤 토멕, 몰리 폰세카, 캐런 호튼, 에밀리 메이혼, 스티븐 시먼, 케리 노들링, 마타 플레밍, 데이비드 로트, 리사 데이비스, 레이철 맨디크, 스테이시 셔크, 마틴 퀸, 그리고 이제 막 알아가기 시작했고 함께 일하는 즐거움을 누렸던 플래티론 북스의 멋진 분들 모두에게 감사드린다. 매리언 도널드슨, 비키 파머, 케이틀린 레이너, 하나 웬을 비롯한 헤드라인 북스의 관계자 여러분들, 그리고 전 세계에서 이 책을 발행하기 위해 애써주신 모든 분들께도 고맙다는 말을 전하고 싶다. 제니 쇼트리지, 케서린 말모, 줄리안 배곳, 케런 호그, 프리챠 '핑' 조크디, 송스리

'링' 지와라타나웡, 바버라 케이틀린, 클레어 미커, 케빈 오브라이언, 안드레아 던롭, 제프 움브로, 가스 스타인, 마리아 셈플, 엘리자베스 조지, 루스 오제키, 매리언 도널드슨, 헤지브룩, 그리고 소설가이자 뛰어난 의사인 캐럴 카셀라에게 특히 감사드린다. 캐럴이 없었다면 의사에 관한 내용을 전혀 쓸 수 없었을 것이다.

이 소설을 쓰는 과정과 나, 그리고 나와 관계된 모든 것을 늘 온 마음으로 지지해주신 나의 부모님 수 프랭클과 데이비드 프랭클에게 온 마음을 다해 감사드린다. 수없이 많은 면에서 영감을 준 다니에게 고맙다는 말을 전한다. 네가 정말 자랑스러워, 내가 꿈을 수 없을 정도로 멋진 일들을 할 수 있게 해준 (가장 위대한 인간) 폴에게 (그에게 받은 것에 비하면 약소하고 또 약소한 말에 지나지 않지만) 깊이 감사한다.

Reed의 경우

✳

고영범

1962년 서울에서 태어나 희곡과 소설을 쓰고 번역을 한다. 현재 미국 코네티컷
주에서 살고 있다.

Reed의 경우

첫애가 미국에서 태어났을 때, 우리는 그 아이에게 영어 이름과 한글 이름을 따로 지어주었다. 처음에는 한 사람이 두 개의 이름을 갖는다는 게 좀 이상해서 영어나 한글로도 무난한 이름 하나를 붙여주고 싶었는데, 내가 오래전부터 염두에 두고 있었던 '유진'이라는 이름이 그다지 환영받지 못했다. 옛날식 이름이라는 것이었다. 내가 좋아하는 미국 극작가 유진 오닐(Eugene O'Neill, 1888~1953)에서 따온 것이었는데, 다른 이유도 아니고 낡았다니. 터무니없는 비판이라고 느꼈지만 아무튼 중론을 받아들여 요즘식 영어 이름과 내 마음에 드는 의미의 한글 이름을 하나씩 지었다. 4년 뒤에 태어난 작은애도 첫아이처럼 자연히 두 개의 이름이 붙었다. 한글 이름은 형과 돌림자를 썼는데, 항렬과는 관계 없이 형제로서의 연속성과 유사성을 드러내기 위해서였다. 영어 이름은 '리드Reed'라고 지었다. 밴드 '벨벳 언더그라운드'의 기타리스트이자 보컬인 루 리드Lou Reed에서 따온 이름이었는데, 그가 각종 약물과 알코올 중독자였다는 사실 때문에 약간의 반론이 있었지만, 1942년생인 그가 작은애가 태어난 2004년에도 건강하게 살아 있으니 된 거 아니냐는 말로 진압할 수 있었다. 게다가 리드라는 이름은 유행을 아예 가늠조차 할 수 없을 정도로 잘 쓰이지 않는 것이기도 했다. 아무튼 그렇게 해서 작은애의 이름은 리드가 됐다. 한마디 덧붙이자면, 루 리드는 그 무렵 잡지 〈롤링스톤〉에 발표된 '가장 위대한 기타리스트 100인' 중 20위권 안에 포함되기까지 했다. 내가 기억하기로는 루 리드를 기타리스트로 주목한 건 그때 그 리스트가 처음 아니었나 싶다.

하지만 나의 리드는 너무나 당연히, 루 리드와 하나도 닮지 않았다. 루 리드가 어린 시절에 기타를 잡은 뒤로 놓은 적이 없고 일찌감치 각종 마약과 알코올에 중독된 상태였던 데 반해, 나의 리드는 열여덟 살인 지금까지 마약은커녕 담배도 피우지 않고, 술에도 관심이 없고, 어릴 때부터 해오던 음악은 일찌감치 모두 그만두었다. 그중에서도 극단적으로 다른 걸 하나 꼽으라면, 루 리드가 난독증이 있었던 반면에 나의 리드는 아주 일찍부터 책을 읽기 시작했고, 5학년을 마칠 때쯤에는 거의 속독 수준으로 한 주에 몇백 페이지씩 읽어치우는 아이였다는 것이다. 리드는 아주 어릴 때부터 형 옆에서 형이 읽는 책을 넘겨보다가 어느 순간부터 스스로 읽기 시작했는데, 한번 읽기 시작한 뒤로는 틈만 나면 책을 붙들었다. 미국에서 태어나자마자 한국에 가서 네 살까지 살다가 다시 미국으로 왔기 때문에 아이의 언어 구사 능력과 적응이 우리 부부에게는 무엇보다 큰 관심사이자 걱정거리였다. 그래서 리드의 독서 능력이 그렇게 빨리 향상되는 건 크게 안심되는 일이 아닐 수 없었다. 리드는 킨더가든(유치원에 해당하지만 미국에서는 아예 초등학교 과정에 편성되어 있다)을 거쳐 1학년이 될 무렵에는 또래의 누구보다 빨리, 많이 읽는 아이였다. 1학년 때 아이의 학교에서 자원봉사로 책 읽기를 지도해주던 어떤 아이 아빠는 학교에서 행사가 있던 날 일부러 날 찾아와 리드가 얼마나 독서 수준이 높고 내용을 잘 이해하는지 모른다고 연신 감탄사를 내뱉었다. 아이들은 Reed reads so well(리드는 정말 잘 '리드'한다니까), 하는 식의 말장난을 즐겼다.

리드는 그 학교에서 2학년까지 다녔는데, 아이의 마음속을 속속들이 알 도리는 없지만 특별한 문제는 없는 것처럼 보였다. 서로의 집에 자주 오고가는 친구가 둘 있었고, 킨더가든 때부터 내내 아이의 학급 사진사를 맡아 수시로 드나들면서 본 바로는 다른 아이들과도 대체로 잘 어울려 지내는 것 같았다. 변화가 느껴지기 시작한 건, 옆 동네로 이사하고 학교도 옮기고 나서부터였다.

우리가 처음에 살던 집은 공동주택의 2층이었다. 아래층에는 다른 세대가 살고 있었는데, 2층짜리 경량 목조 방식으로 지은 공동주택은 방음이 무척 허술했다. 아래층에는 처음 한동안은 나이 든 환자가 살았고, 그다음에는 낮에 자고 밤에 일을 하는 사람이 들어왔다. 모두 소음에 극도로 민감했고, 우리는 자연히 아이들의 움직임을 사사건건 제한할 수밖에 없었다. 아이들에게는 미안하기 이를 데 없는 일이었지만 달리 방법이 없었다. 그래서 너무 늦기 전에, 아이들이 다 커버리기 전에 마당이 있는 단독주택으로 옮기고 싶었고, 너무 낡은 나머지 크기에 비해서는 무척 싼 가격에 나온 집을 찾아 이사했다. 아이들은 자유롭게 뛰어놀면서 성장하고, 나는 내 손으로 집을 고쳐가면서 몸을 써서 사는 법을 배우고⋯ 그게 계획이라면 계획이었고, 희망이라면 희망이었다.

이사 후에 작은애는 더 깊이 책에 빠져들었다. 조금이라도 틈이 나면 책을 집어 들었고, 외출이라도 하면 얼마나 오래 나가 있을 건지, 무얼 할 건지 물어보고는 예상되는 상황에 따라 현재 읽고 있는 것 외에 한 권 혹은 두 권을 더 들고 나가곤 했다. 아이는 스쿨버스를 타고 학교를 오가는 동안에도 책을 붙들고 있었고, 버스에서 내려서 집까지 걸어오는 동안에도 책을 읽었다. 그리고 그렇게 생활한 지 얼마 되지 않아 아이의 선생님과 학기 초 상담을 했을 때, 선생님이 조심스럽게 이야기를 꺼냈다. 다 좋은데, 리드가 밖에 나가 다른 아이들과 어울려 놀아야 하는 시간에도 복도에 앉아 책만 읽는다는 것이었다. 책을 잘 읽고 많이 읽는 게 여전히 바람직한 것이긴 하지만, 그게 다른 무엇보다 중요한 것으로 여겨지던 시기는 전학한 시점과 맞물려서 이미 지난 뒤였다. 아마도 3학년이라는 시기가 그런 것일 수도 있는데, 새 학교에서는 아이들이 복잡한 사회적 관계와 다양한 활동에 잘 적응하는 걸 독서 활동보다 더 중요하게 여기는 듯했다. 작은애에게 물어보자, 아이들하고 노는 게 재미없다는 대답이 돌아왔다. 아직 서로 잘 몰라서 그렇지 같이 어울리다 보면 재미있어질 거라고, 애를 좀 써보라고 이야기하긴 했지만, 나 자신도 그다지 수긍되지 않는 형식적인 처방이었다.

그리고 최초로 주목할 만한 사건이 벌어졌다. 학교 청소를 맡은 이가 정년퇴직을 했고, 학교에서는 복도에 커다란 종이를 붙여놓은 뒤 아이들 모두에게 작별 인사를 그리거나 쓰게 했는데, 리드가 그 종이에 학교 건물 위로 폭탄이 떨어지는 장면을 그린 것이었다. 학교에서는 무척이나 예민하게 반응했다. 여기저기서 수시로 총기 사건이 벌어지는데, 학교 입장에서는 그것에 대해 예민하게 반응하는 것 외에는 달리 할 수 있는 일이 없으니 그럴 만도 했다. 하지만 아이는 이제 겨우 초등학교 3학년이었고, 전학 온 지 얼마 안 되는 아이였다. 그런 식의 장면은 아이들이 보는 만화나 TV 프로그램 어디에서나 흔히 볼 수 있는 것이고. 나 같으면 혹시 아이가 바뀐 환경에 적응하는 데 문제가 있는 건 아닌지 살펴보는 데 주력하겠지만, 학교에서는 그러고 싶은 생각이 없는 것 같았다. 폭탄 테러 낙서를 한 아이의 부모 입장에서는 학교의 태도를 지적하면서 학교 측을 더 예민하게 만드는 것보다는 적당히 무마하고 넘어가는 편이 더 현명한 처사로 보였다. 그건 정말로 만화 같은 낙서에 불과한 것이었고, 그 사실은 누구보다 내가 더 잘 알고 있었기 때문이다.

아이는 점점 더 책 속에서 살았고, 그 속에서 아이를 끄집어내는 일은 쉽지 않았다. 아내와 나는 이따금 걱정스러운 시선으로 아이를 지켜봤지만, 솔직히 말하자면, 아이가 또래 아이들보다 뛰어나서 그렇다는 일종의 자부심을 은밀히 가지고 있었고, 무엇보다 각자 바빴다. 그렇게 지내는 동안 아이는 바실리를 사귀었다. 아주 활달한 아이였다. 앤서니를 사귀었다. 노래를 잘하는 아이였다. 알렉스도 사귀었다. 키가 크고 영특해 보이는 아이였다. 그 아이들이 우리 집에 오기도 하고, 아이가 그 아이들의 집에 가기도 하고, 온라인으로 무언가를 같이 하기도 하면서 바쁘게 놀았다. 바실리나 앤서니와는 비디오 게임을 하면서 유튜브 채널을 만든답시고 녹화를 하기도 했고, 알렉스와는 구글 문서 편집기를 이용해 같이 팬픽Fan Fiction을 썼다. 어느 날엔가는 다짜고짜 내게 어떻게 해야 에이전시를 구할 수 있느냐고 물었다. 책을 출판하려면 에이전시가 있어야 한다고 들었다는 것이었다. 원고를 써놓으면 에이전시를 책임지고 찾아주겠다고 했는데, 아이는 며칠 동안 무언가를 끄적거리는 것 같더니 슬그머니 손을 놓고는 대신 자기도 아이폰이 있어야겠다고 했다. 필요 여부를 떠나, 없으면 말이 안 되는 것 같은 지점에 도달한 것 같았다. 아이가 그리 특출난 거 같지는 않다는 생각이 들면서 약간 실망스럽기도 했지만, 동시에 안심이 되기도 했다. 무난하게 사람들과 어울려서 살아갈 수 있겠구나 싶었다. 그렇게 해서 아이들은 각자의 스마트폰과 노트북을 가지고 각자의 방에 틀어박혔다. 누구도 마당에 나가서 놀지 않았고, 어디 놀러 가자고 해도 반가워하지 않았으며, 아무도 더 이상 집 안에서 뛰지 않았다. 이사를 왜 했지? 너무나 낡아서 끝도 없이 무언가를 고쳐야 하는 집을 손보는 동안 실소가 비어져 나오곤 했다.

그럭저럭 한 해쯤 지났을까, 어느 날 아내가 조심스럽게 나를 불렀다. 혹시 당신이 이런 거 찾아봤어? 아내는 미묘한 미소를 띠면서 아이패드를 내 앞에 내밀었다. 화면에서는 아주 풍만한 몸매의 미모의 여성이 그 방만한 풍만함을 조금이라도 가려보겠다는 의사를 보이기는커녕 완벽에 가까운 좌우대칭형으로 전시하면서 나른한 눈초리로 정면을 쏘아보고 있었다. 내가, 왜? 나는 마음만 먹으면 언제든 실물을 볼 수 있는데, 이런 흰소리를 해가면서 일단 사태의 장르를 에로물에서 코미디로 전환시킨 뒤, 당연한 용의자인 큰애를 호출했다. 전 그렇게 바보가 아니에요. 이제 중학교 2학년이 된 큰애는 단호하되 내용은 지극히 모호한 문장으로 자신의 결백을 주장했다. 모호하기 때문에 조금 더 추궁해볼 여지가 있었지만, 사실이 아니라면 그처럼 단호하기는 어려울 것 같았다. 하지만 작은애가 범인일 거라고 생각하기 어려운 것 또한 사실이었다. 이제 겨우 4학년, 열 살. 너무 이르지 않은가. 좀 야한 만화 같은 것도 아니고. 큰애한테 그렇지 않으냐고 묻자, 그거야 엄마와 아빠의 희망 사항일 뿐이라는 대답이 돌아왔다. 흠. 요즘 아이들의 세계에서는 도대체 무슨 일이 벌어지고 있는 건가. 아무튼 사건은 그렇게 잠시 미궁에 빠졌다. 큰애의 말에도 불구하고 범인이 작은애일지도 모른다는 건 막연한 상상으로도 떠오르지 않았다. 게다가 작은애는 이따금 학교에 폭탄을 떨어뜨리기는 하지만(내가 작은애를 놀리는 말들의 목록에 새로 추가된 항목이었다), 내게는 여전히 또래 아이들보다도 더 순진하고 여리고 착하고 영특하기만 한 천사였다. 최소한 그렇게 믿고 있었다.

작은애를 불러서 물어본 건 큰애한테로 돌아가 자백을 얻어내거나, 아니면 우리로서는 영문을 알 수 없는 컴퓨터의 신묘한 작동에 따른 영구 미제 사건으로 남기기 위한 마지막 순서로, 순전히 요식행위였을 뿐이다. 그런데 이 녀석을 불러서, 너혹시 엄마 아이패드로 뭐 했니? 하고 물어보는 순간 모든 게 분명히 드러났다. 녀석은 아무 말도 못하고 그렇잖아도 늘 발그스레한 볼이 걷잡을 수 없이 빨개지기만 했다. 어떻게 된 거냐고 묻자 녀석은 순순히 털어놨다. 바실리가 한번 해보라고 했노라고. 구체적으로 어떻게 했길래 이런 게 나왔느냐고 묻자, 녀석은 얼굴이 더 빨갛게 달아오른 채 더듬더듬하면서 실토했다. 구글에 '가슴이 커다란 이쁜 여자'라고 쳤더니 나왔어요. 터지려는 웃음을 간신히 참고 아내가 다시 물었다. 그래서 이런 걸 보니까 어땠어? 무서웠어요. 그게 녀석의 대답이었다. 큰애가, 바보야, 넌 검색 히스토리 지우는 법도 모르냐며 통박을 주었다. 우리는 모두 웃음을 터뜨렸고, 어쩌다 보니 그 자리는 큰애가 인터넷 검색 후 증거를 인멸하는 방법을 가르쳐주는 짧은 강의로 바뀌었다. 나는 무어라고 했던가? 아마도 실제와 포르노그래피 이미지와의 차이에 대해서 이야기했을 거다. 어쩌면 바실리는 손쉬운 변명거리로 호출된 것일 수도 있다. 심지어 아이가 먼저 시작하고 바실리를 끌어들인 것일 수도 있었겠다. 어찌되었든 어린아이의 순수가 또 한 꺼풀 얇게 벗겨지고 있는 건 분명했지만, 문제로 여길 정도는 아닌 것 같았다. 커나간다는 건 오염되는 과정 아니겠는가. 아무튼 아이는 보통의 아이로 커나가고 있었다. 잘 커나간다면 언젠가는 그 오염을 스스로 씻어낼 수도 있을 것이고.

이런 해프닝을 일으키고 겪으면서 시간이 흘러 아이는 중학생이 되었고, 보송보송하고 볼 빨간 어린애였던 아이한테도 2차 성징이 나타나기 시작했다. 일단 큰애가 겪었던 것처럼 급격하게는 아니었지만, 내가 그토록 사랑하던 목소리가 변하기 시작했다. 그리고 코 밑에 수염이 났다. 처음에는 부드러운 솜털이 돋는 수준이었지만, 조금씩 색이 짙어졌다. 하지만 짙어진다고 해도, 신경을 쓰지 않으면 눈치채지 못할 정도의 미세한 변화였다. 몇 해 전에 큰애한테 수염이 나기 시작했을 때 면도기와 면도용 솔, 그리고 그것들을 걸어두는 스탠드와 면도용 비누가 들어 있는 여행용 면도기 세트를 사주었다. 성인이 되어가는 길에 들어선 걸 축하하는 선물이었다. 조금은 사치스러운 물건이었지만, 평생 몸 가까이에 두고 자주 쓸 수 있는 것이니 이 정도는 괜찮겠다고 생각했다. 그때 작은애가 그걸 부러워하는 걸 본 (본인은 나중에 부인했지만, 최소한 내게는 그렇게 보였다) 기억이 있어서 이 녀석은 언제나 수염이 날까 예의주시하고 있었기 때문에, 솜털이 부스스 돋아나기 시작하던 순간 바로 포착할 수 있었다. 며칠 동안 이런저런 사이트를 뒤져서, 티크나무 통에 들어 있는 비누, 대리석 무늬의 손잡이가 달린 면도기, 면도솔 그리고 그것들을 위한 거치대를 선물했다. 처음 면도를 하는 장면은, 아이들이 처음으로 무언가를 하는 순간에 늘 그래왔듯이, 모두들 즐겁게 웃으면서 비디오로 기록했다.

그 후로도 소소한 사건들이 심심치 않게 이어졌다. 우선, 수업 시간에 스마트폰을 사용하다가 적발된 사건이 있었다. 트위터에 접속해서 누군가와 텍스트를 주고받다가 걸린 것이었다.

그렇잖아도 스마트폰에 너무 매달려 있어서 사용 시간을 제한하고 있는 상황이었기 때문에 가중 처벌이 불가피했다. 게다가 트위터는 만 열세 살 이후에만 개설할 수 있는데, 그 제약을 우회하는 불법 행위마저 저질렀으니 관용을 베풀고 싶어도 그럴 여지가 없었다. 아이에게 한 주 동안 스마트폰을 압수할 것이며, 탈법적으로 개설한 계정을 지우고 트위터 앱도 삭제하라는 처분을 내렸다. 이런 경우 대개는 약간의 투덜거림과 이의 제기 끝에 처벌이 시행되고, 수형 태도가 양호할 경우 적절한 시점에서 형 집행정지 처분을 내리거나 감형을 해주는 게 여태까지의 관행이었는데, 이번에는 아이가 처음으로 격렬하게 저항했다. 얼굴이 벌게져서 Why?라고 반문하면서 눈물까지 보인 것이다. 예사롭지 않았다. 처벌이 너무 가혹한가? 하는 생각이 잠깐 스치고 지나갔지만, 전화기로 인해 문제가 발생할 경우에는 전화기를 일주일 동안 압수한다는 내용의 처벌은 이미 합의가 되어 있었고, 일단 입 밖에 낸 걸 바로 주워 담는 것도 쉽지 않았기 때문에 그대로 밀어붙였다. 처벌을 받는 동안 아이는 평소보다 조금 더 우울해 보이긴 했지만 며칠이 지나면서는 트위터 사용을 두고 이런저런 고약한 농담을 주고받을 정도로 안정되었다. 정치적으로 올바르지 않을 수 있는 지점까지 도달하는 대화를 나누고, 그렇게 함으로써 말로 해도 좋은 것들, 말할 수 있는 것들의 경계선을 확인하는 건 우리가 늘 해온 방식이었다. 우린 다시 안전하게 '정상 궤도'로 복귀하고 있었다.

또 한 가지 사소하지만 주목할 만한 사건은 중학교 2학년 때 벌어졌다. 교사-학부모 간담회 때였다. 언제부턴가 수업 시간에 참여가 저조하고 주의가 산만하다는 지적을 받기 시작했지만, 성적도 여전히 괜찮았고 큰 문제는 없어 보였다. 상담이 대충 마무리되고 있는데, 한 교사가 다른 교사들과 의미심장한 눈짓을 주고받더니 조금 전까지와는 다른 낮은 어조로 말을 꺼냈다. 수업 시간에 아이가 공책에 "나는 게이다. 하지만 괜찮다"라고 낙서를 했다는 것이었다. 이게 무슨 소린가 싶었지만, 그리 심각하게 받아들이지는 않았다. 아마 어디에선가 읽은 게 생각나서 적은 거라고 생각했고, 교사도 내 말에 쉽게 수긍했다. 집에 돌아와서 아이한테 물어봤을 때에도 아니나 다를까, 그냥 아무 생각 없이 적어봤을 뿐이라고 했다.

면도를 한 번 더해줬던가? 그러고 나서 앞으로는 네가 알아서 하라고 했을 것이다. 면도야 처음 한두 번이나 의미도 있고 재미도 있는 거지, 그 후로야 당사자나 주변 사람들 모두에게 일상 아닌가. 면도는 그렇게 생활에 묻혔다. 아이의 생활이 너무 큰 변화를 보이고 있었기 때문에 아이의 수염 같은 건 눈에 들어오지 않은 건지도 모른다. 우선 아이는 대여섯 살부터 받아오던 피아노 레슨을 그만두었다. 아쉬웠지만 이미 관심을 잃고 연습을 하지 않은 지 꽤 된 터였다. 악기 레슨은 일종의 특혜 같은 것이라 연습을 열심히 하지 않으면 그 특혜를 거둘 것이라고 경고해왔기 때문에 어쩔 수 없는 일이었다. 그리고 더 이상 책을 읽지 않았다. 늘 책을 들고 있던 손에는 대신 스마트폰이 들려 있었다. 또 한 가지, 아이는 여전히 친절하고 공손했지만 점점 말이 없어졌다. 그러던 어느 날 마치 잊고 있던 게 생각났다는 듯이 아이는 나를 보고 말했다. 저 게이예요. 그럼 그때 낙서한 게 사실이었던 거니? 그게 제일 먼저 떠오른 질문이었다. 예. 아이가 순순히 인정했다.

그랬구나, 라고 대답하고 나니 마땅히 할 말이 생각나지 않았다. 생각나는 말이 없어서 그냥 아이를 쳐다보고만 있었다. 아니다, 몇 마디 했던 거 같다. 그러나 아무 말도 안 한 것과 별 차이 없는 말들이었을 것이다. 응, 그래, 알았어, 같은. 그 후로 며칠 동안 아이의 말이 무슨 뜻인지 이해하려고 애썼다. 어느 시점엔가 직접 물어보기도 했다. 네가 게이라는 말이 무슨 뜻이니, 라고 물었던가? 아니다, 네가 게이라는 사실을 어떻게 알게 됐니, 라고 했던 것 같다. 바보 같은 질문이었지만 아이는 대답을 해줬다. 누군가를 좋아하게 됐는데, 그 사람이 남자라고. 약간 멍한 상태에서 며칠을 보냈는데, 문득, 그동안 혼자서 고개를 갸웃거리고 있던 일들이 설명되기 시작했다. 이를테면 얼마 전에 카운티 지역 오케스트라를 선발하는 오디션에서, 아이가 자기 순서를 마치고 나와서 첼로를 케이스에 넣고 있을 때 어떤 녀석이 오더니 악보를 빌려달라고 했다. 공식 오디션에 참가할 때에는 반드시 지정된 정품 악보를 가지고 와야 한다는 규정이 있다. 처음 보는 녀석이 느끼한 미소를 지으면서 악보를 빌려달라고 한 것도 처음 있었던 일이지만, 바로 가봐야 하는 곳이 있었기 때문에 다른 아이의 오디션이 끝날 때까지 기다릴 수 있는 상황이 아니었다. 하지만 아이는 내게 물어보지도 않은 채 그 녀석에게 악보를 내줬고, 녀석은 끝나는 대로 가지고 오겠다고 하고는 횡하니 가버렸다. 내가 시간이 없는데 먼저 물어봤어야 하는 거 아니냐고 하자, 아이는 그럼 오디션을 보지 못하게 내버려뒀어야 하는 거냐고 반문했다. 그런 얘기가 아니잖아. 그럼 어떡해요, 악보를 가지고 오지 않았다는데. 비슷한 얘기가 어조만 조금씩 바뀌면서 두어 번 더 오고갔다. 아이는 무언가에 사로잡혀 있는 것처럼 고집스러웠다. 그 녀석이 그 녀석인 건가? 아이가 처음으로 누군가를 좋아하는 감정을 느꼈다는?

그리고 그제야, 아이가 다시 혼자라는 사실이 눈에 들어왔다. 바실리도, 앤서니도, 알렉스도 더 이상 친구가 아니었다. 요즘은 누구하고 같이 지내니? 같이 지내다뇨? 그즈음 우리 사이의 대화라는 건 저녁 식탁에서, 아니면 차를 타고 이동하는 동안 이뤄지는 게 거의 전부였다. 첼로 레슨을 가는 길이었나, 아니면 학교에 연극 연습을 하러 가는 길이었던가, 차를 타고 가면서 친구들에 대해 묻는 내게, 아이는 마치 별일 아닌 것처럼, 요즘은 친구가 없다고 말하고는 다시 전화기로 시선을 돌렸다. 정말 별일 아닐지도 모른다. 하지만 아이의 머릿속에서 무슨 일이 벌어지고 있는지 알 도리가 없었다. 아이가 말을 해주기 전까지는, 할 수 있는 거라고는 나한테 말을 해줘야 돼, 알았지?라는 말을 반복하는 것밖에 없었다. 그러다가 문득, 어떤 깨달음이 왔다. 너 혹시…, 그렇게만 말하고 나서 가만히 있자 아이가 전화기에서 눈을 떼고는 나를 쳐다봤다. 혹시 뭐요? 너 전에 수업 시간에 트위터 쓰다가 걸렸을 때, 그때 혹시 다른 친구들과 얘기하고 있었니? 아이가 아무 말 없이 빙긋 미소를 짓더니 응, 하고 대답했다. 어떤 친구들? 플로리다에 사는 친구도 있고, 시카고에 사는 친구도 있고, 싱가포르에 사는 친구도 있고, 오스트레일리아에 사는 친구도 있어요. 그래서 수업 시간에 트위터를 한 거였어? 시차 때문에? 아이는 들켰다는 듯이, 아주 어린 아이였을 때부터 짓곤 하던 사랑스러운 표정으로 웃었다. 응.

그러니까, 아이는 알아서 살길을 찾고 있었던 것이다. 가족이나, 이미 멀어지기 시작한 학교 친구들이 제공해주지 못한 길. 네가 도움을 청하면 도와주겠다는 게으른 사람이 아니라, 자기한테 먼저 말을 걸어오는 사람들을 찾아 아이는 멀리도 가 있었던 것이다. 오스트레일리아와 싱가포르라니. 그러니까 그때, 내가 네 친구들을 일주일 동안 빼앗았던 거구나. 아이는 고개를 끄덕였다. 그런 셈이죠. 그리고 바로 말을 이었다. 근데 괜찮아요. 괜찮았을 리가. 사과를 해야만 했다. 그리고 용서를 받았다. 그러고 나서 간절한 심정으로 말했다. 말을 해줘. 네가 나한테 말을 해줘야 해. 무슨 일이든지. 아무리 작은 일이라도. 그래야 알 수 있어. 하지만 아무리 간절한들, 알기 전까지는 알 수가 없는 일이다. 그건 알았다고 대답하는 아이도 마찬가지였을 것이다. 어떤 일인가 벌어지기 전에 무슨 일이 벌어질지 어떻게 알겠는가. 더구나 마음속의 일이. 더구나 그 미치광이 같은 나이에.

오래전에 가깝게 지내던 게이 친구 두 명이 있었다. 두 사람 모두 마치 깜빡 잊고 있었던 걸 기억해낸 듯이 자기가 게이라고 밝혔더랬다. 그 둘은 서로 모르는 사이였지만, By the way(그건 그렇고), 마치 대본을 외워놓기라도 한 것처럼 같은 구문으로 서두를 꺼내고 나서 자기가 게이라고 말했다. 아마도 그때의 나는 그들의 말을 듣는 것보다, 내가 그런 이야기쯤은 아무렇지도 않게 받아들일 수 있는 쿨한 사람이라는 걸 과시하는 데 더 관심이 있었던 것 같다. 그러므로 그 이야기를 듣기 전과 전혀 다르지 않게 행동하는 게 중요했다. 아이의 말을 듣고 나자 이미 연락이 끊긴 지 오래인 그 두 친구들이 생각났는데, 그들이 게이로서의 자기 자신에 대해 한 이야기들은 별로 생각나는 게 없었다. 내가 기억을 못 하는 건가? 아니면 네가 게이이든 스트레이트이든 나로서는 달라질 게 전혀 없다는 사실을 과시하고자 사실은 그들의 입을 막은 건 아니었나? 궁금한 게 하나도 없었나? 나는 왜 그 두 사람으로부터 미리 들어둔 게 하나도 없었나? 왜 나는 지금 아무 대책도, 아는 것도 없이 내 아이를 마주 보고 있어야 하나. 이 연약한 아이, 앞으로 많은 도움과 보살핌을 필요로 할 아이. 하지만 나는 이 아이의 세계에 대해 아는 게 없었다. 친구들한테 무심했던 벌을 이런 식으로 받는구나 싶었다.

그 후로 나는 고장 난 녹음기였다. 난 네 편이야. 무슨 일이 있으면, 아무리 사소한 거라도 얘기해야 돼. 그래야 도울 수 있어. 미안하지만 네가 무슨 생각을 하고 있는지, 어떤 일을 매일 겪고 있는지, 네가 말하지 않으면 나는 알 수가 없어. 그러니까 꼭 얘기해야 돼. 그럴 때마다 아이는 알았다고 대답했다. 아이의 대답을 듣고 잠시 안심하면서도, 여태 그래왔듯이, 나는 무슨 일이든 벌어진 뒤에야 알 수 있게 될 거라는 생각 때문에 절망했다. 하지만 난 네 편이야, 내게 말해, 내게 말해, 이 말을 주문처럼 아이한테 주입시키다 보면 최악은 피할 수 있지 않을까 하는 기대가 있었다. 어떤 최악? 아이가 혼자서 끙끙 앓다가 집을 나가는 것, 정말 최악의 경우는 그만 살겠다고 결심하는 것. 아이의 이야기를 듣고 나서 찾아본 바로는 성소수자 청소년의 절반 정도가 자살을 생각하고, 그중의 절반가량은 실제로 시도해본다고 했다. 그리고 집안에서 자신이 받아들여지기 어려울 것 같다고 판단한 성소수자 청소년의 상당수가 가출을 감행하고, 성소수자에게 상대적으로 관용적이라고 알려진 뉴욕이나 샌프란시스코 같은 대도시로 몰려든다고 했다. 그리고 그런 도시들에는 그렇게 뛰쳐나온 아이들을 노리는 자들 또한 몰려든다. 가족이 관용적인 태도를 취하더라도 당사자가 소외감을 느끼는 경우도 결과는 크게 다르지 않았다. 부모가 무능하고 게으르면 아이의 성장이 아니라 생존을 걱정하게 되는구나, 그 절망적인 사실을 수시로 곱씹을 수밖에 없었다.

고등학교에 진학한 아이는 GSA(Genders & Sexualities Alliances, 다양한 젠더 및 성정체성 연합)라는 성소수자 클럽에 가입하고, 그곳에서 비슷한 처지의 아이들을 만났다. 이야기를 들어본 바로는 스스로를 레즈비언으로 규정하는 아이가 하나, 트랜스젠더가 셋, 나머지는 논바이너리Non-Binary*인 아이들인데, 흥미롭게도 작은애를 빼고는 모두 여성으로 태어난 아이들이었다. 무슨 모임에든 적극적으로 참여하는 성격은 아니지만, 아이는 매주 수요일 방과 후에 있는 모임에 빠지지 않고 나갔다. 모임이 끝날 때쯤 데리러 가서 차를 세워놓고 있으면 참석했던 아이들과 함께 걸어 나와 다정하게 작별 인사를 나누는 모습이 보기 좋았다. 그런데 너처럼 게이인 아이들은 없네? 그러자 아이가 이렇

★ 남성과 여성을 이분법으로 뚜렷하게 구분하는 기준에서 벗어난 사람. 제3의 성.

게 대답했다. 나도 논바이너리예요. 흐음…. 고백하건대, 이 말을 듣고 나서 나도 모르게 일종의 희망을 품었다. 어쩌면 조금 덜 위험해질 수도 있겠구나, 하는 것이었다. 아이가 자신이 게이라고 밝힌 뒤, 나는 끊임없이 검색에 매달렸다. 게이들이 많은 직종, 많이 다니는 대학, 성소수자들에게 관용적인 도시, 국가 등을 끊임없이 찾아다녔다. 어느 대학에 가서 어떤 전공을 하고, 어느 나라, 어느 도시에 가서 무슨 일을 하면서 사는 게 아이한테 가장 안전할까, 하는 게 가장 중요한 문제가 되었기 때문이다. 많은 나라, 도시, 대학, 전공, 직업이 성소수자들에게 점점 더 열려가고 있다는 걸 안 건 무척 고무적이었지만, 반면에 혐오로 인한 사건과 사고, 범죄의 소식들도 여전히 따라붙었다. 그런데 이제는 게이가 아니라 논바이너리라니. 이 아이들은 일단 게이나 레즈비언처럼 그리 도드라지는 것 같지는 않던데. 그렇다면 위험에 노출될 가능성도 조금 줄어들 것이고.

그리고, 무엇보다, 한편으로 은밀한 희망이 생겼다. 변하는구나. 게이에서 논바이너리로. 하긴, 애당초 게이가 아닌 상태에서 게이로 변한 것, 혹은 자각하게 된 것 아니었던가. 그러니 언젠가는 논바이너리에서 다시 타고난 성과 일치하는 젠더로 돌아갈 수도 있겠구나, 하는 것이었다. 다시 '정상'이 될 수도 있겠구나. 소수자들이 들으면 가장 아파할 말. '정상'. 나는 이 말을 혼자서 여러 번 중얼거렸다. 빌리 크리스털(미국의 코미디언이자 배우)이었나, 요즘 애들은 이성애자로 대학에 들어갔다가 2학년 올라갈 때에는 게이나 레즈비언이 되어 있다가, 3학년이 될 무렵에는 양성애자로 살고, 무성애자로 4학년을 맞이했다가 졸업할

떼쭘이면 다시 이성애자로 돌아온다고 하는 농담을 들었는데, 이 녀석은 그 과정을 좀 일찍, 길게 경험하는 것 아닐까. 이런 생각 자체가 성소수자들을 향한 간접적인 혐오이고, 따라서 정치적으로 전혀 올바르지 않은 태도인지는 모르겠지만, 그런 거였으면 좋겠다는 생각이었다. 남에 대해서는 얼마든지 관대할 수 있지만, 그렇더라도 내 아이는 그러지 않았으면. 일종의 젠더적 님비라고나 할까.

고등학교 2학년에 접어들면서 아이는 몇 년 동안 받던 첼로 레슨도 관뒀다. 피아노를 그만둘 때와 같은 이유였다. 하루에 30분 정도 하던 연습마저 하지 않기 시작했고, 그런 상태에서 레슨을 받는 건 더 이상 의미가 없었다. 연극 공연이 있을 때마다 오디션에 참여해서 작은 역이라도 하더니, 그것마저도 그만두었다. 그만둔 건 그것만이 아니었다. 아침에 일찍 일어나는 것도, 숙제를 하는 것도 그만두었다. 집에 오는 즉시 침대로 들어가 다음 날 학교에 가야 할 시간까지 그 안에서 머물렀고, 주말에는 하루 종일 나오지 않았다. 하루하루 아이 안에서 무언가가 멈추고 물러지고 쇠락하고 허물어지는 게 보이는 것 같았다. 학교에 가는 것 외에 달리 하는 일이 없으니 같이 차를 타고 어딘가를 가야 하는 일도 없어졌다. 그건 이야기를 나눌 시간이 그만큼 줄어들었다는 뜻이었다. 유일하게 남은 건 저녁 식사 시간과, 오후에 개를 산보시키는 시간이었다. 대화할 시간이 줄면 보이는 것도 줄어들고, 그렇게 되면 얼마 남지 않은 시간을 채울 수 있는 말마저 없어지는 사태에 도달하게 된다. 우리가 그랬다.

기껏 하는 거라고는 이어폰 한쪽을 달라고 해서 그즈음 아이가 즐겨 듣던 독특한 스타일의 음악을 함께 듣는 정도였다. 아이와의 사이에 남아 있는 연결 고리라고는 이어폰의 가느다란 한쪽 선이 사실상 전부가 아닌가 싶었다. 그나마 그 연결의 내용이라는 것도 빈약하기 짝이 없었다. 이 밴드 이름이 뭐야? (무어라무어라 대답) 얘들 듣는 친구들이 또 누구 있니? (모르겠는데요.) 얘들은 어떻게 알게 됐어? (기억이 안 나요.) 그러다가 그 빈약한 연결마저 밑천이 떨어지면 우리 둘이 모두 인정하는 '상투적 질문'들의 세계로 넘어갔다. 그래서, 전공 뭐 하고 싶은지 정했어? 아뇨. 생물학은 어때? (웃으며) 아뇨. 파이낸싱은? (더 크게 웃으며) 아뇨. 경제학. 아뇨. 컴퓨터 사이언스. 아뇨뇨뇨뇨. 음악. 아뇨. 문학. 아뇨. 그럼 뭐? 몰라요. 저 나무 이름이 뭔지 알아? 몰라요. 저 새는? 몰라요. 나도 몰라.

그러던 어느 날, 한쪽 이어폰을 꽂고 걸어가고 있는 아이의 옆얼굴을 돌아보는데, 문득 수염이 전혀 없다는 사실이 눈에 들어왔다. "면도를 부지런히 하는 거니, 아니면 수염이 나질 않는 거니?" 아이는 자기는 수염이 잘 안 나는 것 같다고 했다. 빙글빙글 웃으면서 그렇게 대답하는 품이 좀 수상했지만, 그렇게 수상쩍게 구는 건 아이의 새로운 버릇이기도 했다. 아이는 여전히 다정하고 친절했지만 현저히 말이 줄었고, 무슨 말을 해도 똑 부러지게, 선명하게 하는 법이 없었다. 그리고 며칠 뒤, 아침에 아이를 깨우러 갔다가 얇은 티셔츠 안에 브래지어를 한 채 자고 있는 모습을 봤다. 컵 안에 뭉쳐서 넣은 크리넥스가 삐죽 비어져 나와 있었다. 아이는 그제야 자신이 트랜스젠더라고, 이미 오래전부터 면도하는 대신 족집게로 수염을 뽑아왔노라고 말했다. 머릿속에 물음표가 가득 찼지만, 그것들을 언어화시키는 건 아이가 스스로를 게이라고 밝혔을 때, 그리고 이어서 논바이너리라고 하던 때보다도 더 복잡한 일이었다. 언제 알았느냐(정확히 기억이 안 난다), 어떻게 알았느냐(그냥 알게 됐다), 하는 질문들은 더 파고들어가면 어딘가로 가긴 가겠지만, 내가 정말 알고 싶은 걸 알려주지는 못할 것 같았다. 내가 알고 싶은 건 이유였다. 도대체 왜? 이 아이 안에서 왜 이런 일이 벌어지고 있을까? 아마, 아이도 그 질문을 끊임없이 붙들었을 것이었다. 어떤 웹 사이트에서도 이 질문에 대해 속 시원한 대답을 주지 못했다. 꽤 공신력이 있어 보이는 기관들의 웹 사이트에서는 자신이 트랜스젠더라는 걸 어떻게 알게 되는가, 젠더와 성의 불일치란 무얼 의미하는가, 끝도 없이 이어지는 질문들에 이렇게 답하고 있었다. 어떤 이들은 아주 어릴 때부터 자신이 외형적으로 타고난 성과 내면의 성이 다르다는 걸 알고 있다.* 나이가 좀 들어서 아는 경우도 있다. 어릴 때에는 잘 모르다가 나이가 들어서 기억을 더듬어보면 자신이 그 사실을 늘 알고 있었다는 걸 깨닫기도 한다. 어떻게? 그냥 안다. 어떤 이들은 자신이 또래의 동성 그룹에서 늘 겉돈다는 건 알지만 왜 그런지는 잘 모른다. 감을 잡기는 하지만, 두려움과 수치심, 혼란스러움 때문에 자신의 젠더 정체성

★ 아이가 태어날 때 외형적으로 타고난 성별을 '지정 성별'이라고 하는데, 이렇게 지정 성별과 본인이 인지하는 성별이 일치하는 사람을 '시스젠더'라고 한다. 하지만 시스젠더와 달리 본인이 인지하고 받아들이는 젠더가 지정 성별과 다른 사람을 '트랜스젠더'라고 한다.

이 자신의 외형적 성과 다르다는 사실을 부인하기도 한다. 자신의 진정한 젠더 정체성을 억누르려다가 정서적, 정신적으로 상처를 입기도 한다. 이 문제의 해결 방법으로 모든 이들이 동의하는 건, 겉모습 밑에 숨어있는 진정한 자신의 젠더 정체성을 받아들이고, 그걸 겉으로 드러내는 것 말고는 없다.

이걸 드러내는 과정의 가장 첫 단계는, 불행하게도, 트랜스젠더가 거쳐야 하는 자기 변화의 과정에서 외형적으로 아마도 가장 과격해 보이는 어떤 것이 될 가능성이 크다. 복장을 바꾸는 것이 그것이다. 이 과정은 자신의 정체성에 대한 느낌이 자신의 외형적인 성과 일치하지 않는다는 걸 깨닫고 그걸 일치시켜보려 하는 가장 1차적이고 최초의 시도인 셈인데, 불행하게도 사람들의 눈에 가장 잘 띄는 것이기도 하다. 그리고 그 결과 다양한 위험과 비판에 노출된다. 트랜스젠더들이 겪고 있을 내적 갈등에 대해서는 아랑곳 않고 그저 복장도착으로 보는 시선과 복장도착을 넘어서 성도착 '변태'로 보는 '정상인'들의 시선이 있다. 다 알겠는데, 왜 사회가 설정한 전형성을 그대로 따라가야 하느냐는 비판적인 시선 또한 있다. 구시대의 사회가 여성에게 요구해온 젠더 정체성—여성성의 표현으로서의 '여성적 복장'을 왜 오늘날의 트랜스우먼들이 아무런 비판적 고려 없이 받아들여야 하느냐는 것이다. 페미니스트들은 사회가 오랜 기간에 걸쳐 고착시켜놓은 일련의 전형적인 젠더 정체성을 바꾸기 위해 오랜 기간에 걸쳐 그야말로 지난한 노력을 기울여왔는데, 복장의 자유는 그중에서 중요한 위치를 차지하는 항목이었다. 복장 문제는 페미니즘 운동이 여성 해방의 차원으로 올라

선 1960년대를 관통하고 나서야 표면적으로나마 해결을 보았는데, 이런 사회적 자유의 확대와 밀접하게 연계돼서 성장해온 성적 소수자들의 자기 해방이 그 자유를 이끌어낸 페미니즘 운동의 성과에 역행하는 방향으로 모습을 드러내고 있으니, 아이러니도 이런 아이러니가 없는 것이다. 우리가 그토록 지난한 투쟁을 통해서 폐기시킨 '여성의 형상'을 너희는 일부러 찾아가고 있고, 그 형상이 진정한 여성의 모습이라고 광고하고 있다, 너희는 '여성'이 의미하는 고통이 어떤 것인지를 알고 있느냐! 그들의 비판 속에는 이 고함이 들어 있는 듯하다. 이들 중에서 가장 과격하고 구체적인 목소리를 내는 이들은 자신들의 그룹을 아예 TERF(Trans-Exclusionary Radical Feminist, 트랜스젠더를 배제하는 급진적 페미니스트)라고 부른다. 이들은 트랜스우먼이란 '사회가 형성해온 여성성의 환상적 이미지를 추구하면서 그 이미지의 영역을 탐낼 뿐인 성도착증 환자'라고 이해한다. 트랜스젠더 문제에 관한 한 가장 마초적인 남성들과 크게 다르지 않은 생각을 가지고 있는 셈인 건데, 따라서 이들에게 트랜스우먼이란 사라져야 할 억압적 신화를 현실에 구현하려는 존재들이고, 결과적으로는 가장 효과적으로 여성을 억압하는 존재들이 된다. 트랜스우먼이 고전적인 남성성의 범주에서 벗어나는 젠더 특성을 가지고 있는 존재라는 점을 인정한다 하더라도, 자신의 신체를 바꾸어 여성이 되는 방식으로 그 문제를 해결하는 것보다는 사회가 정해놓은 여성성, 남성성이라는 고정관념을 해체하는 제3의 방향으로 나아가야 한다는 게 이들의 주장이다. 무리한 요구처럼 들리는 구석도 있기는 하지만, 일리가 없는 얘기는 아니다.

아이가 여장을 하기 시작했을 때 내가 가졌던 질문도 사실은 이와 크게 다르지 않았다. 오랜 기간 동안 고심해온 게 분명하고, 긴 우회로를 거쳐 스스로를 여성이라고 이해하게 된 것도 이해가 가지만, 그렇게 도달한 여성의 모습이 왜 1950년대 미국 여성이어야 하는가? 하는 질문이었다. 하지만 아이한테는 이보다 훨씬 더 직접적이고 더 다급한 문제가 있는 것 같았다. 그리고 그건, 내 느낌으로는, 생존 자체에 좀 더 가까이 연결된 문제 같았다. '개체의 발생 과정은 종의 발생 과정을 반복한다'더니 이 아이가 여성이 되는 과정도 여성사를 통째로 반복해야 하는 건가, 하는 생각이 들었다.

여장을 하기 시작하고 며칠이 지나면서, 아이는 브래지어를 차는 일에 요령이 좀 붙는 것 같았다. 더 이상 좌우가 찌그러지지도 않았고, 크기도 적당한 선에서 고정되었고, 조이는 정도에도 익숙해진 것 같았다. 하지만 그렇게 익숙해진 브래지어도, 바지 대신 입기 시작한 치마도, 아이에게 만족할 만한 해답을 주지는 못하는 것 같았다. 그저 해볼 수 있는 것이니까 해보는 것 같았다. 최소한 내게는 그렇게 보였다. 아이는 자신을 구원해줄 어떤 상태를 향해 간다기보다는, 불편한 어떤 것들을 떨쳐내려고 하나씩 시도해보는 중인 것 같았다. 그리고 나는 무력한 구경꾼이었다. 아이를 기왕이면 제대로 도와주고 지지해주고 싶지만 마땅히 해줄 만한 일을 찾기 어려웠고, 동시에 1950년대형 여성이 탄생하는 과정을 그저 바라만 보고 있는 건 무척 괴로운 일이었다. 아이가 태어날 때부터 여자아이였더라면 구시대적인 '여자스러움'을 거부하고 자신만의 여성성을 구축하는 훈련을 이미 충분히 했을 것이었다. 아이는 헤매는 중이었다. 유난히 발이 큰 아이는 사내아이 시절에 신던 검은 운동화에 종아리까지 올라오는 사내아이 시절의 낡은 검은색 면양말을 신고, GSA 친구들과 함께 중고매장에 가서 산 헐렁한 치마를 입고 다녔다. 멋을 부리는 것보다는, 다만 치마를 입는다는 행위의 의미, 이게 자신한테 맞는 일인지를 질문하는 게 목적의 전부인 것처럼 보였다. 이 애는 자기 형만큼 크지는 못하겠구나 하면서 늘 아쉬워했는데, 이제는 여자애치고는 키가 너무 크고, 무엇보다 발이 너무 큰 게 계속 눈에 들어왔다.

아이가 대학을 선택할 시기가 되었을 때, 여대에 보내고 싶었다. 미국의 여대들은 성전환 수술을 하지 않은 트랜스우먼 학생들에게도 문을 열어두고 있다. 온갖 다양한 페미니스트 그룹들이 가장 활발하게 활동하고 있고 따라서 TERF 그룹도 분명히 있겠지만, 그들조차 사회적 관용이라는 더 큰 사회적 가치에 노골적으로 도전하는 바보짓은 못 하는 분위기가 잘 만들어져 있는 곳 또한 여대였다. 여대에서는 대학들마다 있는 머저리 사내놈들의 위협은 최소한 피할 수 있을 것 같았다. 하지만 아이는 고등학교 졸업반에 진입할 무렵 비로소 자기가 하고 싶은 걸 찾았고, 그걸 하기 위해 예술대학으로 진학했다. 대개의 대학들이 그럴 텐데, 이 학교 역시 젠더 소수자들끼리 편하게 지낼 수 있는 기숙 아파트를 제공하고, 일체의 차별을 배제한다는 규칙-차별과 혐오에 대해서는 불관용으로 대처한다는 학교의 방침 역시 상당히 잘 자리 잡혀 있는 것으로 보인다. 그리고 구성원 누구나 차별과 배제는 부끄러운 일이라는 사실을 잘 알고 있는 것처럼 보인다. 최소한 그렇게 보이긴 한다. 이제 한 학기를 마친 아이는 학교와 전공에, 뛰어나진 않지만 잘 적응하고 있는 것 같다. 이것 역시, 그렇게 보이긴 한다. 그러나 어찌 알겠나.

하지만 내 관점에서는, 문제가 없는 건 아니다. 우선 아이는 이름을, 제멋대로, 바꿨다. 내가 지어준 그 아름다운, 많은 이들이 '쿨하다'고 한 리드를 버리고, 전형적인 1950년대 미국 백인 여성 같은 이름을 골랐다. 그리고 호르몬 치료를 시작했다. 한 걸음씩 더 움직이고 있는 것이다. '움직이고' 있다고 썼다. '나아가고' 있다고는 못 쓰겠다. 도와주고 보호해주려고 애쓰지만, '응원한다'고도 못 하겠다. 아이가 용감하다고 생각하고 있고 아이의 결정을 존중하지만, 잘하고 있다고 추켜주기는 어렵다. 아이의 내면에서 벌어지고 있는 일들의 구성 논리를 여전히 잘 이해하지 못하고 있기 때문이다. 근근이 따라갈 뿐이다. 끈을 놓치지 않기를 바라면서.

나는 아직도 이따금 생각한다. 아이는 아주 어릴 때부터 운동을 싫어하고 잘하지 못했는데, 억지로라도 더 시켰어야 했던 걸까? 주말에 축구를 더 자주 했어야 했던 걸까? 스포츠 중계를 보지 않고, 풋볼이니 농구니 하는 스포츠에 대해 아는 게 없어서 사내아이들 세계에 제대로 끼어들어가지 못했던 건 아닐까? 책 대신 좀 더 자주 공을 쥐여주었어야 했던 건 아닐까? 억지로라도 태권도를 더 시켰어야 했나? 그러니까, 다 내 잘못 아닐까? 사내아이를 사내아이로 키워내지 못한. 물론 과학은 이런 의심들에 아무런 근거도 없다고 말한다. 하지만 앞으로 남은 인생을 살아가는 동안, 한순간이라도 이 질문들을 떨쳐낼 수 있을까.

나는 리드를 잃어버리고 스스로 자신에게 이름을 붙여준 아이를 얻었다. 나는 새 이름을 가진 아이를 사랑하고 아끼지만, 여전히 리드를 그리워한다. 그러나 가만 생각해보면, 이건 그 애가 사라진 사내아이라서가 아니다. 나는 사라진 시간 속의 큰 애도 그리워한다. 두 살, 다섯 살, 일곱 살, 열두 살의 아이들. 작은애마저 대학으로 떠나고 나서, 약간의 무력감을 느낀 것 말고는 그리 큰 변화가 없었다. 적어도 그렇게 생각했다. 하지만 추수감사절에 아이들이 돌아와 며칠을 머물다가 떠난 뒤, 나는 내가 지난 몇 달 동안에 걸쳐 지나간 시절, 나와 같이 보낸 아이들의 유년 시절에 대한 일종의 애도 기간을 보내고 있었다는 사실을 깨달았다.

그리고 아이가 트랜스젠더라는 사실 때문에 이 단절감이 더 깊어졌으리라는 건 어쩌면 너무나 당연한 일이다. 그러니 당사자는 말할 필요도 없을 것이다. 과거의 자기 자신과, 과거의 모습으로 자신을 판단하고 혼란스러워하는 주변 사람들에 대해 당사자가 느끼는 단절감은 이루 말할 수 없을 것이다. 내 작은애뿐만 아니라 모든 트랜스젠더들은 이 단절에 대해 극단적인 방식으로 질문을 던지고 있다. 삶의 연속성에 대한 우리의 믿음을, 본의 아니게, 가장 깊은 곳에서 뒤흔들고 있는 것이다. 나는 이들이 이 일에 대한 대가를 치르게 될까 봐 두렵다. 혼란을 경험한 사람들이 충분히 이야기를 나누지 않을까 봐, 그래서 그들의 혼란이 분노로 변할까 봐 두렵다. 그 분노가 이들을 향하게 될까 봐 두렵다. 무엇보다, 내 아이가 그 모든 것들을 감당해낼 정도로 강하게 성장하지 못할까 봐 두렵다.

이 아이는 잘 살 수 있을까.

도움이 필요하다. 그러나 사람들이 이 아이를 도와주고 싶어 할까? 도와줄 수 있는 준비가 되어 있을까?

하지만 도움이 필요하지 않은 사람이 있긴 한가? 우리는 이 사실을 깨닫고 있나?

지은이..로리 프랭클 Laurie Frankel

미국 워싱턴주 시애틀에서 쓰고, 읽고, 부모 노릇을 하고, 가르치며 살고 있다. 남편, 딸과 함께 수직에 가까운 언덕길을 오르면 나오는 집에 살고 있어서, 글을 쓰다 문득 고개를 들어 창밖을 보면 다리가 세 개나 눈에 들어온다.

옮긴이..김희정

가족과 함께 영국에 살면서 전문 번역가로 활동하고 있다. 옮긴 책으로 《아인슈타인과 떠나는 블랙홀 여행》《나무의 모험》《장하준의 경제학 강의》《랩 걸》《잠깐 애덤 스미스 씨, 저녁은 누가 차려줬어요?》《배움의 발견》《우주에서 가장 작은 빛》《지지 않기 위해 쓴다》《어떻게 죽을 것인가》 등이 있다.

클로드와 포피

1판 1쇄 찍음 2023년 5월 8일
1판 1쇄 펴냄 2023년 5월 23일

지은이 로리 프랭클
옮긴이 김희정
펴낸이 안지미
CD Nyhavn
편집 한홍
표지그림 조은혜

펴낸곳 (주)알마
출판등록 2006년 6월 22일 제2013-000266호
주소 04056 서울시 마포구 신촌로4길 5-13, 3층
전화 02.324.3800 판매 02.324.7863 편집
전송 02.324.1144

전자우편 alma@almabook.by-works.com
페이스북 /almabooks
트위터 @alma_books
인스타그램 @alma_books

ISBN 979-11-5992-379-1 03840

알마는 아이쿱생협과 더불어 협동조합의 가치를 실천하는 출판사입니다.